变形文字效果 ------┐

文字特效效果 ------┐

纯色填充效果 ------┐

数码照片效果

"克隆之灾"游戏海报效果

外发光效果

音乐会海报效果

龙韵效果 ------

匹配颜色效果 ------

└ ─ ─ ─ ─ ─ ─ 精美相框效果

└ ─ ─ ─ ─ ─ 回归自然效果

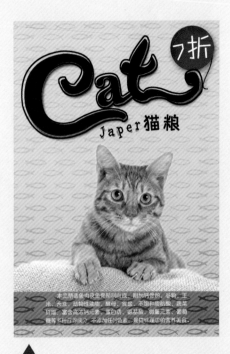

└ ─ ─ ─ 猫粮产品促销广告效果

和
一切万物的象征

栅格化文字图层效果 ------ ▲

SKIN SMOOTHING LOTION

HERCYNIAN®
润肤露令你脱胎换肤

润肤露广告效果 ------ ▲

绝版水岸生活，唯我独享

透明形状图层效果 ------ ▲

图像特效

破旧海报效果

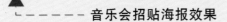

音乐会招贴海报效果

斜面和浮雕效果

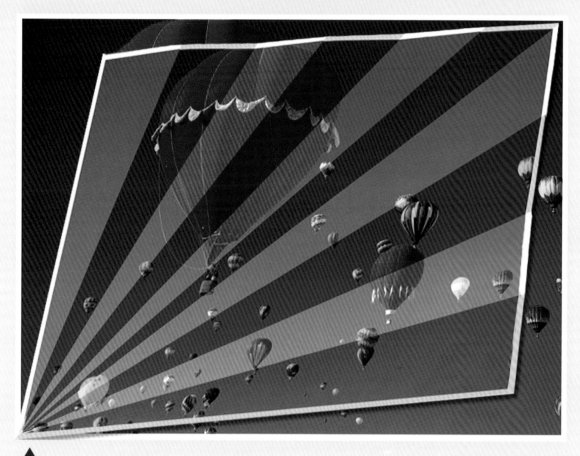

▲└──────折纸效果

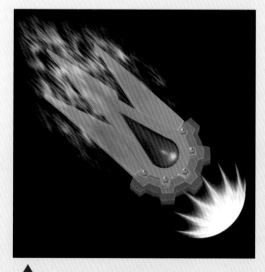

▲└──────星际飞行物效果

▲└──────颜色叠加效果

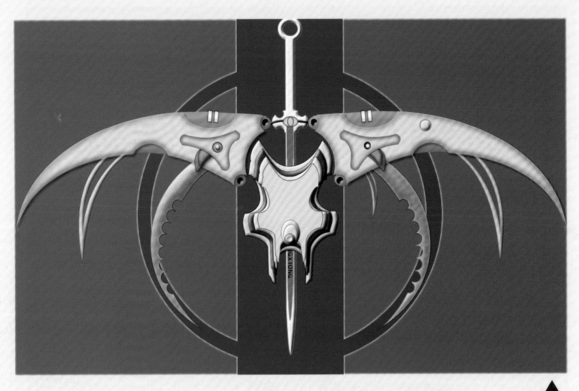

游戏道具——血蝠剑效果 ------

徽章效果 ------

狮子效果 ------

完全自学教程系列

Ps

Photoshop CS4

中文版 **Photoshop CS4**
完全自学教程

郝 娜 王俊霞 编著

中国铁道出版社
CHINA RAILWAY PUBLISHING HOUSE

内 容 简 介

本书是指导初学者使用 Photoshop CS4 中文版的入门书籍。书中以上机操作为主线,全面介绍了该软件的基本操作方法和图像处理技巧。各章内容以讲解上机操作为主,都有详尽的操作步骤,突出对读者实际操作能力的培养。除了详尽的上机操作实例外,每章都有学习链接,提供了与学习内容相关的网址,帮助读者了解及掌握更多的知识。在每章的后面还配有 1～3 个实际应用案例,旨在帮助读者能够巩固所学知识,提高综合运用 Photoshop CS4 进行实际工作的能力。

本书案例丰富,步骤明晰,与实践结合非常密切。本书附带光盘中包括书中所有案例的素材文件、PSD 源文件和重要案例的视频教程,可以帮助读者提高学习效率。

本书适合 Photoshop 图像处理爱好者及平面设计、广告设计、网页制作、插画设计、包装设计、影视动漫等领域的工作人员阅读,同时也可作为各类培训班学员的参考用书。

图书在版编目(CIP)数据

中文版 Photoshop CS4 完全自学教程/郝娜,王俊霞编
著. —北京:中国铁道出版社,2009.11
ISBN 978-7-113-10680-5

Ⅰ.中⋯ Ⅱ.①郝⋯②王⋯ Ⅲ.图形软件,Photoshop
CS4—教材 Ⅳ.TP391.41

中国版本图书馆 CIP 数据核字(2009)第 201044 号

书 名:中文版 Photoshop CS4 完全自学教程
作 者:郝 娜 王俊霞 编著

策划编辑:严晓舟 于先军
责任编辑:杜 鹃 编辑部电话:(010)63583215
封面设计:付 巍 封面制作:白 雪
责任印制:李 佳

出版发行:中国铁道出版社(北京市宣武区右安门西街 8 号 邮政编码:100054)
印 刷:北京鑫正大印刷有限公司
版 次:2010 年 3 月第 1 版 2010 年 3 月第 1 次印刷
开 本:787mm×1092mm 1/16 印张:39 插页:4 字数:958 千
印 数:3 500 册
书 号:ISBN 978-7-113-10680-5/TP・3607
定 价:79.00 元(附赠 2DVD)

前 言

目前，在众多的图像处理软件中，应用最广泛的要数 Adobe 公司的旗舰软件 Photoshop 了，它广泛应用于广告平面设计、商业制作、网页设计、数码暗房等诸多设计领域。

Adobe 公司在众多的赞誉声中又推出了新版本 Photoshop CS4。它在 Photoshop CS3 的基础上增添了 3D 视图工具、内容识别比例命令、调整面板等一些新功能，利用这些功能可以制作出更加丰富多彩的图像效果。

本书内容

本书是作者从平面设计行业的特点和实用的角度出发，结合多年的设计经验精心编写而成的。全书共分 16 章，在每一章中又分为多个步骤进行讲解，层次清晰，由易而难，由浅入深，使读者能全面了解和掌握 Photoshop CS4。具体内容包括界面操作、图像文件的基本操作方法、工具的使用、图层和蒙版的概念及应用方法、图像模式及通道的概念及应用方法、图像的高级调整命令、路径与形状、文本的输入与编辑、图像的获取或输出等内容。概念知识都以上机操作的方式讲解，突出对读者实际操作能力的培养，同时在每章的后面，根据所学知识与实际应用相结合，应用精彩案例介绍工具及命令操作的综合运用，使读者在了解 Photoshop 的基本功能的同时掌握 Photoshop 图像处理技巧，能够得心应手地创作出令人叹为观止的艺术作品。

本书特色

该图书最大的特点就是以"学习计划为主线"，从软件的实际应用出发，并结合所讲内容的复杂和难易程度，为读者制订出详细的学习计划。保证即使是学习时间很少的读者，也能够在有限的时间内掌握最实用的技术。

（1）本章学习内容和分配时间

"本章学习内容和分配时间"安排在每章的开始，根据每节所介绍内容的复杂和难易程度提供建议读者分配的学习时间。这样可以为读者提供一个合理的学习计划。同时对相应内容的难度和重点给出了系数，使读者在学习之前可以做到心中有数。

（2）上机操作

针对命令和工具的具体使用方法精心安排了综合实例。力求以功能的介绍为前提，通过实例的讲解来加深读者对所学知识的掌握。对于每一个命令或工具，都首先讲解其基本概念、基本原理和具体的使用方法，然后在理论的指引下，给出一个最贴切的应用实例。

（3）提示、注意、技巧

"提示"、"注意"、"技巧"是穿插在正文中需要注意的技术点或技术延伸。可帮助读者少走弯路或解决学习中有可能遇到的问题。

（4）实例分析

"实例分析"安排在详细讲解每个实例制作过程之前，对实例的应用背景、制作中使用的主要命令功能、制作的关键技术和难点进行分析介绍。

（5）视频教学

本套书都配有全程语音讲解的多媒体视频教学，同时把视频教学的路径放在每个实例的开始，方便读者学习。

（6）技术看板

根据每本书的具体情况，在每页的页脚以"知识链接"的形式，把常见问题及其解决方法提供出来，这样对读者的学习很有帮助。

（7）学习链接

在有的章节的最后（或适当的位置）加上学习相关知识的论坛、网站或博客的地址等信息，便于读者参考。

关于光盘

本书配套光盘中不仅包含了书中所有实例的源文件和素材文件，同时提供了书中所有实例制作的全程语音讲解的视频教学文件，读者通过观看视频教学文件，可以轻松地掌握实例制作的全过程和软件的操作技巧。

读者对象

本书适合 Photoshop 图像处理爱好者及平面设计、广告设计、网页制作、插画设计、包装设计、影视动漫等领域的工作人员阅读，同时也可作为各类培训班学员的参考用书。

本书是作者根据多年实践经验编著而成。由于水平和时间有限，书中难免会有疏漏和不妥之处，望广大读者加以指正，以求共同进步。

作　者

2009 年 12 月

目 录

2

3

5

6

第 1 章 认识 Photoshop CS4 的 工作界面

学习内容	分配时间	重点级别	难度系数
认识 Photoshop CS4 的工作界面	30 分钟	★★★	★
导航文件	20 分钟	★★★	★

第一次启动 Photoshop CS4，用户看到的是它的默认工作界面，如图 1-1 所示。在菜单栏上方的标题栏中又多了几个工具选项，新的界面和交互方式带给用户更多的方便和自由度。合理安置它们，才能更好地处理自己的工作空间。下面讲解如何安排 Photoshop CS4 的工作界面。

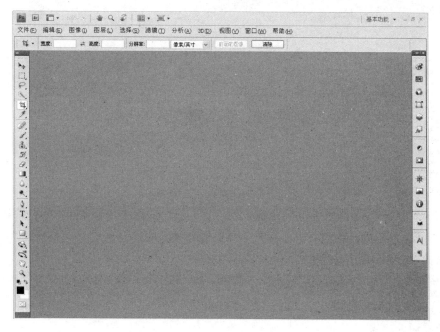

图 1-1　Photoshop CS4 默认工作界面

1.1　界面成员

首先选择【文件】>【打开】命令，打开几幅图像，如图 1-2 所示，Photoshop CS4 工作界面展现在我们面前。在界面的左边是一个单排的工具箱，上边是标题栏、菜单栏和选项栏，右边是面板，中间是绘图窗口。Photoshop CS4 外观的改变与功能的提升几乎是同时进行的。清楚地认识操作环境，是用户快速学习 Photoshop 的先决条件。

快速退出 Photoshop CS4 界面的快捷键是什么？

答：按快捷键 Alt+F4，可快速退出 Photoshop CS4 界面。

技术看板

图1-2　界面成员

1.1.1　标题栏

Photoshop CS4 界面窗口的最上方为标题栏，如图 1-3 所示，其中提供了可快速调整界面的显示方式和浏览图像时的一些快速选项以及一些预设的工作界面。

图1-3　标题栏

1．控制界面

启动 Photoshop CS4 程序后，单击 **Ps** 按钮，弹出的快捷菜单如图 1-4 所示，菜单中的命令对界面窗口可进行还原、移动、大小、最大化、最小化、关闭等操作。

2．启动 Bridge 浏览图像窗口

单击 **Br** 按钮，打开 Adobe Bridge 浏览图像窗口，使用它可对图像进行浏览、管理等操作。具体介绍请参看第 2 章的介绍。

3．查看额外内容

单击 按钮，弹出如图 1-5 所示的下拉菜单，选择相应的命令，显示或隐藏绘图窗口的参考线、网格和标尺等一些辅助选项功能。

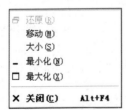

图1-4　控制界面菜单

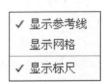

图1-5　查看额外内容快捷菜单

技术看板　在工具箱中选择了工具，在哪里设置相关的参数？
答：选择了工具后，在工作界面上方的选项栏中设置其相关的参数。

4．缩放绘图窗口

单击 100% ▼ 按钮，弹出图 1-6 所示的快捷菜单，在绘图窗口中选择适当的显示比例。

5．导航文件

单击图 1-7 所示的浏览图像工具中的任意一个工具图标，可快速选择相应的工具，浏览图像。

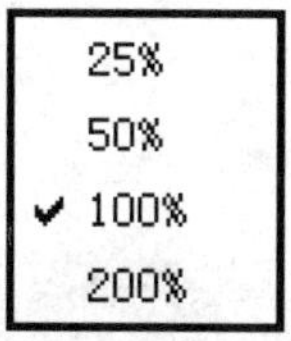

图 1-6　缩放绘图窗口级别快捷菜单

图 1-7　浏览图像工具 1

6．排列文件

当在绘图窗口中同时打开多个文件时，单击 ▦▼ 按钮，弹出如图 1-8 所示的下拉菜单，可以选择不同的文件排列方式。

7．屏幕模式

由于屏幕的大小有限，往往不能配合图像文件的实际尺寸，比较常见的情况是用户的图像文件会比屏幕大很多。在这种情况下，可能需要将图像文件的预览比例放大，或是移动页面才能处理图像文件比较细微的地方；相反，也可能需要将预览比例缩小才能看见完整的图像，这时就需要根据情况选择不同的屏幕模式预览图像文件。单击 ▦▼ 按钮，弹出如图 1-9 所示的下拉菜单，选择不同的菜单命令，改变图像文件窗口的显示模式。

3

图 1-8　浏览图像工具 2

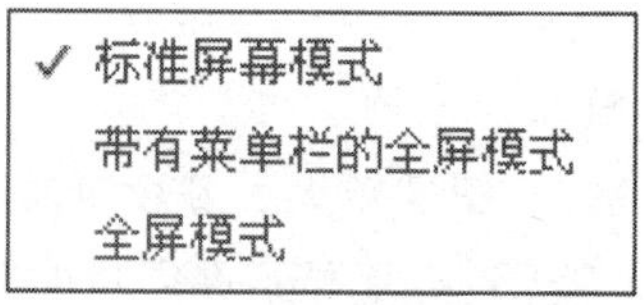

> ✓ 标准屏幕模式
> 带有菜单栏的全屏模式
> 全屏模式

图 1-9　屏幕显示模式

（1）标准屏幕模式

标准屏幕模式是默认的屏幕显示模式。文件名是在文件窗口的顶部，当图像文件比较大不能完全显示时，图像文件窗口的右边和底部就会出现滚动条，如图 1-10 所示，通过拖动它们来预览图像。

当图像大小不适合屏幕预览时，怎么办？

答：根据情况，选择不同的屏幕模式，改变图像文件窗口的显示模式。或按 F 键，快速切换屏幕模式。

技术看板

图 1-10　标准屏幕显示模式

（2）带有菜单栏的全屏模式

选择带有菜单栏的屏幕模式，图像填充整个屏幕，并且扩展到右边面板的下面，如图 1-11 所示。

4

图 1-11　带有菜单栏的全屏模式

（3）全屏模式

选择全屏模式，图像填充了整个屏幕，如图 1-12 所示，工具箱、面板和选项栏等也会消失，这样图像就毫无遮拦地显示在用户面前，别担心，只要按一下 Tab 键它们就会出现。如果你是擅用 Photoshop 的高手，最喜欢的一定是这种屏幕模式，使用键盘快捷键来控制菜单命令。

提 示

在进行图像处理时，往往需要在不同的屏幕模式间进行切换，不止是用鼠标单击标题栏上的屏幕模式显示图标这一种方法，还可以使用快捷键来实现。只要按 F 键就可以循环显示不同的屏幕模式。按 Tab 键，隐藏工具箱、选项栏和面板。

技术看板

Photoshop 默认的屏幕模式是什么模式？

答：标准屏幕模式是 Photoshop 默认的屏幕显示模式。文件名是在文件窗口的顶部，当图像文件比较大不能完全显示时，图像文件窗口的右边和底部就会出现滚动条，通过拖动它们来预览图像。

8. 基本功能

单击 基本功能 ▾ 按钮，可根据当前操作需要，选择预设的工作模式，如图 1-13 所示。

图 1-12 全屏模式

图 1-13 工作模式

1.1.2 菜单栏

菜单栏中提供了【文件】、【编辑】、【图像】、【图层】、【选择】、【滤镜】、【分析】、【3D】、【视图】、【窗口】、【帮助】等 11 个菜单命令，只要在不同的菜单命令上单击，相应会出现下拉式菜单命令，如果相关的命令是浅灰色的，表示该命令目前不可用，命令右边的大写英文字母代表该命令在键盘中的快捷键，牢记这些快捷键，有助于提高工作效率。首先认识一下这些菜单命令。

1.【文件】菜单

【文件】菜单主要是针对文件的打开、存储、置入、输出、打印以及自动处理等操作的菜单命令，如图 1-14 所示。有关文件的菜单命令请参看第 2 章介绍。.

2.【编辑】菜单

【编辑】菜单中的各个命令，是在处理图像时对整个图像或某个区域进行复制、粘贴、变形、定义图案以及一些预设管理等，其中包括的命令如图 1-15 所示。有关编辑的菜单命令请参看第 3 章介绍。

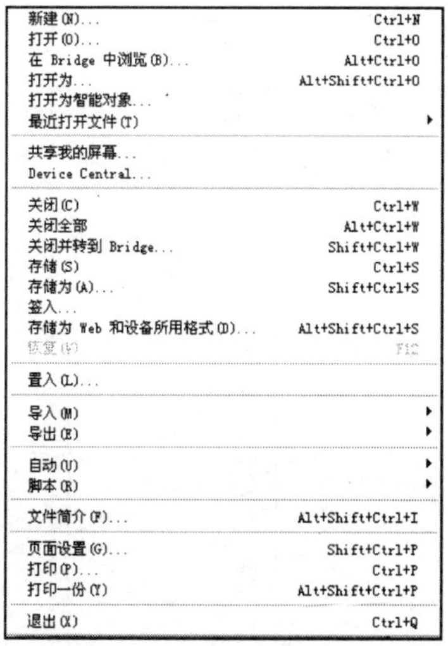

图 1-14 【文件】菜单

图 1-15 【编辑】菜单

用户可以将自己习惯用的工作区域存储起来吗？
答：可以，选择【窗口】>【工作区域】>【存储工作区】命令或单击标题栏右侧的【基本功能】按钮，在弹出的菜单中选择【存储工作区】选项。

技术看板

3.【图像】菜单

【图像】菜单中的命令是为转换图像模式、色彩调整、图像尺寸及分辨率设置的，Photoshop 是一个专业级的图像处理软件，所以【图像】菜单中的命令经常用到，也是非常重要的，其中包括的命令如图 1-16 所示。有关图像的菜单命令请参看第 6 章和第 11 章的介绍。

4.【图层】菜单

【图层】菜单是菜单命令中最重要的部分，对图像中的每个图层都可以进行填充、调整色彩、添加一些特殊效果、添加图层蒙版或直接套用图层样式等操作，还可以将图像中的图层应用于图像，其中包括的命令如图 1-17 所示。有关图层的菜单命令请参看第 7 章至第 10 章的介绍。

图 1-16 　【图像】菜单　　　　　　　　　　图 1-17 　【图层】菜单

5.【选择】菜单

【选择】菜单是针对图像的选取，它的功能已经发展的很完善了，既简单又实用，并且在新版本中也没有什么改变，其中包括的命令如图 1-18 所示。有关选择的菜单命令请参看第 3 章。

6.【滤镜】菜单

滤镜是特效之源，不管哪个版本，它总是备受青睐，虽然是一个小小的命令，但能够得到眩目多彩的图像效果。每一个命令都值得用户去尝试一下，其中包括的命令如图 1-19 所示。有关滤镜的菜单命令请参看第 14 章介绍。

图 1-18 　【选择】菜单　　　　　　　　　　图 1-19 　【滤镜】菜单

技术看板　　在执行菜单命令时，为什么有的命令是浅灰色的?
　　　　　　答：浅灰色的命令表示该命令目前不可用。

7.【分析】菜单

　　【分析】菜单中的命令主要起到辅助作用，不会影响图像的效果，其中包括的命令如图 1-20 所示，它提供多种度量工具，是工程师和 3D 设计师的好帮手，使用标尺可测量图像的距离，使用计数工具可对图像或选区中的特征计数。

图 1-20　【分析】菜单

8.【3D】菜单

　　【3D】菜单命令是工程师和 3D 设计师的最爱，包括的命令如图 1-21 所示。

9.【视图】菜单

　　【视图】菜单主要是控制绘图窗口的显示比例、屏幕模式及辅助功能的设置，其中包括的命令如图 1-22 所示。

图 1-21　【3D】菜单

图 1-22　【视图】菜单

10.【窗口】菜单

　　【窗口】菜单主要控制着工作区域，面板的显示与隐藏、多个文件的排列及编辑文件时的一些辅助功能等，其中包括的命令如图 1-23 所示。

11.【帮助】菜单

　　在处理图像时，遇到操作上的麻烦，就可以到【帮助】菜单中寻找答案，【帮助】菜单中包括的命令如图 1-24 所示。

图 1-23　【窗口】菜单

图 1-24　【帮助】菜单

怎样控制选项栏的显示与隐藏？

答：选择【窗口】>【选项】命令，可控制选项栏的显示与隐藏。

技术看板

7

1.1.3 快速浏览工具箱

图 1-25 所示为单栏工具箱，图 1-26 所示为双栏工具箱，只要单击在工具箱上方的双箭头按钮，就可以随意在单栏和双栏之间进行切换。在工具箱中每个图标都代表一种工具，只要单击就能选中要选择的工具，如果在工具图标的右下方有一个黑色的小三角符号，表示该工具还有一个弹出式的工具组，只要在这个工具上按下鼠标便会弹出工具组面板，然后将鼠标移动到工具图标上，即可切换不同的工具；或按住 Alt 键，单击工具图标来切换工具组中的不同工具。在工具栏最下方，你可以看到 以快速蒙版模式编辑图标如图 1-27 所示，只需单击图标便可以在标准模式与快速蒙版模式之间进行切换。

图 1-25　单栏工具箱　　　图 1-26　双栏工具箱　　　图 1-27　快速蒙版模式

在这里我们只浏览一下工具箱，以便在后面提到它们时，知道应该到哪里去找。在第 3 章和第 4 章，将根据工具的功能分类给用户做详细的介绍。

1.1.4 选项栏

选择【窗口】>【选项】命令，可控制选项栏的显示与隐藏，如图 1-28 所示。选项栏的地位很重要，通过它可以设置工具箱中各种工具的属性，它的外观是随着选取工具的不同而随时变化的，它预设在菜单栏的下方，通过拖动其左边的标题栏可将选项栏浮动在界面的其他任意位置。我们把选项栏的参数设置与工具放在一起介绍。

图 1-28　选项栏

8

1.1.5　准备工作空间——面板

　　界面的右边有图 1-29 所示的面板，一些常用的面板以小图标的形式附着在面板，单击面板右上方的展开面板图标（双箭头按钮），便展开面板，如图 1-30 所示。这样，一方面可以节省屏幕空间，让用户有更大的绘图空间，另一方面可以更方便地调出所需要的面板。按快捷键 Shift+Tab 可隐藏/显示这些面板。

图 1-29　面板折叠为图标

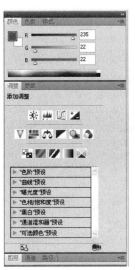

图 1-30　展开面板

　　在所有面板的最上方可以看到一个黑灰色的底板，上面有不同的面板选项，我们可以对这些面板进行调整以优化我们的界面。

　　现在需要打开【画笔】面板，单击画笔面板图标，假如在界面的右侧找不到这个图标，选择【窗口】>【画笔】命令或者按 F5 键，打开【画笔】面板。这时你会发现，【画笔】面板被定在了右边黑灰色的底板上面，如图 1-31 所示。如果不想把【画笔】面板放在左边，可以将鼠标放在面板标题处的浅灰色或深灰色部分，然后将其拖动出来，成为浮动面板，如图 1-32 所示。

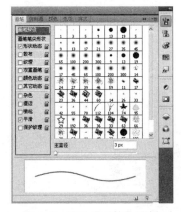

图 1-31　显示【画笔】面板

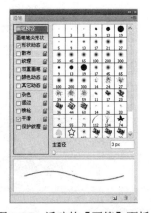

图 1-32　浮动的【画笔】面板

　　同时打开多个图像文件时，它们是怎样显示的？
　　答：默认是以选项卡的形式显示的；还可以拖动标签，使图像以独立的窗口显示；或者单击标题栏上的排列文档图标，在弹出的面板中选择图像文件显示的排列方式。

技术看板

使用同样的方法，还可以继续打开其他面板，这个时候你就会发现工作区域太小了。很简单，把鼠标放在面板上方的灰色区域，将其拖动到界面右侧，成为小图标的形式即可。

最后，调整的界面还可以进行保存，只要单击标题栏右侧的 基本功能 ▼ 按钮，在打开的菜单中选择【存储工作区域】命令，对现在的工作界面进行保存。等下次再打开 Photoshop CS4 时，就是存储时的界面了。

1.1.6　绘图窗口

在 Photoshop CS4 中，打开的图像默认的是以选项卡的形式显示，如图 1-33 所示。单击打开的图像文件的名称标签，便会显示相应的图像文件。还可以拖动图像文件的名称标签，使此文件成为一个独立的窗口，如图 1-34 所示。

图 1-33　以选项卡的形式显示图像　　　　　　　图 1-34　以独立窗口显示图像

下面介绍打开或新建的绘图窗口的组成成员。选择【文件】>【打开】命令，打开一幅图像，如图 1-35 所示。

图 1-35　绘图窗口

1．绘图窗口

每一个被打开或新建的图像文件都会有一个绘图窗口。使用工具箱中的工具可对此窗口进行编辑修改，或者创作新的作品。

2．名称栏

名称栏在绘图窗口上方，其中标出了这个文件的名称、显示比例、色彩模式和图层状态。如果这个文件尚未存储过，则名称栏会以"未标题－"加上连续的数字来表示文件的名称。

3．画面比例显示

画面比例显示位于绘图窗口的左下方，在文本框中输入数值，绘图窗口将会以不同的比例来显示预览文件。

4．状态栏

状态栏在绘图窗口的下方，用来显示不同的图像文件信息，单击右边的黑色三角形按钮，在弹出的菜单中选取显示不同信息的图像文件。

5．滚动条

当打开的图像文件不能够全部显示时，在绘图窗口的右边及底部就会出现一个滚动条，通过拖动滚动条，用户能够观察到图像的所有部分。当单击滚动条上的箭头时，图像页面会小幅度地移动；如果拖动滚动条，可控制图像页面做大幅度地移动。

1.2　导航用户文件

当用户打开一个尺寸比较大的图像文件时，在显示器中没有足够的空间去直接浏览整个文件。要想解决好这个棘手的问题，用户必须把自己训练成一个快速敏捷的导航员。事实上，Photoshop 已经给我们提供了一个强大的选择阵列，只要选择自己喜欢的方法，就能够以最快的速度来浏览图像文件。

1.2.1　【导航器】面板

打开图像文件后，在【导航器】面板中就会出现这个图像文件的缩览图，如图 1-36 所示，使用【导航器】面板，有多种方法来缩放图像文件，允许用户快速地左右移动和缩放图像。面板上的红方框区域中的图像，标示出在当前打开的绘图窗口能够预览的图像区域，在红方框区域按下鼠标，可以左右或上下拖动来改变方框位置，在绘图窗口中就可预览改变的区域。也可以单击红方框以外的区域，使红方框移到单击的地方。

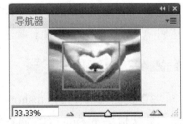

图 1-36　【导航器】面板

1．显示比例栏

在显示比例栏的文本框中直接输入数值，图像文件就会以设置的比例显示。

2．使用预设值

在显示比例栏中，有已经预设的递增百分比（1%、2%、3%、4%、5%、6.25%、8.33%、

在使用工具时，按什么快捷键可快速切换到抓手工具，随时浏览图像？

答：不管用户在使用何种工具时，只要按住空格键，就会转换成抓手工具，这样可以很方便地浏览图像，当松开空格键，又恢复到当前使用的工具。

技术看板

12.5%、16.67%、25%、33.33%、50%、66.67%、100%、200% …），单击右边的 ▲ 图标，图像文件就会以递增的预设百分比来显示；单击左边的 ▲ 图标，图像文件就会以递减预设的百分比来显示。

3. 拖动滑块

向右拖动滑块，图像文件以递增的百分比来显示；向左拖动滑块，图像文件以递减的百分比来显示。

> **提 示**
>
> 当用户打开的图像大部分是红色时，再使用红色方框来导航图像是不利于分辨的。单击面板右侧的 ▼≡ 菜单图标，在弹出的菜单中选择【调板选项】命令，弹出【调板选项】对话框，在对话框中重新设置合适的颜色，如图 1-37 所示。

图 1-37 　【调板选项】对话框

1.2.2　抓手工具

🖐 抓手工具在 Photoshop 中可以说是最基本的使用工具，若绘图窗口不能完全显示图像内容时，使用此工具单击并拖动来滚动图像，观察图像的每一个细节。不管用户在使用何种工具时，只要按住空格键，就会转换成 🖐 抓手工具可以很方便地浏览图像，当松开空格键，又恢复到当前使用的工具。

若绘图窗口足以显示整个图像内容时，滚动条将消失，再使用 🖐 抓手工具也不能滚动图像。

1.2.3　缩放工具

只要用户在图像上使用 🔍 缩放工具，将使用预设的缩放倍数来扩大或缩小图像。如果感觉使用这种方法太慢，还可以使用 🔍 缩放工具，直接框选想放大的区域，Photoshop 会立刻进入放大区域。

除了放大之外，用户也可以快速地缩小图像。双击工具箱中的 🖐 抓手工具图标，图像缩放到适合屏幕大小来显示。也可以双击 🔍 缩放工具图标，图像以 100% 比例显示。按住 Alt 键，使用 🔍 缩放工具在图像上单击，图像将以预设的比例来缩小。

1.2.4　3D 视图工具

3D 视图工具是 Photoshop CS4 的新增功能，它是通过 Open GL 的方式得到更好的预览性能，默认情况下 Open GL 的功能是关闭的。

1.2.5　【视图】菜单

如果用户在图像上想做一系列细节操作，需要真正地在图像上放大细节，也可以选择【窗口】>【排列】>【新建窗口】命令，创建一个和原图像文件相同的窗口，设置一个文件

技术看板 　怎样帮助用户精确地确定图像或元素的位置？

答：选择【视图】>【标尺】命令或按快捷键 Ctrl+R 显示标尺，然后用鼠标在标尺上拖动出辅助线确定图像或元素的精确位置。

窗口的放大倍率为 100%，它会显示全部的画面，然后设置另一个文件窗口放大倍率为 500%，可以看到非常详细的细节。在任意一个窗口里编辑，它们都将显示用户的操作结果。缩放图像有多种方法，可以使用菜单命令，也可以使用快捷键。

1. 菜单命令

在【视图】菜单里，用户可使用【放大】、【缩小】、【按屏幕大小缩放】和【实际像素】等命令来缩放图像大小，菜单命令如图 1-38 所示。

2. 缩放快捷键

- 按快捷键 Ctrl++ 就像单击工具箱中的缩放工具一样，按递增的预设比例来放大图像。
- 按快捷键 Ctrl+- 图像按递减的预设比例来缩小图像。
- 按快捷键 Ctrl+0 就像双击工具箱中的抓手工具一样，使图像窗口适合屏幕大小。
- 按快捷键 Alt+Ctrl+0 就像双击工具箱中的缩放工具一样，使用图像窗口以实际像素显示。

图 1-38　【视图】菜单命令

除了使用预设的缩放比例来缩放图像，也可以通过在绘图窗口左下角的【画面比例显示】文本框中输入任意百分比数值。

用户可能会问，这么多的缩放方法，到底哪种更好用？用户可以都试一试，选择自己喜欢的方式。

1.2.6　标尺

标尺可帮助用户精确地确定图像或元素的位置。在打开的绘图窗口有两把标尺，垂直标尺在绘图窗口的左侧，水平标尺在绘图窗口的上方，选择【视图】>【标尺】命令或按快捷键 Ctrl+R 可显示或隐藏标尺。

1. 设定标尺单位

如果标尺的默认单位像素不符合用户使用要求，可以选择【编辑】>【首选项】>【单位与标尺】命令，在打开的【首选项】对话框中进行设定，如图 1-39 所示。

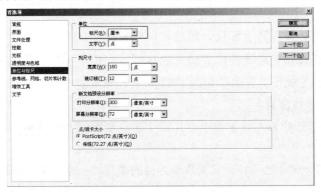

图 1-39　设置【首选项】对话框中的参数

怎样使用【导航器】面板快速地左右移动和缩放图像？

答：打开图像后，红方框区域标示出在当前打开的绘图窗口能够预览的图像区域，在方框区域按下鼠标，然后左右或上下拖动来改变方框位置，在绘图窗口中就可预览改变的区域；也可单击红方框外的区域，使红方框移到单击的地方。

技术看板

13

2．设置标尺原点

预设的标尺原点在绘图窗口的左上角，像坐标轴的原点（0，0）一样，使用标尺进行度量时，都是相对于原点，由原点向右为正值，向左为负值；向上为负值，向下为正值。有时为了方便度量，需要改变原点的位置，单击绘图窗口左上角标尺的十字虚线的交点，如图 1-40 所示，并拖动到欲要设定标尺原点的地方，此时在绘图窗口上会出现一组十字交叉点即为所需的标尺原点。

图 1-40　默认标尺原点位置

14

提 示

双击绘图窗口左上角十字虚线的交点，即可将标尺原点恢复到原来的默认位置（0，0）。

1.2.7　参考线

选择【视图】>【显示】>【参考线】命令，在绘图窗口会显示参考线，参考线用来协助度量或对齐图像中的元素，它们可随时添加、移动、删除或被锁定。虽然在图像上显示，但它们不会被打印出来，只起到辅助作用。

1．设定参考线

设定标尺参考线必须先显示标尺，然后将鼠标放在标尺上，当指针变为白色箭头时，按下鼠标左键拖动到要设定参考线的位置松开鼠标即可。由水平标尺拖出的参考线是水平的，由垂直标尺拖出的参考线是垂直的，如图 1-41 所示，设置参考线后，很容易对齐图像。

2．精确设定参考线位置

选择【视图】>【新建参考线】命令，打开【新建参考线】对话框，如图 1-42 所示，设置参考线的精确位置。

- 取向：选择【水平】选项，可设置水平方向的参考线；选择【垂直】选项，可设置垂直方向的参考线。

技术看板　怎样设置标尺的单位？

答：标尺的默认单位像素不符合用户使用要求时，选择【编辑】>【首选项】>【单位与标尺】命令，在打开的【首选项】对话框中进行设定即可。

● 位置：在此文本框中输入数值，可精确设置参考线的位置。

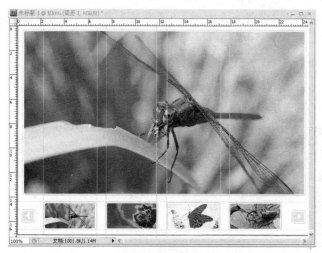

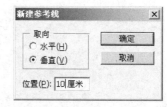

图 1-41 利用参考线对齐图像　　　　图 1-42 设置【新建参考线】对话框

3．移动参考线

设定好参考线，使用 [移动工具图标] 移动工具可以移动或编辑它。当鼠标指针移动到参考线上时，此时的鼠标指针就变成双向箭头，按下鼠标左键拖动即可。

4．删除参考线

当不再使用参考线时，有两种方法删除参考线。

● 全部删除：选择【视图】>【清除参考线】命令，可将参考线全部删除。

● 只删除不需要的：删除不需要的参考线，必须使用 [移动工具图标] 移动工具，将不需要的参考线拖动到标尺上即可。

5．对齐参考线

想要移动图像准确对齐参考线，选择【视图】>【对齐到】>【参考线】命令，即可轻松实现。

6．锁定参考线

精确设定参考线后，选择【视图】>【锁定参考线】命令，将参考线锁定，这样就不怕不小心移动参考线的位置了。

7．显示/隐藏参考线

有时参考线设置多了会影响图像的浏览，可以选择【视图】>【显示】>【参考线】命令，暂时将参考线隐藏起来。再次执行此命令，参考线便会显示出来。

1.2.8 网格

确定图像的精确位置，除了使用参考线外，还可使用网格。网格对于对称地布置图像很有用。网格在默认情况下显示为不打印出来的线条，也可以显示为点。

15

1．显示/隐藏网格

为了能够精确对齐或选取图像，选择【视图】>【显示】>【网格】命令，可显示默认网格，如图 1-43 所示。再次执行此命令，网格便会隐藏起来。

2．设定网格

如果不想使用默认的网格大小，选择【编辑】>【首选项】>【参考线、网格、切片和计数】命令，在打开的【首选项】对话框中重新设置网格，如图 1-44 所示。

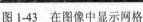

图 1-43　在图像中显示网格　　　　图 1-44　设置【首选项】对话框中的参数

- 颜色：此选项设置网格的颜色。
- 网格间隔数：此选项设置网格之间的间隔数。单位可设为像素、英寸、厘米、毫米、点、派卡（六分之一英寸）、百分比等。
- 样式：此选项可设置网格的样式为直线、虚线、网点等。
- 子网格：此选项设置子网格线的密度。

本章向用户介绍了 Photoshop CS4 的界面及浏览图像文件时的一些辅助工具和命令，学习本章后，相信各位能够方便自如地组织自己的工作界面并浏览图像了。抓紧时间学习，后面还有更精彩的内容等着各位呢！

技术看板　在对齐或度量图像时，会用到什么命令？

答：选择【视图】>【显示】>【参考线】命令，在绘图窗口会显示参考线，参考线用来协助度量或对齐图像中的元素。选择【视图】>【新建参考线】命令，可精确设置参考线的位置。

第 **2** 章　图像的基础知识

学 习 内 容	分 配 时 间	重 点 级 别	难 度 系 数
矢量图与位图、图像文件格式	20 分钟	★★★	★
图像文件的新建、打开、存储操作	30 分钟	★★★	★

在本章我们将学习数字图像基础知识，包括矢量图与位图和图像格式的概念，及图像文件的创建、打开、置入、保存等操作。了解数字图像的组成及其概念，是使用 Photoshop 很重要的环节，没有正确的概念，是很难提高使用 Photoshop 技巧的。所以学习 Photoshop 时，不能忽略这些功能。

2.1　位图与矢量图

位图是由一个个像素点组合生成的图像，不同的像素点以不同的颜色构成了完整的图像。矢量图是由一系列线条所构成的图形，而这些线条的颜色、位置、曲率、精细等属性都是通过许多复杂的数学公式来表达的。

2.1.1　位图

位图可以表达出非常丰富的图像效果，色彩丰富，过渡自然。一般由像 Photoshop 这样的位图绘图软件绘制生成，除此之外，使用数码照相机所拍摄的照片和使用扫描仪扫描的图像也都以位图形式存储。位图是由像素点组成，图像像素点越多，图像越清晰，而文件所占硬盘的空间也越大，在处理图像时计算机运行速度也就越慢。同时，位图中所包含的图像像素数目是一定的，如果将图像放大，其相应的像素点也会放大，当像素点被放大到一定的程度后，图像就会变得不清晰，边缘会出现锯齿。有关像素的知识请参看 6.1.3 的介绍。

2.1.2　矢量图

矢量图是用数学公式来定义线条和形状的，且它的颜色表示都是以面来计算的，因此它不像位图那样能够表现很丰富的颜色，图 2-1 所示为使用矢量软件 Illustrator 所绘制的图形及其被放大后的效果。在绘制过程中也不能像位图那样随心所欲地绘制和擦除图像，但矢量图占据的磁盘空间相对较小，其文件尺寸取决于图形中所包含对象的数量和复杂程度。

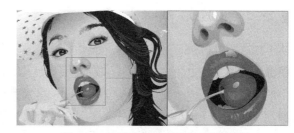

图 2-1　矢量图及放大图像后的效果

数码照相机所拍摄的照片及扫描的图像一般存储为什么形式的图？
答：存储为位图。因为位图能够表现出色彩丰富、过渡自然的图像效果。

技术看板

2.2 图像文件格式

Photoshop CS4 支持多种文件格式，应用在许多领域中，如应用在彩色印刷领域的图像文件格式为 TIFF 格式，广泛应用于因特网中的图像格式为具有压缩功能的 GIF 和 JPEG 格式。因此，针对不同的工作需求选择不同的文件格式是非常重要的，Photoshop 自身专用的格式，有可跨平台使用的格式，还有一些特殊的图像格式，为了使用户能根据工作需求正确地选择文件格式，下面将介绍一些常用文件格式。

2.2.1 PSD 格式

PSD 格式是 Photoshop 自身专用的，也是系统默认的文件格式，Adobe Creative Suite 软件包中的软件可以直接导入使用。PSD 格式能够保存图像微小的细节，包括层、通道以及其他一些信息。缺点是这种格式的文件体积比较大，尽管 Photoshop 在存储过程中已经应用了压缩优化技术。由于这种格式不会造成数据信息的丢失，所以在编辑时应该首先采用此种格式，在编辑完成后，再根据输出需要存储成其他格式的文件。

2.2.2 BMP 格式

BMP 是标准的 Windows 图像格式，支持 RGB、索引颜色、灰度和位图颜色模式，在存储 BMP 格式的文件时，可以选择压缩选项对数据进行压缩，这种压缩是无损压缩，可以节省磁盘空间而又不丢失图像数据，但在打开这种压缩格式的文件时，将会花很长的时间进行反压缩，一些兼容性不太好的软件可能对压缩存储的文件不支持。BMP 格式可以被 DOS、Windows 和 OS/2 操作系统支持，因此它是一种跨平台的格式。

2.2.3 GIF 格式

GIF（Graphic Interchange Format，图形交换格式）格式是采用 LZW 压缩的图像格式，因为文件体积小，所以广泛应用在因特网上，传输速度也比其他格式的文件快。GIF 格式采用索引颜色存储图像中的颜色，同时保存图像的透明度，但是不支持 Alpha 通道。GIF 格式也是一种跨平台格式，可以在 Windows 和 Mac 操作系统支持。

2.2.4 JPEG 格式

JPEG（Join Photographic Experts Group，联合图像专家组）格式也是广泛应用在因特网上的图像格式，支持 RGB、CMYK 和灰度颜色模式，但不支持 Alpha 通道。JPEG 能保留 RGB 图像中的所有颜色信息，这点显然要强于 GIF 格式的保留索引颜色信息。用户可以有选择地丢弃数据来压缩文件大小。压缩级别越高，得到的图像品质越低；压缩级别越低，得到的图像品质越高。在大多数情况下，在【品质】选项中选择【最佳】，产生的结果与原图像几乎无分别。

JPEG 在 Windows 和 Mac 操作系统都能使用，所以该格式也是跨平台格式。

技术看板　在印刷领域使用 TIFF 格式的图像，那么在 Photoshop 中也使用此种格式编辑图像吗？
答：不使用，应该使用 PSD 格式。PSD 格式能够保存图像微小细节，包括层、通道以及其他一些信息，不会造成数据信息的丢失，等编辑完成后，再存储成印刷用的 TIFF 格式。

2.2.5　TGA 格式

TGA（Targa）格式是为使用 TrueVision 视频卡的系统设计的，此格式支持 16 位、24 位和 32 位的 RGB 图像，在存储时可以选择像素位数。TGA 格式也同时支持无 Alpha 通道的索引颜色和灰度图像，支持 RLE 编码压缩图像。

2.2.6　TIFF 格式

TIFF 是一种灵活的、应用广泛的位图图像格式，几乎所有的绘画、图像编辑和页面排版应用程序都支持这种格式，而且几乎所有的桌面扫描仪都可以扫描产生 TIFF 图像。TIFF 文档的最大文件大小可以达到 4 GB。

TIFF 格式支持具有 Alpha 通道的 CMYK、RGB、Lab、索引颜色和灰度图像，并支持无 Alpha 通道的位图模式图像。Photoshop 能够以 TIFF 格式存储注释、透明度等数据，也可以用 TIFF 格式存储图层，但是如果在另外应用程序中打开该文件，则只有拼合图像是可见的。它的特点是，在压缩时不影响图像质量。一般在出软片或使用 PageMaker 排版时，使用的是这种格式的文件。虽然文件比较大，但是图像质量有保证。

2.2.7　PNG 格式

PNG（便携网络图形）格式是作为 GIF 的替代品开发的，用于无损压缩和显示 Web 上的图像。PNG 格式使用的是高速的交替显示方案，可以迅速地显示，只要下载 1/64 的图像信息就可以显示出低分辨率的预览图像，已成为网络上流行的一种格式。

PNG 格式支持 24 位图像并产生无锯齿状边缘的背景透明度；支持无 Alpha 通道的RGB、索引颜色、灰度和位图模式的图像，同时保留灰度和 RGB 图像中的透明度。

注 意

有些浏览器不支持 PNG 格式的图像文件。

2.2.8　GIF 格式

GIF 格式是使用 8 位颜色并保留图像细节，同时有效地压缩图像实色区域的一种文件格式。因为 GIF 文件只有 256 种颜色，因此将原 24 位图像优化成为 8 位的 GIF 文件时会导致颜色信息丢失。

2.2.9　EPS 格式

EPS 格式是一种用于打印的格式，它可以同时包含矢量图形和位图图形，并且几乎所有的图形、图表和页面排版程序都支持该格式。EPS 格式用于在应用程序之间传递 PostScript 语言图片。当打开包含矢量图形的 EPS 文件时，Photoshop 栅格化图像，并将矢量图转换为位图。

19

图像复制到剪贴板，新建的空白文件的默认尺寸为多大？
答：新建的文件尺寸和分辨率会自动基于该图像数据。

技术看板

EPS 格式支持 Lab、CMYK、RGB、索引颜色、双色调、灰度和位图颜色模式，支持剪贴路径，但不支持 Alpha 通道。若要打印 EPS 文件，必须使用 PostScript 打印机。

2.2.10　PDF 格式

便携文档格式（PDF）是一种灵活的、跨平台、跨应用程序的文件格式。基于 PostScript 成像模型，PDF 格式的文件可以精确地显示并保留字体、页面版式以及矢量图和位图，还可以包含电子文档搜索和导航功能（如电子链接）。

Photoshop 识别两种类型的 PDF 文件：Photoshop PDF 文件和通用 PDF 文件，虽然可以打开这两种类型的 PDF 文件，但是只能将图像存储为 Photoshop PDF 格式。

Photoshop PDF 格式支持标准 Photoshop 格式所支持的所有颜色模式（多通道模式除外）和功能。Photoshop PDF 还支持 JPEG 和 ZIP 压缩，但使用 CCITT Group 4 压缩方法的位图模式图像除外。

通用 PDF 文件是使用 Photoshop 以外的应用程序（如 Adobe Acrobat 和 Adobe Illustrator）创建的，可以包含多个页面和图像。当打开通用 PDF 文件时，Photoshop 将栅格化图像。

2.2.11　Filmstrip 格式

在 Adobe Premiere 中可以将视频片段输出为 Filmstrip 格式的图像文件，然后在 Photoshop 中打开。如果在 Photoshop 中对 Filmstrip 文件执行调整大小、重定像素、删除 Alpha 通道、更改颜色模式或文件格式等操作，则不能再将文件重新在 Premiere 中打开。

2.2.12　Photoshop Raw 格式

Photoshop Raw 格式是一种灵活的文件格式，用于在应用程序与计算机平台之间传递图像。这种格式支持具有 Alpha 通道的 CMYK、RGB 和灰度图像以及无 Alpha 通道的多通道和 Lab 图像，但是不支持图层。以 Photoshop Raw 格式存储的文件可以是任意像素大小或文件大小。

> **注 意**
>
> Photoshop Raw 与来自数码照相机的原始图像文件不是同一种文件格式。数码照相机的原始图像文件是相机特定的专有格式，它能为摄影师提供数字负片，即无任何过滤、白平衡调整和其他相机内处理的图像。

以上介绍的都是常用的文件格式，还有一些不常用的文件格式在这里就不介绍了，需要了解这些文件格式的用户可以查看有关资料。

2.3　创建新文件

前面介绍了在启动 Photoshop CS4 时，系统默认的是处于"空白"状态，既不会自动创建文件，也不会自动打开图像文件。在没有图像文件打开的情况下，所有的操作都是无法执

技术看板　Photoshop 自身专用的是什么文件格式？这样的文件格式又有什么特点？
答：PSD 文件格式是 Photoshop 自身专用的，也是系统默认的文件格式。PSD 格式能够保存图像微小细节，包括层、通道以及其他一些信息，但这种格式的文件占用的存储空间比较大。

行的。本节将向用户讲解如何创建新文件，希望用户能掌握 Photoshop CS4 的基本文件操作技术。

使用【新建】命令创建新的空白图像。如果将某个选区复制到剪贴板，新建图像的尺寸和分辨率会自动基于该图像数据。

上机操作 1　创建空白图像

01　选择【文件】>【新建】命令，打开【新建】对话框，如图 2-2 所示。

【新建】对话框参数设置：

图 2-2　【新建】对话框

- 名称：设置新建图像文件的名称。
- 预设：可从此选项的下拉列表框中选择预设的文件尺寸，如果要创建的新文件大小与打开的任何图像的宽度和高度匹配，在此选项的预设中选取该文件名即可。
- 宽度：设置新建文件的宽度。
- 高度：设置新建文件的高度。
- 分辨率：设置新建文件的分辨率，分辨率的高低会影响图像的清晰度。有关图像分辨率请参看第 6 章介绍。
- 颜色模式：设置新建文件的模式。有关图像模式请参看第 11 章的介绍。
- 背景内容：设置新建文件的背景。选择【白色】选项时，创建以白色填充背景的文件，选择【背景色】选项时，创建以当前背景色填充背景的文件，选择【透明】选项时，创建透明背景的文件。
- 高级：单击此按钮，打开创建新文件时的高级选项，选取一个颜色配置文件，或在"颜色配置文件"下拉列表框中选取【不要对此文档进行色彩管理】选项。对于【像素长宽比】选项的设置，除非使用用于视频的图像，否则选取【方形】。

02　设置完成后，单击【存储预设】按钮，将这些设置存储为预设，或单击【确定】按钮新建文件。

在创建的白色背景文件中编辑的图像效果如图 2-3 所示；在黑色背景文件中编辑的图像效果如图 2-4 所示；在透明背景文件中编辑的图像效果如图 2-5 所示。

图 2-3　白色背景图像文件效果

图 2-4　黑色背景图像文件效果

图 2-5　透明背景图像文件效果

21

新建图像文件时，怎样设置【颜色模式】？

答：选择【文件】>【新建】命令，在【新建】对话框中的【颜色模式】选项中可设置图像文件的颜色模式。　　**技术看板**

2.4 打开图像文件

要在 Photoshop CS4 中进行编辑合成工作，除了需要学会创建新文件，更多的时候是需要借助图库、数码相片等原图像进行再加工，这就需要用户使用相关命令将需要的图像文件在 Photoshop CS4 中打开，打开图像文件的方法有多种，下面详细讲解打开图像文件的方法及其操作。

2.4.1 【打开】命令

使用【打开】命令，打开 Windows 标准的【打开】对话框，在对话框中可以选择路径和文件，也可在【文件名】组合框中输入正确的文件名。当文件类型很多时，可在【文件类型】选项的下拉列表框中选择欲打开的文件类型，这样可以进行简单过滤，使满足条件的文件显示出来。也就是说使用【打开】命令，只能打开带有正确后缀名的图像文件。

上机操作 2　应用【打开】命令

01　启动 Photoshop CS4 后，选择【文件】>【打开】命令，弹出【打开】对话框，如图 2-6 所示。

【打开】对话框中参数的设置：

- 查找范围：通过文件所存储的路径打开文件。
- 文件名：输入正确的文件名，打开文件。
- 文件类型：根据文件类型，打开所需的文件。

02　根据需要在【打开】对话框中选择要打开的图像文件，然后单击【打开】按钮，打开的图像文件如图 2-7 所示。

图 2-6　【打开】对话框

图 2-7　打开选择的图像

技术看板　**怎样依照文件格式快速打开文件？**
答：选择【文件】>【打开】命令或按快捷键 Ctrl+O 打开【打开】对话框，在【文件类型】下拉列表框中选择要打开文件的格式，这样只有满足条件的文件显示出来，可快速打开文件。

提　示

　　双击 Photoshop CS4 界面中空白的区域，也可以弹出【打开】对话框。在对话框的文件列表区域，用户可以使用鼠标，再配合 Shift 键和 Ctrl 键同时选择多个文件，单击【打开】按钮，这些被选中的文件将按选中的顺序依次在 Photoshop CS4 中打开。最好不要一次打开太多文件，这样会造成资源浪费，机器速度减慢，甚至造成死机。

2.4.2　【打开为】命令

　　使用【打开为】命令，主要用于打开没有扩展名的文件。用户如果不能判断出文件的格式，可以在【文件类型】下拉列表框中选择常见的文件格式，如 PSD、PDD、BMP、TIFF、JPG、PCD 等文件格式，如果这些文件格式都打不开，则尝试使用另外一些不常用的文件格式。

2.4.3　【最近打开文件】命令

　　使用【最近打开文件】命令，将显示一个列表，里面存放着最近打开过的文件名称，如图 2-8 所示，单击某个文件名称可以直接打开该文件。如果选择【清除最近】命令，则清除最近打开的文件列表，该列表随着文件的打开将自动更新。

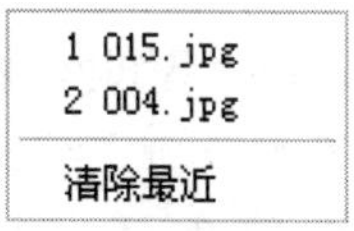

　　最近打开文件列表的文件数目可以通过【首选项】对话框进行设置。

```
1 015.jpg
2 004.jpg
清除最近
```

图 2-8　最近打开文件列表

23

　　选择【编辑】>【首选项】>【文件处理】命令，打开【首选项】对话框，如图 2-9 所示，在【近期文件列表包含】选项中，设定最近打开过的文件需要显示的数目。

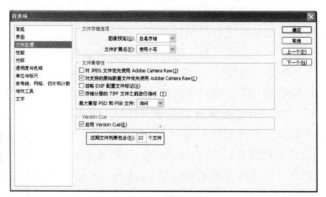

图 2-9　【首选项】对话框

2.4.4　【打开为智能对象】命令

　　使用【打开为智能对象】命令，将打开的图像作为智能对象打开。有关智能对象的知识请参看第 8 章的介绍。

在 Photoshop 中怎样同时打开多个图像文件？

答：在【打开】对话框中文件列表区域，按住 Shift 或 Ctrl 键，可同时选择多个图像，或直接使用鼠标框选图像，单击【打开】按钮，即可打开多个图像文件。

技术看板

2.4.5 使用【在 Bridge 中浏览】命令

选择【文件】>【在 Bridge 中浏览】命令或者单击标题栏中的 [Br] 启动 Bridge 按钮，均可启动 Adobe Bridge 软件，如图 2-10 所示，通过该软件可以快速地浏览、管理及打开需要的文件。

图 2-10　Bridge 窗口

Adobe Bridge 窗口共分为六大部分：菜单、编辑浏览文件、目录树窗口、文件预览窗口、文件数据窗口、缩览图浏览窗口。具体介绍如下：

- 菜单：使用这些菜单命令，可以对浏览窗口中的文件进行编辑、批处理、排序以及分类浏览等管理，浏览文件更加方便。
- 工具按钮：使用这些按钮，可以快速地查找文件，打开、导入、优化或输出图像文件。
- 文件路径：显示浏览文件的路径或文件夹。
- 目录树窗口：显示了文件在硬盘中的位置。
- 文件预览窗口：对所选文件进行预览的地方。
- 文件数据窗口：显示了所选文件相关的详细信息，如文件名、创建时间、修改时间、文件格式、文件大小（宽度与高度）、文件颜色模式、分辨率、文件大小等。如果是数码相片，窗口还会显示它的拍摄时间、曝光度、相片尺寸等信息。
- 紧凑模式切换：单击 切换到紧凑模式图标，Adobe Bridge 窗口以最紧凑的方式显示，如图 2-11 所示，通过单击右上部的 简洁模式图标，Adobe Bridge 调板显示如图 2-12 所示的样子，单击全屏模式图标 ，Adobe Bridge 显示如图 2-13 所示的样子，可随时按照需要的方式来显示这个窗口。

图 2-11　Bridge 以紧凑模式显示

- 缩览图浏览窗口：显示的是目标文件夹中图片的缩览图。
- 缩放缩览图：通过拖动滑块，调整文件缩览图的显示大小。
- 文件显示方式：在此可以选择浏览文件的不同方式，有三种缩览方式。
- 编辑浏览文件：对浏览的文件很方便地进行旋转、标注、查找及删除。

技术看板　怎样设置近期文件显示的数目？

答：选择【编辑】>【首选项】>【文件处理】命令，在打开的对话框中的【近期文件列表包含】选项中设定最近打开过的文件需要显示的数目。

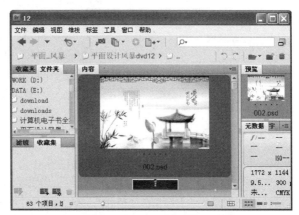

图 2-13 Bridge 以全屏模式显示

图 2-12 Bridge 以最简洁的方式显示

2.5 置入图像文件

使用【打开】等命令打开的图像文件都是以选项卡的形式显示，也可以在图像窗口左上角的标题栏中按住左键拖动成独立的图像窗口。除了【打开】命令以外，Photoshop CS4 还提供了一个比较特殊的命令——【置入】命令，使用该命令可以置入任何 Photoshop CS4 支持格式的图像文件，而且置入的图像文件将作为智能对象置入到当前打开的文件中。

使用【置入】命令时，在单击【置入】按钮或按 Enter 键置入图片前，可以缩放、定位、斜切或旋转图片而不会降低图片品质。在 Photoshop 中，可以对 PDF、Illustrator (AI) 或 EPS 文件进行栅格化。在将文件栅格化后，无法再将矢量数据作为路径进行编辑，也无法对文本属性进行编辑。

上机操作 3 置入图像文件

01 打开【Ch02 素材】文件夹中的【置入 1.jpg】文件，如图 2-14 所示。

02 选择【文件】>【置入】命令，弹出【置入】对话框，如图 2-15 所示。在对话框的【文件类型】下拉列表框中可以设置要置入的文件类型，以便进行文件过滤。在对话框中选定【素材】文件夹中【Ch02 素材】文件夹中的【置放 2】文件后，单击【置入】按钮，被置入的图像将出现在当前图像新建图层的中央定界框中，图像会保持其原始的长宽比，如

图 2-14 打开图像文件

果图形比 Photoshop CS4 界面中打开的图像大时，将自动调整到合适图像大小的尺寸，如图 2-16 所示。

03 通过重新设置选项栏的各项参数，可以重新调整置入文件的大小及位置，如图 2-17 所示。

如果需要重新定位已置入的图像，可执行下列一项或多项操作：

- 将鼠标定位在置入图像的定界框内，拖移调整图像的位置。

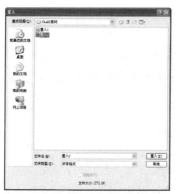

图 2-15　在【置入】对话框选择置入文件

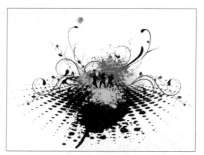

图 2-16　置入文件

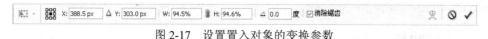

图 2-17　设置置入对象的变换参数

- 在选项栏中输入 X 值，指定置入图像的中心点和图像左边之间的距离，输入 Y 值，指定置入图像的中心点和图像顶边之间的距离。
- 要调整置入图像的中心点，可将中心点拖移到一个新位置，或者单击选项栏中参考点位置图标。

如果需要缩放置入的图像，可执行下列一项或多项操作：

- 拖移定界框的角控制点或边上的控制点之一。当拖移角控制点时，按住 Shift 键可等比例放大或缩小置入的图像。
- 在选项栏中输入 W 值和 H 值，指定图像的宽和高。默认情况下，这些选项以百分比表示缩放，也可以输入其他度量单位。如果要约束图像比例，单击保持长宽比图标。

如果需要旋转置入的图像，可执行下列一项或多项操作：

- 将鼠标定位在置入图像的定界框之外，此时鼠标指针变成，即可拖动旋转置入文件的角度。
- 直接在选项栏中的旋转选项中设置旋转角度的值（以度为单位），会围绕置入文件的中心点旋转。如果要调整中心点，请将其拖移到一个新位置，或者直接单击选项栏中参考点图标上的控制手柄。
- 如果需要斜切置入的图像，可按住 Ctrl 键，拖动定界框的控制点来实现。
- 如果需要消除锯齿，可在选项栏中选中【消除锯齿】选项。如果要在栅格化过程中混合边缘像素，请选中【消除锯齿】选项。在栅格化过程中，如果要在边缘像素之间生成硬边转换，则取消选择【消除锯齿】选项。

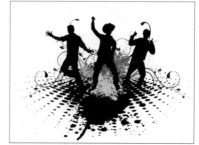

要将置入的图像放置在新图层中，执行下列操作之一：

- 单击选项栏中的进行转换按钮或直接按 Enter 键，确定。

如果要取消置入，执行下列操作之一：

- 单击选项栏中的取消按钮或直接按 Esc 键。

图 2-18　置入图像文件

04　置入图像文件效果如图 2-18 所示。

技术看板

在调整置入的图像文件时，怎样约束图像比例不变？

答：在选项栏中输入 W 值或 H 值，单击保持长宽比图标。

2.6 存储图像文件

常用计算机的人都经历过突然断电而损失文件的痛苦。如果你已经完成了作品创作，但是不能及时保存下来，那将是多么的遗憾！Photoshop CS4 为用户提供了多种存储文件的方法，并且支持多种文件存储格式。

2.6.1 【存储】命令

如果是新建或者是刚打开的文件，还没有进行过任何操作，【文件】>【存储】命令是无法使用的。如果对文件进行了编辑操作，则可以激活【存储】命令。如果当前编辑的不是新建文件，则该命令将直接采用当前的路径和文件名覆盖掉原来的文件进行保存。

2.6.2 【存储为】命令

如果要使编辑的图像文件不覆盖掉原来的文件，则执行【存储为】命令，具体内容如下：

选择【文件】>【存储为】命令，将打开【存储为】对话框，如图 2-19 所示。在对话框中可以对文件的名称、格式、存储选项等参数进行设置。

图 2-19 【存储为】对话框

【存储为】对话框中的参数设置如下：

- 保存在：利用该下拉列表框可以设定文件存储的路径。
- 文件名：用于设定存储的文件名，如果不进行改动，则使用系统默认的文件名。
- 格式：用于设定存储文件的格式。

27

为什么有时不能用【存储】命令存储文件？

答：如果是新建或者是刚打开的文件，还没有进行过任何操作，【文件】>【存储】命令是无法使用的。

技术看板

注 意

如果存储的是已有的图像文件，则改变以上三项的任何一项，都将存储一个新的文件，而原来的文件将被保留。

- "存储选项"包括以下几项：
  - ➤ 作为副本：存储文件拷贝，同时使当前文件保持打开状态。
  - ➤ Alpha 通道：将 Alpha 通道信息与图像文件一起存储。禁用该选项可将 Alpha 通道从存储的图像文件中删除。
  - ➤ 图层：保留图像中的所有图层。如果该选项被禁用或者不可用（取决于所选格式），则所有的可视图层将被合并。
  - ➤ 注释：将注释与图像一起存储。
  - ➤ 专色：将专色通道信息与图像一起存储。禁用该选项可将专色从存储的文件中删除。

注 意

"专色"是印刷中的术语，需要特殊的预混油墨，用于替代或补充印刷色（CMYK）油墨，在印刷时每种专色都要求专用的印版。如果要印刷带有专色的图像，则需要创建存储这些颜色的专色通道。

28

  - ➤ 使用校样设置：选中和取消该选项，将切换图像的当前校样配置文件的嵌入。此选项只适用于 PDF、EPS、DCS 1.0 和 DCS 2.0 格式。
  - ➤ ICC 配置文件：显示当前的颜色配置文件，该颜色配置文件用于提供图像中实际颜色外观的定义。选中或取消该选项时，将切换图像的当前颜色配置文件。此选项只适用于 Photoshop 本身的格式，如 PSD、PDF、JPEG、TIFF、EPS、DCS 和 PICE 格式。

注 意

以上两项只建议熟悉色彩管理的高级用户尝试更改配置文件。

- 缩览图：存储文件的缩览图数据。
- 使用小写扩展名：使存储文件的扩展名为小写。

2.6.3 存储为 Web 和设备所用格式

使用【存储为 Web 和设备所用格式】命令，将打开【存储为 Web 和设备所用格式】对话框，如图 2-20 所示。该对话框中针对网络传输和清晰度需求提供了众多选项，用户可以合理地设置这些选项，以最佳化的存储网络所用的图像存储文件，一般选择 GIF 或 JPEG 格式存储。建议在存储 Web 所用格式时，首先考虑 GIF 格式，这是一种压缩的 8 位图像格式，文件比较小，能通过颜色表最大限度地还原颜色，而且可以存储动画效果，非常适合在网络中应用。

技术看板 当打开的图像被编辑修改后，存储时不想覆盖掉原来的文件怎么办？
答：选择【文件】>【存储为】命令，将调出【存储为】对话框，在对话框中可以对文件的名称、格式、存储选项等参数进行设置。这样编辑的图像文件不覆盖掉原来的文件。

图 2-20　设置【存储为 Web 和设备所用格式】对话框

制作网页动画时，应该存储为什么文件格式？

答：存储为 GIF 格式，这是一种压缩的 8 位图像格式，文件比较小，能通过颜色表最大限度地还原颜色。

技术看板

第**3**章　成功的开始——基本选择技术

学 习 内 容	分 配 时 间	重 点 级 别	难 度 系 数
基本选择技术	90 分钟	★★★	★
实例——云中天使	20 分钟	★★★	★★★
实例——音乐会海报	30 分钟	★★★★	★★★★

　　Photoshop 被称为图像处理软件，最重要的特点就是"拿来"，只要有充足的素材文件，加上创作的灵感，就能创作出神奇的作品。这里的"拿来"功能是指 Photoshop 中的选择功能。Photoshop 不但提供了强大的选择工具和选择菜单，还提供了许多高级的选择方法，例如以快速蒙版选择、路径选择，让用户能随心所欲的"拿来"自己需要的图像画面。如何合理地应用这些工具和方法，是每一位平面设计人员都要好好考虑的。合理的使用选择工具和方法，将会大大提高工作效率，有助于顺利地完成设计任务。

　　本节就来学习 Photoshop CS4 的基本选择技术，至于高级的选择技术，像使用路径、通道、蒙版等技术制作选取范围，将在后面其他章中节进行讲解，下面详细介绍基本的选择技术。

3.1　常用选择工具

　　在 Photoshop 中制作选取范围的方法有很多，使用常用选择工具可以制作基本的选取范围。常用选择工具包括五种类型，分别是选框工具组、套索工具组、魔棒工具、快速选择工具和快速选择工具，在制作选取范围时，配合【调整边缘】对话框的参数设置，对选取区域进行更细微地调整。下面对其进行详细介绍。

3.1.1　选框工具

　　选框工具组包括四个工具，分别是矩形选框工具、椭圆选框工具、单行选框工具和单列选框工具。选框工具组如图 3-1 所示。

1．矩形选框工具

　　矩形选框工具用于在图像中选择出矩形区域，按 Shift 键，可以选择一个正方形区域。该工具相应的选项栏如图 3-2 所示，下面介绍选项栏中的各项参数。

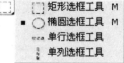

图 3-1　选框工具组

图 3-2　【矩形选框工具】选项栏

- 新选区：在图像中选择新的选区，如图 3-3 所示。

- 添加到选区：向现有选区中添加选区，如图 3-4 所示。

图 3-3 创建新选区   图 3-4 添加选区区域

- 从选区减去：从现有选区中减去新的选区，如图 3-5 所示。
- 与选区交叉：确定最终选区为新旧选区交叉的区域，如图 3-6 所示。

图 3-5 减去新的选区   图 3-6 交叉选区区域

- 羽化：用于设定选取边界的羽化程度，设定值越大，羽化范围越大，如图 3-7 所示，左边选区的羽化值为 2px，右边的选区的羽化值为 20px。
- 消除锯齿：此选项用于去除选取区域的锯齿边缘，选区边缘变得平滑，如图 3-8 所示，为了便于观察，放大图像为 120%，右上角是未选择此选项的选取效果，右下角为选择此选项的效果。

图 3-7 羽化选区状态   图 3-8 选择【消除锯齿】选项的选取结果

注 意

以上几个选项对于选择类工具都适用，以后将不再重述。

样式：设定样式，包括三种样式。选择【正常】选项，当在图像上拖动鼠标会产生方框范围即成为选取区域；选择【固定长宽比】选项，绘制的选取区域将按照宽度与高度的比例进行选择；选择【固定大小】选项选取区域的大小由选项栏中输入的宽度与高度的数值决定。

- 调整边缘... 按钮：单击此按钮，弹出【调整边缘】对话框可对选取区域进行更加细微的调整。在 3.1.5 节中对此进行详细的介绍。

2．椭圆选框工具

椭圆选框工具用于在被编辑的图像中，或单独的图层中选择一个椭圆形区域。按 Shift 键，可以选择一个正圆形区域。此工具的选项与矩形选框工具的相同，请参看上面的介绍，在此不再赘述。

使用选择框工具，如何利用 Shift 键？

答：当用"选择框"选取图片时，想要扩大选区，按住 Shift 键，光标"+"会变成"++"，拖动光标，就可在原来选取的基础上扩大选取区域。或是在同一副图片中同时选取两个或两个以上的选取框。

技术看板

上机操作1 应用选框工具

01 打开【素材】\【Ch03 素材】\【选框工具 1.jpg】文件，如图 3-9 所示。

02 选择 矩形选框工具，由图像的左上角向右下角拖动鼠标，得到矩形选框，如图 3-10 所示。

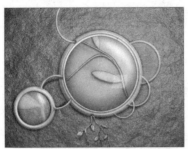

图 3-9　【选框工具 1】图像

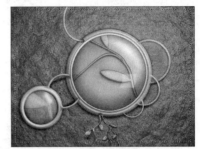

图 3-10　制作矩形选区

03 再选择 椭圆选框工具，单击选项栏中的 从选区减去图标，然后在图像的左下角拖动鼠标绘制一个椭圆选区，如图 3-11 所示，从矩形选区中减去一个椭圆选区。用同样的方法可连续做减选操作，得到如图 3-12 所示的复杂选区。

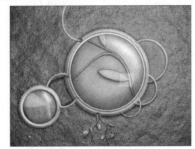

图 3-11　从选区中减去

图 3-12　得到复杂形状选区

3．单行选框工具

单行选框工具用于在被编辑的图像中，或单独的层中选择出 1px 宽的横向选取区域。

4．单列选框工具

单列选框工具用于在被编辑的图像中，或单独的层中选择出 1px 宽的纵向选取区域。

上机操作2 应用单列选框工具

01 打开【素材】\【Ch03 素材】\【单列选框工具 1.jpg】文件，如图 3-13 所示。

02 选择 单列选框工具在图像中单击，得到 1px 宽的纵向选取区域如图 3-14 所示。

03 按快捷键 Ctrl+T，得到变换控制框，向右拖动控制柄如图 3-15 所示，便得到一个特殊的纹理效果。

技术看板　在 Photoshop 中只要按下哪个键，就能选中移动工具？
答：按 M 键。

图 3-13　【单列选框工具 1】图像　图 3-14　绘制 1px 宽的纵向选取区域　　图 3-15　拖移变换选框

　　如图 3-16、图 3-17 所示，分别利用选框工具制作的图像效果。

图 3-16　使用矩形选框工具制作的图像效果　　　图 3-17　使用单列选框工具制作的图案效果

33

提 示

　　要使矩形或椭圆工具制作的选区位置处于居中，可按住 Alt 键，用鼠标单击并拖动即可。当存在选择选区时，按住 Shift 键可以加选，按住 Alt 键可以减选。在绘制选区时，在没有松开鼠标时，按住空格键可移动正在绘制的选区的位置。利用这些快捷键在制作特殊形状的选区时，即快捷又方便。

3.1.2　套索工具组

　　选框工具组使用起来比较简单，选取的范围比较死板，多用于精细选取前的粗略选择，因此实际工作中应用的次数不会太多。套索工具组就不同了，它们具有很强的操控性，使用灵活方便，可应用的范围极其广泛。套索工具组包括套索工具、多边形套索工具和磁性套索工具，如图 3-18 所示。

图 3-18　套索工具组

　　1．套索工具

　　套索工具可用于选择不规则图像形状，按住 Alt 键可切换至多边形套索工具。其选项栏有关参数的意义参见矩形选框工具。

上机操作 3　应用套索工具

　　01　分别打开【素材】\【Ch03 素材】\【套索工具 1.jpg】和【套索工具 2.jpg 】两个文件，如图 3-19、图 3-20 所示。

图 3-19　套索工具 1

图 3-20　套索工具 2

02　选择工具箱中的 ⟨⟩ 套索工具，在选项栏中设置【羽化】值为 5px，将人物的左眼选取出来，如图 3-21 所示，然后使用 ⟨⟩ 移动工具，移动选取区域中的图像到图 3-20 中，得到效果如图 3-22 所示。

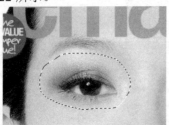
图 3-21　选取区域

图 3-22　效果

提 示

　　要绘制直边选区边框，请按住 Alt 键，然后单击线段的起点和终点。可以在绘制手绘线段和直边线段之间切换。要删除刚绘制的线段，按 Delete 键直到删除到所需线段的关键点。

2．多边形套索工具

　　⟨⟩ 多边形套索工具可以选取极其不规划的多边形图像区域，一般选取的是一些复杂但又棱角分明、边缘呈直线的图形。有关选项栏中参数的意义参见矩形选框工具。

　　⟨⟩ 多边形套索工具的操作方法与 ⟨⟩ 套索工具的操作大体上是相同的，其差别在于选择的区域范围为直线的多边形，将鼠标在图像中单击设定选取区域的起点，然后移动鼠标到下一个点上单击，两个点之间会自动的连接起来，再连续单击下一个点，来决定每一条选取区域的直线线段，最后必须要在开始选择的那个点上单击或双击鼠标，将多边形的选取区域封闭起来。

上机操作 4　应用多边形套索工具

　　01　打开【素材】\【Ch03 素材】\【多边形套索工具 1.jpg】文件，使用 ⟨⟩ 多边形套索工具在图像中单击以设置起点如图 3-23 所示。

　　02　然后在建筑物的边角处单击绘制直线段，如图 3-24 所示。

技术看板　　如何快速取消选取区域？

答：当使用选取工具制作选取区域后，在图像窗口中的选取区域外单击，即可快速取消选取区域。或按快捷键 Ctrl+D。

图 3-23　【多边形套索工具 1】图像

图 3-24　绘制选区

提示

要以 45° 角线段的形式绘制直线，拖动时按住 Shift 键，然后单击创建下一个线段。要绘制手绘形状的线段，请按住 Alt 键，鼠标指针变为套索工具，然后拖动。完成后，松开 Alt 键。要抹除最近绘制的直线段，按 Delete 键删除。

03 然后沿着建筑物的边角单击创建选取区域，最后将指针放在起点上（指针旁边会出现一个闭合的圆）如图 3-25 所示，然后单击，完成选取区域如图 3-26 所示。如果指针不在起点上，单击两次左键，或者按住 Ctrl 键单击。

35

图 3-25　指针放在起点上单击

图 3-26　得到选区

04 选择【选择】>【反向】命令，得到建筑物的选区，如图 3-27 所示，选择【图层】>【新建】>【通过拷贝的图层】命令，复制选区内的图像到新图层，观察选取效果如图 3-28 所示。

图 3-27　反选选区

图 3-28　复制选区到新图层

绘制选取区域的同时，如何移动选区？

答：在拖动选框工具制作选区的时候，按住空格键可以移动正在创建的选区。

技术看板

3．磁性套索工具

磁性套索工具特别适用于快速选择与背景对比强烈且边缘复杂的图像区域，所选图像区域与背景反差越大，该工具越容易发挥功能，选取的精确度也就越高。该工具功能强大，使用简单，是任何平面设计人员应该重点掌握的工具之一。选项栏如图 3-29 所示。

| ⌂ ▾ | ▢▢▢▢ | 羽化：0 px | ☑消除锯齿 | 宽度：10 px | 对比度：10% | 频率：57 | ✐ | 调整边缘… |

图 3-29 【磁性套索工具】选项栏

- 宽度：用于设定检测的宽度。磁性套索工具将以当前鼠标指针所在的点为标准点，在设定的范围内查找反差最大的边缘。
- 边对比度：用于设定对图像边缘的选择灵敏度，设定范围在 1%～100% 之间，较高的数值用于检测对比鲜明的边缘，较低的数值则检测对比相对模糊的边缘。
- 频率：设定创建紧固点的频率，设定范围在 0～100 之间，设定的数值越高，则创建的连接点越多。

上机操作 5 应用磁性套索工具

01 打开【素材】\【Ch03 素材】\【磁性套索工具 1.jpg】文件，选择 磁性套索工具，在选项栏中设置参数。

02 将鼠标移动到要选择图像的边缘单击以设定第一个连接点，如图 3-30 所示，然后沿着图像边缘拖动，选取区域的连接线会沿着色彩边缘而产生，如果得到的连接点不是希望得到的，往回拖拉鼠标或按 Delete 键删除连接点，重新拖动鼠标。

03 最后将连接点连接成一个封闭的曲线，如图 3-31 所示，在第一个连接点上单击或双击鼠标，即可将连接点转变成选取范围。将选择出来的图像替换背景效果如图 3-32 所示。

图 3-30 设定第一个连接点　　图 3-31 使用磁性套索工具制作的选取区域　　图 3-32 替换背景效果

> **提示**
>
> 对于对比区域明显的图像，可以将宽度的值设大，频率的值设小，边缘对比的值设大，在拖动鼠标时速度可以快一些。对于边缘比较柔和、反差不大的图像则将宽度的值设小，频率的值设大，边缘对比的值设小，然后将鼠标尽量贴近图像边缘缓慢拖动，这样选取的效果会精确一些。

> **提示**
>
> 对于使用同一个快捷键的工具，例如套索工具、多边形套索工具、磁性套索工具都是使用快捷键 L，可以使用快捷键 Shift+L 在这三个工具间进行循环切换。

技术看板　在使用【磁性套索工具】时，沿着图像边缘拖动如果得到的连接点不是希望得到的怎么办？
答：在使用【磁性套索工具】沿着图像边缘拖动时，得到的连接点不是希望得到，往后拖动鼠标或按 Delete 键删除连接点，重新拖动鼠标即可。

3.1.3　魔棒工具

魔棒工具主要用于选择颜色一致或相似的色彩图像区域，选项栏如图 3-33 所示。选择的精确程度受【容差】选项控制，选取区域是否连续受【连续】选项控制。

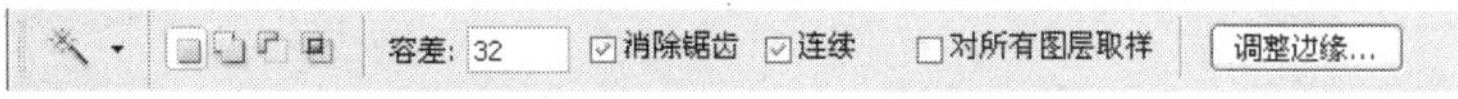

图 3-33　【魔棒工具】选项栏

- 容差：此选项用于控制选择范围容许的颜色数目，设定范围在 0～255 之间。设定的数值越大，颜色容许的越多，选取的精确度越低，选取的范围越大。设定的数值越小，颜色容许的越少，选取的精确度越高，选取的范围色彩越相似，甚至完全相同。
- 连续：此选项限定只选取颜色容许范围内的连续区域，不连续的颜色区域则不能同时被选取如图 3-34 所示。如果不选中此项，则颜色容许范围的所有区域都将被选取，即使互相不相连，如图 3-35 所示。

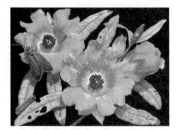

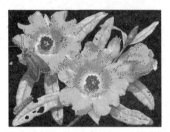

图 3-34　未选中【连续】选项选择效果

图 3-35　选中【连续】选项选择效果

- 对所有图层取样：此选项用于选取所有可见层中的在颜色容许范围内的图像，此时的选取区域为一个跨层的选取区域。反之，魔棒工具将只在当前图层中选择一致的颜色或相似的色彩区域。

上机操作 6　应用魔棒工具

01　打开【素材】\【Ch03 素材】\【魔棒工具 1.jpg】文件，如图 3-36 所示。操作的目的是要把图像中的人物选取出来。观察到图像的背景色比较单一，而且人物的衣服与背景反差很大，在此使用框选工具肯定是行不通的，使用套索工具选取人物的头发部分，感觉又很麻烦，不妨用魔棒工具试一试。

图 3-36　【魔棒工具 1】图像

02　选择魔棒工具，在选项栏中设置参数如图 3-37 所示，然后在图像的灰色背景上单击，得到部分选区，如图 3-38 所示。

图 3-37　【魔棒工具】选项栏

图 3-38　选区灰色区域

如何快速隐藏或显示工具箱和浮动面板？

答：按 Tab 键可以隐藏工具箱和浮动面板，同样按快捷键 Shift+Tab 可以只隐藏浮动面板。

技术看板

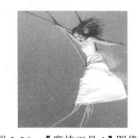

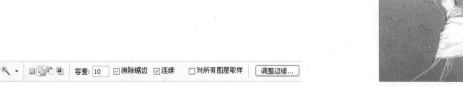

03 单击选项栏中的![图标]添加到选区图标或者按住 Shift 键,继续在图像中的灰色背景上单击,增加选区的范围,直到灰色的背景全部被选择,效果如图 3-39 所示。

04 选择【选择】>【反向】命令,将选取区域反向,选取图像中的人物及绳索,如图 3-40 所示。

图 3-39　添加选取区域　　　　　　图 3-40　反选选区效果

提　示

　　使用选择工具选择图像后,按快捷键 Ctrl+J,可将选择的图像部分复制到一个新的图层。按快捷键 Ctrl+Shift+J,将选择的图像剪切到一个新图层。有关图层知识请参看第 7、8、9 三章的讲解。

3.1.4　快速选择工具

　　在工具箱中新增一个![图标]快速选择工具,这个工具真是酷,比【抽出】滤镜还要好用。此工具利用可调整的圆形画笔笔刷快速地创建选区。拖动时,选区会向外扩展并自动查找和跟随图像中定义的边缘。快速选择工具选项栏如图 3-41 所示。

图 3-41　【快速选择工具】选项栏

- 选区选项:用于定义选择选区的方式。有![图标]新建、![图标]添加到选区 、![图标]从选区减去三个选项。当选择![图标]新建图标时,是在未选择任何选区的情况下的默认选项,创建初始选区;创建选区后,此选项将自动更改为![图标]添加到选区,再拖动鼠标,将向现有的选区中添加选区;选择![图标]从选区减去图标时,将从现有的选区中减去选区。
- 画笔:用于设置快速选择工具画笔笔刷的大小。
- 自动增强:选择此选项,选区将自动向图像边缘进一步流动并应用一些边缘调整。也可通过【调整边缘】对话框中的【平滑】、【对比度】、【半径】等选项手动应用这些边缘调整。

上机操作 7　应用快速选择工具

　　01 打开【素材】\【Ch03 素材】\【快速选择工具 1.jpg】文件,使用![图标]快选工具,设置选项栏中的参数选项如图 3-42 所示。

技术看板　　如何切换不同屏幕显示方式?
　　答:按键盘上的 F 键可在 Photoshop 中的三种不同屏幕显示方式 (标准显示模式、带菜单的全屏显示模式、全屏显示模式) 中进行切换。

图 3-42　设置【快速选择工具】选项栏参数

02　在所要选取的图像部分单击或拖动鼠标进行选取，如图 3-43 所示。

03　选取完成后，若想再添加或减去被选择的某部分，在选项栏中单击添加到选区按钮或从选区减去按钮。单击添加到选区按钮，将【画笔】的值设为 9px，选取左下角的另外两条鱼，如图 3-44 所示，然后单击从选区减去按钮，在不需要的部分拖动，如图 3-45 所示，鱼的图像部分很容易地被选择。

图 3-43　拖动选取

图 3-44　加选图像部分

图 3-45　减选图像部分

提　示

在创建选区时，按] 键可增大快速选择工具画笔笔刷的大小，按 [键可减小快速选择工具画笔笔刷的大小。

更好的是，在使用任何一种选择工具时，单击选项栏中的 调整边缘… 按钮，打开【边缘修整】对话框，通过调整不同的参数，对选取区域的边缘进行更加细微的调整。下面详细介绍【调整边缘】对话框。

3.1.5　【调整边缘】对话框

使用【调整边缘】对话框对选取区域进行更细微的调整，可以提高选取区域边缘的品质，并允许用户对照不同的背景查看选取区域以便轻松地进行编辑。

上机操作 8　应用【调整边缘】对话框

01　打开【素材】\【Ch03 素材】\【调整边缘 1.jpg】文件，使用快速选择工具创建选区，如图 3-46 所示。

02　单击选项栏中的 调整边缘… 调整边缘按钮，或选择【选择】>【调整边缘】命令，打开【调整边缘】对话框，如图 3-47 所示。

39

图 3-46 【调整边缘 1】图像

图 3-47 【调整边缘】对话框

【调整边缘】对话框参数设置：

- 半径：决定选区边界周围的区域大小，将在此区域中进行边缘调整。增加半径可以在包含柔化过渡或细节的区域中创建更加精确的选区边界，如短的毛发中的边界，或模糊的边界。
- 对比度：锐化选区边缘并去除模糊的不自然感。增加对比度可以移去由于半径设置过高而导致在选区边缘附近产生过多的杂色。
- 平滑：减少选区边界中的不规则区域，创建更加平滑的轮廓。输入一个值或将滑块在 0～100 之间移动。
- 羽化：在选区及其周围像素之间创建柔化边缘过渡。输入一个值或移动滑块以定义羽化边缘的宽度范围在 0～250px 之间。
- 收缩/扩展：收缩或扩展选区边界。输入一个值或移动滑块以设置一个介于 0～100% 之间的数以进行扩展，或设置一个介于 0～-100% 之间的数以进行收缩。这对柔化边缘选区进行微调很有用。收缩选区有助于从选区边缘移去不需要的背景色。
- 预览：选择此选项可随时预览对选区边缘的调整。
- 缩放工具：单击此工具可在调整选区时将其放大或缩小。
- 抓手工具：可调整图像的位置。

03 单击【选区视图】图标可更改视图模式。单击 ⚡ 说明按钮可显示或隐藏说明与每一种模式相关的信息。

- 标准视图模式：选取区域将以蚁行线表示选取区域。
- 快速蒙版：用自定义的颜色以半透明方式覆盖未选取区域，如图 3-48 所示。
- 黑底：只有选取区域内部图像显示出来，周围的图像被填充上黑色。如果要将选择的图像抠出放入黑色或较暗的图像中，使用黑底这种显示模式来观察选取区域的边缘是否选择的干净是很有用的，如图 3-49 所示。
- 白底：只有选取区域内部图像显示出来，周围的图像被填充上白色。如果要将选择的图像抠出放入白色或较亮的图像中，使用白底这种显示模式来观察选取区域的边缘是否选择的干净是很有用的，如图 3-50 所示。
- 蒙版：图像是以黑白显示的。白色代表选取区域，黑色代表未选取区域，如果有灰色，代

40

技术看板

如何快速恢复默认值？

答：单击选项栏中的工具图标，然后在弹出的工具面板中单击菜单按钮，在面板菜单中选取【复位工具】或者【复位所有工具】。

表半透明区域，如图 3-51 所示。

图 3-48 快速蒙版视图

图 3-49 黑底视图

图 3-50 白底视图

图 3-51 蒙版视图

- 说明按钮：单击此按钮，当鼠标移动到任意选项时，可显示当前此选项的功能。有助于正确调整选区的边缘。

04 设置完毕，单击【确定】按钮，完成选取区域边缘的调整。

3.2 常用菜单选择命令

41

虽然选择工具能完成绝大多数的选择操作，Photoshop CS4 依然为选择工具提供了很多辅助的选择命令，帮助用户完善选择操作，更好得完成图像的编辑操作。这些选择辅助命令存放在【选择】菜单中。

3.2.1 简单选择命令

【选择】菜单中包含几条简单的选择命令，它们的操作简单，没有相配合的参数，下面逐个认识一下这些命令。

1. 【全部】命令

使用【全部】命令将把当前层的图像全部选定。

2. 【取消选择】命令

使用【取消选择】命令将取消已有的选取区域。

3. 【重新选择】命令

使用【重新选择】命令将在图像中重新进行选择，再次选择的区域与上一次选择的区域相同。

4. 【反向】命令

使用【反向】命令将把图像中的选取区域和非选取区域进行互换，如果能灵活地运用反

如何快速自由控制大小？

答：按 Z 键为缩放工具，此外快捷键 Ctrl＋空格键为放大工具，快捷键 Alt＋空格键为缩小工具；相同按快捷键 Ctrl＋＋以及－键分别也可以放大和缩小图像。

技术看板

选命令，可能会起到事半功倍的效果。

5.【所有图层】

使用【所有图层】命令将把【图层】面板中的所有图层选中。请参看第 7 章介绍。

6.【取消选择图层】

【取消选择图层】命令将取消当前选择的图层。请参看第 7 章介绍。

7.【相似图层】命令

使用【相似图层】命令将根据当前选择图层的一些类型特点在【图层】面板中选择所有具有这种类型特点的图层，例如当前选择的是文字类型图层，执行该命令将选择【图层】面板中所有的文字图层。请参看第 7 章介绍。

8.【扩大选取】命令

使用【扩大选取】命令可以使选取区域在图像上延伸，将连续的、色彩相近的像素一起扩充到选取区域内。

9.【选取相似】命令

使用【选取相似】命令可以使选取区域在图像上延伸，将不连续的、色彩相近的像素一起扩充到选取区域内。

【扩大选取】和【选取相似】两个命令，可以使选取区域在图像上延伸，将连续的、色彩相近的像素一起扩充到选取区域内。

上机操作 9　扩展选区

01　打开【素材】\【Ch03 素材】\【扩大选区 1.jpg】文件，使用魔棒工具，设置【容差】为 20px，且选择【连续】选项，在红色的花瓣上单击，选取花瓣如图 3-52 所示。

02　选择【选择】>【选取相似】命令，选取包含整个图像中位于容差范围内的像素，而不只是相邻的像素，如图 3-53 所示。

图 3-52　【容差】为 20px 创建选区　　　　图 3-53　应用【选取相似】命令效果

03　再【选择】>【扩大选取】命令，扩大位于整个图像中位于容差范围内的相邻像素，如图 3-54 所示，选取区域的图像复制到新图层的效果，如图 3-55 所示。

技术看板　　**如何移动视窗内图像的可见范围？**

答：使用非抓手工具时，按住空格键后可转换成抓手工具，即可移动视窗内图像的可见范围。在手形工具上双击鼠标可以使图像以最适合的窗口大小显示，在缩放工具上双击鼠标可使图像以 1:1 的比例显示。

图 3-54 应用【扩大选取】命令

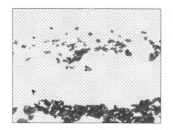

图 3-55 复制选区图像到新图层效果

3.2.2 复杂选择命令

下面要介绍的命令都是带有参数对话框的，操作起来要注意参数的设置，确保能够得到正确的选取区域。

1.【色彩范围】命令

使用【色彩范围】命令可将图像中颜色相似的区域选择，功能类似魔棒工具。该命令可以重复使用，如果用户已经创建了选取区域，则可以使用该命令对现有的选区进行细调，以选择出理想的区域。

上机操作 10 应用【色彩范围】命令

01 打开【素材】\【Ch03 素材】\【色彩范围 1.jpg】文件，如图 3-56 所示。选择【选择】>【色彩范围】命令，打开【色彩范围】对话框，如图 3-57 所示。

图 3-56 【色彩范围 1】图像

图 3-57 【色彩范围】对话框

【色彩范围】对话框中的参数设置：

- 选择：此项设置取样颜色的产生方式。选择【取样颜色】选项，可以使用 吸管工具在预览窗口中单击选择出取样颜色，然后配合【颜色容差】选项即可在图像中选择色彩区域。选择其他选项，系统都会自动在图像中进行选取，没有可调整的参数。需要说明的是【溢色】选项仅适用于 RGB 和 Lab 图像，通过【溢色】选择的色彩区域将不能适用印刷色打印。
- 颜色容差：此项与魔棒的容差选项的功能相似，用于控制颜色的容许程度，调整范围在 0～200 之间，可以直接输入数值，也可以通过下面的滑块进行设定。数值越大，选取的范围越多，甚至会将整幅图像中符合这一范围的色彩全部选定。

如何将橡皮擦功能切换成恢复到指定的步骤记录状态？
答：在使用 Erase Tool(橡皮擦工具)时，按住 Alt 键即可将橡皮擦功能切换成恢复到指定的步骤记录状态。

技术看板

- 预览窗口：用户可以在这个窗口中设定取样颜色，系统提供两种取样方式。当选择【选择范围】时，可以直接在窗口中预览建立的选区，白色区域代表选取，黑色区域代表不选取。当选择【图像】选项时，将预览整幅图像，可以使用 吸管工具在预览图像中设定取样颜色。

> **提 示**
>
> 按 Ctrl 键可在【图像】和【选择范围】两种预览方式之间进行快速切换。

- 选区预览：此选项用于设置在图像窗口中选取区域的预览模式，系统提供了五种预览模式。【无】不在图像窗口显示任何预览；【灰度】按选区在灰度通道中的外观显示选区；【黑色杂边】将在黑色背景上用彩色显示选区；【白色杂边】将在白色背景上用彩色显示选区；【快速蒙版】将使用当前的快速蒙版设置显示选区。
- 载入及存储按钮：当设定好参数时，单击存储按钮可将所设参数保存起来。如果需要再次用到这些参数，可以通过载入功能将存储的参数载入再次使用。
- 吸管工具：在选用取样颜色方式来选取颜色标准时，就必须依靠吸管工具进行选取。如果添加颜色，则使用 加色吸管工具并在预览窗口或图像窗口中单击。如果要移去颜色，则使用 减色吸管工具并在预览窗口或图像窗口中进行单击。
- 反相：选择此选项可以使原来被选择的颜色区域成为未被选择的区域，未选择的区域成为选取区域。

02 在豹身上的黑色花纹上单击，在【颜色范围】对话框中设置如图 3-58 所示的参数，单击【确定】按钮，得到选取区域如图 3-59 所示。

03 按快捷键 Ctrl+J，复制选取区域内的图像到新图层的效果如图 3-60 所示。

图 3-58　设置【色彩范围】对话框

图 3-59　选取图像效果

图 3-60　复制选取区域到新图层

3.3　修改选取区域命令

选择的目的是为了对图像进行编辑修改，使图像有更好的创意和更佳的效果。下面将对选取区域的有关基本操作进行介绍。

3.3.1　【修改】命令

【修改】命令用来编辑已经做好的选择范围，可以利用这些命令来帮助用户快速修改选

技术看板　怎样巧用涂抹工具？
答：使用涂抹工具时，按住 Alt 键可由纯粹涂抹变成用前景色涂抹。

择范围。下面对它提供的修改功能进行介绍。

1.【边界】命令

【边界】命令将围绕当前选取区域的边界向外扩展选择一个新的边框区域，从原选取区域的边界向两方扩展，内外边界的距离由对话框中设定的数值决定，范围在1px～200px之间。

上机操作 11 制作边框

01 打开【素材】\【Ch03 素材】\【边界 1.jpg】文件，使用 ▣ 矩形选框工具选取一个矩形选区如图 3-61 所示。

02 选择【选择】>【修改】>【边界】命令，在【边界选区】对话框中设置参数，如图 3-62 所示，单击【确定】按钮，得到的边框效果如图 3-63 所示，加边框填充颜色，效果如图 3-64 所示。

图 3-61 【边界 1】图像

图 3-62 设置【边界选区】对话框

图 3-63 得到边界选区

图 3-64 填充颜色效果

2.【平滑】命令

【平滑】命令用于设定选取区域的边缘平滑度，平滑范围在1px～100px之间。

上机操作 12 应用【平滑】命令

01 打开【素材】\【Ch03 素材】\【平滑 1.jpg】文件，使用 ▨ 魔棒工具选取图像中的背景，如图 3-65 所示。

02 选择【选择】>【反向】命令，将选取区域反向。再选择【选择】>【修改】>【平滑】命令，在【平滑选区】对话框中进行设置，如图 3-66 所示，单击【确定】按钮，得到图像的选取边缘比较平滑，效果如图 3-67 所示。

图 3-65 选择图像

如何移动创建的文字形选取范围？

答：要移动创建的字形选取范围，可先切换为快速蒙版模式（用快捷键 Q 切换），然后再进行移动，完成后只要再切换回标准模式即可。

技术看板

图 3-66　设置【平滑选区】对话框　　　　　　　图 3-67　平滑选区

03　如图 3-68 所示为平滑选区时复制的图像效果，图 3-69 所示为未做平滑选区时复制的图像效果，图像边缘粗糙。

图 3-68　平滑选区复制图像效果

图 3-69　未平滑选区复制图像效果

3.【扩展】命令

【扩展】命令可将选择范围向外扩展，扩展的像素数值可以在对话框中进行设置，数值设定范围在 1px～100px 之间。

上机操作 13　应用【扩展】命令

01　打开【素材】\【Ch03 素材】\【扩展 1.jpg】文件，使用 快速选择工具创建选区，如图 3-70 所示。

02　选择【选择】>【修改】>【扩展】命令，在【扩展选区】对话框中设置参数，如图 3-71 所示，单击【确定】按钮。扩展选区效果如图 3-72 所示。

图 3-70　创建选区 1　　　图 3-71　设置【扩展选区】对话框参数　　　图 3-72　扩展选区效果

4.【收缩】命令

【收缩】命令可将选取区域的边缘线向内收缩，从而缩小选择的区域，收缩的像素数值可以在对话框中进行设置，数值范围在 1px～100px 之间。【收缩】命令与【扩展】命令，产生的效果正好相反，操作方法是相同的。

技术看板　如何精确移动图层中的图像？
答：在使用移动工具时，可按键盘上的方向键直接以 1px 的距离移动图层上的图像，如果先按住 Shift 键后再按方向键则以每次 10px 的距离移动图像。

图 3-73 所示为创建选区，在【收缩选区】对话框中，【收缩量】设置为 10px，收缩选区效果如图 3-74 所示。

图 3-73 创建选区 2

图 3-74 收缩选区效果

5.【羽化】命令

【羽化】命令用于在选取区域的边缘产生模糊效果，用户可以在羽化选区对话框中设定羽化半径，羽化效果经常用在照片的边缘处理上，能得到一种很好的朦胧效果。

上机操作 14 应用【羽化】命令

01 打开【素材】\【Ch03 素材】\【羽化 1.jpg】文件，使用 快速选择工具选择背景，如图 3-75 所示。

02 为了便于观察羽化的效果，使用【编辑】>【填充】命令，用【不透明度】为 30% 的图案填充，效果如图 3-76 所示，然后连续使用【编辑】>【后退一步】命令，回到原始选定状态。

图 3-75 创建选区 3

图 3-76 不带羽化的选区使用图案填充

03 再选择【选择】>【修改】>【羽化】命令，在【羽化选区】对话框中设置参数，如图 3-77 所示，然后单击【确定】按钮。

04 使用【编辑】>【填充】命令，用【不透明度】为 30% 的图案填充，效果如图 3-78 所示。有关填充命令请参看第 8 章的介绍。

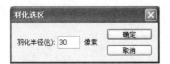

图 3-77 设置【羽化选区】对话框中的参数

图 3-78 使用图案填充带有羽化的选区效果

如何妙用快捷键 Ctrl+Alt 复制图像？
答：按住快捷键 Ctrl+Alt 拖动鼠标可以复制当前层或选区内容。

技术看板

在原图像上创建矩形选框如图 3-79 所示，使用【羽化】命令处理图像的边缘，能得到一种朦胧边框效果如图 3-80 所示。

图 3-79　在原图像创建矩形选框

图 3-80　朦胧边框效果

> **注 意**
>
> 如果选区小而羽化半径大，则小选区可能变得非常模糊，以至于看不到并因此不可选，此时应减小羽化半径或者增大选取区域。

3.3.2　【变换选区】命令

使用【变换选区】命令，可以对选取区域进行任意变形，以形成新的形状。该命令修改的只是选择边框，不会直接修改图像的形状。【变换选区】选项栏如图 3-81 所示。

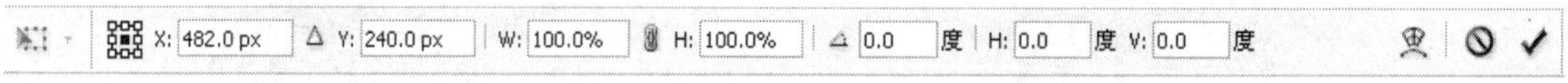

| ⊠⊠ ▾ | ▦ | X: 482.0 px | △ | Y: 240.0 px | | W: 100.0% | ⚭ | H: 100.0% | △ | 0.0 | 度 | H: | 0.0 | 度 | V: | 0.0 | 度 | | ⚇ | ⊘ | ✔ |

图 3-81　【变换选区】选项栏设置

- 定位变换基准点：单击 ▦ 参考点定位符上的方块，定义自由变换的基准点。
- 移动项目：单击 △ 相关定位按钮可以相对于当前的位置指定新位置。在选项栏的 X （水平位置）和 Y （垂直位置）文本框中输入参考点的新位置的值。
- 缩放项目：在选项栏的 W（宽度）和 H（高度）文本框中输入百分比，单击 ⚭ 链接图标以保持长宽比。
- 旋转项目：将指针移到定界框之外（指针变为弯曲的双向箭头 ↰），然后拖移。按 Shift 键可将旋转限制为按 15°增量进行。
- 旋转项目：在选项栏的 △ 旋转文本框中输入度数。
- 斜切项目：在选项栏的 H （水平斜切）和 V （垂直斜切）文本框中输入角度。
- ⚇ 自由变换按钮：单击此按钮，可在自由变换与自由变形模式之间进行切换。
- 确定变换，按 Enter 键，或者单击选项栏中的 ✔ 提交按钮，或者在变换选框内单击两次。要取消变换，按 Esc 键或单击选项栏中的 ⊘ 取消按钮。

技术看板　如何巧用【新建】命令？
答：如果你最近拷贝了一张图片存在剪贴板里，Photoshop 在新建文件的时候会以剪贴板中图片的尺寸作为新建图的默认大小。

上机操作 15　变换选区

01　打开【素材】\【Ch03 素材】\【变换选区 1.jpg】文件，使用  快速选择工具选取荷花，如图 3-82 所示。

02　选择【选择】>【变换选区】命令，在选择边框上会出现八个控制手柄，如图 3-83 所示，通过调整控制柄，可对选取区域进行缩放变形如图 3-84 所示。

図 3-82　创建选取区域　　　　図 3-83　变换控制框　　　　図 3-84　变换移动选择框

03　还可以单击选项栏中的 🏃 自由变换按钮，在选取区域内出现网格并对其做更细致的变形如图 3-85 所示，效果如图 3-86 所示。

図 3-85　变形选择框　　　　　　図 3-86　变形选取区域

3.4　变换

使用【变换】命令，可将某个选区、整个图层、多个图层或图层蒙版进行缩放、扭曲、倾斜、透视、翻转等变换操作，从而使图像产生形状的改变。

3.4.1　【自由变换】命令

使用此命令，可以对选择的图像或选取区域进行缩放、扭曲、倾斜、透视、变形、旋转和翻转等进行一系列的变换操作，其选项栏的参数设置与【变换选区】命令的相同，只是变换的是选取区域中的图像而不是选区。需要注意的是，图像若是需要输出或印刷，尽量不要对图像进行放大操作，以免影响图像输出及印刷的品质。

上机操作 16　精确自由变换

如果要根据数字进行精确变换，通过选项栏进行参数设置。

01　打开【素材】\【Ch03 素材】\【自由变换 1.psd】文件，选择要变换的对象贝壳，选择 ⊕

使用【自由变换】命令，可对图像或选取区域进行哪些操作？

答：选择的图像或选取区域进行缩放、扭曲、倾斜、透视、变形、旋转和翻转等进行一系列的变换操作。

技术看板

移动工具，在选项栏中选择【显示变换控件】选项，在变换对象上出现控制柄，如图 3-87 所示。

02 选择【编辑】>【自由变换】命令，单击选项栏中 ⠿
参考点位置符上的方块，定义中心点为自由变换的基准点。

03 单击 △ 相关定位按钮，设置 X 为 100px，Y 为 100px
时，贝壳移动位置如图 3-88 所示。

04 在选项栏的 W（宽度）文本框中输入 80%，单击 ⬛ 链
接图标以保持长宽比，贝壳缩放如图 3-89 所示。

图 3-87　显示变换控件

图 3-88　移动位置

图 3-89　缩放效果 1

05 在选项栏的 ⌃（旋转角度）文本框中输入旋转数值为-50°，旋转贝壳如图 3-90 所示。

06 在选项栏的 H（水平斜切）和 V（垂直斜切）文本框中分别输入 15°、30°，贝壳
最终变换效果如图 3-91 所示。

图 3-90　贝壳旋转-50° 效果

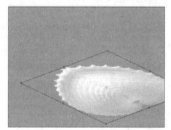

图 3-91　设置斜切变换效果

除了使用选项栏进行精确的自由变换外，还可以使用快捷键进行自由变换。

上机操作 17　自由变换

01 打开【素材】\【Ch03 素材】\【自由变换 2.psd】文件，
如图 3-92 所示。

02 对蝴蝶进行自由变换。选择【编辑】>【自由变换】命
令或按快捷键 Ctrl+T，在蝴蝶周围出现变换控制框，通过拖移手
柄进行水平缩放效果如图 3-93 所示。如果拖移角手柄时按住
Shift 键，可等比缩放，如图 3-94 所示。

图 3-92　【自由变换 2】图像

03 要通过拖移进行旋转，将指针移到定界框之外（指针变为弯曲的双向箭头），然后拖
移鼠标，旋转任意角度，如图 3-95 所示。按 Shift 键可将旋转限制为按 15° 增量进行，旋转
效果如图 3-96 所示。

如何创作一幅新作品，需要与一幅已打开的图片有一样的尺寸、解析度、格式的文件？

技术看板　答：选择【文件】>【新建】命令，单击【预设】选项的下拉菜单，在弹出菜单中单击已开启的图片名称即可。

图 3-93　缩放效果 2

图 3-94　等比缩放效果

图 3-95　旋转任意角度

图 3-96　旋转 15°

04　要相对于定界框的中心点进行缩放，按住 Alt 键并拖移手柄，以定界框的中心水平缩放效果如图 3-97 所示。

05　要自由扭曲，按住 Ctrl 键并拖移控制柄，自由扭曲效果如图 3-98 所示。

图 3-97　以中心水平缩放

图 3-98　自由扭曲

06　要进行斜切，按住快捷键 Ctrl+Shift，并拖移边手柄。当定位到边手柄上时，指针变为带一个小双向箭头的白色箭头，斜切效果如图 3-99 所示。

07　要应用透视，按快捷键 Ctrl+Alt+Shift，并拖移角手柄。当定位到角手柄上时，指针变为灰色箭头，透视效果如图 3-100 所示。

图 3-99　斜切效果

图 3-100　透视效果

如何使用【自由变换】命令？

答：选择【编辑】>【自由变换】命令或按快捷键(Ctrl+T)时，按住 Alt 键即可先复制原图层(在当前的选区)后在复制层上进行变换；快捷键 Ctrl+Shift+T 为再次执行上次的变换，快捷键 Ctrl+Alt+Shift+T 为复制原图层后再执行变换。

技术看板

08 要进行变形，单击选项栏中的![]自由变换按钮。可选择选项栏中的【变形】选项下拉列表框中的预设进行变形，如图 3-101 所示，变形效果如图 3-102 所示。也可以通过拖动变形框的控制点进行变形，如图 3-103 所示。

图 3-101　设置预设变形　　　　　　　图 3-102　使用预设变形后效果

09 按 Enter 键，或单击选项栏中的![]提交按钮，或者在变换选框内双击，确认变换操作，变形效果如图 3-104 所示。

图 3-103　拖移控制点　　　　　　　　图 3-104　变形效果

10 要取消变换，请按 Esc 键或单击选项栏中的![]取消按钮。

3.4.2 【变换】命令

使用【变换】命令可对选择的图像或选取区域进行缩放、扭曲、倾斜、透视、变形、旋转和翻转等某一项操作，从而使图像产生不同形状。应用【变换】命令也可以连续执行几个命令。例如，您可以选择【缩放】命令并拖移控制柄进行缩放，然后选择【扭曲】命令并拖移控制柄进行扭曲，再按 Enter 键应用这两种变换。【变换】与【自由变换】的功能基本相同，不再赘述，只对一些特殊的变换命令做讲解。

1.【变形】命令

使用【变形】命令，可对选择的图像或选取区域进行预设变形或自定义变形。在选项栏中的【变形】的下拉列表框中选取一种特定形状进行变形，或者执行【自定】变形，拖移网

技术看板　如何快速复制图像，不使用对话框？

答：要直接复制图像而不希望出现命名对话框，可先按住 Alt 键，再执行【图像】>【副本】命令，这样就不会弹出【复制图像】对话框。

格内的控制点、线或区域，以更改定界框和网格的形状，达到自定变形效果。

上机操作 18　　添加纹理

01　打开【素材】\【Ch03 素材】\【添加纹理 1.psd】文件，在【图层】面板中调整图层的顺序并降低不透明度，如图 3-105 所示，以便观察下面瓷器的外形。

02　选择【编辑】>【变换】>【缩放】命令或按快捷键 Ctrl+T，缩放图像与瓷器的外形大小相同，如图 3-106 所示。

图 3-105　调整图层不透明度　　　　图 3-106　缩放图像

53

03　拖动控制点到瓷器的边缘，如图 3-107 所示，然后调整控制柄来调整曲线的曲度，如图 3-108 所示。

图 3-107　拖动控制点到瓷器的边缘　　　图 3-108　调整控制柄调整曲线曲度

04　最后分别对定界框或网格的一段或者网格内的某个区域做细微的调整，如图 3-109 所示，按 Enter 键，或者单击选项栏中的 ✓ 提交按钮，确定操作。图 3-110 所示为设置【图层】面板，最后变形效果如图 3-111 所示。

图 3-109　细微的调整

图 3-110　设置【图层】面板

图 3-111　最终变形效果

> **注 意**
>
> 　　要还原上一次控制柄调整，选择【编辑】>【还原】命令即可。使用控制点扭曲项目时，选择【视图】>【显示额外内容】命令可显示或隐藏变形网格和控制点。

2．旋转固定角度

使用【旋转固定角度】命令可对图像进行固定角度的旋转。

- 旋转 180°：将使选取区域或整个图像旋转 180°。
- 旋转 90°（顺时针）：将使选取区域或整个图像顺时针旋转 90°。
- 旋转 90°（逆时针）：将使选取区域或整个图像逆时针旋转 90°。

3．翻转命令

使用【翻转】命令可对图像进行翻转变换。

- 水平翻转命令：执行该命令，可使选取区域或整个图像进行水平翻转。
- 垂直翻转命令：执行该命令，可使选取区域或整个图像进行垂直翻转。此命令得到的效果与旋转 180°的效果相同。

原图像如图 3-112 所示，图 3-113、图 3-114 所示为执行不同变换命令后的图像效果。

图 3-112　原图像

图 3-113　顺时针旋转 90°

图 3-114　垂直翻转

4．【再次】命令

使用【再次】命令或按快捷键 Ctrl+Shift+T，可重复执行上一步进行的变换操作。如果按快捷键 Ctrl+Shift+Alt+T，可复制执行上一步进行的变换操作。

54

01 打开【素材】\【Ch03 素材】\【变换 3.psd】文件，如图 3-115 所示。按快捷键 Ctrl+R 显示标尺，并拖出辅助线如图 3-116 所示。

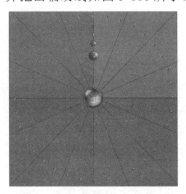

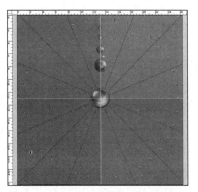

图 3-115　【变换 3】图像　　　　　图 3-116　显示标尺及辅助线

02 选择变换的图像，选择【编辑】>【变换】>【旋转】命令或按快捷键 Ctrl+T，显示变换控制框，拖动变换框的中心点到辅助线的交叉点，然后设置旋转角度为 22.5°，按 Enter 键确定，旋转效果如图 3-117 所示。

03 连续按快捷键 Ctrl+Alt+Shift+T 数次，复制执行上一步操作，效果如图 3-118 所示。

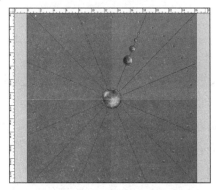

图 3-117　旋转 22.5°后效果　　　　　图 3-118　复制操作效果

应用【变换】命令变换图像，会得到一些特殊角度及一些有规律的放射或旋转状的图像效果，如图 3-119～图 3-121 所示。

图 3-119　变换为特定镜头效果　　　图 3-120　旋转复制效果　　　　图 3-121　扭曲效果

3.5 移动、拷贝和粘贴选区与图层

在图像内使用 移动工具可以将选区或图层中的图像移动或复制到新位置，还可以执行拷贝、粘贴等操作，对图像进行拼贴。

3.5.1 移动工具

移动工具用于将图层中的图像或选取区域中的图像移动到指定的位置，在移动图像时，能够随意选择要移动的目标，并对其进行变换、对齐与排列操作。移动工具选项栏如图 3-122 所示。

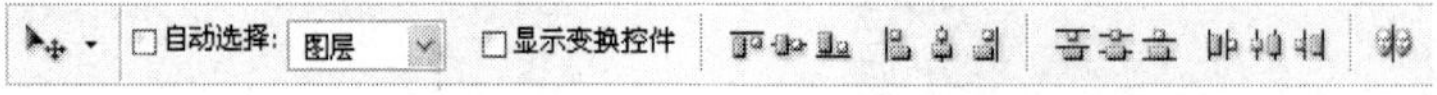

图 3-122 【移动工具】选项栏

- 自动选择：此项用于设定移动工具操作的层为最近的且有像素的层，而不是当前选定的层。
- 组或图层：在此项的下拉列表框中设定选择图层或组。
- 显示变换控件：此命令用于显示在移动选择范围时出现可调整的边框，出现边框后可以对其进行自由变换。
- 对齐按钮：此项用于以当前层为基准对齐。有关图层对齐知识，请参看第 7 章的介绍。
- 分布按钮：此项用于以当前层为基准分布。此命令在有三个或三个以上的链接或选中的图层才可用。有关图层分布知识，请参看第 7 章的介绍。

上机操作 20 移动选区

01 打开【素材】\【Ch03 素材】\【移动工具 1.jpg】文件，使用 椭圆选框工具，创建椭圆选取区域如图 3-123 所示。在使用选取区域的工具状态下，将鼠标移动到选取区域内指针变为 ，如图 3-124 所示，拖动鼠标可移动选择框，如图 3-125 所示。

02 使用 移动工具，在选取区域边框内移动指针变为 ，如图 3-126 所示，将选区拖移到新位置，原来选取区域处的图像由背景色填充，如图 3-127 所示。如果选择了多个区域，则在拖移时将移动所有的区域。

03 按快捷键 Ctrl+Z 或选择【编辑】>【还原状态更改】命令，恢复移动操作。再次按住 Alt 键，移动选取区域的图像，效果如图 3-128 所示，选取区域的图像被复制。使用此方法可在图像中创建选区的多个副本。

图 3-123 创建选取区域 1

图 3-124 移动选框指针状态

技术看板　　如何载入动作？

答：进入 Photoshop Goodies Actions 目录下，其下有按钮、规格、命令、图像效果、文字效果、纹理、帧六个动作集，包含了很多实用的东西。

图 3-125　移动选框效果

图 3-126　移动选取区域指针状态

图 3-127　移动选择选区效果

图 3-128　复制选区中的图像

提　示

要在另一个工具处于选中状态时快速切换到 移动工具，按住 Ctrl 键即可。

3.5.2　【拷贝】命令

除了使用 移动工具可以在图像内或图像间对选取区域进行拷贝外，【编辑】菜单还提供了【拷贝】、【合并拷贝】和【剪切】命令来拷贝选区。下面详细介绍图像的不同拷贝方式。

1.【拷贝】命令

使用【拷贝】命令或按快捷键 Ctrl+C，可拷贝当前选取区域内的图像。

2.【合并拷贝】命令

如果图像含有多个图层时，使用【合并拷贝】命令可创建选取区域中所有可见图层的合并副本。

3.【剪切】命令

使用【剪切】命令可将当前选取区域中的图像剪切。

提　示

若要拷贝选区并以 1px 位移副本，按住 Alt 键，然后按箭头键一次。要拷贝选区并以 10px 为单位移动副本，按住快捷键 Alt+Shift，然后按箭头键一次。只要按住 Alt 键，每按一次箭头键都会创建选区的一个副本，并将该副本从上一个副本起移动到指定的距离。在这种情况下，副本不是在新图层上创建的。

如何保留选取区域相交的部分？

答：如果想选择两个选取区域之间的部分，在已有的任意一个选择区域的旁边同时按住 Shift 和 Alt 键进行拖动，画第二个选择区域，鼠标十字形旁出现一个乘号，表示重合的该区域将被保留。

技术看板

3.5.3 【粘贴】命令

拷贝图像以后，可使用不同的粘贴方式将拷贝的图像粘贴到当前图像或另一个图像中。下面详细介绍图像的不同粘贴方式。

1.【粘贴】

将剪切或拷贝的选区粘贴到图像的另一个部分，或将其作为新图层粘贴到另一个图像。如果图像中存在一个选区，则【粘贴】命令将拷贝的选区放到当前的选区上。如果没有当前选区，则【粘贴】命令会将拷贝的选区放到图像窗口区域的中央。

2.【贴入】

使用【贴入】命令可将一个选区贴入到另一个选区，Photoshop 将剪切或拷贝的选区粘贴到同一图像或不同图像的另一个选区内。源选区粘贴到新图层，而目标选区边框将转换为图层蒙版。有关此命令的应用请参看第 7 章介绍。

使用【拷贝】命令只是把拷贝的内容暂放在剪贴板中，只有再使用【粘贴】命令才能把拷贝的内容粘贴在图像中。这两个命令常在一起使用，下面介绍其用法。

上机操作 21　拷贝粘贴图像

01 打开【素材】\【Ch03 素材】\【拷贝粘贴 1.jpg】和【拷贝粘贴 2.jpg】文件，如图 3-129 和图 3-130 所示。

图 3-129　拷贝粘贴 1

图 3-130　拷贝粘贴 2

02 使用 ◯ 椭圆选框工具在源图像【拷贝粘贴 1.jpg】中创建如图 3-131 所示的选取区域，选择【编辑】>【拷贝】命令，拷贝选取区域中的图像。

03 选择目标图像【拷贝粘贴 2.jpg】文件，再选择【编辑】>【粘贴】命令，粘贴选取区域中的图像到当前图像中，效果如图 3-132 所示。

图 3-131　创建选取区域 2

图 3-132　粘贴拷贝的图像

技术看板　如何在选取区域中删除正方形或圆形区域？

答：在选择区域中删除正方形或圆形，首先增加任意一个选择区域，然后在该选择区域内，按 Alt 键拖动矩形或椭圆的面罩工具。然后松开 Alt 键，按住 Shift 键，拖动到你满意为止，然后先松开鼠标再松开 Shift 键。

04 如果不使用【拷贝】及【粘贴】命令在图像之间复制图像，可使用 移动工具快速地将选取区域图像从当前图像窗口拖移到目标图像窗口中如图 3-133 所示。如果不存在选取区域时，可拷贝整个图像到目标图像窗口中，如图 3-134 所示。

图 3-133　拖移选取区域到目标图像中

图 3-134　拖动图像到目标图像中

3.6　综合实例——音乐会海报

选取区域是指分离图像的一个或多个部分。通过选取特定区域，可对选区编辑效果和执行滤镜命令，并将效果和滤镜应用于图像的局部，同时保持未选定区域不会被改动。要想制作精确的选取区域，首先要掌握选择工具和选择命令的操作方法，以及对选区进行相关的修改和变换方法。

有时单凭一种选择工具是不能完成全部选择工作的，每一个选择工具或选择命令都有它的独到之处，只有多加练习，才能熟练地将这些功能综合起来使用，才能够达到预想的选择效果，下面提供几个实例，供用户参考练习。

　视频教学

光盘路径：【视频】文件夹中【Ch03】文件夹中的【音乐会海报.psd】文件

海报是常见的一种招贴形式，属于户外广告。它分布在各街道、影剧院、展览会、商业闹区、车站、码头、公园等公共场所，多用于电影、戏剧、比赛、文艺演出等活动。海报中通常要写清楚活动的性质，活动的主办单位、时间、地点等内容。海报的语言要求简明扼要，艺术表现力丰富、远视效果强烈的特点。

一般海报尺寸为 42cm×59cm 和 50cm×70cm，300px/inch，CMYK 模式。在设计制作样稿时各边还要加上 3mm 出血，避免印刷成品在裁切的时候造成漏白边的现象。海报的尺寸大小不一，要根据客户提供的尺寸而定，在实例讲解中无法具体，过于庞大的尺寸影响我们的练习速度，在这里就不按实际尺寸了。

1．实例分析

本例制作一张音乐会海报，主要用一幅缓缓流淌的溪水图像作为背景图像，流淌的溪水宛如钢琴奏出的优美旋律，钢琴图像位于版面中间，以图像作为视觉语言传达海报要宣传的内容，广告语用七彩的五线谱形式表现出来，给人一种跳跃、健康、甜美的感觉。

59

2．制作过程

本实例使用 Photoshop CS4 的移动工具、魔棒工具和文字工具，配合图层制作副海报，主要是练习工具的使用方法。

01 打开【素材】\【Ch03 素材】\【音乐会海报】\【音乐会海报 1.jpg】文件，如图 3-135 所示，作为制作音乐海报的背景图像。

02 打开【素材】\【Ch03 素材】\【音乐会海报】\【音乐会海报 2.psd】文件，使用 移动工具将其拖动到背景图像中，并放置到适当的位置，得到新图层【树叶】，效果如图 3-136 所示。

图 3-135　背景图像　　　　　　　　图 3-136　放置图像到适当位置

03 打开【素材】\【Ch03 素材】\【音乐会海报】\【音乐会海报 3.psd】文件，使用 移动工具将其拖动到背景图像中，得到【图层 1】。按快捷键 Ctrl+T 变换图像位置并缩放图像，在【图层】面板中设置【图层 1】的【不透明度】为 40%，如图 3-137 所示，效果如图 3-138 所示。

图 3-137　设置【图层】面板　　　　　图 3-138　图像效果 1

04 打开【素材】\【Ch03 素材】\【音乐会海报】\【音乐会海报 4.jpg】文件，使用 魔棒工具选取图像中的白色背景，再选择【选择】>【反向】命令反向选取区域，选取钢琴图像部分，再使用 移动工具将选择的图像拖放到背景图像的中间，并调整到适当大小，作为背景图的主图像，效果如图 3-139 所示，得到新图层【钢琴】。钢琴图像作为视觉语言，传达海报宣传的内容。

技术看板　　如何使用快捷键来浏览无法完全显示的图像？
答：Home 键卷动至图像的左上角；End 键卷动至图像的右下角；PageUP 键卷动至图像的上方；PageDown 键卷动至图像的下方；快捷键 Ctrl+PageUp 卷动至图像的左方；快捷键 Ctrl+PageDown 卷动至图像的右方。

05 打开【素材】\【Ch03 素材】\【音乐会海报】\【音乐会海报 5.psd】文件，使用 移动工具将拖放到背景图像中并放置到适当位置，如图 3-140 所示。

图 3-139 放置钢琴图像位置　　　　　图 3-140 放置文字图像位置

06 使用 直排文字工具，在图像的右上角输入文字"主办：市文化宫，时间：本周六、日晚七点，地点：文化宫三楼歌舞厅"，如图 3-141 所示。单击【图层】面板底部的 添加图层样式图标，在弹出的菜单中选择【描边】命令，在【描边】对话框中进行设置，如图 3-142 所示，文字效果如图 3-143 所示。有关文字工具请参看第 13 章介绍，图层样式请参看第 9 章介绍。

07 单击【图层】面板底部的 创建新图层图标新建【图层 2】，使用 矩形选框工具，在选项栏中设置【羽化】选项为 10px，创建一个选取区域如图 3-144 所示，选择【选择】>【反向】命令反向选取区域，使用 油漆桶工具填充黑色，效果如图 3-145 所示，在图像周围形成边框效果，将人的视觉集中到图像的中间部分，音乐会海报制作完成。最终文件请参看【素材】\【Ch03 素材】\【音乐会海报】\【音乐会海报.psd】文件。

图 3-141 输入文字

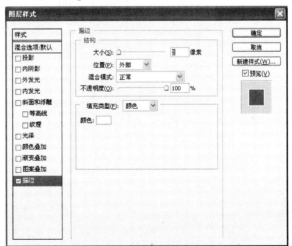

图 3-142 设置【描边】对话框

61

怎样恢复对话框中的默认值？

答：将对话框内的设定恢复为默认，先按住 Alt 键后，Cancel 键会变成 Reset 键，再单击 Reset 键即可。

技术看板

图 3-143　图像效果 2　　　　图 3-144　创建矩形选区　　　　图 3-145　制作边框效果

通过前面实例的讲解，用户可进一步了解选择工具和选择菜单以及选取区域的操作，这些知识是学习 Photoshop CS4 必须掌握的基础知识，是学习下面内容的基石。希望用户通过本章的学习，在谈笑间掌握 Photoshop CS4 的基本操作能力，并能举一反三，灵活运用所学的工具和技术，完成复杂烦琐的选择任务。

　学习链接

图像谷网站平面技术专题，提供了 Photoshop 应用与提高的各类教程：

http://www.pstxg.com/Article/ShowClass.asp?ClassID=5

硅谷动力 Photoshop 专题，根据学习 Photoshop 难易程度，提供了初级篇、提高篇及高手进阶篇等各类教程：

http://www.enet.com.cn/eschool/includes/zhuanti/photoshop/

太平洋电脑网 Photoshop 视频专题，太平洋电脑网提供了学习 Photoshop 的各类视频教程：

http://pcedu.pconline.com.cn/videoedu/photoshop/

技术看板	如何快速设置前景色和背景色？ 答：键盘上的 D 键、X 键可迅速切换前景色和背景色。

第 4 章 作品的修饰——图像润饰工具

学 习 内 容	分 配 时 间	重 点 级 别	难 度 系 数
【画笔】面板	20 分钟	★★★	★
绘画工具	200 分钟	★★★	★★
实例——润饰数码照片	20 分钟	★★★★	★★★

平面广告不尽然是摄影作品或合成图像，也可以通过我们手中的画笔淋漓尽致的泼墨于【画布】上，本章重点介绍绘画工具与修图工具，只有掌握了这些工具的用法，才能在画布上游刃有余地做出一些奇特的效果。

4.1 【画笔】面板菜单命令

本节先学习画笔，因为使用其他一些绘画或修图工具也需要先设置画笔。在绘画时使用不同的绘画工具，设置不同的画笔大小及形状，绘制的效果各不相同。所有的画笔形状都会出现在【画笔】面板上。在【画笔】面板中有多种尺寸，多种形状的画笔可供选择。可以使用 Photoshop CS4 预设的画笔，也可以自行编辑或建立画笔，并将完成的画笔存储起来，等到需要的时候再调入使用。

4.1.1 预览画笔

在画笔样式菜单中，可以看到许多已经设定好的画笔样式，这些画笔除了可以用小的缩览图预览外，还可以显示出画笔的名称，也可以在画笔菜单中选择其他的命令以不同的画笔样式显示。

上机操作 1 预览画笔

01 选择任何一种绘图或修图工具，单击选项栏中的▾画笔预设按钮，弹出【画笔预设】面板，然后单击面板右上角的▸菜单命令按钮，弹出面板菜单命令如图 4-1 所示。

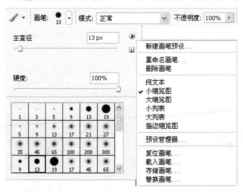

图 4-1　选项栏中的画笔样式菜单命令

Photoshop 内定的历史记录是多少步?

答：20 步。

技术看板

02 在面板菜单中，选择不同的画笔显示模式命令，可以控制画笔在面板中的显示模式，如图 4-2 所示。

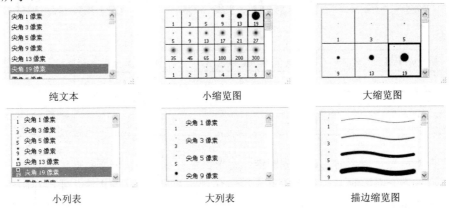

纯文本	小缩览图	大缩览图
小列表	大列表	描边缩览图

图 4-2 不同的画笔显示模式

4.1.2 面板菜单命令

使用 Photoshop CS4 中的【画笔】面板菜单命令可以调入预设的画笔，也可以自行编辑或建立画笔，并将完成的画笔存储起来，等到需要的时候再调入使用。

1.【新建画笔预设】命令

当现有画笔不能满足需要时，可把当前画笔的设置使用此命令存为预设。

上机操作 2　新建画笔预设

01 选择任何一种绘图或修图工具，单击选项栏中的　画笔预设按钮弹出【画笔预设】面板，选择一个预设画笔如图 4-3 所示。

02 在【画笔预设】面板中可以重新设置画笔的【主直径】和【硬度】，如图 4-4 所示，选择【新建画笔预设】命令或单击面板右上角的 　 按钮，此时画笔创建新的预设图标，弹出【画笔名称】对话框，如图 4-5 所示，确定后新建画笔预设出现在【画笔预设】面板中如图 4-6 所示。

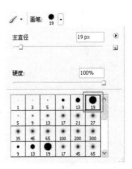

图 4-3 选择预设画笔

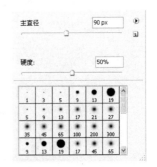

图 4-4 重新设置画笔参数

技术看板　删除所有打开的图像文件的历史记录，应采用下列哪个命令？

答：选择历史面板上的【清除历史记录】命令。

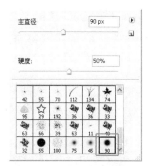

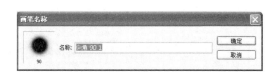

图 4-5 【画笔名称】对话框   图 4-6 新建画笔预设

2. 【重命名画笔】命令

在【画笔预设】面板中选中要重命名的画笔，然后单击面板右上角的 ▶ 菜单命令按钮，在弹出的菜单中选择【重命名画笔】命令，在弹出的【画笔名称】对话框中输入新的名称即可。

3. 【删除画笔】命令

在【画笔预设】面板中选中要删除的画笔，然后单击面板右上角的 ▶ 菜单命令按钮，在弹出的菜单中选择【删除画笔】命令，即可删除选中的画笔。

4. 【复位画笔】命令

当对【画笔】面板做了一些更改后，想还原画笔到原来预设状态时，选择此命令即可。

5. 【载入画笔】命令

选择此命令，可以将保存成文件的画笔样式添加到当前的【画笔预设】面板中。

6. 【存储画笔】命令

设置新画笔后为了方便以后再次调出使用，选择此命令，将画笔存储成文件格式为*.abr。

7. 【替换画笔】命令

选择此命令，可以载入任意一组画笔将其替换为当前画笔。

Photoshop 提供的画笔预设有 12 种类型，用户可以选择自己需要的画笔，调入直接使用，即方便又快捷。

8. 【定义画笔预设】命令

如果【画笔预设】面板中的画笔还不能满足你的需要，还可以选择图像的全部或局部，使用【定义画笔预设】命令，将其定义为自定的画笔。

上机操作 3 定义画笔预设

01 打开【素材】\【Ch04 素材】\【新建画笔预设 1.jpg】文件，如图 4-7 所示。使用任何可以制作选择区域的工具，将局部图像圈选起来，如果希望笔刷边缘是柔和的，可以选择【羽化】命令羽化选区。如果希望将整个图像文件都定义为画笔，则不需要做任何的选取。在此使用 魔棒工具，选择白色的背景，选择【选择】>【反向】命令，反向选择区域。

65

编辑过的图像能恢复到打开时的状态吗？

答：能，通过【历史记录】面板即可。

技术看板

02 选择【编辑】>【定义画笔预设】命令，打开【画笔名称】对话框，命名画笔为【蝴蝶】，如图 4-8 所示，单击【确定】按钮，即可将选择的图像存储在画笔预设面板中。

图 4-7 【新建画笔预设 1】图像

图 4-8 【画笔名称】对话框

 学习链接

68PS.com 网站笔刷下载专题，提供了 Photoshop 笔刷下载：

http://www.68ps.com/gongju/

4.2 绘画工具

Photoshop 提供的绘画工具有 画笔工具、 铅笔工具和 颜色替换工具， 历史记录画笔工具、 历史记录艺术画笔工具等。下面对这些工具的参数设置及其用法进行详细的介绍。

4.2.1 画笔工具

1. 画笔工具

使用 画笔工具，可以在图像上根据需要绘制柔边或硬边的线条。原理和实际中的水彩笔或毛笔的笔触相似。要绘制直线，在图像中单击起点，然后按住 Shift 键在终点处单击即可。【画笔工具】选项栏如图 4-9 所示，在此可以选择画笔并设置画笔绘画时的模式、不透明度及流量等选项。

图 4-9 【画笔工具】选项栏

- 画笔：单击画笔后面的小三角，在弹出的面板中可以选择预设的各种画笔。
- 模式：控制图像中的像素如何受绘画或编辑工具的影响。将当前绘制的颜色与图像原有的颜色以不同种模式进行混合产生另外一种颜色效果。它包含很多种混合模式。有关混合模式请参看第 9 章介绍。如图 4-10 所示，设置【模式】为【正片叠底】绘制的效果。如图 4-11 所示，设置【模式】为【强光】绘制的效果。

技术看板 | 用什么工具去除背景最方便？

答：背景橡皮擦工具。

图 4-10　使用【正片叠底】模式绘制的效果　　　图 4-11　使用【强光】模式绘制的效果

- 不透明度：设置画笔在绘图时的透明效果。可以直接设置数值，也可以在不透明度选项上按住鼠标左右拖动，来设置不透明度，范围在 1%～100%。设置【不透明度】为 100%的效果如图 4-12 所示，设置【不透明度】为 50%的效果如图 4-13 所示。

图 4-12　【不透明度】为 100%效果　　　图 4-13　【不透明度】为 50%效果

67

- 流量：用来设置画笔工具绘图时笔墨扩散的速度，其数值大小和喷枪效果的作用力度有关。

提 示

按数字键以 10% 的倍数设置画笔工具的不透明度（按 1 设置为 10%，按 0 设置为 100%）。Shift 键+数字键来设置画笔工具的流量。

- 　　喷枪：单击此按钮，可在图像或者选区中以前景色喷涂到鼠标拖动的轨迹上，喷枪停顿的时间越长，颜色越深，面积越大。

上机操作 4　黑白图像上色

01　打开【素材】\【Ch04 素材】\【黑白图像上色 1.jpg】文件，如图 4-14 所示。

02　设置前景色为 R=227、G=162、B=127。选择　画笔工具，在选项栏中设置适当大小的虚边画笔，【模式】选项设置为【颜色】。然后在人物的脸部均匀地涂抹，绘制效果如图 4-15 所示。

绘画或编辑工具的哪个选项可控制图像中的像素以不同模式进行混合？

答：当使用任意一种绘画或编辑工具时，在其选项栏中的【模式】选项中选择不同的模式时，将当前绘制的颜色与图像原有的颜色会以不同种模式进行混合产生另外一种颜色效果。

技术看板

图 4-14 【黑白图像上色 1】图像

图 4-15 脸部上色效果

03 设置前景色为 R=160、G=50、B=118。设置适当大小的画笔，在唇部涂抹，绘制效果如图 4-16 所示。最终上色效果如图 4-17 所示。

图 4-16 唇部上色效果

图 4-17 最终修饰效果

2. 铅笔工具

铅笔工具的使用大致与画笔工具的使用相同，它主要是绘制线条，产生一种自由手绘的硬边的效果。如图 4-18 所示，使用铅笔工具绘制的线条稿。铅笔工具选项栏中的参数设置基本上与画笔工具相同，唯一不同的就是铅笔工具中的【自动抹除】选项。

图 4-18 绘制的卡通线条稿

- 自动抹除：在使用了铅笔工具绘制之前，如果选择了【自动抹除】选项，则铅笔工具自动判断绘画的初始点。如果像素点的颜色为前景色，则铅笔以背景色进行绘制；如果像素点的颜色是背景色，则铅笔以前景色进行绘制。

3. 替换颜色工具

替换颜色工具能够任意修改图像或某一选区的颜色，同时保留原来的纹理与阴影效果。【替换颜色工具】选项栏如图 4-19 所示。

图 4-19 【替换颜色工具】选项栏

- 模式：设置替换颜色的不同模式。其包括【色相】、【饱和度】、【颜色】、【亮度】等选项。
- 取样：设置替换颜色的区域，有三种取样方式，当选择 连续选项，画笔拖动到的地方都被替换成前景色；选择 一次选项，是以第一次单击鼠标区域的颜色为取样颜色，只

技术看板 使用什么方法在图像中抹去一个人，一棵树或其他不想要的图像？
答：使用仿制图案工具，按住 Alt 键，定义一个样本基准点后，然后按住鼠标左键拖动即可。

有这种颜色被替换成前景色；选择 背景色板选项，是以背景色为取样颜色，只有这种背景色被前景色替换。

- 限制：【不连续】选项，此选项可以替换画笔下的所有颜色；【连续】选项，可以替换颜色相近的部分，查找边缘选项可以替换图像的背景颜色，并且保留图像的边缘。
- 容差：用于设定替换颜色的颜色范围，可以直接输入数值或者调整三角形的滑块，数值越大，替换的范围越大。
- 消除锯齿：此选项可以防止在替换颜色时，边缘出现锯齿。

> **注 意**
>
> 替换颜色工具在位图、索引色等颜色模式下不能使用。

上机操作 5　替换颜色

01 打开【素材】\【Ch04 素材】\【替换颜色 1.jpg】文件，如图 4-20 所示。

02 选择 替换颜色工具，在选项栏中设置【模式】为【颜色】选项，取样为 连续。
设置前景色为蓝色，在图像中的紫色的花朵上涂抹，替换颜色后效果如图 4-21 所示。

图 4-20　【替换颜色 1】图像　　　　图 4-21　替换颜色效果

4.2.2　【历史记录】面板

在 Photoshop 中进行的编辑操作，大部分会记录在【历史记录】面板中，因此用户可以恢复多次操作，回到图像前面的状态。默认设置能恢复到前 20 步操作，也可根据内存情况调整这个数值。

1.【窗口】>【历史记录】命令

使用【窗口】>【历史记录】命令，可显示/隐藏【历史记录】面板，【历史记录】面板如图 4-22 所示。

- 历史画笔：通过设置历史笔刷，可以恢复到某一具体操作步骤。
- 历史快照：此项可以建立某一操作步骤的图像效果快照。
- 历史记录：此项用于记录操作步骤。
- 历史滑块：此滑块可以在历史记录间相互移动，滑块移到的地方为此时操作状态。

如果一个 100x100 像素的图像被放大到 200x200 像素，文件大小会如何改变？
答：大约是原文件大小的四倍。

技术看板

2.【历史记录】面板底部图标

-  从当前状态创建新文档：利用当前状态或快照建立新的文件。
- 创建新快照：利用当前状态或者快照在面板中建立新的快照。
- 删除当前状态：删除历史面板中所有记录中的当前状态。.

3.【历史记录】面板菜单

单击面板右上角的 面板菜单按钮，弹出面板菜单如图 4-23 所示。

历史画笔 —— 1280YXQX0015.jpg

历史快照 —— 快照 1

历史记录 —— 打开

图像大小

历史滑块 —— 裁剪

图 4-22 【历史记录】面板

前进一步	Shift+Ctrl+Z
后退一步	Alt+Ctrl+Z
新建快照…	
删除	
清除历史记录	
新建文档	
历史记录选项…	

图 4-23 面板菜单

- 前进一步：用于将滑块向前移动一步。
- 后退一步：用于将滑块向后移动一步。
- 新建快照：将根据当前滑块所指向的操作建立新的快照。
- 删除：用于删除当前面板中滑块指向的操作。
- 清除历史记录：用于清除面板中除最后一步记录以外的其余历史记录。
- 新建文档：用当前状态或者快照建立新的文件。
- 历史记录选项：用于对【历史记录】面板进行设置，选择此命令可以弹出如图 4-24 所示的对话框。【自动创建第一幅快照】选项用于在打开图像时就自动建立快照；【存储时自动创建新快照】选项用于在存储文件时建立一个快照，这是默认设置；【允许非线性历史记录】选项，若当前处于不允许非线性历史记录时，当前滑块下的所有记录，将以反向显示，否则以正常状态显示；【默认显示新快照对话框】选择此项可弹出对话框，如图 4-25 所示，【名称】选项用于设置快照的名称，【自】选项用于设定建立的新快照所包括的范围。

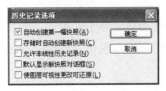

图 4-24 历史记录选项

图 4-25 新建快照选项

注 意

　　选择【编辑】>【首选项】>【性能】命令，打开【首选项】对话框，从【历史记录状态】选项中可直接输入数值或拖动滑块设置可恢复的操作步数。【历史记录】面板的功能远远大于编辑菜单中的【还原】命令。

技术看板　在快速蒙版模式下，画笔工具是唯一可用的工具吗？
答：否，还可以使用其他一些编辑工具，像渐变、选取，等等。

4.2.3　历史记录画笔

历史记录画笔配合【历史记录】面板可将某个状态或快照的图像局部或者全面还原到很久以前的状态；历史记录艺术画笔还可以设定画笔的笔刷，以产生特殊的图画效果。

1．历史记录画笔工具

历史记录画笔工具必须配合【历史记录】面板一起使用，它的功能有些像仿制图章工具。它可以把图像在编辑过程中的某一状态复制到当前图层中。【历史记录画笔工具】选项栏如图 4-26 所示。其参数设置与画笔工具相同，请参看画笔工具介绍，在此不再重复。

图 4-26　【历史记录画笔工具】选项栏

上机操作 6　巧用历史记录画笔工具

01　打开【素材】\【Ch04 素材】\【历史记录画笔 1.jpg】文件，如图 4-27 所示，选择【滤镜】>【纹理】>【染色玻璃】命令，效果如图 4-28 所示。

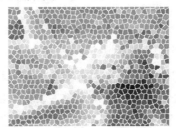

图 4-27　【历史记录画笔 1】图像　　　　图 4-28　染色玻璃效果

02　再次选择【滤镜】>【像素化】>【晶格化】命令，得到的效果如图 4-29 所示。【历史记录】面板如图 4-30 所示，记录下操作步骤。

图 4-29　晶格化效果　　　　图 4-30　历史记录面板状态

03　在【历史记录】面板中的染色玻璃这一步上单击，将历史记录画笔工具的标志确定在此处，如图 4-31 所示，然后在图像的右下角拖移绘画，得到的效果如图 4-32 所示。

71

图 4-31 设置【历史记录】面板状态

图 4-32 图像效果 1

04 再次将 历史记录画笔工具的标志确定在打开这一步骤，如图 4-33 所示，使用鼠标在图像的左半部分拖移绘画，得到的效果如图 4-34 所示，至此这幅图像中有了三种效果，且处在同一层上，这可是历史记录画笔的"伟大"功能。

图 4-33 设置【历史记录】面板 1

图 4-34 图像效果 2

2．历史记录艺术画笔

历史记录艺术画笔选用不同的笔刷，不同的风格，不同的不透明度，能使一幅图像变为艺术画，更具有艺术欣赏性。此工具也要配合【历史记录】面板使用，它的功能是可以把图像在编辑过程中的某一状态添加一些艺术效果。【历史记录艺术画笔】选项栏如图 4-35 所示。

图 4-35 【历史记录艺术画笔】选项栏

- 样式：设置选项来控制绘画描边的形状。
- 区域：设置绘画描边所覆盖的区域。区域值越大，覆盖的区域就越大，描边的数量也就越多。
- 容差：设置应用绘画描边的区域。低容差值可用于在图像中的任何地方绘制无数条描边。高容差将绘画描边限定在与源状态或快照中的颜色明显不同的区域。

上机操作 7 制作油画效果

01 打开【素材】\【Ch04 素材】\【历史记录艺术画笔-1.jpg】文件，如图 4-36 所示。

02 单击【图层】面板中 创建新图层图标，新建【图层 1】，使用 油漆桶工具填充白色，如图 4-37 所示。

技术看板 如何设置 Photoshop 中可恢复的历史记录的步数？
答：选择【编辑】>【首选项】>【性能】命令，打开【首选项】对话框，在【历史记录状态】选项中可直接输入数值或拖动滑块设置可恢复的操作步数。

图 4-36　【历史记录艺术画笔-1】图像

图 4-37　【图层】面板

03　选择 历史记录艺术画笔，设置选项栏参数如图 4-38 所示。在【历史记录】面板前面的方块里单击一下，设置历史记录艺术画笔工具的源如图 4-39 所示。

04　在画面上拖动绘画，直到画满整个画面，效果如图 4-40 所示。

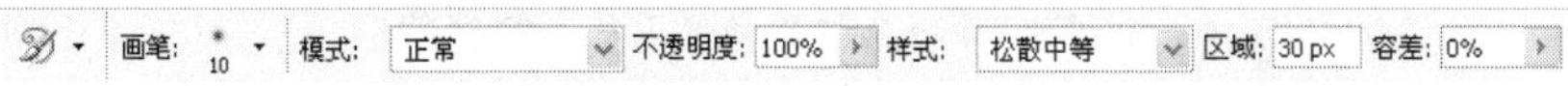

图 4-38　设置【历史记录艺术画笔工具】选项栏中的参数

图 4-39　设置【历史记录】面板 2

图 4-40　绘制图像效果

05　选择【滤镜】>【锐化】>【USM 锐化】命令，设置【USM 锐化】对话框中的参数如图 4-41 所示，锐化图像效果如图 4-42 所示。

图 4-41　设置【USM 锐化】对话框

图 4-42　图像效果 3

4.3　修图工具

根据修复图像的侧重点不同，Photoshop 提供了多种修复工具。其中包括修复图像瑕疵的 修复画笔工具和提高图像明暗度的 减淡工具、 加深工具，以及可复制图像及图案的 图章工具，擦除图像的 擦除工具，等等。使用这类工具处理图像，可使图像更加完美。下面详细介绍它们的操作方法及运用技巧。

能否将图像在编辑过程中的某一状态复制到当前图层中？
答：能，使用历史记录画笔配合【历史记录】面板可将某个状态或快照来将图像局部或是全面的还原到很久以前的状态。

技术看板

4.3.1 修复图像工具

有的图像会有一些小的瑕疵，有的人物照有皱纹或雀斑等杂点，还有一些老照片会有污点、划痕。使用修复类图像工具，可将这些有缺憾的图像完美无缺地复原。

1．污点修复画笔工具

污点修复画笔工具是比较实用的一个工具，它不同于修补工具，在使用之前不需要选择选区或者定义源，只需在想移除的瑕疵上单击或拖动，即可消除污点，修复区域可无缝混合到周围环境中。它比较适合修复一些小的瑕疵。【污点修复画笔工具】选项栏如图 4-43所示。

图 4-43 【污点修复画笔工具】选项栏

- 工具预设：单击此图像，弹出工具预设面板，从中可以选择当前工具预设选项以及可以新建工具预设。
- 画笔：单击此图标，弹出预设【画笔】面板，选择污点修复画笔修复图像时使用的画笔大小。
- 模式：设定画笔的混色模式，如果选取【替换】选项可以保留画笔描边的边缘处的杂色、胶片颗粒和纹理。
- 类型：设置画笔在修复图像时的类型，选择【近似匹配】选项，则样本自动采用污点外部四周的像素标准修复图像，选择【创建纹理】选项时，创建一个用于修复污点区域的纹理修复图像。
- 对所有图层取样：当图像存在很多图层时，可从所有可见图层中对数据进行取样。如果取消选择【对所有图层取样】选项，则只从当前图层中取样。单击要修复的区域，单击并在较大的区域上拖移。

上机操作 8　快速去除瑕疵

01　打开【素材】\【Ch04 素材】\【修复图像 1.jpg】文件，如图 4-44 所示，在人物的脸及胳膊上有一些小的瑕疵。

02　使用污点修复画笔工具，通过选项栏设置适当的笔刷，选择【近似匹配】选项，然后在想移除的瑕疵上单击或拖动，即可消除污点，修复效果如图 4-45 所示。

图 4-44 【修复图像 1】图像

图 4-45 修复后的图像效果

技术看板　怎样处理数码照片中的一些瑕疵，人物面部的皱纹或雀斑等杂点？

答：使用修复图像工具组中的工具。像污点修复工具，修复画笔工具，修补工具及红眼工具，要根据需要选择适当的工具。

2. 修复画笔工具

使用  修复画笔工具可以修除数量较少的斑点，如果这些斑点过多且很复杂，就不能够正确的匹配图像。这时就可以使用 修复画笔工具，它可以在不改变图像的形状、光照、纹理等属性的前提下，清除图像上的杂质，刮痕、折皱等。使用此工具必须先按住 Alt 键定义一个基准点，然后在选项栏中进行以下设置，如图 4-46 所示。

图 4-46 【修复画笔工具】选项栏

- 画笔：设置修复画笔的大小。
- 模式：此选项有不同的绘制模式。如果选择【正常】选项，则使用样本像素进行绘画的同时把样本像素的纹理、光照、透明度和阴影与所修复的像素相融合；如果选择【替换】选项，则只用样本像素替换目标像素且与目标位置没有任何融合。
- 源：修复图像时如果选择【取样】选项，必须按 Alt 键单击取样并使用当前取样点修复目标，如果选择【图案】选项，则在图案对话框中选择一种图案并用该图案修复图像。
- 对齐：如果在图像被修复处单击且在选项栏中选中【对齐】选项，则取样点一直固定不变在每次停止操作后再继续绘制时，都会从上次停止操作的位置继续复制。如果在被修复处拖动或在选项栏中未选中【对齐】选项，在每次停止操作后再继续绘制时，都会从取样点重新开始绘制。
- 取样：设置取样的图层。当图像存在很多图层时，可选择【当前图层】选项，则只从当前图层中取样。选择【当前和下方图层】选项，则从当前及下方的所有可见图层中对数据进行取样。如果选择【所有图层】选项，则从所有可见图层中对数据进行取样。
- 忽略调整图层图标：当选择【当前和下方图层】或【所有图层】选项时，单击选中此图标，在取样时可以忽略调整图层。

上机操作 9 定义样本修复图像

01 打开【素材】\【Ch04 素材】\【修复图像 2.jpg】文件如图 4-47 所示，人物的脸上布满皱纹。

02 使用 修复画笔工具，设置选项栏参数如图 4-48 所示。

图 4-47 【修复图像 2】图像

图 4-48 设置【修复画笔工具】选项栏中的参数

能否将一幅普通的风景图处理成特殊效果？

答：使用历史记录艺术画笔选用不同的笔刷，不同的风格，不同的不透明度，能使一幅图像变为艺术画。

技术看板

03 按住 Alt 键，在皱纹区域相近的皮肤处单击定义基准点，再在要修复的区域拖动鼠标，修复的效果如图 4-49 所示，注意在修复的过程中要根据修复区域不时的定义基准点。

图 4-49　修复图像效果

3. 修补工具

修补工具可以按照选择区域的像素的纹理、光照和阴影属性与源像素进行匹配。选择此工具，移动鼠标到绘图窗口，对需要添加修补的区域先绘制选择区域，然后再对选择区域进行拖动操作即可。【修补工具】选项栏如图 4-50 所示。

图 4-50　【修补工具】选项栏

- 运算：在绘制修补区域时，可以通过不同的运算方式得到更精确的选择区域。
- 源：设定修补的对象是当前选择区域。方法是先选中要修补的区域，再把选区拖动到用于修补的区域。
- 目标：与源选项相反，要修补的是选区被移动后到达的区域而不是移动前的区域。方法是先选中好区域，再拖选选区到要修补的区域。
- 透明：如果不选该项，则被修补的区域与周围图像只在边缘上融合，而内部图像纹理保留不变，仅在颜色上与原区域融合；如果选中该项，则被修补的区域除边缘融合外，还有内部的纹理融合，即被修补区域好像做了透明处理。
- 使用图案：选中一个待修补区域后，选择使用图案选项，则待修补区域用这个图案修补图像。

上机操作 10　　以区域形式修复图像

01 打开【素材】\【Ch04 素材】\【修复图像 3.jpg】文件，如图 4-51 所示。

02 使用修补工具，选中左边的鸟为补缀的区域如图 4-52 所示。在选项栏中选择【目标】和【透明】两个选项，拖动选择区域到要补缀的区域松开鼠标，修复图像的效果如图 4-53 所示，被修补的区域除边缘融合外，还有内部的纹理也被融合。如果取消选择【透明】选项，修复效果如图 4-54 所示，修补的区域与周围图像只在边缘上融合，而内部图像纹理保留不变。

图 4-51　【修复图像 3】图像

图 4-52　绘制选择区域

技术看板　在创建选取范围时，如何定位基准点？

答：在 Photoshop CS4 中，选择了选框工具后，按住 Shift 键不放，即可做出正方或正圆的选取范围。若要从选取范围的中心为基准，来建立选取范围，则只要在拖动的同时，按下 Alt 键即可。

图 4-53 修补效果 1

图 4-54 修补效果 2

03 如果选择【源】和【透明】两个选项，修复图像的效果如图 4-55 所示。如果取消选择【透明】选项，修复效果如图 4-56 所示。

图 4-55 修补效果 3

图 4-56 修补效果 4

4．红眼工具

红眼工具主要用来处理照片中由于使用闪光灯引起的红眼现象，工具使用起来极为简单，只需要框选红眼区域就可以消除，如果选择【视图】>【对齐到】>【图层】命令，那么红眼移除工具在框选的时候，选框边会自动对齐红眼区域。选项栏中的参数设置如图 4-57 所示。

图 4-57 【红眼工具】选项栏

- 瞳孔大小：设置瞳孔的大小。
- 变暗量：设置红眼变暗程度，数值越大，越暗。

上机操作 11 应用红眼工具

01 打开【素材】\【Ch04 素材】\【修复图像 4.jpg】文件，如图 4-58 所示。

02 使用红眼工具框选红眼区域，然后松开鼠标即可修复红眼。修复的图像效果如图 4-59 所示。

图 4-58 【修复图像 4】图像

图 4-59 修复效果

使用修工具时，选择【源】选项与【目标】选项有什么不同？

答：当选择【源】选项时，设定修补的对象是当前选择区域，先选中要修补的区域，再把选区拖动到用于修补的区域；当选择【目标】选项时，是先选中好区域，再拖动选区到要修补的区域。

技术看板

4.3.2 图章工具

使用图章工具可以以图像或图案的方式复制图像，使复制部分与图像整体融合在一起，在制作特效时是个很好用的功能，使图像达到完美的视觉效果。

1. 仿制图章工具

仿制图章工具主要用于将局部的图像复制到其他的位置，使图像细节更加丰富，效果更佳。使用此工具也要按住 Alt 键定义一个基准点，再以设定的像素点为复制基准点，将该基准点以及周围的图像复制到其他地方。【仿制图章工具】选项栏如图 4-60 所示，其参数在其他工具中已经介绍过，不再重述。

画笔: 68 · 模式: 正常 · 不透明度: 100% · 流量: 100% · 对齐 样本: 当前图层

图 4-60 【仿制图章工具】选项栏

上机操作 12 应用 仿制图章工具

01 打开【素材】\【Ch04 素材】\【图章 1.jpg】文件，使用仿制图章工具，设置笔刷的大小能把鹰覆盖，按住 Alt 键在鹰的身体部位单击定义基准点，如图 4-61 所示。

02 选择【对齐】选项，然后在图像中单击，仿制效果如图 4-62 所示。

03 选择【编辑】>【还原】命令或按快捷键 Ctrl+Z，取消对齐仿制效果。不选择【对齐】选项，然后在图像的不同位置单击，仿制效果如图 4-63 所示。

图 4-61 定义基准点　　　图 4-62 对齐仿制图像　　　图 4-63 未对齐仿制图像

04 打开【素材】\【Ch04 素材】\【图章 2.psd】文件，图 4-64 所示为一个包含多图层的图像。在选项栏中的【样本】选项中选择【当前图层】，仿制的图像效果如图 4-65 所示。

图 4-64 【图章 2】图像　　　　图 4-65 仿制图像效果

2. 图案图章工具

图案图章工具主要是用定义的图案仿制图像，而不是以定义的基准点进行复制。【图案图章工具】选项栏如图 4-66 所示。

技术看板　使用红眼工具时，变暗量起什么作用？
答：在使用红眼工具时，通过设置变暗量的数值来控制红眼变暗的程度，数值越大，越暗。

图 4-66 【图案图章工具】选项栏

印象派效果：此选项可使复制出的效果有一种雾蒙蒙的感觉，产生印象派的效果。

 注 意

在定义图案时，选择区域只能够是矩形区域，其他的任何选择区域都不能定义为图案。

上机操作 13　应用图案图章工具

01　打开【素材】\【Ch04 素材】\【定义图案 1.jpg】文件，使用▣矩形选框工具选择图像，如图 4-67 所示。

02　选择【编辑】>【定义图案】命令，在打开的【图案名称】对话框中设定图案名称，如图 4-68 所示，单击【确定】按钮。

图 4-67　选择图像

图 4-68　命名图案

03　选择圖图案图章工具，然后在选项栏的图案选项中就能够找到它并选择它，如图 4-69 所示。

04　选择【文件】>【新建】命令，新建空白文件，使用圖图案图章工具，在选项栏中不选择【对齐】选项，分多次仿制图像效果如图 4-70 所示，得到的仿制的图像效果非常零乱。

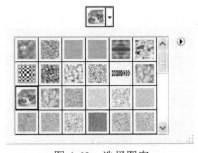

图 4-69　选择图案

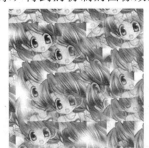

图 4-70　零乱的图像效果

05　选择【对齐】选项，即使分多次仿制，但得到的图像效果如图 4-71 所示，仿制的图像效果仍然是非常整齐。再次在选项栏中选择【对齐】与【印象派效果】选项时，仿制的图像效果如图 4-72 所示。

在使用仿制图案工具时，定义基准点时有几种方式？
答：在使用仿制图案工具时，定义基准点时有三种方式，单击选项栏中的【样本】选项中的下拉按钮，在弹出的菜单中有以前图层、当前图层和下方图层、所有图层三种方式可供选择。

技术看板

图 4-71　整齐图像效果

图 4-72　印象派效果

3.【仿制源】面板

【仿制源】面板和 仿制图章工具配合使用，允许定义多个取样点，最多能定义五个仿制源，并为仿制源提供具体的采样坐标，可以对仿制源进行移位、缩放、旋转、混合等编辑操作，这使得仿制过程更加清晰可见。

4.【窗口】>【仿制源】命令

使用此命令，可显示/隐藏【仿制源】面板，如图 4-73 所示。在面板中提供了仿制源偏移的 X、Y 坐标显示与控制，W 宽度和 H 高度显示与控制，以及在仿制时是否显示叠加，并能够调整叠加的不透明度，混合模式，以及是否自动隐藏和反相等选项。这样一来，在进行仿制与修补工作时，就比以前有了更多的控制选项，仿制的效果也会比以前更酷，相信你只要试上一次就会上瘾的。

图 4-73　【仿制源】面板

【仿制源】面板参数设置：

- 仿制源：设置仿制取样源，在此面板中一次可设置五个不同的取样源。要设置取样源，选择仿制图章工具，然后按住 Alt 键，在打开的图像窗口中单击即可得到一个取样源。要再设置其他的取样源，在面板中单击其他的 仿制源按钮。通过设置不同的取样源，可以更改仿制源的取样源。

- 缩放样本源：在 W 或 H 的文本框中输入百分比值来缩放样本源。默认情况下将约束比例。要单独调整尺寸或恢复约束选项，单击 保持长宽比按钮。

- 旋转样本源：要旋转样本源，在旋转角度文本框中输入一个数值。如果要将样本源复位到其初始大小和方向，单击 复位变换按钮。

- 帧位移：在 X 和 Y 的文本框中输入数值，指定 X 和 Y 像素位移数量，如此对取样点的位置进行精确绘制。选中【锁定帧】选项，可锁定源帧。

- 显示叠加：在使用仿制图章工具或修复画笔工具进行绘制时选择此选项，可以更好地查看叠加和下面的图像。选择【已剪切】选项，可剪切叠加到当前的画笔。选择【自动隐藏】选项，在应用绘画描边时隐藏叠加。在【不透明度】文本框中输入百分比值，可设置样本源的不透明度。要设置样本源与原图像间的混合方式，在面板底部弹出的菜单中选择混合模式。选择【反相】选项可以反相取样源的颜色。

技术看板　使用图案图章工具，怎样才能使仿制的图像对齐而不零乱？
　　答：选择图案图章工具后，在选项栏中再选择【对齐】选项即可。

01　打开【素材】\【Ch04 素材】\【仿制源 1.jpg】文件，如图 4-74 所示。

02　选择 ▲ 仿制图章工具，选择【窗口】>【仿制源】命令，打开【仿制源】面板。按住 Alt 键，在鼠标所在位置单击定义取样源如图 4-75 所示。

图 4-74　【仿制源 1】图像

图 4-75　定义取样源

03　设置【仿制源】面板如图 4-76 所示，定位取样点绘制的精确位置如图 4-77 所示。

图 4-76　设置【仿制源】面板

图 4-77　定位取样点绘制的精确位置

04　在仿制图章工具选项栏中选择【对齐】选项，然后按住鼠标左键拖动进行绘制，如图 4-78 所示，最终得到图像效果如图 4-79 所示。

图 4-78　拖动绘制图像

图 4-79　最终效果

4.3.3　擦除图像工具

使用擦除工具可以有选择的擦除不需要的图像部分，使图像整体融合的更完美无缺。

1. 橡皮擦工具

橡皮擦工具将在背景图像或选择区域内使用背景色擦除部分图像。如果要擦除的图像部分是在某一层中，擦除工具将以透明色擦除图像。【橡皮擦工具】选项栏如图 4-80 所示。

图 4-80　【橡皮擦工具】选项栏

- 模式：前面几个工具所使用的笔刷的模式选项都是指颜色模式，这里是指可以将擦除工具的笔触设定为画笔、铅笔、方块等形状进行擦除。
- 抹到历史记录：选择此选项，将编辑过的图像再擦回到编辑前的图像状态。

上机操作 15　应用橡皮擦工具

01　打开【素材】\【Ch04 素材】\【橡皮擦工具 1.jpg】文件，如图 4-81 所示。

02　按 D 键设置前景色与背景色为默认色，使用 橡皮擦工具，在选项栏中设置【模式】为【画笔】，在图像中使用白色的背景色擦除图像，如图 4-82 所示。

03　在选项栏中选择【抹到历史记录】选项，再使用 橡皮擦工具在白色图像上擦除，图像效果复原如图 4-83 所示。

图 4-81　【橡皮擦工具 1】图像　　图 4-82　使用白色背景色擦除图像　　图 4-83　复原擦除效果

2. 背景橡皮擦工具

背景橡皮擦工具是以类似一般橡皮擦工具的做法将颜色擦掉而变成没有颜色的透明状态。【背景橡皮擦工具】选项栏如图 4-84 所示。

图 4-84　【背景橡皮擦工具】选项栏

- 画笔：在擦除图像时，设置画笔的大小。
- 取样：设置擦除区域的取样方式，有三种方式，当选择 连续选项，在擦除图像颜色时，将随着鼠标的移动而变换取样颜色，也就是说在鼠标拖动过的地方，颜色会被擦除；选择 一次选项，以鼠标第一次擦除图像时的颜色为取样颜色来擦除图像，是去背的好工具；选择 背景色板选项，它是以背景颜色为取样颜色，在擦除图像时只擦除背景颜色或与背景颜色十分相近的颜色。
- 限制：它包括有三种选项，【不连续】选项可以擦除所有的图像；【连续】选项可以擦除连续的图像部分；【查找边缘】选项可以擦除图像的背景，并且保留图像的边缘。
- 容差：用于设定擦除颜色的范围，可以直接输入数值或者拖动滑块调整数值，数值越大，

技术看板　使用擦除工具擦除图像的效果是一样的？

答：否。当使用擦除工具擦除的是背景图像或选择区域内的背景图像时，使用背景色擦除部分图像；如果要擦除的图像部分是在某一层中，擦除工具将以透明色擦除图像。

擦除的范围越大。

- 保护前景色：在擦除图像颜色时，选择此选项时，前景色不会被擦除掉。如果在擦除的过程中想要保留某种颜色，选择工具箱中的  吸管工具，在要保留的颜色上单击，该颜色就被定义为前景色，然后再选择保护前景色选项，一切就会 OK。

上机操作 16　应用背景橡皮擦工具

01　打开【素材】\【Ch04 素材】\【背景橡皮擦工具 1.jpg】文件，如图 4-85 所示。

02　使用 背景橡皮擦工具，按住 Alt 键鼠标变为 吸管工具，在狗尾巴末梢边缘单击，设置此处的颜色为前景色，选择选项栏中【保护前景色】选项，这样毛发边缘不会被擦除掉。设置绿色草地的颜色为背景色，选择选项栏中 背景色板选项，以绿色草地的颜色为取样颜色，在擦除图像时只擦除绿色草地的颜色或与其颜色十分相近的绿颜色，设置选项栏中的参数，如图 4-86 所示。

图 4-85　【背景橡皮擦工具 1】图像

03　使用 背景橡皮擦工具，按住鼠标左键在绿色草地的图像上拖动，擦除效果如图 4-87 所示。

图 4-86　设置【背景橡皮擦工具】选项栏中的参数

图 4-87　擦除效果

3. 魔术橡皮擦工具

魔术橡皮擦工具是以颜色为取样标准，当在图层中单击时，该工具会自动更改所有相似的像素。如果在背景层中或是在带有锁定透明区域的图层中工作，像素会更改为背景色；否则像素会被擦除为透明，是去背的好工具。【魔术橡皮擦工具】选项栏如图 4-88 所示。

图 4-88　【魔术橡皮擦工具】选项栏

- 容差：用于设定擦除颜色的范围，可以直接输入数值或者拖动滑块调整数值，数值越大，擦除的范围越大。
- 消除锯齿：此选项可以防止在擦除图像时边缘出现锯齿。
- 连续：此选项可以擦除图像相邻的颜色。
- 对所有图层取样：此选项为每一个图层的背景取样，使用合并数据来确定待擦除区域。
- 不透明度：此选项显示的是被擦除后的图像所显示的不透明度。

背景橡皮擦工具怎样擦除图像？

答：使用背景橡皮擦工具可将图像中定义的颜色擦掉而变成没有颜色的透明状态。

技术看板

上机操作 17　魔术橡皮擦工具

01 打开【素材】\【Ch04 素材】\【魔术橡皮擦工具 1.jpg】文件，如图 4-89 所示。

图 4-89　【魔术橡皮擦工具 1】图像

02 使用魔术橡皮擦工具，在选项栏中设置【容差】为 32，选择【连续】选项，擦除图像效果如图 4-90 所示，只擦除连续的图像部分，没有连续的部分却保留着。

03 选择【编辑】>【还原】命令或按快捷键 Ctrl+Z，取消前面的操作。不选择【连续】选项，擦除图像效果如图 4-91 所示，所有相似的颜色都被擦除掉。

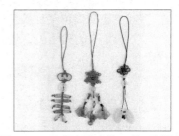

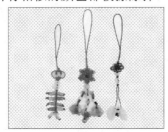

图 4-90　连续擦除效果

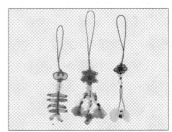

图 4-91　不连续擦除效果

4.3.4 快速提亮或加暗图像工具

快速提亮或加暗图像工具可将图像的局部变亮或变暗，使用海绵工具还可以修改图像局部的色彩饱和度。

1. 减淡工具

减淡工具是传统的暗室工具，常用于加亮图像局部或制作高光效果，或校正曝光不足的图像。【减淡工具】选项栏如图 4-92 所示。

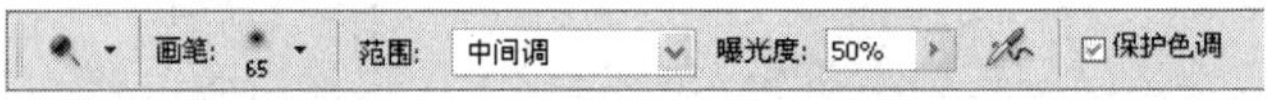

图 4-92　【减淡工具】选项栏

- 画笔：用于设置减淡工具的画笔大小。
- 范围：用于设置减淡的范围。有三个选项，其中【阴影】选项用来调整阴影区域的亮度；【中间调】选项用来提高中等灰度区域的亮度；【高光】选项用来进一步提高亮度区域的亮度。
- 曝光：用来设定曝光强度的百分比，数值越大，速度快，减淡效果越强烈。
- 喷枪工具：选择此选项，在按下鼠标后减淡效果一直在改变。
- 保护色调：选择此选项，在加亮图像时，尽量保持图像的亮部或暗部，并且色调不变。

上机操作 18　应用减淡工具

01 打开【素材】\【Ch04 素材】\【减淡工具 1.jpg】文件，如图 4-93 所示。

02 使用减淡工具，在选项栏中设置【范围】为【高光】，设置【曝光度】为 20%，

技术看板

为什么说魔术橡皮擦工具是去背的好工具？

答：因它是以颜色为取样标准，在图层中单击时，会自动更改所有相似的像素。在背景层中或带有锁定透明区域的图层单击时，像素会更改为背景色；否则像素会被擦除为透明，所以说是去背的好工具。

然后加亮图像中的高光部分，加亮效果如图 4-94 所示。

图 4-93　【减淡工具 1】图像

图 4-94　加亮图像效果

2．加深工具

加深工具也是传统的暗室工具，它的功能与减淡工具正好相反，主要侧重于使图像区域变暗，做出一种模糊的效果。这两个工具配合使用可为图像添加立体效果。【加深工具】选项栏如图 4-95 所示，其参数设置与减淡工具的相同，不再重述，不过作用效果正好相反。

图 4-95　【加深工具】选项栏

上机操作 19　应用加深工具

01　打开【素材】\【Ch04 素材】\【加深工具 1.jpg】文件，如图 4-96 所示。

02　使用加深工具，在选项栏中设置【范围】为【阴影】，设置【曝光度】为 10%，然后加深图像中的阴影部分，加深后的效果如图 4-97 所示，图像的明暗对比效果更加强烈，具有层次感。

图 4-96　【加深工具 1】图像

图 4-97　加深图像效果

3．海绵工具

海绵工具用于修改图像色彩的饱和度。【海绵工具】选项栏如图 4-98 所示。

图 4-98　【海绵工具】选项栏

- 画笔：用于设置海绵工具的画笔大小。
- 模式：此项有两个选项，其中【降低饱和度】选项将对图像中的颜色进行非饱和化处理，即降低颜色的饱和度值；【饱和】选项将对图像中的颜色进行饱和化处理，即增加颜色的饱和度值。

在修复偏暗的图像时，常用什么工具？

答：在修复偏暗的图像时，常用减淡工具来修复。这个工具可将图像的局部变亮，并保持色调不变。

技术看板

- 流量：用于设定海绵工具压力的百分比。数值越大，流量越快，效果越强烈。
- 喷枪工具：选择此选项，在按下鼠标后饱和度效果一直在改变。
- 自然饱和度：选择此选项，在修改图像时，对于饱和度较低的图像部分影响强烈，而饱和度较高的图像部分影响不大。

上机操作 20　应用海绵工具

01　打开【素材】\【Ch04 素材】\【海绵工具 1.jpg】文件，如图 4-99 所示。

02　使用 海绵工具，在选项栏中设置【模式】为【降低饱和度】，设置【流量】为 70%，去色后的效果如图 4-100 所示。

03　选择【编辑】>【还原】命令或按快捷键 Ctrl+Z，取消前面的操作。在选项栏中设置【模式】为【饱和】，加色后的效果如图 4-101 所示。

图 4-99　【海绵工具 1】图像

图 4-100　去色效果

图 4-101　加色效果

86

> **注 意**
>
> 减淡工具、加深工具、海绵工具都不能应用在位图和索引颜色模式的图像上。

4.3.5　模糊锐化图像工具

使用模糊锐化图像工具可使图像局部模糊或增加锐利程度，使用涂抹工具还可以以涂抹的方式晕开图像的颜色，制作涂抹的效果。

1．模糊工具

模糊工具可以将图像中突出的颜色打散，使僵硬的边界变得比较柔和，颜色过渡变得平缓一些，有一种模糊的效果，与摄影时所使用的柔焦效果相同。【模糊工具】选项栏如图 4-102 所示。

图 4-102　【模糊工具】选项栏

- 画笔：选择模糊工具画笔的大小。
- 模式：设置模糊的混合模式。

技术看板　怎样修复图像的饱和度？
答：选择海绵工具，在选项栏中设置【模式】为【降低饱和度】，将对图像中的颜色进行非饱和化处理；选择【饱和】选项时，可对图像中的颜色进行饱和化处理。

- 强度：设置模糊的强度，数值越大，模糊程度越大，直接输入数值或调整滑块。
- 对所有图层取样：选中此选项，则模糊效果对所有图层都起作用。否则，只对当前层的图像起作用。

上机操作 21　应用模糊工具

01 打开【素材】\【Ch04 素材】\【模糊工具 1.jpg】文件，如图 4-103 所示。

02 使用 模糊工具，在选项栏中设置【模式】为【正常】，设置【强度】为 100%，模糊后的效果如图 4-104 所示，模糊图像的局部制作柔焦效果。

图 4-103　【模糊工具 1】图像　　　　图 4-104　模糊局部图像效果

2．锐化工具

锐化工具用于将颜色变强烈，使颜色柔和的边缘或区域变得清晰化、锐利化，达到一种清晰边缘或图像的效果。【锐化工具】选项栏如图 4-105 所示，其参数设置与模糊工具的相同，在此不再重述。

图 4-105　【锐化工具】选项栏

上机操作 22　应用锐化工具

01 打开【素材】\【Ch04 素材】\【锐化工具 1.jpg】文件，如图 4-106 所示。

02 使用 锐化工具，在选项栏中设置【模式】为【正常】，设置【强度】为 50%，锐化效果如图 4-107 所示。当设置【模式】为【变暗】时，锐化效果如图 4-108 所示。

图 4-106　【锐化工具 1】图像

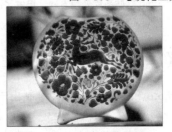

图 4-107　正常锐化效果　　　　图 4-108　变暗锐化效果

如何使一幅图像具有柔焦效果？
答：选择模糊工具，在选项栏中设置适当的参数，然后在图像中需要模糊的地方轻轻涂抹即可。

技术看板

87

3. 涂抹工具

 涂抹工具能制作一种被水抹过的效果，像水彩画一样。【涂抹工具】选项栏如图 4-109 所示，除了【手指绘画】选项外，其余的大家已经非常熟悉了，此不再重述。

图 4-109　【涂抹工具】选项栏

手指绘画：用于设定使用涂抹工具进行绘画，其实它就是以前景色进行涂抹，然后逐渐过渡到图像的颜色。

上机操作 23　应用涂抹工具

01　打开【素材】\\【Ch04 素材】\\【涂抹工具 1.jpg】文件，如图 4-110 所示。

02　使用 涂抹工具，单击选项栏中的【画笔】选项，设置如图 4-111 所示的画笔，设置【模式】为【正常】，设置【强度】为 50%，涂抹后的效果如图 4-112 所示。

图 4-110　【涂抹工具 1】图像

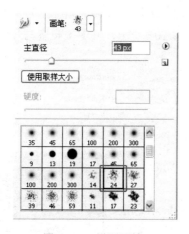

图 4-111　设置画笔

图 4-112　涂抹效果

学习链接

68PS.com 网站图片处理专题，提供了调整图像清晰及特效的一系列教程：
http://www.68ps.com/jc/pic-qingxi.asp

4.4　【画笔】面板

使用 Photoshop 之所以能够绘制出丰富、逼真的图像效果，原因在于有强大的【画笔】面板，通过设置面板中的选项参数，能够获得丰富多样的画笔效果。

技术看板　【画笔】面板是针对画笔工具设置的吗？
答：否。【画笔】面板不只是针对绘画工具，还针对修图工具，用于设置它们的笔刷的大小，形状以及画笔边缘的软硬程度。

4.4.1　了解【画笔】面板

【画笔】面板可用于选择预设画笔和自定画笔预设，还可以设置各种绘图工具的画笔大小、形状以及画笔边缘的软硬程度。

选择【窗口】>【画笔】命令，或者单击界面右侧的 🖌【画笔】面板图标，打开【画笔】面板，如图 4-113 所示。

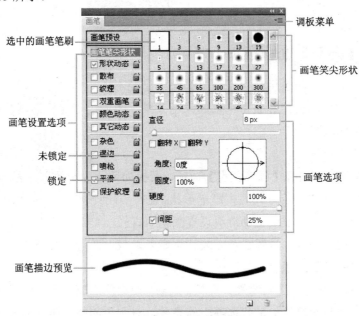

图 4-113　【画笔】面板

- 画笔设置选项：在这些选项中可以设置画笔动态参数。
- 画笔笔刷形状：在此区域可以选择绘制图像时的画笔。
- 画笔选项：在此区域列出了与当前所选的动态参数相对应的参数，随着选项的不同时，此处所列出的参数也会随之变化。
- 画笔描边预览：在此区域可预览根据当前设置生成的画笔的描边状况。
- 选中的画笔笔刷：在此可以预览根据当前设置生成的画笔笔刷形状。
- 🔒锁定图标/ 🔓未锁定：通过单击🔒锁定图标或🔓解锁图标，可对所设置的画笔进行锁定或解锁。
- 面板菜单：单击面板右上角的 ▾☰菜单按钮，可弹出菜单，对画笔进行预设、重命名、载入及管理等操作。
- 🔲 创建画笔图标：单击此图标，在弹出的对话框中单击【确定】按钮，可按当前画笔所具有的属性创建一个新的画笔。
- 🗑 删除图标：单击此图标，在弹出的对话框中单击【确定】按钮，可将当前选择的画笔删除。

如图 4-114 所示，使用画笔制作出来的图像效果。

在【画笔】面板中只能使用预设的画笔吗？
答：否。在【画笔】面板中，选中预设的画笔后，还可以重新设置它的参数，设置为新的画笔。

技术看板

图 4-114　使用画笔制作图像效果

4.4.2　设置【画笔】面板选项

通过上一节的介绍，相信用户对【画笔】面板已经不陌生了，如果能够对【画笔】面板中各选项参数进行设置，就能够获得丰富的画笔效果，绘制出形象、逼真的图像效果。下面详细介绍各项参数的功能。

1. 【画笔预设】选项

在【画笔】面板左侧选择【画笔预设】选项，面板如图 4-115 所示。这里相当于画笔的控制操作平台，可用不同的显示方式观察画笔形状，在下方的预览区可观察画笔描边效果。在【主直径】选项中，输入数值或拖动滑块设置画笔的直径。单击面板右上角的 ≡ 菜单按钮，弹出菜单，对画笔进行预设、设置显示方式、重命名、载入及管理等操作。

2. 【画笔笔尖形状】选项

在【画笔】面板左侧选择【画笔笔尖形状】选项，面板的右侧便显示预设画笔，如图 4-116 所示，根据需要，调整画笔笔尖形状选项中的参数，对预设的画笔属性重新进行设置。

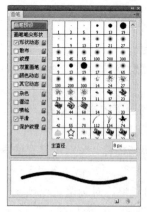

图 4-115　【画笔预设】参数

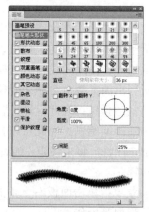

图 4-116　【画笔笔尖形状】参数

【画笔笔尖形状】选项参数设置：

- 直径：通过调整直径的数值或拖移滑块改变画笔的大小，来控制绘制线条的粗细，以像素（px）为单位。

原图像如图 4-117 所示，使用直径为 5px 的画笔描边效果如图 4-118 所示，使用直径为 10px 的画笔描边效果如图 4-119 所示。

技术看板　　在【画笔笔尖形状】选项中，可设置画笔的哪些属性？

答：在【画笔】面板中选择【画笔笔尖形状】选项后，可对画笔的大小、角度、圆度、硬度及间距进行设置。

图 4-117　原图像　　　　图 4-118　5px 的画笔描边效果　　　图 4-119　10px 的画笔描边效果

- 翻转：当选择【翻转 X】选项时改变画笔笔刷在其 X 轴上的方向。当选择【翻转 Y】选项时改变画笔笔刷在其 Y 轴上的方向。

使用默认位置的画笔笔尖形状如图 4-120 所示，选择【翻转 X】选项时的效果如图 4-121 所示，选择【翻转 X】和【翻转 Y】两个选项时的效果如图 4-122 所示。

图 4-120　原画笔笔尖形状　　图 4-121　以 X 轴翻转的笔尖形状　　图 4-122　以 X 和 Y 轴翻转的笔尖形状

- 角度：设置画笔的角度。输入数值或直接调整右边的预览图，确定画笔的角度。
- 圆度：设置画笔笔刷的圆扁程度。输入数值或调整右边的预览图，确定画笔的圆度。圆度为 100% 时是正圆，0% 时椭圆最扁平。

设置画笔角度及圆度参数如图 4-123 所示，创建雕刻状描边效果如图 4-124 所示。

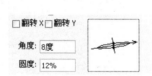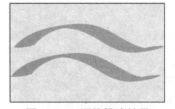

图 4-123　设置笔尖角度及圆度　　　　图 4-124　画笔描边效果

- 硬度：设置画笔边缘的模糊程度，数值越小画笔边缘越模糊。

设置画笔硬度为 100% 的画笔描边效果如图 4-125 所示，设置画笔硬度为 0% 的画笔描边效果如图 4-126 所示。

图 4-125　硬度为 100% 的画笔描边效果　　　图 4-126　硬度为 0% 的画笔描边效果

在【画笔笔尖形状】选项中，能否设置画笔翻转？

答：能，可设置画笔笔刷以 X 轴或以 Y 轴进行翻转。

技术看板

- 间距：间距实际就是每两个圆点的圆心距离，间距越大圆点之间的距离也越大。如果关闭【间距】选项，那么圆点分布的距离就以鼠标拖动的快慢为准，慢的地方圆点较密集，快的地方则较稀疏。

设置画笔间距为 155% 的画笔描边效果如图 4-127 所示，设置画笔间距为 85% 的画笔描边效果如图 4-128 所示。

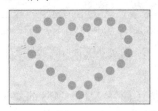

图 4-127　设置画笔间距为 155% 时描边效果　　图 4-128　设置画笔间距为 85% 时描边效果

3.【形状动态】选项

【形状动态】选项可将许多动态（或变化）元素添加到预设画笔笔刷，使画笔笔迹的变化更加多样化。

01　打开【素材】\【Ch04 素材】\【形状动态 1.jpg】文件，如图 4-129 所示。在【画笔】面板中选择一个基本形状的画笔，在左侧选择【形状动态】选项，可进入【形状动态】参数设置，如图 4-130 所示，进行更细致的修改，制作画笔的外形。

图 4-129　【形状动态 1】图像　　　图 4-130　【形状动态】选项中参数的设置

【形状动态】选项参数设置：

- 大小抖动：用数值控制画笔大小抖动，效果是随机的。要设定希望如何控制画笔动态元素的变化，在【控制】下拉列表框中选择【关】选项，此时不控制画笔笔迹的大小抖动变化。选择【渐隐】选项时按设定数量的步长在初始直径和最小直径之间渐隐画笔笔迹的大小。每个步长等于画笔笔刷的一个笔迹。该值的范围可以从 1～9999。例如，输入 10 步长会产生以 10 为增量的渐隐。选择【钢笔压力】、【钢笔斜度】或【光笔轮】选项时分别依据钢笔压力、钢笔斜度、光笔轮位置来改变初始直径和最小直径之间的画笔笔迹大小。

> **注意**
>
> 如果选择【钢笔压力】、【钢笔斜度】或【光笔轮】选项，只有有压感笔时才能起作用，如果在此控制选项前有叹号标志 ⚠ 控制: 钢笔压力 ✓ ，表示没有安装此硬件。

- 最小直径：设置最小画笔的直径。当设置【大小抖动】或【大小控制】选项时，画笔笔迹可以缩放最小百分比。可通过输入数字或使用滑块来输入画笔笔刷直径的百分比值。
- 倾斜缩放比例：设置【大小抖动】为【钢笔斜度】时，在旋转前应用于画笔高度的百分比。输入数字，或者使用滑块输入画笔直径的百分比值。
- 角度抖动：设定描边中画笔笔迹角度的改变方式。要设定希望如何控制画笔笔迹的角度变化，在【控制】下拉列表框中选择【关闭】选项，不控制画笔笔迹的角度变化。选择【渐隐】选项设定数量的步长在 0～360° 之间渐隐画笔笔迹角度。【钢笔压力】、【钢笔斜度】、【光笔轮】、【旋转】等选项依据钢笔压力、钢笔斜度、光笔轮位置或钢笔的旋转在 0～360° 之间改变画笔笔迹的角度。选择【初始方向】选项使画笔笔迹的角度基于画笔描边的初始方向。选择【方向】选项使画笔笔迹的角度基于画笔描边的方向。
- 圆度抖动：设定画笔笔迹的圆度在描边中的改变方式。要设定抖动的最大百分比，请输入一个指明画笔长短轴之间比率的百分比。要设定希望如何控制画笔笔迹的圆度，在【控制】下拉列表框中选择【关】选项，将不控制画笔笔迹的圆度变化。选择【渐隐】选项设定数量的步长在 100% 和最小圆度值之间渐隐画笔笔迹的圆度。【钢笔压力】、【钢笔斜度】、【光笔轮】、【旋转】等选项依据钢笔压力、钢笔斜度、光笔轮位置或钢笔的旋转在 100% 和最小圆度值之间改变画笔笔迹的圆度。
- 最小圆度：设定【圆度抖动】或圆度【控制】启用时画笔笔迹的最小圆度。输入一个指明画笔长短轴之间比率的百分比。

02　使用无动态变化画笔描边效果如图 4-131 所示，使用大小及角度抖动画笔描边效果如图 4-132 所示，使用大小和角度抖动及渐隐画笔描边效果如图 4-133 所示。

图 4-131　无动态变化画笔描边　　图 4-132　大小及角度抖动描边　　图 4-133　角度抖动及渐隐描边

4. 【散布】选项

【散布】选项可确定描边中笔迹的数目和位置。

上机操作 25　应用【散布】

01　打开【素材】\【Ch04 素材】\【散布 1.jpg】文件，如图 4-134 所示。在【画笔】面

> 【形状动态】选项中的哪个参数设置，可控制画笔笔迹的角度？
> 答：通过对【形状动态】选项中的【角度抖动】选项的参数设置，可控制画笔笔迹的角度。
>
> **技术看板**

板中选择一个基本形状的画笔，在面板的左侧选择【散布】选项，可进入【散布】参数设置，如图 4-135 所示，进行更细致的修改，调整画笔的散布程度。

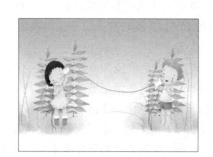

图 4-134　【散布 1】图像　　　　　图 4-135　【散布】选项中参数的设置

【散布】选项参数设置：

- 散布：设置画笔向两侧散布的范围，百分比越大，散布的范围越大。当选择【两轴】选项时，画笔笔迹按径向分布。当取消选择【两轴】选项时，画笔笔迹垂直于描边路径分布。
- 控制：设置画笔笔迹散布变化。当选择【关】选项时画笔笔迹的散布无变化。当选择【渐隐】选项时设定散布的步长将画笔笔迹从最大散布渐隐到无散布。当选择【钢笔压力】、【钢笔斜度】、【光笔轮】、【旋转】等选项分别依据钢笔压力、钢笔斜度、光笔轮位置或钢笔的旋转来改变画笔笔迹的散布。
- 数量：设置每个间距间隔应用的画笔笔迹数量。
- 数量抖动：设置画笔笔迹的数量如何针对各种间距间隔而变化。
- 控制：设置画笔笔迹的数量变化，当选择【关】选项时不控制画笔笔迹的数量变化。当选择【渐隐】选项时设定数量的步长将画笔笔迹数量从设置的数量值渐隐到 1。当选择【钢笔压力】、【钢笔斜度】、【光笔轮】、【旋转】等选项分别依据钢笔压力、钢笔斜度、光笔轮位置或钢笔的旋转来改变画笔笔迹的数量。

02　使用无散布画笔描边效果如图 4-136 所示，使用散布画笔描边效果如图 4-137 所示，使用不同数量画笔描边效果如图 4-138 所示。

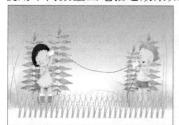

图 4-136　无散布画笔描边效果　图 4-137　使用散布画笔描边效果　图 4-138　使用不同数量画笔描边效果

技术看板　　【散布】选项设置画笔的哪些属性？
答：此选项可确定画笔描边中笔迹的数目和位置。

5.【纹理】选项

【纹理】选项利用图案使画笔描边看起来像是在带纹理的画布上绘制的一样。

01 打开【素材】\【Ch04 素材】\【纹理 1.jpg】文件，如图 4-139 所示。在【画笔】面板中选择一个基本形状的画笔以后，在面板左侧选择【纹理】选项，可进入纹理参数设置，如图 4-140 所示，进行更细致的修改，在画笔中添加纹理效果。

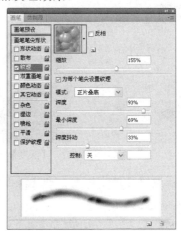

图 4-139　【纹理 1】图像　　　图 4-140　【纹理】选项中参数的设置

95

【纹理】选项参数设置：

- 反相：基于图案中的色调反转纹理中的亮点和暗点。当选择【反相】选项时，图案中的最亮区域是纹理中的暗点，因此接收最少的颜色；图案中的最暗区域是纹理中的亮点，因此接收最多的颜色。当取消选择【反相】选项时，图案中的最亮区域接收最多的颜色；图案中的最暗区域接收最少的颜色。
- 缩放：对画笔中添加的纹理进行缩放，百分比越大，纹理越明显。
- 模式：设置画笔的混合模式。
- 为每个笔尖设置纹理：设定在绘画时是否分别渲染每个笔尖。如果不选择此选项，则无法使用【深度】变化选项。
- 深度：设置纹理显示的深浅程度。输入数值，或者使用滑块来输入值设置纹理的深浅程度。如果是 100%，则纹理中的暗点不接收任何颜色。如果是 0%，则纹理中的所有点都接收相同数量的颜色，从而隐藏图案。
- 最小深度：当深度控制设置为【渐隐】、【钢笔压力】、【钢笔斜度】或【光笔轮】，并且选中【为每个笔尖设置纹理】时颜色可渗入的最小深度。
- 深度抖动和控制：当选中【为每个笔尖设置纹理】选项时深度的改变方式。输入数值，或者使用滑块拖动来设置抖动的最大百分比。控制画笔笔迹的深度变化，在【控制】下拉列表框中选取一个选项，当选择【关】选项时不控制画笔笔迹的深度变化。当选择【渐隐】选项时设定数量的步长从【深度抖动】选项百分比渐隐到【最小深度】选项百分比。当选择【钢笔压力】、【钢笔斜度】或【光笔轮】等选项时分别依据钢笔压力、钢笔斜度或光笔轮的位置来改变深度。

02 设置【纹理】选项中的参数如图 4-141 所示，设置【深度】为 6%画笔描边，效果如图 4-142 所示，设置【深度】为 100%时画笔描边，效果如图 4-143 所示。

图 4-141　设置【纹理】参数　图 4-142　【深度】为 6%画笔描边效果　图 4-143　【深度】为 100%画笔描边效果

03 重新设置【最小深度】和【深度抖动】选项中的参数如图 4-144 所示，画笔描边效果如图 4-145 所示。

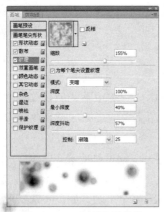 

图 4-144　重新设置参数　　　　　图 4-145　画笔描边效果

6.【双重画笔】选项

【双重画笔】选项可创建两个笔尖的画笔笔迹。此选项与【纹理】选项原理基本相同。

上机操作 27　应用【双重画笔】

01 打开【素材】\【Ch04 素材】\【双重画笔 1.jpg】文件，如图 4-146 所示。在【画笔】面板中选择一个基本形状的画笔，在面板左侧选择【双重画笔】选项，可进入【双重画笔】面板参数设置，如图 4-147 所示，进行更细致的修改，在基本形状的画笔上再增加一个不同样式画笔，两只画笔重合的部分才能显示。

技术看板　怎样才能使画笔的纹理大小？
答：通过设置【缩放】选项的数值控制纹理，百分比越大，纹理越明显。

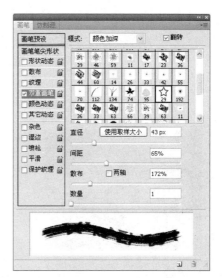

图 4-146　【双重画笔 1】图像　　　　图 4-147　【双重画笔】选项中参数的设置

【双重画笔】选项参数设置：

- 直径：控制双笔尖的大小。以像素为单位，或单击【使用取样大小】按钮使用画笔笔刷的原始直径。
- 间距：控制描边中双笔尖画笔笔迹之间的距离。
- 散布：设定描边中双笔尖画笔笔迹的分布方式。当选中【两轴】选项时，双笔尖画笔笔迹按径向分布。当取消选择【两轴】选项时，双笔尖画笔笔迹垂直于描边路径分布。
- 数量：设定在每个间距间隔应用的双笔尖画笔笔迹的数量。

02 使用双重画笔描边效果如图 4-148 所示。重新设置参数描边效果如图 4-149 所示。

图 4-148　双重画笔描边效果　　　　图 4-149　重新设置参数后的描边效果

7.【颜色动态】选项

【颜色动态】选项可创建不同颜色的画笔描边。

上机操作 28　应用【颜色动态】

01 打开【素材】\【Ch04 素材】\【颜色动态 1.jpg】文件，如图 4-150 所示。在【画笔】面板中选择一个基本形状的画笔，在面板左侧选择【颜色动态】选项，可进入【颜色动态】面板参数设置，如图 4-151 所示，进行更细致的修改，让画笔的线条产生不同的颜色。

97

【双重画笔】选项设置画笔的哪些属性？

答：此选项可设置画笔并创建两个笔尖的画笔笔迹。此选项与【纹理】选项原理基本相同。

技术看板

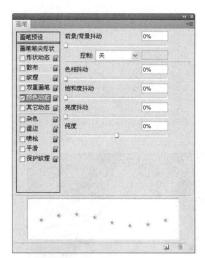

图 4-150 【颜色动态 1】图像　　　　图 4-151 【颜色动态】选项中参数的设置

- 前景/背景抖动：设定画笔笔迹的颜色变化，使用前景色与背景色轮流地进行绘画。在【控制】下拉列表框中选择一个选项，当选择【关】选项时不控制画笔笔迹的颜色变化。当选择【渐隐】选项时设定数量的步长在前景色和背景色之间改变颜色。当选择【钢笔压力】、【钢笔斜度】、【光笔轮】、【旋转】等选项分别依据钢笔压力、钢笔斜度、光笔轮位置或钢笔的旋转来改变前景色和背景色之间的颜色。

- 色相抖动：设置画笔进行绘画时颜色色相改变的百分比。较低的值在改变色相的同时保持接近前景色的色相，较高的值增大色相间的差异。
- 饱和度抖动：设置画笔进行绘画时颜色饱和度改变的百分比。
- 亮度抖动：设置画笔进行绘画时颜色亮度改变的百分比。较低的值在改变亮度的同时保持接近前景色的亮度；较高的值增大亮度级别之间的差异。
- 纯度：设置画笔进行绘画时颜色的鲜艳程度。该值为-100，则颜色将完全去色；如果该值为 100，则颜色将完全饱和。

02 设置【前景/背景抖动】为 0%时，画笔描边效果如图 4-152 所示，只使用前景色描边，设置为 50%时，画笔描边效果如图 4-153 所示，前景色与背景色轮流地进行描边。

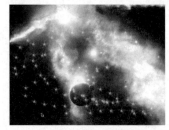

图 4-152 使用前景色描边效果

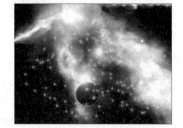

图 4-153 前景色与背景色轮流描边效果

03 设置【纯度】为 0%画笔描边效果如图 4-154 所示；设置【纯度】为 100%时画笔描边效果如图 4-155 所示。

技术看板　【颜色动态】选项设置画笔的哪些属性？

答：此选项可设置画笔用不同的颜色进行绘制。通过【前景/背景抖动】选项，可设置画笔使用前景色与背景色轮流地进行绘制，还可设置颜色的饱和度、亮度及纯度。

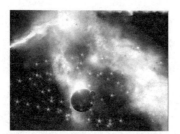

图 4-154 【纯度】为 0%画笔描边效果　　图 4-155 【纯度】为 50%画笔描边效果

8．【其他动态】选项

【其他动态】选项确定油彩在描边路线中的改变方式。

上机操作 29　应用【其他动态】

01 打开【素材】\【Ch04 素材】\【其他动态 1.jpg】文件，如图 4-156 所示。在【画笔】面板中选择一个基本形状的画笔，在面板左侧选择【其他动态】选项，可进入【其他动态】参数设置，如图 4-157 所示，对画笔的不透明度及流量进行设置。

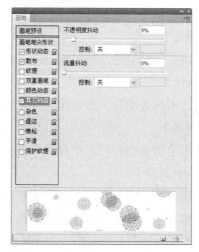

图 4-156 【其他动态 1】图像　　　　图 4-157 【其他动态】参数设置

【其他动态】参数设置：

- 不透明度抖动和控制：设置画笔绘画的不透明度。当选择【关】选项时不控制画笔笔迹的不透明度变化。当选择【渐隐】选项时设定数量的步长将颜色不透明度从选项栏中的不透明度值渐隐到 0。当选择【钢笔压力】、【钢笔斜度】、【光笔轮】、【旋转】等选项时分别依据钢笔压力、钢笔斜度、光笔轮位置或钢笔的旋转来改变颜色的不透明度。
- 流量抖动和控制：设置画笔中的颜料从画笔中流出的速度。它的作用同选项栏中的流量一样。当选择【关】选项时不控制画笔笔迹颜料流量的变化。当选择【渐隐】选项时设定数量的步长将颜料流量从选项栏中的流量值渐隐到 0。当选择【钢笔压力】、【钢笔斜度】、【光笔轮】、【旋转】等选项时分别依据钢笔压力、钢笔斜度、光笔轮位置或钢笔的旋转来改变颜料的流量。

99

【其他动态】选项设置画笔的哪些属性？

答：此选项可设置画笔在绘画过程中画笔笔迹的不透明度及流量抖动。

技术看板

02 分别设置不透明度为 40%、100%时的描边效果如图 4-158 和图 4-159 所示。流量抖动为 16%，渐隐为 25 时的画笔描边效果如图 4-160 所示。

图 4-158　不透明度为 40%描边　　图 4-159　不透明度为 100%描边　　图 4-160　流量抖动为 16%描边

9.【杂点】

在画笔的边缘产生杂点，毛刺的效果。没有相应的面板，它与画笔的硬度有关，硬度越小杂点的效果越明显，对于硬度大的画笔没什么效果。

10.【湿边】

湿边可以加深画笔边缘的颜色，看起来就如同水彩笔效果一样。

11.【喷枪】

喷枪的作用同选项栏中的喷枪一样，这里的喷枪可随着画笔一起存储，便于载入使用。

12.【平滑】

当使用画笔描边路径时，选择此选项，得到的效果比较平滑。

13.【保护纹理】

将相同图案和缩放比例应用于具有纹理的所有画笔预设。选择此选项后，在使用多个纹理画笔笔刷绘画时，可以模拟出一致的画布纹理。

下面运用【画笔】面板制作几个效果，相信读者通过这几个操作，能够了解如何使用【画笔】面板，对【画笔】面板有更深的理解。

上机操作 30 　定义画笔预设

01 打开【素材】\【Ch04 素材】\【定义画笔预设 1.jpg】文件，选择磁性套索工具，选取图像中的一朵花，如图 4-161 所示。

02 选择【编辑】>【定义画笔预设】命令，打开【画笔名称】对话框，如图 4-162 所示，定义选择的图像部分花朵为画笔。

03 选择【文件】>【新建】命令，设置【新建】对话框中的参数如图 4-163 所示了新建文件。

图 4-161　选择图像

技术看板　定义的画笔都是灰色的，是否只能用灰色绘画？
答：否。可以通过【颜色动态】选项，设置画笔以前景色与背景色轮流地进行绘制。

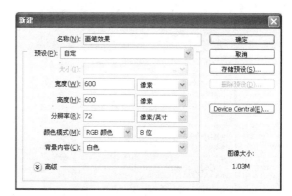

图 4-162 命名画笔

图 4-163 【新建】对话框

04 设置前景色为 R=239、G=112、B=121；背景色为 R=242、G=245、B=147。在【画笔】面板中选择刚才定义的画笔，在【画笔笔尖形状】选项中设置的参数如图 4-164 所示，设置好画笔的间距及大小。

05 选择【画笔】面板中的【形状动态】选项，设置参数如图 4-165 所示，改变画笔的大小抖动及形状。

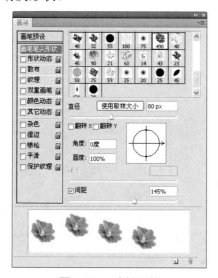

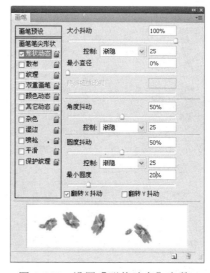

图 4-164 选择画笔

图 4-165 设置【形状动态】参数 1

06 选择【画笔】面板中的【散布】选项，设置参数如图 4-166 所示，使画笔沿两轴散布。

07 选择【画笔】面板中的【颜色动态】选项，设置参数如图 4-167 所示，使画笔在绘画中产生不同的颜色。

08 选择【画笔】面板中的【其他动态】选项，设置参数如图 4-168 所示，改变画笔绘画的不透明度及流量。

09 使用设置好的画笔，在新建的文件中拖动，得到图像效果如图 4-169 所示。

怎样定义画笔？

答：使用选择工具选取要定义画笔的图像，然后选择【编辑】>【定义画笔预设】命令，在打开的【画笔名称】对话框中，输入画笔名称，单击【确定】按钮，即可将选择的图像定义为画笔。

技术看板

图 4-166　设置【散布】参数 1

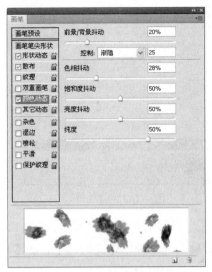

图 4-167　设置【颜色动态】参数

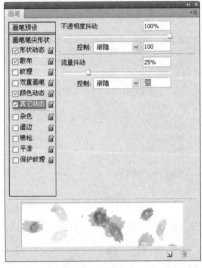

图 4-168　设置【其他动态】参数

图 4-169　绘制图像效果

上机操作 31　打散图像效果

01　选择 画笔工具，在【画笔】面板中【画笔笔尖形状】选项中选择前面定义的【蝴蝶】画笔，并设置参数如图 4-170 所示。

02　设置【形状动态】选项的参数如图 4-171 所示，【散布】选项参数如图 4-172 所示。

03　打开【素材】\【Ch04 素材】\【打散图像效果 1.jpg】文件，如图 4-173 所示。单击【图层】面板中的 创建新图层图标新建【图层 1】。使用设置好的画笔在图像中拖动鼠标得到的效果如图 4-174 所示。

技术看板　在【画笔】面板中怎样设置可制作一种打散的图像效果？
　　答：选择一种画笔，通过设置画笔笔尖形状、形状动态、散布等选项的设置，可绘制一种打散效果。

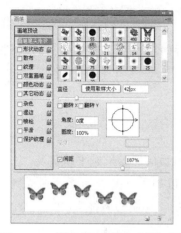

图 4-170　设置【画笔笔尖形状】参数　　图 4-171　设置【形状动态】参数 2　　图 4-172　设置【散布】参数 2

图 4-173　原图像　　　　　　　　　图 4-174　使用画笔绘制效果

04 在【图层】面板中的【背景】图层上双击，在弹出的对话框中直接单击【确定】按钮，把背景图层变为普通的图层，然后将其拖动到【图层 1】的上方，将鼠标移到两个图层之间，按住快捷键 Ctrl+Alt，当鼠标指针变成 时，单击在两个图层间建立剪贴蒙版，效果如图 4-175 所示。

05 新建【图层 2】并拖动到最底层，填充上黑色，图像效果如图 4-176 所示。

图 4-175　两个图层间建立剪贴蒙版　　　　　图 4-176　图像效果

学习链接

68PS.com 网站鼠绘专题，提供了 Photoshop 应用绘画工具绘制图像的教程：

http://www.68ps.com/jc/index.asp

103

怎样使图像仅以打散图像效果出现，其他图像像素隐藏？

答：将图像图层置在打散图像图层的下方，将鼠标放在两个图层之间，按住快捷键 Ctrl+Alt，当鼠标指针变成 时，单击在两个图层间建立剪贴蒙版。

技术看板

4.5　综合实例——润饰数码

Photoshop 的工具功能十分强大，是学习此软件必须要掌握的。通过下面实例练习，帮助用户更进一步地理解并掌握它。

视频教学
光盘路径：【视频】文件夹中【Ch04】文件夹中的【数码照.psd】文件

1．实例分析

润饰与调整图像的颜色是 Photoshop 的特色功能之一，随着数码照相机越来越普及，这一特色功能被越来越多的数码摄影爱好者所熟知和使用，本例将以制作一张 7 寸数码照为例，讲解如何使用 Photoshop 对素材图像进行润饰与色调调整操作的，化腐朽为神奇。

2．制作过程

首先使用图层蒙版将多幅图像融合在一起，使用【色相/饱和度】命令，调整图像的颜色，达到统一、和谐的效果，完成数码照的背景制作。然后使用魔棒工具及橡皮擦工具抠取图像，使用修补工具和仿制图章工具，美化人物皮肤，最后添加文字效果，点缀合成数码照。

（1）制作背景图像

01　选择【文件】>【新建】命令，设置打开【新建】对话框参数如图 4-177 所示，新建
7 寸照片大小的文件。

02　选择【文件】>【打开】命令，打开【素材】\【Ch04 素材】\【数码照】\【花 1.jpg】
文件，使用移动工具，将其移动到新建的文件中，并放置在适当的位置，命名图层【花 1】，效果如图 4-178 所示。

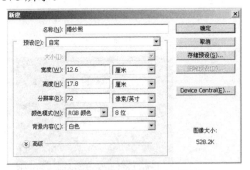

图 4-177　设置【新建】对话框参数　　　　图 4-178　插入【花 1】图像

03　按 D 键，设置前景色与背景色为默认，单击【图层】面板底部的添加图层蒙版图标，添加图层蒙版，选择渐变工具，单击选项栏中的线性渐变图标，由下至上做黑白线性渐变，然后在图层【花 1】的蒙版缩览图上右击，在弹出的快捷菜单中选择【应用图层蒙版】命令，如图 4-179 所示，设置【图层】面板参数如图 4-180 所示，效果如图 4-181 所示，隐藏【花 1】上半部分的图像效果。有关图层蒙版请参看第 8 章介绍。

技术看板　怎样快速将一幅图像移动到另一幅图像中？
答：使用移动工具，在一幅图像上按住鼠标左键，然后拖动鼠标到另一幅图像的上方即可。

图 4-179 【应用图层蒙版】命令 图 4-180 设置【图层】面板 1 图 4-181 图像效果 1

04 复制图层【花 1】为【花 1 副本】，选择【滤镜】>【模糊】>【动感模糊】命令，在打开的【动感模糊】对话框中设置的参数如图 4-182 所示，设置【图层】面板参数如图 4-183 所示，效果如图 4-184 所示，花图像产生动感模糊效果。

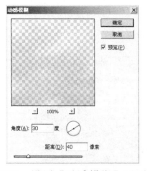  

图 4-182 设置【动感模糊】对话框 图 4-183 设置【图层】面板 2 图 4-184 图像效果 2

05 选择【滤镜】>【模糊】>【高斯模糊】命令，在打开的【高斯模糊】对话框中设置的参数如图 4-185 所示，效果如图 4-186 所示。

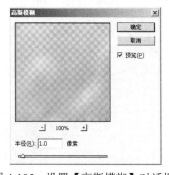 

图 4-185 设置【高斯模糊】对话框 图 4-186 图像效果 3

06 选择【文件】>【打开】命令，打开【素材】\【Ch04 素材】\【数码照】\【天空.jpg】文件，使用 ▶╋ 移动工具，将其移动到新建的文件中，并放置在适当的位置，图层命名为【天空】，效果如图 4-187 所示。

07 调整天空的色彩与整个图像的色调一致。按快捷键 Ctrl+U，在打开的【色相/饱和度】对话框中设置如图 4-188 所示的参数，效果如图 4-189 所示。

105

怎样实现图像渐隐的效果?
答：首先确定图层不是背景图层，单击【图层】面板底部的添加图层蒙版图标，添加图层蒙版，选择渐变工具，单击选项栏中的线性渐变图标，做黑白线性渐变即可。 **技术看板**

图 4-187　插入天空图像　　图 4-188　设置【色相/饱和度】对话框中的参数　　图 4-189　调整图像颜色

08　按快捷键 Ctrl+M，打开【曲线】对话框，设置如图 4-190 所示的参数，效果如图 4-191 所示，稍微降低天空图像的亮度。

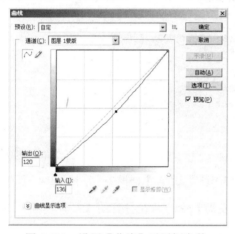

图 4-190　设置【曲线】对话框参数

图 4-191　降低图像亮度

09　单击【图层】面板底部的 ◻ 添加图层蒙版图标，添加图层蒙版，选择◻渐变工具，单击选项栏中的◻线性渐变图标，由上至下做线性渐变，然后在图层【天空】蒙版缩览图上右击，在弹出的快捷菜单中选择【应用图层蒙版】命令，如图 4-192 所示，效果如图 4-193 所示，天空图像与花图像融合在一起。

图 4-192　选择【应用图层蒙版】命令

图 4-193　应用图层蒙版效果

技术看板　要改变图像的颜色，使用哪个命令？

答：选择【图像】>【调整】>【色相/饱和度】命令，在打开的【色相/饱和度】对话框中，拖动色相下边的滑块，便可改变图像的颜色。

　　选择【文件】>【打开】命令，打开【素材】\【Ch04 素材】\【数码照】\【花 2.jpg】
文件，使用 磁性套索工具，选取图像中的花朵，再使用 移动工具，将其移动到新建的文
件中，按快捷键 Ctrl+T，调整到适当的大小及位置，设置【图层】面板的参数如图 4-194 所示，
效果如图 4-195 所示，数码照的背景效果制作完成。

图 4-194　设置【图层】面板 3

图 4-195　混合图像效果

（2）抠取及美化数码照

 　　选择【文件】>【打开】命令，打开【素材】\【Ch04 素材】\【数码照】\【人物.jpg】
文件，使用 套索工具，将数码照人物的大体轮廓选取出来，如图 4-196 所示，使用 移动
工具，将其移动到制作的背景文件中，如图 4-197 所示，命名图层【人物】。在选取的过程中，
按住 Shift 键，加选选区，按住 Alt 键，可减选选区。

图 4-196　选取图像效果

图 4-197　插入选取图像位置

　　使用 橡皮擦工具，在选项栏中的【画笔】选项中设置一个虚边画笔，【不透明度】
值设小，然后擦除人物周围的残余图像，效果如图 4-198 所示。

　　单击【图层】面板底部的 添加图层蒙版图标，在【图层 1】中添加图层蒙版，
选择 渐变工具，单击选项栏中的 线性渐变图标，设置渐变色由黑到白，在人物图像的由
上至下做线性渐变，效果如图 4-199 所示，人物的下半部分隐藏在花丛中。

怎样降低图像的亮度？
答：选择【图像】>【调整】>【曲线】命令，在打开的【曲线】对话框中向下拖动曲线，可降低图像的亮度。　　技术看板

图 4-198　擦除图像效果　　　　　　　　图 4-199　应用图层蒙版效果

04　对人物的脸部及婚纱部分进行美化。首先修掉脸部的瑕疵，使用 修补工具，圈选脸部大的瑕疵如图 4-200 所示，拖动选区到与选区内部图像相似的图像位置如图 4-201 所示，松开鼠标，选区又回到原来的位置，并且将新位置的图像合成过来，原来部位的瑕疵被复制掉，效果如图 4-202 所示。用同样的方法，将其他部位大瑕疵修补掉。

图 4-200　选取瑕疵

图 4-201　拖动选区到相似图像位置　　　　图 4-202　最后修补效果

05　使用 仿制图章工具，对人物的脸部进行美化。在选项栏中设置适当参数，放大图像，按住 Alt 键，在额头部分定义样本基准点，然后在其周围单击，样本基准点要根据美化区域的明暗度不时地重新定义，经过这样处理，便会得到细嫩的皮肤效果，效果如图 4-203 所示，修改鼻梁处的皮肤效果如图 4-204 所示。

图 4-203　修补额头效果　　　　　　　　图 4-204　修补鼻梁处皮肤

06　修掉眼睛下部的眼带，在眼带的下部图像上按住 Alt 键，定义样本基准点，在眼带

技术看板　在美化人物照时，修掉脸部的瑕疵使用哪个工具？

答：使用修补工具圈选瑕疵，拖动选区到与选区内部图像相似的图像位置松开鼠标，等选区回到原来位置，新位置的图像合成过来，原来部位的瑕疵被复制掉。

处单击鼠标，根据修复图像的改变重复定义样本基准点，修改后的效果如图 4-205 所示，经过美化后的脸部效果如图 4-206 所示。

图 4-205　修掉眼带

图 4-206　最终修补效果

07　按快捷键 Ctrl+M，打开【曲线】对话框，设置参数如图 4-207 所示，效果图 4-208 所示，加亮人物图像，数码照的人物效果处理完毕。

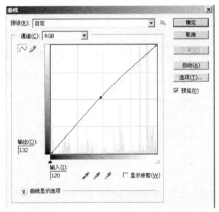

图 4-207　设置【曲线】对话框

图 4-208　加亮图像

109

08　选择【文件】>【打开】命令，打开【素材】\【Ch04 素材】\【数码照】\【文字.psd】文件，使用 ⊕ 移动工具将其移动到图像中，效果如图 4-209 所示，最后再使用横排文字工具，添加文字，对合成数码照做些点缀效果，如图 4-210 所示。最终文件参看【素材】\【Ch04 素材】\【数码照】\【数码照.psd】文件。

图 4-209　添加文字

图 4-210　最终合成效果

使用橡皮擦工具能擦除图像成渐变效果吗？

答。能。使用橡皮擦工具，在选项栏中的【画笔】选项中设置一个虚边画笔，【不透明度】值设小，然后擦除图像即可。

技术看板

第<big>5</big>章 色彩管理与填色

学习内容	分配时间	重点级别	难度系数
颜色的设定	40 分钟	★★★	★
填充颜色命令及工具	20 分钟	★★★	★★
实例——卡通线条上红	30 分钟	★★★★	★★★

在 Photoshop 能够有系统的规划与管理颜色，可通过【拾色器】对话框或【颜色】面板来调配颜色，并由【色标】面板来管理这些调配的颜色。

5.1 色彩管理

使用 Photoshop 处理图像时，色彩的设置是必不可少的，也是重要的基础操作。使用【拾色器】对话框可设置需要的颜色。利用【颜色】面板和【色标】面板可轻松地预设和管理颜色。使用填充工具或填充命令，可对图像进行单色、渐变色及图案的填充。下面介绍有关色彩的知识及使用技巧。

5.1.1 前景色与背景色

在图像处理的过程中，主要使用的颜色就是前景色与背景色，前景色与背景色放在工具箱的底部如图 5-1 所示。

图 5-1　前景色与背景色

1．前景色

使用前景色来绘图、填色和描边图像。单击此图标，可弹出【拾色器】对话框，来设置前景色。

2．背景色

当使用橡皮擦或移除选取的图像内容时，被擦掉的色彩或移除的图像就由背景色来填充。单击此图标，可弹出【拾色器】对话框，来设置背景色。

3．切换前景色与背景色

单击此图标，可切换前景色与背景色。

4．默认前景色与背景色

默认前景色为黑色、背景色为白色。当前景色或背景色使用其他的颜色后，单击此图标，可恢复到预设的前景色与背景色。

技术看板　　如何快速设置前景色和背景色？

答：按键盘上的 D 键可快速设置前景色为黑色，背景色为白色。按 X 键可迅速切换前景色和背景色。

5.1.2　拾色器

要改变前背色或背景色，单击颜色块即可弹出【拾色器】对话框，在对话框中可以定义色彩的成分，以选出前景色与背景色。在【拾色器】对话框中可以选择 HSB、RGB、Lab 颜色或 CMYK 印刷四色的模式，甚至特别色的系统作为选取色彩的基准。

1. 以 HSB 色彩模式调色

HSB 色彩模式提供了一种设计师很容易了解的调色方式。它将所有色彩以下列三种基本色彩特性来描述：H（色相），颜色可以根据在标准色相环中的位置，用介于 0°～360° 间的度数表示，如红色的色相为 0°，黄色的色相为 60° 等。S（饱和度）是指色彩的强度。彩度越高则表示彩中灰的比例越少，一个彩度为 0%的颜色会是灰色的，而 100%彩度的颜色则没有灰色的成分在里面，为纯粹的颜料颜色。在标准的色环表上，彩度越高就越靠近色环表的边缘；越低则越靠中心。B（亮度）是指颜色的明亮度，0%为纯黑色，数值越大则颜色越明亮。

01　如果要改变前景色或背景色，单击工具箱底部的前景色或背景色图标，在弹出的【拾色器】对话框中选择以 HSB 色彩模式调色，如图 5-2 所示，可以在 H、S、B 文本框中直接输入数值来决定颜色或在其左侧的色相轴中选择颜色。

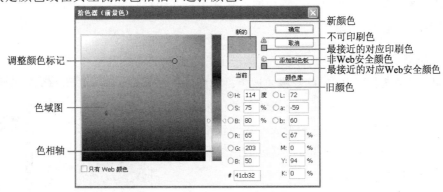

图 5-2　HSB 色彩模式的拾色器

【拾色器】对话框中参数的设置：

- 色域图：此图的显示是由两个部分组成，水平轴代表颜色的饱和度，最左边的彩度为 0%，最右边的彩度为 100%；垂直轴代表颜色的亮度，从下面的黑色 0%到最上面的白色 100%。
- 调整颜色标记：根据色域图中的饱和度和亮度，在色域图中单击，一个小圆圈的标记会出现在此框中，此处就是当前所设置的颜色。
- 色相轴：在 HSB 区域中单击 H 栏，则色彩滑块显示的就是色相轴，色相轴最上方就是 0° 红色，拖拉三角形滑块就从可从 0°～360° 来选择一个颜色的色相。
- 新颜色：此处显示的是当前调出的颜色，它会随时显示新设置的颜色。
- 旧颜色：当调出新颜色后，旧的颜色就会在此处显示，以供对新调出的颜色作比较。
- 不可印刷色：如果颜色的用途是用在印刷场合下，在新颜色的右侧如果有 ⚠ 警告框，表示

在【拾色器】对话框中如何知道设置的颜色是否可用于印刷场合？
答：当在【拾色器】对话框中设置了颜色，在新颜色的右侧如果有 ⚠ 警告框，表示此时设置的颜色无法以 CMYK 四色正确印刷出来。如果没有此警告框，则表示可用于印刷场合。　　　**技术看板**

此时设置的颜色无法以 CMYK 四色正确印刷出来。

- 最接近的对应印刷色：如果设置的颜色不能以 CMYK 四色正确印刷出来，单击此颜色框，即可将颜色调整为最接近的可以印刷出来的颜色。
- 非 Web 安全颜色：如果颜色的用途是用在网页设计场合下，在新颜色的右侧如果有 警告框，表示此时设置的颜色并不在网页安全色的 216 色色盘之中。
- 最接近的对应 Web 安全颜色：当设置的颜色不在网页安全色的 216 色色盘之中时，单击此颜色框，即可将颜色调整为最接近的网页安全色。

02 如果对 HSB 数值与色彩对应关系很了解，可以在 HSB 文本框中直接输入数值，不过最容易的做法是，首先在色相轴中通过拖拉三角形滑块选择一个颜色色相，然后在色域图中单击设置颜色。

03 设置好颜色后，单击【确定】按钮，设置好的颜色就成为前景色或背景色了。

2. 以 RGB 色彩模式调色

RGB 色彩模式是计算机设计人员最经常用的颜色，因为显示屏幕就是以此来显示颜色的，在红、绿、蓝三原色色彩模式中，红、绿、蓝三个颜色被分成从 0～255 个深浅不同的颜色，数值 255 是基础的原色，而数值 0 则是黑色，如 R=0、G=0、B=0，就是黑色；R=255、G=255、B=255，就是白色，可以在 R、G、B 中设定每一个原色的成分，再把三个颜色组合成为一个新的颜色。其参数与 HSB 颜色大体相同，在此不做介绍，只介绍其操作方法。

| 上机操作 2　设置 RGB 颜色 |

01 如果要改变前景色或背景色，单击工具箱底部的前景色或背景色图标，在弹出的【拾色器】对话框中选择以 RGB 色彩模式调色，如图 5-3 所示，可以在 R、G、B 文本框中直接输入数值来决定颜色，不过由于 RGB 颜色的色彩组成方式比较难以理解，因此比较方便的方法是以拾色器内的色域图与其右侧的色彩滑块来设置颜色。

02 根据要调的颜色在色域图中单击，然后拖动颜色轴中的滑块调整颜色的深浅程度。

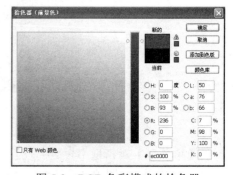

图 5-3　RGB 色彩模式的拾色器

03 新调出的颜色会显示在颜色轴右侧的上方方形色块中，下方的方形色块显示的是新调色前的颜色，以供作为调色时的比较。

04 如果新调出的颜色用在印刷场合，调出的颜色右侧出现 警告框时，单击其下方的小方形颜色块，将颜色调整为最接近的可以印刷出来的颜色。如果新调出的颜色用在网页上，调出的颜色右侧出现 警告框时，单击其下方的小方形颜色块，将颜色调整为最接近的网页安全色。

05 设置好颜色后，单击【确定】按钮，设置好的颜色就成为前景色或背景色了。

技术看板　在【拾色器】中如何设置可印刷的 RGB 颜色？

答：在 RGB 颜色选项中选择一个选项，根据要调的颜色在色域图中单击，然后拖动颜色轴中的滑块调整颜色的深浅程度。调出的颜色右侧如果出现 警告框时，单击其下方的方形颜色块，颜色调整为最接近的可以印刷的颜色。

3．以 Lab 色彩模式调色

Lab 颜色是由亮度 L 和色彩范围是由绿到红的 a 色彩要素及色彩范围是由蓝到黄的 b 要素组成。在实际应用上可能用的很少，但它具有与设备无关的特性，因此它很适合用来在不同的设备之间转移颜色。

上机操作 3　设置 Lab 颜色

01　如果要改变前景色或背景色，单击工具箱底部的前景色或背景色图标，在弹出的【拾色器】对话框中选择以 Lab 色彩模式调色，如图 5-4 所示。可以直接在 Lab 文本框中输入亮度数值其范围从 0～100，彩度 a 要素（绿—红轴）和彩度 b 要素（蓝—黄轴）值范围从+127～-128。

【拾色器】对话框中参数的设置：

- L 亮度组成：色彩滑杆显示的是亮度的范围，滑杆底部是 0，顶部是 100。
- b 要素：在色域图中的垂直轴显示彩度 b 要素蓝—黄轴，下方是-128，上方是+127。
- a 要素：在色域图中的水平轴显示彩度 a 要素绿—红轴，左边是-128，右边是+127。

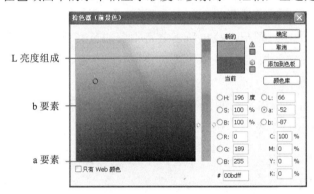

图 5-4　Lab 色彩模式的拾色器

02　在 Lab 栏中单击 L 亮度，根据要调的颜色在色域图中单击，小圆圈的标记处即为所定义的新颜色。

03　新调出的颜色会显示在颜色轴右侧的上方方形色块中，下方的方形色块显示的是新调色前的颜色，以供作为调色时的比较。

04　如果新调出的颜色用在印刷场合，调出的颜色右侧出现⚠警告框时，单击其下方的小方形颜色块，将颜色调整为最接近的可以印刷出来的颜色。如果新调出的颜色用在网页上，调出的颜色右侧出现⬢警告框时，单击其下方的小方形颜色块，将颜色调整为最接近的网页安全色。

05　设置好颜色后，单击【确定】按钮，设置好的颜色就成为前景色或背景色了。

4．以 CMYK 色彩模式调色

当制作印刷作品时，就需要以 CMYK 色彩模式来调色，CMYK 四色印刷是用原色青（Cyan）、洋红（Magenta）、黄（Yellow）、与黑色（Black）的百分比设定每一个颜色组合成分的值。可以根据印刷色标来设置 CMYK 的数值，使用这种方法可以得到最希望的打印结果。

在【拾色器】中如何设置可用于网页上的安全色的 Lab 颜色？

答：在 Lab 栏中单击 L 亮度，然后根据要调的颜色在色域图中单击，小圆圈的标记处即为所定义的新颜色。新调出的颜色如果右侧出现⬢警告框时，单击其下方的小方形颜色块，将颜色调整为最接近的网页安全色。　**技术看板**

5. 颜色库

颜色库是 Photoshop 中预设的特别色。

01 如果要改变前景色或背景色，单击工具箱底部的前景色或背景色图标，在弹出的【拾色器】对话框中单击【颜色库】按钮，打开【颜色库】对话框，如图 5-5 所示。

【颜色库】对话框中参数的设置：

● 色库：在此选项中选择想要的色彩系统。

● 颜色轴：在颜色轴中拖拉滑块选择需要的特别色。

● 色域图：在此区域单击要用的色彩色块。

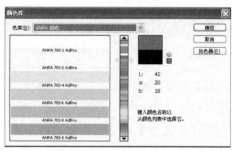

图 5-5 　【颜色库】对话框中参数的设置

02 在【色库】下拉列表框中选择想要的色彩系统。

03 拖拉颜色轴上方的小三角形，找出所需要特别色的色彩位置。然后在色域图中单击要用的色彩色块，单击【确定】按钮。

6. 网页安全色调色

在网页设计中，如果希望调出来的颜色都是网页安全色的话，在【拾色器】对话框中选择其左下角的【只有 Web 颜色】选项，则【拾色器】对话框中将只显示网页安全色，从中选择颜色即可。

5.1.3 【颜色】面板

除了前面介绍的用【拾色器】对话框来设置颜色外，使用【颜色】面板来编辑前景色与背景色也是一种比较方便的操作方式。

1.【窗口】>【颜色】面板

使用此命令，可显示或隐藏【颜色】面板，如图 5-6 所示。

● 前景色：单击此颜色块，弹出【拾色器】对话框，可设置前景色。

● 背景色：单击此颜色块，弹出【拾色器】对话框，可设置背景色。

● 色彩调色滑块：可以拖动滑块，调整颜色组成成分的数值或直接在其右侧的文本框中输入数值来设置颜色。

● 色彩轴：在此轴上直接单击来设置前景色或背景色。

2.【颜色】面板菜单

单击【颜色】面板右上角的 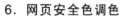 按钮，可以弹出【颜色】面板的菜单，如图 5-7 所示。

技术看板 | 如何将前景色设置为特别色？
答：单击工具箱中的前景色图标，弹出【拾色器】对话框，单击对话框中的【颜色库】按钮，打开【颜色库】对话框，拖动颜色轴，选择要设置前景色的特别色，找到后单击色域图中的颜色块，最后单击【确定】按钮。

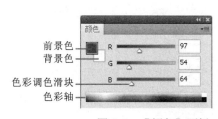

前景色
背景色

色彩调色滑块
色彩轴

图 5-6　【颜色】面板　　　　　图 5-7　【颜色】面板菜单

- 指定色彩调整模式：在面板菜单中共有灰度滑块、RGB 滑块、HSB 滑块、CMYK 滑块、Lab 滑块、Web 滑块等六种调色方式。选择一种模式后，拖拉调色滑块或输入数值就可以调出需要的颜色了。
- 指定色彩轴的显示方式：在面板菜单中共有 RGB 色谱、CMYK 色谱、灰度色谱、当前颜色等四种显示。按住 Shift 键单击色彩轴，可快速地在这几种显示方式间进行切换。
- 建立 Web 安全曲线：在面板菜单中选择此命令，色彩轴可以以网页安全色显示，然后在此选择的颜色就是网页安全色。

3. 编辑颜色

如果要编辑前景色的话，单击【颜色】面板中的前景色色块，其外框就会呈现黑色，则代表目前编辑的颜色是前景色；如果单击的是背景色色块，背景色色块外框就会呈现黑色，则代表目前编辑的颜色是背景色。然后拖动滑块或直接输入数值即可设定颜色。

5.1.4　【色标】面板

使用【色标】面板可以快速地选出前景色与背景色，或是增加或删减色彩，以建立自己的自定义的色盘，也可以将这组颜色存储起来，在其他图像中再载入使用。

1.【窗口】>【色标】面板

使用【窗口】>【色标】命令，可以显示或隐藏【色标】面板，如图 5-8 所示。

2.【色标】面板菜单

单击【色标】面板右上角的 按钮，可以弹出【色标】面板菜单，如图 5-9 所示。

- 预览【色板】面板：在面板菜单中可以选择不同的命令，使面板以不同的预览方式。其包括小缩览图、大缩览图、小列表和大列表四种缩览方式。
- 复位色板：对【色板】面板进行各项编辑后，选择此命令可面板还原回默认显示方式。
- 存储色板：使用此命令，可将目前的【色板】面板存储成文件。

115

如何使用【颜色】面板设置颜色？

答：首先在颜色菜单命令中，选择要设置的颜色滑块，代表前景色和背景色的颜色块，哪个的外框呈现黑色，则代表目前编辑的颜色是哪个，拖动右侧的颜色滑块设置颜色。

技术看板

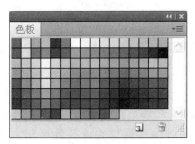

图 5-8　【色板】面板　　　　　　　　图 5-9　【色板】面板菜单

- 存储色板以供交换：将存储成文件的色板，加入到目前的【色板】面板中使用。
- 替换色板：载入存成文件的色板并替换目前的色板。
- 使用预设色板：在【色板】面板菜单中还存储了一些预设的色板，供用户直接载入使用。

3．新建色板

调整好颜色以后如果暂时不用，可将颜色存储在【色板】面板中。

上机操作5　**新建色板**

01　在【拾色器】对话框或【颜色】面板中设置好颜色。

02　选择【窗口】>【色板】命令，显示【色板】面板。将鼠标移动到面板的空白处，指针会变为 形状，单击鼠标可弹出【色板名称】对话框命名色板，如图 5-10 所示，单击【确定】按钮，就可以将颜色添加到【色板】面板中。

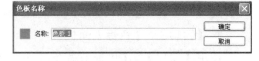

图 5-10　【色板名称】对话框

4．删除色板

对于在【色板】面板中用不到的颜色色板，可将其删除。按住 Alt 键，将鼠标指针移到要删除的色板上，此时鼠标指针会变为 形状，此时单击要删除的色板即可。

5.1.5　吸管工具定义颜色

使用吸管工具可以直接选取图像上的颜色，作为前景色与背景色，这在实际的应用上是经常被使用到的方法。

技术看板　如何使用【色板】面板管理颜色？

答：使用此面板可以快速地选出前景色与背景色，或增加或删减色彩，以建立自己的自定义的色盘，也可以将这组颜色存储起来，在其他图像中再载入使用。

116

上机操作 6 定义颜色

01 打开【素材】\【Ch05 素材】\【吸管工具定义颜色 1.jpg】
文件，选择 ✏️ 吸管工具，在图像中单击要定义的图像颜色如
图 5-11 所示，可直接定义出新的前景色。

02 如果定义背景色，按住 Alt 键在图像中单击，可从图像
中直接定义出新的背景色。

图 5-11 在图像中定义颜色

5.2 填充颜色命令

设置好前景色与背景色，可以使用多种方法将其应用到整个图像或是选择区域范围。下
面对填充的操作方法进行详细的介绍。

5.2.1 【填充】命令

使用【填充】命令可以设置填充颜色的内容和不透明度及混合模式，对填充的颜色有更
多的控制选项，得到的填充颜色更加多样化。有关【填充】命令的用法请参看第 8 章介绍。

5.2.2 【描边】命令

使用【描边】命令可以将设置好的前景色与背景色在选择区域的边缘线上描边。

117

上机操作 7 描边选区

01 打开【素材】\【Ch05 素材】\【描边 1.jpg】文件，使用 ⬭ 椭圆选框工具制作一个
圆形选区，如图 5-12 所示。

02 选择【编辑】>【描边】命令，打开【描边】对话框，如图 5-13 所示。

图 5-12 制作选择区域

图 5-13 【描边】对话框

【描边】对话框中参数的设置：
- 宽度：设置描边的宽度，以像素为单位。
- 颜色：单击此颜色块，弹出【拾色器】对话框，设置描边的颜色。

怎样使用吸管工具定义前景色或背景色？
答：使用吸管工具，在图像中要定义的图像颜色上单击，可直接定义出新的前景色。若按住 Alt 键在图像中单击，
可从图像中直接定义出新的背景色。

技术看板

- 位置：设置描边的位置。选择【内部】选项时，描边在选择区域内。选择【居中】选项时，
描边在选择区域上。选择【居外】选项时，描边在选择区域外。
- 模式：设置描边时的混合模式。
- 不透明度：设置描边颜色的不透明度值。
- 保留透明区域：当图像有透明的部分时，选择此选项，描边颜
色将作用于原本有颜色的部分，而透明的部分将继续保持透明。

03 设置好参数，单击【确定】按钮，描边效果如图 5-14
所示。

图 5-14　描边后效果

5.3　填充工具

除了使用填充命令来对图像进行颜色填充外，Photoshop 还提供了颜色填充工具对图像进
行填充。下面对填充工具进行详细的介绍。

5.3.1　油漆桶工具

使用 油漆桶工具可以使用前景色或图案进行填充，使用此工具既方便又快捷。【油漆桶
工具】选项栏如图 5-15 所示。

图 5-15　【油漆桶工具】选项栏

- 图案 选项：单击此选项的下拉按钮，选择前景色或图案来填充。
- 图案：如果以图案填充，单击图案右侧的 按钮，在弹出的对话框中选择图案进行填充。
有关图案填充请参看第 8 章介绍。
- 模式：选择填充时的混合模式。
- 不透明度：设置填充时的不透明度。
- 容差：设置填充时所取代的像素其色彩相近的程度，范围在 0～255。
- 消除锯齿：选择此选项，可防止填充的范围产生锯齿状。
- 连续的：选择此选项，将只填充在连续的像素上，否则整个图像即使不连续的像素只要在
容差值范围内均可被填充上。
- 所有图层：选择此选项，填充范围将跨越所有可见的图层，否则只能填充在当前的图
层中。

上机操作 8　油漆桶工具

01 打开【素材】\【Ch05 素材】\【油漆桶工具 1.jpg】文件，如图 5-16 所示。

02 设置前景色为 R=230、G=13、B=22，使用 油漆桶工具，在选项栏中设置【模式】
为【颜色】，设置【容差】为 20，选择【消除锯齿】选项，填充颜色效果如图 5-17 所示。其
他参数不变，把【容差】设置为 40，填充的颜色效果如图 5-18 所示。

技术看板　使用油漆桶工具可进行哪两种颜色的填充？
答：使用油漆桶工具可以使用前景色或图案填充。

图 5-16 【油漆桶工具 1】图像　　图 5-17 【容差】为 20 填充效果　　图 5-18 【容差】为 40 填充效果

5.3.2 渐变工具

使用 渐变工具可以用来建立多种色彩渐变效果，可以使用预设的渐变颜色也可以使用自定义的颜色来做渐变填充，在图像填充颜色或是编辑上更能得心应手。【渐变工具】选项栏如图 5-19 所示。

图 5-19 【渐变工具】选项栏

- 编辑渐变：单击此图标右侧的 按钮，弹出【渐变编辑器】对话框，可编辑新的渐变色。

- 渐变样式：从左向右依次为线性渐变，径向渐变、角度渐变、对称渐变、菱形渐变五种渐变样式。线性渐变效果如图 5-20 所示；径向渐变效果如图 5-21 所示；角度渐变效果如图 5-22 所示；对称渐变效果如图 5-23 所示；菱形渐变效果如图 5-24 所示。

图 5-20 线性渐变　　图 5-21 径向渐变　　图 5-22 角度渐变　　图 5-23 对称渐变　　图 5-24 菱形渐变

- 模式：此选项设定渐变颜色的混合模式。
- 不透明度：设定渐变颜色的不透明度。
- 反向：颠倒渐变颜色的填充顺序。
- 仿色：添加杂点使填充的渐变颜色比较缓和，不会显地很生硬。
- 透明区域：使填充有一定的透明效果。

1.【渐变色】面板

在渐变工具选项栏中，单击 编辑渐变右侧的下拉按钮，弹出的【渐变色】面板如图 5-25 所示，单击面板右上角的 按钮，在弹出面板菜单中可以选择不同的渐变色预览方式。其中，菜单包括纯文本、小缩览图、大缩览图、小列表、大列表等五种显示方式，如图 5-26 所示。

119

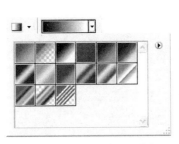

图 5-25 【渐变色】面板 　　　　　　　　　图 5-26 面板菜单

2．【渐变色】面板菜单

单击【渐变色】面板右上角的 ▶ 按钮，弹出面板菜单如图 5-26 所示，从中选择不同的命令对渐变色进行编辑或管理或载入等操作。

- 重命名渐变：选择此命令，可打开【渐变名称】对话框，如图 5-27 所示，在【名称】文本框中输入新的名称即可。

图 5-27 【渐变名称】对话框

- 复位渐变：当在【渐变编辑器】对话框中编辑创建新渐变色后，若要还原对话框原本的渐变样式，选择此命令，可还原渐变色。
- 存储渐变：选择此命令，可将当前渐变颜色存储成文件。
- 载入渐变：可将存储成文件的渐变颜色载入到当前的【渐变颜色】面板中。
- 替换渐变：选择此命令，可载入存储成文件的渐变色，并替换目前的渐变颜色。

在菜单中 Photoshop 提供多种预设渐变色供用户使用，在使用时，可直接载入使用，非常方便。菜单中的其他命令，下面的章节再做介绍。

3．新建渐变样式

使用【渐变编辑器】可以编辑新的渐变样式。

> **上机操作 9　新建渐变样式**

01 选择 渐变工具，单击选项栏中的 渐变色标，打开的【渐变编辑器】对话

技术看板　怎样设置渐变颜色？
答：选择渐变工具，单击选项栏中的渐变色标，打开【渐变编辑器】对话框，在对话框中可选择预设的渐变色或自定义渐变颜色。

120

框如图 5-28 所示，新建渐变样式。

【渐变编辑器】对话框中参数的设置：

- 名称：设置新建渐变样式的名称。
- 渐变类型：选择不同的渐变类型。其中包括实底渐变和杂色渐变两种类型。
- 平滑度：设置渐变颜色平滑数值。范围从 0%～100%，数值越大，两个渐变颜色转换时其颜色会越平滑。
- 渐变条：设置新的渐变色。通过在渐变条上方添加或删除不透明度色标，在下方添加或删除颜色色标来设置新的渐变色。
- 色标：在此选项下可精确设置渐变色的不透明度及位置。

图 5-28　【渐变编辑器】对话框

02 在现有的渐变样式中选择一种渐变，作为编辑的基础，在【名称】文本框中输入渐变样式名称。

03 单击颜色条下方色标，或在颜色条下方单击添加色标，如图 5-29 所示。被选择的色标上方会变黑，表示此处的颜色正在被编辑。单击【颜色】选项右侧的颜色块，打开【选择色标颜色】对话框，重新编辑渐变的颜色如图 5-30 所示，单击【确定】按钮，添加一种新的渐变色如图 5-31 所示。

图 5-29　添加渐变色 1

图 5-30　设置渐变色

图 5-31　添加渐变色 2

04 直接拖动颜色条下方色标，或在【位置】选项后的文本框中输入渐变颜色的位置，可定义渐变色的位置。拖动色标间的颜色中点调整渐变颜色的比例，或在【位置】选项中输入数值，准确定位渐变色的位置。

05 单击颜色条上方不透明度色标，或在颜色条上方单击直接添加不透明度色标，如图 5-32 所示，然后在【不透明度】选项中设置渐变色的不透明度，在【位置】选项中设置渐变色不透明度的位置，如图 5-33 所示。

06 重复步骤 3～5 的方法，可添加其他不同的渐变颜色。单击【渐变编辑器】对话框中的【新建】按钮，新编辑的渐变样式就出现在对话框中，如图 5-34 所示。

121

怎样准确设置渐变颜色？

答：在【渐变编辑器】对话框中，通过单击颜色条上方不透明度色标，可设置渐变色的不透明度及位置。单击颜色条下方的色标，可设置颜色及其位置。

技术看板

07 若要删除渐变色中的某一渐变颜色，拖动其颜色下的色标离开渐变条即可，不过渐变最少需要两个颜色。

图 5-32 添加不透明度色标

图 5-33 设置渐变色不透明度

图 5-34 得到新渐变色

4．杂色渐变

杂色渐变是一种随机的渐变，与前面介绍的渐变有截然不同的效果。

上机操作 10 杂色渐变颜色

01 选择渐变工具，单击选项栏中的径向渐变图标，然后单击渐变色标，打开【渐变编辑器】对话框，选择【渐变类型】选项中的【杂色】，就可以将渐变转换为杂点类型的渐变，如图 5-35 所示。

杂色渐变参数设置：

- 粗糙度：设置杂色渐变颜色的平滑度，范围从 0%～100%，数值越高，则不同渐变颜色转换时其颜色会越不平滑。
- 颜色模型：设置不同颜色模式作为产生杂色渐变的基础。其中包括 RGB、HSB 或是 Lab 三种颜色模式。
- 色彩调整滑块：当选取不同的颜色模式时，其下面会出现不同的颜色调整滑杆，在滑杆下方拖动滑块可调整颜色的数值以限制随机产生颜色时选用的颜色范围。
- 限制颜色：选择此选项杂色渐变颜色产生时，将会有比较多的颜色，使渐变颜色比较平滑。

图 5-35 设置杂色渐变

- 增加透明度：选择此选项，当产生杂色渐变颜色时，将会以色彩的灰阶成分作为透明蒙版。
- 随机化(Z) 按钮：单击此按钮，则会重新取样产生新的杂色渐变颜色。

02 设置杂色渐变颜色参数如图 5-36 所示，创建径向渐变效果如图 5-37 所示。取消【限制颜色】和【增加透明度】两个选项时，创建径向渐变效果如图 5-38 所示。

技术看板 能够准确设置杂色渐变颜色吗？
答：否。杂色渐变颜色是随机的。

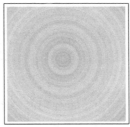

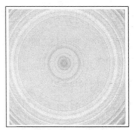

图 5-36　设置杂色渐变颜色参数　　　　图 5-37　径向渐变 1　　　　图 5-38　径向渐变 2

上机操作11　彩色照片效果

01　打开【素材】\【Ch05 素材】\【彩色照片 1.jpg】文件，如图 5-39 所示。

02　选择【窗口】>【图层】命令或按 F7 键，打开图层【面板】，单击面板底部的 ▢ 创建新图层图标，新建【图层 1】，并设置图层的混合模式为【柔光】，如图 5-40 所示。

图 5-39　【彩色照片 1】图像　　　　图 5-40　设置【图层】面板

123

03　选择 ▢ 渐变工具，单击选项栏中的 ▭ 渐变色标右侧的 ▾ 按钮，在弹出的【渐变色】面板中选择一种预设的渐变色，如图 5-41 所示，由图像的左上角向右下角做线性渐变，得到彩色照片效果如图 5-42 所示。

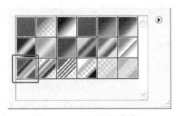

图 5-41　选择渐变色　　　　图 5-42　彩色照片效果

5.4　综合实例——卡通线条上色

Photoshop 的绘画工具功能十分强大，是学习此软件必须要掌握的。下面通过实例练习，帮助用户更进一步地理解和掌握它。

视频教学

光盘路径：【视频】文件夹中【Ch05】文件夹中的【狮子.psd】文件

怎样制作多彩照片效果？

答：在照片图层的上方新建图层，使用欲要的渐变颜色填充，再通过设置不同的图层混合模式即可得到多彩的照片效果。

技术看板

1．实例分析

本实例使用绘画及修图工具给卡通线条稿上色。通过这个实例的操作，能够练习此类工具的使用方法。

2．制作过程

首先使用填充工具填充基础色，再使用画笔工具，通过【画笔】面板设置不同形状的笔刷，制作高光及毛发效果。

01 打开【素材】\【Ch05 素材】\【卡通线条上色】\【线条.psd】文件，如图 5-43 所示。使用选取工具根据线条稿，选取各部位的轮廓，分别在不同的图层填充基本色，身体部位 R＝221、G＝190、B＝66，毛发 R＝236、G＝141、B＝9，脸部 R＝244、G＝180、B＝164，口腔 R＝179、G＝55、B＝19，舌头 R＝207、G＝39、B＝14，鼻子 R＝111、G＝45、B＝45，尾巴 R＝178、G＝92、B＝36，尾巴尖 R＝158、G＝132、B＝18，填充效果如图 5-44 所示，【图层】面板如图 5-45 所示。

124

图 5-43　线条稿　　　　图 5-44　填充基本色效果　　　图 5-45　【图层】面板状态

02 先由最底图层上色，选择图层【尾巴】，按 Ctrl 键，单击图层【尾巴】缩览图，载入尾巴的选区，如图 5-46 所示，设置前景色为白色，使用 画笔工具，设置选项栏中的参数如图 5-47 所示，涂抹出尾巴的高光，效果如图 5-48 所示。

图 5-46　载入尾巴选区

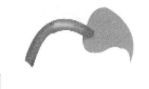

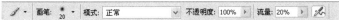

图 5-47　设置【画笔】参数

图 5-48　高光效果

03 选择尾巴末端，设置比填充的基本较亮的颜色，使用较小画笔涂抹鬃毛效果如图 5-49 所示，然后再使用白色涂抹出高光效果如图 5-50 所示。

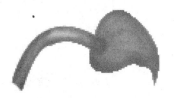

图 5-49　涂抹鬃毛效果

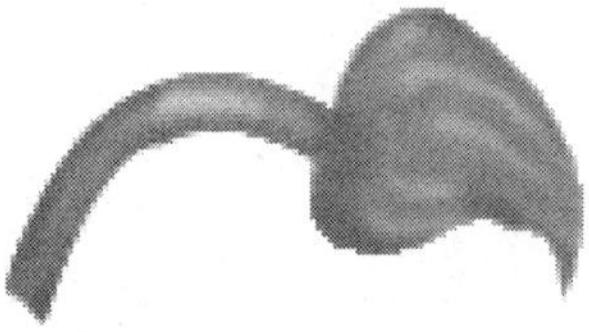

图 5-50　添加高光效果

04 选择图层【前腿右】，单击【图层】面板底部的创建新图层图标，创建新图层【阴影】，设置前景色为 R=173、G=148、B=43，设置画笔选项栏中的参数如图 5-51 所示，使用画笔工具在右前腿上涂抹出阴影，然后使用橡皮擦工具，设置选项栏中的参数如图 5-52 所示，擦出阴影部分的形状，如图 5-53 所示。

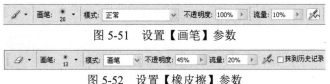

图 5-51　设置【画笔】参数

图 5-52　设置【橡皮擦】参数

05 选择【滤镜】>【模糊】>【高斯模糊】命令，设置打开的【高斯模糊】对话框中的参数如图 5-54 所示，效果如图 5-55 所示，得到柔和阴影边缘效果。

图 5-53　制作阴影

图 5-54　设置【高斯模糊】对话框中的参数

图 5-55　柔和阴影边缘效果

怎样才能使高光或阴影部分涂抹的比较均匀？
答：对高光或阴影执行【高斯模糊】滤镜命令。

技术看板

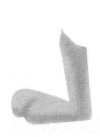

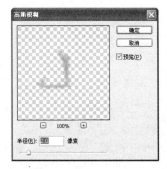

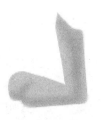

06 单击【图层】面板底部的 🔲 创建新图层图标，创建新图层【高光】，设置前景色为白色，使用 🖌️ 画笔工具在右前腿上涂抹出高光，如图 5-56 所示，按快捷键 Ctrl+E 两次，合并图层【阴影】、【高光】与【前腿右】为图层【前腿右】。用同样的方法给腿及身体上色，效果如图 5-57 所示。

07 选择图层【毛发】，单击【图层】面板底部的 🔲 创建新图层图标，新建图层【阴影】，设置前景色为 R＝155、G＝97、B＝16，选择 🖌️ 画笔工具，设置【画笔】面板中的参数如图 5-58 所示，设置选项栏中的参数如图 5-59 所示，涂抹出毛发效果如图 5-60 所示。

图 5-56　右前腿抹出高光

图 5-57　身体上色后效果

图 5-58　设置【画笔】面板参数

图 5-59　设置【画笔】参数

图 5-60　涂抹毛发效果

08 单击【图层】面板底部的 🔲 创建新图层图标，新建图层【高光】，设置前景色为 R=235、G=171、B=82，使用 🖌️ 画笔工具涂抹出较亮的毛发效果，如图 5-61 所示。按快捷键 Ctrl+E，合并图层【阴影】、【高光】、与【毛发】为图层【毛发】。在设置阴影与高光的颜色时，它们与填充毛发的基本色同属于一个色系，阴影的颜色比基本色偏暗，高光的颜色比基本色偏亮。其他部位在添加阴影及高光时，都遵循这条原则。

09 选择图层【阴影】，单击【图层】面板底部的 🔲 创建新图层图标，新建图层【阴影】，设置前景色为 R＝200、G＝132、B＝116，使用 🖌️ 画笔工具在脸部涂抹出如图 5-62 所示的效果，按快捷键 Ctrl+E，合并图层【阴影】与图层【脸】为图层【脸】。

技术看板　怎样设置绘制毛发的画笔笔刷？

答：选择画笔工具后，在选项栏中设置适当的画笔大小，在【画笔】面板中选择左侧的形状动态，然后在面板右侧的【控制】选项中设置笔刷是渐隐的。

图 5-61　毛发效果

图 5-62　脸部效果

10　选择图层【口腔】，按 Ctrl 键，单击图层【口腔】缩览图，载入图层选区，使用 ✎ 画笔工具，设置适当笔刷，画出阴暗面，使口腔看起来具有一定的深度，按快捷键 Ctrl+D，取消选区，再选择图层【舌头】，载入其选区后使用 ✎ 画笔工具，画出舌头的阴暗面，再使用 🔍 加亮工具，涂抹出高光，效果如图 5-63 所示。用同样的方法做出上嘴唇的效果如图 5-64 所示。

图 5-63　嘴部效果

图 5-64　上嘴唇效果

11　选择图层【眼睛】，载入其选区，使用 ✎ 画笔工具，设置颜色为 R＝G＝B＝167，在白色的眼珠上涂抹出阴影，并添加两个瞳孔，效果如图 5-65 所示。然后选择图层【脸】，使用 ✎ 画笔工具围绕眼睛的轮廓画出阴影，做出眼睛凸起的效果如图 5-66 所示。

图 5-65　添加阴影效果

图 5-66　眼睛效果

12　选择图层【鼻子】，载入其选区，分别使用 ✎ 画笔工具和 🔍 加亮工具，用制作嘴部效果的方法，涂抹出鼻子效果如图 5-67 所示。最后再给可爱的小狮子添加耳朵及细细的眉毛，效果如图 5-68 所示。

图 5-67　鼻子效果

图 5-68　添加耳朵及眉毛效果

127

13 选择图层【毛发】，选择【滤镜】>【风格化】>【扩散】命令，设置打开的【扩散】对话框中参数如图 5-69 所示，单击【确定】按钮，效果如图 5-70 所示，毛发的效果更加形象逼真。

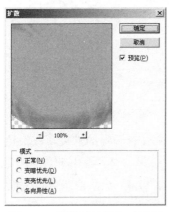

图 5-69 设置【扩散】对话框

图 5-70 毛发边缘效果

14 最后，不要忘记给小小的尾巴也要加上扩散效果，整体效果如图 5-71 所示。隐藏图层【线条】，选择【图层】>【合并可见图层】命令，合并可见【狮子】。

15 打开【素材】\【Ch05 素材】\【卡通线条上色】\【背景.jpg】文件，将合并的图层【狮子】拖入到背景中，效果如图 5-72 所示。最终文件参看【素材】\【Cha05 素材】\【卡通线条上色】\【狮子.psd】文件。

图 5-71 合并可见图层效果

图 5-72 添加背景效果

学习链接

蓝色理想网 经典坛 Photoshop 专栏，提供了学习 Photoshop 的教程及讲解：

http://bbs.blueidea.com/forum-7-1.html

怎样才能使动物毛发描绘的更逼真？

技术看板 答：给毛发添加【扩散】滤镜效果。

第6章　图像基础操作

学习内容	分配时间	重点级别	难度系数
图像基础操作	120 分钟	★★★	★
图像基础调色命令	100 分钟	★★★	★

　　无论是用什么方式获得的图像，最终都希望得到色彩品质好的图像效果。实际上，有时得到的图像色彩会偏色或不清晰或歪斜，甚至有时为了某种需要，还需特意将图片调整为特殊的效果，在这种情况下，使用 Photoshop 图像处理软件对其进行调色，能提高图像的色彩品质，使用户满意。本章将向用户介绍调整图像的基础知识。

6.1　图像的基础操作

　　图像基础操作包括图像的复制、变换、画布的调整、图像大小调整及裁剪等操作。掌握这些操作是很重要的，这也是合成图像的基础，是图像设计旅程的开始。

6.1.1　【复制】命令

　　使用【复制】命令，可将当前图像复制为一个新的图像。

上机操作 1　**复制图像**

01　打开【素材】\【Ch06 素材】\【复制图像 1.jpg】文件，如图 6-1 所示。

02　选择【图像】>【复制】图像命令，在打开的【复制图像】对话框中设置参数，如图 6-2 所示。

【复制图像】对话框中的参数：

- 为：设置复制图像的名称。
- 仅复制合并的图像：当复制的图像是一个含有多个图层的 PSD 文件时，此选项才可用。当选择此选项，复制的图像文件是一个合并图层后的副本图像；不选择此选项，则复制的图像为一个含有多个图层的 PSD 文件。

03　单击【确定】按钮，即可在新窗口中复制一个图像副本，如图 6-3 所示。

图 6-1　【复制图像 1】图像　　图 6-2　【复制图像】对话框　　图 6-3　复制图像副本

怎样得到一个图像的副本？

答：选择【图像】>【复制】命令，可得到一个与原图像完全一样的不合层或合并的图像副本。

技术看板

6.1.2 【画布大小】命令

在 Photoshop 中创作就像在画布上绘画，现实中画布固定后就不能再更改了，不可能在创作了一半的时候，发现画布不够大了再缝合一块画布。Photoshop 解决了这个小麻烦，提供了【画布大小】命令，帮助用户更改画布的大小。这样既调整了图像文件的尺寸，又保留了原始画面的大小。【画布大小】命令可用于添加或移去现有图像周围的工作区，对于所添加的画布有多个背景选项，如果图像的背景是透明的，则添加的画布也将是透明的。该命令还可通过减小画布区域来裁剪图像。

上机操作 2　调整画布

01 打开【素材】\【Ch06 素材】\【画布大小.jpg】文件，如图 6-4 所示。

02 选择【图像】>【画布大小】命令，打开【画布大小】对话框，如图 6-5 所示。

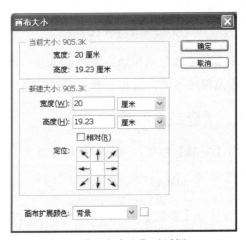

图 6-4　【画布大小】图像　　　　　　　图 6-5　【画布大小】对话框

【画布大小】对话框中的参数设置：

- 当前大小：显示图像当前的大小及宽度和高度尺寸。
- 新建大小：设定画布新的宽度和高度。
  - ➢ 相对：选定该项后，在"宽度"和"高度"文本框中输入的数值都是相对原始画布尺寸增加或减少的数值，负数将减小画布尺寸。
  - ➢ 定位：单击某个方块以确定原始画面在新画布上出现的位置。
  - ➢ 画布扩展颜色：此选项可以设置扩展画布的背景颜色。当选择【前景】选项时，用当前的前景颜色填充新画布；当选择【背景】选项时，用当前的背景颜色填充新画布；当选择【白色】、【黑色】或【灰色】选项时，用选定的颜色填充新画布；当选择【其他】选项时，则可使用【拾色器】对话框设置新颜色填充画布。

03 设置参数如图 6-6 所示，单击【确定】按钮，效果如图 6-7 所示。设置不同的定位时，扩展画布效果如图 6-8 所示。

技术看板　在制作图像时，画面不够大怎么办？

答：选择【图像】>【画布大小】命令，可扩展画布的大小。

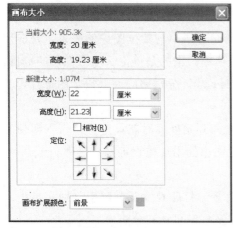

图 6-6　设置【画布大小】对话框中的参数　　图 6-7　图像效果　　图 6-8　向右下角扩展画布

> **注　意**
>
> 若画布改变后小于当前画布尺寸，Photoshop 不会调节画面的分辨率，而是弹出一个警告框，警告这样操作将会剪切掉某些画面。

除了对画布的大小可以进行修改外，还可以对画布进行旋转，用户可使用【图像】>【图像旋转】中的命令，它与图像【变换】命令的操作基本相同，在此不再赘述。

6.1.3　图像大小

获取的数码图像的用途是不同的，有的是用来打印，有的是用来印刷或冲洗，还有的是用于网络。根据不同的用途，使用【图像大小】命令来对图像大小进行重新设置。

在学习【图像大小】命令之前，先认识像素及分辨率两个概念。

1. 像素

在计算机上的图像是由图像的小方格就是所谓的像素组成的，这些小方格都有一个明确的位置和被分配的色彩数值，而这些小方格的颜色和位置就决定该图像所呈现出来的样子。可以把像素视为整个图像中不可分割的单位，它是以一个单一颜色的小格存在。每一个点阵图像包含了一定量的像素，像素的大小依据显示器设定尺寸，决定图像在屏幕上所呈现的大小。如图 6-9 所示，将图像放大后便可看到由像素组成图像的状况。

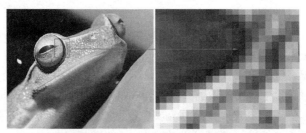

图 6-9　由像素组成图像的状况

怎样设置一张用于印刷的图像？

答：选择【图像】>【图像大小】命令，在【图像大小】对话框中设置分辨率为 300 像素/英寸，然后选择【图像】>【模式】>【CMYK 颜色】命令，将图像转为 CMYK 颜色，再选择【文件】>【存储为】命令，将图像存储为 TIFF 格式。

技术看板

2．分辨率

分辨率对于了解与制作数字图像是非常重要的，清楚分辨率与数位图像的关系，是应用及处理数位图像的重点，前面已经了解了像素，所谓分辨率，指的是单位长度上像素的数目。其单位为像素/英寸（pixels/inch）或是像素/厘米（pixels/cm）。分辨率的高低决定图像打印及显示品质，高分辨率的图像呈现出更细致的色调变化。

为了能够达到更完美的设计效果，图像的分辨率在一开始处理时就设定好，否则即使事后再提高它的分辨率，仍无法改善它的品质，所以根据图像的用途先设定好分辨率。

3．【图像大小】命令

由【图像大小】命令可了解当前打开图像的像素总量、打印尺寸及分辨率分别是多少，并使用【图像大小】命令，可以调整图像的像素总量以及打印尺寸和分辨率。

上机操作3　【图像大小】命令

01 打开【素材】\【Ch06 素材】\【图像大小 1.jpg】文件，如图 6-10 所示。

02 选择【图像】>【图像大小】命令，打开【图像大小】对话框，如图 6-11 所示。

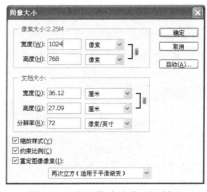

图 6-10　【图像大小 1】图像　　　　　图 6-11　【图像大小】对话框

【图像大小】对话框中的参数设置：

- 像素大小：以像素为单位，通过修改选项组中的宽度和高度值来重新设定图像的像素数；如果以百分比为单位，可通过百分比来调整文件的像素数，在这种情况下，图像的新文件大小会出现在像素大小的后面，旧文件大小显示在后面的括号中。
  - ➢ 宽度：用于设定图像每行有多少个像素。
  - ➢ 高度：用于设定图像共有多少行。
- 文档大小：通过修改选项内的宽度和高度值来重新设定图像的输出尺寸。
  - ➢ 宽度：用于设定输出图像的宽。
  - ➢ 高度：用于设定输出图像的高。
  - ➢ 分辨率：用于设定输出图像的分辨率，它将直接决定打印图像的质量。表示单位长度中含有多少像素，像素越多，图像越清晰。如图 6-12 所示，图像的分辨率为 72 像素/英寸；如图 6-13 所示，图像的分辨率为 24 像素/英寸。

技术看板　在【图像大小】对话框中更改设置参数后，怎样恢复默认值？

答：按住 Alt 键，【取消】按钮将变为【复位】按钮，单击该按钮即可。

图 6-12 图像的分辨率为 72 像素/英寸　　图 6-13 图像的分辨率为 24 像素/英寸

如果只更改输出尺寸或分辨率，并且要按比例调整图像中的像素总量，则一定要选择【重定图像像素】选项，然后选取插值方法。

- 缩放样式：如果图像中的层被施加了图层样式，则要选择该选项，以确保在调整大小后的图像中的缩放效果，不过只有选中【约束比例】选项后才能使用此选项的功能。
- 约束比例：用于约束修改后的图像宽高比与初始值比例一致。
- 重定图像像素：用于确定在修改图像大小时是否重定图像像素，也就是说是否需要更改图像现有的像素数目，此选项也直接决定图像的打印品质的好坏。选择此选项，可以独立地更改分辨率和打印尺寸，这时图像像素总和也随之更改。如果不选择此项，则确定更改后图像像素总和不变，这样在调整打印尺寸时，分辨率将自动更改，反之亦然。一般为了获得最高的打印品质，最好先更改尺寸和分辨率，而不重定图像像素。

重定图像像素的插值方法如下：

- 邻近（保留硬边缘）：是较快但不太精确的方法。建议对包含未消除锯齿边缘的插图使用该方法，以保留硬边缘并产生较小的文件。
- 两次线性：产生中等品质的效果。
- 两次立方（适用于平滑渐变）：是较慢但更精确的方法，可产生更平滑的色调渐变。
- 两次立方（较平滑）：能产生较平滑的效果。
- 两次立方（较锐利）：能产生较锐利的效果。

如果要更改打印尺寸和分辨率而又不更改图像中的像素总数，则取消选择【重定图像像素】选项。

- 恢复原始数值：如果要恢复【图像大小】对话框中显示的原始值，按住 Alt 键，【取消】按钮将变为【复位】按钮，单击该按钮恢复原始数值。

03 重新设定图像的宽度如图 6-14 所示，将图像尺寸扩大为原来的一倍，像素总量也增加了一倍，而图像的分辨率没有改变。如果将分辨率如图 6-15 所示缩小 1/2，像素总量也缩小 1/2，而图像尺寸不变。

04 取消选择【重定图像像素】选项，【图像大小】对话框如图 6-16 所示，图像的像素总量被锁定，图像尺

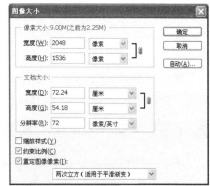

图 6-14 图像尺寸扩大原来的一倍

133

在调整图像大小时，怎样确保图层效果的缩放？

答：选择【图像】>【图像大小】命令，在对话框中必须选择【重定图像像素】、【约束比例】和【缩放图层效果】三个选项即可。

技术看板

寸与分辨率相互影响。重新设置图像分辨率如图 6-17 所示，将图像分辨率扩大一倍，图像的尺寸缩小 1/2，而图像的像素总量不变。将图像分辨率缩小 1/2，图像的尺寸扩大一倍，而图像的像素总量不变，如图 6-18 所示。

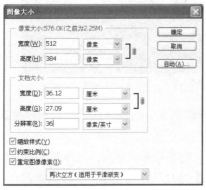
图 6-15　分辨率缩小 1/2

图 6-16　取消【重定图像像素】选项

图 6-17　分辨率扩大一倍

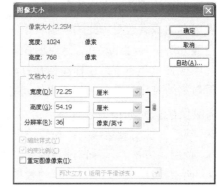
图 6-18　图像尺寸扩大一倍

由上述操作可看出【图像大小】对话框中各参数间的关系有以下几点：

（1）改变像素宽度、高度的数量，它与图像的输出尺寸、文件大小成正比关系，而与图像分辨率没有关系。也就是说，只改变图像的尺寸，并没有改变图像的分辨率。

（2）改变图像的分辨率，它与像素宽度、高度的数量以及文件大小成正比关系，而与图像尺寸没有关系。也就是说，只改变分辨率，并没有改变图像的尺寸。

（3）锁定像素宽度、高度的参数不变，图像尺寸与分辨率成反比关系。

通过上面讲述的知识，用户已经了解了图像尺寸与分辨率之间的关系，下面通过操作，使用户深入理解它们之间错综复杂的关系，能够在实际工作中灵活应用。

上机操作 4　更改扫描图像的分辨率

使用【图像大小】命令更改一幅扫描图像的分辨率，将其应用到色彩印刷上（印刷的图像的分辨率为 300 像素/英寸）。

01　打开【素材】\【Ch06 素材】\【扫描图像 1.jpg】文件，如图 6-19 所示。

技术看板　在调整图像大小时，怎样确保图像的长宽比不变？
答：在调整图像的大小时，选择【图像】>【图像大小】命令，在打开的【图像大小】对话框中必须选择【约束比例】选项，才能确保图像的长宽比不变。

02　选择【图像】>【图像大小】命令，打开如图 6-20 所示的【图像大小】对话框，扫描图像的分辨率为 600 像素/英寸。

03　下面重新设置图像的分辨率。取消选择【重定图像像素】选项，设置【图像大小】对话框，如图 6-21 所示，将分辨率缩小 1/2 为 300 像素/英寸，单击【确定】按钮。这幅扫描的图像就可以印刷了。

图 6-19　扫描图像

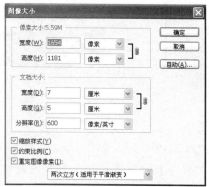

图 6-20　【图像大小】对话框 1

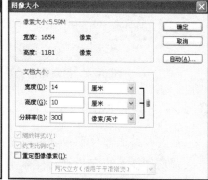

图 6-21　重新设置【图像大小】
对话框中的参数

上机操作 5　**提高图像分辨率**

本实例使用【图像大小】命令，提高分辨率较低的图像的分辨率，这时就需要在原图像中增加新像素，这就是重定图像像素中的插值运算。

01　打开【素材】\【Ch06 素材】\【图像大小 2.jpg】文件，如图 6-22 所示。

02　选择【图像】>【图像大小】命令，打开【图像大小】对话框，如图 6-23 所示。

图 6-22　【图像大小 2】图像

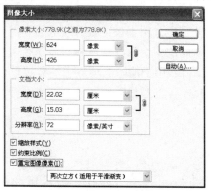

图 6-23　【图像大小】对话框 2

03　下面重新设置图像的分辨率。选中【重定图像像素】选项，设置【图像大小】对话框，如图 6-24 所示，提高图像的分辨率，图像的输出尺寸没改变，而图像的像素量增加了。

04　单击【确定】按钮，图像效果如图 6-25 所示，虽然提高了图像的分辨率，像素总量也相应提高，但图像变模糊了。一般在输出要求不严格的情况下可以使用此方法。

一张需要打印的图像怎样才能得到较高的品质？

答：一般为了获得较高的打印品质，最好先更改尺寸和分辨率，而不重定图像像素。

图 6-24　提高输出分辨率　　　　　　　　　图 6-25　图像效果

6.1.4　裁剪图像

裁剪是移去部分图像以形成突出或加强构图效果的方法。可以使用裁剪工具和【裁剪】命令来裁剪图像，也可以使用【裁剪并修齐】以及【裁切】命令来裁切像素。下面详细介绍这些裁剪图像的操作方法。

1. 裁剪工具

裁剪工具用于切除选区以外的图像，产生新的图像，维持和原来一样的分辨率，【裁剪工具】选项栏如图 6-26 所示。

图 6-26　【裁剪工具】选项栏

- 宽度：用于设定裁剪区域的宽度。
- 高度：用于设定裁剪区域的高度。
- 分辨率：用于设定裁剪区域的分辨率，其设定单位有像素/英寸和像素/厘米两种。
- 前面的图像：设定被裁剪后的区域与图像等大。
- 清除：用于清除选项栏中的参数设定。在图像中设定裁剪区域后，选项栏会产生相应的变化，可以对裁剪的区域再一次进行调整，使其能够更符合要求，如图 6-27 所示。

图 6-27　对裁剪的区域再次调整

- 删除：用于执行裁剪操作后，删除被裁剪区域。
- 隐藏：用于执行裁剪操作后，隐藏被裁剪区域，使用移动工具可以将隐藏的部分拖回到图像窗口中。
- 屏蔽：选中该选项后，通过颜色选项，设定一种颜色将被裁剪区域填充。
- 不透明度：用来调整填充色的不透明度，从而更好地观察裁剪的结果。
- 透视：此选项可对设定的裁剪区域进行透视变形。

技术看板　使用裁剪工具，怎样将多幅图像快速裁剪成同样尺寸的图像？
答：选择裁剪工具后，在其选项栏中设置好需要的尺寸，裁剪其中一幅图像后，再在选项栏中单击【前面的图像】按钮后，对剩余的其他图像直接使用裁剪工具裁剪即可。

上机操作 6　校正透视变形

01 打开【素材】\【Ch06 素材】\【裁剪 1.jpg】文件，使用 裁剪工具绘制裁剪选框并调整裁剪选框的角控制柄，以匹配对象的边缘，如图 6-28 所示。

02 设置完毕，单击选项栏中的 提交按钮或者在裁剪框内双击鼠标即可裁剪图像，裁剪后的图像如图 6-29 所示。

图 6-28　调整选框控制柄匹配对象的边缘

图 6-29　裁剪后的图像效果

上机操作 7　裁剪歪斜图像

01 打开【素材】\【Ch06 素材】\【裁剪 2.jpg】文件，如图 6-30 所示。

02 按快捷键 Ctrl+R 显示标尺。在标尺上单击，并按住鼠标左键拖动鼠标到图像中，创建一条水平参考线，如图 6-31 所示。

图 6-30　【裁剪 2】图像

图 6-31　拖出水平参考线

03 由于当前图层被锁定，只有解锁才可执行【变换】命令。在该图层上双击，弹出如图 6-32 所示的对话框，单击【确定】按钮，将背景图层转换为普通图层。

04 选择【编辑】>【变换】>【旋转】命令，旋转图像如图 6-33 所示，使水平面与辅助线重合，按 Enter 键确定旋转操作。

图 6-32　转换图层

图 6-33　旋转图像

图像分辨率较低，达不到使用的分辨率时怎么办？

答：一般在输出要求不严格的情况下，使用【图像大小】命令，重定图像的像素，在不改变图像尺寸的情况下增加像素数。

技术看板

05 使用  裁剪工具，直接由图像的左上角向右下角拖动出裁剪框，如图 6-34 所示，单击选项栏中的 ✓ 提交按钮，或在裁剪框中双击，得到校正的图像效果如图 6-35 所示。

图 6-34 拖动裁剪框

图 6-35 校正后图像效果

06 如果要取消裁剪操作，按 Esc 键或单击选项栏中的 ⊘ 取消按钮。

2.【裁剪】命令

除了裁剪工具，还可以使用【裁剪】命令裁剪图像。使用此命令可以将当前图像中的选定区域裁剪出来并显示在原图像窗口中，被裁掉的图像部分将被丢弃。

上机操作 8 应用【裁剪】命令

01 打开【素材】\【Ch06 素材】\【裁剪 3.jpg】文件。

02 使用 ⟳ 套索工具或其他选取工具选择要保留的图像部分，如图 6-36 所示。

03 选取【图像】>【裁剪】命令，裁剪后的图像效果如图 6-37 所示。

图 6-36 选取要保留的图像

图 6-37 裁剪后的图像效果

提 示

裁剪掉的图像并不会被存储在剪贴板上。如果觉得【裁剪】命令缺乏再调整的机会，可以使用裁剪工具。使用裁剪工具选择图像后，产生具有八个控制手柄的选择框，通过拖动控制柄改变选择框的大小和外形，并可以进行旋转，确定后双击选择画面即可执行裁剪操作。

3.【裁切】命令

使用【裁切】命令可以很方便地将图像的边缘透明或是单色部分裁切掉。

技术看板　使用裁剪工具裁剪歪斜的图像时，怎样设置水平参考线？

答：首先在图像中找到水平的参考位置，然后在标尺上拖出参考线，然后再旋转图像使图像中的水平参考位置与拖出的标尺参考线重合或平行，再使用裁剪工具裁剪即可。

上机操作 9 应用【裁切】命令

01 打开【素材】\【Ch06 素材】\【裁切 4.psd】文件,如图 6-38 所示,该图像具有透明背景。

02 选择【图像】>【裁切】命令,打开【裁切】对话框,如图 6-39 所示。

【裁切】对话框中的参数设置:

- 透明像素:裁切掉图像边缘的透明区域,留下包含非透明像素的最小图像。
- 左上角像素颜色:从图像中移去左上角像素颜色的区域。
- 右下角像素颜色:从图像中移去右下角像素颜色的区域。
- 裁切掉:在此选项中设置要裁切的图像区域,包括【顶】、【底】、【左】或【右】四个区域。

03 单击【确定】按钮完成裁切,图像效果如图 6-40 所示。

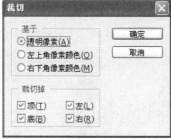

图 6-38 透明图像　　　　图 6-39 【裁切】对话框　　　图 6-40 裁切后的图像效果

使用裁切命令后裁切图像的黑色边缘部分效果如图 6-41 所示。

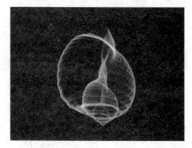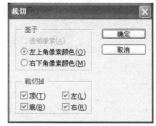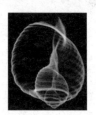

图 6-41 裁切单色图像效果

4.【裁剪并修齐照片】命令

　　【裁剪并修齐照片】命令有助于将一次扫描的多个图像分成多个单独的图像文件。为了获得最佳的效果,在要扫描的图像之间保持 1/8 英寸的间距,而且背景(通常是扫描仪的台面)应该是没有什么杂色的均匀颜色。【裁剪并修齐照片】命令最适于外形轮廓十分清晰的图像。

上机操作 10 应用【裁剪并修齐照片】命令

01 打开【素材】\【Ch06 素材】\【裁剪 5.jpg】文件,如图 6-42 所示。

02 使用 矩形选框工具,在一个或多个图像周围绘制选区边框,如图 6-43 所示,以便将这些图像生成单独的文件。

139

03 选择【文件】>【自动】>【裁剪并修齐照片】命令，每个框选的图像在其各自的窗口中打开，如图 6-44 所示。使用【文件】>【存储】命令将这些单个图像文件保存。

图 6-42 【裁剪 5】图像

图 6-43 框选要裁剪的区域

图 6-44 裁剪并修齐照片

提 示

如果使用【裁剪并修齐照片】命令对某幅图像拆分不正确，请在该图像和某一背景的周围创建一个选区边框，然后按住 Alt 键选取该命令。辅助按键表明只有一幅图像应从背景中分离出来。如果【裁剪并修齐照片】命令无法处理复杂的图像文件，再使用裁剪工具。

6.1.5 校正图像扭曲

除了使用裁剪工具及旋转命令可以校正角度歪斜的图像外，还可以使用标尺来校正歪斜的图像。另外，使用【镜头校正】滤镜命令，还可以校正有镜头缺陷的图像。

1.【镜头校正】滤镜

【镜头校正】滤镜可修复常见的镜头缺陷，如桶形和枕形失真、晕影以及色差，还可以使用该滤镜来旋转图像，或修复由于照相机垂直或水平倾斜而导致的图像透视现象。使用此滤镜的图像网格功能调整图像比使用【变换】命令更为轻松和精确。

技术看板 能将一次扫描的多个图像分成多个单独的图像文件吗？

答：能，使用【文件】>【自动】>【裁剪并修齐照片】命令即可。

桶形失真是一种镜头缺陷，它会导致直线向外弯曲到图像的外缘，如图 6-45 所示。枕形失真的效果相反，直线会向内弯曲，如图 6-46 所示。晕影是图像的边缘（尤其是角落）会比图像中心暗，如图 6-47 所示。色差显示为对象边缘的一圈色边，它是由于镜头对不同平面中不同颜色的光进行对焦而导致的。

图 6-45　桶形失真　　　　图 6-46　枕形失真　　　　图 6-47　边缘产生晕影

上机操作 11　应用【镜头校正】滤镜

01 打开【素材】\【Ch06 素材】\【镜头校正 1.jpg】文件，如图 6-48 所示，该图像透视扭曲。

02 选择【滤镜】>【扭曲】>【镜头校正】命令，打开【镜头校正】对话框，如图 6-49 所示。

 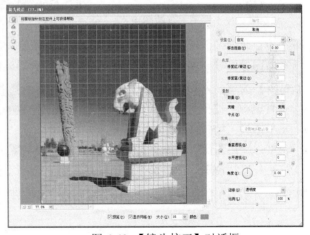

图 6-48　【镜头校正 1】图像　　　　图 6-49　【镜头校正】对话框

【镜头校正】对话框中的参数设置：

【镜头校正】对话框中包含一个工具选项，如图 6-50 所示。

- 移去扭曲工具：使用此工具可以对变形的图像进行膨胀或收缩变形，校正桶形或枕形失真图像。
- 拉直工具：使用此工具可以对歪斜的图像进行旋转扭曲。
- 移动网格工具：使用此工具移动网格，便于调整图像的水平或垂直方向。

移去扭曲工具——　　　
移去网格工具——　　　——拉直工具
　　　　　　　　　　——抓手工具
缩放工具——　　　

图 6-50　工具选项

能修复常见的镜头缺陷，如桶形和枕形失真、晕影以及色差吗？
答：能，使用【滤镜】>【扭曲】>【镜头校正】命令即可。

技术看板

- ![抓手工具图标]抓手工具：图像不能完全显示时，使用此工具可观察图像的每一部分。
- ![缩放工具图标]缩放工具：通过对图像的缩放可进行精确的操作。

【移去扭曲】选项：校正桶形或枕形失真图像。移动滑块可拉直从图像中心向外弯曲或朝图像中心弯曲的水平和垂直线条，也可以使用![移去扭曲工具图标]移去扭曲工具进行校正。朝图像的中心拖移可校正枕形失真，朝图像的边缘拖移可校正桶形失真。在此设置参数变形图像同使用![移去扭曲工具图标]移去扭曲工具的功能是一样的。校正桶形失真的图像效果如图 6-51 所示。

【色差】选项：调整图像的色差。
- 修复红/青边：通过调整红色通道相对于绿色通道的大小，针对红/青色边进行补偿。
- 修复蓝/黄边：通过调整蓝色通道相对于绿色通道的大小，针对蓝/黄色边进行补偿。

【晕影】选项：校正由于镜头缺陷或镜头遮光处理不正确而导致边缘较暗的图像。校正图像边缘晕影如图 6-52 所示。

图 6-51　校正桶形失真的图像

图 6-52　校正图像边缘晕影

- 中点：此处参数设定影响着【数量】参数的设定。如果中点指定较小的数，晕影会影响较多的图像区域。如果指定较大的数，晕影只会影响图像的边缘。

【变换】选项：对图像进行垂直或水平方向上的透视变形。
- 垂直透视：校正由于相机向上或向下倾斜而导致的图像透视，使图像中的垂直线平行。
- 水平透视：校正图像透视，并使水平线平行。
- 角度：旋转图像以针对相机歪斜加以校正，或在校正透视后进行调整，也可以使用旋转拉直工具进行校正。在图像中沿横轴或纵轴直接拖动鼠标即可。

图 6-53 所示为歪斜图像，通过变换图像角度并以透明度填充边缘空白区域的效果，如图 6-54 所示。

图 6-53　歪斜图像

图 6-54　变换图像角度

技术看板　　【镜头校正】命令有什么功能？

答：使用此命令主要校正有镜头缺陷的图像，如桶形和枕形失真、晕影以及色差。

【边缘】选项：此选项设置图像移去扭曲变形后，对边缘空白像素的填充方式。

- 选择边缘扩展选项，扩展图像边缘像素填充空白像素区域。
- 选择透明度，变形后的图像边缘以透明像素显示。
- 选择背景色，则以当前的背景色填充空白像素区域。

【比例】选项：向上或向下调整图像缩放，图像像素尺寸不会改变。其主要用途是移去由于枕形失真、旋转或透视校正而产生的图像空白区域。

03 设置【镜头校正】对话框中的参数如图 6-55 所示，单击【确定】按钮。最后用裁剪工具 ⊿ 裁剪图像效果如图 6-56 所示。

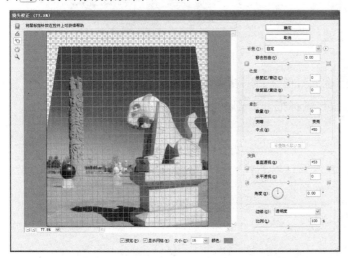

图 6-55　设置【镜头校正】对话框中的参数　　　　图 6-56　校正透视扭曲图像效果

2．标尺工具

⟋ 标尺工具用于测量图像中任意两点之间的距离，测量单位可以选择【编辑】>【首选项】>【常规】命令，在打开的对话框中进行设定。可以创建两条测量线来创建一个量角器，以测定角度，【标尺工具】选项栏如图 6-57 所示。

图 6-57　【标尺工具】选项栏

- 坐标位置：X、Y 项的数值为测量图像时初始点的坐标位置。
- 水平/垂直距离：此选项中的 W 项代表测量的水平距离，H 项代表测量的垂直距离。
- 角度：A 项的数值代表测量的角度。

上机操作 12　测量距离及角度

01 打开【素材】\【Ch06 素材】\【标尺工具 1.jpg】文件，使用 ⟋ 标尺工具，在要测量的图像上按下鼠标，然后按住鼠标左键向终点位置拖动，到终点位置释放鼠标即可创建测量线，如图 6-58 所示。在选项栏或【信息】调板中可以观察测量信息。

143

标尺的功能只是测量距离吗？

答：否，除了测量距离外，还可测量角度及位置。

技术看板

02 首先创建一条测量线，然后按下 Alt 键，在第一条线的结束点上再次单击定义第二条测量线，接着拖动鼠标就可以定义出一个量角器，测量角度在选项栏或【信息】调板中可以观察到，如图 6-59 所示。

图 6-58 创建测量线

图 6-59 创建测量角度

03 要更改测量角度，将鼠标移至测量线的末端，使用鼠标按住十字端点拖动，便会修改测量角度。如果在量角器的线上按住鼠标拖动，则可以移动整个量角器的位置。

提 示

度量工具配合 Shift 键使用，可以强迫以直线方式进行测量，如果旋转也只能以 45° 角的倍数进行旋转。

上机操作 13 校正图像

使用 ✐ 标尺工具配合【旋转】命令也可以校正歪斜的图像。

01 打开【素材】\【Ch06 素材】\【标尺工具 2.jpg】文件，如图 6-60 所示。

02 使用 ✐ 标尺工具沿水平面画出一条测量线，如图 6-61 所示，测量的倾斜角度在选项栏中可以观察到，如图 6-62 所示。

图 6-60 【标尺工具 2】图像

图 6-61 绘制测量线

| ✐ ▾ | X: 6.00 | Y: 484.00 | W: 628.00 | H: 33.00 | A: -3.0° | L1: 628.87 | L2: | ☑ 使用测量比例 | 清除 |

图 6-62 测量的倾斜角度

03 按快捷键 Ctrl+T 变换图像，在选项栏中输入校正的角度，或选择【图像】>【图像旋转】>【任意角度】命令，打开【旋转画布】对话框，设置如图 6-63 所示的参数，旋转效果如图 6-64 所示。

技术看板
怎样使用标尺工具测量角度？
答：在要测量的图像上按下鼠标向终点位置拖动，到终点位置释放鼠标创建一条测量线，然后按下 Alt 键，在第一条线的结束点上再次单击定义第二条测量线，接着拖动鼠标就可以定义出一个量角器。

图 6-63　设置旋转画布角度　　　　　　　　　图 6-64　旋转画布效果

04　使用 ⊡ 裁剪工具，设置好裁剪范围如图 6-65 所示，裁剪的效果如图 6-66 所示。

图 6-65　设置裁剪范围　　　　　　　　　　　图 6-66　裁剪效果

3．计数工具

使用 12³ 计数工具对图像中的对象进行计数。要对对象手动计数，使用计数工具单击图像，Photoshop 将跟踪记录单击次数，计数数目将显示在项目上及其选项栏中。Photoshop 也可以自动对图像中的多个区域计数，并将结果记录在【测量记录】调板中，是工程师和 3D 设计师的好帮手，在此不做太多的介绍。

6.1.6　图像合并

Photoshop 可将多张图像根据不同的方式拼合成宽幅图像。

1．【照片合并】命令

使用【照片合并】命令，可将多次拍摄的宽幅照片按照不同的要求拼合成一幅。

上机操作 14　照片合并

01　分别打开【素材】\【Ch06 素材】\【照片合并 1.jpg】文件～【照片合并 4.jpg】文件，如图 6-67～图 6-70 所示。

图 6-67　照片合并 1　　图 6-68　照片合并 2　　图 6-69　照片合并 3　　图 6-70　照片合并 4

能够随意设置图像的旋转角度吗？

答：选择【图像】>【旋转图像】命令，可以随意设置图像的旋转角度。

技术看板

02 选择【文件】>【自动】>【照片合并】命令，打开【照片合并】对话框，如图 6-71 所示。

03 单击【照片合并】对话框中的【浏览】按钮，弹出【打开】对话框，选择要合并的照片并打开，要合并的照片都载入到【照片合并】对话框中，如图 6-72 所示。

图 6-71 【照片合并】对话框

图 6-72 载入要合并的照片

【照片合并】对话框中的参数设置：

- 自动：此选项包括其下方各个选项的功能，是照片合并时功能最好的一个选项。
- 透视：此选项将需要合并的照片根据它们的透视关系无缝地衔接起来。
- 圆柱：此选项将需要合并的照片以贴在圆柱上的方式进行对齐合并。
- 仅调整位置：此选项根据各照片之间的相似部位的衔接，仅仅将图层的位置改变，不进行透视、斜切等变形操作。
- 互动版面：此选项自动判断各照片中的内容找出相应的部分，使用蒙版将照片拼接在一起。

04 单击【确定】按钮，所有照片按要求合并在一起，如图 6-73 所示，使用 裁剪工具裁剪照片如图 6-74 所示。

图 6-73 按要求合并照片

图 6-74 裁剪后的效果

技术看板　能将多次拍摄的宽幅照片按照不同的要求拼合成一幅吗？

答：能，选择【文件】>【自动】>【照片合并】命令。

2.【自动对齐图层】与【自动混合图层】命令

【编辑】菜单中的【自动对齐图层】与【自动混合图层】命令在合成全景照片时，可把几张不同的图像对齐为一张，并把照片的颜色混合到非常相近，使得合成全景照片变得更加逼真。

上机操作 15　合成全景照片

01　分别打开【素材】\【Ch06 素材】\【自动混合图层 1.jpg】～【自动混合图层 4.jpg】文件，如图 6-75～图 6-78 所示。

图 6-75　自动混合图层 1　　图 6-76　自动混合图层 2　　图 6-77　自动混合图层 3　　图 6-78　自动混合图层 4

02　使用 移动工具将任意三幅照片拖动到另一图像窗口中，按住 Shift 键拖动时，可以使照片都居中，拖移后的图像效果如图 6-79 所示，【图层】调板如图 6-80 所示。

03　单击【图层】调板最底部的【背景】图层，然后按住 Shift 键的同时单击最顶部的【图层 3】，这样可以将所有图层都选中。注意，除了【背景】图层之外，其他任何图层都不能锁定或链接，如图 6-81 所示。

图 6-79　拖动照片到一个图像窗口中　　　图 6-80　【图层】调板　　　图 6-81　选中图层

04　选择【编辑】>【自动对齐图层】命令，打开【自动对齐图层】对话框，如图 6-82 所示，在对话框中提供了四个选项，对于大多数全景照片，选中【自动】选项，单击【确定】按钮，扩展画布并对齐各图层中的图像，效果如图 6-83 所示。

图 6-82　【自动对齐图层】对话框　　　　图 6-83　对齐各图层中的图像效果

05 选择【编辑】>【自动混合图层】命令，自动混合图像，使各图层的亮度及色彩达到统一，效果如图 6-84 所示，最后使用裁剪工具裁剪一下，就可以得到一幅完美的全景照片了，效果如图 6-85 所示。

图 6-84 自动混合图像效果

图 6-85 完美的全景照片效果

 学习链接
天极网软件专题与教程，提供了视频演示 Photoshop 照片处理和数码照片的常用基本处理：
http://design.yesky.com/v_lesson/photo/

6.1.7 【内容识别比例】命令

使用【内容识别比例】命令自动识别图像高细节和低细节部分，分别进行不同程度的缩放。在缩放时通过对像素的分析尽量不改变一些重要的内容，像人物、建筑、动物等，主要是缩放图像中一些不重要的图像区域。

上机操作 16　应用【内容识别比例】命令

01 打开【素材】\【Ch06 素材】\【内容识别比例 1.psd】文件，如图 6-86 所示。

02 因为【内容识别比例】命令只能应用于普通图层，选择【图层】>【新建】>【背景图层】命令，将背景图层变为普通图层。

03 选择【编辑】>【内容识别比例】命令，随意拖动变形框，图像效果如图 6-87 所示，图像明显变形，不符合要求，按 Esc 键，撤销变形操作。

技术看板　使用【内容识别比例】命令缩放图像有什么好处？
答：使用此命令，可通过【Alpha 通道】和【保护肤色】两个选项，保护图像中一些重要的图像像素不被变形。

图 6-86 【内容识别比例 1】图像

图 6-87 图像变形失调

04 再次选择【编辑】>【内容识别比例】命令，在选项栏设置如图 6-88 所示的参数，单击进行变换按钮 ✓，变换效果如图 6-89 所示，通道中白色区域如图 6-90 所示的图像受到保护。

图 6-88 【内容识别比例】选项栏中的参数设置

图 6-89 图像变形正常

图 6-90 【通道】面板状态

【内容识别比例】参数设置：

- 保护：通过 Alpha 通道保护那些不需要变形的图像像素。
- 保护肤色图标：选中此图标，在缩放变形时，对人物的色彩相貌进行自动识别，然后进行相应的保护。

6.2 基础调色命令

Photoshop 是一套优秀的图像处理软件，在图像调整上有其独特的多种调整方式，本节讲解的图像调整主要指的是图像亮度、色相及饱和度的调整。在【图像】>【调整】命令的级联菜单中便可找到这些调整命令，使用这些命令可以直接对整个图像或选择区域内的部分图像进行调整。下面详细介绍有关 Photoshop 基础色彩调整命令及其操作。其他一些高级色彩调整命令请参看第 10 章介绍。

图 6-91 所示为获取的原始图像效果，经过色彩校正后的效果如图 6-92 所示。将不同素材合成的梦幻图像效果如图 6-93 所示。

图 6-91 原图像

图 6-92 校正颜色后的效果

图 6-93 合成图像效果

使用【图像】>【调整】命令只能对整个图像进行调整吗？

答：否，使用【调整】命令可以直接对整个图像或选择区域内的部分图像进行调整。

技术看板

149

6.2.1 【自动色调】命令

使用【自动色调】命令，Photoshop 会自动调整图像中色调会按照比例进行重新分布。

原图像如图 6-94 所示，调整后的效果如图 6-95 所示。

图 6-94 【自动色调】图像　　　　　图 6-95 调整后的效果 1

6.2.2 【自动对比度】命令

使用【自动对比度】命令，Photoshop 会自动将图像最深的部分加强为黑色；最亮的部分加强为白色，以增强图像的对比。此命令对于连续调的图像相当有帮助，相对于单色或是颜色较不丰富的图像几乎不起作用。它与【自动色阶】命令的最大区别就在于该命令不会改变图像的颜色，也不会造成颜色的损失。

原图像如图 6-96 所示，调整后的效果如图 6-97 所示。

图 6-96 【自动对比度】图像　　　　　图 6-97 调整后的效果 2

6.2.3 【自动颜色】命令

使用【自动颜色】命令，Photoshop 会自动调整图像的阴影、中间调和高光，从而自动调整图像的颜色。

原图像如图 6-98 所示，调整后的效果如图 6-99 所示。

图 6-98 【自动颜色】图像　　　　　图 6-99 调整后的效果 3

技术看板　　使用哪个命令调整图像时，会自动将图像像素按照比例进行重新分布？

　　　　　　　答：使用【自动色调】命令。

6.2.4 【去色】命令

【去色】命令可将图像内所有的色彩变为 0，使图像转换成灰阶图像的模样，但仍保持原来的图像颜色模式。

原图像如图 6-100 所示，选择【图像】>【调整】>【去色】命令或按快捷键 Shift+Ctrl+U，调整图像效果如图 6-101 所示。

图 6-100 【去色】图像   图 6-101 去色后效果

6.2.5 【匹配颜色】命令

【匹配颜色】命令是一个具有较高智能化的命令，可以在同一个图像或不同图像之间进行颜色匹配，其实就是将一幅图像作为目标图像具有另外一幅源图像的色调。

上机操作 17 应用【匹配颜色】命令

01 打开【素材】\【Ch06 素材】\【匹配颜色 1.jpg】和源图像【匹配颜色 2.jpg】，如图 6-102、图 6-103 所示，选择【图像】>【调整】>【匹配颜色】命令，打开【匹配颜色】对话框，如图 6-104 所示。

图 6-102 目标图像   图 6-103 源图像   图 6-104 【匹配颜色】对话框

【匹配颜色】对话框中的参数设置：

● 目标：此选项显示当前操作图像文件的名称、图层名称及颜色模式。

【自动对比度】命令与【自动色调】命令的最大区别是什么？

答：【自动对比度】命令自动将图像最深的部分加强为黑色，最亮的部分加强为白色，以增强图像的对比，不改变图像的颜色，颜色也不会损失。

技术看板

- 应用调整时忽略选区：当目标图像中存在选择区域时，选择此选项，可忽略选区对整个图像实施操作的效果。
- 明亮度：此选项调整图像的亮度，数值越大，则得到的图像亮度越高，反之则越低。
- 颜色强度：此选项调整图像颜色的饱和度，数值越大，则得到的图像所匹配颜色的饱和度越大，反之则越低。
- 渐隐：此选项控制得到图像的颜色与图像原色相近的程度，数值越大调整的强度越小，反之则越大。
- 中和：此选项可自动去除目标图像中的色痕。
- 使用源选区计算颜色：选择此此选项，在匹配颜色时仅计算源文件选区中的图像，选区外图像的颜色不计算在内。
- 使用目标选区计算调整：选择此选项，在匹配颜色时仅计算目标文件选区中的图像，选区外图像的颜色不计算在内。
- 源：在此选项内可选择源文件的名称。选择【无】选项时，则目标图像与源图像为同一个图像文件。
- 图层：在此选项的下拉列表框中显示源图像文件中所具有的图层。选择【合并的】选项时，将源文件中的所有图层合并起来，再进行匹配颜色。

02 设置【匹配颜色】对话框中的参数如图 6-105 所示，单击【确定】按钮，目标图像具有阳光照射下的暖色调效果，如图 6-106 所示。

图 6-105　设置【匹配颜色】对话框　　　　图 6-106　图像效果 1

除了在两个图像之间可以匹配颜色外，在同一图像内也可以匹配颜色。

上机操作 18　**在同一图像中匹配颜色**

01 打开【素材】\【Ch06 素材】\【匹配颜色 3.psd】文件，如图 6-107 所示，【图层】调板如图 6-108 所示。

技术看板　要将多幅图像拼合成一幅图像，怎样才能达到色调统一？
答：使用【图像】>【调整】>【匹配颜色】命令，不同图像之间进行颜色匹配，达到色调统一。

图 6-107　【匹配颜色 3】图像

图 6-108　【图层】调板

02　选择【图像】>【调整】>【匹配颜色】命令，设置【匹配颜色】对话框中的参数如图 6-109 所示，单击【确定】按钮，人物融合在场景的环境中，效果如图 6-110 所示。

图 6-109　设置【匹配颜色】对话框中的参数

图 6-110　图像效果 2

153

6.2.6　【替换颜色】命令

【替换颜色】命令是由【色彩范围】命令和【色相/饱和度】命令合成的。可以在图像中以指定的色相、饱和度和明度替换被选择的颜色的色相、饱和度和明度。

上机操作 19　【替换颜色】命令

01　打开【素材】\【Ch06 素材】\【替换颜色 1.jpg】文件，如图 6-111 所示，选择【图像】>【调整】>【替换颜色】命令，打开【替换颜色】对话框，如图 6-112 所示。

图 6-111　【替换颜色 1】图像

图 6-112　【替换颜色】对话框

使用【替换颜色】命令，可以怎样调整图像？

答：使用此命令可以在图像中以指定的色相、饱和度和明度替换被选择的颜色的色相、饱和度和明度，还可以使用吸管工具在图像中吸取替换的颜色。

技术看板

【替换颜色】对话框中的参数设置：

- 💧吸管工具：当使用吸管工具在图像中吸取颜色后，再选用💧添加到取样工具可在当前被调色的基础上增加被调节的颜色，当选用💧从取样中减去工具可在当前被调色的基础上减少被调节的颜色。
- 颜色：单击颜色块可弹出【拾色器】对话框，在对话框中设置一个要调整的颜色。
- 选区：选择此选项，在预览区域中显示黑白图像，以便于查看颜色调整的范围。其中白色的图像代表被选中的颜色调整范围，黑色图像则代表未选中的颜色调整范围。
- 图像：选择此选项，在预览区域中显示原图像状态，此时可以方便地在图像中吸取要调整的颜色。
- 色相：拖动滑块或输入数值可调整颜色的色相。
- 饱和度：拖动滑块或输入数值可调整颜色的饱和度。
- 明度：拖动滑块或输入数值可调整颜色的明度。
- 结果：单击颜色块可弹出【拾色器】对话框，选择一种替换颜色。

02 使用💧吸管工具在原图像上单击，如图 6-113 所示，单击【结果】上方的颜色块，在弹出的【拾色器】对话框中设置替换颜色，如图 6-114 所示，单击【确定】按钮。

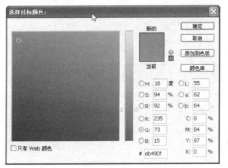

图 6-113　选择被替换颜色　　　　　　图 6-114　设置替换颜色

03 在【替换颜色】对话框中调整替换颜色的色相、饱和度及明度，如图 6-115 所示，单击【确定】按钮，替换颜色效果如图 6-116 所示。

图 6-115　设置【替换颜色】对话框中的参数　　　图 6-116　图像效果 3

6.2.7　【阴影/高光】命令

【阴影/高光】命令可以调整图像中过暗或过亮的像素部分,并尽最大可能地恢复其中的细节。

上机操作 20　应用【阴影/高光】命令

01　打开【素材】\【Ch06 素材】\【阴影高光 1.jpg】文件,如图 6-117 所示,选择【图像】>【调整】>【阴影/高光】命令,在打开的【阴影/高光】对话框中使用默认参数,如图 6-118 所示,图像效果如图 6-119 所示。

图 6-117　【阴影高光 1】图像　　图 6-118　使用【阴影/高光】　　图 6-119　显示阴影部分细节
默认参数

【阴影/高光】对话框中的参数设置:

- 数量:当在【阴影】选项或【高光】选项中拖动此选项的滑块或直接输入数值,可对图像中的阴影或高光进行调整,数值越大调整的范围越大。
- 色调宽度:当在【阴影】选项或【高光】选项中拖动此选项的滑块或直接输入数值,可控制图像中的阴影或高光部分调整的范围,数值越大,调整的范围也越大。
- 半径:当在【阴影】选项或【高光】选项中拖动此选项的滑块或直接输入数值,可确定图像的阴影区域或高光区域。
- 颜色校正:拖动此选项的滑块或直接输入数值,可对图像颜色饱和度进行微调,数值越大饱和度越高。
- 中间调对比度:拖动此选项的滑块或直接输入数值,可以调整位于阴影和高光部分之间的中间色调,使其与调整阴影和高光后的图像相匹配。
- 修剪黑色:输入数值可确定新的阴影的截止点。数值越大,阴影越强烈。
- 修剪白色:输入数值可确定新的高光的截止点。数值越大,高光越强烈。
- 存储为默认值:单击此按钮,可将当前的调整存储为默认参数,可在其他的图像中载入使

当图像中过暗或过亮的区域图像细节不清晰怎样调整?
答:使用【阴影/高光】命令可以调整图像中过暗或过亮的像素部分,并尽最大可能地恢复其中的细节。　　　　**技术看板**

用。如果想恢复系统默认的参数，按住 Shift 键，此时按钮会变为【复位默认值】按钮并单击，可将参数恢复到 Photoshop 默认的参数设置。

02 重新设置【阴影/高光】对话框中的参数如图 6-120 所示，图像效果如图 6-121 所示。

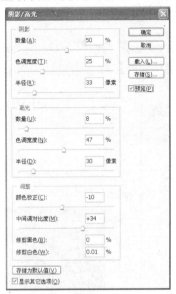

图 6-120　设置【阴影/高光】对话框中的参数

图 6-121　图像效果 4

156

6.2.8　【色调均化】命令

　　【色调均化】命令可以找出图像中颜色最深与最浅的像素，并将其转换为黑色与白色，并将图像内的其他像素平均分布至各个色阶，而使得图像较偏向中间调且变亮。

　　原图像如图 6-122 所示，选择【图像】>【调整】>【色调均化】命令，调整图像效果如图 6-123 所示，图像较偏向中间调且变亮。

图 6-122　【色调均化】图像

图 6-123　设置后的图像效果

6.2.9　【变化】命令

　　【变化】命令是一个非常方便的命令，它可以很容易的在预览图像变化的情况下，决定如何调整图像，以修正整体图像的色偏和一些少量的彩度调整。

技术看板　图像对比强烈，怎样使其变得柔和些？
　　答：使用【色调均化】命令可以找出图像中颜色最深与最浅的像素，并将其转换为黑色与白色，并将图像内的其他像素平均分布至各个色阶，而使得图像较偏向中间调且变亮。

上机操作 21　应用【变化】命令

01　打开【素材】\【Ch06 素材】\【变化 1.jpg】文件，如图 6-124 所示，选择【图像】>【调整】>【变化】命令，打开【变化】对话框，如图 6-125 所示。

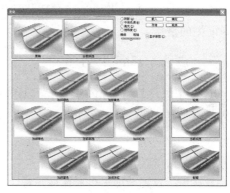

图 6-124　【变化 1】图像　　　　　图 6-125　【变化】对话框

157

【变化】对话框中的参数设置：

- 阴影：选择此选项可调整图像的暗部。
- 中间色调：选择此选项可调整图像的中间色调。
- 高光：选择此选项可调整图像的高光。
- 饱和度：选择此选项可增加或减少色彩的饱和度。
- 精细和粗糙：拖动滑块可设定修正色彩的变化幅度。

02　在打开的【变化】对话框中单击想要添加的颜色，如图 6-126 所示，在【当前选项】显示框中的就是调整后的图像效果，如图 6-127 所示。

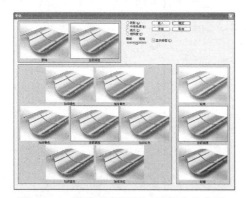

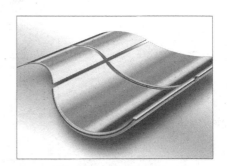

图 6-126　设置【变化】对话框中的参数　　　　图 6-127　图像效果 5

怎样可以直观地观察调整图像颜色时的变化情况？

答：使用【变化】命令是一个非常方便的命令，它可以很容易的在预览图像变化的情况下，决定如何调整图像，以修正整体图像的色偏和一些少量的彩度调整。

技术看板

6.3　锐化图像

在 Photoshop 中获取的图像，品质会降低，使用【锐化】命令锐化图像，可重新得到一幅较好的清晰图像。

下面介绍一组滤镜，此组滤镜通过生成更大的对比来使图像清晰化和增强处理图像的轮廓。执行此滤镜后可减少图像修改后产生的模糊效果。下面对不同的锐化命令进行详细的介绍。

6.3.1　【USM 锐化】命令

【USM 锐化】命令产生边缘轮廓锐化效果，但可用数值来调节锐化程度，在处理过程中使用晕开模糊的蒙版。

上机操作 22　应用【USM 锐化】命令

01 打开【素材】\【Ch06 素材】\【USM 锐化 1.jpg】文件，如图 6-128 所示，选择【滤镜】>【锐化】>【USM 锐化】命令，在打开的【USM 锐化】对话框中设置参数，如图 6-129 所示。

【USM 锐化】对话框中的参数设置：

- 数量：用于设置增加多少对比度，锐化就有多明显。
- 半径：设置锐化空间的多少，范围越大效果越明显。
- 阈值：区别相邻灰度的不同，设置为 0 时，整个图像会被锐化，当增加这个设置数值时，只有完全不同的区域才会被锐化。

02 调整数量设置直到图像看起来好看并且锐利为止。当白晕变得过度明显或者好的细节开始分裂进入纯黑色或纯白色时，说明这个值设置得太高。增加【阈值】选项的数值直到那些区域看起来平滑为止，一般使用 0～9 像素。用于打印的图像，锐化的清晰一点为好。锐化后的效果如图 6-130 所示。

图 6-128　【USM 锐化 1】图像

图 6-129　设置【USM 锐化】对话框

图 6-130　锐化图像效果

技术看板　怎样使模糊的图像变得清晰？
答：使用【USM 锐化】命令，使图像边缘轮廓锐化，可重新得到一幅较好的清晰图像。

6.3.2 　【智能锐化】命令

　　【智能锐化】命令不但对整个图像进行锐化，还可以通过高级选项，对图像中的阴影或高光分别进行锐化。

上机操作 23 　应用【智能锐化】命令

　　01 　打开【素材】\【Ch06 素材】\【智能锐化 1.jpg】文件，如图 6-131 所示，选择【滤镜】>【锐化】>【智能锐化】命令，在打开的【智能锐化】对话框中设置参数，如图 6-132 所示，高级选项的参数设置如图 6-133 所示。

图 6-131　【智能锐化 1】图像　　图 6-132　【智能锐化】对话框　　图 6-133　高级选项设置

　　【智能锐化】对话框中的参数设置：

- 数量：参数设定范围为 1～500%。此参数用来控制锐化的强度。
- 半径：参数设定范围为 1.0～64 像素。此参数用来控制锐化的范围。
- 移去：用于移去图像中模糊的类型。有高斯模糊、镜头模糊和动感模糊三种类型。
- 渐隐量：参数设定范围为 0～100%。此参数用来控制锐化的强度。
- 色调宽度：参数设定范围为 0～100%。用来控制图像中参与锐化阴影的范围，数值越小只有图像中越暗的部分被锐化。
- 半径：参数设定范围为 1～100 像素。此参数用来控制锐化的范围。

　　02 　在【智能锐化】对话框中设置如图 6-134 所示的参数，锐化后效果如图 6-135 所示。

图 6-134　设置【智能锐化】对话框参数　　　　图 6-135　图像效果

6.3.3 　【进一步锐化】命令

　　【进一步锐化】命令没有对话框。

如何只锐化图像的阴影或高光某一区域？

答：使用【智能锐化】命令，此命令不但对整个图像进行锐化，还可以通过高级选项对图像中的阴影或高光分别进行锐化。

技术看板

159

原图像如图 6-136 所示，使用【进一步锐化】命令后效果如图 6-137 所示。

图 6-136　【进一步锐化】图像　　　　　　图 6-137　锐化后的效果

6.3.4　【锐化】命令

【锐化】命令通过增加相邻像素点之间的对比，使图像清晰化。锐化程度较为轻微，此滤镜没有对话框。多次锐化后可产生水波的效果。

原图像如图 6-138 所示，使用【锐化】命令后效果如图 6-139 所示。

图 6-138　【锐化】图像　　　　　　　　图 6-139　图像锐化后的效果

6.3.5　【边缘锐化】命令

【边缘锐化】命令锐化图像的轮廓，使颜色和颜色之间分界明显，此命令没有对话框。

原图像如图 6-140 所示，使用【边缘锐化】命令后效果如图 6-141 所示。

图 6-140　【边缘锐化】图像　　　　　图 6-141　图像【边缘锐化后的】效果

技术看板　　【锐化】与【边缘锐化】命令有什么不同？

答：使用【锐化】命令，通过增加相邻像素点之间的对比，使图像清晰化，锐化程度较为轻微；【边缘锐化】命令锐化图像的轮廓，使颜色和颜色之间分界明显。

160

6.4　【渐隐】命令

使用【渐隐】命令可除去锐化图像后物体边缘产生的光晕。

01　打开【素材】\【Ch06 素材】\【渐隐 1.jpg】文件，如图 6-142 所示。

02　选择【滤镜】>【锐化】>【USM 锐化】命令，在打开的【USM 锐化】对话框中设置参数，如图 6-143 所示，图像效果如图 6-144 所示，图像边缘产生白色的光晕。

图 6-142　【渐隐 1】图像　　　　　图 6-143　设置【USM 锐化】　　　　图 6-144　锐化效果
　　　　　　　　　　　　　　　　　　　　对话框中的参数

161

03　选择【编辑】>【渐隐 USM 锐化】命令，在打开的【渐隐】对话框中【模式】下拉列表框中选择【明度】，如图 6-145 所示，这样做只改变图像的亮度，不改变图像的颜色，图像效果如图 6-146 所示。

图 6-145　设置【渐隐】对话框　　　　　图 6-146　渐隐后的图像效果

学习链接

照片处理网教程专题，提供了照片处理及包装的许多教程：

http://school.photops.com/

通过锐化的图像效果太强烈了怎么办？

答：选择【编辑】>【渐隐】命令，或按快捷键 Shift+Ctrl+F，打开【渐隐】对话框，从中设置【不透明度】及【模式】，重新调整混合图像的效果。

技术看板

6.5 综合实例——破旧海报的效果

本节使用 Photoshop 的工具制作一幅破旧的海报效果。

视频教学

光盘路径：【视频】文件夹中【Ch06】文件夹中的【破旧的海报效果.psd】文件

1．实例分析

本例制作一幅破旧的海报效果。经过长时间的风吹日晒，海报的边缘残缺不全而且褪色。应用 Photoshop 强大的图片处理功能，完全可以将一幅新的海报模拟制作出破旧效果，下面体验一下 Photoshop 的强大功能吧。

2．制作过程

使用 🔘套索工具，沿着海报的边缘，创建不规则的选区制作残缺不全的边缘；使用 🔘多边形套索工具和 ▭线性渐变工具制作海报的边角效果；使用 🖑加深工具和 🔍加亮工具做出海报因脱落而生成的折皱。

01 选择【文件】>【打开】命令，分别打开【素材】\【Ch06 素材】\【破旧海报效果】\【墙面.jpg】和【海报.jpg】文件，如图 6-147、图 6-148 所示。

图 6-147 墙面

图 6-148 海报

02 使用 ➹移动工具，将其移动到墙面图像中，并放置到适当的位置，得到【图层 1】。使用 🔘套索工具，沿着海报的边缘创建不规则的选区，如图 6-149 所示，选择【选择】>【反向】命令，反转选区，按 Delete 键删除图像，效果如图 6-150 所示，得到被撕裂的破旧边缘效果。

图 6-149 创建选区

图 6-150 删除图像效果

技术看板 使用哪个选取工具制作边缘平滑且不规则的选区较快捷？
答：使用套索工具可快速创建边缘平滑且不规则的选区。

03 使用 多边形套索工具，在海报的边角创建选区，并按 Delete 键删除图像，效果如图 6-151 所示。单击【图层】调板底部 创建新图层图标，新建【图层 2】，然后在海报的左上角制作如图 6-152 所示的选区，使用 线性渐变工具，单击选项栏中的 线性渐变图标，设置渐变色为灰—白—灰，由选区的左上角向右下角做线性渐变，效果如图 6-153 所示，得到卷角效果。

图 6-151　删除海报边角效果

图 6-152　创建选区

图 6-153　线性渐变效果

04 选择【滤镜】>【杂色】>【添加杂色】命令，在打开的【添加杂色】对话框中设置如图 6-154 所示的参数，效果如图 6-155 所示，纸张变得粗糙。复制【图层 2】为【图层 2 副本】，选择【编辑】>【变换】命令中的【旋转】和【变形】命令，变换图像效果如图 6-156 所示，按 Enter 键确定。

图 6-154　设置【添加杂色】对话框

图 6-155　添加杂色效果

图 6-156　变形后的图像

05 选择 加深工具，在选项栏中设置适当的参数，在卷角上涂抹加深颜色效果，如图 6-157 所示。再选择【图层 1】，涂抹出卷角遮挡海报生成的阴影，效果如图 6-158 所示。

图 6-157　加深卷角颜色

图 6-158　添加阴影效果

163

使用哪个工具制作直线型的多边形选择区域较快捷？

答：使用多边形套索工具可快速制作直线型的多边形选择区域。

技术看板

06 使用 加深工具，在【图层 1】的图像上按住鼠标左键由左上方向右下方拖动，效果如图 6-159 所示，做出海报因脱落而生成的折皱。再选择 加亮工具，在选项栏中设置适当的参数，沿着已有的折皱趋向，并在其上方拖动鼠标，得到的效果如图 6-160 所示，折皱纹理更清晰了。

07 选择【图层 1】，连续两次拖动其到【图层】调板底部的 创建新图层图标上，复制图层为【图层 1 副本】和【图层 1 副本 2】，选择【图层 1】，单击【图层】调板中的 锁定透明像素图标，使用 油漆桶工具再分别将复制的两个图层填充为灰色，再选择 移动工具，将复制的两个图层分别向左上角和右下角移动，效果如图 6-161 所示，得到海报边缘的厚度。

图 6-159　使用加深工具涂抹效果　　图 6-160　使用加亮工具涂抹效果　　图 6-161　海报纸的厚度

08 选择【图层 1 副本 2】，单击【图层】调板底部的 添加图层样式图标，在弹出的菜单中选择【投影】命令，设置【投影】对话框中的参数，如图 6-162 所示，图像效果如图 6-163 所示，得到海报在墙上的投影效果，更像贴在墙面上。最终文件参看【素材】\【Ch06 素材】\【破旧海报效果】\【破旧海报.psd】文件。有关图层样式请参看第 9 章的介绍。

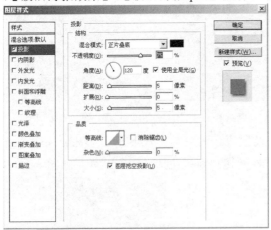 

图 6-162　设置【投影】参数　　　　　　　　图 6-163　最终效果

 学习链接

68PS.com 网站滤镜专区，提供了使用滤镜制作特效的一系列教程：

http://www.68ps.com/jc/ps_lj.asp

技术看板

怎样制作图像中的折皱？

答：分别使用加亮工具和加深工具，按生成折皱的纹理方向涂抹，可制作折皱效果。

第 **7** 章 作品创作平台——基础管理图层

学 习 内 容	分 配 时 间	重 点 级 别	难 度 系 数
图层基础知识	120 分钟	★★★	★
实例——折纸效果	20 分钟	★★★	★

我们都不是艺术家，很难做到在一张画布上，一气呵成一幅惊世骇俗的作品。于是 Photoshop 软件为我们提供了图层功能，这一人性化的功能为每一位艺术大师提供了创作的平台。

7.1 初识图层

当 Photoshop 处理图像时，除了图像最底层的背景图层外，还可以在这图像上添加数个图层。图层可以说是 Photoshop 工作的基础，允许用户在不影响图像中其他图像像素的情况下处理某一图像像素，可以将图层想象成是一张张叠起来的醋酸纸，透过图层的透明区域看到下面的图层从而得到一幅完整的图像，图像构成原理如图 7-1 所示。

图 7-1   图像构成原理

7.1.1 了解图层

在进行作品创作时，离不开图层这个创作平台，只有理解并掌握图层，才能够使用图层进行创作。

首先来认识一下图层。打开【素材】\【Ch07 素材】\【图层 1.psd】文件，如图 7-2 所示。这是一幅精美的作品，现在看它是处于【一张画布】上，其实呢？打开 Photoshop CS4 的【图层】面板，如图 7-3 所示，看见了吧，这幅图像其实是由很多图层组成的，结合在一起，效果就很绚丽了。一般情况单击屏幕右侧 ◎ 图层图标，即可显示【图层】面板。如果没有发现它，那它很有可能是隐藏了，选择【窗口】>【图层】命令，打开【图层】面板。

怎样快速只显示某个图层？

答：如果你只想要显示某个图层，只需要按下 Alt 键并单击该图层的指示图层可视性图标即可将其他图层隐藏，再次单击则显示所有图层。

技术看板

图 7-2　【图层】图像　　　　　　　图 7-3　【图层】面板 1

在【图层】面板中只显示如图 7-4 所示的图层【女孩】，图像效果如图 7-5 所示。图层中的图像部分称之为图像像素或非透明像素，灰白相间的方格称之为透明像素。正是图像中存在透明像素，才能够通过这一图层看到图层下方的图像像素，所有图层合成在一起，形成一幅精美的图像效果。

图 7-4　显示图层【女孩】　　　　　　图 7-5　图像效果

7.1.2　图层分类

Photoshop 根据图层的功能不同分为不同的图层类型，大体分为普通图层、调整图层、填充图层、文字图层、形状图层、智能对象图层等六种。下面简单介绍这些图层类型，在第 8 章再做详细介绍。

1．普通图层

一般的图像图层，可使用编辑工具和菜单命令进行编辑与修改。

2．调整图层

调整图层可以让用户完成与色彩调整命令相同的色彩调整效果，并且在完成色彩调整后，还可以随时能够再次的重新修改及调整，而不用担心会损坏原来的文件。有关调整图层请参看第 10 章介绍。

3．填充图层

填充图层是用纯色或渐变或图案填充的一类图层，这类图层可以随着画布的增大而扩大，但是不能像编辑普通图层那样进行编辑。有关填充图层请参看第 8 章介绍。

4．文字图层

使用文字工具输入的文字形成单独的文字图层，文字图层有 T 标志，除了对文字属性及内容进行修改，还可以执行【变换】命令和【图层样式】命令，像【滤镜】命令和其他的一些调整命令都无法执行。有关文字图层请参第 13 章介绍。

技术看板　为什么图层叠加起来能够拼合精美图像效果？
答：因为图层中存在透明像素，多图层叠加起来，通过图层的透明像素，就能看到下面图层的非透明的像素了，所以图层叠加起来能够拼合精美的图像效果。

5．形状图层

形状图层是与路径有关的图层，具有矢量特性，在输出时与图像的分辨率无关。有关形状图层请参看第 12 章介绍。

6．智能对象图层

智能对象图层最大的特点是执行滤镜效果后，允许用户像管理图层效果一样来管理这个层的滤镜效果，如果感觉应用某滤镜的效果不满意，可以暂时关闭，或者退回到应用滤镜前的初始状态。另外，当复制了多个智能对象后，只需要对其中的任意一个智能对象进行编辑，所有的复制对象都可以随之更新，这就提高了工作效率。有关智能对象图层请参看第 8 章介绍。

7.1.3 了解【图层】面板

当需要预览或操作图层时，使用【图层】面板。它列出图像中所有的图层，每一个图层均有名称，在图层名称左边的是缩览图，缩览图会随着用户对图层的编辑而随时更新。使用图层最左边的👁眼睛图标，还可以控制图层的显示或隐藏。在面板的顶部还可以设置图层【混合模式】及【不透明度】等参数设置，在底部还有一系列功能图标，对图像的相应图层进行调整修改。

1．【窗口】>【图层】命令

使用【窗口】>【图层】命令，可显示/隐藏【图层】面板。

上机操作 1　显示【图层】面板

01　打开【素材】\【Ch07 素材】\【图层面板 1.psd】文件，如图 7-6 所示。

02　要显示【图层】面板，选择【窗口】>【图层】命令，或单击界面右侧的◆【图层】面板图标，即可显示【图层】面板，如图 7-7 所示。按 F7 键，可快速弹出【图层】面板。在面板中列出了图像中的所有图层、组和图层效果。

167

图 7-6　【图层面板】图像

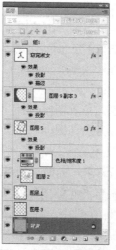

图 7-7　【图层】面板 2

【图层】面板有哪些功能？

答：通过【图层】面板重新命名图层，图层缩览图会随着用户对图层的编辑而随时更新，控制图层的显示或隐藏，设置图层混合及不透明度，还可对相应图层中的图像进行调整、添加效果等。

技术看板

2.【图层】面板顶部选项

面板顶部选项具有设置图层的【混合模式】、【不透明度】、【填充不透明度】及【锁定图层】等功能。

- 图层×【图层】标签：位于【图层】面板的左上角。当不使用此面板时，可以单击此标签，面板会变为 ◎【图层】面板图标，停泊在界面的右侧，或者单击标签右侧的 × 关闭按钮，隐藏【图层】面板。这样可以增大工作的空间。

- ▾≡【图层】面板菜单按钮：单击【图层】面板右上角的此按钮，可以弹出【图层】面板的菜单，如图 7-8 所示。面板菜单命令在下面的图层菜单命令中都会涉及，在此不再赘述。

- 正常 ▾【图层混合模式】选项：单击此选项右侧的下拉按钮，弹出下拉列表框如图 7-9 所示，用于设置当前图层中的图像像素与其下面图层中的图像像素以何种模式进行混合。有关图层混合模式请参看第 9 章介绍。

图 7-8　【图层】面板菜单

图 7-9　设置图层【混合模式】

- 不透明度:100% ▸【不透明度】选项：设定当前图层中图像的不透明度程度。数值越小，图像越透明，数值越大，图像越不透明。

- 【锁定图像】按钮选项：如果激活 ☒ 锁定透明图标，可以将当前层中的透明区域锁定，在对图层进行颜色填充或绘制图形时，只能在不透明区域内进行。激活 ✎ 锁定图像像素图标，当前图层被锁定，除了可以移动图层中的内容外，不能对当前层进行其他的任何编辑操作。激活 ✛ 锁定位置图标，当前图层中的图像被锁定不能被移动，但可以进行其他的编辑操作。激活 🔒 锁定全部图标，当前图层中的图像不能进行任何编辑操作。

- 填充:100% ▸【填充】选项：设置图层内部图像填充颜色的不透明度。如果图层内部图像添加了图层效果，降低填充的数值，图层效果不受影响。

3.【图层】面板底部图标

- 🔗 链接图层图标：在【图层】面板中选中两个或两个以上的图层，单击此 🔗 链接图标，可以将图层链接在一起，对图层中的图像像素可以一起移动，还可以执行对齐与分布图层内容和合并图层等操作。有关图层链接请参看 7.2.6 介绍。

技术看板　　使用颜色填充图层时，怎样才能使填充色仅作用于非透明像素？
答：在填充颜色之前，先激活【图层】面板顶部锁定透明图标，然后再填充颜色。

-  添加图层样式图标：单击此图标，弹出图层样式菜单命令，可对当前层中的图像添加图层效果。有关图层样式请参看第 9 章介绍。
- 添加图层蒙版图标：可以对当前层添加蒙版。如果先在图像中创建适当的选择区域，再单击此按钮，可以根据选择区域范围在当前层中创建一个图层蒙版。有关图层蒙版请参看第 8 章介绍。
- 创建新的填充或调整图层图标：单击此图标，弹出调整图层菜单命令，可在当前图层上添加一个调节层，对当前图层下面的图层进行色调、明暗度等调整。有关填充图层请参看第 8 章介绍，调整图层请参看第 10 章介绍。
- 创建新组图标：单击此图标，可以在【图层】面板中创建一个名称为序列的图层组。图层组类似于文件夹，它可以包含多个图层，以便管理杂乱的图层。
- 新建图标：单击此图标，可在当前图层上创建新图层。
- 删除图标：单击此图标，可将当前图层删除。

在此只对【图层】面板做简单介绍，对面板的功能及其具体操作在后面章节将做详细的介绍。

7.2　图层的基础操作

常用图层菜单命令是一些对图层基础操作的命令，不外乎就是创建图层、复制粘贴图层、删除图层、图层的显示或隐藏、选择图层、链接图层、图层排序及利用图层组管理图层等一些基础的操作。下面我们就详细介绍有关图层基础操作命令。

7.2.1　【新建图层】命令

新建图层命令是 Photoshop 极为常用的基础操作命令，有多种创建方法。下面分别对其进行详细的介绍。

1.【图层】命令

使用【图层】命令，可创建新图层。

上机操作 2　【图层】命令

01 打开【素材】\【Ch07 素材】\【新建图层 1.psd】文件，如图 7-10 所示，其【图层】面板如图 7-11 所示。

图 7-10　【新建图层】图像

图 7-11　【图层】面板 1

169

02 选择【图层】>【新建】>【图层】命令，打开【新建图层】对话框，设置参数如图 7-12 所示。或按 Alt 键，单击【图层】面板底部的 　 创建新图层图标，也可以打开【新建图层】对话框。

图 7-12 　【新建图层】对话框 1

【新建图层】对话框中的参数设置：
- 名称：设定新建图层的名称。
- 使用前一图层创建剪贴蒙版：选择此选项，新建图层与下一图层创建剪贴蒙版。
- 颜色：设定新建图层的颜色。此颜色只是方便编辑做识别用的，对图层中的图像不起作用。
- 模式：用于设定新建图层的混合模式，在下拉列表框中有很多种混合模式，不同的混合模式会产生不同的效果。在此设置混合模式与在【图层】面板中设置相同。
- 不透明度：设定新建图层的不透明度，数值越小越透明。在此设置不透明度与在【图层】面板中设置相同。
- 填充中性色：选择此选项，为新建的图层填充中性色。根据【模式】选项设置的不同中性色分别为黑、白或 50%灰，当【模式】选项设定为正常、溶解、色相、饱和度、颜色 或亮度时，无法使用此选项。使用中性色填充后，对其余图层没有任何影响，但一些不能执行的滤镜命令便可以应用了。

03 单击【确定】按钮，新建【图层 3】，在【图层】面板中便可观察到如图 7-13 所示，图像效果如图 7-14 所示没有变化。

图 7-13 新建中性填充图层

图 7-14 图像效果 1

04 下面这步操作是为用户展示一下中性填充色图层的好处。【图层 3】为当前图层，选择【滤镜】>【渲染】>【光照效果】命令，在打开的【光照效果】对话框中设置参数如图 7-15 所示，图像被加亮，如图 7-16 所示。【图层】面板如图 7-17 所示。如果新建的【图层 3】没有使用中性色填充，是没有像素的图层，就不能执行【光照效果】命令了。

技术看板 在【新建图层】对话框中设置图层的哪些属性？
答：可对新建图层的名称、识别颜色、图层混合模式及不透明度等选项进行设置，通过【使用前一图层建立剪贴蒙版】选项可直接设置新建的图层与其下方的图层创建剪贴蒙版。

170

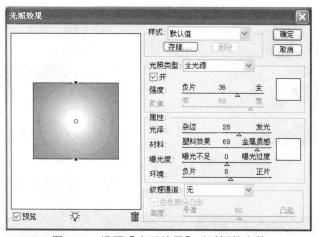

图 7-15　设置【光照效果】对话框的参数

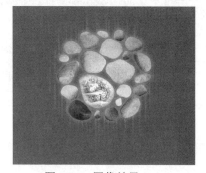

图 7-16　图像效果 2

图 7-17　【图层】面板 2

171

提 示

按快捷键 Ctrl+Shift+N，快速弹出【新建图层】对话框，或按快捷键 Ctrl+Alt+Shift+N，在不弹出【新建图层】对话框的情况下，在当前图层上方新建图层。

2.【背景图层】命令

使用【背景图层】命令可在背景图层与普通图层之间相互转换。背景图层位于图层的最底部，它不能上下移动，没有透明区域，不能设定混合模式。但是有时需要将背景图层转化为普通图层。

上机操作 3　【背景图层】命令

01　打开【素材】\【Ch07 素材】\【背景图层 1.jpg】文件，如图 7-18 所示，其【图层】面板如图 7-19 所示，只有一个【背景】图层，并且有一个小锁图标标志。

02　选择【图层】>【新建】>【背景图层】命令，或者在【背景】图层上双击，打开【新建图层】对话框，如图 7-20 所示，使用默认参数，单击【确定】按钮。【图层】面板中的【背景】图层转变为【图层 0】，取消小锁图标标志，如图 7-21 所示。

在【背景图层】有哪些特点？

答：背景图层位于图层的最底部，它不能上下移动，没有透明区域，不能设定混合模式。背景图层可转化为普通的图层。

技术看板

图 7-18 【背景图层】图像

图 7-19 【图层】面板 3

图 7-20 【新建图层】对话框 2

图 7-21 【图层】面板 4

03 再次选择【图层】>【新建】>【背景图层】命令，【图层 0】又转换为【背景】图层。

3.【通过拷贝的图层】命令

172

使用【通过拷贝的图层】命令，可以将当前图层或选区中的图像复制到一个新图层中。它的用法同复制图层相同。

上机操作 4 【通过拷贝的图层】命令

01 打开【素材】\【Ch07 素材】\【通过拷贝的图层 1.jpg】文件，如图 7-22 所示，【图层】面板如图 7-23 所示。

图 7-22 【通过拷贝的图层】图像

图 7-23 【图层】面板 5

02 选择【图层】>【新建】>【通过拷贝的图层】命令，或按快捷键 Ctrl+J，复制【背景】图层为【图层 1】，【图层】面板如图 7-24 所示。

03 在【图层 1】图层上创建选区，如图 7-25 所示，选择【图层】>【新建】>【通过拷贝的图层】命令，复制选区内的图像到新图层，【图层】面板如图 7-26 所示。

技术看板　　【通过拷贝的图层】命令的快捷键是什么？
　　　　　　答：【通过拷贝的图层】命令的快捷键为 Ctrl+J。

图 7-24 复制图层

图 7-25 存在选区的图像

图 7-26 复制选区内的图像

4．【通过剪切的图层】命令

当前图层存在选择区域时，使用【通过剪切的图层】命令可将当前选区中的图像剪切并粘贴至一个新图层。

上机操作 5 　【通过剪切的图层】命令

01 打开【素材】\【Ch07 素材】\【通过剪切的图层 1.jpg】文件，制作如图 7-27 所示的选区，其【图层】面板如图 7-28 所示。

图 7-27 存在选区的图像

图 7-28 【图层】面板 6

02 选择【图层】>【新建】>【通过剪切的图层】命令，或按快捷键 Shift+Ctrl+J，将选择区域剪切并复制到一个新图层，在【背景】图层上被剪切的部分系统自动填充上背景颜色，如图 7-29 所示，【图层】面板如图 7-30 所示。

图 7-29 剪切并复制到新图层

图 7-30 剪切并复制【图层】面板

7.2.2 【复制图层】命令

复制图层是最常做的图层操作之一，使用此命令可以直接得到与原图层中图像完全相同的图像，复制方法也包括多种。下面分别对其进行详细的介绍。

173

【通过拷贝的图层】与【通过剪切的图层】命令的区别是什么？

答：前者可以将当前图层或选区中的图像复制到一个新图层中，后者是将当前选区中的图像剪切并粘贴至一个新图层。

技术看板

1.【复制图层】命令

使用【复制图层】命令，可复制图层为新的图层。

01　打开【素材】\【Ch07 素材】\【复制图层 1.psd】文件，如图 7-31 所示，【图层】面板如图 7-32 所示。

图 7-31　【复制图层】图像　　　　　　　　图 7-32　【图层】面板 7

02　选择【图层】>【复制图层】命令，打开【复制图层】对话框，设置参数如图 7-33 所示。或按住 Alt 键，拖动图层到【图层】面板底部的　创建新图层图标上，也可以打开【复制图层】对话框。

174

【复制图层】对话框中的参数设置：
- 复制：此项显示原复制图层的名称。
- 为：在此可以输入复制的新图层名称。
- 文档：此选项包含有三个选项。可选择复制图层到原图像中或到当前已打开的图像中。若选择【新建】选项，则可以直接把图层复制成一个新图像文件。
- 名称：选择【新建】选项后，在此输入复制新图像的名称。

03　单击【确定】按钮，得到【图层 2 副本】，如图 7-34 所示。选择【图层 2】将其缩放到如图 7-35 所示的位置。

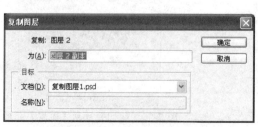

图 7-33　【复制图层】对话框　　　　　　图 7-34　得到复制图层

04　如果在【复制图层】对话框中，选择【文档】选项中的【新建】选项，将【图层 2】复制到一个新的文件中，如图 7-36 所示。

图 7-35　复制图层效果　　　　　　　　图 7-36　复制图层为新图像文件

2．拖动复制图层

在【图层】面板中，按住 Alt 键，直接拖动图层也可以复制图层。

上机操作 7　拖动复制图层

01　打开【素材】\【Ch07 素材】\【拖动图层 1.psd】文件，如图 7-37 所示，【图层】面板如图 7-38 所示。

02　在【图层】面板中选择要复制的图层【图层 2】，按住 Alt 键，并按住鼠标左键拖动【图层 2】到目标图层【图层 1】的位置上，如图 7-39 所示，松开鼠标即可在目标图层的上方得到复制的【图层 2 副本】，如图 7-40 所示。

图 7-37　【拖动图层】图像　　　　　　　图 7-38　【图层】面板 8

图 7-39　拖动选中【图层 2】　　　　　　图 7-40　得到复制【图层 2 副本】

3．在不同图像中复制图层

在当前打开的不同文件中，使用 ➤ 移动工具拖动复制图层。

175

怎样将图层复制为一个新文件？

答：选择【图层】>【复制图层】命令，或按住 Alt 键，拖动图层到【图层】面板底部的 📄 创建新图层图标上，打开【复制图层】对话框，在【文档】选项中选择【新建】选项，单击【确定】按钮即可。

技术看板

上机操作 8　在不同图像中复制图层

01　分别打开【素材】\【Ch07 素材】\【拖动复制图层 1.jpg】和【拖动复制图层 2.psd】文件，如图 7-41、图 7-42 所示。

图 7-41　【拖动复制图层 1】图像

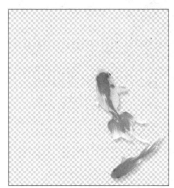

图 7-42　【拖动复制图层 2】图像

02　使用 ▶⊹ 移动工具，直接拖动【拖动复制图层 2.psd】文件到目标文件【拖动复制图层 1.jpg】中，如图 7-43 所示，然后松开鼠标，完成复制操作，复制图层效果如图 7-44 所示，【图层】面板，如图 7-45 所示。

图 7-43　拖动到目标图像上

图 7-44　复制图层效果

图 7-45　【图层】面板 9

7.2.3　【删除】命令

如果在图像中有一些不必要的图层，可以选择欲删除的图层，使用【删除】图层命令或者在【图层】面板中将图层直接拖到面板底部的 🗑 删除图层图标上删除。

1.【删除】>【图层】命令

使用【删除】命令，删除选中的图层。

上机操作 9　【删除】命令

01　打开【素材】\【Ch07 素材】\【删除.psd】文件，如图 7-46 所示，【图层】面板如图 7-47 所示，图层中存在多个图层。

技术看板　有几种复制图层的方法？
答：使用【复制图层】命令；在【图层】面板中拖动复制图层；使用拖动的方法在不同图像中复制图层等三种方法。

图 7-46　【删除】图像

图 7-47　【图层】面板 10

02　在【图层】面板中，选中欲删除的【图层 5】，选择【图层】>【删除】>【图层】命令，或者单击【图层】面板底部的 🗑 删除图层图标，删除选中图层。图 7-48 所示为删除【图层 5】的图像效果，其【图层】面板如图 7-49 所示。

图 7-48　删除选中图层效果

图 7-49　【图层】面板 11

177

2．拖动删除图层

在【图层】面板中拖动欲删除的图层到面板底部的 🗑 删除图层图标上，可以删除图层。

3．快捷删除选中图层

使用 移动工具，在【图层】面板中选中欲删除的图层，按 Delete 键或 Backspace 键即可删除选中图层。如果当前图层存在选区时，只能删除选区内的图像。

4．【删除】>【隐藏图层】命令

使用【隐藏图层】命令，可以删除【图层】面板中隐藏的图层。

7.2.4　选择图层

当要在某个图层上进行操作编辑时，必须选择此图层。除了在【图层】面板中直接单击图层名称或缩略图使其成为当前工作状态外，还有一些快捷、实用的选择图层的命令。下面分别对其进行详细的介绍。

有几种删除图层的方法？

答：有【删除】>【图层】或【隐藏图层】命令；拖动图层到面板底部的 🗑 删除图标上；在【图层】面板中选中欲删除的图层，按 Delete 键或 Backspace 键等三种删除图层的方法。

技术看板

1．选择单一图层

在【图层】面板中直接单击图层名称或缩览图，选中单一图层，如图 7-50 所示。

2．选择连续图层

按住 Shift 键，在【图层】面板中分别单击两个不连续的图层，可同时选中这两个图层及其中间的所有图层，如图 7-51 所示。

3．选择不连续图层

按住 Ctrl 键，在【图层】面板中分别单击欲选择的图层，即可选择单击过的非连续的图层，如图 7-52 所示。

图 7-50　选择单一图层　　图 7-51　选择连续图层　　图 7-52　选择不连续图层

4．【所有图层】命令

使用【所有图层】命令，可以选择除背景图层之外的所有图层。其快捷键为 Alt+Ctrl+A。

上机操作 10　【所有图层】命令

01　打开【素材】\【Ch07 素材】\【选择图层 1.psd】文件，如图 7-53 所示，【图层】面板如图 7-54 所示。

02　选择【选择】>【所有图层】命令，或按快捷键 Alt+Ctrl+A，选择除背景图层之外的所有图层，如图 7-55 所示。

图 7-53　【选择图层】图像　　图 7-54　【图层】面板 12　　图 7-55　选中所有图层

技术看板　怎样快速选择连续的图层？

答：按住 Shift 键，在【图层】面板中分别单击两个不连续的图层，可同时选中这两个图层及其中间的所有图层。

5．【相似图层】命令

使用此命令，可以按图层的分类选择图层。如果【图层】面板中包括多种图层类型时，像普通图层、文字图层、形状图层、填充图层、调整图层以及链接图层，等等，用户可以先选择想要选择的图层类型的一个图层，再执行此命令即可。

上机操作 11　【相似图层】命令

01　打开【素材】\【Ch07 素材】\【选择图层 1.psd】文件，选择一个文字图层，【图层】面板如图 7-56 所示。

02　【选择】>【相似图层】命令，选择图像中的相似图层，【图层】面板状态如图 7-57 所示，选中文字图层。

图 7-56　选中一个图层　　　　　　　　　图 7-57　选中相似图层

6．在图像中选择图层

除了在【图层】面板中和使用菜单命令选择图层外，还可以在图像中使用 ⊕ 移动工具直接选择一个或多个图层。

上机操作 12　在图像中选择图层

01　打开【素材】\【Ch07 素材】\【选择图层 2.psd】文件，如图 7-58 所示。

02　选择单个图层。使用 ⊕ 移动工具，在其选项栏选中【自动选择】选项，然后在图像中单击要选择的图像，即可选择此图层，选择的图层在【图层】面板中实时地反映出来，如图 7-59 所示。如果未选中【自动选择】选项，必须按住 Ctrl 键，在图像中单击要选择的图像即可。

图 7-58　【选择图层 2】图像　　　　　　图 7-59　选择单个图层

179

03 要选择多个图层，按住 Shift 键直接在图像中单击要选择的图像，如图 7-60 所示，在图像中选择多个图层的【图层】面板。

7.【取消选择图层】命令

使用【取消选择图层】命令，可取消图层的选择。

7.2.5 改变图层顺序

当图像中含有图层时，可以改变某图层的上下位置，选择【图层】>【排列】命令，可以调整图层之间的位置。或者在【图层】面板中直接拖动图层到其他图层的上面或下面。但是对于背景图层不起作用。

图 7-60 选择多个图层

1.【置为顶层】命令

选择【图层】>【排列】>【置为顶层】命令，可以使当前图层由所处的层数提到最上面的层。其快捷键为 Ctrl+Shift+]。

2.【前移一层】

选择【图层】>【排列】>【前移一层】命令，将当前层由现在所处的层数向前提一层。其快捷键为 Ctrl+]。

3.【后移一层】

选择【图层】>【排列】>【后移一层】命令，将当前层由现在所处的层数向后移一层。其快捷键为 Ctrl+ [。

4.【置为底层】

选择【图层】>【排列】>【置为底层】命令，将当前层由现在所处的层数向后移到最底层。其快捷键为 Ctrl+Shift+ [。

5.【反向】

选择【图层】>【排列】>【反向】命令，可将选择的两个或两个以上的图层顺序反向排列。

上机操作 13 排列图层

01 打开【素材】\【Ch07 素材】\【排列图层 1.psd】文件，如图 7-61 所示，【图层】面板如图 7-62 所示。

图 7-61 【排列图层 1】图像

图 7-62 【图层】面板 13

技术看板　在【图层】面板中怎样调整图层顺序？

答：当图像中含有图层时，选择【图层】>【排列】命令，可以改变某图层的上下位置。

02　选择【图层】>【排列】>【前移一层】命令，或按快捷键 Ctrl+]，将当前【图层 1】前移一层到【图层 2】的上方，图像效果如图 7-63 所示，改变图层顺序后的【图层】面板如图 7-64 所示。

图 7-63　前移一层图像效果　　　　　图 7-64　【图层】面板 14

03　选择【图层 3】，按住 Shift 键单击【图层 2】，选中连续的【图层 3】、【图层 1】和【图层 2】，如图 7-65 所示，再选择【图层】>【排列】>【反向】命令，将图层顺序反向排列如图 7-66 所示，图像效果如图 7-67 所示。

图 7-65　选择连续图层　　　　图 7-66　反向图层顺序　　　　图 7-67　图像效果 3

提　示

在实际操作中，使用鼠标在【图层】面板中直接拖动图层来改变图层排列顺序更方便。

7.2.6　建立链接图层

当需要同时调整图像中多个图层的位置、大小或角度时，可以先将图层链接起来，再选择链接图层的其中之一，对其进行编辑操作。

1.【链接图层】命令

使用【链接图层】命令，可将选中的两个或两个以上的图层链接。

181

在【图层】面板中，改变图层排列顺序的快捷方式是什么？

答：按快捷键 Ctrl+]，当前图层前移一层；按快捷键 Ctrl+ [，当前图层后移一层。

技术看板

上机操作 14　【链接图层】命令

01　打开【素材】\【Ch07 素材】\【链接图层 1.psd】文件，如图 7-68 所示，【图层】面板如图 7-69 所示。

图 7-68　【链接图层 1】图像

图 7-69　【图层】面板 15

02　图层【花 2】为当前状态，按住 Shift 键，单击图层【茶杯】，选中连续的三个图层，【图层】面板如图 7-70 所示。

03　选择【图层】>【链接图层】命令，或单击【图层】面板底部的 🔗 链接图层图标，在选中的图层中出现 🔗 链接图标，表示选中的图层产生链接关系，【图层】面板如图 7-71 所示。

图 7-70　选中连续图层

图 7-71　链接选中图层

04　链接图层后，选中任意一个链接的图层变形、移动，都会对链接的图层产生影响。缩放链接的图层效果如图 7-72 所示。

图 7-72　缩放链接图层效果

技术看板　当需要同时对图像中的多个图层进行相同的操作时，怎么办？
答：当需要同时对图像中的多个图层进行位置、大小或角度操作操作时，可将这些图层链接起来，再进行编辑操作。

2.【选择链接图层】命令

使用【选择链接图层】命令，可将图层中链接的图层选中。

3.【取消图层链接】命令

使用【取消图层链接】命令，可使链接的图层取消链接关系。当图像中有链接的图层时，【链接图层】命令转换为【取消图层链接】命令。

上机操作 15 【取消图层链接】命令

01 在上机操作 14 的基础上，继续操作，在【图层】面板中，选中链接的图层如图 7-73 所示。

02 选择【图层】>【取消图层链接】命令，或单击【图层】面板底部的 🔗 链接图层图标，取消图层间的链接如图 7-74 所示，图层中的 🔗 链接图标消失，表示取消了图层间链接关系，再对当前状态图层进行变形、移动，不会对以前链接的图层产生影响。

图 7-73　链接的图层　　　　　　　　图 7-74　取消图层链接

7.2.7 【对齐】命令详解

当图层中的图像需要对齐时，除了使用参考线来协助对齐之外，还可以使用【对齐】命令中的级联菜单命令。在【图层】面板中必须有两个或两个以上的图层被选中或链接时，才能使用【对齐】命令，并且此命令对于背景图层不起作用。

1.【顶边】命令

使用【顶边】命令，将当前图层与其相链接或选中的图层中的图像以当前图层的图像的顶部为基线对齐。

2.【垂直居中】

使用【垂直居中】命令，将当前图层与其相链接或选中的图层中的图像以当前图层的图像的垂直中心为基线对齐。

3.【底边】

使用【底边】命令，将当前图层与其相链接或选中的图层中的图像以当前图层的图像的底部为基线对齐。

4.【左边】

使用【左边】命令，将当前图层与其相链接或选中的图层中的图像以当前图层的图像的左边为基线对齐。

183

Photoshop【图层】面板中的所有图层都能使用【对齐】命令吗？

答：否，此命令对背景图层不起作用。除背景图层外必须有两个或两个以上的图层被选中或链接时，才能使用此命令。　　　**技术看板**

5.【水平居中】

使用【水平居中】命令，将当前图层与其相链接或选中的图层中的图像以当前图层的图像的水平中心为基线对齐。

6.【右边】

使用【右边】命令，将当前图层与其相链接或选中的图层中的图像以当前图层的图像的右边为基线对齐。

上机操作 16　对齐图层

01　打开【素材】\【Ch07 素材】\【对齐 1.psd】文件，如图 7-75 所示，【图层】面板如图 7-76 所示。

图 7-75　【对齐 1】图像

图 7-76　【图层】面板 16

02　选中链接的【图层 1】，分别选择【图层】>【对齐】中的相关命令进行对齐，图像效果如图 7-77～图 7-82 所示。

图 7-77　顶边对齐效果

图 7-78　垂直居中

图 7-79　底边

图 7-80　左边对齐效果

图 7-81　水平居中效果

图 7-82　右边对齐效果

7.2.8　【分布】命令详解

当需要设定图层上的图像间距时，可以使用【分布】命令中的级联菜单命令来设定图像

技术看板　图层中的图像有哪几种对齐方式？

答：有顶部对齐、垂直居中对齐、底部对齐、左对齐、水平居中对齐及右对齐等六种对齐方式。

的间距。在【图层】面板中必须有三个或三个以上的图层被选中或链接时，才能使用此命令，并且此命令对于背景图层不起作用。

1.【顶边】命令

使用【顶边】命令，从每个图层中的图像的顶部像素开始，以平均间隔分布链接选中的图层。

2.【垂直居中】命令

使用【垂直居中】命令，从每个图层中的图像的垂直居中像素开始，以平均间隔分布链接选中的图层。

3.【底边】命令

使用【底边】命令，从每个图层中的图像的底边像素开始，以平均间隔分布链接选中的图层。

4.【左边】命令

使用【左边】命令，从每个图层中的图像的左边像素开始，以平均间隔分布链接选中的图层。

5.【水平居中】命令

使用【水平居中】命令，从每个图层中的图像的水平居中像素开始，以平均间隔分布链接选中的图层。

6.【右边】命令

使用【右边】命令，从每个图层中的图像的右边像素开始，以平均间隔分布链接选中的图层。

【分布】与【对齐】在操作上基本相同，在些不再赘述。

原图像如图 7-83 所示，使用【右边】分布及【垂直居中】对齐命令后的图像效果如图 7-84 所示。

　　图 7-83　原图像　　　　　　　　　图 7-84　分布对齐图像效果

在设计网页时，使用【对齐】与【分布】命令来排列按钮和面板是常用的操作。图 7-85 所示为使用命令后的网页效果。

图 7-85　网页效果

在什么情况下才能使用图层【分布】命令？

答：当需要设定图层上的图像间距时，必须有三个或三个以上的图层被选中或链接时，才能使用此命令，并且此命令对于背景图层不起作用。

技术看板

使用【对齐】与【分布】命令设定图层上的图像位置与使用 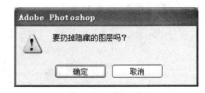 移动工具单击其选项栏中的对齐与分布按钮的作用是相同的。有关移动工具操作的请参看第 3 章介绍。

7.2.9 合并图像

使用 Photoshop 编辑图像时，需要创建新图层以方便操作，但这样会使图像增大，减少磁盘的空间，并且过多的图层操作起来也相对麻烦，使用合并图像命令，将两个以上的图层合并为一个图层是一种常用的操作方式。完成图像的编辑工作后，可以使用不同的方法将【图层】面板中的图层拼合。下面分别对其进行详细的介绍。

1.【向下合并】命令

除了背景图层以外，任何一个图层在被选中的状态下，使用【向下合并】命令，与其下方的图层合并成一个图层。其快捷键为 Ctrl+E。

2.【合并图层】命令

合并选中的两个以上的图层或链接图层时，【向下合并】命令转换为【合并图层】命令，执行此命令，则选中的图层或链接图层被合并为一个图层。

3.【合并可见图层】

将不想要合并的图层隐藏起来，执行【合并可见图层】命令，则所有可见的图层将被合并为一个图层。其快捷键为 Shift+Ctrl+E。

4.【拼合图像】

使用【拼合图像】命令，可将【图层】面板中所有的可见图层拼合为一个图层。如果当前图像中存在处于隐藏状态的图层，在执行【拼合图像】命令后，会弹出一个提示框，如图 7-86 所示，询问用户是否删除不可见的图层，单击【确定】按钮将删除隐藏图层，若单击【取消】按钮就会取消拼合图像操作。

图 7-86　提示框

上机操作 17　合并图像

01　打开【素材】\【Ch07 素材】\【合并图像 1.psd】文件，如图 7-87 所示，其【图层】面板如图 7-88 所示。

图 7-87　【合并图像 1】图像

图 7-88　【图层】面板 17

技术看板　编辑调整完图像效果后，为什么最终要拼合图像？

答：在编辑调整图像时需要创建新图层以方便操作，但这样使图像的文件增大，磁盘的空间减少，编辑调整完成图像效果后，拼合图像可减小图像文件大小及节省磁盘的空间。

02 选中【图层 3】为当前图层状态，选择【图层】>【向下合并】命令，或按快捷键 Ctrl+E，使当前图层与其下方的【图层 2】合并成一个【图层 2】，【图层】面板如图 7-89 所示。

03 再选择【图层】>【拼合图像】命令，【图层】面板中所有的可见图层拼合为一个【背景】图层，如图 7-90 所示。

图 7-89 向下合并图层的【图层】面板　　　　图 7-90 拼合图像的【图层】面板

7.2.10 盖印图层

盖印图层操作是拼合图层的一种高级操作技巧，将可见图层混合拷贝到一个新图层。其操作方法也比较灵活，下面分别对其进行详细的介绍。

1. 盖印选中图层

如果要盖印两个以上的可见图层，选中要盖印的图层，按快捷键 Ctrl+Alt+E，即可将选中的图像盖印至一个新图层，而这些图层中的图像不会受到影响。

2. 盖印所有可见图层

要盖印所有可见图层，选择目标图层，按快捷键 Shift+Ctrl+Alt+E，即可在目标图层的上方盖印一个新图层。

上机操作 18 盖印图层

01 打开【素材】\【Ch07 素材】\【盖印图层 1.psd】文件，如图 7-91 所示，【图层】面板如图 7-92 所示。

图 7-91 盖印图层 1 图像　　　　图 7-92 【图层】面板 18

什么是盖印图层？

答：盖印图层操作是拼合图层的一种高级操作技巧，它可将可见图层混合拷贝到一个新图层，便于观察拼合的效果，而这些图层中的图像不会受到影响，还可以重新编辑操作。

技术看板

187

02 如图 7-93 所示，在【图层】面板中选中要盖印的图层，按快捷键 Ctrl+Alt+E，即可将选中的图像盖印至一个新图层【背景副本（合并）】，如图 7-94 所示。

03 在【图层】面板中选中目标图层【图层 1】，按快捷键 Shift+Ctrl+Alt+E，即可在目标图层的上方盖印一个新图层，如图 7-95 所示。

图 7-93　选中盖印图层　　　图 7-94　盖印选中的图层　　　图 7-95　盖印可见图层

3．盖印图层组

确定要盖印的图层组中的图层可见，然后选中此图层组，按快捷键 Ctrl+Alt+E，即可在该图层组的上方创建一个以该图层组名称命名的新图层。

上机操作 19　盖印图层组

如果要盖印图层组，选中要盖印的图层组【组 1】，如图 7-96 所示，按快捷键 Ctrl+Alt+E，即可在该图层组的上方创建一个以该图层组名称命名的新图层【组 1（合并）】，如图 7-97 所示。

图 7-96　选中要盖印的图层组　　　　图 7-97　盖印后效果

学习链接

天极网图层基础知识专题，提供了有关图层基础知识操作的技巧：

http://www.yesky.com/softchnnel/72348986094125056/20040225/1771572.shtml

---

技术看板　盖印图层这个高级操作技巧仅用于图层吗？

答：否，还可用于图层组。

7.3　【图层】面板和组

在进行创作时，有时需要很多图层，Photoshop 提供了【图层】面板、【图层复合】面板及【组】来管理图层，使图层编排更有序，更合理。

7.3.1　【图层】面板

在【图层】面板中列出图像中所有的图层，当需要预览或操作图层时，就需要调出【图层】面板，在面板中可控制图层的显示或隐藏，设置图层的属性等一系列的操作。

7.3.2　图层【组】

图层【组】用来组织和管理图层，图层比较多时，把多个图层分类放置在不同的图层组中，这样【图层】面板会很有条理，从而减轻【图层】面板中的杂乱情况，还可以将组嵌套在其他组内。

建立的组同普通的图层一样，可以显示或隐藏、复制及删除等操作，还可以使用组将属性和蒙版同时应用到多个图层，提高操作效率。图层组的一些基础操作方法与图层相同，不再重述，这里主要介绍【图层】与【组】之间的关系。

1．新建图层【组】命令

使用【组】命令，可创建新图层【组】。

上机操作 20　新建图层【组】

01　打开【素材】\【Ch07 素材】\【新建组 1.psd】文件，如图 7-98 所示，【图层】面板如图 7-99 所示。

图 7-98　【新建组 1】图像

图 7-99　【图层】面板 1

02　选择【图层】>【新建】>【组】命令，或按 Alt 键单击【图层】面板底部的 □ 创建新组图标，打开【新建组】对话框，如图 7-100 所示，使用默认参数，单击【确定】按钮。【图层】面板如图 7-101 所示，新建图层【组 1】。

189

使用图层【组】有什么好处？

答：图层【组】可用来组织和管理图层，图层比较多时，把多个图层分类放置在不同的组中，【图层】面板会很有条理，从而减轻【图层】面板中的杂乱情况，还可以将组嵌套在其他组内。

技术看板

图 7-100 【新建组】对话框　　　　　　　图 7-101 【图层】面板 2

【新建组】对话框中的参数设置：

- 模式：此选项比新建图层的混合模式多了【穿透】混合模式。当图层组的混合模式设置为【穿透】选项时，图层组中的所有图层均按自身所设置的混合模式与图层组外的图层进行混合，为默认设置。

2.【图层编组】命令

使用【图层编组】命令，可将图层添加到图层【组】中。

上机操作 21　【图层编组】命令

01　打开【素材】\\【Ch07 素材】\\【新建组 1.psd】文件，在【图层】面板中选中要编组的图层，如图 7-102 所示。

02　选择【图层】>【图层编组】命令，选中的图层被编在同一组中，如图 7-103 所示，展开新建的【组 1】，如图 7-104 所示。其快捷键为 Ctrl+G。图层加入到组中后，图层缩览图将向右移。

图 7-102 选中图层　　　　　　图 7-103 图层编组 1　　　　　　图 7-104 展开组效果

3.【从图层新建组】命令

使用【从图层新建组】命令，同样可将当前选中的图层合并到一个新图层组。

上机操作 22　【从图层新建组】命令

01　在【图层】面板中选中要编组的图层。

技术看板　图层【组】默认的混合模式是什么？

答：图层【组】的默认混合模式为穿透，此时图层组中的所有图层均按自身所设置的混合模式与图层组外的图层进行混合设置。

02 选择【图层】>【新建】>【从图层建立组】命令，或在图层菜单中选择【从图层新建组】命令，打开【从图层新建组】对话框，单击【确定】按钮，即可从图层新建组。

4．拖动编组

使用鼠标拖动当前图层到建立的组图层上即可编组。

在【图层】面板中拖动当前图层【图层 3】到图层【组 1】上，如图 7-105 所示，即可将【图层 3】加入到【组 1】中，如图 7-106 所示。

图 7-105　拖动图层到组

图 7-106　图层编组 2

5．创建嵌套图层组

使用创建嵌套图层组功能可以更高效地管理图层，它可以在一个图层组中包括另一个或多个图层组。

在【图层】面板中选中图层【组 1】中的两个图层，如图 7-107 所示，拖动选中的图层到【图层】面板底部的 创建新组图标上，或按快捷键 Ctrl+G，即可在图层组中创建子图层【组 2】，如图 7-108 所示。

图 7-107　选中图层

图 7-108　创建子图层【组 2】

191

6.【取消图层编组】命令

使用【取消图层编组】命令将当前图层组中的图层从组中分离出来。

在【图层】面板中选中要分离的图层，如图 7-109 所示，选择【图层】>【取消图层编组】命令，或拖动要分离的图层到图层组图标上方，如图 7-110 所示，即取消图层编组。其快捷键为 Shift+Ctrl+G。当图层从图层组中分离出来，图层缩览图将恢复到默认状态。

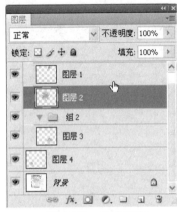

图 7-109　选中图层

图 7-110　取消编组

7.【锁定组内的所有图层】命令

使用【锁定组内的所有图层】命令，可将图层组内所有图层锁定。此命令同【图层】面板上方的锁定图层图标功能相同。

7.3.3　【图层复合】面板

当一个图像中含有多个图层，不同的图层可以随意组合，通过【图层复合】面板保存为不同的【图层复合】，更加方便快捷地展示不同组合方式的视觉效果。

1.【窗口】>【图层复合】命令

使用【窗口】>【图层复合】命令，可显示/隐藏【图层复合】面板。

01　打开【素材】\【Ch07 素材】\【图层复合 1.psd】文件，如图 7-111 所示。

02　要显示【图层复合】面板，选择【窗口】>【图层复合】命令，或单击界面右侧的 ▣【图层复合】面板图标，即可显示【图层复合】面板，如图 7-112 所示。在面板中列出了图像中的所有图层复合。

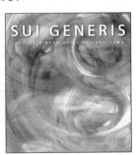

图 7-111　【图层复合 1】图像

192

技术看板　将怎样一个组中的所有图层的透明度、像素、位置等全部锁定？
答：选择【图层】>【锁定组内所有图层】命令。

2．【图层复合】面板底部图标

- ◀ 应用选中的上一图层复合选项图标：单击此图标，图像窗口显示上一个图层复合的图像合成效果。【图层复合】面板如图 7-113 所示，图像效果如图 7-114 所示。

图 7-112　【图层复合】面板 1　　图 7-113　【图层复合】面板 2　　图 7-114　图像合成效果 1

- ▶ 应用选中的下一图层复合图标：单击此图标，图像窗口显示上一个图层复合的图像合成效果。【图层复合】面板如图 7-115 所示，图像效果如图 7-116 所示。

- 🔄 更新图层复合图标：如果对某一图层复合效果不满意，在【图层】面板中对图层重新调整或编辑后，回到【图层复合】面板单击此图标，图层复合效果会更新。图层复合效果如图 7-117 所示，更新后的效果如图 7-118 所示。

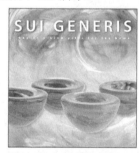
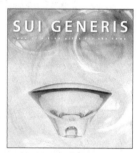

图 7-115　【图层复合】面板 3　　图 7-116　图像合成效果 2　　图 7-117　原图像合成效果

上机操作 27　【图层复合】面板

01　打开【素材】\【Ch07 素材】\【图层复合 2.psd】文件，如图 7-119 所示，【图层】面板如图 7-120 所示，由多个图层组成。

图 7-118　更新后的图像合成效果　　图 7-119　【图层复合 2】图像　　图 7-120　【图层】面板 3

【图层复合】面板有什么功能？

答：此面板能够方便快捷地展示不同组合方式的视觉效果。当一个图像中含有多个图层时，不同的图层可以随意组合，通过【图层复合】面板保存为不同的【图层复合】。

技术看板

02 设置【图层】面板中图层的显示状态如图 7-121 所示，图像合成效果如图 7-122 所示。

图 7-121　设置【图层】面板　　　　　　　　图 7-122　图像合成效果 3

03 选择【窗口】>【图层复合】命令，或单击界面右侧的 【图层复合】面板图标，显示【图层复合】面板，单击面板底部的 创建新的图层复合图标，弹出【新建图层复合】对话框，如图 7-123 所示，单击【确定】按钮。在【图层复合】面板中得到【图层复合 1】，如图 7-124 所示。

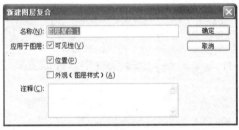

图 7-123　【新建图层复合】对话框　　　　　　图 7-124　新建图层复合

04 重新设置【图层】面板中图层的显示状态如图 7-125 所示，图像合成效果如图 7-126 所示。单击【图层复合】面板底部的 创建新的图层复合图标，如图 7-127 所示。使用上述方法，可以新建多种图层复合，合成多种图像效果。

图 7-125　设置【图层】面板　　　　图 7-126　图像效果　　　　图 7-127　新建图层复合

技术看板　当在【图层复合】面板中显示不同的图层复合时，图像文件有什么变化？
　　　　　答：当在【图层复合】面板中显示不同的图层复合时，图像文件随之变化。

当在【图层复合】面板中显示不同的图层复合时，图像文件随之变化显示。其实【图层复合】面板就是图层状态分布的【历史记录】面板。新建的图层复合就好像【历史记录】面板中的快照。图层的快照可以记载图层的位置、图层样式和一些信息，这个面板可以看做是【历史记录】面板的扩展功能。

7.4　【修边】命令

使用选取工具选取图像或复制图像时，图像的边缘会含有不平滑的锯齿或是原本背景的黑色或白色边缘，结果会造成图像周围产生晕光或崎岖不平，使用【修边】命令，可消除这些边缘像素，让合成的图像看起来更加平滑如自然。【修边】命令包括【去边】、【移去黑色杂边】和【移去白色杂边】三个菜单命令。

7.4.1　【去边】命令

【去边】命令可消除图像边缘像素，允许用户指定去除边缘区域的宽度。

上机操作 28　【去边】命令

01　分别打开【素材】\【Ch07 素材】\【去边 1.jpg】和【去边 2.psd】文件，如图 7-128 和图 7-129 所示。

02　使用 移动工具拖动【去边 2.psd】文件到【去边 1.jpg】文件中，并放置到适当的位置，如图 7-130 所示，得到【图层 2】。

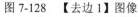

图 7-128　【去边 1】图像　　图 7-129　【去边 2】原图像　　图 7-130　放置图像到适当的位置

03　【图层 2】为当前图层，选择【图层】>【修边】>【去边】命令，设置【去边】对话框中的参数如图 7-131 所示，单击【确定】按钮，得到图像效果如图 7-132 所示。

图 7-131　设置【去边】对话框参数　　　　图 7-132　图像效果

怎样去除图像边缘不平滑的锯齿？

答：选择【图层】>【修边】>【去边】命令，打开【去边】对话框，在对话框中设置去边的宽度。

技术看板

7.4.2 【移去黑色杂边】命令

【移去黑色杂边】命令可消除图像边缘的黑色像素。

上机操作 29 【移去黑色杂边】命令

01 分别打开【素材】\【Ch07 素材】\【移去黑色杂边 1.jpg】和【移去黑色杂边 2.jpg】
文件，如图 7-133、图 7-134 所示。

图 7-133 【移去黑色杂边 1】图像　　　　图 7-134 【移去黑色杂边 2】图像

02 使用魔棒工具选取【移去黑色杂边 1.jpg】文件中的黑色背景，选择【选择】>【反
向】命令，反选选区，如图 7-135 所示。使用移动工具拖动选区中的图像到【移去黑色杂
边 2.jpg】文件中，放置到适当位置，如图 7-136 所示，得到【图层 2】。

03 【图层 2】为当前图层，选择【图层】>【修边】>【移去黑色杂边】命令，图像效
果如图 7-137 所示。

图 7-135 选取图像　　图 7-136 放置图像到适当的位置　　图 7-137 移去黑色杂边效果

7.4.3 【移去白色杂边】命令

【移去白色杂边】命令可消除图像边缘的白色像素。

上机操作 30 【移去白色杂边】命令

01 分别打开【素材】\【Ch07 素材】\【移去白色杂边 1.jpg】和【移去白色杂边 2.jpg】
文件，如图 7-138、图 7-139 所示。

技术看板　怎样去除图像边缘白色或黑色像素？
答：选择【图层】>【修边】>【移去白色杂边】命令，可将图像边缘白色像素移去；选择【图层】>【修边】>【移
去黑色杂边】命令，可将图像边缘黑色像素移去。

图 7-138 【移去白色杂边 1】图像   图 7-139 【移去白色杂边 2】图像

02 使用 魔棒工具选取【移去白色杂边 1.jpg】文件中的白色背景，选择【选择】>【反向】命令，反选选区，如图 7-140 所示。使用 移动工具拖动选区中的图像到【移去白色杂边 2.jpg】文件中，放置到适当位置如图 7-141 所示，得到【图层 2】。

03 【图层 2】为当前图层，选择【图层】>【修边】>【移去白色杂边】命令，图像效果如图 7-142 所示。

图 7-140 选取图像   图 7-141 放置图像到适当的位置   图 7-142 移去白色杂边效果

197

学习链接

爱好者网站 精彩 PS 视频专题，提供了有关图层基础操作的视频教程：

http://video.cfan.com.cn/index.shtml

7.5 综合实例——折纸效果

视频教学

光盘路径：【视频】文件夹中【Ch07】文件夹中的【折纸效果.psd】文件

1. 制作分析

我们通过一个折纸效果实例，进一步了解选取工具在实际中的应用。

2. 制作过程

首先使用 多边形套索工具在新建的图层上制作置换图，复制背景图层为新图层，应用【滤镜】>【扭曲】>【置换】命令，然后添加白色边框并进行自由变换。

怎样将图层组内的所有图层看做一个图层来操作？

答：改变图层组的混合模式或者不透明度会对这个组内的所有图层都产生影响，这样就能够将组内所有图层看做一个图层来进行操作。

技术看板

01 打开【素材】\【Ch07 素材】\【折纸效果】\【折纸效果 1.jpg】文件，如图 7-143 所示。

02 使用 矩形选框工具创建矩形选区，选择【选择】>【反向】命令反选选区，选择 【编辑】>【填充】命令，填充前景色为白色，如图 7-144 所示。

在【图层】面板的【背景】图层上双击，转换背景图层为普通图层。复制【图层 0】为【图层 0 副本】，如图 7-145 所示。

图 7-143 【折纸效果 1】图像

图 7-144 添加边框

图 7-145 复制图层

03 单击【图层】面板底部的 创建新图层图标，新建【图层 1】，使用 多边形套索工具，单击选项栏中的 【添加到选区】图标，由图像的左下角为起点创建选取区域，如图 7-146 所示，填充前景色为黑色。再选择【选择】>【反向】命令反选选区，填充背景色为白色，如图 7-147 所示。

04 选择【图层】面板中的【复制图层】菜单命令，如图 7-148 所示，在弹出的【复制图层】对话框中，设置的参数如图 7-149 所示，单击【确定】按钮，再选择【文件】>【存储】命令，存储新文件为【置换图.psd】，然后选择【文件】>【关闭】命令，关闭【置换图.psd】文件。

图 7-146 创建选区

图 7-147 填充效果

图 7-148 选择【复制图层】命令

技术看板　怎样移除图层组中的一个图层？

答：要移除图层组中的一个图层，在【图层】面板中可以将这个图层的缩略图拖动到图层【组】的外边。

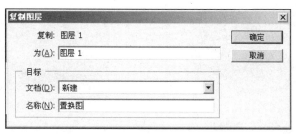

图 7-149 设置【复制新图像】对话框

05 单击【图层】面板左侧的眼睛图标，隐藏【图层1】，选择【图层0副本】图层，如图 7-150 所示。选择【滤镜】>【扭曲】>【置换】命令，在打开的【置换】对话框中设置的参数如图 7-151 所示，单击【确定】按钮，在相继打开的【选择一个置换图】对话框中，选择刚刚存储的【置换图.psd】，如图 7-152 所示，效果如图 7-153 所示。

图 7-150 设置【图层】面板

图 7-151 设置【置换】参数

199

图 7-152 选择置换图

图 7-153 置换效果

06 设置【图层1】的【不透明度】为 20%，如图 7-154 所示，然后在【图层1】的下方新建【图层2】，使用 多边形套索工具，沿图像边缘制作因折叠而弯曲的边缘效果，并填充为白色，如图 7-155 所示。

07 选择【选择】>【反向】命令反选选区，选择 多边形套索工具，单击选项栏中的 从选区域减去图标，减去部分选取区域，只剩下上部及右侧边缘的部分选区，如图 7-156 所示，然后按 Delete 键，删除选区部分的图像，选择【选择】>【取消】命令，取消选择区域。

图 7-154 设置【图层1】

怎样合并可见图层?

答：如果要将几个可见图层进行合并，选择【合并可见图层】命令即可。

技术看板

图 7-155　制作图像边缘效果

图 7-156　减去部分选取区域

08 在【图层】面板中，隐藏【图层 0】，按 Ctrl+Shift+Alt+E 组合键，将可见图层复制合并成一个新图层【图层 3】，【图层】面板如图 7-157 所示。选择【编辑】>【自由变换】命令，自由变换【图层 3】，按 Ctrl 键，分别调整左上角和右下角的控制柄，变形图像如图 7-158 所示。

图 7-157　复制合并新图层

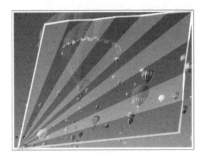

图 7-158　变换图像

09 单击【图层】面板底部的 　添加图层样式图标，在弹出的菜单中选择【投影】命令，在对话框中设置投影参数如图 7-159 所示，得到折叠图像的投影效果，如图 7-160 所示，一张折叠纸效果制作完成。最终文件请参看【素材】\【Ch07 素材】\【折纸效果】\【折纸效果.psd】文件。

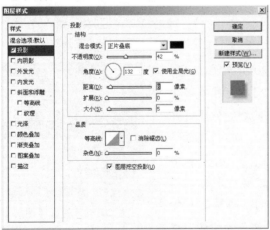

图 7-159　设置【投影】对话框参数

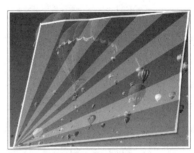

图 7-160　折纸效果

技术看板　怎样在不同文档之间拖动多个图层？

答：要在文档之间拖动多个图层，先将它们链接，使用移动工具可以将它们从一个文档窗口拖到另一个文档窗口中。

200

第 **8** 章　进阶图层管理

学习内容	分 配 时 间	重 点 级 别	难 度 系 数
蒙版	90 分钟	★★★	★
图层	40 分钟	★★★★	★★★
实例——动感飞车	20 分钟	★★★★	★★★★

本章讲解 Photoshop CS4 的亮点功能，主要包括蒙版、填充图层、调整图层、智能对象及图层样式。这些都属于图层技术的高级应用，掌握它们便可制作一些出奇制胜的图像效果。

8.1　蒙版

Photoshop 软件的主要功能是合成图像，在合成时可以使用上面提到的多种技术方法，但其中应用最多的是属蒙版技术。蒙版主要包括图层蒙版、矢量蒙版、剪贴蒙版及快速蒙版。蒙版的作用是控制图像的显示或隐藏，或是以渐淡的方式与其下面图层的图像融合。除了背景图层之外，所有的图层都可以添加蒙版。

本节详细讲解了各种蒙版的创建方法，通过上机操作，读者能够对蒙版进入更高层次的理解，用几个实例展示应用蒙版合成图像的方法，这样读者便能很容易地掌握蒙版的使用方法。图 8-1 所示为应用蒙版的图像效果。

图 8-1　应用蒙版的图像效果

8.1.1　图层蒙版

图层蒙版与图层是链接在一起的，处于同一个图层内，是以黑白图像来控制图层缩览图中图像的显示或隐藏。对图层蒙版的编辑操作，不会影响图层中图像的像素，只会影响它的显示效果。图 8-2 所示为应用图层蒙版效果，图 8-3 所示为【图层】面板状态。

图 8-2 应用图层蒙版效果 1

图 8-3 【图层】面板 1

图层蒙版

1.【创建图层蒙版】命令

创建图层蒙版的方法有多种，需要根据创作效果的需求来选择最适当的方法。下面详细地介绍创建图层蒙版的各项命令。

（1）【显示全部】命令

使用【显示全部】命令，创建完全不隐藏图层中图像的图层蒙版。

上机操作 1 【显示全部】命令

01 打开【素材】\【Ch08 素材】\【显示全部.psd】文件，如图 8-4 所示，是由两个图层组成的图像，【图层】面板状态如图 8-5 所示。

图 8-4 【显示全部】图像

图 8-5 【图层】面板 2

02 选择【图层】>【图层蒙版】>【显示全部】命令，或者单击【图层】面板底部的 ◻ 添加图层蒙版图标，添加图层蒙版。

03 添加图层蒙版的图像效果没有变化，如图 8-6 所示，只在【图层】面板中添加了以白色填充的图层蒙版，如图 8-7 所示。

图 8-6 添加图层蒙版效果 1

图 8-7 【图层】面板 3

技术看板 创建显示全部的图层蒙版，图像有什么变化？

答：添加显示全部的图层蒙版，图像效果没有变化。因为只是在【图层】面板中添加了以白色填充的图层蒙版。

（2）【隐藏全部】命令

使用【隐藏全部】命令，创建完全隐藏图层中图像的图层蒙版。

上机操作 2　【隐藏全部】命令

01　选择【图层】>【图层蒙版】>【隐藏全部】命令，或按住 Alt 键单击【图层】面板底部的 添加图层蒙版图标，可以创建一个完全隐藏图层中图像的图层蒙版。

02　【图层 1】中的图像完全被隐藏，背景图像显示出来，如图 8-8 所示，在【图层】面板中添加了以黑色填充的图层蒙版，如图 8-9 所示。

图 8-8　图像效果 1

图 8-9　【图层】面板 4

由以上可知：图层蒙版缩览图显示为白色时，可使图层中的图像显示，图层蒙版缩览图显示为黑色时，可使图层中的图像被隐藏。

（3）【显示选区】命令

当图层中存在选择区域时，使用【显示选区】命令，可创建只显示当前选区的图层蒙版效果。

上机操作 3　【显示选区】命令

01　打开【素材】\【Ch08 素材】\【显示选区.psd】文件，如图 8-10 所示，是由两个图层组成的图像，【图层】面板状态如图 8-11 所示。

02　使用 椭圆选框工具，制作椭圆选区如图 8-12 所示，然后选择【图层】>【图层蒙版】>【显示选区】命令，或者单击【图层】面板底部的 添加图层蒙版图标，创建一个可以隐藏选择区域以外图像的图层蒙版。

图 8-10　【显示选区】图像

图 8-11　【图层】面板 5

图 8-12　椭圆选区图像

203

创建隐藏全部的图层蒙版，图像有什么变化？

答：添加隐藏全部的图层蒙版，图像将被隐藏。因为添加了以黑色填充的图层蒙版。

技术看板

03 得到只显示选择区域内部图像效果如图 8-13 所示，【图层】面板如图 8-14 所示。

图 8-13　添加图层蒙版效果 2

图 8-14　图层面板 6

（4）【隐藏选区】命令

当图层中存在选择区域时，可以创建一个隐藏住选择区域图像的图层蒙版。

上机操作 4　【隐藏选区】命令

01 打开【素材】\【Ch08 素材】\【隐藏选区.psd】文件，如图 8-15 所示，是由两个图层组成的图像，【图层】面板如图 8-16 所示。

图 8-15　【隐藏选区】图像

图 8-16　【图层】面板 7

02 使用 魔棒工具，选择水面区域如图 8-17 所示，然后选择【图层】>【图层蒙版】>【隐藏选区】命令，或按住 Alt 键单击【图层】面板底部的 添加图层蒙版图标，创建隐藏选择区域以外图像的图层蒙版。

03 得到隐藏选区内部的图像效果如图 8-18 所示，【图层】面板状态如图 8-19 所示。

图 8-17　选择水面区域

图 8-18　添加蒙版效果

图 8-19　【图层】面板 8

技术看板　图层蒙版的形状能控制吗？
答：可以。当图层存在选区时，选择【图层】>【图层蒙版】>【隐藏选区】命令，可创建隐藏选择区域图像的图层蒙版。选择【显示选区】命令，可创建显示选择区域图像的图层蒙版。

（5）【贴入】命令

使用【贴入】命令，将复制的图像粘贴到选区中，此时也会生成图层蒙版。

上机操作 5　【贴入】命令

01　打开【素材】\【Ch08 素材】\【粘贴入 1.jpg】文件，如图 8-20 所示，选择【选择】>【全部】命令，全选图像，再选择【编辑】>【拷贝】命令，拷贝图像。

02　再打开【素材】\【Ch08 素材】\【粘贴入 2.jpg】文件，使用 矩形选框工具，创建矩形选区，如图 8-21 所示。

图 8-20　要拷贝的图像　　　　　　　图 8-21　制作选区的图像

03　选择【编辑】>【贴入】命令，将拷贝的图像粘贴入选择区域中，效果如图 8-22 所示，【图层】面板状态如图 8-23 所示，自动生成新【图层 1】，并创建图层蒙版。

图 8-22　粘贴入图像效果　　　　　　图 8-23　【图层】面板 9

（6）【存储选区】命令

当图层中存在选择区域时，利用【存储选区】命令，创建图层蒙版。

上机操作 6　【存储选区】命令

01　打开【素材】\【Ch08 素材】\【T 恤.psd】文件，如图 8-24 所示，是由两个图层组成的图像，【图层】面板状态如图 8-25 所示。

02　使用 魔棒工具，选择【图层 1】中的蝴蝶图像，如图 8-26 所示。

03　选择【选择】>【存储选区】命令，在打开的【存储选区】对话框中，将通道选

为什么说【贴入】命令，也是建立图层蒙版的一种方式？

答：因为当选择【编辑】>【贴入】命令，将拷贝的图像粘贴入选择区域中，【图层】面板会自动生成新图层，并创建图层蒙版。

技术看板

项设为【图层 1 蒙版】，如图 8-27 所示，这样可以制作一个隐藏住选择区域以外图像的图层蒙版，图像效果如图 8-28 所示，【图层】面板如图 8-29 所示，以存储的选择区域生成图层蒙版。

图 8-24　【T 恤】图像

图 8-25　【图层】面板 10

图 8-26　选择图像效果

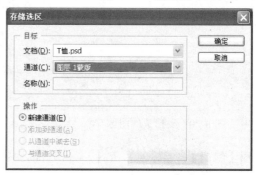

图 8-27　【存储选区】对话框

图 8-28　图像效果 2

图 8-29　【图层】面板 11

2. 图层蒙版显示方式

默认状态下，图层蒙版的显示方式是即时显示的，对图层蒙版所做的任何修改，只能在【图层】面板中的图层蒙版缩览图中看到，而在原图工作区中只能推测图层蒙版的大体形状。如果想要在工作区中看到图层蒙版的精确外形，有不同的显示方式。

（1）以 Alpha 通道方式显示

上机操作 7　以 Alpha 通道方式显示

01　打开【素材】\【Ch08 素材】\【图层蒙版显示方式.psd】文件，如图 8-30 所示。

技术看板

怎样使用【存储选区】命令创建图层蒙版？

答：当图层中存在选区时，选择【选择】>【存储选区】命令，在打开的【存储选区】对话框中，将【通道】选项设置为【××蒙版】，单击【确定】按钮，制作一个显示选区区域图像的图层蒙版。

02 按住 Alt 键，单击【图层】面板中的图层蒙版缩览图，如图 8-31 所示，在原图上将以 Alpha 通道显示如图 8-32 所示。如果想恢复默认状态下图层蒙版的显示方式，只要在【图层】面板中的图层蒙版上单击即可。

图 8-30 原图像

图 8-31 【图层】面板 12

（2）以快速蒙版方式显示

按住快捷键 Alt+Shift，单击【图层】面板中的图层蒙版缩览图，在原图上以快速蒙版模式显示，图 8-33 所示为红色区域是被快速蒙版的区域。

图 8-32 图层蒙版以 Alpha 通道显示

图 8-33 图层蒙版以快速蒙版方式显示

（3）蒙版颜色及不透明度

图层蒙版的颜色可随意改变，系统默认蒙版显示颜色为红色。

上机操作 8 设置图层蒙版颜色及不透明度

01 在【图层】面板中的图层蒙版缩览图上双击，打开【图层蒙版显示选项】对话框，如图 8-34 所示，在对话框中设置图层蒙版的不透明度及颜色，不透明度的值越大，蒙版区域的图像显示越不清晰，当设值为 100% 时，隐藏蒙版区域的图像。

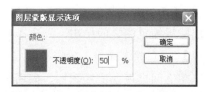

图 8-34 【图层蒙版显示选项】对话框

02 单击颜色块，在弹出的【选择蒙版颜色】对话框中设置颜色，如图 8-35 所示，单击【确定】按钮。

当【图层】面板中存在图层蒙版，怎样使图像以快速蒙版模式显示？

答：按住快捷键 Alt+Shift，单击【图层】面板中的图层蒙版缩览图，图像将以快速蒙版模式显示。

技术看板

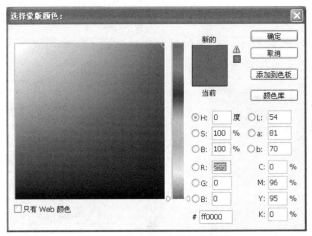

图 8-35　设置图层蒙版的颜色

03 单击【图层蒙版显示选项】对话框中的【确定】按钮，完成图层蒙版的颜色及不透明度的设置。

3. 图层与图层蒙版间的关系命令

图层蒙版的作用是显示或隐藏图像，为了保证图层中的图像与图层蒙版的相对位置不被改变，可以将它们链接。如果确认图层蒙版效果无须再修改，可使用【应用图层蒙版】命令，删除隐藏的图像效果，从而也会减小图像文件的大小。如果不需要图层蒙版效果，可使用【删除图层蒙版】命令或【停用图层蒙版】命令。

（1）【链接】命令

在默认的情况下，图层与图层蒙版之间是链接在一起的，有 🔗 链接图标标志。使用 ➕ 移动工具移动图层中的图像或图层蒙版时，会被一起移动，这样图层与蒙版之间的相对位置也不会改变。单击 🔗 链接图标，便可取消二者之间的链接关系，就能够单独地移动图层中的图像或图层蒙版。

上机操作 9　【链接】命令

01 打开【素材】\【Ch08 素材】\【链接.psd】文件，如图 8-36 所示，它是应用图层蒙版效果的图像，【图层】面板状态如图 8-37 所示，在图层与图层蒙版缩览图之间单击，或选择【图层】>【图层蒙版】>【链接】命令，图层与图层蒙版产生链接，缩览图之间出现 🔗 链接图标，如图 8-38 所示。

02 使用 ➕ 移动工具移动图层图像，图像效果如图 8-39 所示，【图层】面板如图 8-40 所示，图层蒙版也一起被移动。

图 8-36　应用图层蒙版效果 2

技术看板　图层与图层蒙版之间为什么是链接的？
答：为了保证图层中的图像与图层蒙版的相对位置不被改变，可以将它们链接。

图 8-37 图层与图层蒙版未链接

图 8-38 图层与图层蒙版链接

图 8-39 移动图层效果

图 8-40 【图层】面板 13

209

（2）【取消链接】命令

取消图层与图层蒙版之间的链接，再使用 移动工具移动图层或图层蒙版，它们将互不影响。

上机操作 10 【取消链接】命令

01 在图 8-40 的【图层】面板中单击 链接图标，或选择【图层】>【图层蒙版】>【取消链接】命令，取消图层与图层蒙版之间的链接。

02 使用 移动工具移动图层蒙版，图像效果如图 8-41 所示，【图层】面板如图 8-42 所示。

图 8-41 移动图层蒙版效果

图 8-42 【图层】面板 14

（3）【删除】命令

使用【删除】命令，可删除图层蒙版，图层中的图像将不使用图层蒙版效果。

怎样只移动图层蒙版，而不影响图像？

答：在【图层】面板中单击图层与图层蒙版之间的链接图标，取消二者之间的链接，再移动图层蒙版或图像，二者之间不会再受影响。

技术看板

01 选择【图层】>【图层蒙版】>【删除】命令，删除图层蒙版。或拖动图层蒙版缩览图到【图层】面板底部的 删除图标上，如图 8-43 所示，会出现一个警告框如图 8-44 所示，单击【删除】按钮，删除图层蒙版。

图 8-43 拖动删除的图层蒙版

图 8-44 删除图层蒙版警告框

02 图层中删除图层蒙版效果，如图 8-45 所示，【图层】面板状态如图 8-46 所示。

图 8-45 删除图层蒙版效果

图 8-46 【图层】面板 15

（4）【应用】命令

使用【应用】命令，可应用图层蒙版，图层中的图像将应用图层蒙版效果。应用图层蒙版效果如图 8-47 所示，其【图层】面板如图 8-48 所示。它的使用方法同【删除】命令相似，在此不再赘述，用户可以自己试一试。

图 8-47 应用图层蒙版效果 3

图 8-48 【图层】面板 16

技术看板

怎样删除图层蒙版？

答：如果图层中的图像不使用图层蒙版效果，选择【图层】>【图层蒙版】>【删除】命令，或拖动图层蒙版缩览图到【图层】面板底部的 删除图标上，删除图层蒙版。

210

（5）【停用】命令

使用【停用】命令，图层蒙版对当前图层中的图像不起作用，但图层蒙版仍然存在。

上机操作 12　【停用】命令

01　选择【图层】>【图层蒙版】>【停用】命令，或按住 Shift 键，同时单击【图层】面板中的图层蒙版缩览图，如图 8-49 所示，在图层蒙版的缩览图上会出现红色的"X"标记，如图 8-50 所示，图像效果如图 8-51 所示，图层蒙版对当前图层中的图像不起作用。

图 8-49　单击图层蒙版缩览图　　图 8-50　停用图层蒙版　　图 8-51　停用图层蒙版图像效果

02　如果要重新应用图层蒙版效果，按住 Shift 键，只要在图层蒙版缩览图上单击即可。

4．编辑图层蒙版

简单地使用创建图层蒙版命令，得到的混合图像效果并非能让人满意，单击图层蒙版缩览图，可使图层蒙版处于编辑状态，如果要隐藏当前图层，使用任何一种编辑或绘图工具，可用黑色在图层蒙版中绘制，如果要显示当前图层，可用白色在图层蒙版中绘制。如果要使当前图层中图像的边缘以渐淡的方式显示，可设置适当的灰色在图层蒙版中绘制。另外，使用滤镜命令也可以编辑图层蒙版。

下面运用图层蒙版合成几个图像效果，相信读者通过这几个上机操作，能够了解如何使用图层蒙版完美地合成图像，对图层蒙版有更深的理解。

上机操作 13　裙裾飘飘

本实例主要是利用 ✐ 画笔工具编辑图层蒙版，隐藏不需要的图像，使人物图像融合与背景图像中。

01　分别打开【素材】\【Ch08 素材】\【裙裾飘飘】\【裙裾飘飘 1.jpg】和【裙裾飘飘 2.jpg】文件，如图 8-52 和图 8-53 所示。使用 ▶╋ 移动工具将【裙裾飘飘 2.jpg】文件拖至【裙裾飘飘 1.jpg】文件中，得到【图层 1】。

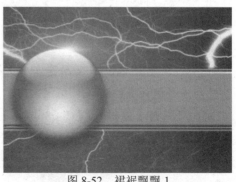

图 8-52　裙裾飘飘 1

211

02 为了调整【裙裾飘飘 2.jpg】在【裙裾飘飘 1.jpg】文件中的位置，设置【图层 1】的【不透明度】为 40%，选择 ⊕ 移动工具，按快捷键 Ctrl+T，缩放图像到适当大小，如图 8-54 所示。

03 重新设置【图层 1】的【不透明度】为 100%，单击【图层】面板底部的 ◙ 添加图层蒙版图标，创建一个以白色填充的图层蒙版，也就是创建完全不隐藏图层中图像的图层蒙版，【图层】面板状态如图 8-55 所示。

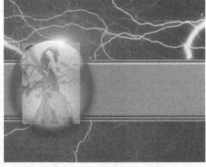

图 8-53　裙裾飘飘 2　　　　图 8-54　缩放图像及位置　　　　图 8-55　【图层】面板 17

04 设置前景色为黑色，使用 ✐ 画笔工具并设置为虚边画笔，降低画笔的不透明度，在人物以外的区域中涂抹，最终效果如图 8-56 所示，此时图层蒙版状态如图 8-57 所示。最终文件请参看【素材】\【Ch08 素材】\【裙裾飘飘】\【裙裾飘飘.psd】文件。

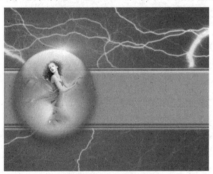
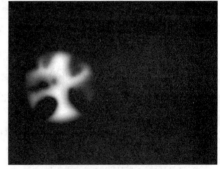

图 8-56　图像效果 3　　　　　　　　　图 8-57　图层蒙版状态 1

上机操作 14　风华记忆

本实例主要是利用滤镜命令编辑图层蒙版，得到的显示图像的效果是使用编辑或绘图工具所达不到的。

01 快捷键按 Ctrl+N 新建一个文件，在打开的【新建】对话框中设置如图 8-58 所示的参数，前景色为 R=36、G=59、B=75，使用 ◭ 油漆桶工具填充前景色。

02 打开【素材】\【Ch08 素材】\【风华记忆】\【风华记忆 1.jpg】文件，如图 8-59 所示。使用 ⊕ 移动工具将素材文件拖至新建文件中，得到【图层 1】。单击【图层】面板底部的 ◙ 添加图层蒙版图标，创建一个以白色填充的图层蒙版。

技术看板　怎样停用图层蒙版？

答：选择【图层】>【图层蒙版】>【停用】命令，或按住 Shift 键，同时单击【图层】面板中图层蒙版缩览图，在图层蒙版的缩览图上会出现红色的"X"标记，停用图层蒙版。

图 8-58 【新建】对话框

图 8-59 风华记忆

03 选择【滤镜】>【渲染】>【云彩】命令，图像效果如图 8-60 所示，图层蒙版状态如图 8-61 所示。

图 8-60 添加云彩效果

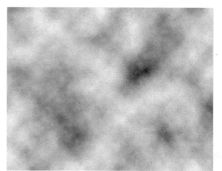

图 8-61 图层蒙版状态 2

04 选择【滤镜】>【素描】>【绘图笔】命令，在打开的【绘图笔】对话框中设置如图 8-62 所示的参数，效果如图 8-63 所示。

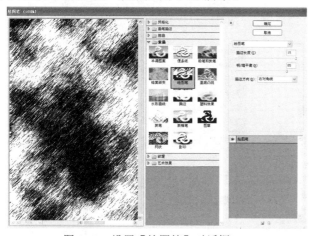

图 8-62 设置【绘图笔】对话框

图 8-63 添加绘图笔效果

05 设置前景色为白色，使用 ✎画笔工具并设置为适当大小在图层蒙版上涂抹，得到效果如图 8-64 所示，图层蒙版状态如图 8-65 所示。

怎样编辑图层蒙版？

答：首先使图层蒙版处于编辑状态，可使用任何一种编辑或绘图工具，使用黑色在图层蒙版中绘制，可隐藏图像；使用白色绘制，可显示图像；若使用灰色绘制，可使图像产生渐隐效果。

技术看板

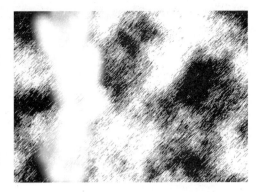

图 8-64　得到图像效果　　　　　　　　　　　　图 8-65　图层蒙版状态 3

06 打开【素材】\【Ch08 素材】\【风华记忆】\【风华记忆 2.psd】文件，如图 8-66 所示。使用 移动工具将素材文件拖至【风华记忆 1.psd】文件中，得到【图层 2】。

图 8-66　风华记忆 2

07 按快捷键 Ctrl+T 调出自由变换控制框，缩放图像。设置图层【混合模式】为【滤色】，效果如图 8-67 所示。再复制几个鸟图像放置在不同的位置，降低其不透明度，效果如图 8-68 所示。

图 8-67　调整到适当位置效果　　　　　　　　　图 8-68　复制图像效果

08 打开【素材】\【Ch08 素材】\【风华记忆】\【风华记忆 3.psd】文件，如图 8-69 所示。使用 移动工具将其拖放在图像中，并放置在适当的位置，效果如图 8-70 所示。最终文件请参看【素材】\【Ch08 素材】\【风华记忆】\【风华记忆.psd】文件。

技术看板　矢量蒙版的特点是什么？
　　　　　答：矢量蒙版是依靠路径来控制图像的显示或隐藏的，它的形状都是具有规则边缘的。

图 8-69　素材文件　　　　　　　　　　图 8-70　最终图像效果

8.1.2 矢量蒙版

　　使用路径也可以添加路径图层蒙版，我们称之为矢量蒙版，是依靠路径来控制图像的显示或隐藏的，所以矢量蒙版的形状都是具有规则边缘的。添加矢量蒙版的图像效果如图 8-71 所示，【图层】面板状态如图 8-72 所示，它的用法大致同图层蒙版的相同。有关路径请参看第 12 章的介绍。

图 8-71　添加矢量蒙版的图像　　　　　图 8-72　【图层】面板 18

1. 创建矢量蒙版命令

创建矢量蒙版与创建图层蒙版的方法基本相同，下面详细介绍创建矢量蒙版的各项命令。

（1）【显示全部】命令

使用【显示全部】命令，创建完全不隐藏图层中图像的矢量蒙版。

上机操作 15　【显示全部】命令

　　01　打开【素材】\【Ch08 素材】\【矢量蒙版.psd】文件，如图 8-73 所示，【图层】面板如图 8-74 所示。

　　02　选择【图层】>【矢量蒙版】>【显示全部】命令，建立一个完全不隐藏图层中的图像的矢量蒙版，如图 8-75 所示图像效果没有变化，只在【图层】面板中添加了以白色填充的矢量蒙版，如图 8-76 所示。

有几种创建矢量蒙版的方法？

　　答：有三种。选择【图层】>【矢量蒙版】>【显示全部】命令，创建完全不隐藏图层中图像的矢量蒙版；【隐藏全部】命令，创建完全不显示图层中图像的矢量蒙版；【当前路径】命令，建立显示当前路径内图像的矢量蒙版。　　**技术看板**

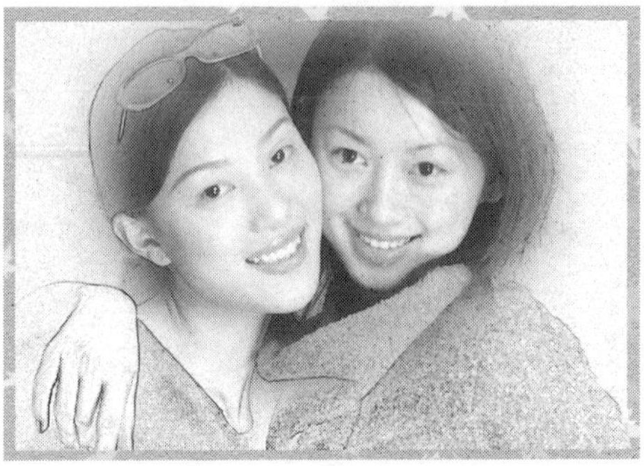

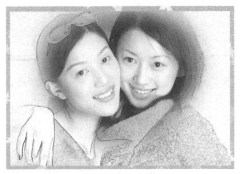

图 8-73　素材文件

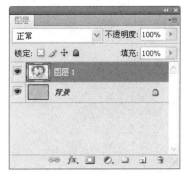

图 8-74 【图层】面板 19

图 8-75　完全显示图像效果

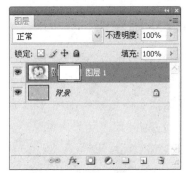

图 8-76 【图层】面板 20

（2）【隐藏全部】命令

使用【隐藏全部】命令，创建完全隐藏图层中图像的矢量蒙版。

上机操作 16　【隐藏全部】命令

选择【图层】>【矢量蒙版】>【隐藏全部】命令，建立一个完全隐藏图层上的图像的矢量蒙版。图 8-77 所示为隐藏全部的矢量蒙版的图像效果，在【图层】面板中添加了以黑色填充的矢量蒙版，如图 8-78 所示。

图 8-77　完全隐藏图像效果

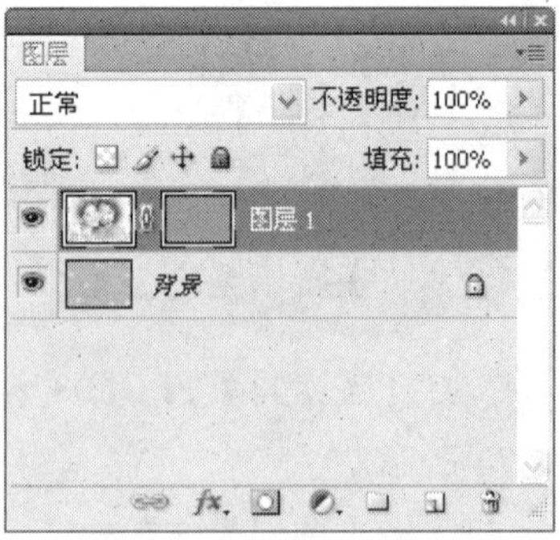

图 8-78 【图层】面板 21

（3）【当前路径】命令

使用【当前路径】命令，创建只显示当前路径内图像的矢量蒙版。

技术看板

矢量蒙版与路径图层蒙版是一样的吗？

答：是一样的，在图层中使用路径添加路径图层蒙版，我们称之为矢量蒙版，是依靠路径来控制图像的显示或隐藏的。

【当前路径】命令

01　打开【素材】\【Ch08 素材】\【当前路径.psd】文件，使用 ✒ 钢笔工具，在【图层 1】中添加路径，如图 8-79 所示。

图 8-79　添加路径

02　选择【图层】>【矢量蒙版】>【当前路径】命令，建立显示当前路径内图像的矢量蒙版。显示当前路径内图像效果如图 8-80 所示，【图层】面板状态如图 8-81 所示。

图 8-80　添加矢量蒙版效果

图 8-81　【图层】面板 22

2. 图层与矢量蒙版间的关系命令详解

由于矢量蒙版在本质上仍然是一种蒙版，具有与图层蒙版相同的特点。所以前面介绍的有关图层蒙版与图层之间的操作方法对于矢量蒙版同样有效，在此不再赘述。只介绍【栅格化矢量蒙版】命令。

矢量蒙版，它的边缘界限十分清晰，且只能使用路径类工具对其进行编辑，只要使用【栅格化】命令，将其转化为图层蒙版，当前存在的路径消失，就可以使用其他的绘图工具进行编辑了。

【栅格化矢量蒙版】命令

01　打开【素材】\【Ch08 素材】\【栅格化矢量蒙版.psd】文件，如图 8-82 所示，【图层】面板状态如图 8-83 所示。

矢量蒙版能与图层蒙版一样编辑吗？

答：矢量蒙版只能使用路径类工具对其进行编辑，只要使用【栅格化】命令，将其转化为图层蒙版，当前存在的路径消失，就可以使用其他的绘图工具进行编辑了。

技术看板

图 8-82 图像效果 4

图 8-83 【图层】面板 23

02 选中要栅格化的【图层 1】，选择【图层】>【栅格化】>【矢量蒙版】命令，或【图层】>【栅格化】>【图层】命令，或在要栅格化的矢量蒙版缩览图上右击，在弹出的快捷菜单中选择【栅格化矢量蒙版】命令，如图 8-84 所示，其【图层】面板变化如图 8-85 所示，矢量蒙版转换为图层蒙版，这样对蒙版可进行更多地编辑操作。

图 8-84 弹出的快捷菜单

图 8-85 转换为图层蒙版

8.1.3 剪贴蒙版

剪贴蒙版是通过图层与图层之间的关系，控制图层中的图像显示区域或显示效果的一种蒙版，打开【素材】\【Ch08 素材】\【剪贴蒙版 1.psd】文件，如图 8-86 所示，应用剪贴蒙版图像效果，由如图 8-87 所示的【图层】面板状态可看出，【图层 2】中的图像显示区域是由底层【图层 1】来决定的。

图 8-86 应用剪贴蒙版效果

图 8-87 【图层】面板 24

技术看板　剪贴蒙版的特点是什么？
答：剪贴蒙版是通过图层与图层之间的关系，控制图像显示区域或显示效果的一种蒙版。必须是相邻的两个或两个以上的图层，以同一编组中所有图层最下面一个图层的图像作为蒙版。

218

1. 剪贴蒙版命令

剪贴蒙版必须是相邻的两个或两个以上的图层，以同一编组中所有图层最下面一个图层的图像作为蒙版。

（1）【创建剪贴蒙版】命令

除了【背景】图层之外，所有处于当前状态的图层都可以使用【创建剪贴蒙版】命令，创建剪贴蒙版，使其与它下一层做编组。

上机操作 19　**【创建剪贴蒙版】命令**

01　打开【素材】\【Ch08 素材】\【剪贴蒙版.psd】文件，如图 8-88 所示，由多个图层组成，【图层】面板状态如图 8-89 所示。

图 8-88　【剪贴蒙版】图像　　　　　　图 8-89　【图层】面板 25

02　选中【图层 2】，然后选择【图层】>【创建剪贴蒙版】命令，或按快捷键 Ctrl+Alt+G，或按住快捷键 Ctrl+Alt，移动鼠标到【图层 2】与【图层 1】之间，当鼠标指针变为 状态时单击，如图 8-90 所示，即可将两个图层编组创建剪贴蒙版，效果如图 8-91 所示，【图层】面板状态如图 8-92 所示。

图 8-90　创建剪贴蒙版　　　图 8-91　剪贴蒙版效果　　　图 8-92　【图层】面板 26

03　若要继续与其他图层创建剪贴蒙版效果，只可以与已创建的剪贴蒙版的两个图层与它相邻的下面一个图层做追加动作，不可跨越图层。按住快捷键 Ctrl+Alt，移动鼠标到【图层 1】与【一叶知秋】图层之间，当鼠标指针变为 状态时单击，创建剪贴蒙版，图像效果如

219

怎样创建剪贴蒙版？
答：在【图层】面板中选中图层，选择【图层】>【创建剪贴蒙版】命令，或按 Ctrl+Alt+G 键，或按住 Ctrl+Alt 键，当鼠标指针变为 状态时单击，创建剪贴蒙版。　　　　　**技术看板**

图 8-93 所示，【图层】面板状态如图 8-94 所示。像这种以文字作为剪贴蒙版的底层与图像进行混合，也是合成图像常用的一种手段。

图 8-93　追加剪贴蒙版效果

图 8-94　【图层】面板 27

（2）【释放剪贴蒙版】命令

使用【释放剪贴蒙版】命令，取消剪贴蒙版。

上机操作 20　【释放剪贴蒙版】命令

01　选中要取消剪贴蒙版的图层，如图 8-95 所示，然后选择【图层】>【释放剪贴蒙版】命令，或按快捷键 Ctrl+ALT+G，取消剪贴蒙版效果如图 8-96 所示。

图 8-95　选中图层

图 8-96　取消剪贴蒙版效果

02　或按住快捷键 Ctrl+Alt，移动鼠标到剪贴蒙版图层之间，当鼠标指针变为 状态时单击，即可取消剪贴蒙版。

2．剪贴蒙版应用

组成剪贴蒙版的图层可以是文字图层、图像图层、渐变图层、调整图层、蒙版图层等，剪贴蒙版的应用十分灵便。图层混合模式的设置对剪贴蒙版整体效果影响非常大。下面运用剪贴蒙版合成几个图像效果，相信读者通过上机操作练习，能够了解如何使用剪贴蒙版完美地合成图像，对剪贴蒙版有更深的理解。

上机操作 21　人物写意效果

此操作练习主要讲解了如何在剪贴蒙版中使用图层的混合模式来合成图像和如何使用矢

技术看板　怎样取消剪贴蒙版效果？
答：选择【图层】>【释放剪贴蒙版】命令，或按快捷键 Ctrl+ALT+G，或按住快捷键 Ctrl+Alt，移动鼠标到剪贴蒙版图层之间，当鼠标指针变为 状态时单击，即可取消剪贴蒙版。

量蒙版图层来限制图像的显示范围，以及如何使用调整图层来改变图像色调。

01 打开【素材】\【Ch08 素材】\【人物写意】\【人物写意.jpg】文件，如图 8-97 所示。拖动【背景图层】到【图层】面板底部的 ▣ 创建新图层图标上，复制图层如图 8-98 所示，用同样的方法连续复制四个图层，如图 8-99 所示。

图 8-97　人物写意　　　　图 8-98　【图层】面板 28　　　　图 8-99　复制【图层】面板

02 隐藏除【背景副本】外的所有图层，使用 ▣ 矩形工具，单击选项栏中的 ▣ 路径图标，在素材文件中创建矩形路径，如图 8-100 所示。选择【图层】>【矢量蒙版】>【当前路径】命令，效果如图 8-101 所示，创建矢量蒙版效果。

221

03 用同样的方法，在其他副本图层上创建矢量蒙版效果，如图 8-102 所示。

图 8-100　创建矩形路径　　　图 8-101　创建矢量蒙版效果 1　　　图 8-102　创建矢量蒙版效果 2

04 单击【图层】面板底部的 ƒ 添加图层样式图标，在弹出的菜单中选择【描边】命令，在打开的【描边】对话框中设置如图 8-103 所示的参数，然后切换到【投影】界面，设置对话框中的参数，如图 8-104 所示，效果如图 8-105 所示，为图像添加边框和投影效果。

05 在图层【图层副本】上右击，在弹出的快捷菜单中选择【拷贝图层样式】命令，如图 8-106 所示，然后在其他副本图层上分别右击，在弹出的快捷菜单中选择【粘贴图层样式】命令，如图 8-107 所示，效果如图 8-108 所示。

怎样在两个创建剪贴蒙版的图层追加剪贴蒙版？

答：若继续与其他图层创建剪贴蒙版效果，只可以与已创建的剪贴蒙版的两个图层与它相邻的下面一个图层做追加动作，不可跨越图层。

技术看板

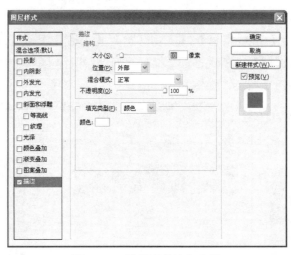

图 8-103　设置【描边】参数

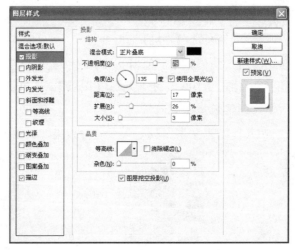

图 8-104　设置【投影】参数

图 8-105　添加图层效果

图 8-106　复制图层样式菜单

技术看板 当多个图层间创建剪贴蒙版，图像怎样显示?

答：当多个图层间创建剪贴蒙版，图像是以剪贴蒙版组中最底层的图像轮廓显示，而图像效果是以各图层间设置的混合模式及不透明度而定。

图 8-108　图像效果 5

图 8-107　粘贴图层样式菜单

06 　选中图层【背景副本 2】，单击【图层】面板底部的 创建新的填充或调整图层图标，在弹出的菜单中选择【色相/饱和度】命令，在打开的【色相/饱和度】对话框中设置如图 8-109 所示的参数，效果如图 8-110 所示，调整图层影响了其下面所有图层的色调。

07 　如果只想影响图层【背景副本 2】的色调，选中图层【色相/饱和度 1】，然后选择【图层】>【创建剪贴蒙版】命令，创建剪贴蒙版改变图像效果，如图 8-111 所示。

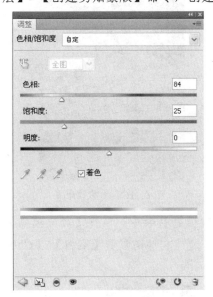

图 8-109　设置【色相/饱和度】对话框

图 8-110　图像效果 6

图 8-111　创建剪贴蒙版效果

08 　在图层【背景副本 3】上添加【渐变填充 1】调整图层，设置【渐变填充】对话框中的参数，如图 8-112 所示，然后创建剪贴蒙版，图 8-113 所示为渐变填充色完全遮盖底层的图像，再设置【渐变填充 1】的【混合模式】为【叠加】，【不透明度】为 50%，效果如图 8-114 所示。

223

在图层【组】中是否可创建蒙版？

答：可以在图层【组】中创建图层蒙版或剪贴蒙板，组蒙板会影响到组内所有的图层。

技术看板

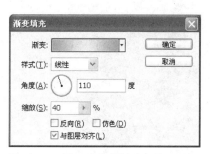

图 8-112　设置【渐变填充 1】对话框　　图 8-113　添加渐变填充效果　　图 8-114　图像效果 7

09 在图层【背景副本 4】上添加【色相/饱和度】调整图层，设置【色相/饱和度】对话框中的参数，如图 8-115 所示，然后创建剪贴蒙版，如图 8-116 所示。

图 8-115　设置【色相/饱和度】对话框　　　　图 8-116　图像效果 8

10 显示背景图层，选择【滤镜】>【模糊】>【径向模糊】命令，设置【径向模糊】对话框中的参数，如图 8-117 所示，效果如图 8-118 所示。最终文件请参看【素材】\【Ch08 素材】\【人物写意】\【人物写意.psd】文件。

图 8-117　设置【径向模糊】对话框　　　　图 8-118　图像效果 9

本实例主要讲解如何在剪贴蒙版中应用图层蒙版来限制调整图层所影响的区域。

01　打开【素材】\【Ch08 素材】\【小船轻轻】\【小船轻轻.jpg】文件，如图 8-119 所示。复制背景图层为图层【背景副本】。

02　使用 🔲 套索工具，选取人物大体轮廓，按住 Alt 键，单击【图层】面板底部的 🔲 添加图层蒙版图标，创建隐藏选区的图层蒙版，图层蒙版状态如图 8-120 所示。

图 8-119　小船轻轻

图 8-120　图层蒙版状态

03　设置前景色为白色，使用 🖊 画笔工具并设置为虚边画笔，降低画笔的不透明度，在人物头发边缘涂抹，修改图层蒙版状态如图 8-121 所示，图像效果如图 8-122 所示。

图 8-121　修改图层蒙版状态

图 8-122　图像效果 10

04　显示【背景】图层，选择图层【背景副本】，单击【图层】面板底部的 ⊘，创建新的填充或调整图层图标，在弹出的菜单中选择【渐变映射】命令，打开【渐变映射】对话框，如图 8-123 所示，在【渐变编辑器】对话框中设置的渐变颜色如图 8-124 所示，渐变颜色从左到右分别为 R=111、G=21、B=108；R=245、G=207、B=53，得到渐变效果如图 8-125 所示，生成的【渐变映射 1】图层影响其下的所有图层。

图 8-123　【渐变映射】对话框

225

05　按住快捷键 Ctrl+Alt，移动鼠标到图层【图层副本】与图层【渐变映射 1】之间，当鼠标指针变为 ⬤ 状态时单击，创建剪贴蒙版，并设置图层【渐变映射 1】的【不透明度】为 50%，效果如图 8-126 所示。

怎样快速将一个图层上的蒙版复制到另一个图层上？

答：要复制图层上的蒙板到另一个图层上，按住快捷键 Ctrl+Alt 的同时，拖动蒙版到欲要添加蒙板的图层上即可。　　**技术看板**

图 8-124　设置【渐变编辑器】

图 8-125　渐变映射效果

图 8-126　创建剪贴蒙版后效果

06 单击【图层】面板底部的 *fx* 添加图层样式图标，在弹出的菜单中选择【内发光】命令，在打开的【内发光】对话框中设置如图 8-127 所示的参数，在剪贴蒙版的底层添加内发光效果如图 8-128 所示。最终文件请参看【素材】\【Ch08 素材】\【小船轻轻】\【小船轻轻.psd】文件。

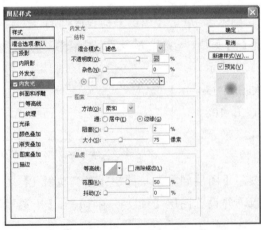

图 8-127　设置【内发光】参数

图 8-128　图像效果 11

技术看板　怎样快速为当前图层添加一个形状作为一个剪切路径？

答：要为当前图层添加一个形状作为一个剪切路径，你可以按下 Ctrl 键后单击添加图层蒙板图标，接着使用形状工具画出需要的形状。

学习链接

动态网站制作指南，提供学习 Photoshop 的教程：

http://www.knowsky.com/347318.html

8.2　填充图层

　　使用【新建填充图层】命令，建立填充图层。主要是以图层的形式建立纯色，渐变以及图案填充，创建填充图层的同时还有一个与其链接在一起的蒙版，对蒙版随时可进行编辑，控制填充图层影响的区域，还可以改变填充图层的【混合模式】、【不透明度】，来获得不同的图像效果。填充图层的内容可以随时更改，具有可调节性，其应用灵活方便。填充图层包括三种不同的填充方式：纯色、渐变和图案。

8.2.1　【纯色】命令

　　使用【纯色】命令，创建一个纯色的填充图层为图像修改颜色，在需要的时候只要双击颜色缩览图，在弹出的【拾取实色】对话框中选择新的颜色即可。

上机操作 23　**【纯色】命令**

　01　打开【素材】\【Ch08 素材】\【纯色填充.jpg】文件，如图 8-129 所示。

　02　选择【图层】>【新建填充图层】>【纯色】命令，或按住 Alt 键，单击【图层】面板底部的 ◢.创建新的填充或调整图层图标，在弹出的菜单中选择【纯色】命令，打开【新建图层】对话框，如图 8-130 所示，单击【确定】按钮，打开【拾取实色】对话框，如图 8-131 所示，从中选取颜色即可填充。

图 8-129　【纯色填充】图像

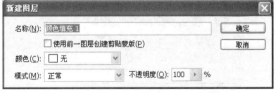

图 8-130　【新建图层】对话框

注　意

　　如果不按住 Alt 键，单击 ◢.创建新的填充或调整图层图标，是不会弹出【新建图层】对话框的。

什么是填充图层？

　答：主要是以图层的形式建立纯色，渐变以及图案填充，创建填充图层的同时还有一个与其链接在一起的蒙版。　　**技术看板**

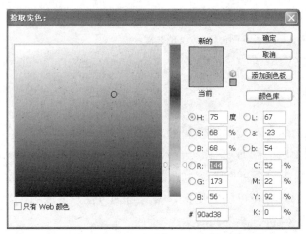

图 8-131 在【拾取实色】对话框中设置颜色

03 填充后的图像效果如图 8-132 所示，【图层】面板如图 8-133 所示。此时的填充图层可视为一个单色的图层，它具有随着画布大小变化而变化的特点。

图 8-132 新建填充图层

图 8-133 【图层】面板设置

04 对【颜色填充 1】图层的【混合模式】进行设置，如图 8-134 所示，图像效果如图 8-135 所示。

图 8-134 设置【图层】面板

图 8-135 图像效果 1

8.2.2 【渐变】命令

使用【渐变】命令，创建一个渐变填充图层为图像修改颜色，与填充图层一样随时更改渐变内容，实时地观察调整效果。

技术看板　使用填充图层有什么好处？

答：随时编辑与填充图层链接在一起的蒙版，控制填充图层影响的区域，改变填充图层的混合模式、不透明度，来获得不同的图像效果。填充图层的内容可随时更改，其应用灵活方便。

01 打开【素材】\【Ch08 素材】\【渐变填充.jpg】文件，如图 8-136 所示。

02 选择【图层】>【新建填充图层】>【渐变】命令，或者单击【图层】面板底部的 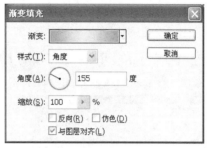 创建新的填充或调整图层图标，在弹出的菜单中选择【渐变】命令，在打开的【渐变填充】对话框中设置如图 8-137 所示的参数，选择一种预设的渐变色。

图 8-136 【渐变填充】图像

图 8-137 设置【渐变填充】对话框

【渐变填充】对话框中的参数设置：

- 渐变：设置填充的渐变颜色。单击色块右边的向下的三角形按钮，弹出【渐变填充】对话框，从中可以选择预设渐变颜色，如图 8-138 所示。也可以单击色块，弹出【渐变编辑器】对话框，如图 8-139 所示，从中调整需要的渐变颜色。

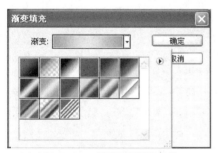

图 8-138 设置预设渐变色

图 8-139 设置新的渐变色

- 样式：设置填充渐变颜色的不同方式。
- 角度：设置填充渐变颜色的角度。
- 缩放：设置填充渐变颜色的比例，可以将渐变色缩放到适合图像的大小。
- 反向：选中此选项可以使填充的渐变颜色反转。
- 仿色：选中此选项，渐变颜色会添加一些杂色，使渐变效果比较和谐平滑。
- 与图层对齐：选中此选项，能够调整填充渐变颜色的位置，使它与图层对齐。

03 渐变填充的图像效果，如图 8-140 所示，【图层】面板状态，如图 8-141 所示。

渐变填充图层有几种渐变填充方式？

答：在【渐变填充】对话框中的【样式】选项中，提供了线性渐变、径向渐变、角度渐变、对称渐变及菱形渐变五种渐变方式。

技术看板

图 8-140　渐变填充效果图

图 8-141　【图层】面板 1

04 设置【渐变填充 1】图层的【混合模式】为【颜色】并编辑图层蒙版，【图层】面板如图 8-142 所示，图像效果如图 8-143 所示。

图 8-142　【图层】面板状态

图 8-143　图像效果 2

8.2.3　【图案】命令

使用【图案】命令，可以创建图案填充图层，它的最大优点是可以对填充的图案进行缩放操作，而【填充】命令中的图案填充却没有这项功能。

上机操作 25　【图案】命令

01 打开【素材】\【Ch08 素材】\【图案填充.jpg】文件，如图 8-144 所示。

02 选择【图层】>【新建填充图层】>【图案】命令，或者单击【图层】面板底部的，创建新的填充或调整图层图标，在弹出的菜单中选择【图案】命令，在打开的【图案填充】对话框中进行设置，选择一种预设的图案，如图 8-145 所示。

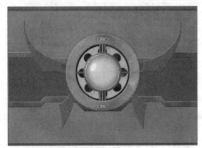

图 8-144　【图案填充】图像

图 8-145　【图案填充】对话框

技术看板　图案填充图层怎样选择图案进行填充？
答：选择【图层】>【新建填充图层】>【图案】命令，或单击【图层】面板底部的创建新的填充或调整图层图标，在弹出的菜单中选择【图案】命令，打开【图案填充】对话框，从中选择图案。

【图案填充】对话框中的参数设置：

- 图案：单击右边的 下拉按钮，打开【图案拾色器】对话框，如图 8-146 所示，从中选择一种图案进行填充，也可以单击 向右三角形按钮，弹出的菜单如图 8-147 所示，载入其他图案。另外，还可以使用【定义图案】命令自定义图案进行填充。

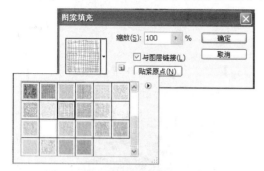

图 8-146 【图案拾色器】对话框

图 8-147 菜单

- 缩放：设置填充图案的缩放比例，使其符合图像的要求。
- 与图层链接：填充的样本图层与图层链接。
- 贴紧原点：设置图案位置回到原始位置。

03 添加图案填充图层，在图像中增加纹理效果，如图 8-148 所示。

04 在图层【图案填充 1】上添加蒙版，在需要的图像部分显示纹理。隐藏图层【图案填充 1】，在背景图层上，使用 魔棒工具，选取图像如图 8-149 所示，再选择【选择】>【反向】命令反转选区。

图 8-148 填充图案效果

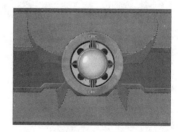

图 8-149 选取图像

05 选中图层【图案填充 1】上的蒙版缩览图，使用 油漆桶工具，填充黑色，设置图层【混合模式】为【正片叠底】，得到的图像效果如图 8-150 所示，设置的【图层】面板如图 8-151 所示。

图 8-150 图像效果 3

图 8-151 【图层】面板 2

231

【填充】命令与【填充图层】命令的区别是什么？

答：【填充】命令不能自动生成新图层，不能随时更改填充内容。

技术看板

8.2.4 【填充】命令

使用【填充】命令，也可以对图像的全部或选区使用颜色、图案、历史状态等进行填充，同时可以设置填充的不透明度、混合模式。它与【填充图层】命令的区别在于不能自动生成新图层，不能随时更改填充的内容。

上机操作 26　【填充】命令

01 打开【素材】\【Ch08 素材】\【填充.jpg】文件，如图 8-152 所示。

02 使用魔棒工具，选取图像白色区域，如图 8-153 所示。

图 8-152　【填充】图像　　　　　图 8-153　选区图像

03 选择【编辑】>【填充】命令，在打开的【填充】对话框中设置如图 8-154 所示的参数，使用彩色纸图案填充，效果如图 8-155 所示。

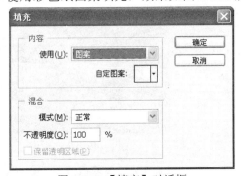

图 8-154　【填充】对话框　　　　　图 8-155　图像效果 3

【填充】对话框中的参数设置：

- 使用：在此选择填充类型，如图 8-156 所示，共包括 8 种填充类型。
- 图案：选择此项后，单击右边的下拉按钮，打开【图案拾色器】对话框，如图 8-157 所示，从中选择一种图案进行填充，也可以单击向右三角形按钮弹出的菜单如图 8-158 所示，载入其他图案。另外，还可以使用【定义图案】命令自定义图案进行填充。
- 模式：设置填充图案与当前要填充图像之间的混合模式。

图 8-156　填充类型

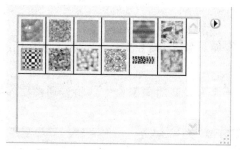

图 8-157 【图案拾色器】对话框

图 8-158 菜单

- 不透明度：设置填充图案的不透明度。

保留透明区域：选择此选项，只对当前图层中的像素进行填充，透明区域不被填充。

8.3 智能对象图层

在 Photoshop 中智能对象表现为一个图层，在图层缩览图右下方有一个![]标志。智能对象就是将一个图像文件置入到另一个图像文件中，对置入的图像文件可进行编辑操作。它有一些特殊的功能，一是当复制了多个智能对象后，只需要对其中的任意一个智能对象进行编辑，所有的复制对象都可以随之更新，这就提高了工作效率。二是在单个的智能对象图层上可以添加图层样式和调整图层，这给工作提供了极大的方便。三是智能对象应用滤镜命令后，可以随时调整。

8.3.1 创建智能对象

创建智能对象的菜单命令有多种，要根据自己的需要选择适当的方法。

1.【转换为智能对象】命令

在【图层】面板中选中要转换的图层，选择【图层】>【智能对象】>【转换为智能对象】命令，将普通图层转换为智能对象图层。

2.【通过拷贝新建智能对象】命令

选中图层，选择【图层】>【智能对象】>【通过拷贝建立智能对象图层】命令，或拖动智能对象图层到【图层】面板底部的 ![] 创建新图层图标上，建立智能对象图层。

3.【置入】命令

选择【文件】>【置入】命令，在弹出的对话框中选择一个矢量的 EPS 格式、PSD 格式或其他格式的图像文件。

4.直接拖入

直接将一个 PDF 文件或 AI 软件中的图像拖入到 Photoshop 图像文件中，创建智能对象。

5.拷贝

在矢量软件中对矢量对象选择【拷贝】命令，然后回到 Photoshop 中选择【粘贴】命令，创建智能对象。

智能对象有哪些特殊功能？

答：复制多个智能对象后，只需对其中的一个智能对象进行编辑，所有的复制对象都随之更新；在单个智能对象图层上可添加图层样式和调整图层；智能对象应用滤镜命令后，可以随时调整。

技术看板

01　打开【素材】\【Ch08 素材】\【智能对象 1.jpg】文件，如图 8-159 所示，【图层】面板如图 8-160 所示。

02　选择【图层】>【智能对象】>【转换为智能对象】命令，将普通图层转换为智能对象图层，【图层】面板如图 8-161 所示。

图 8-159　【智能对象 1】图像

图 8-160　【图层】面板 1

图 8-161　转换为智能对象

03　选择【图层】>【智能对象】>【通过拷贝建立智能对象图层】命令，或拖动智能对象【图层 1】到【图层】面板底部的　创建新图层图标上，复制智能对象图层，【图层】面板如图 8-162 所示。

04　用上述同样的方法，再复制两个智能对象图层。按快捷键 Ctrl+T，分别将复制的智能对象缩放到 34%，并调整到适当的位置，如图 8-163 所示。

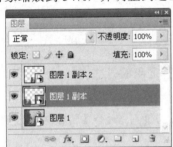

图 8-162　【图层】面板 2

图 8-163　复制智能对象效果

05　选中【图层 1 副本】，按住 Alt 键，单击【图层】面板底部的　创建新的填充或调整图层按钮，在弹出的菜单中选择【色相/饱和度】命令，打开【新建图层】对话框，选中【使用前一图层创建剪贴蒙版】选项，如图 8-164 所示，单击【确定】按钮，在相继打开的【色相/饱和度】对话框中设置的参数如图 8-165 所示，单击【确定】按钮，图像效果如图 8-166 所示。

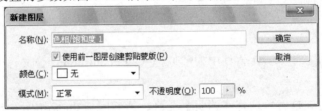

图 8-164　【新建图层】对话框

图 8-165　设置【色相/饱和度】对话框

图 8-166　图像效果 1

06　选中【图层 2 副本】，按住 Alt 键，单击【图层】面板底部的 ⊘. 创建新的填充或调整图层按钮，在弹出的菜单中选择【颜色填充】命令，打开【新建图层】对话框，选中【使用前一图层创建剪贴蒙版】选项，单击【确定】按钮，在相继打开的【拾取实色】对话框中设置的参数如图 8-167 所示，单击【确定】按钮，设置【颜色填充 1】图层的【混合模式】为【颜色】，【不透明度】为 60%，图像效果如图 8-168 所示。

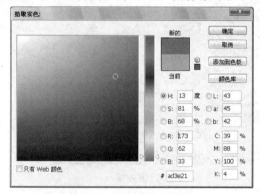

图 8-167　设置填充颜色

图 8-168　图像效果 2

07　选中【图层 3 副本】，用上述方法，再添加一个颜色填充图层，填充颜色为 R=32、G=137、B=45，图像效果如图 8-169 所示，【图层】面板如图 8-170 所示。

图 8-169　图像效果 3

图 8-170　【图层】面板 3

235

怎样快速删除图层？

答：按住 Alt 键，单击【图层】调板底部的删除图层图标，能够在不弹出任何确认提示的情况下删除图层，而这个操作在通道和路径中同样适用。

技术看板

08 在 Illustrator CS4 软件中，打开【素材】\【Ch08 素材】\【智能对象 2.eps】，如图 8-171 所示。使用 选择工具，框选整个图像如图 8-172 所示，然后拖入到 Photoshop 图像文件中，创建智能对象，【图层】面板如图 8-173 所示，图像效果如图 8-174 所示。

图 8-171 【智能对象 2】图像

图 8-172 框选整个图像

图 8-173 【图层】面板 4

图 8-174 图像效果 4

8.3.2 智能滤镜

我们都知道，滤镜是特效之源，能够提供无限创意，在发挥我们创造力的时候，简直就是毫无障碍了。如果对一个智能对象图层使用多个滤镜效果，允许用户像管理图层效果一样来管理这个层的滤镜效果，若对应用某滤镜的效果不太满意，可以暂时关闭，或者退回到应用滤镜前的初始状态。

要对图层中的图像应用智能滤镜，首先要使用创建智能对象命令，把普通图层转换成智能对象图层。还有一个更简单的方法，选择【滤镜】>【转换成智能滤镜】命令，选中的图层转换成智能对象。接下来我们通过具体操作说明其用法。

上机操作 28　应用智能滤镜

01 打开【素材】\【Ch08 素材】\【应用智能滤镜 1.jpg】文件，如图 8-175 所示，按快捷键 Ctrl+J，复制图层。

技术看板　使用智能滤镜有什么好处？

答：如果对一个智能对象图层使用多个滤镜效果，允许用户像管理图层效果一样来管理这个层的滤镜效果，若对应用某滤镜效果不满意，可暂时关闭，或者退回到应用滤镜前的初始状态。

02　选择【滤镜】>【转换成智能滤镜】命令，这个时候会弹出一个对话框如图 8-176 所示，询问是否启用可重新编辑的智能滤镜，只要单击【确定】按钮，选中的图层转换成智能对象。

图 8-175　【应用智能滤镜 1】图像　　　　　　　　图 8-176　警告框 1

03　分别选择【滤镜】>【像素化】>【马赛克】命令、【像素化】>【碎片】命令、【滤镜】>【画笔描边】>【成角的线条】命令及【滤镜】>【锐化】>【USM 锐化】命令，设置的参数如图 8-177～图 8-179 所示，得到如图 8-180 所示的图像效果。

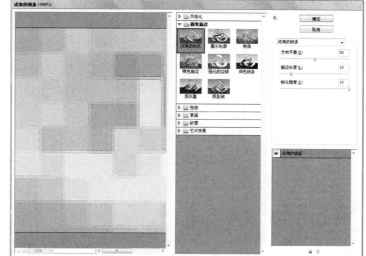

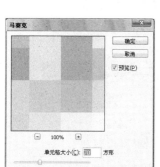

图 8-177　设置【马赛克】对话框中的参数　　　图 8-178　设置【成角线条】对话框中的参数

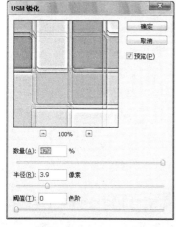

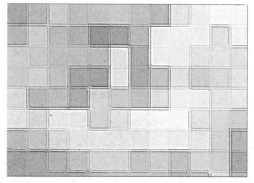

图 8-179　设置【USM 锐化】对话框中的参数　　　　　图 8-180　图像效果 5

237

怎样显示或隐藏添加的应用滤镜效果？

答：智能对象应用了滤镜之后，【图层】面板中出现指示滤镜效果图标，通过单击其后面的显示图层效果按钮显示或隐藏应用的滤镜，单击滤镜前面的眼睛图标将其隐藏时可暂时关闭滤镜效果。

技术看板

04 设置【混合模式】为【颜色加深】,【不透明度】为 50%,图像效果如图 8-181 所示。图 8-182 所示为【图层】面板中出现 ⦿ 指示滤镜效果图标,说明此图层应用了智能滤镜功能,并且我们所应用的滤镜都在面板中列出,如果对某个滤镜效果感到不满意,单击其前面的 ◉ 切换单个滤镜可视性图标使其隐藏,可以暂时关闭,不应用此滤镜效果。单击 ⦿ 指示滤镜效果图标后面的 ▲ 向上小三角形按钮,使其变为向下三角形按钮,隐藏应用滤镜,如图 8-183 所示。

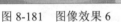

图 8-181　图像效果 6

图 8-182　【图层】面板 5

图 8-183　隐藏应用智能滤镜

05 应用不同智能滤镜效果及其对应的【图层】面板,如图 8-184～图 8-187 所示。如果不需要某种滤镜效果,拖动其到面板底部的 🗑 删除图标上将其删除即可。

图 8-184　图像效果 7

图 8-185　对应的【图层】面板 1

图 8-186　图像效果 8

图 8-187　对应的【图层】面板 2

8.3.3　编辑智能对象

智能对象图层也是一种特殊的图层,像文字图层一样无法使用绘图工具直接对其进行操作,必须先栅格化智能对象。在栅格化之前可对智能对象进行编辑、导出及替换等操作。

技术看板　怎样删除不满意的滤镜效果?
答:在【图层】面板中,拖动不满意的滤镜效果到面板底部的 🗑 删除图标上,将其删除即可。

238

1.【编辑内容】命令

选择【图层】>【智能对象】>【编辑内容】命令，对智能对象进行编辑，当编辑完成后存储文件，更改的结果直接反馈到 Photoshop CS4 中的文件。

2.【导出内容】命令

选择【图层】>【智能对象】>【导出内容】命令，可以将智能对象导出成一个单独的文件。

3.【替换内容】命令

选择【图层】>【智能对象】>【替换内容】命令，可将智能对象替换成另外一个位图或矢量图像文件。

上机操作 29　妙用智能对象

01　打开【素材】\【Ch08 素材】\【智能对象妙用.psd】文件，如图 8-188 所示，【图层】面板如图 8-189 所示。

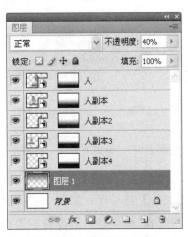

　　　图 8-188　图像效果 9　　　　　　　　　　图 8-189　【图层】面板 7

02　选中智能对象图层【人】，选择【图层】>【智能对象】>【编辑内容】命令，这个时候会弹出一个对话框如图 8-190 所示，询问是否应用对智能对象的编辑效果，单击【确定】按钮，启动 Illustrator CS3 程序，打开智能对象，选择工具箱中的直接选择工具，按住 Shift 键，选择人物上衣上的橙黄色，替换为绿色，如图 8-191 所示，退出 Illustrator CS3 程序，弹出如图 8-192 所示对话框，询问是否存储对图像的更改，单击【是】按钮。

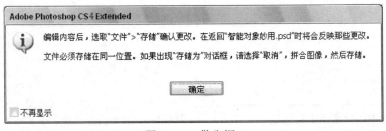

图 8-190　警告框 2

有关智能对象的【编辑内容】命令是指什么？

答：在【图层】面板中，选中智能对象图层，选择【图层】>【智能对象】>【编辑内容】命令，对智能对象进行编辑，当编辑完成后存储文件，更改的结果直接反馈到 Photoshop CS4 中的文件。

技术看板

239

图 8-191　编辑图像效果

图 8-192　警告框 3

03　返回到 Photoshop CS4，对智能对象图层【人】的编辑效果，所有智能对象图层【人副本】都随之更新，如图 8-193 所示，【图层】面板如图 8-194 所示。

图 8-193　智能对象图层后图像效果

图 8-194　【图层】面板 8

04　选择【图层】>【智能对象】>【替换内容】命令，选择【文件】>【置入】命令，打开【置入】对话框，如图 8-195 所示，选择【智能对象妙用 1.jpg】图像，效果如图 8-196 所示，替换的图像继承了被替换图像的所有属性，【图层】面板如图 8-197 所示。

图 8-195　【置入】对话框

图 8-196　替换内容效果　　图 8-197　【图层】面板 9

技术看板　有关智能对象的【替换内容】命令是指什么？
答：在【图层】面板中，选中智能对象图层，选择【图层】>【智能对象】>【替换内容】命令，可将智能对象替换成另外一个位图或矢量图像文件。

8.3.4　栅格化智能对象

智能对象图层属于一种特殊的图层，无法进行图像编辑操作及直接使用图像调整命令，要想对其进行此类操作，将智能对象栅格化。值得注意的是，将智能对象栅格化后，这种特殊的图层转换为普通的图层，将无法再继续编辑智能对象操作了。

1.【栅格化】命令

选择【图层】>【智能对象】>【栅格化】命令，智能对象图层转换为普通图层。

2.【智能对象】命令

选择【图层】>【栅格化】>【智能对象】命令，智能对象图层转换为普通图层。

3.【图层】>命令，

【图层】>【栅格化】>【图层】命令，智能对象图层转换为普通图层。

8.4　调整图层

使用【新建调整图层】命令，创建调整图层。在创建调整图层的同时也有一个与其链接在一起的蒙版。编辑蒙版，控制调整图层影响的区域，还可以改变调整图层的【混合模式】及【不透明度】来获得不同的图像效果。利用调整图层对图像的颜色和色调进行调整时，不会修改图像中的像素，在操作上具有很大的灵活性、重复性和特效性。有关调整图层的知识请参看第 10 章介绍。

原图像如图 8-198 所示，利用调整图层得到的图像效果如图 8-199 所示。

图 8-198　原图像　　　　　　　　图 8-199　图像效果

8.5　形状图层

使用图形工具及钢笔工具可以创建形状图层，此类图层是在图像中创建由前景色填充的几何形状，实际上是使用了矢量蒙版的填充图层，通过路径编辑工具对矢量蒙版进行调整，可以重新定义形状图层的形状，具有非常灵活的编辑性。有关形状图层请参看第 12 章介绍。

图 8-200 所示为使用形状工具制作的图像效果。

241

图 8-200　形状图层效果

8.6　文字图层

文字图层与普通图层的区别是只能对文字进行自由变换，添加图层样式，颜色、字体、字号的改变，无法使用编辑绘图工具像画笔、渐变工具等对其进行操作，如果对文字进行编辑时，必须栅格化文字图层，即将文字图层变为普通图层。

上机操作 30　栅格化文字图层

01　打开【素材】\【Ch08 素材】\【栅格化文字图层.jpg】文件，如图 8-201 所示，使用**T**横排文字工具在图像中输入文字，如图 8-202 所示。文字以文字图层形式存在，如图 8-203 所示，输入文字后，图层的名称与输入的文字相同。

图 8-201　【栅格化文字图层】图像

图 8-202　输入文字

02　如果要改变输入的文字，选中输入的文字，直接输入文字即可，输入的文字将保持原文字所具有的图层样式、颜色、字体、字号等属性，如图 8-204 所示。

图 8-203　【图层】面板状态

图 8-204　改变文字

03　如果使用编辑绘图工具对文字图层进行操作时，便会弹出如图 8-205 所示的警告对

技术看板　栅格化文字图层后，还能对字体的属性进行修改吗？
答：不能再对文字的字体、字号及字间距等文字属性进行修改。

话框，单击【确定】按钮，栅格化文字图层，文字图层变为普通图层，文字变为图像，不能再改变文字的字体及字号。有关文字工具请参看第 13 章。

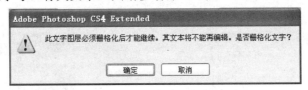

图 8-205　警告对话框

8.7　综合实例——动感飞车

视频教学
光盘路径：【视频】文件夹中【Ch08】文件夹中的【动感飞车.psd】文件

1．实例分析

本实例为新上市的机车制作店内宣传海报，机车是男人的钢铁宠物，男人喜欢它的风驰电掣，拥有一部冲力十足的机车，再大的困难也能轻松飞跃！OK，创意灵感来了我们要做的就是机车冲破黑幕，横定出现的效果，黑幕寓意着困难，而飞跃而出的机车，不但是海报的焦点，突出了实物的感觉，而且表现了性能优越，更能吸引男人的目光，激起极想购买的欲望。

2．制作过程

首先制作背景，应用滤镜中的【云彩】和【马赛克】命令，制作云雾式的马赛克图像效果，接着应用滤镜【波浪】命令，将马赛克图像制作成不规则的具有立体感的图像效果，再应用【添加杂色】和【径向模糊】滤镜制作动态线效果。应用【色相/饱和度】命令，调整图像的色彩，为图像着色。最后应用滤镜【动感模糊】命令，制作动感飞车效果。

（1）制作黑幕效果

01　选择【文件】>【打开】命令，打开【素材】\【Ch08 素材】\【动感飞车】\【01.jpg】文件，如图 8-206 所示。

02　单击【图层】面板底部的 📄 创建新图层图标，新建【图层 1】，添加云彩效果。按D 键，设置前景色与背景色为默认色，选择【滤镜】>【渲染】>【云彩】命令，制作出黑白云彩效果，反复按快捷键 Ctrl+F，直到出现满意的云彩效果，如图 8-207 所示。

图 8-206　【01】图像

图 8-207　云彩效果

243

怎样增强图像的明暗对比度？

答：选择【图像】>【调整】>【色阶】命令，或按快捷键 Ctrl+L，打开【色阶】对话框，分别拖动柱状图下方的黑白色的滑块，可增加图像明暗对比。

技术看板

03 选择【图像】>【调整】>【色阶】命令，打开【色阶】对话框，如图 8-208 所示，分别拖动柱状图下方的黑白色的滑块，加强云彩的明暗效果，如图 8-209 所示，对比度加强云彩效果更加突出。

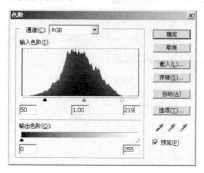

图 8-208 设置【色阶】对话框中的参数 1

图 8-209 增加对比度

04 选择【滤镜】>【像素化】>【马赛克】命令，设置【马赛克】对话框中的参数，如图 8-210 所示，将云彩图像制作成正方形的马赛克，效果如图 8-211 所示再来制作马赛克效果。

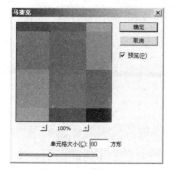

图 8-210 设置【马赛克】对话框中的参数

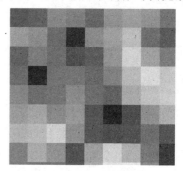

图 8-211 马赛克效果

05 按快捷键 Ctrl+U，打开【色相/饱和度】对话框，设置【色相/饱和度】对话框中的参数，如图 8-212 所示，效果如图 8-213 所示，为黑白图像着色。

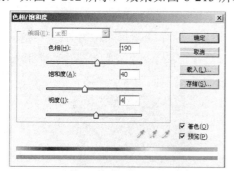

图 8-212 设置【色相/饱和度】对话框中的参数 1

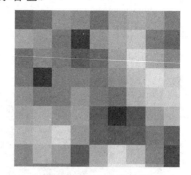

图 8-213 图像色彩

06 按快捷键 Ctrl+J，复制【图层 1】为【图层 1 副本】，隐藏【图层 1 副本】，选择【图层 1】，再选择【滤镜】>【扭曲变形】>【波浪】命令，设置【波浪】对话框中的参数如图 8-214

技术看板

怎样调整图像的色相及饱和度？

答：选择【图像】>【调整】>【色相/饱和度】命令，或按快捷键 Ctrl+U，打开【色相/饱和度】对话框，调整色相下面滑块可重新设置图像的色相，调整饱和度下面滑块可增加色相的饱和度。

所示，使马赛克图像产生不规则的效果，如图 8-215 所示。

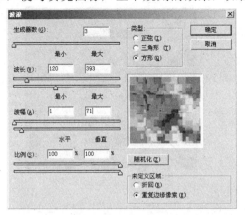

图 8-214　设置【波浪】对话框中的参数

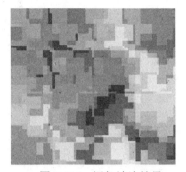

图 8-215　添加波浪效果

07　选择【编辑】>【渐隐波浪】命令，设置【渐隐】对话框中的参数如图 8-216 所示，淡化图像效果如图 8-217 所示。

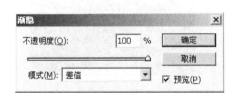

图 8-216　设置【渐隐】对话框中的参数

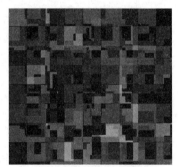

图 8-217　图像效果 1

08　按快捷键 Ctrl+U，打开【色相/饱和度】对话框，设置【色相/饱和度】对话框中的参数如图 8-218 所示，改变图像的色彩，效果如图 8-219 所示。

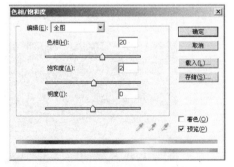

图 8-218　设置【色相/饱和度】对话框中的参数 2

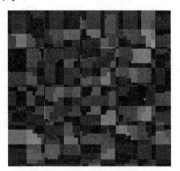

图 8-219　图像颜色效果

09　选择【图层 1 副本】，选择【滤镜】>【风格化】>【查找边缘】命令，在白色背景上显示出马赛克图像的边界线，如图 8-220 所示。按快捷键 Ctrl+I，反相图像，在黑色的背景上

怎样淡化滤镜效果？
答：选择【编辑】>【渐隐】命令，或按快捷键 Shift+Ctrl+F，打开【渐隐】对话框，设置相应的参数，淡化上一步图像效果。　　　**技术看板**

显示出马赛克的边界线，效果如图 8-221 所示。

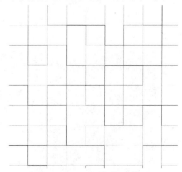

图 8-220　查找边缘效果

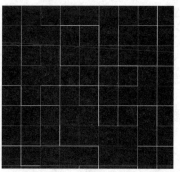

图 8-221　反相图像效果

10　按快捷键 Ctrl+L，打开【色阶】对话框，设置【色阶】对话框中的参数如图 8-222 所示，加强边界线的亮度，效果如图 8-223 所示，线条的亮度提高，效果更加突出。

图 8-222　设置【色阶】对话框中的参数 2

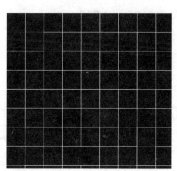

图 8-223　提高线条亮度

11　选择【滤镜】>【扭曲】>【波浪】命令，设置【波浪】对话框中的参数如图 8-224 所示，效果如图 8-225 所示，马赛克边界线变成不规则的线段效果。

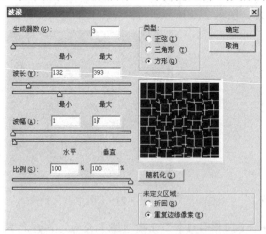

图 8-224　设置【波浪】对话框中的参数

图 8-225　边界线效果

技术看板　怎样将一个图层快速复制到一个新文档中？

答：按下 Alt 键后将图层拖动到【图层】调板底部的创建新图层图标上，打开【复制图层】对话框，选择【文档】选项中的【新建】，单击【确定】按钮，可以将这个图层复制到一个新文档中。

12 设置【图层】面板参数如图 8-226 所示，效果如图 8-227 所示，边界线的白色与下面图层的图像混合，按快捷键 Ctrl+E，向下合并图层【图层 1 副本】与【图层 1】为【图层 1】。

图 8-226 设置【图层】面板中的参数

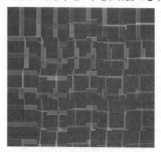

图 8-227 图像效果 2

（2）制作光线四射的效果

01 单击【图层】面板底部的 创建新图层图标，新建【图层 2】，填充黑色。选择【滤镜】>【杂色】>【添加杂色】命令，设置【添加杂色】对话框中的参数如图 8-228 所示，黑色图像上添加了杂色，效果如图 8-229 所示。

图 8-228 设置【添加杂色】对话框中的参数

图 8-229 添加杂色效果

02 选择【滤镜】>【像素化】>【晶格化】命令，设置【晶格化】对话框中的参数如图 8-230 所示，效果如图 8-231 所示，白色像素增多。

图 8-230 设置【晶格化】对话框中的参数

图 8-231 白色像素增多

247

使用什么命令可增强图像的明暗对比度？

答：使用【图像】>【色阶】命令，可调整图像明暗对比度。

技术看板

03 按快捷键 Ctrl+L，打开【色阶】对话框，设置【色阶】对话框中的参数如图 8-232 所示，效果如图 8-233 所示，提高对比度白色的杂点变得更清晰。

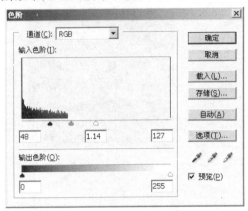

图 8-232　设置【色阶】对话框中的参数 3

图 8-233　图像效果更清晰

04 选择【滤镜】>【模糊】>【径向模糊】命令，设置【径向模糊】对话框中的参数如图 8-234 所示，效果如图 8-235 所示，白色的杂点从而产生从中央向外扩散的动感效果。

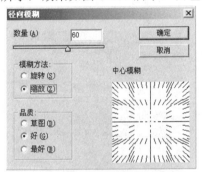

图 8-234　设置【径向模糊】对话框中的参数

图 8-235　产生向外辐射效果

05 设置【图层 2】面板的【混合模式】为【滤色】，效果如图 8-236 所示，从中央向外扩散的动感效果列加明显。复制【图层 2】为【图层 2 副本】，图像中的白色像素表现得更突出，如图 8-237 所示，按快捷键 Ctrl+E，向下合并图层【图层 2 副本】与【图层 2】为【图层 2】。

图 8-236　设置混合模式效果

图 8-237　复制图层效果

怎样制作放射状的图像效果？

技术看板　答：选择【滤镜】>【模糊】>【径向模糊】命令，可制作放射状效果。

（3）制作洞口效果

01 选择【图层 1】，使用✎多边形套索工具，在【图层 1】图像上选取一个不规则的区域，如图 8-238 所示，按快捷键 Shift+F6，打开【羽化】对话框，设置对话框中的参数如图 8-239 所示，效果如图 8-240 所示，得到的选取区域比较平滑。

  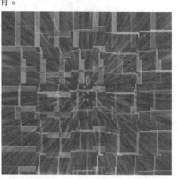

图 8-238　创建不规则选区　　图 8-239　设置【羽化】对话框中的参数　　图 8-240　平滑选区效果

02 按 Delete 键，删除选区部分的图像，选择【选择】>【修改】>【边界】命令，设置【边界】对话框中的参数如图 8-241 所示，得到选区如图 8-242 所示。

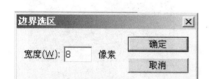

图 8-241　设置【边界】对话框中的参数　　　　　图 8-242　选区效果

03 分别按键盘上的↑和←键，向左上方移动选区到如图 8-243 所示的位置，按快捷键 Ctrl+L，打开【色阶】对话框，设置对话框中的参数如图 8-244 所示，效果如图 8-245 所示，降低选区中图像的亮度，使洞口边缘产生厚度感。

 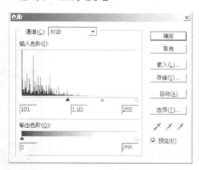 

图 8-243　移动选区位置　　　图 8-244　设置【色阶】对话框中的参数 4　　　图 8-245　洞口边缘效果

怎样快速给图层重命名及设置图层识别颜色？

答：按下 Alt 键后，在【图层】调板中的图层上双击，打开【图层属性】对话框，对图层进行重命名及设置图层识别颜色。

技术看板

04 再次按键盘上的→和↓键，向右下方移动选区到如图 8-246 所示的位置，按快捷键 Ctrl+L，打开【色阶】对话框，设置对话框中的参数如图 8-247 所示，效果如图 8-248 所示，得到洞口边缘反光面的效果，按快捷键 Ctrl+D，取消选区。

图 8-246　移动选区位置

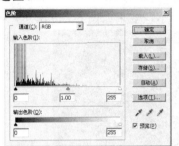

图 8-247　设置【色阶】对话框中的参数

05 按 D 键，设置前景色为黑色，选择【图层 2】，单击【图层】面板底部的 ⬜ 添加图层蒙版图标，添加图层蒙版。使用 ✐ 画笔工具，在选项栏中设置适当的参数，前景色设置为黑色将洞口中间部分的动感线涂抹掉，效果如图 8-249 所示，动感背景图像效果制作完成，下面为动感背景图像添加动感飞车。

图 8-248　得到洞口反光面

图 8-249　洞口效果

（4）制作动感飞车

01 打开【素材】\【Ch08 素材】\【动感飞车】\【02.jpg】文件，如图 8-250 所示。使用 ✺ 魔棒工具，选取素材文件中的背景色，选择【选择】>【反向】命令，反选图像。再使用 ⊹ 移动工具，拖动选中的图像到新建的文件中，并调整其大小放置到适当的位置，如图 8-251 所示。

图 8-250　【02】图像

图 8-251　放置位置

技术看板　怎样使新建的图层或组插入到当前图层或组的下方？
答：按下 Ctrl 键后，单击【图层】调板底部的创建新图层或创建新组图标，就能够让新的图层或组插入到当前图层或组的下方。

02　使用 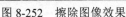橡皮擦工具，擦除多余的图像如图 8-252 所示。按快捷键 Ctrl+L，打开【色阶】对话框，设置对话框中的参数如图 8-253 所示，加强摩托车的对比度，效果如图 8-254 所示。

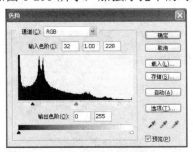

图 8-252　擦除图像效果　　　　图 8-253　设置【色阶】对话框中的参数 5　　　　图 8-254　图像效果 3

03　下面制作动感效果。复制【图层 3】为【图层 3 副本】，隐藏【图层 3 副本】，选择【图层 3】，选择【滤镜】>【模糊】>【动感模糊】命令，设置【动感模糊】对话框中的参数如图 8-255 所示，效果如图 8-256 所示，得到动态效果。

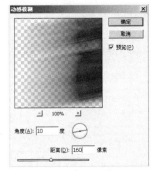

图 8-255　设置【动感模糊】对话框参数　　　　图 8-256　动感模糊图像效果

04　选择【图层 3 副本】，单击【图层】面板底部的 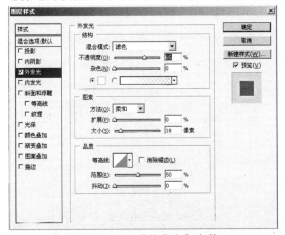 添加图层样式图标，在弹出的菜单中选择【外发光】命令，设置对话框中的参数如图 8-257 所示，效果如图 8-258 所示。

图 8-257　设置【外发光】参数　　　　图 8-258　图像效果 4

251

05 使用 T 横排文字工具，在图像的右下方输入文字，如图 8-259 所示，一幅动感十足的飞车效果制作完成。最终文件参看【素材】\【Ch08 素材】\【动感飞车】\【动感飞车.psd】文件。

图 8-259　动感飞车效果图

学习链接

精英学校 Photoshop 教程，提供了学习 Photoshop 的实例教程：

http://www.68design.net/graphic/photoshop/list-1.html

第9章 高级图层管理——图层混合与图层样式

学 习 内 容	分 配 时 间	重 点 级 别	难 度 系 数
图层混合及其相关命令	150 分钟	★★★	★
综合实例	150 分钟	★★★	★★★

9.1 图层混合

当两个图层图像重叠时，Photoshop 提供了上下图层图像颜色间多种不同的色彩演算方法，这就是混合模式，是图像合成时最为常用的一种操作技术。不同的混合模式会产生不同的图像效果，适当地应用混合模式，会得到更好的作品。

图层的混合模式种类繁多，而且在处理不同的图像时，就算用户使用同样的混合模式，得到的效果也会不同，因此使用混合模式时只有不断尝试才能得到最佳的效果。下面详细讲解这些混合模式。

9.1.1 正常

正常混合模式就是将上层的图像直接完全覆盖在下层的图像上，这两个图层间的混合与叠加关系只以上方图层的【不透明度】而定。当【不透明度】设值为 100%时，该混合模式将正常显示当前层，且该图层的显示不受其他图层的影响。当【不透明度】设定值小于 100%时，当前图层的每个像素点的颜色将受到其他图层的影响，根据当前的不透明度值和其他层的色彩来确定显示的颜色。

上机操作 1 正常

01 打开【素材】\【Ch09 素材】\【混合模式 1.psd】文件，如图 9-1 所示，【图层】面板如图 9-2 所示，【图层 1】的【不透明度】为 100%，【图层 1】中的图像完全覆盖背景图层中的图像。

02 设置【图层 1】的【不透明度】为 50%，图像效果如图 9-3 所示，背景图层的图像显示出来，并且随着【图层 1】不透明度的降低，下方图层将显示得越来越清晰。

什么是图层混合模式?

答：图层混合模式是 Photoshop 提供的两个或多个图层之间多种不同的色彩演算方法。

技术看板

图 9-1　【混合模式 1】图像　　　　图 9-2　【图层】面板 1　　　图 9-3　【不透明度】为 50%的效果 1

9.1.2　溶解

溶解混合模式将控制上层图像以点状方式喷洒显示，通过调整不透明度可以修改点状显示的密度，不透明度越低则喷洒的越稀疏。

上机操作 2　溶解

01 打开【素材】\【Ch09 素材】\【混合模式 2.psd】文件，如图 9-4 所示，【图层】面板如图 9-5 所示。

图 9-4　【混合模式 2】图像　　　　　　　图 9-5　【图层】面板 2

02 设置【图层 1】的【混合模式】为【溶解】，【不透明度】为 100%，图像的边缘有明显的颗粒化效果，如图 9-6 所示。设置【图层 1】的【不透明度】为 40%，图像的颗粒化越来越稀疏，背景图层的图像显示出来，如图 9-7 所示。随着【图层 1】不透明度的降低，下方图层将显示得越来越清晰。

图 9-6　【不透明度】为 100%的效果 1　　　图 9-7　【不透明度】为 40%的效果 1

技术看板　图层正常混合模式的特点？
答：此种混合模式只与上方图层的【不透明度】有关，当【不透明度】设定值为 100%时，将正常显示最上层，且其他图层的显示不受影响；当【不透明度】设定值小于 100%时，当前图层的每个像素点的颜色将受到其他图层的影响，根据当前的不透明度值和其他图层的色彩来确定显示的颜色。

9.1.3 变暗

变暗混合模式是一种比较式的混色模式，以上层图像的颜色做基准，下层图像的色彩比上层深的会被保留，比上层色彩浅的将被上层色彩取代，因此两个图层叠加后，整体图像会变暗。

上机操作 3　变暗

01 打开【素材】\【Ch09 素材】\【混合模式 3.psd】文件，如图 9-8 所示，【图层】面板如图 9-9 所示。

图 9-8　【混合模式 3】图像

图 9-9　【图层】面板 3

02 设置【图层 1】的混合模式为【变暗】，【不透明度】为 100%时，图像效果如图 9-10所示，【不透明度】为 50%时，图像效果如图 9-11 所示。

图 9-10　【不透明度】为 100%的效果 2

图 9-11　【不透明度】为 50%的效果 2

9.1.4 正片叠底

正片叠底混合模式可形成光线透过叠加在一起的幻灯片的效果，结果会呈现出一种比两个图层的颜色都要暗的效果。

上机操作 4　正片叠底

01 打开【素材】\【Ch09 素材】\【混合模式 4.psd】文件，如图 9-12 所示，【图层】面板如图 9-13 所示。

255

溶解混合模式的特点？

答：使用此种混合模式的图像将产生颗粒效果。控制上层图像以点状方式喷洒显示，通过调整不透明度可以修改点状显示的密度，不透明度越低则喷洒的越稀疏。

技术看板

图 9-12 【混合模式 4】图像

图 9-13 【图层】面板 4

02 设置【图层 1】的混合模式为【正片叠底】，【不透明度】为 100%时，图像效果如图 9-14 所示，【不透明度】为 50%时，图像效果如图 9-15 所示。

图 9-14 【不透明度】为 100%的效果 3

图 9-15 【不透明度】为 50%的效果 3

256

9.1.5 颜色加深

颜色加深混合模式是下层图像依据上层图像的灰阶程度变暗后再与上层图像相融合，会降低图像的亮度。常用于创建非常暗的阴影效果，或者降低图像的局部亮度。

上机操作 5 颜色加深

01 打开【素材】\【Ch09 素材】\【混合模式 5.psd】文件，如图 9-16 所示，【图层】面板如图 9-17 所示。

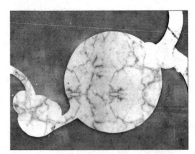

图 9-16 【混合模式 5】图像

图 9-17 【图层】面板 5

02 设置【图层 2】的混合模式为【颜色加深】，【不透明度】为 100%时，图像效果如图 9-18 所示，【不透明度】为 40%时，图像效果如图 9-19 所示，通过混合图层产生非常暗的阴影效果。

技术看板　变暗混合模式的特点？

答：使用此种混合模式时，图像整体效果变暗，它是以上层图像的颜色做基准，下层图像的色彩比上层深的会被保留，比上层色彩浅的将被上层色彩取代。

图 9-18　【不透明度】为 100%的效果 4　　　　图 9-19　【不透明度】为 40%的效果 2

9.1.6　线性加深

　　线性加深混合模式比较每一个通道颜色信息，通过增加对比度使基色变得更暗以反映混合颜色。这种混合颜色对白色区域不起作用。

上机操作 6　线性加深

　　01　打开【素材】\【Ch09 素材】\【混合模式 6.psd】文件，如图 9-20 所示，【图层】面板如图 9-21 所示。

图 9-20　【混合模式 6】图像　　　　　　图 9-21　【图层】面板 6

257

　　02　设置【图层 1】的混合模式为【线性加深】，【不透明度】为 100%时，图像效果如图 9-22 所示，【不透明度】为 40%时，图像效果如图 9-23 所示。

图 9-22　【不透明度】为 100%的效果 5　　　　图 9-23　【不透明度】为 40%的效果 3

颜色加深混合模式的特点？还有哪些混合模式同它相似？

答：此种混合模式呈现出一种比两个图层的颜色都要暗的效果。另外还有变暗、正片叠底、线性加深和深色四种混合模式，也可使图像混合的整体效果变暗。

技术看板

9.1.7 深色

深色混合模式比较每一个通道颜色信息，保留上层图像中较暗的像素与下层图像混合。

上机操作 7　深色

01 打开【素材】\【Ch09 素材】\【混合模式 7.psd】文件，如图 9-24 所示，【图层】面板如图 9-25 所示。

图 9-24　【混合模式 7】图像 　　　　　图 9-25　【图层】面板 7

02 设置【图层 1】的混合模式为【深色】，【不透明度】为 100% 时，图像效果如图 9-26 所示，【不透明度】为 40% 时，图像效果如图 9-27 所示。

图 9-26　【不透明度】为 100% 的效果 6 　　　图 9-27　【不透明度】为 40% 的效果 4

使用上面讲到的几种混合模式，可加暗图像，显示图像较亮部分的细节。常用于调整曝光过度的图像。

9.1.8 变亮

变亮混合模式与变暗混合模式相反，同样以上层图像的颜色做基准，下层图像的色彩比上层亮的会被保留，比上层色彩暗的将被上层色彩取代，因此两个图层叠加后，整体图像会变亮。

上机操作 8　变亮

01 打开【素材】\【Ch09 素材】\【混合模式 8.psd】文件，如图 9-28 所示，【图层】面板如图 9-29 所示。

258

技术看板　当图像曝光过度时，怎么办？
答：可以使用变暗、正片叠底、颜色加深、线性加深、深色等不同的混合模式混合图像，根据实际情况选择最适合的一种。它们可加暗图像，显示图像较亮部分的细节。

图 9-28　【混合模式 8】图像　　　　　　　　图 9-29　【图层】面板 8

02 设置【图层 1】的混合模式为【变亮】，【不透明度】为 100%时，图像整体效果变亮，如图 9-30 所示，【不透明度】为 40%时，图像效果如图 9-31 所示。

图 9-30　【不透明度】为 100%的效果 7　　　　图 9-31　【不透明度】为 40%的效果 5

9.1.9　滤色

滤色混合模式与正片叠底混合模式相反，它将呈现出一种较亮的效果。

上机操作 9　滤色

01 打开【素材】\【Ch09 素材】\【混合模式 9.psd】文件，如图 9-32 所示，【图层】面板如图 9-33 所示。

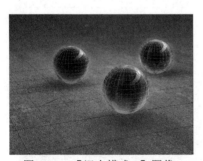

图 9-32　【混合模式 9】图像　　　　　　　　图 9-33　【图层】面板 9

02 设置【背景副本】的混合模式为【滤色】，【不透明度】为 100%时，图像的高光部分变得更明亮，如图 9-34 所示，【不透明度】为 60%时，图像效果如图 9-35 所示。

变亮混合模式有什么特点？
答：使用此种混合模式后图像整体会变亮。以上层图像的颜色为基准，下层图像的色彩比上层亮的会被保留，比上层色彩暗的将被上层色彩取代。

技术看板

图 9-34 【不透明度】为 100%的效果 8　　图 9-35 【不透明度】为 60%的效果 1

9.1.10 颜色减淡

颜色减淡混合模式使用上层图像的像素值与下方图层的像素值按一定的算法相加，混合成非常亮的图像效果。

上机操作 10　颜色减淡

01 打开【素材】\【Ch09 素材】\【混合模式 10.psd】文件，如图 9-36 所示，【图层】面板如图 9-37 所示。

02 设置【图层 1】的混合模式为【颜色减淡】，【不透明度】为 100%时，图像变得更明亮，如图 9-38 所示，【不透明度】为 50%时，图像效果如图 9-39 所示。

图 9-36 【混合模式 10】图像　　　　图 9-37 【图层】面板 10

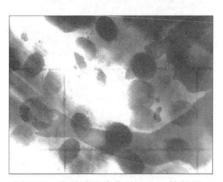 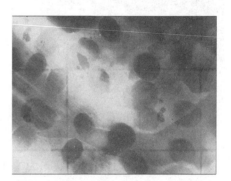

图 9-38 【不透明度】为 100%的效果 9　　图 9-39 【不透明度】为 50%的效果 4

技术看板　与正片叠底混合模式相反的是什么模式？
答：滤色混合模式与正片叠底混合模式相反，它将呈现出一种较亮的效果。

9.1.11　线性减淡（添加）

线性减淡（添加）混合模式比较每一个通道中的颜色信息，通过增加亮度使基色变亮以反映混合颜色。

上机操作 11　线性减淡（添加）

01 打开【素材】\【Ch09 素材】\【混合模式 11.psd】文件，如图 9-40 所示，【图层】面板如图 9-41 所示。

图 9-40　【混合模式 11】图像

图 9-41　【图层】面板 11

02 设置【图层 1】的混合模式为【线性减淡添加】，【不透明度】为 100% 时，图像变得鲜艳明亮，如图 9-42 所示，【不透明度】为 60% 时，图像效果如图 9-43 所示。

图 9-42　【不透明度】为 100% 的效果 10

图 9-43　【不透明度】为 60% 的效果 2

9.1.12　浅色

浅色混合模式比较每一个通道颜色信息，保留上层图像中较亮的像素与下层图像混合。

上机操作 12　浅色

01 打开【素材】\【Ch09 素材】\【混合模式 12.psd】文件，如图 9-44 所示，【图层】面板如图 9-45 所示。

图 9-44　【混合模式 12】图像

图 9-45　【图层】面板 12

261

颜色减淡混合模式有什么特点？

答：此种混合模式使图像变得非常亮，是使用上层图像的像素值与下方图层的像素值按一定的算法相加。

技术看板

02 设置【图层 1】的混合模式为【浅色】,【不透明度】为 100%时,图像变得鲜艳明亮,如图 9-46 所示,【不透明度】为 60%时,图像效果如图 9-47 所示。

图 9-46 【不透明度】为 100%的效果 11

图 9-47 【不透明度】为 60%的效果 3

使用上面讲到的几种混合模式,可加亮图像,显示图像较亮部分的细节。常用于调整曝光不足的图像。

9.1.13 叠加

叠加混合模式将根据底层的颜色,将当前层的像素进行相乘或覆盖。使用此混合模式可能导致当前层变亮或变暗。该模式对于中间色调影响较明显,对于高亮区域和暗调区域影响不大。

上机操作 13 叠加

01 打开【素材】\【Ch09 素材】\【混合模式 13.psd】文件,如图 9-48 所示,【图层】面板如图 9-49 所示。

图 9-48 【混合模式 13】图像

图 9-49 【图层】面板 13

02 设置【图层 1】的混合模式为【叠加】,【不透明度】为 100%时,图像变得鲜艳明亮,如图 9-50 所示,【不透明度】为 60%时,图像效果如图 9-51 所示。

图 9-50 【不透明度】为 100%的效果 12

图 9-51 【不透明度】为 60%的效果 4

技术看板　当图像曝光不足时,怎么办?
答:可以使用变亮、滤色、颜色减淡、线性减淡、浅色等不同的混合模式混合图像,根据实际情况选择最适合的一种。它们可加亮图像,显示图像较亮部分的细节。

9.1.14　柔光

柔光混合模式创作一种柔和光线照射的效果，使图像的颜色变亮或变暗。

上机操作 14　柔光

01 打开【素材】\【Ch09 素材】\【混合模式 14.psd】文件，如图 9-52 所示，【图层】面板如图 9-53 所示。

图 9-52　【混合模式 14】图像　　　　　图 9-53　【图层】面板 14

02 设置【图层 1】的混合模式为【柔光】，【不透明度】为 100% 时，上层图像变暗，如图 9-54 所示，【不透明度】为 60% 时，图像效果如图 9-55 所示。

图 9-54　【不透明度】为 100% 的效果 13　　　　　图 9-55　【不透明度】为 60% 的效果 5

9.1.15　强光

强光混合模式制作一种强烈光线照射的效果，高亮度的区域将更亮，暗调区域将变得更暗，最终的结果反差更大。

上机操作 15　强光

01 打开【素材】\【Ch09 素材】\【混合模式 15.psd】文件，如图 9-56 所示，【图层】面板如图 9-57 所示。

图 9-56　【混合模式 15】图像　　　　　图 9-57　【图层】面板 15

263

使用哪些混合模式可使图像产生一种光线照射的效果？

答：柔光混合模式可使图像产生一种柔和光线照射的效果，使图像的颜色变得较亮或较暗。强光混合模式可使图像产生一种强烈光线照射的效果，使图像的颜色变得更亮或更暗。

技术看板

02 设置【图层 1】的混合模式为【强光】，【不透明度】为 100%时，【图层 1】中的图像融合在背景图层的火海中，明暗对比比较强烈，如图 9-58 所示，【不透明度】为 40%时，图像效果如图 9-59 所示。

图 9-58 【不透明度】为 100%的效果 14

图 9-59 【不透明度】为 40%的效果 6

9.1.16 亮光

亮光混合模式根据合成颜色，通过增加或减少对比度来加深或减淡颜色。如果混合颜色（亮源）大于 50%灰度，则图像通过减少对比度，将变得更亮；如果混合颜色小于 50%灰度，则图像通过增加对比度，将变得更暗。

上机操作 16 亮光

01 打开【素材】\【Ch09 素材】\【混合模式 16.psd】文件，如图 9-60 所示，【图层】面板如图 9-61 所示。

图 9-60 【混合模式 16】图像

图 9-61 【图层】面板 16

02 选择【图层 1】并将其混合模式设为【亮光】，【不透明度】为 100%时，混合图像明暗对比较强，如图 9-62 所示，【不透明度】为 50%时，图像效果如图 9-63 所示。

图 9-62 【不透明度】为 100%的效果 15

图 9-63 【不透明度】为 50%的效果 5

技术看板 亮光混合模式有什么特点？

答：此种混合模式根据混合的颜色，通过增加或减少对比度来加深或减淡颜色，使图像变得更亮或更暗。

9.1.17 线性光

线性光混合模式根据混合的颜色，通过增加或减少亮度来加深或减淡颜色。如果混合的颜色（亮源）大于 50% 灰度，则图像通过增加亮度会变得更亮；如果混合颜色小于 50% 灰度，则图像通过减少亮度会变得更暗。

上机操作 17 线性光

01 打开【素材】\【Ch09 素材】\【混合模式 17.psd】文件，如图 9-64 所示，【图层】面板如图 9-65 所示。

图 9-64 【混合模式 17】图像 　　　　图 9-65 【图层】面板 17

02 设置【图层 1】的混合模式为【线性光】，【不透明度】为 100% 时，混合图像明暗对比强烈，如图 9-66 所示，【不透明度】为 70% 时，图像效果如图 9-67 所示。

图 9-66 【不透明度】为 100% 的效果 16 　　　　图 9-67 【不透明度】为 70% 的效果

9.1.18 点光

点光混合模式根据合成的颜色替换颜色。如果合成的颜色（亮源）大于 50% 灰度，它将替换图像中较暗的像素，图像中较亮的像素不会产生变化；反之，将替换掉图像中较亮的像素，图像中较暗的像素不会产生变化。使用这种方法可以给图像添加一种特效。

上机操作 18 点光

01 打开【素材】\【Ch09 素材】\【混合模式 18.psd】文件，如图 9-68 所示，【图层】面板如图 9-69 所示。

265

线性光混合模式有什么特点？

答：此种混合模式根据混合的颜色，通过增加或减少亮度来加深或减淡颜色，使图像变得更暗或更亮。

技术看板

图 9-68 【混合模式 18】图像

图 9-69 【图层】面板 18

02 设置【图层 1】的混合模式为【点光】,【不透明度】为 100%时,混合图像效果如图 9-70 所示,【不透明度】为 50%时,图像效果如图 9-71 所示。

图 9-70 【不透明度】为 100%的效果 17

图 9-71 【不透明度】为 50%的效果 6

266

9.1.19 实色混合

实色混合混合模式没有隐藏中性灰度,混合效果非常强烈和刺眼,这种效果常用来做海报。

上机操作 19 实色混合

01 打开【素材】\【Ch09 素材】\【混合模式 19.psd】文件,如图 9-72 所示,【图层】面板如图 9-73 所示。

02 设置【背景副本】的混合模式为【实色混合】,【不透明度】为 100%时,混合色彩对比强烈,如图 9-74 所示。

图 9-72 【混合模式 19】图像

图 9-73 【图层】面板 19

图 9-74 【不透明度】为 100%的效果 18

技术看板 点光混合模式有什么特点?
答:此种混合模式根据混合的颜色替换颜色,若合成的颜色(亮源)大于 50%灰度,将替换图像中较暗的像素,图像中较亮的像素不会产生变化;反之,将替换掉图像中较亮的像素,图像中较暗的像素不会产生变化。

03 拖动【背景】图层到【图层】面板底部的 创建新图层图标上，新建图层【背景副本 2】，选择【滤镜】>【风格化】>【查找边缘】命令，图像效果如图 9-75 所示，然后设置【图层】面板如图 9-76 所示，得到一种艺术照效果，如图 9-77 所示。

图 9-75 查找边缘效果

图 9-76 设置【图层】面板

图 9-77 图像效果

9.1.20 差值

差值混合模式形成的效果取决于当前层和底层像素值的大小，它将单纯地反转图像。当【不透明度】设定为 100% 时，当前层中的白色像素将全部反转，而黑色的地方将保持不变，介于黑白两者之间的部分将做相应的阶调反相。

上机操作 20 差值

01 打开【素材】\【Ch09 素材】\【混合模式 20.psd】文件，如图 9-78 所示，【图层】面板如图 9-79 所示。

图 9-78 【混合模式 20】图像

图 9-79 【图层】面板 20

02 显示【图层 1】，并设置【图层 1】的混合模式为【差值】，【不透明度】为 100% 时，混合图像效果如图 9-80 所示，【不透明度】为 60% 时，图像效果如图 9-81 所示。

图 9-80 【不透明度】为 100% 的效果 19

图 9-81 【不透明度】为 50% 的效果 7

所学混合模式中常用来制作海报特效的是哪一个？

答：使用实色混合模式产生的特效，常用在制作海报效果上。此混合模式没有隐藏中性灰度，混合效果非常强烈和刺眼，一般通过【图层】面板中的【填充】选项降低数值，得到柔和的效果。

技术看板

9.1.21 排除

排除混合模式由亮度值决定是从当前层中减去底层色还是从底层色中减去目标色。

01 打开【素材】\【Ch09 素材】\【混合模式 21.psd】文件，如图 9-82 所示，【图层】面板如图 9-83 所示。

图 9-82 【混合模式 21】图像　　　　图 9-83 【图层】面板 21

02 设置【图层 1】的混合模式为【排除】，【不透明度】为 100% 时，混合图像效果如图 9-84 所示，【不透明度】为 60% 时，图像效果如图 9-85 所示。

图 9-84 【不透明度】为 100% 的效果 20　　　图 9-85 【不透明度】为 60% 的效果 6

9.1.22 色相

色相混合模式是利用 HSL 色彩模式进行合成的，它将当前层的色相与下面层的亮度和饱和度混合起来形成特殊的效果。

01 打开【素材】\【Ch09 素材】\【混合模式 22.psd】文件，如图 9-86 所示，【图层】面板如图 9-87 所示。

技术看板　差值混合模式有什么特点？

答：此种混合模式形成的效果取决于当前层和底层像素值的大小，它将单纯地反转图像。当【不透明度】设定为 100% 时，当前层中的白色像素将全部反转，而黑色的地方将保持不变，介于黑白两者之间的部分将做相应的阶调反相。

268

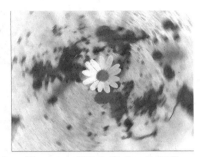

图 9-86　【混合模式 22】图像

图 9-87　【图层】面板 22

02　显示【图层 1】，并设置【图层 1】的混合模式为【色相】，【不透明度】为 100% 时，混合图像效果如图 9-88 所示，【不透明度】为 40% 时，图像效果如图 9-89 所示。

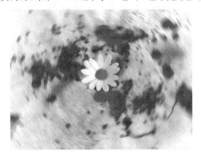

图 9-88　【不透明度】为 100% 的效果 21

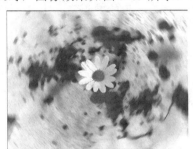

图 9-89　【不透明度】为 40% 的效果 7

269

9.1.23　饱和度

饱和度混合模式把当前层中的饱和度与下面层中的色相、亮度结合起来形成特殊的效果。

上机操作 23　饱和度

01　打开【素材】\【Ch09 素材】\【混合模式 23.psd】文件，如图 9-90 所示，【图层】面板如图 9-91 所示。

图 9-90　【混合模式 23】图像

图 9-91　【图层】面板 23

02　将【图层 1】设为可见图层并设置其混合模式为【饱和度】，【不透明度】为 100% 时，混合图像的饱和度提高，色彩变得鲜艳，如图 9-92 所示，【不透明度】为 40% 时，图像效果如图 9-93 所示。

饱和度混合模式有什么特点？

答：此种混合模式把当前层中的饱和度与下面层中的色相、亮度结合起来形成特殊的效果。

技术看板

图 9-92 【不透明度】为 100%的效果 21 　　　图 9-93 【不透明度】为 40%的效果 8

9.1.24 颜色

颜色混合模式产生的效果基本上与色相混合模式产生的效果一样，它将保留当前层的色相和饱和度，只用下面层的亮度值进行混合。

上机操作 24 颜色

01 打开【素材】\【Ch09 素材】\【混合模式 24.psd】文件，如图 9-94 所示，【图层】面板如图 9-95 所示。

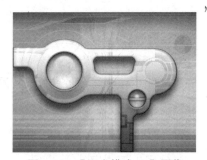 

图 9-94 【混合模式 24】图像 　　　　　图 9-95 【图层】面板 24

02 将【图层 1】设为可见图层并设置其混合模式为【颜色】，【不透明度】为 100%时，混合图像效果如图 9-96 所示，【不透明度】为 50%时，图像效果如图 9-97 所示。

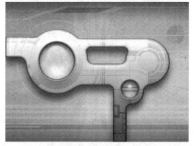 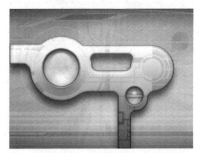

图 9-96 【不透明度】为 100%的效果 22 　　　图 9-97 【不透明度】为 50%的效果 8

技术看板 明度混合模式有什么特点？
答：此种混合模式与颜色混合模式相反，它将保留当前层的亮度值，而用下面层的色相和饱和度进行合成。

9.1.25　明度

明度混合模式与颜色混合模式相反，它将保留当前层的亮度值，而用下面层的色相和饱和度进行合成。该混合模式是除了标准混合模式之外的唯一能够完全消除纹理背景干扰的模式，这是因为明度混合模式保留的是亮度值。而纹理背景是由不连续的亮度组成的。被保留的亮度将完全覆盖在纹理背景上，这样就不被干扰了。

上机操作 25　亮度

01　打开【素材】\【Ch09 素材】\【混合模式 25.psd】文件，如图 9-98 所示，【图层】面板如图 9-99 所示。

　　　图 9-98　【混合模式 25】图像　　　　　　　图 9-99　【图层】面板 25

02　设置【图层 1】的混合模式为【明度】，【不透明度】为 100% 时，混合图像效果如图 9-100 所示，【不透明度】为 80% 时，图像效果如图 9-101 所示。

　　图 9-100　【不透明度】为 100% 的效果 23　　　图 9-101　【不透明度】为 80% 的效果

9.2　应用图层混合模式合成图像

使用图层混合模式合成图像效果时，并不是只有一个固定的混合模式，要根据素材及所要的图像效果来设置适当的混合模式。下面应用图层混合模式合成几个图像效果，使用户更进一步地了解混合模式在合成图像中的实际应用。

9.2.1　叠加纹理图像效果

本实例主要利用图层混合模式为图像叠加纹理效果。

使用【置换】滤镜命令时，用到的置换图有什么特点？
答：使用灰度图像并存储为 PSD 格式。

技术看板

上机操作 26   叠加纹理图像效果

01 打开【素材】\【Ch09 素材】\【叠加纹理图像效果】\【叠加纹理图像效果 1.jpg】文件，如图 9-102 所示，首先利用此图像制作置换图。

02 选择【图层】>【复制图层】命令，设置【复制图层】对话框中的参数，如图 9-103 所示，单击【确定】按钮，得到新图像。

图 9-102　【叠加纹理图像效果 1】图像　　　　　图 9-103　【复制图层】对话框

03 选择【图像】>【调整】>【去色】命令将图像去色，得到灰度置换图，如图 9-104 所示。

04 选择【图像】>【调整】>【色阶】命令增强图像的对比度，设置【色阶】对话框中的参数，如图 9-105 所示，单击【确定】按钮，得到图像效果如图 9-106 所示。

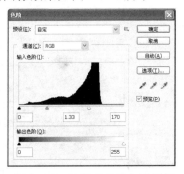

图 9-104　去色　　　　　　　　　图 9-105　设置【色阶】对话框

05 拖动【背景图层】到【图层】面板底部的 ▦ 创建新图层图标上，得到图层【背景副本】，设置【混合模式】为【正片叠底】，【不透明度】为 50%，得到对比较强烈的黑白图像，如图 9-107 所示。

图 9-106　增强对比度效果　　　　　　　图 9-107　设置混合模式效果

技术看板　制作置换图时怎样调整，在通过置换后得到的效果较明显？
答：使用【色阶】或【曲线】命令加大置换图的对比度。

272

06　按快捷键 Ctrl+E，向下合并图层。按快捷键 Ctrl+S，存储黑白图像为【置换图.psd】文件，然后关闭此文件，以备后用。

07　打开【素材】\【Ch09 素材】\【叠加纹理图像效果】\【叠加纹理图像效果 2.jpg】文件，如图 9-108 所示，将其拖动到【叠加纹理图像效果 1.jpg】文件中，得到【图层 1】。

08　选择【滤镜】>【扭曲】>【置换】命令，设置【置换】对话框中的参数，如图 9-109 所示，单击【确定】按钮，在相继打开的【选择一个置换图】对话框中选择刚刚存储的【置换图.psd】文件，如图 9-110 所示，单击【确定】按钮，置换效果如图 9-111 所示，岩石纹理随着脸部而起伏。

图 9-108　【叠加纹理图像效果 2】图像

图 9-109　设置【置换】对话框

图 9-110　选择置换图

图 9-111　置换效果

09　设置【图层 1】的【混合模式】为【正片叠底】，【不透明度】为 50%，图像效果如图 9-112 所示，赋予面部岩石纹理。下面再复制几个岩石纹理图层，设置不同的混合模式，突出岩石的天然纹理和色泽，使脸部更具有质感。

10　复制【图层 1】为【图层 1 副本】，设置【图层 1 副本】的【混合模式】为【点光】，【不透明度】为 50%，图像效果如图 9-113 所示。

图 9-112　设置【正片叠底】混合模式效果

图 9-113　设置【点光】混合模式效果

当图像使用混合模式后效果太强烈时，应怎样设置？

答：应该降低当前图层的不透明度。

技术看板

11 复制【背景】图层为【背景副本】，选择【图像】>【调整】>【去色】命令将图像去色，设置【背景副本】图层的【混合模式】为【叠加】，【不透明度】为 100%，图像效果如图 9-114 所示。

12 选择 ◯ 椭圆选框工具，选取人物的眼珠，如图 9-115 所示，选择【选择】>【修改】>【羽化】命令，设置【羽化选区】对话框中的参数，如图 9-116 所示，按快捷键 Ctrl+J，复制选区部分图像为【图层 2】。

图 9-114　设置【叠加】　　　图 9-115　制作选区 1　　　图 9-116　设置【羽化选区】
　　　　　混合模式效果　　　　　　　　　　　　　　　　　　　　对话框中的参数

13 选择【图像】>【调整】>【色相/饱和度】命令，设置【色相/饱和度】对话框中的参数，如图 9-117 所示，效果如图 9-118 所示，突出眼睛效果。最终文件请参看【素材】\【Ch09 素材】\【叠加纹理图像效果】\【叠加纹理图像效果.psd】文件。

图 9-117　设置【色相/饱和度】对话框中的参数　　　　图 9-118　图像效果 1

9.2.2　腐蚀效果

本实例主要利用混合模式合成腐蚀效果。

01 分别打开【素材】\【Ch09 素材】\【腐蚀效果】\【腐蚀效果 1.jpg】和【腐蚀效果 2.jpg】文件，如图 9-119 和图 9-120 所示。

技术看板 | 使用哪种混合模式可隐藏图像的白色背景？
答：如果当前图层的背景是白色，设置为正片叠底混合模式即可。

图 9-119 【腐蚀效果 1】图像

图 9-120 【腐蚀效果 2】图像

02 使用 移动工具将素材【腐蚀效果 2.jpg】文件拖动到素材【腐蚀效果 1.jpg】文件中，放到适当的位置，如图 9-121 所示，得到【图层 1】。设置【图层 1】的【混合模式】为【滤色】，混合后上下两个图层中较亮的区域都很好地显示出来，效果如图 9-122 所示。

图 9-121 放置图像到适当的位置

图 9-122 设置混合模式

03 打开【素材】\【Ch09 素材】\【腐蚀效果】\【腐蚀效果 3.jpg】文件，使用 多边形套索工具制作选区，如图 9-123 所示，再使用 移动工具将选区部分图像移动到混合图像中，如图 9-124 所示，得到【图层 2】。

图 9-123 制作选区 2

图 9-124 移动到适当的位置

04 拖动【图层 2】到【图层】面板底部的 创建新图层图标上，得到【图层 2 副本】。选择【编辑】>【变换】>【水平翻转】命令翻转图像，并调整到图像的左上角。使用 橡皮擦工具，设置柔边笔刷，在两个边框相接的部分进行擦除，使边框成为一个整体，如图 9-125 所示。

05 按快捷键 Ctrl+E，合并【图层 2 副本】与【图层 2】为【图层 2】，再次复制【图层 2】为【图层 2 副本】并进行垂直翻转，调整到图像的下方得到边框效果，然后按快捷键 Ctrl+T，将边框旋转一个角度，如图 9-126 所示。

275

使用哪种混合模式可隐藏图像的黑色背景？

答：如果当前图层的背景是黑色，设置为滤色混合模式即可。

技术看板

图 9-125　水平翻转边框

图 9-126　整体边框效果

06 单击【图层】面板底部的  添加图层样式图标，在弹出的菜单中选择【内阴影】命令，设置【内阴影】对话框中的参数，如图 9-127 所示，图像效果如图 9-128 所示。最终文件请参看【素材】\【Ch09 素材】\【腐蚀效果】\【腐蚀效果.psd】文件。

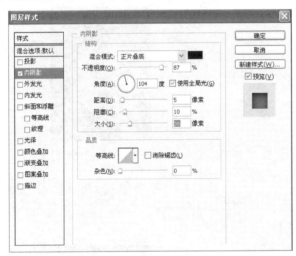

图 9-127　设置【内阴影】对话框中的参数

图 9-128　图像效果 2

9.3　【图层样式】命令

利用图层样式可以对图层施加特殊效果，如快速添加阴影、发光、斜面和浮雕、光泽、颜色叠加、图案叠加、描边等不同效果。如果对效果不满意，可随时对其中的一种样式进行修改，也可以对图层样式进行复制、粘贴、删除等操作，还可以将这些特殊效果保存起来，直接套用，大大提高了工作效率。

选择【图层】>【图层样式】命令，或者单击【图层】面板底部的  添加图层样式图标，弹出图层样式菜单，如图 9-129 所示，从中选择需要的样式，打开【图层样式】对话框进行相应的参数设置，下面详细讲解图层样式的各项参数的设置。

图 9-129　图层样式菜单

技术看板　什么是图层样式？

答：图层样式是在图层中快速添加阴影、发光、斜面和浮雕、光泽、颜色叠加、图案叠加、描边等不同效果。

9.3.1 【混合选项】命令

除背景图层外的任意图层使用【混合选项】命令，都可以对其进行【混合选项】设置，这种混合是图像像素之间的相互融合，得到的合成效果比较自然。下面通过具体操作详细讲解【混合选项】对话框中的参数设置。

打开【素材】\【Ch09 素材】\【混合选项.psd】文件，如图 9-130 所示，【图层】面板如图 9-131 所示。选择【图层】>【图层样式】>【混合选项】命令，或双击图层缩览图或单击【图层】面板底部的 ☆. 添加图层样式图标，在弹出的菜单中选择【混合选项】命令，打开【混合选项】对话框，如图 9-132 所示。

图 9-130　【混合选项】图像

图 9-131 【图层】面板 1

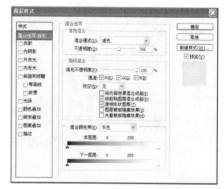
图 9-132 【混合选项】对话框

277

1.【常规混合】选项

【常规混合】选项区域包括图层的【混合模式】及【不透明度】两个选项的设置，这两个选项与在【图层】面板中直接设置的结果相同。如果只是设置图层的【混合模式】及【不透明度】，在【图层】面板中设置更为方便快捷。

① 混合模式：设置图层的混合模式。

② 不透明度：设置图层的不透明度。

上机操作 28　常规混合

01 打开【素材】\【Ch09 素材】\【混合选项.psd】文件。

02 设置【图层 1】的【混合模式】为【滤色】，效果如图 9-133 所示。

03 将【图层 1】的【不透明度】设为 50%，图像效果如图 9-134 所示。

图 9-133　设置【滤色】混合模式效果

图 9-134　【不透明度】为 50%的效果

添加图层样式后可进行哪些操作？

答：如果对效果不满意，可随时对其中的一种样式进行修改，也可以对图层样式进行复制、粘贴、删除等操作，还可以将这些特殊效果保存起来，直接套用，大大提高了工作效率。

技术看板

2.【高级混合】选项区域

① 填充不透明度：设置图层本身的不透明度，只影响在图层中绘制的图像，不影响已应用的图层效果。

上机操作 29　设置不透明度

01　打开【素材】\【Ch09 素材】\【填充不透明度.psd】文件，利用图层样式制作的图像效果如图 9-135 所示，【图层】面板如图 9-136 所示。

图 9-135 【填充不透明度】图像　　　　　　　　图 9-136 【图层】面板 2

02　在【图层】面板中分别设置两种不同的不透明度，设置【填充不透明度】为 30% 的图像效果如图 9-137 所示，设置【不透明度】为 30% 的图像效果如图 9-138 所示。

图 9-137 【填充不透明度】为 30% 的效果　　　图 9-138 【不透明度】为 30% 的效果

> **注 意**
>
> 填充不透明度只影响图层中的图像像素，而不影响应用在图层上的其他效果的不透明度。不透明度却控制着图层中所有图像像素的不透明度。

② 【通道】混合选项：使用此选项设置目标图层或图层组与其下方图层混合的通道。

> **注 意**
>
> 通道选项与当前图像的颜色模式有关。如果当前编辑的是 RGB 模式的图像，【通道】选项显示为 R、G、B，如果是 CMYK 模式的图像，【通道】选项显示为 C、M、Y 及 K。

技术看板　图层样式中的混合选项包括哪几种？
答：混合选项主要包括常规混合、高级混合和混合颜色带三种。

01 打开【素材】\【Ch09 素材】\【图层通道混合.psd】文件，如图 9-139 所示，【图层】面板如图 9-140 所示。

图 9-139　【图层通道混合】图像　　　　　　图 9-140　【图层】面板 3

02 双击【图层 1】缩览图，在打开的【混合选项】对话框中设置【通道】选项如图 9-141 所示，利用混合通道合成图像效果如图 9-142 所示，图像稍微偏蓝色。

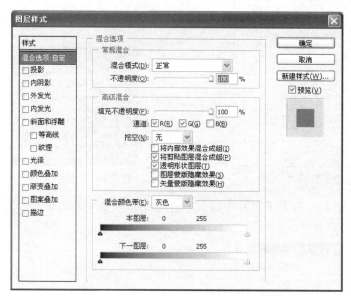

图 9-141　设置通道混合　　　　　　　　图 9-142　图像效果 1

③【挖空】选项：使用此选项可以设置对图层的特殊效果是否进行挖空。其中，选择【无】选项，图层中的图像将正常显示。选择【浅】选项，图层中的图像将向下挖空到图层组最下方的一个图层。选择【深】选项，图层中的图像将挖空到最下方的【背景】图层。

01 打开【素材】\【Ch09 素材】\【挖空.psd】文件，如图 9-143 所示，【图层】面板如图 9-144 所示。

279

怎样打开【混合选项】对话框？

答：在【图层】面板中双击图层缩览图，可打开【混合选项】对话框或单击图层面板底部的图层样式图标，在弹出的下拉菜单中选择【混合选项】命令，也可打开【混合选项】对话框。　　　　　　　　　**技术看板**

图 9-143 【挖空】图像

图 9-144 【图层】面板 4

02 选择【图层 2】，双击【图层 2】缩览图，在打开的【混合选项】对话框中设置【挖空】选项为【深】，【填充不透明度】为 50%，如图 9-145 所示，图像效果如图 9-146 所示，挖空后显示【背景】图层图像。

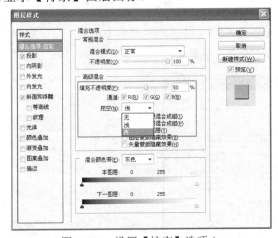

图 9-145 设置【挖空】选项 1

图 9-146 图像效果 2

03 在对话框中设置【挖空】选项为【浅】，【填充不透明度】为 0，如图 9-147 所示，图像效果如图 9-148 所示。

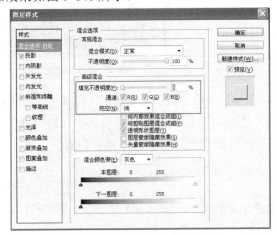

图 9-147 设置【挖空】选项 2

图 9-148 图像效果 3

技术看板

在【高级混合】选项区域中挖空起到什么作用？

答：【挖空】选项包括无、浅和深三种方式。选择【无】选项时，图层中的图像将正常显示。选择【浅】时，图层中的图像将向下挖空到图层组最下方的一个图层。选择【深】选项时，图层中的图像将挖空到最下方的【背景】图层。

挖空图层的【填充不透明度】设置得越小，挖空的效果越清晰。挖空图层不位于图层组或剪贴图层中时，设置挖空选项为【浅】或【深】，得到的效果都是相同的。下面再讨论挖空图层位于图层组或剪贴图层组中的效果。

上机操作 32　挖空图层位于图层组中

01　打开【素材】\【Ch09 素材】\【挖空图层组.psd】文件，如图 9-149 所示，【图层】面板如图 9-150 所示。

图 9-149　【挖空图层组】图像

图 9-150　【图层】面板 5

02　选择图层组中最上方的【图层 4】，双击【图层 4】缩览图，在打开的【混合选项】对话框中设置【挖空】为【浅】选项，并设置【填充不透明度】为 0，如图 9-151 所示，图像效果如图 9-152 所示，挖空图层显示的是图层组下方第一个图层中的图像。

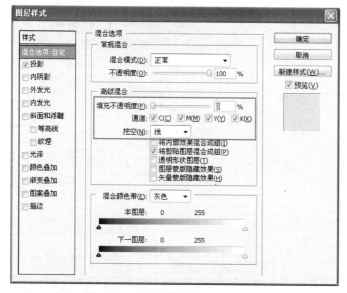

图 9-151　设置【挖空】选项 3

图 9-152　图像效果 4

281

图层组怎样影响挖空效果？

答：当挖空图层位于图层组中，设置挖空为【浅】选项时，挖空图层显示的是图层组下方第一个图层中的图像，设置挖空为【深】选项时，挖空图层显示的是【背景】图层中的图像。

技术看板

03 再次设置挖空为【深】选项，并设置【填充不透明度】为 50%，如图 9-153 所示，图像效果如图 9-154 所示，挖空图层显示的是背景图层中的图像。

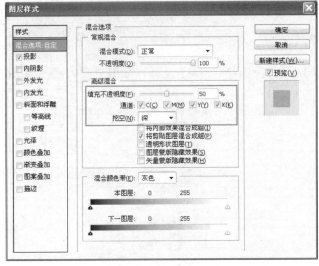

图 9-153 设置【挖空】选项 4　　　　　　　　　图 9-154 图像效果 5

由上述操作看出，设置挖空为【浅】选项，挖空图层显示的是图层组下方第一个图层中的图像。设置挖空为【深】选项，挖空图层显示的是背景图层中的图像。

上机操作 33　挖空图层位于剪贴蒙版中

01 重新调整【挖空图层组.psd】文件，将挖空图层放置在剪贴蒙版中，如图 9-155 所示，【图层】面板如图 9-156 所示。

图 9-155 重组图像效果　　　　　　　　　图 9-156 【图层】面板 6

02 选择【图层 3】，双击【图层 3】缩览图，在打开的【混合选项】对话框中设置【挖空】为【浅】选项，并设置【填充不透明度】为 0，效果如图 9-157 所示，设置【挖空】为【深】选项，并设置【填充不透明度】为 0，效果如图 9-158 所示。注意，此时挖空的效果是相同的。

技术看板　在高级混合中挖空受哪些因素的影响？
　　　　　答：主要受【填充不透明度】、图层组和剪贴图层选项的影响。

图 9-157　挖空为【浅】效果 1　　　　图 9-158　挖空为【深】效果 1

03　　选择剪贴蒙版的底层【图层 4】，双击【图层 4】缩览图，在打开的【混合选项】对话框中取消选中【将剪贴图层混合成组】选项，如图 9-159 所示，重新设置【图层 3】挖空为【浅】选项，并设置【填充不透明度】为 50%，效果如图 9-160 所示，设置挖空为【深】选项，并设置【填充不透明度】为 50%，效果如图 9-161 所示。

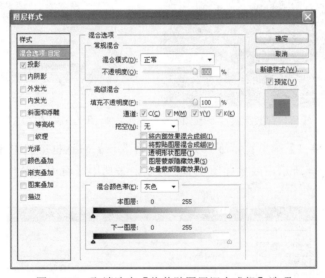

图 9-159　取消选中【将剪贴图层混合成组】选项

283

图 9-160　挖空为【浅】效果 2　　　　图 9-161　挖空为【深】效果 2

剪贴图层怎样影响挖空效果？
答：当选择【将剪贴图层混合成组】选项时，不管设置【挖空】选项为【浅】还是【深】，只能挖空到剪贴蒙版的底层。当不选择此选项时，设置【挖空】选项为【浅】时，图像效果将挖空显示到剪贴图层下方的图像；如果设置【挖空】选项为【深】时，将挖空显示到【背景】图层的图像。　　　　**技术看板**

由上述操作可知，当选择【将剪贴图层混合成组】选项时，不管设置【挖空】选项为【浅】还是【深】，只能挖空到剪贴蒙版的底层【图层4】。当不选择【将剪贴图层混合成组】选项时，设置【挖空】选项为【浅】时，图像效果将挖空显示到【图层1】中的图像；如果设置【挖空】选项为【深】时，将挖空显示到【背景】中的图像。

④ 【将内部效果混合成组】选项：此选项是将文档混合前先将内发光、光泽、颜色叠加、渐变叠加和图案叠加等内部效果与图层混合。

上机操作 34　将内部效果混合成组

01 打开【素材】\【Ch09 素材】\【将内部效果混合成组.psd】文件，如图 9-162 所示，【图层】面板如图 9-163 所示，【图层 1】的【混合模式】为【变亮】。

图 9-162　【将内部效果混合组】图像　　　　图 9-163　【图层】面板 7

02 双击【图层 1】缩览图，在打开的【混合选项】对话框中选中【将内部效果混合成组】选项，如图 9-164 所示，效果如图 9-165 所示，未选中【将内部效果混合成组】选项时，效果如图 9-166 所示。

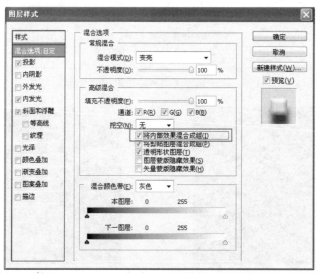

图 9-164　选中【将剪贴图层混合成组】选项

技术看板　【将内部效果混合成组】选项在图层高级混合中起什么作用？
答：当图层应用了图层样式，选中此选项，该图层的图层样式具有该图层的混合模式，但不一定都被定义为这种混合模式。若未选中此选项，该图层所应用的图层样式都被定义为这种混合模式。

图 9-165　选中【将内部效果混合成组】效果　　图 9-166　未选中【将内部效果混合成组】效果

由上述操作可知，当选中【将内部效果混合成组】选项，该图层所应用的图层样式具有该图层的混合模式【变亮】，但不一定都被定义为这种混合模式。如果未选中此选项，该图层所应用的图层样式都被定义为【变亮】这种混合模式。注意，此时合成的图像效果有所不同。

⑤　【将剪贴图层混合成组】选项：此选项是将剪贴蒙版底层的混合模式应用于整个剪贴蒙版的所有图层。

上机操作 35　将剪贴图层混合成组

01　打开【素材】\【Ch09 素材】\【将剪贴图层混合成组.psd】文件，如图 9-167 所示，【图层】面板如图 9-168 所示，剪贴图层的最底层【图层 1】设置【混合模式】为【明度】。

图 9-167　【将剪贴图层混合成组】图像　　　　图 9-168　【图层】面板 8

02　双击【图层 1】缩览图，在打开的【混合选项】对话框中取消选中【将剪贴图层混合成组】选项时，如图 9-169 所示，效果如图 9-170 所示。

图 9-169　未选中【将剪贴图层混合成组】选项　　　　图 9-170　图像效果 6

285

由上述操作可知，只要选中【将剪贴图层混合成组】选项，整个剪贴蒙版的所有图层都应用剪贴蒙版底层的混合模式。如果未选中此选项，剪贴蒙版中的图层应用各自的混合模式。

⑥ 【透明形状图层】选项：此选项可将图层效果和挖空限制在图层的不透明区域。

上机操作 36　透明形状图层

01 打开【素材】\【Ch09 素材】\【透明形状图层.psd】文件，如图 9-171 所示，图层效果只应用于图层的不透明区域荷花上，【图层】面板如图 9-172 所示。

图 9-171　原图像

图 9-172　【图层】面板 9

286

02 双击【图层 1】缩览图，在打开的【混合选项】对话框中未选中【透明形状图层】选项，如图 9-173 所示，效果如图 9-174 所示，整个图层都应用了图层效果。

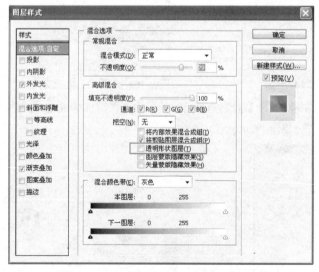

图 9-173　未选中【透明形状图层】选项

图 9-174　图像效果 7

由上述操作可知，选中【透明形状图层】选项，图层效果只应用于图层的不透明区域。未选中此选项可在整个图层内应用图层效果。

⑦ 【图层蒙版隐藏效果】选项：此选项可将图层效果限制在图层蒙版所定义的区域。

技术看板　【透明形状图层】选项在图层高级混合中起什么作用？
答：此选项可将图层效果和挖空限制在图层的不透明区域。选中【透明形状图层】选项，图层效果只应用于图层的不透明区域。未选中此选项可在整个图层内应用图层效果。

上机操作 37 图层蒙版隐藏效果

01 打开【素材】\【Ch09 素材】\【图层蒙版隐藏效果.psd】文件，如图 9-175 所示，应用的图层蒙版状态如图 9-176 所示，【图层】面板如图 9-177 所示。

图 9-175 【图层蒙版隐藏效果】图像　　图 9-176 蒙版状态　　图 9-177 【图层】面板 10

02 双击【图层 1】缩览图，在打开的【混合选项】对话框中选中【图层蒙版隐藏效果】选项，如图 9-178 所示，效果如图 9-179 所示。

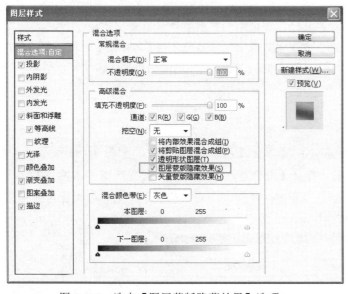

图 9-178 选中【图层蒙版隐藏效果】选项　　　　图 9-179 图像效果 8

由上述操作可知，选中【图层蒙版隐藏效果】选项，图层效果不应用于图层蒙版的区域。未选中此选项可在图层的不透明区域内应用图层效果，默认状态下此选项是不被选中的。

⑧ 【矢量蒙版隐藏效果】选项：此选项可将图层效果限制在矢量蒙版所定义的区域。此选项的功能与【图层蒙版隐藏效果】选项相似，在此不再重述。图 9-180 所示为未选中【矢量蒙版隐藏效果】选项效果，图 9-181 所示为选中【矢量蒙版隐藏效果】选项效果。

287

【图层蒙版隐藏效果】选项在图层高级混合中起什么作用？
答：选中【图层蒙版隐藏效果】选项，图层效果不应用于图层蒙版的区域。未选中此选项可在图层的不透明区域内应用图层效果，默认状态下此选项是不被选中的。

技术看板

图 9-180 未选中【矢量蒙版隐藏效果】选项效果 　　图 9-181 选中【矢量蒙版隐藏效果】选项效果

3.【混合颜色带】选项区域

【混合颜色带】选项区域是用来混合图像中能够深入到图像的像素，它不但可以控制本图层的像素显示，还可以控制下一图层的像素显示状况，如图 9-182 所示。

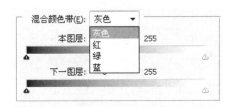

- 混合颜色带：在此下拉列表框中选择需要混合的通道。灰色将混合全部通道，为默认选项，也可以从菜单中选择单个的红、绿或蓝通道。

图 9-182 【混合颜色带】选项区域

- 本图层：此选项下面的颜色条左边的黑色三角形滑块代表图层图像中的暗像素，白色三角形滑块代表图层图像中的亮像素。若是将黑色三角滑块向右拖动，图像中的暗像素就会隐藏起来，将白色三角滑块向左拖动，图像中的亮像素隐藏起来。

288

- 下一图层：此选项用于控制下方图层的像素显示情况，与【本图层】有所区别的是，向右拖动黑色三角滑块可以显示下方图层的暗像素，向左拖动白色三角滑块可以显示下方图层的亮像素。

上机操作 38　混合颜色带

01　打开【素材】\【Ch09 素材】\【混合颜色带.psd】文件，如图 9-183 所示。

02　双击【图层 8】缩览图，打开【混合选项】对话框，首先调整【本图层】选项中的滑块，隐藏本图层中的亮像素，按住 Alt 键，分开拖动右边的白色滑块，以柔化可见像素与隐藏像素间的交接边缘，设置参数如图 9-184 所示，效果如图 9-185 所示。

图 9-183　【混合颜色带】图像 　　图 9-184　设置【本图层】混合参数 　　图 9-185　图像效果 9

技术看板　【混合颜色带】选项区域在图层高级混合中起什么作用？
答：此选项是用来混合图像能够深入到图像的像素，它不但可以控制本图层的像素显示，还可以控制下一图层的像素显示状况。

03　再次调整【下一图层】选项中的滑块，显示下一图层中的暗像素，按住 Alt 键，分开拖动左边的黑色滑块，设置参数如图 9-186 所示，效果如图 9-187 所示。

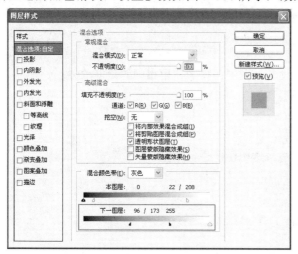

图 9-186　设置【下一图层】混合参数

图 9-187　图像效果 10

9.3.2　【投影】命令

【投影】命令可以为图像添加阴影效果。下面通过具体操作详细讲解【投影】对话框中参数的设置。

上机操作 39　投影

01　打开【素材】\【Ch09 素材】\【投影.psd】文件，如图 9-188 所示。选择【图层】>【图层样式】>【投影】命令，或双击图层缩览图或单击【图层】面板底部的 ⬧ 添加图层样式图标，在弹出的菜单中选择【投影】命令，都可打开【投影】对话框，如图 9-189 所示。

图 9-188　【投影】图像

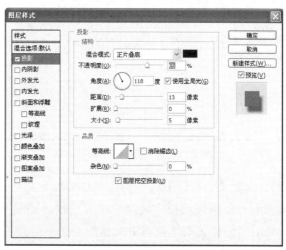

图 9-189　【投影】对话框

对【投影】图层样式可进行哪些参数的设置？

答：【投影】图层样式是为图像添加阴影效果。可对投影的结构、品质等进行设置。像投影的大小、方向、不透明度、范围、边缘柔化及轮廓等参数的设置。

技术看板

【投影】对话框中的参数设置：

（1）【结构】选项区域

● 混合模式：设置投影与下方图层的混合模式。

● 不透明度：设置投影的不透明度。

● 角度：设置投影的角度。

● 使用全局光：若选中此选项，可使其他图层的投影使用相同的角度效果。

● 距离：设置图像与阴影之间的距离。

● 扩展：加大设置投影范围。

● 大小：设置投影边缘的柔化效果。

● 图层挖空投影：设置是否将投影与半透明图层进行挖空。

（2）品质

● 等高线：改变阴影的轮廓形状。

● 消除锯齿：设置去除阴影的锯齿。

● 杂色：加入颗粒状杂色的程度。

● 图层挖空投影：此选项设置是否将阴影与图层图像间进行挖空。

02 设置【投影】对话框中的参数如图 9-190 所示，效果如图 9-191 所示。

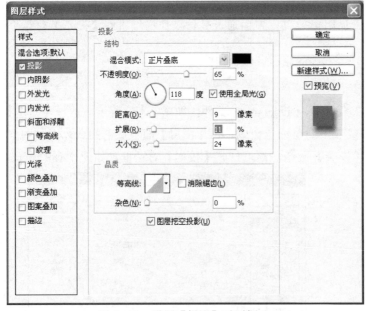

图 9-190　设置【投影】对话框 1

图 9-191　投影效果

03 设置【等高线】选项可改变投影的轮廓。单击【等高线】选项后面的·下拉按钮，在打开的预设等高线面板中选择一种等高线，如图 9-192 所示，效果如图 9-193 所示。

其他的图层样式与【投影】对话框中的参数设置基本相同，下面将只介绍不同选项的参数设置。

290

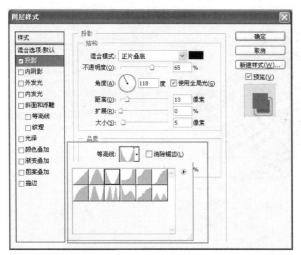

图 9-192　设置【投影】对话框 2

图 9-193　改变投影轮廓效果

9.3.3　【内阴影】命令

【内阴影】命令为图像添加内阴影效果，得到图像凹陷的效果。

上机操作 40　内阴影

01　打开【素材】\【Ch09 素材】\【内阴影.psd】文件，如图 9-194 所示。选择【图层】> **291**
【图层样式】>【内阴影】命令，或双击图层缩览图或单击【图层】面板底部的 添加图层样
式图标，在弹出的菜单中选择【内阴影】命令，都可打开【内阴影】对话框，如图 9-195 所示。

图 9-194　【内阴影】图像

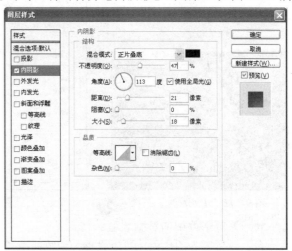

图 9-195　【内阴影】对话框

【内阴影】对话框中的参数设置：

- 阻塞：设置阴影向图像内缩的范围。

02　单击【确定】按钮，添加内阴影效果如图 9-196 所示。

对【内阴影】图层样式可进行哪些参数设置？

答：【内阴影】样式是给图像添加内阴影效果，得到图像凹陷效果。它的参数设置与投影中的参数相似。

技术看板

图 9-196　图像效果 11

9.3.4　【外发光】命令

【外发光】命令能够使图像产生外部发光的效果。

上机操作 41　外发光

01　打开【素材】\【Ch09 素材】\【外发光.psd】文件，如图 9-197 所示。选择【图层】>
【图层样式】>【外发光】命令，或双击图层缩览图或单击【图层】面板底部的　　，添加图层样
式图标，在弹出的菜单中选择【外发光】命令，都可打开【外发光】对话框，如图 9-198 所示。

图 9-197　【外发光】图像

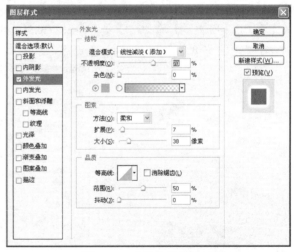

图 9-198　【外发光】对话框

【外发光】对话框中的参数设置：

- 颜色：设置发光的颜色，可以设置为纯色或渐变色两种方式的发光效果。
- 方法：设置产生发光的方法。其中包括柔和和精确两种方法。
- 范围：设置外发光的范围。
- 抖动：设置外发光产生一种溶解效果的大小。

02　设置纯色外发光图像效果如图 9-199 所示，渐变外发光效果如图 9-200 所示。

技术看板　对【外发光】图层样式可进行哪些参数设置？

答：【外发光】图层样式能够使图像产生外部发光的效果。可以对外发光的结构、图素和品质等进行设置。如发
光的颜色、不透明度、扩展、大小及轮廓等参数的设置。

图 9-199　纯色外发光效果　　　　　　　　图 9-200　渐变外发光效果

9.3.5 【内发光】命令

【内发光】命令能够使图像产生内部发光的效果。除了【源】选项以外，内发光的选项和外发光相同。

上机操作 42　内发光

01 打开【素材】\【Ch09 素材】\【内发光.psd】文件，如图 9-201 所示。选择【图层】>【图层样式】>【内发光】命令，或双击图层缩览图或单击【图层】面板底部的 *f*.添加图层样式图标，在弹出的菜单中选择【内发光】命令，都可打开【内发光】对话框，如图 9-202 所示。

293

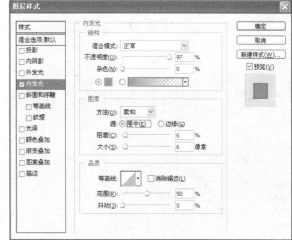

图 9-201　【内发光】图像　　　　　　　　图 9-202　【内发光】对话框

【内发光】对话框中的参数设置：

- 源：设置发光源的位置。【居中】选项是从图层中的图像的边缘的中央发光，【边缘】选项是从图层中的图像边缘的内侧发光。

02 设置内发光的【源】为【居中】选项，图像效果如图 9-203 所示，设置内发光的【源】为【边缘】选项，图像效果如图 9-204 所示。

对【内发光】图层样式可进行哪些参数设置？

答：【内发光】命令能够使图像产生内部发光的效果。除了【源】选项以外，内发光的选项和外发光相同，【源】选项是设置发光源的位置，有居中和边缘两种方式。

技术看板

图 9-203 居中内发光效果 　　　　　　　　　　　　　图 9-204 边缘内发光效果

9.3.6 【斜面和浮雕】命令

【斜面和浮雕】命令可以使图层上的图像产生多种立体效果。

上机操作 43　斜面和浮雕

01　打开【素材】\【Ch09 素材】\【斜面和浮雕.psd】文件，如图 9-205 所示。选择【图层】>【图层样式】>【斜面和浮雕】命令，或双击图层缩览图或单击【图层】面板底部的 ，添加图层样式图标，在弹出的菜单中选择【斜面和浮雕】命令都可，打开【斜面和浮雕】对话框，如图 9-206 所示。

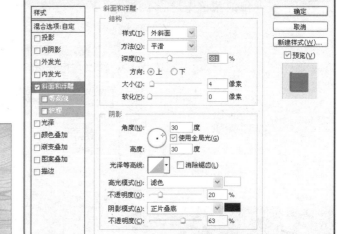

图 9-205　【斜面和浮雕】图像 　　　　　　　　图 9-206　【斜面和浮雕】对话框

【斜面和浮雕】对话框中的参数设置：

（1）结构

- 样式：此选项提供了内斜面、外斜面、浮雕效果、枕状浮雕、描边浮雕等五种样式的效果。如果使用描边浮雕样式，必须选择【描边】图层样式才有效。
- 方法：此选项提供了平滑、雕刻清晰和雕刻柔和三种平滑方法。
- 深度：设置斜面的深度。
- 方向：改变光照的方向，有上和下两个方向。

技术看板　对【斜面和浮雕】图层样式可进行哪些参数设置？
答：【斜面和浮雕】图层样式可以使图层上的图像产生多种立体效果。可设置不同的样式、深度、大小、方向、边缘柔化和阴影的角度、高光模式、阴影模式、不透明度、等高线等。

- 大小：产生立体效果的大小。
- 软化：设置产生立体效果的柔化范围。

（2）阴影

- 角度：设置立体光源角度，其中也包括使用全局光。
- 高度：设置立体光源的高度。
- 光泽等高线：选取不同轮廓图来设置立体效果明暗对比的分布方式。
- 消除锯齿：立体效果去除锯齿。
- 高光模式：设置立体效果高光颜色及混合模式。
- 不透明度：设置亮部与暗部的不透明度。
- 阴影模式：设置立体效果阴影颜色及混合模式。

（3）等高线

斜面和浮雕有【等高线】选项，可对图层应用等高线效果。

- 等高线：设置斜面与浮雕所选用的等高线类型。
- 消除锯齿：去除应用等高线效果时的锯齿。
- 范围：范围越大，等高线所运用的区域越大。

（4）纹理

斜面和浮雕还有【纹理】选项，它是对图层应用纹理效果。纹理选项可以为图层内容添加透明的纹理。这里所用图案和后面图案叠加效果所用的图案同为图案文件夹中所存储的文件。

295

- 图案：设置斜面与浮雕的纹理图案，都以灰度模式显示。
- 贴紧原点：用来恢复图案原点与文档原点的对齐状态。
- 缩放：改变纹理的大小。
- 深度：设置图案雕刻的立体感，范围从-1000%～1000%。
- 反相：设置相反的图像明暗纹理效果。
- 与图层链接：用于控制图案原点与图层左上角对齐。

02　为了方便观察，将【图层1】的【填充不透明度】设置为10%。分别设置内斜面、外斜面、浮雕效果、枕状浮雕、描边浮雕等五种样式的效果如图9-207～图9-211所示。

图 9-207　内斜面效果

图 9-208　外斜面效果

在给图像添加【斜面和浮雕】效果时，可设置为哪些样式？
答：有【内斜面】、【外斜面】、【浮雕效果】、【枕状浮雕】和【描边浮雕】五种样式可供选择。

技术看板

图 9-209　浮雕效果

图 9-210　枕状浮雕效果

图 9-211　描边浮雕效果

03　改变浮雕的方向为【下】，如图 9-212 所示，图像效果如图 9-213 所示。

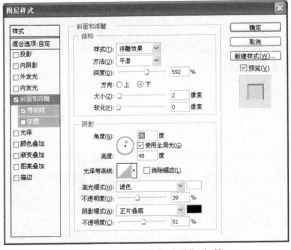
图 9-212　设置【浮雕】参数

图 9-213　图像效果 12

04　在【图层样式】对话框中选择【纹理】选项，设置纹理参数如图 9-214 所示，图像效果如图 9-215 所示。

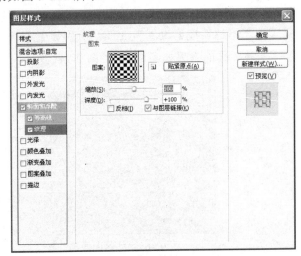
图 9-214　设置【纹理】参数

图 9-215　图像效果 13

技术看板

实际工作中利用【斜面和浮雕】能做些什么？
答：利用此图层样式可制作网页按钮、木纹或石头的雕刻、立体面板等。

9.3.7　【光泽】命令

【光泽】命令是根据图层图像的形状应用阴影，通过控制阴影的混合模式、颜色、角度、距离、大小等属性，在图层图像上形成各种光泽。

上机操作 44　光泽

01 打开【素材】\【Ch09 素材】\【光泽.psd】文件，如图 9-216 所示。

02 选择【图层】>【图层样式】>【光泽】命令，或双击图层缩览图或单击【图层】面板底部的  添加图层样式图标，在弹出的菜单中选择【光泽】命令，设置【光泽】对话框中的参数，如图 9-217 所示，图像效果如图 9-218 所示。

图 9-216　【光泽】图像

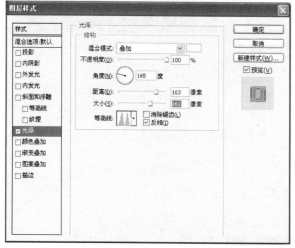

图 9-217　设置【光泽】参数

图 9-218　图像效果 14

297

9.3.8　【颜色叠加】命令

【颜色叠加】命令可以在颜色叠加的同时控制填充色的混合模式和不透明度，随时可以改变填充属性。

上机操作 45　颜色叠加

01 打开【Ch09 素材】文件夹中的【颜色叠加.psd】文件，如图 9-219 所示。

02 选择【图层】>【图层样式】>【颜色叠加】命令，或双击图层缩览图或单击【图层】面板底部的 添加图

图 9-219　【颜色叠加】图像

对【光泽】图层样式可进行哪些参数设置？

答：【光泽】图层样式是根据图层图像的形状应用阴影，通过控制阴影的混合模式、颜色、角度、距离、大小等属性，在图层图像上形成各种光泽。

技术看板

层样式图标，在弹出的菜单中选择【颜色叠加】命令，都可打开【颜色叠加】对话框，添加【颜色叠加】样式，设置的参数如图 9-220 所示，设置颜色为 R=34、G=164、B=73，图像效果如图 9-221 所示。

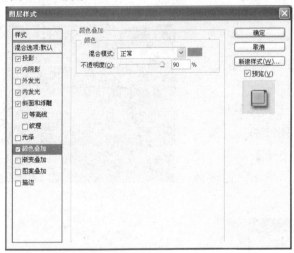 

图 9-220　设置【颜色叠加】对话框中的参数　　　　　图 9-221　图像效果 15

9.3.9　【渐变叠加】命令

【渐变叠加】命令是用渐变填充图层内容，它和渐变工具差不多，不过在角度上更容易掌握。此外，它还添加了【与图层对齐】选项（用于对齐渐变和图层），以及控制渐变大小的缩放选项。

上机操作 46　渐变叠加

01　打开【素材】\【Ch09 素材】\【渐变叠加.psd】文件，如图 9-222 所示。

图 9-222　【渐变叠加】图像

02　选择【图层】>【图层样式】>【渐变叠加】命令，或双击图层缩览图或单击【图层】面板底部的　，添加图层样式图标，在弹出的菜单中选择【渐变叠加】命令，都可打开【渐变叠加】对话框，并设置对话框中的参数，如图 9-223 所示，图像效果如图 9-224 所示。

技术看板　对【颜色叠加】图层样式可进行哪些参数设置？
　　　　　答：【颜色叠加】图层样式可以在颜色叠加的同时控制填充色的混合模式和不透明度，随时可以改变填充属性。

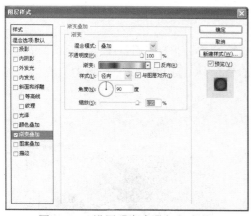

图 9-223 设置【渐变叠加】参数

图 9-224 图像效果 16

【渐变叠加】对话框中的参数设置：

- 反向：反转设置渐变颜色的方向。
- 样式：设置渐变颜色种类。其样式包括线性、径向、角度、对称的和菱形等五种渐变类型。
- 角度：设置渐变颜色的角度。

9.3.10 【图案叠加】命令

【图案叠加】命令可以在图像上叠加一种图案。

图 9-225 【图案叠加】图像

上机操作 47 图案叠加

01 打开【Ch09 素材】文件夹中的【图案叠加.psd】文件，如图 9-225 所示。

299

02 选择【图层】>【图层样式】>【图案叠加】命令，或双击图层缩览图或单击【图层】面板底部的 添加图层样式图标，在弹出的菜单中选择【图案叠加】命令，都可打开【图案叠加】对话框，并设置对话框中的参数，如图 9-226 所示，图像效果如图 9-227 所示。

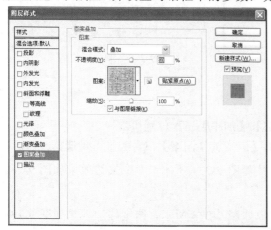

图 9-226 设置【图案叠加】参数

图 9-227 图像效果 17

对【渐变叠加】图层样式可进行哪些参数设置？

答：【渐变叠加】命令是用渐变填充图层内容，它和渐变工具差不多，不过在角度上更容易掌握。此外，它还添加了【与图层对齐】选项（用于对齐渐变和图层）以及控制渐变大小的缩放选项。

技术看板

9.3.11 【描边】命令

使用【描边】命令时可用颜色、渐变和图案三种方式为当前图层中的图像进行描边。除了描边宽度、位置、混合模式、不透明度这些共有的选项外，还可以设置描边的填充类型等相关选项。

上机操作 48　描边

01　打开【素材】\【Ch09 素材】\【描边.psd】文件，如图 9-228 所示。

02　选择【图层】>【图层样式】>【描边】命令，或双击图层缩览图或单击【图层】面板底部的 添加图层样式图标，在弹出的菜单中选择【描边】命令，打开【描边】对话框，设置对话框中的参数如图 9-229 所示，使用颜色描边效果如图 9-230 所示。

图 9-228　【描边】图像

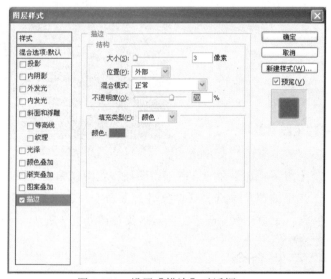

图 9-229　设置【描边】对话框 1

图 9-230　颜色描边效果

【描边】对话框中的参数设置：

- 大小：设置描边的宽度。
- 位置：设置描边的位置，有【外部】、【内部】、【居中】三种位置可选择。
- 填充类型：设置描边时的类型，有【颜色】、【渐变】、【图案】三种类型可供选择。

03　选择【渐变】填充类型描边，设置的参数如图 9-231 所示，渐变描边效果如图 9-232 所示。

04　选择【图案】填充类型描边，设置的参数如图 9-233 所示，图案描边效果如图 9-234 所示。

技术看板　对【图案叠加】图层样式可进行哪些参数设置？
答：【图案叠加】图层样式可以在图像上叠加一种图案。可设置不同的图案、图案的混合模式、图案的缩放及与图层的链接等参数。

300

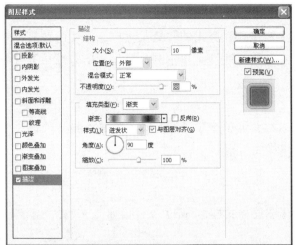

图 9-231　设置【描边】对话框 2 　　　　　　图 9-232　渐变描边效果

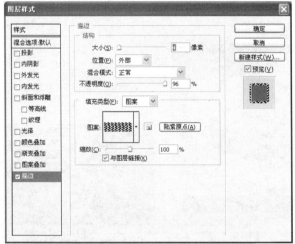

301

图 9-233　设置【描边】对话框 3 　　　　　　图 9-234　图案描边效果

9.4　有关图层样式操作的其他命令

图层样式多种多样，要做到有效地查看、管理、应用图层样式，必须正确地对其进行操作，下面讲解与图层样式相关的其他命令。

9.4.1　【显示/隐藏所有效果】命令

控制图层效果的显示或隐藏，可有多种方法。下面分别对其进行详细介绍。

1.【显示/隐藏所有效果】命令

选择【图层】>【图层样式】>【显示/隐藏所有效果】命令，可以显示或隐藏应用的所有图层样式效果。

对【描边】图层样式可进行哪些参数设置？

答：【描边】图层样式可用颜色、渐变和图案三种方式为当前图层中的图像进行描边。除了描边宽度、位置、混合模式、不透明度这些共有的选项外，还可以设置描边的填充类型等相关选项。

技术看板

2.【显示所有效果】命令

在【图层】面板中的图层样式名称上右击，在弹出的快捷菜单中选择【隐藏所有效果】命令，即可隐藏所有效果，再次右击，在弹出的快捷菜单中选择【显示所有效果】命令，即可显示所有效果。

3．使用👁眼睛图标

在【图层】面板中，单击图层效果名称前面的👁眼睛图标使其隐藏，指定的样式效果也随之隐藏，再次单击图标，又可显示图层样式效果。

上机操作 49　图层样式命令相关操作

01　打开【素材】\【Ch09 素材】\【图层样式操作.psd】文件，如图 9-235 所示，【图层】面板如图 9-236 所示。

02　选中【图层 1】，然后选择【图层】>【图层样式】>【隐藏所有效果】命令，可以隐藏所有图层样式效果，图像效果如图 9-237 所示。再选择【图层】>【图层样式】>【显示所有效果】命令，图层效果又重新显示。

图 9-235 【图层样式操作】图像　　图 9-236 【图层】面板 1　　图 9-237　隐藏所有图层效果

03　要隐藏【内发光】样式效果，只要单击图层样式效果名称前的👁眼睛图标，如图 9-238 所示，图像中的内发光效果被隐藏，如图 9-239 所示。如果再单击图标，隐藏的效果会再次显示。

图 9-238 【图层】面板 2　　　　　　图 9-239　隐藏内发光效果

技术看板　怎样控制图层样式的显示或隐藏？
答：在【图层】面板中的图层样式名称上右击，在弹出的快捷菜单中选择【隐藏所有效果】命令，即可隐藏所有效果，再次右击，在弹出的快捷菜单中选择【显示所有效果】命令，即可显示所有效果。

9.4.2　【拷贝图层样式】命令

如果想使其他的图层应用同一个图层样式，可以使用【拷贝图层样式】和【粘贴图层样式】命令，这样可以减少重复的操作步骤，提高工作效率。

上机操作 50　拷贝图层样式

01　选择要拷贝图层样式的图层，在其上右击，在弹出的快捷菜单中选择【拷贝图层样式】命令，或选择【图层】>【图层样式】>【拷贝图层样式】命令。

02　在【图层】面板中选择目标图层，在其上右击，在弹出的快捷菜单中选择【粘贴图层样式】命令，或选择【图层】>【图层样式】>【粘贴图层样式】命令，将样式粘贴到目标图层中。

03　若要粘贴到多个图层中，需要先选中这些图层，再选择【图层】>【图层样式】>【粘贴图层样式】命令，将图层样式粘贴到选中的图层中。如果只需要拷贝某个图层样式，在【图层】面板中直接拖动这个图层样式到目标图层中，待目标图层底部出现高光线时释放鼠标即可。

9.4.3　【样式】面板

Photoshop 提供了很多预设的样式，它们都存放在【样式】面板中，【样式】面板主要是用来查看、管理和使用图层样式，直接选择所要的效果即可套用，应用预设样式后还可以在它的基础上再进行修改，还可以自定义一些特殊的效果存储在【样式】面板中，以后可以直接套用到图层上。图层样式效果对网页设计起着事半功倍的效果。

要显示【样式】面板，选择【窗口】>【样式】命令，或单击界面右侧的 ▧【样式】面板图标，即可显示【样式】面板，如图 9-240 所示。

图 9-240　【样式】面板 1

1. 预设样式

可以直接套用在图层上的图层效果。

2.【样式】面板底部的图标

【样式】面板底部的图标依次为：

- ⊘ 清除样式：用于清除套用在图层中的样式。
- ▣ 创建新样式：将当前图层使用的特效保存起来，建立一种新样式，以备后用。
- 🗑 删除样式：用鼠标拖动【样式】面板中的样式到此图标上可以删除图层样式。

怎样快速对多个图层设置同一个图层样式？
答：使用【拷贝图层样式】和【粘贴图层样式】命令，这样可以对这个图层设置同一个图层样式，且减少重复的操作步骤，提高工作效率。　　**技术看板**

3.【样式】面板菜单

单击面板右上角的 菜单按钮，打开【样式】面板菜单，如图 9-241 所示。其中部分命令如下：

- 新建样式：建立新的样式。
- 纯文本：使样式面板以文字显示。
- 小缩览图：此命令可使【样式】面板中的预设样式以小缩览图的形式显示。
- 大缩览图：此命令可使【样式】面板中的预设样式以大缩览图的形式显示。
- 小列表：此命令可使【样式】面板中的预设样式以小列表的形式显示。
- 大列表：此命令可使【样式】面板中的预设样式以大列表的形式显示。
- 预设管理器：用于载入、重命名、保存、删除样式。
- 复位样式：恢复系统初始状态的设置。
- 载入样式：此选项可以增加面板中的样式。
- 存储样式：将样式存储起来，以备重新载入使用。
- 替换样式：替换面板中当前的样式。
- 系统自带样式：系统内预设许多样式，可以直接载入使用。

图 9-241 【样式】面板菜单

上机操作 51　套用样式

在【图层】面板中，单击要套用样式的图层，使其成为当前层，在【样式】面板中选择要套用的样式，样式就套用在图层中的图像上。

01　打开【素材】\【Ch09 素材】\【套用样式.psd】文件，如图 9-242 所示，【图层】面板如图 9-243 所示。

图 9-242 【套用样式】图像

图 9-243 【图层】面板 2

02　选择【窗口】>【样式】命令，或单击界面右侧的 【样式】面板图标，打开【样式】面板，【图层 1】为当前状态。

03　在【样式】面板中单击预设样式，如图 9-244 所示，这种样式就会套用在当前图层上，得到的效果如图 9-245 所示。单击不同的预设样式得到不同效果如图 9-246 和图 9-247 所示。

技术看板　可对图层样式执行哪些命令操作？

答：对图层样式可执行拷贝、粘贴、缩放、清除等操作。

图 9-244　【样式】面板 2

图 9-245　套用样式效果

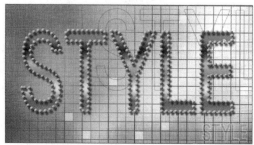

图 9-246　样式效果 1

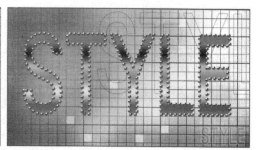

图 9-247　样式效果 2

上机操作 52　定义样式

01　打开【素材】\【Ch09 素材】\【定义样式.jpg】文件，如图 9-248 所示。

02　使用 ⬭ 椭圆选框工具，按住 Shift 键选取正圆区域，如图 9-249 所示，按快捷键 Ctrl+J，复制选区中的图像到新建图层【图层 1】。

图 9-248　【定义样式】图像

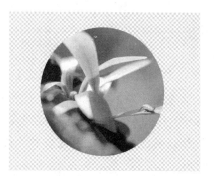

图 9-249　选取正圆区域

03　选择【图层】>【图层样式】>【投影】命令，或双击【图层 1】缩览图或单击【图层】面板底部的　　添加图层样式图标，在弹出的菜单中选择【投影】命令，在打开的【投影】对话框中设置的参数如图 9-250 所示，在对话框中分别选择【斜面与浮雕】和【颜色叠加】选项，设置的参数如图 9-251、图 9-252 所示，效果如图 9-253 所示。最终文件请参考【素材】\【Ch09 素材】\【定义样式 1.jpg】文件。

系统内预设的许多样式在哪里可以找到，有什么功能？

答：选择【窗口】>【样式】命令，打开【样式】面板，便可找到预设样式。首先要选中套用样式的图层，然后在【样式】面板中单击要添加的样式效果即可将此种样式套用在选中的图层上。

技术看板

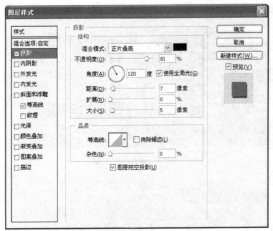

图 9-250 设置【投影】对话框

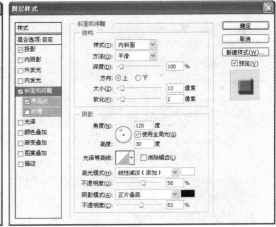

图 9-251 设置【斜面与浮雕】对话框

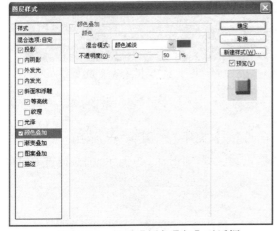

图 9-252 设置【颜色叠加】对话框

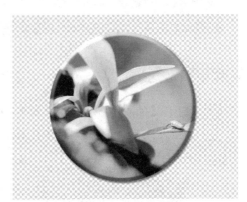

图 9-253 添加样式效果

04 单击对话框右侧的【新建样式】按钮，打开【新建样式】对话框，如图 9-254 所示，在【名称】文本框中输入样式的名称【样式 1】，选择【包含图层效果】选项，将图层效果加入到样式中，选择【包含图层混合选项】选项，则将图层混合选项加入到样式中，单击【确定】按钮，新建的样式就添加到【样式】面板中，如图 9-255 所示。套用定义的样式效果如图 9-256 所示。

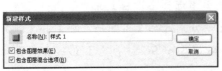

图 9-254 【新建样式】对话框

图 9-255 定义新样式

图 9-256 应用效果

技术看板

通过【图层样式】对话框设置好的样式要想保留下来以备后用，怎么办？

答：单击【图层样式】对话框右侧的【新建样式】按钮，打开【新建样式】对话框，对样式命名，单击【确定】按钮，便可将设置好的样式存储在【样式】面板中。

9.5 综合实例——应用图层样式

下面详细讲解图层样式的应用实例，帮助用户尽快掌握图层样式的应用。

9.5.1 制作精美相框

 视频教学

光盘路径：【视频】文件夹中【Ch09】文件夹中的【精美相框.psd】文件

1. 实例分析

在石头、木头或纸上常会看到各种各样的雕刻效果，像文字、花纹、动物等图案，这些都是雕刻家们精心雕刻出来的。在 Photoshop CS4 中应用图层样式可以很容易地实现这种效果。

2. 制作过程

本实例通过应用图层样式制作木纹雕刻的精美相框效果。使用选择工具创建出要制作雕刻效果的选区，在【图层样式】对话框中选择【斜面和浮雕】样式，在对话框中简单地设置参数，很快就能制作出精美相框。

01 打开【素材】\【Ch09 素材】\【精美相框】\【精美相框 1.jpg】文件，如图 9-257 所示，使用矩形选框工具，利用选区相减创建选区，如图 9-258 所示。

图 9-257 素材【精美相框 1】　　　　　　图 9-258 创建选区 1

02 按快捷键 Ctrl+J，复制选区中的图像到新建图层【图层 1】，如图 9-259 所示，单击【图层】面板底部的 添加图层样式图标，在弹出的菜单中选择【斜面和浮雕】命令，在打开的【斜面和浮雕】对话框中设置如图 9-260 所示的参数，得到边框效果如图 9-261 所示。

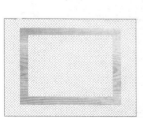

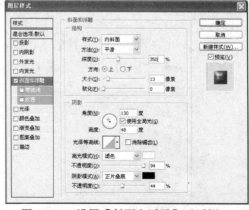

图 9-259 制作边框　　　图 9-260 设置【斜面和浮雕】对话框 1　　　图 9-261 边框立体效果

使用哪个命令可以制作浮雕效果？

答：使用图层样式中的【斜面和浮雕】命令，可以制作内斜面、外斜面、浮雕效果、枕状浮雕及描边浮雕等不同样式的浮雕效果。

技术看板

03 选择【背景】图层，使用 矩形选框工具创建选区，如图 9-262 所示，按快捷键 Ctrl+J，复制选区中图像到新建图层【图层 2】，单击【图层】面板底部的 添加图层样式图标，在弹出的菜单中选择【斜面和浮雕】命令，设置对话框中的参数如图 9-263 所示，再选择【颜色叠加】选项，设置对话框中的参数如图 9-264 所示，然后选择【光泽】选项，设置对话框中的参数如图 9-265 所示，内部边框效果如图 9-266 所示。

图 9-262　创建选区 2

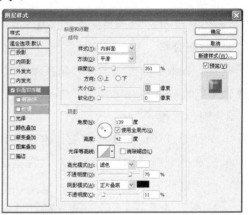

图 9-263　设置【斜面和浮雕】对话框 2

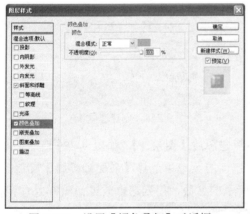

图 9-264　设置【颜色叠加】对话框

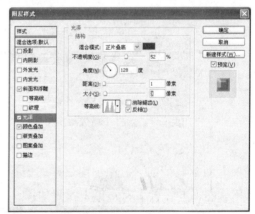

图 9-265　设置【光泽】对话框

04 再次选择【背景】图层，使用 矩形选框工具创建选区，如图 9-267 所示，按快捷键 Ctrl+J，复制选区中图像到新建图层【图层 3】，然后隐藏【背景】图层，如图 9-268 所示。

图 9-266　内部边框效果

图 9-267　创建选区 3

图 9-268　外部边框

技术看板　制作浮雕效果时，怎样设置阴影的角度和高度？

答：打开【斜面和浮雕】对话框后，直接拖动【阴影】选项区域中设置光源方向的图标，或在高度、角度后面的数值框中直接输入数值。

05 单击【图层】面板底部的 添加图层样式图标，在弹出的菜单中选择【斜面和浮雕】命令，在打开的【斜面和浮雕】对话框中设置如图 9-269 所示的参数，得到外部边框如图 9-270 所示。

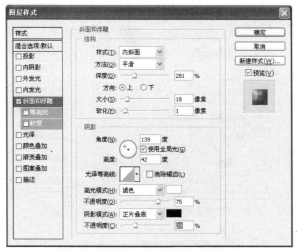

图 9-269　设置【斜面和浮雕】对话框 3

图 9-270　外部边框立体效果

06 打开【素材】\【Ch09 素材】\【精美相框】\【精美相框 2.psd】文件，使用 多边形套索工具，选取部分图像如图 9-271 所示，使用 移动工具，移动选区内图像到【图层 1】的上方新建【图层 4】，按快捷键 Ctrl+T 调整到如图 9-272 所示的位置。

309

图 9-271　素材【精美相框 2】

图 9-272　放置适当位置

07 按住 Ctrl 键，单击【图层 4】缩览图，载入【图层 4】选区，再选择【图层 1】，按快捷键 Ctrl+J，复制选区中图像到新建图层【图层 5】，隐藏【图层 4】。

08 单击【图层】面板底部的 添加图层样式图标，在弹出的菜单中选择【斜面和浮雕】命令，设置【斜面和浮雕】对话框中的参数如图 9-273 所示，制作雕刻花纹效果如图 9-274 所示。

09 复制【图层 5】为【图层 5 副本】，选择【编辑】>【变换】>【水平翻转】命令，水平翻转雕刻的花纹，并移动到如图 9-275 所示的位置，相框效果制作完成。

10 使用 加深工具，设置选项栏中的参数如图 9-276 所示，加深相框右边颜色，效果如图 9-277 所示。

浮雕效果的高光模式只能设置为白色吗？

答：否，可以根据需要设置颜色。单击【高光模式】选项后面的颜色块，弹出【选择高光颜色】对话框，从中设置颜色即可。

技术看板

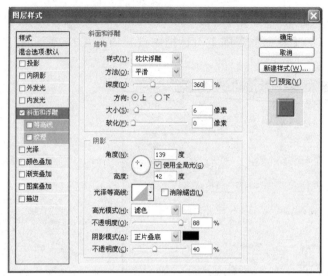

图 9-273　设置【斜面和浮雕】对话框 4

图 9-274　雕刻花纹效果

图 9-275　花纹效果

图 9-276　设置【加深工具】选项栏中的参数

11　打开【素材】\【Ch09 素材】\【精美相框】\【精美相框 3.jpg】文件，如图 9-278 所示，放入相框中效果如图 9-279 所示。最终文件请参考【素材】\【Ch09 素材】\【精美相框】\【精美相框.psd】文件。

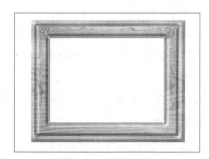

图 9-277　相框效果

图 9-278　素材【精美相框 3】

图 9-279　放入图片效果

技术看板　要制作特殊形状的浮雕效果怎样做更方便？
答：先载入特殊形状的选择区域，按快捷键 Ctrl+J，复制选择区域内的图像到新图层，然后再添加浮雕效果。

9.5.2　AL 文字特效

 视频教学

光盘路径：【视频】文件夹中【Ch09】文件夹中的【AL 文字特效.psd】文件

1．实例分析

图层样式可以应用在除背景图层之外的所有图层中，本实例利用图层样式制作文字特效。

2．制作过程

第一步制作文字特效，利用 ＼直线工具制作分布均匀的一组直线，利用图层蒙版将直线控制在文字区域内显示，再载入文字的选区，在新建图层上描边选区并添加图层样式效果。第二步制作文字特效的背景效果，利用不同的滤镜命令制作木纹效果。

（1）文字特效

01　选择【文件】>【新建】命令，设置【新建】对话框中的参数如图 9-280 所示，新建文件。

02　打开【素材】\【Ch09 素材】\【AL 文字特效】\【AL 文字特效 1.psd】文件，如图 9-281 所示。使用 移动工具将其拖至新建的文件中，并放置到适当的位置，命名图层为【AL】。

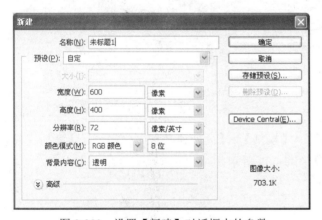

图 9-280　设置【新建】对话框中的参数

图 9-281　素材文件

03　选中图层【AL】，单击【图层】面板底部的 创建新图层图标，新建【图层 2】。设置前景色为 R＝120、G＝163、B＝216，使用 ＼直线工具，设置选项栏中的参数如图 9-282 所示，按住 Shift 键，画一条直线，如图 9-283 所示。

图 9-282　设置【直线】选项栏

04　使用 移动工具，拖动【图层 2】到【图层】面板底部的 创建新图层图标上，复制【图层 2】为【图层 2 副本】，按住 Shift 键的同时，按 ↓ 键一次，向下移动直线 10 像素，效果如图 9-284 所示。

图 9-283　画直线　　　　　　　　　图 9-284　复制直线

05　用同样的方法，复制并移动直线，得到的效果如图 9-285 所示。在【图层】面板中选中所有的直线图层，按快捷键 Ctrl+E，合并所有的直线图层为【图层 2】。

06　按 Ctrl 键，单击图层【AL】的缩览图，载入 AL 的选区，单击【图层】面板底部的 添加图层蒙版图标，在【图层 2】上添加蒙版，效果如图 9-286 所示。

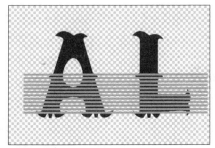

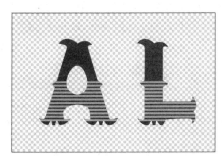

图 9-285　复制并移动直线　　　　　　　图 9-286　添加图层蒙版效果

07　模糊直线效果。选择【滤镜】>【模糊】>【高斯模糊】命令，设置【高斯模糊】对话框中的参数如图 9-287 所示，效果如图 9-288 所示。

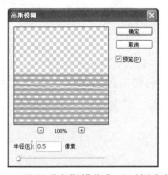

图 9-287　设置【高斯模糊】对话框中的参数　　　　图 9-288　模糊效果

08　按 Ctrl 键，单击图层【AL】的缩览图，载入 AL 的选区，单击【图层】面板底部的 创建新图层图标，新建【图层 3】。选择【编辑】>【描边】命令，设置【描边】对话框中的参数如图 9-289 所示，黑色描边效果如图 9-290 所示，按快捷键 Ctrl+D，取消选区。

技术看板　怎样绘制等间距的一组直线？

答：首先在新图层中，使用直线工具，按住 Shift 键，画一条直线。然后复制直线图层，按 ↓ 键一次或多次移动复制的直线图层，使用同样的操作多次复制并移动直线，就能绘制等间距的一组直线。

图 9-289 设置【描边】对话框中的参数　　　　图 9-290 描边效果

09 单击【图层】面板底部的  添加图层样式图标，在弹出的菜单中选择【投影】命令，设置【投影】对话框中的参数如图 9-291 所示，在对话框中分别选择【内阴影】选项，设置对话框中的参数如图 9-292 所示；选择【内发光】选项，设置参数如图 9-293 所示；选择【斜面和浮雕】选项，设置对话框中的参数如图 9-294 所示；选择【光泽】选项，设置对话框中的参数如图 9-295 所示；选择【颜色叠加】选项，设置对话框中的参数如图 9-296 所示；最后选择【描边】选项，设置对话框中的参数如图 9-297 所示，效果如图 9-298 所示。文字效果制作完成，下面制作文字的背景效果。

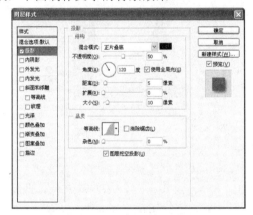

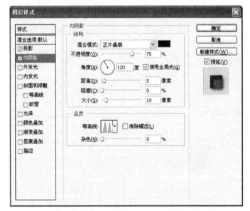

图 9-291 设置【投影】参数 1　　　　图 9-292 设置【内阴影】参数

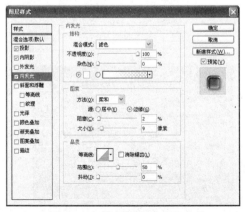

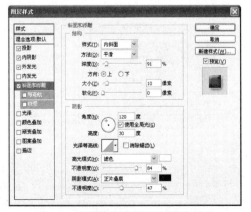

图 9-293 设置【内发光】参数　　　　图 9-294 设置【斜面与浮雕】参数

怎样控制图层图像在特定的形状内显示？
答：先制作特定形状的选区，然后选择图像图层，单击【图层】面板底部的  添加图层蒙版图标添加图层蒙版，就能控制图像在特定的形状内显示。

技术看板

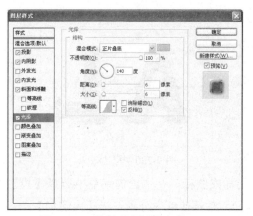

图 9-295　设置【光泽】参数

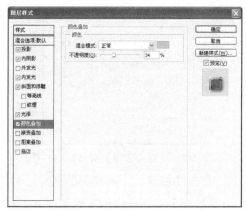

图 9-296　设置【颜色叠加】参数

图 9-297　设置【描边】参数

图 9-298　图像效果 1

314

（2）背景效果

01　选择图层【AL】，设置前景色为 R＝131、G＝97、B＝33，填充前景色。选择【滤镜】>【杂色】>【添加杂色】命令，设置【添加杂色】对话框中的参数如图 9-299 所示，添加杂色效果如图 9-300 所示。

图 9-299　设置【添加杂色】对话框中的参数

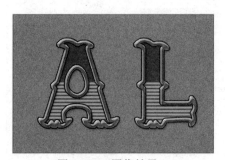

图 9-300　图像效果 2

技术看板　怎样在图像的边缘制作具有光泽的浮雕效果？

答：载入图层图像的选区，新建图层，使用【描边】命令描边选区，得到图像的边缘轮廓，然后在此图层上添加【斜面和浮雕】、【光泽】、【颜色叠加】及【投影】等图层样式即可。

02 选择【滤镜】>【像素化】>【晶格化】命令，设置【晶格化】对话框中的参数如图 9-301 所示，图像得到颗粒效果，如图 9-302 所示。

图 9-301　设置【晶格化】对话框中的参数　　　　图 9-302　图像效果 3

03 选择【滤镜】>【模糊】>【动感模糊】命令，设置【动感模糊】对话框中的参数如图 9-303 所示，添加动感效果，如图 9-304 所示。

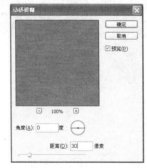

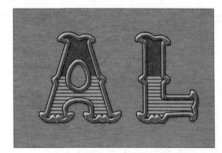

图 9-303　设置【动感模糊】对话框中的参数　　　　图 9-304　图像效果 4

04 选择【滤镜】>【渲染】>【光照效果】命令，设置【光照效果】对话框中的参数如图 9-305 所示，制作背景的立体效果，如图 9-306 所示，背景效果制作完成。

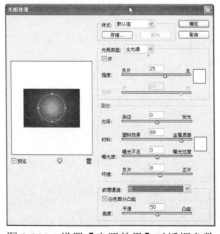

图 9-305　设置【光照效果】对话框参数　　　　图 9-306　图像效果 5

怎样制作木纹效果？

答：使用【添加杂色】、【晶格化】、【动感模糊】和【光照效果】等几种滤镜命令，就能完成木纹效果的制作。

技术看板

05 选择图层【AL 副本】，单击【图层】面板底部的  添加图层样式图标，在弹出的菜单中选择【投影】选项，设置对话框中的参数如图 9-307 所示，添加投影，效果如图 9-308 所示，AL 文字特效制作完成。最终文件请参考【素材】\【Ch09 素材】\【AL 文字特效】\【AL 文字特效.psd】文件。

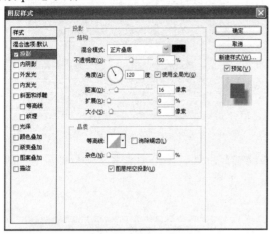

图 9-307　设置【投影】参数 2　　　　　　　　　图 9-308　图像效果 6

第10章　调整图像高级技巧

学 习 内 容	分 配 时 间	重 点 级 别	难 度 系 数
调整图层	40 分钟	★★★	★
优化图像	30 分钟	★★★	★★
实例——色彩靓丽的图像特效	20 分钟	★★★	★★★

如今的社会是一个色彩斑斓的社会，人们在生活中更加追求色彩，越来越多的书籍、宣传品，杂志等都是以全彩印刷的形式出现，人们也越来越离不开色彩。

一些数码照片和扫描的图片在颜色上都存在一定程度的偏差，还有一些图像在合成时，为了使各个元素之间的色彩搭配得当，色调统一，都需要调色。像这样的图片都可使用 Photoshop 图像处理软件中的调色功能对色彩进行校正优化，下面对其进行详细的介绍。

10.1　了解调整图层

Photoshop CS4 提供了两种调整图像命令，一种是图像菜单中的【调整】命令，另一种是【图层】菜单中【调整图层】命令。其实这两种调整命令下的子菜单命令有些是相同，只是使用【图像】菜单中的【调整】命令，直接对整个图像或选择区域内的部分图像进行调整，在第 6 章已经学习了【图像】>【调整】中的一些基础调色命令，而利用调整图层对图像进行调整时，不会修改图像中的像素，也就是说，使用调整图层对颜色和色调的调整都是在调整图层上，调整的效果会影响此图层下面的所有图层，调整的效果是通过调整图层显示出来的。

在创建调整图层时，也有一个与其链接在一起的蒙版。编辑蒙版可控制调整图层影响的区域，还可以改变调整图层的【混合模式】及【不透明度】来获得不同的图像效果。使用调整图层调整图像具有很大的灵活性、重复性和特效性，比直接使用【图像】菜单中的【调整】命令的可操作性更加灵活、方便。下面对调整图层命令进行详细的介绍。

10.2　【调整图层】命令

【新建调整图层】命令包括很多种，如图 10-1 所示，根据需要选择相应的调整命令，对图像进行调整。

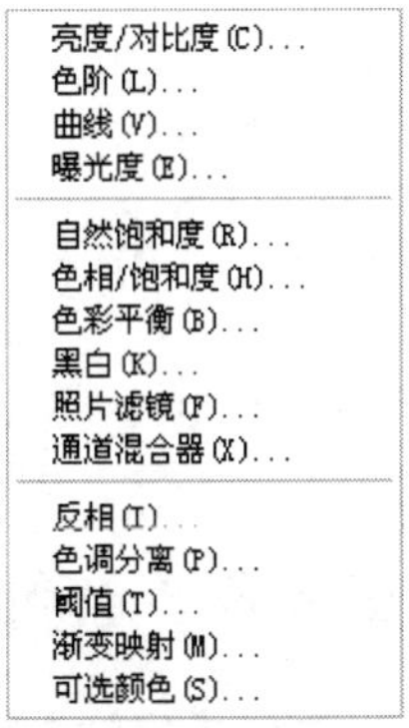

亮度/对比度(C)...
色阶(L)...
曲线(V)...
曝光度(E)...
自然饱和度(R)...
色相/饱和度(H)...
色彩平衡(B)...
黑白(K)...
照片滤镜(F)...
通道混合器(X)...
反相(I)...
色调分离(P)...
阈值(T)...
渐变映射(M)...
可选颜色(S)...

图 10-1　调整图层命令

10.2.1　【亮度/对比度】命令

使用【亮度/对比度】命令，对图像在整体上进行亮度/对比度的调整。

技术看板

调整图层是怎样调整图像的?

答：调整图层对图像进行调整时，不会修改图像中的像素，使用调整图层对颜色和色调的调整都在调整图层上，调整效果会影响此图层下面的所有图层，调整效果是通过调整图层显示出来的。

01　打开【素材】\【Ch10 素材】\【亮度对比度.jpg】文件，如图 10-2 所示。

02　选择【图层】>【新建调整图层】>【亮度/对比度】命令，或单击【图层】面板底部的　　　创建新的填充或调整图层图标，在弹出的菜单中选择【亮度/对比度】命令，打开【亮度/对比度】调整面板，如图 10-3 所示。

图 10-2　【亮度 对比度】调图像　　　　图 10-3　【亮度/对比度】调整面板

【亮度/对比度】调整面板中的参数设置：

- 亮度：可以直接输入数值，或者拖动滑块调整亮度，正值为提高亮度，负值为降低亮度，数值范围为-100～100。
- 对比度：可以直接输入数值，或者拖动滑块调整亮度，正值为提高对比度，负值为降低对比度，数值范围为-100～100。

03　设置【亮度/对比度】调整面板中的参数，如图 10-4 所示，调整后的效果，如图 10-5 所示。

图 10-4　设置【亮度/对比度】调整　　　　　图 10-5　图像效果 1
　　　　　面板中的参数

10.2.2　【色阶】命令

使用【色阶】命令，创建色阶调整图层，调整图像的明暗度、中间色和对比度，是调整图像质量最常用的方法之一。

技术看板　【亮度/对比度】命令怎样调整图像的？
答：使用【亮度/对比度】命令，对图像在整体上进行亮度/对比度的调整。

01　打开【素材】\【Ch10 素材】\【色阶调整图层.jpg】文件，如图 10-6 所示。选择【图层】>【新建调整图层】>【色阶】命令，或按住 Alt 键，单击【图层】面板底部的  创建新的填充或调整图层图标，在弹出的菜单中选择【色阶】命令，相继弹出【新建图层】对话框，如图 10-7 所示，此时对话框与新建图层时的对话框只少了【填充中性色】选项，其他参数设置前面已经介绍过，在此不再赘述，单击【确定】按钮，打开【色阶】调整面板，未做任何调整的状态如图 10-8 所示，在【色阶】分布图上可以看出，亮调和中间调部分像素缺乏，主要集中在暗调像素部分，也就是说图像偏暗。添加一个色阶调整图层，对图像进行调整。

> **注 意**
>
> 如果不按住 Alt 键，单击【图层】面板底部的  创建新的填充或调整图层图标，选择相应的创建调整图层命令，不会弹出【新建图层】对话框。

图 10-6　【色阶调整图层】图像

图 10-7　【新建图层】对话框

图 10-8　【色阶】调整面板

319

【色阶】调整面板中的参数设置：

- 色阶：此选项可选择预设的色阶调整。
- 色阶分布图：由左至右分别是从色阶 0（最暗）到 255（最亮）的各色阶分布情况。曲线的高度代表分布在各色阶的像素比率的多少。色阶分布图下面的黑色滑块，用于调整图像的暗度色阶、中间滑块用于调整灰度色阶，右边滑块用于调整图像的亮度色阶。
- 输入色阶：该选项影响图层中的图像的最暗和最亮像素。由左到右分别为暗调、中间调及亮调，在此可以直接输入数值。
- 输出色阶：该选项通过提亮最暗和降低最亮的像素来缩减图像亮度色阶的范围。左边栏位代表黑色范围，右边栏位代表白色范围。
- 自动：用于自动调整图像，并进行层次的设置。
- 吸管：三个吸管作用与滑块相似，由左而右三个吸管分别代表色阶为 0、128、255。使用它们在图像上单击，就会以单击位置的像素的色阶值为基准，重新设置该点的色阶值为 0、128、255，其余的图像像素将以基准点为依据，重新分配其色阶值。

02　向左移动白色的三角形滑块，设置参数如图 10-9 所示，这个地方的像素原来不是最

亮的，现在被确认为图像中的最亮处，R、G、B=255，白色三角形滑块的右侧的所有像素都被忽略为白色，增强亮调效果如图 10-10 所示。

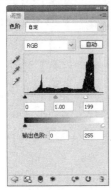

图 10-9　设置【色阶】调整面板中的参数 1　　　　　　图 10-10　提高亮调效果

03　向左移动灰色的三角形滑块，设置参数如图 10-11 所示，灰色滑块所在的点原来是比较暗的像素，现在被确定为 50%亮度，提亮图像效果如图 10-12 所示。

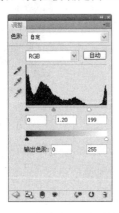

图 10-11　设置【色阶】调整面板中的参数 2　　　　　　图 10-12　提亮图像效果

10.2.3　【曲线】命令

使用【曲线】命令，创建曲线调整图层，曲线调整可算是调整色相与颜色校正选项最丰富、最强劲的实用工具，在【曲线】调整面板中，允许调整图像上任何一个像素点，可以通过许多控制完成图像调整。

上机操作 3　【曲线】命令

01　打开【素材】\【Ch10 素材】\【曲线调整层.jpg】文件，如图 10-13 所示。

02　选择【图层】>【新建调整图层】>【曲线】命令，或单击【图层】面板底部的█◑▊创建新的填充或调整图层图标，在弹出的菜单中选择【曲线】命令，打开【曲线】调整面板，如图 10-14 所示。

技术看板　【曲线】命令怎样调整图像的？

答：使用【曲线】调整图层，在【曲线】调整面板中，允许调整图像上任何一个像素点，能够通过许多控制选项调整图像。可算是调整色相与颜色校正选项最丰富、最强劲的实用工具。

图 10-13　【曲线调整层】图像

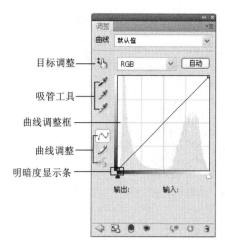

图 10-14　【曲线】调整面板

【曲线】调整面板中的参数设置：

- 曲线调整框：用于显示当前对曲线所做的修改。图表上的色阶分布曲线在未调整前是以 45° 角的斜线呈现的，它代表着输入和输出是完全相同的色阶值，通过在斜线上加点，并移动其位置来改变色阶分布曲线，从而调整图层的明暗对比。按住 Alt 键，在调整框中单击可改变网格的显示数目，或单击田以四分之一色调增量显示简单的网格图标，调整框中网格以 4×4 显示，或单击圃以 10%增量显示详细的网格图标，调整框中网格以 10×10 显示。在调节线上最多可以添加 14 个调节点，拖动调节点对图像进行调整。

- 明暗度显示条：图表的水平方向代表调整后的色阶值，由左而右色阶值 0～255，而垂直方向代表调整前的色阶值，由下而上色阶值 0～255。横向的显示条为图像在调整后的明暗度状态，垂直方向的显示条为图像在调整前的明暗度状态。

- 输入：代表调整曲线后输入色阶值。

- 输出：代表调整曲线后输出色阶值。

- 曲线调整：⟋编辑点以修改图标为默认的曲线绘制方式。若单击⟋通过绘制来修改曲线图标，以手绘的模式来调整曲线。

- 吸管工具：【曲线】调整面板中的吸管。

- 自动：【自动】按钮的作用与前面介绍的【色阶】调整面板中的作用是一样的。

- 平滑：此按钮在手绘的模式中才起作用，当在曲线图表用手绘制曲线后，单击此按钮可以将原本绘制锐利的曲线变得较平滑。

- 目标调整：单击选中⟋目标调整图标，在目标图像上单击并拖动可修改曲线。

03　选择【蓝】通道，在工具箱中选择吸管工具，将鼠标移动到图片的蓝色天空上，鼠标显示为⟋吸管工具，按住 Ctrl 键在蓝色的天空上单击，在曲线上出现相应的调节点，如图 10-15 所示。将调节点调整到如图 10-16 所示的位置，天空变成蓝色，如图 10-17 所示。

321

图 10-15 设置调节点 1　　　　图 10-16 【曲线】调整　　　　图 10-17 图像效果 2
　　　　　　　　　　　　　　　　　　面板 1

04 再选择【绿】通道，将鼠标移动到图片的绿色植物上，按住 Ctrl 键在绿色植物上单击，调整曲线上的调节点到相应的位置，如图 10-18 所示。将调节点调整到如图 10-19 所示的位置，绿色植物变得更绿，如图 10-20 所示。

图 10-18 设置调节点 2　　　　图 10-19 【曲线】调整　　　　图 10-20 图像效果 3
　　　　　　　　　　　　　　　　　　面板 2

05 这时天空变得偏绿，按住 Ctrl 键再次在蓝色天空上单击，添加调节点并调整到相应的位置，如图 10-21 所示，图像整体效果如图 10-22 所示。在【曲线】调整面板中，对单个通道的调整状态都呈现出来，如图 10-23 所示。

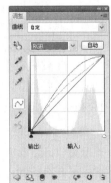

图 10-21 【曲线】调整面板 3　　　　图 10-22 图像效果 4　　　　图 10-23 整体调整【曲线】
　　　　　　　　　　　　　　　　　　　　　　　　　　　　　　　　调整面板状态

技术看板　　使用【曲线】调整面板能调整一幅偏色的图像吗？
　　　　　　　　答：能。因为【曲线】调整面板能调整各通道的颜色。

10.2.4　【曝光度】命令

使用【曝光度】命令，调整图像的曝光度。

上机操作 4　【曝光度】命令

01　打开【素材】\【Ch10 素材】\【曝光度.jpg】文件，如图 10-24 所示。

02　选择【图层】>【新建调整图层】>【曝光度】命令，或单击【图层】面板底部的，创建新的填充或调整图层图标，在弹出的菜单中选择【曝光度】命令，打开【曝光度】调整面板，如图 10-25 所示。

图 10-24　【曝光度】图像

图 10-25　【曝光度】调整面板

【曝光度】调整面板中的参数设置：

- 曝光度：用于调整图像中比较亮的像素。直接输入数值或拖动滑块进行调整，数值越大，较亮像素会变得更亮。
- 位移：用于调整图像中比较暗的像素。直接输入数值或拖动滑块进行调整，数值越小，较暗像素会变得更暗。
- 灰度系数校正：用于调整整个图像。数值越小，图像明暗对比越强烈。
- 吸管：三个吸管作用与滑块相似，由左而右三个吸管分别代表色阶为 0、128、255，分别使用它们在图像上单击，就会以单击位置的像素的色阶值为基准，重新设置该点的色阶值为 0、128、255，其余的图像像素将以基准点为依据，重新分配其色阶值。

03　设置【曝光度】调整面板中的参数，如图 10-26 所示，图像中较亮的像素值变得更亮，如图 10-27 所示。

图 10-26　设置【曝光度】调整面板中的参数 1

图 10-27　图像效果 5

怎样调整曝光过度的数码照片？

答：使用【曝光度】调整图层，这个命令可调整曝光过度或不足的图像。

技术看板

323

04 按住 Alt 键,【取消】按钮变为【复位】按钮并单击,取消设置。重新设置【曝光度】调整面板中的参数,如图 10-28 所示,图像中较暗的像素值变得更暗,如图 10-29 所示。

图 10-28　设置【曝光度】调整面板中的参数 2　　　　图 10-29　图像效果 6

05 再次重新设置【曝光度】调整面板中的参数,如图 10-30 所示,得到图像明暗对比越强烈,如图 10-31 所示。

图 10-30　设置【曝光度】调整面板中的参数 3　　　　图 10-31　图像效果 7

10.2.5 【自然饱和度】命令

【自然饱和度】命令调整饱和度以便在颜色接近最大饱和度时最大限度地减少修剪。该调整增加与已饱和的颜色相比不饱和的颜色的饱和度,还可以防止肤色过度饱和。

上机操作 5　【自然饱和度】命令

01 打开【素材】\【Ch10 素材】\【自然饱和度.jpg】文件,如图 10-32 所示。

02 选择【图层】>【新建调整图层】>【自然饱和度】命令,或单击【图层】面板底部的 创建新的填充或调整图层图标,弹出的菜单中选择【自然饱和度】命令,打开【自然饱和度】调整面板,如图 10-33 所示。

技术看板　　调整人像肤色饱和度一般使用什么命令?

答:【自然饱和度】调整图层,此命令调整饱和度以便在颜色接近最大饱和度时最大限度地减少修剪。该调整增加与已饱和的颜色相比不饱和的颜色的饱和度,还可防止肤色过度饱和。

图 10-32 【自然饱和度】图像

图 10-33 【自然饱和度】调整面板

【自然饱和度】调整面板中的参数设置：

- 自然饱和度滑块：拖动滑块以增加或减少颜色饱和度，在颜色过度饱和时不修剪。要将更多调整应用于不饱和的颜色并在颜色接近完全饱和避免颜色修剪。向右拖动滑块增加饱和度。反之，向左拖动。
- 【饱和度】滑块：拖动滑块调整饱和度所有的颜色，向右拖动滑块增加饱和度。反之，向左拖动。

03 设置【自然饱和度】调整面板中的参数，如图 10-34 所示，图像效果如图 10-35 所示。

图 10-34 设置【自然饱和度】调整面板中的参数

图 10-35 图像效果 8

10.2.6 【色相/饱和度】命令

使用【色相/饱和度】命令，不但可以调整图像的色相、饱和度以及亮度，而且还可以调整图像中不同颜色的色相及饱和度，也可以调整单色效果图像。

上机操作 6 【色相/饱和度】命令

01 打开【素材】\【Ch10 素材】\【色相饱和度.jpg】文件，如图 10-36 所示。

02 选择【图层】>【新建调整图层】>【色相/饱和度】命令，或单击【图层】面板底部的 创建新的填充或调整图层图标，在弹出的菜单中选择【色相/饱和度】命令，打开【色相/饱和度】调整面板，如图 10-37 所示。

325

【色相/饱和度】命令怎样调整图像的的？

答：使用【色相/饱和度】调整图层，不但可以调整图像的色相、饱和度以及亮度，而且还可以调整图像中不同颜色的色相及饱和度，也可调为单色效果图像。

技术看板

图 10-36 【色相/饱和度】图像   图 10-37 【色相/饱和度】调整面板

【色相/饱和度】调整面板中的参数设置：

- 编辑：在弹出式菜单中可以选择欲调整的色相。
- 色相：可以调整色相的角度，色彩会跟着色相环做改变。
- 饱和度：调整图像色彩度的变化。色彩越饱和，颜色越鲜艳，越不饱和，颜色越接近于灰色阶。
- 亮度：调整图像明亮度的变化。数值为负值时，图像会变得较暗。数值为正值时。图像会变得较亮。
- 着色：选中此选项时，图像的色彩会被统一在同一色系内。

03 设置【色相/饱和度】调整面板中的参数，如图 10-38 所示，改变图像色相效果，如图 10-39 所示。

图 10-38 设置【色相/饱和度】   图 10-39 图像效果 9
调整面板中的参数

10.2.7 【色彩平衡】命令

使用【色彩平衡】命令，可以在图像中的高光、中间调及阴影区三者之一添加新的过渡色彩，并且混合各处色彩，以增加色彩的均衡效果。

上机操作 7 【色彩平衡】命令

01 打开【素材】\【Ch10 素材】\【色彩平衡.jpg】文件，如图 10-40 所示。

02 选择【图层】>【新建调整图层】>【色彩平衡】命令，或单击【图层】面板底部的 🖉.

技术看板 【色相/饱和度】命令怎样调整图像的？

答：使用【色相/饱和度】调整图层，不但可以调整图像的色相、饱和度以及亮度，而且还可以调整图像中不同颜色的色相及饱和度，也可调为单色效果图像。

创建新的填充或调整图层图标，在弹出的菜单中选择【色彩平衡】命令，打开【色彩平衡】调整面板，如图 10-41 所示。

图 10-40　【色彩平衡】图像

图 10-41　【色彩平衡】调整面板

【色彩平衡】调整面板中的参数设置：

- 色阶：由上至下三个数值框分别代表由上而下的三个滑块的调整值，滑杆左右两端的颜色有对应关系，当在增加或减少红色/绿色/蓝色的同时，也就是在减少或增加青色/洋红/黄色。
- 色调：用于设置欲调整的色彩范围。有阴影、中间调、高光三个选项可供选择。
- 保持亮度：此选项可以保持原图像的亮度。

03 设置【色彩平衡】调整面板中的参数，如图 10-42 所示，调整后的效果如图 10-43 所示。

图 10-42　设置【色彩平衡】调整面板中的参数 1

图 10-43　图像效果 10

04 再次设置【色彩平衡】调整面板中的参数，如图 10-44 所示，调整后的效果如图 10-45 所示。

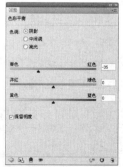

图 10-44　设置【色彩平衡】调整面板中的参数 2

图 10-45　图像效果 11

327

【色彩平衡】命令怎样根据色调调整图像？

答：选择【图层】>【新建调整图层】>【色彩平衡】命令，打开【色彩平衡】调整面板，在【色调】选项中有用于设置欲调整的色彩范围，有阴影、中间调、高光三个选项可供选择。

技术看板

10.2.8 【黑白】命令

使用【黑白】命令，制作黑白或单色图像效果。

上机操作 8   【黑白】命令

01   打开【素材】\【Ch10 素材】\【黑白.jpg】文件，如图 10-46 所示。

02   选择【图层】>【新建调整图层】>【黑白】命令，或单击【图层】面板底部的  创建新的填充或调整图层图标，在弹出的菜单中选择【黑白】命令，打开【黑白】调整面板，如图 10-47 所示，图像变为黑白效果，如图 10-48 所示。

图 10-46   【黑白】图像

图 10-47   【黑白】调整面板

【黑白】调整面板中的参数设置：

*   黑白：单击右侧的下拉按钮，弹出预设的菜单，如图 10-49 所示，在下拉列表框中选择一种预设黑白效果。

图 10-48   黑白图像

图 10-49   预设选项

*   色阶：在默认情况下，通过设置不同色彩通道的明度比例，得到黑白图像，可调整范围为-200%～300%。向左拖动滑块降低色彩通道的明度,向右拖动滑块提高色彩通道的明度。
*   色调：选择此选项可以改变照片的色调以及饱和度，得到单色图像。
*   【自动(A)】按钮：单击【自动】按钮，根据图片进行不同色彩通道的明度进行适配。

03   如果想根据需要对图像进一步做调整，选中 目标调整图标，在想调整的区域拖动，被单击的区域所属的颜色通道就会在【黑白】调整面板中有所反应，如图 10-50 所示。

04   将洋红彩色通道的明度比例由 80% 更改为 30%，图像变暗，如图 10-51 所示。明度

技术看板   使用调整图层命令，怎样制作黑白照？
答：选择【图层】>【新建调整图层】>【黑白】命令，可制作黑白或单色图像效果，它能精确地调整颜色通道的明暗度。

比例由 80% 更改为 110%，照片变亮，如图 10-52 所示。还可以根据需要，用同样的方法调整其他彩色通道的明暗度。

图 10-50　在衣服上单击鼠标

图 10-51　降低洋红色彩通道的亮度效果

05 选择【色调】选项，调整图像为单色效果，如图 10-53 所示。

图 10-52　提高洋红色彩通道的亮度效果

图 10-53　调整图像为单色效果

329

10.2.9　【照片滤镜】命令

使用【照片滤镜】命令，调整图像具有暖色调或冷色调，还可以根据需要自定义色调。

上机操作 9　【照片滤镜】命令

01 打开【素材】\【Ch10 素材】\【照片滤镜.jpg】文件，如图 10-54 所示。

02 选择【图层】>【新建调整图层】>【照片滤镜】命令，或单击【图层】面板底部的 ⬤. 创建新的填充或调整图层图标，在弹出的菜单中选择【照片滤镜】命令，打开【照片滤镜】调整面板，如图 10-55 所示。

图 10-54　【照片滤镜】图像

怎样将图像调整为自己想要的色调？

　答：使用【照片滤镜】调整图层，此命令能够调整图像具有暖色调或冷色调，还可以根据需要自定义色调。

技术看板

【照片滤镜】调整面板中的参数设置：

- 滤镜：此选项是 Photoshop 中预设的多种滤镜，供用户直接使用。
- 颜色：单击颜色块可以重新设置颜色。
- 浓度：此选项设置颜色的浓度百分比，数值越大，效果越明显。
- 保留明度：此选项在使用照片滤镜时可保持原图像的亮度。

03 设置【照片滤镜】调整面板中的参数，如图 10-56 所示，效果如图 10-57 所示。

图 10-55 【照片滤镜】　图 10-56 设置【照片滤镜】　　　　图 10-57 图像效果 12
　　　　调整面板　　　　　　调整面板中的参数

04 设置前景色为黑色，使用 ✐画笔工具，在鸟的身体部位涂抹，蒙版状态如图 10-58 所示，效果如图 10-59 所示，其【图层】面板如图 10-60 所示。

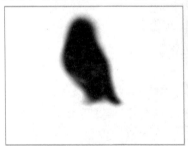  

图 10-58 蒙版状态　　　　　图 10-59 图像效果 13　　　　　图 10-60 【图层】面板

10.2.10 【通道混合器】命令

使用【通道混合器】命令，用于把当前层的多个颜色通道进行混合，产生一种创造性的颜色调整效果。使用其他颜色调整工具调整困难时，用此命令通过从每个通道选择颜色百分比，可取得意想不到的高质量灰色比例图像。利用此命令也可调整出高质量的墨色或其他颜色的图像。此对话框将根据图像色彩模式的不同而有所改变。

上机操作 10 使用【通道混合器】命令

01 打开【素材】\【Ch10 素材】\【通道混合器.jpg】文件，如图 10-61 所示。

技术看板　能够控制调整图层影响的区域吗？
答：能，在创建调整图层时有一个与其链接的图层蒙版，通过编辑蒙版可控制调整图层影响的区域。

02 选择【图层】>【新建调整图层】>【通道混合器】命令，或单击【图层】面板底部的 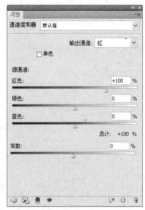 创建新的填充或调整图层图标，在弹出的菜单中选择【通道混合器】命令，打开【通道混合器】调整面板，如图 10-62 所示。

图 10-61 【通道混合器】图像

图 10-62 【通道混合器】调整面板

【通道混合器】调整面板中的参数设置：

- 输出通道：选取要调整的通道。
- 源通道：可以调整所选通道的色彩组成。拖动通道的滑块到左边可减少此通道的色值。相反，拖动滑块到右边可增加此通道的色值。用户可以在各通道的对话框中输入相应的数值来决定增减的色值。其参数的取值范围为-200%～200%。
- 常数：通过调整此选项的数值可以增加所选通道的互补颜色成分。
- 单色：对输出通道实施相同设置，可创建一种灰色模式的图像。

03 设置【通道混合器】调整面板中的参数，如图 10-63 所示，调整后的效果如图 10-64 所示。

图 10-63 设置【通道混合器】调整面板中的参数

图 10-64 图像效果 13

10.2.11 【反相】命令

使用【反相】命令，可使图像或选定区域的像素按色彩标准转换为其补色，呈现出一种底片的效果。

331

上机操作 11　【反相】命令

01　打开【素材】\【Ch10 素材】\【反相.jpg】文件，如图 10-65 所示。

02　选择【图层】>【新建调整图层】>【反相】命令，或单击【图层】面板底部的 ◐.创建新的填充或调整图层图标，在弹出的菜单中选择【反相】命令，此命令没有调整面板，反相后效果如图 10-66 所示。

图 10-65　【反相】图像

图 10-66　反相效果

03　设置调整图层【反相 1】的【混合模式】和【不透明度】，其【图层】面板如图 10-67 所示，得到斑驳图像效果，如图 10-68 所示。

图 10-67　设置【图层】面板 1

图 10-68　图像效果 14

10.2.12　【色调分离】命令

使用【色调分离】命令，可以减少图像中的色彩，根据设置的色阶将图像的像素映射为最接近的颜色。色阶的数值设置越高，图像中的色彩阶调也会变得更多。

上机操作 12　【色调分离】命令

01　打开【素材】\【Ch10 素材】\【色调分离.jpg】文件，如图 10-69 所示。

02　选择【图层】>【新建调整图层】>【色调分离】命令，或单击【图层】面板底部的 ◐.创建新的填充或调整图层图标，在弹出的菜单中选择【色调分离】命令，打开【色调分离】调整面板，如图 10-70 所示，图像效果如图 10-71 所示。

【色调分离】调整面板中的参数设置：

- 色阶：直接输入色阶数值，或拖动滑块直接动态地观察色调分离效果。数值越大，颜色过渡越细腻；数值越小，图像的色块效果显示越明显。

技术看板　　怎样制作底片图像效果？
答：使用【反相】调整图层，此命令可使图像或选定区域的像素按色彩标准转换为其补色，呈现出一种底片的效果。

图 10-69 【色调分离】图像　　图 10-70 【色调分离】调整面板　　　图 10-71 图像效果 15

03 设置【色调分离】调整面板中的参数，如图 10-72 所示，图像效果如图 10-73 所示。

图 10-72 设置【色调分离】调整面板中的参数　　　图 10-73 图像效果 16

333

10.2.13 【阈值】命令

使用【阈值】命令，可使一幅彩色或灰度图像根据指定的阈值转变成一幅具有高反差的黑白图像，阈值可以自己设置。

上机操作 13 【阈值】命令

01 打开【素材】\【Ch10 素材】\【阈值.jpg】文件，如图 10-74 所示。

02 选择【图层】>【新建调整图层】>【阈值】命令，或单击【图层】面板底部的 ⬤. 创建新的填充或调整图层图标，在弹出的菜单中选择【阈值】命令，打开【阈值】调整面板，如图 10-75 所示。

图 10-74 【阈值】图像　　　图 10-75 【阈值】调整面板

【色调分离】命令怎样调整图像的？

答：使用【色调分离】调整图层，此命令可以减少图像中的色彩，根据设置的色阶将图像的像素映射为最接近的颜色。色阶的数值设置越高，图像中的色彩阶调也会变得更多。

技术看板

【阈值】调整面板中的参数设置:

阈值色阶:直接输入数值设置阈值色阶,或拖动滑块直接动态地调整黑白像素比例。

03 图像效果如图 10-76 所示,设置调整图层【阈值 1】的【混合模式】与【不透明度】,如图 10-77 所示,图像效果如图 10-78 所示。

图 10-76 图像效果 17

图 10-77 设置【图层】面板 2

图 10-78 图像效果 18

10.2.14 【渐变映射】命令

使用【渐变映射】命令,可将图像的灰度范围映射到指定的渐变填充色。

上机操作 14 【渐变映射】命令

01 打开【素材】\【Ch10 素材】\【渐变映射.jpg】文件,如图 10-79 所示。

02 复制背景图层为图层【背景副本】,并设置图层【混合模式】为【滤色】,提亮图像效果,如图 10-80 所示。

03 新建【图层 1】,使用■线性渐变,由左向右做白色到透明的渐变,效果如图 10-81 所示。选择【图层】>【新建调整图层】>【渐变映射】命令,或单击【图层】面板底部的 ◯,

图 10-79 【渐变映射】图像

创建新的填充或调整图层图标,在弹出的菜单中选择【渐变映射】命令,打开【渐变映射】调整面板,如图 10-82 所示。

图 10-80 提亮图像

图 10-81 添加渐变效果

图 10-82 【渐变映射】调整面板

技术看板　【阈值】命令怎样调整图像的?

答:使用【阈值】调整图层,可使一幅彩色或灰度图像根据指定的阈值转变成一幅具有高反差的黑白图像,阈值可以自己设置。

【渐变映射】调整面板中的参数设置：

- 灰度映射渐变：单击右边的 下拉按钮，打开预设的【渐变映射】对话框，如图 10-83 所示，从中选择一种渐变，也可以单击 向右三角形按钮弹出菜单，如图 10-84 所示，载入其他渐变。另外，还可以单击颜色块，弹出【渐变编辑器】对话框，如图 10-85 所示，根据需要调整渐变颜色。

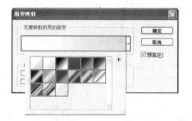

图 10-83　预设的【渐变映射】对话框　　图 10-84　渐变映射菜单　　图 10-85　【渐变编辑器】对话框

- 仿色：选中此选项可以使产生的渐变效果更加平滑。
- 反向：选中此选项可以使渐变效果反相。

04　设置渐变颜色如图 10-86 所示，渐变映射效果，如图 10-87 所示。最终效果参看【素材】\【Ch09 素材】\【渐变映射.psd】文件。

图 10-86　编辑渐变颜色　　　　　　　　图 10-87　渐变映射效果

10.2.15　【可选颜色】命令

使用【可选颜色】命令，用于对某一特定色系调整颜色，优化色彩校正效果，所调整的颜色是四色印刷色彩的百分比。

上机操作 15　【可选颜色】命令

01　打开【素材】\【Ch10 素材】\【可选颜色.jpg】文件，如图 10-88 所示。

02　选择【图层】>【新建调整图层】>【色相/饱和度】命令，或单击【图层】面板底部

【渐变映射】命令怎样调整图像的？

答：使用【渐变映射】调整图层，此命令将图像的灰度范围映射到指定的渐变填充色。

技术看板

的 创建新的填充或调整图层图标，在弹出的菜单中选择【可选颜色】命令，打开【可选颜色】调整面板，如图 10-89 所示。

【可选颜色】调整面板中的参数设置：

- 颜色：在弹出的下拉菜单中可以选择不同的颜色，如图 10-90 所示。若选择前六个颜色或者黑色，在调整时只会对所选择的颜色产生影响。若选择白色，则会对图像中灰阶色相区域产生影响。共有青色、洋红、黄色、黑色四个调整参数。可调整范围为-100%～100%，当滑块向右移动时，可增加色彩浓度；向左移动时，减少色彩浓度。

- 方式：可以选择不同的色彩计算方式。有相对和绝对两种计算方式。

图 10-88　【可选颜色】图像　　　图 10-89　【可选颜色】调整面板　　　图 10-90　选择颜色

336

03　设置【可选颜色】调整面板中的参数，如图 10-91 所示，调整后的效果，如图 10-92 所示。

图 10-91　设置【可选颜色】调整面板中的参数　　　　图 10-92　图像效果 19

10.3　编辑调整图层

当创建了调整图层后，如果对调整的效果不满意，还可以重新调整。可使用不同的方法进行编辑调整，下面针对一些重要图层调整命令进行介绍。

10.3.1　【图层内容选项】命令

使用【图层内容选项】命令，重新设置当前使用的参数。【调整】面板具有应用常规图像校正的一系列调整预设。预设可用于色阶、曲线、曝光度、色相/饱和度、黑白、通道混合器以及可选颜色。

技术看板	【可选颜色】命令怎样调整图像的？ 答：使用【可选颜色】调整图层，用于对某一特定色系调整颜色，优化色彩校正效果，所调整的颜色是四色印刷色彩的百分比。

01 打开【素材】\【Ch10 素材】\【图层内容选项.psd】文件，如图 10-93 所示，应用【渐变映射】命令。其【图层】面板如图 10-94 所示，图层的【混合模式】为【颜色加深】，【不透明度】为 80%。

图 10-93　【图层内容选项】图像　　　　图 10-94　【图层】面板 1

02 选择【图层】>【图层内容选项】命令，打开【调整】面板，如图 10-95 所示，在此面板中可对已用过的填充图层及调整图层命令参数重新调整。

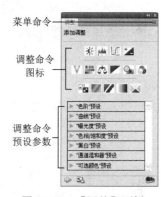

图 10-95　【调整】面板

【调整】面板对话框中的参数设置：

- 调整命令图标：在【调整】面板中单击欲要使用的调整命令图标，可以选择调整并自动创建调整图层。
- 调整命令预设参数：单击调整预设以显示特定调整的设置选项，可方便快速调整。另外，使用调整面板存储和应用预设，可以存储和应用有关色阶、曲线、曝光度、色相/饱和度、黑白、通道混合器以及可选颜色的预设。存储预设后，它将被添加到预设列表。
- ▷ 返回当前调整图层的控制图标：单击此图标，可打开当前使用调整命令的参数设置，如图 10-96 所示。此时图标变为 ◁ 返回到调整列表图标。
- ◁ 返回到调整列表图标：单击此图标，【调整】面板返回到显示调整按钮和预设列表，可在当前的调整图层上添加一个调整图层。
- ⤢ 将面板切换到展开的视图图标：单击此图标，展开视图显示。
- ● 剪切到图层图标：单击此图标，当前调整图层与其下面的图层创建剪贴图层。
- 切换图层可见性图标：单击此图标，在当前图像窗口显示或隐藏调整的可见性。
- 查看上一状态图标：单击此图标，查看上一状态调整参数前的图像效果。
- ↺ 复位按钮：单击此图标，可将调整恢复到其原始默认设置。
- 删除调整图层图标：单击此图标可删除当前调整层。
- 菜单命令：单击【调整】面板右侧的 ▼ 按钮，打开菜单命令，如图 10-97 所示。这些菜单命令与面板的功能基本一致，在此不再重述。

【调整】面板可对图像执行哪些操作？

答：【调整】面板具有应用常规图像校正的一系列调整预设。在面板中有色阶、曲线、曝光度、色相/饱和度、黑白、通道混合器以及可选颜色等 15 种调整命令图标，可供选择调整图像。　　**技术看板**

图 10-96　返回【渐变映射】调整面板　　　　　　图 10-97　菜单命令

03　重新设置渐变映射的颜色如图 10-98 所示，【图层】面板参数如图 10-99 所示，图像效果变化了，如图 10-100 所示。

图 10-98　设置【渐变映射】参数　　图 10-99　【图层】面板 2　　　图 10-100　图像效果 1

10.3.2　编辑调整图层蒙版

调整图层与普通图层一样，可以设置其混合模式、不透明度，添加蒙版，对图像效果影响比较大。

上机操作 17　恢复图像细节

本实例主要是利用图层混合模式及编辑调整图层上的蒙版，调整曝光不足的图像，恢复图像的细节。根据叠加类混合模式原理，首先填充建立中性灰色的图层，设置混合模式【柔光】，再使用 ✍ 画笔工具，使用色阶值大于 128 的白色，在人物及周围欠曝的地方涂抹提亮图像。最后使用【曲线】命令整体调整，使用图层蒙版对图像的某部分进行细致的调整，即可搞定。

01　打开【素材】\【Ch10 素材】\【恢复图像细节.jpg】文件，如图 10-101 所示。

02　单击【图层】面板底部的 📄 创建新图层图标，新建【图层 1】，设置 R=G=B=128，填充中性灰色，设置图层【混合模式】为【柔光】，图像没发生变化。

技术看板　使用调整图层可恢复图像细节吗？

答：可以，调整图层与普通图层一样，可以设置其混合模式、不透明度，添加蒙版，对图像效果影响比较大。

03 设置前景色为 R=G=B=230，使用 ✎画笔工具，设置适当的画笔，在人物及欠曝的图像上涂抹，涂抹过的图像效果，如图 10-102 所示，提亮涂抹过的图像部分。涂抹状态如图 10-103 所示。

图 10-101　【恢复图像细节】图像　　　图 10-102　提亮图像效果　　　图 10-103　涂抹图层状态

04 单击【图层】面板底部的 ⬤.创建新的填充或调整图层图标，在弹出的菜单中选择【曲线】命令，新建调整图层【曲线 1】，设置【曲线】调整面板中的参数，如图 10-104 所示，将图像整体提亮，如图 10-105 所示。

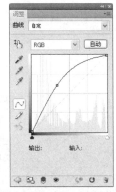

图 10-104　设置【曲线】调整面板中的参数　　　图 10-105　图像效果 2

05 海浪及天空图像稍微有些过亮，有些细节丢失，应用图层蒙版功能将其恢复。设置前景色为 R=G=B=20，使用 ✎画笔工具，设置适当的画笔。单击图层【曲线 1】的蒙版缩览图，使其处于编辑状态，在海浪及天空处涂抹，涂抹过的地方变暗，如图 10-106 所示，蒙版状态如图 10-107 所示。

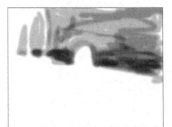

图 10-106　恢复细节的图像效果　　　图 10-107　蒙版状态

上机操作 18　校正颜色

01 打开【素材】\【Ch10 素材】\【校正颜色 1.jpg】文件，如图 10-108 所示。

图层混合模式设为柔光，图像有什么变化？

答：图层混合模式设为柔光，可提亮图像。

技术看板

339

02 选择【图层】>【新建调整图层】>【色相/饱和度】命令，设置【色相/饱和度】调整面板中的参数，如图 10-109 所示，在编辑选项中设置为【青色】，效果如图 10-110 所示。

图 10-108 【校正颜色】图像　　图 10-109 设置【色相/饱和度】　　图 10-110 校正图像效果
调整面板 1

03 图像偏色已经解决，天空偏暗，再次向右调整明度滑块，如图 10-111 所示，效果如图 10-112 所示。

图 10-111 设置【色相/饱和度】调整面板 2　　　　图 10-112 提亮图像

04 再选择【图层】>【新建调整图层】>【曲线】命令，设置【曲线】调整面板中的参数，如图 10-113 所示，调整图像整体的亮度，效果如图 10-114 所示，图像显示正常。

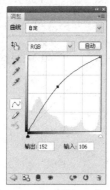

图 10-113 设置【曲线】调整面板　　　　图 10-114 图像效果 3

技术看板　使用【色相/饱和度】命令怎样校正偏青色的图像？
答：选择【图层】>【新建调整图层】>【色相/饱和度】命令，创建【色相/饱和度】调整图层，在编辑选项中设置为【青色】，向左拖动饱和度滑块降低饱和度。

10.4　实例

使用调整图层命令的好处在于其操作的灵活性和反复性。在处理图像时，随时都会用到调整图层的相关命令，校正颜色和混合图像效果的功能十分强大。通过下面几个实例，可以帮助读者尽快地掌握这些调整命令。

10.4.1　艺术插画特效

视频教学
光盘路径：【视频】文件夹中【Ch10】文件夹中的【艺术插画特效.psd】文件

1．实例分析：

本实例主要使用调整图层相关命令，轻松地将照片处理成漂亮的艺术插画效果，这种效果在杂志或明星写真集里会经常看到。这些充分体现了调整图层命令处理图像的强大功能，读者在实际操作过程中要多留意每个调整图层命令的功能，并掌握它们。

2．制作过程

在制作过程中，应用黑白、色调分离、阈值等调整图层的命令，把照片处理成艺术效果。

01 打开【素材】\【Ch10 素材】\【艺术插画】\【艺术插画效果 1.psd】文件，如图 10-115 所示。

02 拖动【图层 1】到【图层】面板底部的 创建新图层按钮上，得到【图层 1 副本】。单击【图层】面板底部的 创建新的填充或调整图层按钮，在弹出的菜单中选择【黑白】命令，设置【黑白】调整面板中的参数如图 10-116 所示，效果如图 10-117 所示，得到黑白图像效果。

图 10-115　原图像　　　图 10-116　设置【黑白】调整面板中的参数　　　图 10-117　黑白图像

03 单击【图层】面板底部的 创建新的填充或调整图层按钮，在弹出的菜单中选择【色调分离】命令，设置【色调分离】调整面板中的参数如图 10-118 所示，效果如图 10-119 所示，得到斑驳的黑白图像效果。

341

为什么要复制背景图像，再对其调整？
答：为了保留原始图像，复制一个副本再进行编辑操作，这是一个良好的工作习惯。

技术看板

图 10-118　设置【色调分离】调整面板中的参数

图 10-119　色调分离图像效果

04 选择【图层 1 副本】，选择【滤镜】>【杂色】>【中间值】命令，设置【中间值】对话框中的参数如图 10-120 所示，得到效果如图 10-121 所示，得到的色块比较平滑。

图 10-120　设置【中间值】对话框中的参数

图 10-121　图像效果 1

05 分别复制【图层 1 副本】为【图层 1 副本 2】，【黑白 1】为【黑白 1 副本】，然后调整图层位置，如图 10-122 所示。选择【黑白 1 副本】，单击【图层】面板底部的 创建新的填充或调整图层按钮，在弹出的菜单中选择【阈值】命令，设置【阈值】调整面板中的参数如图 10-123 所示，图像效果如图 10-124 所示。

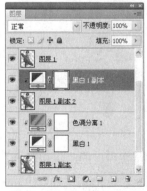

图 10-122　调整图层位置

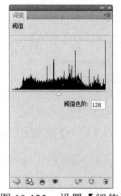

图 10-123　设置【阈值】
调整面板中的参数

图 10-124　图像效果 2

技术看板　使用【黑白】命令怎样调整图像的明暗度？
答：在【黑白】调整面板中，通过调整不同颜色通道来影响生成黑白图像的明暗度，向左拖动滑块可降低选择颜色通道的亮度，向右拖动可提高颜色通道的亮度。

342

06 选择【图层】>【创建剪贴蒙版】命令,创建剪贴蒙版效果,【图层】面板如图 10-125 所示。设置【图层 1 副本 2】的【混合模式】为【正片叠底】,图像效果如图 10-126 所示,降低图像黑白对比效果。

07 将【图层 1】移动到最顶层,并设置其【混合模式】为【强光】,图像效果如图 10-127 所示。

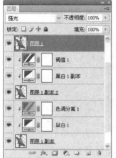

图 10-125　黑白图像效果　　　　图 10-126　图像效果 3　　　　图 10-127　图像效果 4

08 单击【图层】面板底部的 按钮,创建新的填充或调整图层按钮,在弹出的菜单中选择【色相/饱和度】命令,设置【色相/饱和度】调整面板中的参数如图 10-128 所示,并与【图层 1】创建剪贴蒙版效果,图 10-129 所示的图像色彩变得鲜艳一些。

图 10-128　设置【色相/饱和度】调整面板中的参数　　　　图 10-129　图像效果 5

09 单击【图层】面板底部的 创建新图层按钮,新建【图层 2】,按住 Ctrl 键,单击【图层 1】,载入人物的选区,选择【编辑】>【描边】命令,设置【描边】对话框中的参数如图 10-130 所示,图像效果如图 10-131 所示。

图 10-130　设置【描边】对话框中的参数　　　　图 10-131　描边效果

怎样使图像中的颜色块变得比较柔和?

答:选择【滤镜】>【杂色】>【中间值】命令,此命令减少所选择部分像素亮度混合时产生的噪点,颜色块变得比较柔和。

技术看板

10   打开【素材】\【Ch10 素材】\【艺术插画】\【艺术插画效果 2.jpg】文件，如图 10-132 所示。拖动到图像中，作为背景图，图像效果如图 10-133 所示。最终效果参看【素材】\【Ch10 素材】\【艺术插画】\【艺术插画效果.psd】文件。

图 10-132   底图

图 10-133   最终效果

10.4.2   打造怀旧风格效果

 视频教学

光盘路径：【视频】文件夹中【Ch10】文件夹中的【怀旧风格效果.psd】文件

1．实例分析

本实例主要使用调整图层的相关命令，轻松地将照片处理成怀旧风格效果的图像。

2．制作过程

在制作过程中，应用去色、色彩平衡等图层的调整命令及使用图层混合模式叠加图像，制作一幅怀旧的图像效果。

01   选择【文件】>【新建】命令或按快捷键 Ctrl+N，在【新建】对话框中设置的参数如图 10-134 所示，单击【确定】按钮，新建【怀旧风格效果】文件。

02   设置前景色为浅灰色，选择【滤镜】>【渲染】>【云彩】命令，制作云彩效果如图 10-135 所示。再选择【滤镜】>【杂色】>【添加杂色】命令，在【添加杂色】对话框中设置的参数如图 10-136 所示，添加杂色效果，按快捷键 Ctrl+F，可重复添加杂色效果如图 10-137 所示。

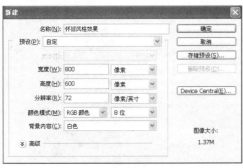

图 10-134   设置【新建】对话框中的参数

图 10-135   云彩效果

技术看板   应用滤镜命令后，怎样快速重复执行此操作？

答：应用一次滤镜命令操作，按快捷键 Ctrl+F，可重复执行此操作效果。

图 10-136　设置【杂色】对话框参数

图 10-137　添加杂色效果

03 打开【素材】\【Ch10 素材】\【怀旧风格】\【怀旧风格效果 1.jpg】文件，如图 10-138 所示，使用移动工具将其拖动到【怀旧风格效果】文件中，并放置到适当的位置，如图 10-139 所示，得到【图层 1】。

345

图 10-138　素材文件

图 10-139　放置到适当的位置

04 选择【图像】>【调整】>【去色】命令，将图像去色，如图 10-140 所示。单击【图层】面板底部的 █ 创建新的填充或调整图层按钮，在弹出的菜单中选择【色彩平衡】命令，设置【色彩平衡】调整面板中的参数如图 10-141 所示，然后单击 █ 剪切到图层图标，调整当前图层与其下面的图层创建剪贴图层，图像效果如图 10-142 所示。

图 10-140　去色效果

图 10-141　设置【色彩平衡】
调整面板中的参数

图 10-142　图像效果 6

怎样将图像调整为某一特定色调？

答：首先选择【图像】>【调整】>【去色】命令，将图像去色，再使用【色彩平衡】命令或其他命令将图像调整为某一特定色调。

技术看板

05 打开【素材】\【Ch10 素材】\【怀旧风格】\【怀旧风格效果 2.jpg】文件，如图 10-143 所示，使用 移动工具将其拖动到添加杂色的文件中，并放置到适当的位置得到【图层 2】并创建剪贴蒙版。设置【图层 2】的【混合模式】为【正片叠底】，【不透明度】为 60%，图像效果如图 10-144 所示。按快捷键 Shift+Ctrl+Alt+E 盖印图层，得到【图层 3】。

图 10-143　原图像 1

图 10-144　混合效果

06 打开【素材】\【Ch10 素材】\【怀旧风格】\【怀旧风格效果 3.jpg】文件，如图 10-145 所示作为背景图，使用 移动工具将盖印得到的【图层 3】拖动到背景图中变为【图层 1】，并放置到合适的位置，如图 10-146 所示。

图 10-145　原图像 2

图 10-146　适当位置

07 复制【图层 1】为【图层 1 副本】，将【图层 1】填充为黑色并设置【不透明度】为 70%，如图 10-147 所示作为投影效果。选择【图层 1 副本】为当前图层，选择【编辑】>【变换】>【变形】命令，调整【图层 1 副本】图像的形状如图 10-148 所示。使用同样的方法调整投影效果图像的形状，效果如图 10-149 所示。

图 10-147　制作阴影

图 10-148　变形图像

图 10-149　变形效果

08 将【图层 1】与【图层 1 副本】链接，并复制链接图层，图层面板如图 10-150 所示，然后选择【编辑】>【变换】>【旋转】命令或按快捷键 Ctrl+T，旋转复制图像，得到图像最

技术看板　在制作图像的特效时，除了使用调整图层命令外，还有什么好方法？
　　答：除了使用调整图层命令调整外，通过图层的混合模式，叠加一些类似特效的素材这种方法也不错。

终效果如图 10-151 所示。最终效果参看【素材】\【Ch10 素材】\【怀旧风格】\【怀旧风格效果 2.psd】文件。

图 10-150　【图层】面板

图 10-151　最终效果

 学习链接

IT 世界学院　Photoshop 视频专题，提供了 Photoshop 应用与提高的视频教程：
http://www.it.com.cn/edu/design/ve/ps/index_2.html

10.5　优化图像

使用 Photoshop 无论是合成新图像文件，还是调整图像都可以得到一个较满意的作品。

对于新建的文件只要根据它的最终使用要求正确地设置参数，在创作过程中根据实际需要调整好各个组成元素之间的色彩及明亮度搭配，就能得到新的完美的图像文件。对于那些通过数码照相机或扫描仪获得的图片，由于设备或环境条件的限制，得到的图像可能模糊、偏色，使用 Photoshop 便可提高它们的品质，能够输出高品质的图像。本节主要讲解校正图像颜色，将为用户介绍若干种校正方法，但这些校正方法无一例外地是对图像的亮度、色相及饱和度的调整。在调整过程中这三部分没必要都执行，很多是需要靠平常积累的经验来调整的。下面从不同的角度介绍怎样优化图像及校正图像颜色。

10.5.1　文件的最佳设置——RGB 颜色优于 CMYK 颜色

为了能够得到完美的设计效果，一般使用 RGB 颜色模式编辑图像，工作完成后，再选择【图像】>【模式】>【CMYK 颜色】命令，转换成 CMYK 模式，只有这样，图像在输出时才能显示出更细致的色调变化。因为 Photoshop 中的许多调整命令都被最优化了，大部分的调整在 RGB 颜色模式下使用，一般会赋予用户一个比较好的效果。使用 RGB 颜色模式编辑图像比使用 CMYK 颜色模式编辑有许多优点，下面详细介绍这些优点。

1．得到灰色调图像效果更好

上机操作 19　转换黑白图像效果

01　打开【素材】\【Ch10 素材】\【RGB 颜色 1.jpg】文件，如图 10-152 所示，图像是 RGB 颜色模式。

在 Photoshop 中，使用哪种颜色模式图像处理更佳？
答：在 Photoshop 中，应用 RGB 颜色模式编辑优于 CMYK 颜色模式。

技术看板

02 选择【图像】>【复制】命令，复制【RGB 颜色 1.jpg】图像为【RGB 颜色 1 副本】，再选择【图像】>【模式】>【CMYK 颜色】命令，转换副本图像为 CMYK 颜色。

03 两幅图像分别使用【图像】>【调整】>【去色】命令，RGB 颜色的图像去色后效果如图 10-153 所示，CMYK 颜色的图像去色效果如图 10-154 所示。比较两幅黑白图像可看出 RGB 图像效果比较清晰，而 CMYK 图像看起来有些偏棕色。

图 10-152　【RGB 颜色 1】图像　　图 10-153　RGB 颜色的黑白图像　　图 10-154　CMYK 颜色的黑白图像

2．能够应用更多滤镜

当图像为 RGB 颜色模式时，打开的【滤镜】菜单如图 10-155 所示，所有的滤镜命令都可被执行，当图像为 CMYK 颜色模式时，可执行的滤镜命令如图 10-156 所示，其中有许多命令不能被执行。

图 10-155　RGB 颜色图像可执行的滤镜命令　　　　图 10-156　CMYK 颜色图像可执行的滤镜命令

3．拼合图像最终效果好

Photoshop 中很多强大的功能，在 RBG 颜色模式下，都能运行地很好。

上机操作 20　拼合图像最终效果好

01 打开【素材】\【Ch10 素材】\【RGB 颜色 2.psd】文件，如图 10-157 所示，是一幅未拼合的 RGB 模式图像，文字图像设置为外发光效果。

02 选择【图像】>【复制】命令，复制【RGB 颜色 2.psd】图像为【RGB 颜色 2 副本】。

03 选择【RGB 颜色 2.psd】文件为当前图像，选择【图层】>【拼合图像】命令，先拼合图像，再选择【图像】>【模式】>【CMYK 颜色】命令，转换图像为 CMYK 颜色模式，效果如图 10-158 所示，外发光效果没有太大的改变。

技术看板　在 Photoshop 中，使用哪种颜色模式图像可执行的滤镜命令多？
答：在 Photoshop 中，应用 RGB 颜色模式图像比 CMYK 颜色模式图像可执行的滤镜命令多。

04　选择【RGB 颜色 2 副本】图像，先选择【图像】>【模式】>【CMYK 颜色】命令，转换为 CMYK 颜色模式，然后拼合图像效果如图 10-159 所示，外发光的颜色变得较浅。

图 10-157　【RGB 颜色 2】图像　　　图 10-158　图像效果 1　　　图 10-159　图像效果 2

4．图像文件小

同一个图像文件，比较它们分别在 RGB 颜色模式下与 CMYK 颜色模式下的大小如图 10-160 所示，由图像窗口左下角显示的文件大小数值可以看出：RGB 颜色模式的图像通常比 CMYK 颜色模式的图像要小些。这样可以节省内存资源，提高工作效率。

图 10-160　比较文件的大小

5．具有灵活性

使用 RGB 颜色模式调整后的图像用做输出，不需要更改任何操作，所以一般都在 RGB 模式下工作。如果用户想在 CMYK 模式下调整图像，最好是知道图像是用来干什么的，如制作小杂志、画册或其他什么东西等，要制作印刷输出类的图像，可直接在 CMYK 模式下工作。

10.5.2　【色阶】命令——实现良好的对比度

使用【亮度/对比度】命令，可以很轻松地改变图像，但是把使用【亮度/对比度】命令调整的图像与高质量杂志或小册子里看到的图像做一下比较，就会发现用此命令调整的图像质量比较低。因为它是以相同数值调节整幅图像，在调整亮度的同时也调整了灰度及暗度，这样是很难获得专业的质量。一般用户在调整图像时，需要解决这几个方面的问题：①图像缺少对比度。②图像过度地暗。③明亮部分缺少细节。④色调缺少细节。要解决这些问题，在【色阶】调整面板中可以很轻松的搞定。它是处理图像质量最常用的方法，比起【亮度/对比度】命令，它给用户提供更多的控制选项和反馈信息。

1．【色阶】调整面板分析

有关【色阶】调整面板的基本参数在前面已经介绍，本节深入探讨【色阶】命令功能。只有了解并掌握它的操作，才能更好地调整图像。

调整图像时，【色阶】调整面板可以解决哪些问题？
答：【色阶】调整面板可以解决如下问题：①图像缺少对比度。②图像过度地暗。③明亮部分缺少细节。④色调缺少细节。　　**技术看板**

（1）柱状图是用户的向导

【色阶】调整面板顶部的柱状图是来确定用户对图像的调整是一种质量的提高还是破坏。柱状图高度不能指示像素的准确数量，而是显示色调要占多少空间，如果柱状图出现空隙，直接观察下面的渐变条，查看图像遗漏了哪些灰度色调。

观察图 10-161 所示的【色阶】调整面板，可以确定图像中灰色调的最暗部分和最亮部分，能发现图像中包含了纯白色但没有包含纯黑色，最暗的灰色调为 95%，90% 与 0 之间的色调占据了较大的空间，由柱状图末尾下端的渐变条来确定当前图像中最亮和最暗的色调。

（2）优化调整对比度

显示器中最亮和最暗的区域与现实中物体的黑与白是不一样的。一些纸张非常模糊，墨水也不是全黑的。为了使图像更加逼真，需要从黑到白使用全部的色调范围。

通过调整柱状图下方的黑色滑块和白色滑块，可以提高图像的对比度。向右移动左上方的黑色滑块，可以使图像中最暗的灰色调变为黑色，这样会得到好看的深色色调。向左移动右上方的白色滑块，可以使图像中最亮的灰色调变为白色，这样会得到好看的白色明亮部分。通过调整两个滑块，如图 10-162 所示，图像将使用全部的色调来得到一幅灰度图像，如果移动滑块超过柱状图的开始与末尾两端，能够得到更强的对比度，但有可能会丢掉一些细节。

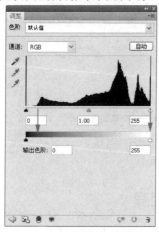

图 10-161　柱状图显示状况

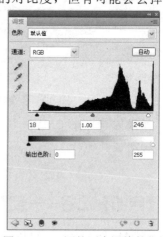

图 10-162　调整两个滑块的位置

（3）【色阶】调整面板中的隐藏功能

在【色阶】调整面板中有一个隐藏功能，它可以帮助我们能够获得最大对比度而又不丢失细节内容。它的作用就像【阈值】调整面板一样，所以也被称为阈值模式。这个功能可以使用户清晰地明白通过调整滑块，哪些区域变为黑色或者哪些区域变为白色，关键是它保证不损坏细节。当移动滑块时，按住 Alt 键，便可显示此隐藏功能。

上机操作 21　精确调整图像

01　打开【素材】\【Ch10 素材】\【精确调整图像.jpg】文件，如图 10-163 所示。选择【图像】>【调整】>【色阶】命令，打开【色阶】调整面板，如图 10-164 所示。

技术看板　使用【色阶】调整图层命令，怎样调整增加黑白对比？

答：向右移动左上方的黑色滑块，可使图像中最暗的灰色调变为黑色。向左移动右上方的白色滑块，可使图像中最亮的灰色调变为白色。

图 10-163　【精确调整图像】图像

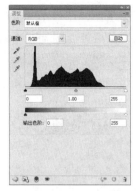

图 10-164　【色阶】调整面板

02　　　按住 Alt 键的同时，移动左上端的黑色滑块，便打开阈值模式，图像会变为全白，直到滑块接触到柱状图的第一个条状（如果柱状图的开始与末尾出现杂散的像素点，可以掠过它们），图像中开始出现杂乱的小色块，如图 10-165 所示，这些小区域会变为纯黑色。如果移动黑色滑块太向右了，这些黑色区域连成一片如图 10-166 所示，这样就有较大的区域将丢掉细节变为纯黑色。一般调整到大的集中区域不会变为黑色，拖动滑块直到出现杂乱的小色块区域时即可。

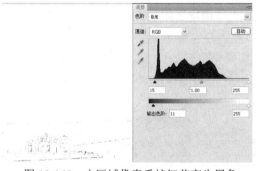

图 10-165　小区域像素丢掉细节变为黑色

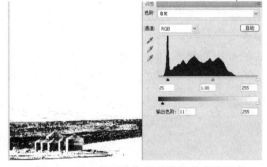

图 10-166　大区域像素丢掉细节变为黑色

03　　　同样按住 Alt 键，向左拖动右上端的白色滑块，图像会变为全黑，一些小区域会变为杂乱的色块如图 10-167 所示，调整到这种状态时，便可保留这些小区域的细节。如果再继续往左拖动滑块就有较大的区域将丢掉细节变为纯白色。最后调整的效果如图 10-168 所示。

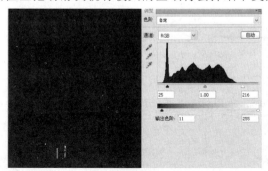

图 10-167　小区域像素丢掉细节变为白色

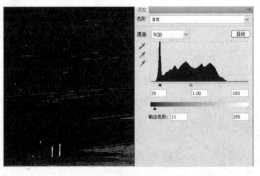

图 10-168　大区域像素丢掉细节变为白色

351

为什么使用【色阶】命令调整图像的对比度比使用【亮度/对比度】命令效果要好？
答：因为【色阶】命令主要是从图像的黑、白、灰三个色调进行调整，而【亮度/对比度】是从图像整体效果上调整图像对比度。

技术看板

04 为了保证图像小区域像素丢掉细节变为纯黑或纯白，设置【色阶】调整面板中的参数如图 10-169 所示，增加黑白对比度的图像效果如图 10-170 所示。

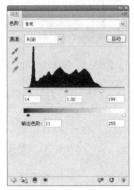

图 10-169　设置【色阶】调整面板中的参数

图 10-170　图像效果 3

（4）柱状图带来的反馈

如果用户使用【色阶】命令调整了图像，再重新打开【色阶】调整面板如图 10-171 所示，便可以看到一个更新的柱状图。调整柱状图下方的黑色滑块和白色滑块，便能够发现柱状图在现有的区域内向周围伸展，并开始出现裂口，这意味着图像中遗漏了某些灰色调。也就是说，使用【色阶】命令调整图像的次数越多，就越有可能丢掉一些亮度与暗度之间的平滑变化。

如果在柱状图的两侧的任何一侧出现较大的尖峰信号，如图 10-172 所示，表明在调整图像时丢失了细节。其原因是使用【色阶】命令时，把一些图像像素值强制为白色或黑色，一些色调会丢失，图像会丢失一些细节，在柱状图的两侧容易产生尖峰信号。

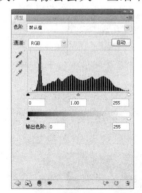

图 10-171　重新打开【色阶】调整面板

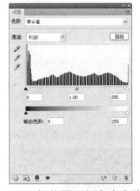

图 10-172　柱状图两侧产生尖峰信号

（5）调整中间调亮度

调整图像的对比度后，图像的中间调看起来可能会较暗。使用【色阶】调整面板中的中间灰色滑块便可很容易搞定。

<u>上机操作 22</u>　调整中间调亮度

01 调整图像的对比度状态如图 10-173 所示。

技术看板　使用【色阶】调整图像对比度时，怎样判断拖动滑块的最佳位置？
答：按住 Alt 键的同时，打开阈值模式，拖动滑块开始出现杂乱的小色块时停止拖动，就能保证图像只有小区域像素丢掉细节变为纯黑或纯白。

图 10-173　调整图像的对比度

02　假若用户向左移动中间的滑块，在没有破坏图像黑暗区域的情况下图像将变得更亮些，黑色区域将仍然保持着精细和黑度，如图 10-174 所示。若向右移动中间的灰色滑块时，图像会暗下来，但没有破坏图像的明亮区域，白色区域仍保持亮白色，如图 10-175 所示。

图 10-174　调亮中间调

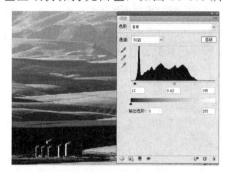

图 10-175　调暗中间调

353

2．优化对比度

为了使图像看起来不单调和枯燥无味，让我们来优化对比度。要做到这些，用户需要获得从白色到黑色的全颜色范围。如果用户单击前景色并选择了白色，那么会注意到 RGB 的数值变成了 R=255、G=255、B=255。相反，如果选择了黑色，那么 RGB 的数值变成了 R=0、G=0、B=0。由此可知：要想获得从白到黑的颜色范围，必须获得红、绿、蓝三色的颜色范围，使用【图像】>【调整】>【色阶】命令，调整每个颜色通道，这样可保证图像包含全范围的颜色，从而优化对比度。

上机操作 23　优化对比度

01　打开【素材】\【Ch10 素材】\【优化对比度.jpg】文件，如图 10-176 所示，图像看起来单调没有层次，我们来优化对比度，观察图像的效果怎样。

02　选择【图像】>【调整】>【色阶】命令，设置【色阶】调整面板中的参数如图 10-177 所示，然后分别往中间拖动左上滑块和右上滑块直到它们接触到柱状图为止，调整【红】通道的图像效果如图 10-178 所示。

为什么【色阶】柱状图上有时会出现裂口？

答：如果使用【色阶】命令调整了图像，再重新打开【色阶】调整面板发现柱状图在现有的区域内向周围伸展，并开始出现裂口，这意味着图像中遗漏了某些灰色调。

技术看板

 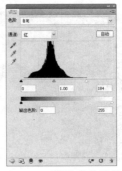 

图 10-176 【优化对比度】图像 图 10-177 设置【色阶】调整 图 10-178 图像效果 4

面板中的参数 1

03 用同样的方法调整【绿】通道，设置【色阶】调整面板中的参数如图 10-179 所示，调整【绿】通道的图像效果如图 10-180 所示。

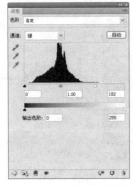 

图 10-179 设置【色阶】调整面板中的参数 2 图 10-180 图像效果 5

注 意

如果遇到从柱状图主要部分脱离下来的一些杂散像素，可以掠过这些像素，继续向中间拖动滑块。

04 用同样的方法调整【蓝】通道，设置【色阶】调整面板中的参数如图 10-181 所示，优化对比度图像效果如图 10-182 所示。

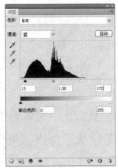 

图 10-181 设置【色阶】调整面板中的参数 3 图 10-182 图像效果 6

技术看板 | 图像看起来单调没有层次，怎样优化？

答：使用【色阶】命令调整看起来单调没有层次的图像，一般调整各通道的对比度。

一般情况下，使用这个技巧能改善图像的对比度，但是不能保证灰色区域不被其他颜色污染。如果灰色区域包含有其他颜色，那么这幅图像就有可能被一种不需要的偏色污染。为了去除图像中的偏色，下面介绍怎样平衡图像色彩。

10.5.3　【曲线】命令——校正图像颜色

1. 利用中性色调整偏色图像

一个中性色的像素，它的 RGB 值应该是相等的。不管他们是什么，但它们都相等。从浅灰色到深灰色颜色值会有很大差别，如果它的 R＝G＝B，那么它就是中性的，根据 R＝G＝B 可以创建灰色这一原理，可以很容易地调整图像的颜色。中性色可以作为调整的参考点。当然，不是每张图中都有中性色，但是如果细心地观察，你就会惊讶地发现，有那么多的图像都使用了中性参考点：白色的衬衣，货车的轮胎，桌上的一张纸，石块，沥青路面，白色的围栏，花岗岩建筑……所有这些，就是你需要的中性色参考点，那么在要调整的图像中找到它的机会是 100%。

打开一幅图像看看是否能找到一个灰色区域，在 Photoshop CS4 中看它是不是真正的灰色，不能完全依赖显示器和用户的眼睛，要通过【信息】面板，看看 RGB 的数值是不是相等，如果不相等，那它就不是灰色区域，一定偏色。怎样才能使这个灰色的区域变成真正的灰色？又如何调整？下面做详细的介绍。

上机操作 24　巧用灰色调整图像

01　打开【素材】\【Ch10 素材】\【巧用灰色调整图像 1.jpg】文件，如图 10-183 所示。选择【窗口】>【信息】命令或按 F8 键，打开【信息】面板。使用✎颜色取样器工具，在图像中认为山体为灰色的地方单击，定义一个颜色取样点，观察【信息】面板中颜色取样点的数值如图 10-184 所示，R=121、G=124、B=81。

图 10-183　【巧用灰色调整图像】图像

图 10-184　定义灰色取样点

02　为了能使取样点的区域能真正成为灰色，就需要将 RGB 的数值调整到相等，但又不想改变这个区域的亮度。为了保证不发生变化，取 RGB 的平均值以保持当前图像的亮度。由【信息】面板，很容易得出 RGB 的平均值为 108。

03　选择【图像】>【调整】>【曲线】命令，打开【曲线】调整面板，在【通道】选项中

怎样在图像中寻找灰色区域？

答：根据 R＝G＝B 是中性这一原理，使用颜色取样器工具，在图像中认为是灰色的地方单击，由【信息】面板，看看 RGB 的数值是不是相等，如果不相等，那它就是偏色的灰色区域。

技术看板

选择【红】，按住 Ctrl 键，在图像中的取样点上单击，在曲线调整框中产生一个调整点，如图 10-185 所示，在【输入】数值框中输入【信息】面板中 R 的值 121，【输出】数值框中输入 RGB 的平均值 108，如图 10-186 所示。

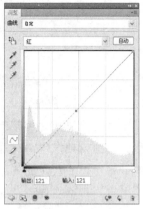
图 10-185　设置曲线调整点 1

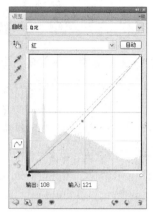
图 10-186　设置【曲线】调整面板中【输出】数值 1

04　然后在【通道】选项中选择【绿】，同样按住 Ctrl 键，在图像中的取样点上单击，在曲线调整框中产生一个调整点，如图 10-187 所示，在输入数值框中输入【信息】面板中 R 的值 124，输出数值框中输入 RGB 的平均值 108，如图 10-188 所示。

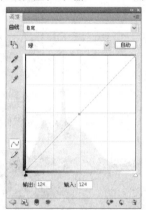
图 10-187　设置曲线调整点 2

图 10-188　设置【曲线】调整面板中【输出】数值 2

05　最后在【通道】选项中选择【蓝】，用上述同样的方法找到取样点在【曲线】曲线调整框中相对应的调整点，并设置【曲线】对话框中【输出】数值为 108，如图 10-189 所示，单击【确定】按钮，现在来观察调整图像的效果如图 10-190 所示，山体的颜色变得正常了。

上述操作，向用户展示了检测和调节灰色原理的操作。如果不是太清楚，不必担心，只要记住这三个主要步骤就可以了，①在【曲线】调整面板中找到取样点所对应的调整点。②【输入】数值框中的数值代表正在改变的内容。③【输出】数值框中的数值代表改变区域最终达到了什么程度。在这里我们并没有真正完成颜色校正，没有改变那些最亮和最暗的区域，下面看看怎样进一步更好地改善图像。

技术看板　怎样调整图像中偏色灰色区域为正常？
答：取 RGB 的平均值以保持当前图像的亮度。在【曲线】调整面板中分别调整 R、G、B 通道，在调整时，输出值为 RGB 的平均数值，输入值输入偏灰色的数值。

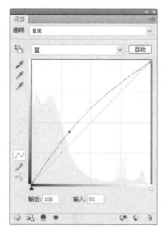

图 10-189　设置【曲线】调整面板中【输出】数值 3　　　图 10-190　图像效果 7

2．平衡图像色彩

为了除去图像中的偏色，需要找到图像灰色区域的颜色污染，然后利用这些信息来帮助改进整幅图像。灰色调的图像中有三个标准的区域。一是图像中的最亮区域，通常被称做高亮区。二是图像中的最暗区域，通常被称做阴影区。三是图像中的灰色物体。下面介绍怎样定位这些区域，然后使用调整图层，进一步更好地改善图像效果。

（1）定位高亮区

图像中的高亮区，包含像素的最亮部分，下面介绍怎样才能找到最亮区域。

上机操作 25　定位高亮区

01　打开【素材】\【Ch10 素材】\【平衡图像色彩.jpg】文件，如图 10-191 所示。

02　选择【图像】>【调整】>【阈值】命令，在打开的【阈值】对话框中向右拖动滑块，然后再慢慢地向左拖动，在图像中至少含有五、六个像素大小的区域上寻找，一旦找到了正确的区域，按住 Shift 键并在图像的那个部分上单击增加一个颜色取样点，如图 10-192 所示，单击【取消】按钮，关闭【阈值】对话框。在【信息】面板中便可找到取样点的颜色信息，如图 10-193 所示，这个点所在区域就是图像的高亮区 R=255、G=253、B=245。

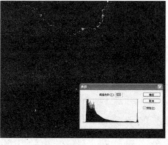

图 10-191　【平衡图像色彩】图像　　图 10-192　拖动【阈值】调整　　图 10-193　【信息】面板
面板滑块寻找高亮区

（2）定位阴影区

这里所说的阴影并不是指从一个物体发出的阴影，而是图像中最黑的区域。所有的图像都有一个阴影区，有时要找到它是非常困难的，在这里我们还是使用上述的方法，使用【阈值】调整面板。这次需要把滑块向左移动，在图像中至少含有五、六个像素大小的区域上寻找，一旦找到了正确的区域，按住 Shift 键并在图像的那个部分上单击增加一个颜色取样点，然后单击【取消】按钮，关闭【阈值】调整面板，在【信息】面板中便可找到第二个取样点的颜色信息，如图 10-194 所示，图像的阴影区 R=9、G=12、B=29。

（3）定位灰色区

最后需要在图像中找出灰色区域，它既不是带蓝色的，也不是带粉色的那种灰色，而是纯粹的灰色（也称为中性灰色）。如果不能找到灰色区域，就不用去调整它了。或者在图像中可能很容易地会找到一个灰色区域，它可能是面墙，一件灰色的衣服或是一条路面……，在这种情况下，选择一点不太亮也不太暗的区域，上面我们已经找到了图像的高亮区和阴影区，如果离灰色区域的中心越近，调整效果越好。在此，我们选择房顶上的瓦片，当找到了想要的区域时，选择 颜色取样器工具，在图像中的这个灰色区域上单击，在【信息】面板上会找到第三个取样点颜色信息，如图 10-195 所示，图像的灰色区 R=114、G=143、B=176。

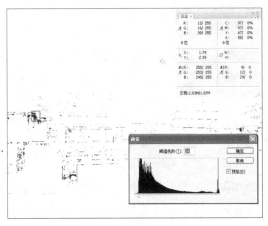

图 10-194　定位阴影区

图 10-195　定位灰色区

注　意

一个中性灰色在任何区域看起来只是单调的灰色，没有颜色的一点迹象。用户可能会选择柏油路面作为灰色区，这个区域通常稍微带有蓝色，创建出的效果不够理想。

定位了高亮区、阴影区和灰色区，通过【信息】面板中三个取样点颜色信息，可以判断它们有没有偏色。我们想在图像不丢失像素的情况下使最亮区域尽可能地亮，最暗的区域尽可能地暗，那么所有调整的组合允许我们使用所有的输出设备，像显示器、打印机等。大家不希望把那些最亮点变成纯白色，那样看起来会太亮，仅希望这些亮点稍微比白色暗一些。

技术看板

怎样定位图像中的阴影区域？

答：在【阈值】对话框中向左慢慢地拖动滑块，在图像中寻找至少含有五、六个像素大小的黑色区域，找到后，按住 Shift 键同时在图像的那个位置单击，然后单击【取消】按钮，关闭【阈值】对话框。在【信息】面板中可找到取样点的颜色信息，这个点所在区域就是图像的阴影区。

另外，在印刷机上可以使用的油墨最淡百分比通常是 3%(一些报纸是 5%)，这就意味着在图像的最亮部分不能使用低于 3%的油墨，否则可能会丢失一些细节。但是在 RGB 模式下调整图像时，将会使用一个 0～255 而不是 0%～100%的数字系统。下面让我们计算出 RGB 模式下如何创建 3%油墨的最小量。单击前景色打开【拾色器】对话框，把 S 纯度设为 0，把 B 明度设为 100%，然后单击明度单选框 B，如图 10-196 所示，再慢慢下移挨着垂直彩色条（含有灰阶的）的滑块，直到 M（洋红）和 Y（黄色）均显示 3%为止，如图 10-197 所示。在这个点，RGB 的数值就是用户生成那种油墨的正确数值，我们会看到高光的值为 R=248、G=248、B=248。

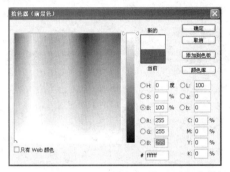

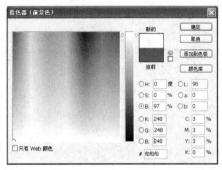

图 10-196　设置【拾色器】对话框参数　　　　图 10-197　找到印刷时油墨最淡时的 RGB 值

现在，在暗色一侧，用纯黑色来生成图像中最暗的区域，以便使用显示器能够显示整个范围，如果用户真的要在打印机上输出，那么黑色将不是一个好的选择（那样会丢失一些细节）。但是如果转换到 CMYK 模式下，我们会设置 Photoshop CS4 能自动地调整图像，这种方法在输出时不会丢掉任何细节。为了能够多方面使用图像的最终效果，要尽量执行色彩校正，中性灰度的设置取决于这些区域的亮度而改变。要确定所需要的准确设置，就要分析【信息】面板上显示的三个取样点颜色信息，利用前面学过的灰色调整颜色的技巧，平均【信息】面板上显示的红、绿、蓝三色的数值。

（4）调整

现在可以做调整了，首先要调整高亮区、阴影区和灰色区，然后看一下图像，看看其他的区域是否需要调整。既然要调整这几个部分的红、绿、蓝三色的值，就要在【曲线】对话框中的下拉式菜单中选择单个通道来进行调整。在调整曲线上增加三个调整点：一个是对应高亮区，一个对应阴影，一个对应灰色区。对于设置的每一个新点，都会在【信息】面板中得到一个数字来确定正确的输入设置，并为高亮区和阴影区使用预设的输出设置（分别为 248和 0），以及为灰色区域确定的平均设置 122。

上机操作 26　平衡色彩值

01　选择【图层】>【新建调整图层】>【曲线】命令，打开【曲线】调整面板。

02　从高亮区开始调整，选择【红】通道，按住 Ctrl 键，在图像#1 颜色取样点上单击，在曲线上增加一个新调整点，这个点影响了图像中最亮的部分，在【输出】文本框中输入 248

怎样定位图像中的灰色域?

答：在图像中寻找接近灰色的参考点，如马路、衣服、墙面，石头等。

技术看板

（因为这个数值会使我们在 CMYK 模式下最终可以使用每一种值为 3%的油墨），那样会使那个点向下移动一点到非白色图像的最亮部分。如图 10-198 所示，这样就完成高亮区的调整。

03 继续调整阴影区。按住 Ctrl 键，在图像#2 颜色取样点上单击，在曲线上增加一个最暗区的新调整点，得到【信息】面板#2 内的数值（注意，现在我们调整的仍然是红通道，一定要获得正确的数值）我们希望这个区域变成黑色，在【输出】文本框中输入 0，如图 10-199 所示。

04 现在我们要调整灰色区域，通过上两次调整，Photoshop CS4 已经有了需要的点，这次还要添加一个点，在曲线上任一处单击来增加一个点（不要离已存在的点太近），因为可能会移动了它们。除此之外，因为我们使用输入和输出的数值（输入数值由【信息】面板#3 的读数可知，输出数值是平均数值）会确定这个点的最终位置，如图 10-200 所示。

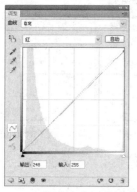 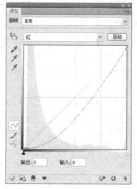 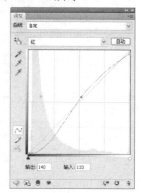

图 10-198　调整高亮区的输出值　　图 10-199　调整阴影区的输出值　　图 10-200　调整灰色区的输出值

在曲线上得到了红色的三个点后，用同样的方法可对【绿】通道，【蓝】通道执行同样的操作，调整参数分别如图 10-201、图 10-202 所示。对于每一种颜色用户都会在【信息】面板中得到一组输入数值。（此外，必须确定使用了正确的数值，红色读数用于红色调整，绿色读数用于绿色调整，蓝色读数用于蓝色调整）。输出数值将会和用户调整红色时所用的数值刚好一样（亮度=248、阴影=0，灰色=【信息】面板中数值的平均数）。当用户完成这一步时，图像将没有任何偏色，调整后的效果如图 10-203 所示。

 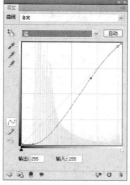 

图 10-201　调整【绿】　　　　图 10-202　调整【蓝】　　　　图 10-203　图像效果 8
　　　　通道参数　　　　　　　　　　通道参数

技术看板　定位图像中的高亮区、阴影区及灰色区后，怎样平衡图像色彩？
答：在【曲线】调整面板中，通过红通道、绿通道和蓝通道调整高亮区、阴影区及灰色区。

3. 镜面高光

以上所谈论的颜色校正技术只有一个问题，图像最亮部分应该大约是 3%的灰色，这对于复制大部分图像来说是较好的。但是如果图像中有很多明亮的发光物体的话，那很有可能是发光物体的强烈反射（也称为镜面高亮）。如果再保持那些区域为 3%的灰色，那么它们看起来就很单调和枯燥无味。既然那些发光点通常不包含细节，我们就可以通过使它们比 3%灰色亮一些来增强它们。要实现这个目的，回到前边用于颜色校正图像时的曲线，看看高亮区上方的曲线区域，如图 10-204 所示，现在需要的区域始终在拐角处，这时选择 🖉铅笔工具画一条伸展到拐角处的直线代替曲线平直的部分，如图 10-205 所示，这样那些没有光泽的镜面高亮将都被除去，所有的发光物体就都有了高亮区。

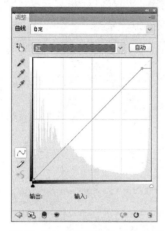
图 10-204　高亮区上方的曲线

图 10-205　调整后高亮区上方的曲线

10.5.4　进一步调整图像

校正好图像颜色的偏色问题，想要进一步调整图像亮度和对比度，可以再添加一个【曲线】调整图层进行调整，要注意将调整图层的【混合模式】设置为【明度】，这样可以防止在调整时可以不转换图像的颜色，只提高图像亮度。

10.5.5　优化饱和度

使用【色相/饱和度】命令，来增加饱和度设置。选择【视图】>【色域警告】命令，辅助查看增加饱和度的量。如果图像上没有出现灰色，表明可以继续增加饱和度，如果灰色区域太大了，说明用户增加的太多了，需要稍微降低一些图像的饱和度，灰色区域消失，调整图像之后，关闭【色域警告】命令。

上机操作 27　增加图像饱和度

01　打开【素材】\【Ch10 素材】\【优化饱和度.jpg】文件，如图 10-206 所示。

平衡图像色彩，怎样进一步调整图像亮度和对比度？
答：防止在调整时可以不转换图像的颜色，只提高图像亮度，添加一个图层【混合模式】为【明度】的【曲线】调整图层。　　**技术看板**

02 来查看增加饱和度后的图像是怎样的，选择【视图】>【色域警告】命令，然后选择【图层】>【新建调整图层】>【色相/饱和度】命令，新建【色相/饱和度】调整图层来增加饱和度设置，在【编辑】选项中选择【红】设置，慢慢向右拖动饱和度下面的滑块，直到图像上开始出现小的灰色区域为止，设置【色相/饱和度】参数如图 10-207 所示，再稍微降低一些图像的饱和度，设置【色相/饱和度】参数如图 10-208 所示，灰色区域消失，图像效果如图 10-209 所示，马的皮毛色泽亮丽了许多。

03 选择关闭【视图】>【色域警告】命令，关闭此命令。

图 10-206 【优化饱和度】图像

图 10-207 增加饱和度并出现灰色区域

图 10-208 降低饱和度灰色区域消失

图 10-209 图像效果 9

学习链接
黑色旋风培训基地 Photoshop 实例视频教程，提供了 Photoshop 应用与提高的实例视频教程：
http://www.hackp.com/Article/ps/200807/5244.html

10.6 综合实例——色彩靓丽的图像特效

使用图层调整命令可以对图像的全部或某一部分进行色调、饱和度及亮度的调整，再配合图层的混合模式及不透明度属性的设置，是合成图像不可缺少的操作命令。下面通过几个实例讲解调整图层命令在实际中的应用。

视频教学
光盘路径：【视频】文件夹中【Ch10】文件夹中的【图像特效.psd】文件。

技术看板 调整图像饱和度时，怎样才能确定增加的饱和度的量适中？
答：选择【视图】>【色域警告】命令，辅助查看增加饱和度的量。

1. 实例分析

本实例对一幅普通的照片应用调整图层、混合模式、蒙版等技术，制作出色彩靓丽的图像效果，然后再利用图层样式制作一个背景图像与之搭配，可以很容易地得到完美的高质量的图像效果。

2. 制作过程

第一步制作图像效果，使用【去色】命令，将图像变为灰色的图像，应用【色阶】、【对比度】、【曲线】等调整图层命令，增加灰色图像的对比度；应用【色相/饱和度】、【色彩平衡】等调整图层命令，重新调整灰色图像的颜色，并用图层混合及图层蒙版制作发光效果。第二步使用图层样式添加背景图像效果。

（1）制作图像特效

01 选择【文件】>【新建】命令，设置【新建】对话框中的参数如图 10-210 所示，新建文件。

02 打开【素材】\【Ch10 素材】\【图像特效】\【图像特效 1.jpg】文件，如图 10-211 所示。使用 🪄 魔棒工具选择背景后再反选，使用 ⊕ 移动工具将其拖动到新建的文件中，放置到适当的位置，如图 10-212 所示，得到【图层 1】。复制【图层 1】为【图层 1 副本】，并隐藏【图层 1】。

图 10-210　设置【新建】对话框　　　图 10-211　【图像特效 1】　图 10-212　拖动到新建文件中

03 选择【图像】>【调整】>【去色】命令，将图像去色，效果如图 10-213 所示。然后单击【图层】面板底部的 ⬤ 创建新的填充或调整图层图标，在弹出的菜单中选择【色阶】命令，设置【色阶】调整面板中的参数如图 10-214 所示，效果如图 10-215 所示，增强图像亮度。

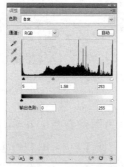

图 10-213　去色　　　图 10-214　设置【色阶】调整面板中的参数　　图 10-215　提高灰色调的亮度

怎样删除【组】而不删除【组】内的图层？

答：选中欲要删除的图层【组】，按快捷键 Ctrl＋Alt 的同时，单击【图层】面板底部的删除图标，或是按 Ctrl 键后将图层组拖动到【图层】面板底部的删除图标。

技术看板

04 单击【图层】面板底部的 ◎.创建新的填充或调整图层图标，在弹出的菜单中选择【亮度/对比度】命令，设置【亮度/对比度】调整面板中的参数如图 10-216 所示，单击图层蒙版的缩览图，使其成为当前状态，使用 ✐画笔工具设置适当的画笔，在人物的边缘涂抹，使其不应用调整的效果，图像效果如图 10-217 所示，图层蒙版的状态如图 10-218 所示。

  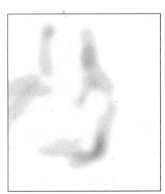

图 10-216　设置【亮度/对比度】　　图 10-217　图像效果 1　　图 10-218　蒙版状态 1
调整面板中的参数

05 用上述同样的方法添加【曲线】调整图层，设置【曲线】调整面板中的参数如图 10-219 所示，然后使用 ✐画笔工具在人物的皮肤及过亮的部分涂抹，图像效果如图 10-220 所示，图层蒙版的状态如图 10-221 所示。

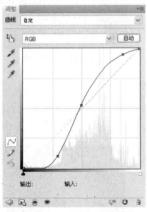  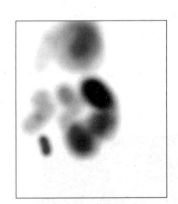

图 10-219　设置【曲线】　　图 10-220　图像效果 2　　图 10-221　蒙版状态 2
调整面板中的参数

06 调整完图像的明暗度后，再为图像着色。单击【图层】面板底部的 ◎.创建新的填充或调整图层图标，在弹出的菜单中选择【色相/饱和度】命令，设置【色相/饱和度】调整面板中的参数如图 10-222 所示，单击【确定】按钮，使用 ✐画笔工具在人物周围涂抹，使其不应用调整效果，图像效果如图 10-223 所示，图层蒙版的状态如图 10-224 所示。

技术看板　当前图层存在路径时，添加的图层蒙板有几种情况？
答：有两种情况，按住 Ctrl 键后单击添加图层蒙板图标，添加显示当前路径内容的图层剪贴蒙板。按住快捷键 Ctrl＋Alt 单击添加图层蒙板图标，添加隐藏当前路径内容的图层剪贴蒙板。

图 10-222 设置【色相/饱和度】
调整面板中的参数

图 10-223 图像效果 3

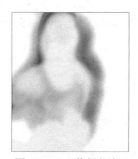

图 10-224 蒙版状态 3

07 用同样的方法添加【色相平衡】调整图层，设置【色彩平衡】调整面板中的参数如图 10-225 所示，单击【确定】按钮，图像效果如图 10-226 所示。

08 隐藏【背景】图层，按快捷键 Shift+Ctrl+Alt+E，盖印可见图层，得到【图层 2】，设置图层【混合模式】为【颜色减淡】，【不透明度】为 60% ，图像效果如图 10-227 所示。

图 10-225 设置【色彩平衡】
调整面板中的参数

图 10-226 图像效果 4

图 10-227 图像效果 5

365

09 在【图层 1】的下方新建【图层 3】，并填充 R=231、G=241、B=144 颜色，图像效果如图 10-228 所示。然后按住 Ctrl 键，单击【图层 1 副本】的缩览图载入选区，再单击【图层】面板底部的 ⬤ 【添加图层蒙版】图标添加图层蒙版。使用 ✍画笔工具，设置适当的画笔，用白色在人物边缘涂抹，制作图像外发光效果如图 10-229 所示。

图 10-228 填充图层

图 10-229 外发光效果

10 整理图层、创建剪切蒙版，按快捷键 Ctrl+Alt，在创建剪切蒙版之间单击。按住 Shift 键，选中【图层 3】和【图层 2】这两个图层之间的所有图层，如图 10-230 所示，选择【图层】面板菜单中的【从图层创建新组】命令，将选中的图层编入【组 1】中，如图 10-231 所示。用同样的方法，将【图层 1】编为【组 2】，如图 10-232 所示，这样便于图层的管理。

图 10-230　选择图层

图 10-231　创建新组 1

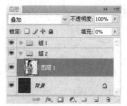

图 10-232　创建新组 2

（2）制作背景效果

01 打开【素材】\【Ch10 素材】\【图像特效】\【图像特效 2.jpg】文件，如图 10-233 所示，使用 移动工具将其移动到新建文件中，并放置在【图层 1】的下方得到【图层 4】，效果如图 10-234 所示。

图 10-233　【图像特效 2】

图 10-234　移动图像到视觉特效图像中

02 打开【素材】\【Ch10 素材】\【图像特效】\【图像特效 3.psd】文件，如图 10-235 所示，将其移动到新建文件中，并放置到适当的位置，得到新图层。添加【渐变叠加】图层样式，设置【渐变叠加】对话框中的参数，设置【渐变色】为绿—红—橙，如图 10-236 所示，单击【确定】按钮，图像效果如图 10-237 所示。

图 10-235　【图像特效 3】

图 10-236　设置【渐变叠加】
对话框中的参数 1

图 10-237　添加渐变
叠加后的效果

技术看板

移动工具怎样具有自动选择功能？
答：按下 Ctrl 键后，移动工具就有自动选择功能了，这时只要单击某个图层上的对象，Photoshop 就会自动的切换到那个对象所在的图层；当放开 Ctrl 键，移动工具就不再有自动选择的功能了。

03 打开【素材】\【Ch10 素材】\【图像特效】\【图像特效 4.psd】文件，打开一个线条文件将其移动到新建文件中，并放置到适当的位置，如图 10-238 所示，得到【图层 5】。添加【渐变叠加】图层样式，设置【渐变叠加】对话框中的参数，如图 10-239 所示，单击【确定】按钮，图像效果如图 10-240 所示。

 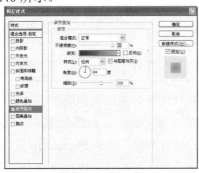 

图 10-238 添加放射直线效果 　　图 10-239 设置【渐变叠加】　　图 10-240 添加渐变叠加后效果
对话框中的参数 2

04 选择【图层 1】，添加【描边】图层样式，设置【描边】对话框中的参数如图 10-241 所示，单击【确定】按钮，设置【图层 1】的【填充不透明度】为 0%，图像效果如图 10-242 所示。

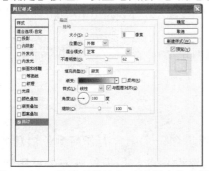 

图 10-241 设置【描边】对话框中的参数 　　　　图 10-242 添加描边效果

05 打开【素材】\【Ch10 素材】\【图像特效】\【图像特效 5.psd】文件，如图 10-243 所示，将其移动到新建文件中，按快捷键 Ctrl+T 变换图像，效果如图 10-244 所示，得到一幅靓丽的图像特效。最终文件请参看【素材】\【Ch10 素材】\【图像特效】\【图像特效.psd】文件。

图 10-243 【图像特效 5】 　　　　图 10-244 图像效果 6

移动工具怎样具有自动选择功能？
答：按下 Ctrl 键后，移动工具就有自动选择功能了，这时只要单击某个图层上的对象，Photoshop 就会自动的切换到那个对象所在的图层；当放开 Ctrl 键，移动工具就不再有自动选择的功能了。

技术看板

第11章 图像的基础知识

学 习 内 容	分 配 时 间	重 点 级 别	难 度 系 数
图像模式	10 分钟	★★★	★
通道	20 分钟	★★★★	★★★
实例——微章效果	20 分钟	★★★★	★★★★

颜色模式决定了用来显示和打印所处理图像的颜色方法。在 Photoshop 中，无论是新建、打开或导入图像文件，都会创建图像文件固有的颜色通道，而原色通道的数目取决于图像的颜色模式。使用通道与颜色模式编辑图像，也是 Photoshop 最强的功能之一，要想掌握它们必须理解每一概念，掌握其基础操作，才能灵活运用通道进行创作。

11.1 图像模式

图像模式的设置是非常重要的，因为它决定图像的色彩质量和输出质量。图像不论是用于输出，还是用于网页展示，我们应该了解一下颜色模式，这对以后编辑图像是非常有益的。

选择【图像】>【模式】命令，可以转换图像的模式。一共有八种颜色模式，不同的图像模式有不同的作业要求，下面分别对其进行详细的介绍。

11.1.1 RGB 颜色

RGB 颜色模式图像由红、绿、蓝三个色彩通道和一个不含有任何颜色信息的 RGB 复合通道组成。在我们日常的应用中，显示器、投影设备以及扫描仪等许多设备都是依赖于这种颜色模式来显示颜色的。屏幕上的颜色由此颜色模式组成，可达百万色之多（俗称"真彩色"）。

RGB 颜色模式图像可提供 1 670 万种颜色，即所谓的"真彩色"，足以将图像显示得淋漓尽致，所以 Photoshop 将 RGB 模式作为默认颜色模式。就编辑而言，RGB 颜色模式的图像可以使用 Photoshop 中所有的图像编辑命令都可执行。

上机操作 1　了解 RGB 颜色模式图像组成

01　打开【Ch11 素材】文件夹中的【RGB 颜色 1.jpg】文件，如图 11-1 所示，选择【窗口】>【通道】命令或单击界面右侧的 ◙ 通道面板图标，打开【通道】面板，如图 11-2 所示。

02　选择【窗口】>【色板】命令或单击▦色板面板图标，打开【色板】面板，如图 11-3 所示。

图 11-1　RGB 颜色模式图像

技术看板　在 Photoshop 中为什么把 RGB 颜色模式的图像设为默认的？

答：RGB 颜色模式图像可提供 1670 万种颜色，即所谓的"真彩色"，足以将图像显示得淋漓尽致，就编辑而言，RGB 颜色模式的图像可以使用 Photoshop 中所有的图像编辑命令。

03　选择【窗口】>【图层】命令或单击界面右侧的  图层面板图标，打开【图层】面板，如图 11-4 所示。单击【图层】面板底部的 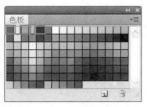 创建新图层图标，新建【图层 1】。在【通道】面板中拖动红通道到面板底部的  将通道作为选区载入图标，载入选区，然后使用【色板】面板中标注的红色填充【图层 1】，效果如图 11-5 所示。

图 11-2　【通道】面板 1　　　图 11-3　【色板】面板　　　图 11-4　【图层】面板 1

04　用上述同样的方法，新建【图层 2】，载入绿通道的选区，使用【色板】面板中标注的绿色填充【图层 2】，效果如图 11-6 所示。新建【图层 3】，载入蓝通道的选区，使用【色板】面板中标注的蓝色填充【图层 3】，效果如图 11-7 所示。

图 11-5　【图层 1】填充红色　　　图 11-6　【图层 2】填充绿色　　　图 11-7　【图层 3】填充蓝色

05　在【背景】图层的上方新建【图层 4】，填充为黑色，然后将【图层 1】、【图层 2】和【图层 3】的【混合模式】设为【滤色】，【图层】面板如图 11-8 所示，还原图像的色彩效果，如图 11-9 所示，这就是 RGB 颜色模式图像组成原理。

图 11-8　【图层】面板 2　　　　　　图 11-9　还原图像色彩

11.1.2　灰度

灰度模式图像只存在灰度，最多可达到 256 级灰度，当一个色彩图像被转换为灰度模式图像时，Photoshop 会将图像中的色相及饱和度等有关色彩信息消除掉，只留下亮度。尽管

Photoshop 允许将一个灰度模式的图像转换为彩色模式的图像，但它不可能将原来的颜色完全恢复回去，所以转换前应该做一个备份。此种模式只有一个通道。

上机操作 2　　转换图像为灰度图像

01 打开【素材】\【Ch11 素材】\【转换灰度 1.jpg】文件，如图 11-10 所示，【通道】面板如图 11-11 所示，存在红、绿、蓝三个色彩通道和一个 RGB 复合通道。

图 11-10　【转换灰度 1】图像

图 11-11　【通道】面板 2

02 选择【图像】>【模式】>【灰度】命令，弹出【信息】提示框询问是否扔掉颜色信息，如图 11-12 所示，单击【扔掉】按钮，色彩图像被转换为灰度模式图像，如图 11-13 所示。在【通道】面板中只存在一个灰色通道，如图 11-14 所示。

图 11-12　【信息】框

图 11-13　灰度图像

图 11-14　【通道】面板 3

11.1.3　位图

　　黑白位图是由黑色与白色像素组成的图像，以黑色像素点的数量表现图像颜色的深浅。正因为有了黑白位图模式，才能更完善地控制灰度图像的打印。事实上像激光打印机以及照排机这些输出设备都是靠细小的点来渲染灰度图像的，因此使用黑白位图模式就可以更好地设定网点的大小、形状以及相互的角度。

　　如果用户目前的图像是纯黑色和纯白色的，而文件本身却仍然在灰度模式下，那么图像必须转化为位图模式，以节省磁盘空间和保证最后的编辑不能产生多余的灰度。

上机操作 3　　转换图像为位图

01 打开【素材】\【Ch11 素材】\【转换位图 1.jpg】文件，如图 11-15 所示，【通道】面板如图 11-16 所示。

技术看板　　灰度模式图像与彩色模式图像间可以互相转换而且颜色不会丢失吗？
答：可以互相转换，但颜色会丢失。Photoshop 在转换图像时，把色相及饱和度等有关色彩信息消除掉，只留下亮度。灰度模式的图像只有一个通道，丢掉的颜色不能恢复。

图 11-15　【转换位图 1】图像

图 11-16　【通道】面板 4

02　将彩色图像转换为灰度图像。选择【图像】>【模式】>【灰度】命令，将图像转化为灰度图像，如图 11-17 所示。

03　选择【图像】>【模式】>【位图】命令，打开【位图】对话框，如图 11-18 所示，把【使用】设置为"50%阈值"，这样会确保灰度图案转化为平滑的线条，并且看起来不杂乱。

图 11-17　转换为灰度图

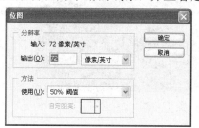

图 11-18　【位图】对话框

371

【位图】对话框中的参数设置：

- 输出：设置输出分辨率，当输入和输出的分辨率设置一致时，转化图像的线条比较平滑。
- 使用：设置转化位图的方法。在下拉列表框中共有如图 11-19 所示的几种方法，选择不同的选项，转化位图的效果也不同。

04　单击【确定】按钮，得到黑白位图效果如图 11-20 所示，【通道】面板如图 11-21 所示，只存在一个通道。

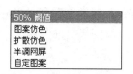

图 11-19　设置转化位图的方法

图 11-20　位图效果

图 11-21　【通道】面板 5

注 意

只有灰度图像或多通道图像才能转换为黑白位图模式的图像，其他颜色模式的图像必须先转换成这两种模式之一，然后再转换成位图模式。

彩色模式的图像可直接转换为位图吗？

答：不可以。必须先选择【图像】>【模式】>【灰度】或【多通道】命令，将图像转换为灰度模式，然后再选择【图像】>【模式】>【位图】命令才可以。

技术看板

11.1.4　双色调

双色调常用于两色印刷，它是通过一至四种自定油墨创建单色调、双色调（两种颜色）、三色调（三种颜色）和四色调（四种颜色）的灰度图像。这样就可以打印出比单纯灰度图像要有趣的多的图像效果。

上机操作 4　制作双色调图像

01 打开【素材】\【Ch11 素材】\【双色调 1.jpg】文件，如图 11-22 所示。

02 选择【图像】>【模式】>【灰度】命令，图像转化为灰度图像，如图 11-23 所示。

图 11-22　【双色调 1】图像　　　　　　　　图 11-23　灰度图像

03 选择【图像】>【模式】>【双色调】命令，打开【双色调选项】对话框，在【类型】下拉列表框中可以选择添加油墨的类型，如图 11-24 所示。

【双色调选项】对话框中的参数设置：

- 类型：此选项包括单色调、双色调、三色调和四色调四种色调类型。
- 油墨：选择色调的类型后，相应的便有几个油墨可供调整。

04 选择【双色调】类型，有【油墨 1】和【油墨 2】两种可调颜色。【油墨 1】默认为黑色，如果想改变颜色，单击【油墨 1】后边的颜色块，打开【选择油墨颜色】对话框，如图 11-25 所示，单击【颜色库】按钮，打开预设【颜色库】对话框，如图 11-26 所示，选择一种颜色，单击【确定】按钮。然后单击【油墨 1】右侧的曲线框，打开【双色调曲线】对话框，设置对话框中的参数如图 11-27 所示，单击【确定】按钮。

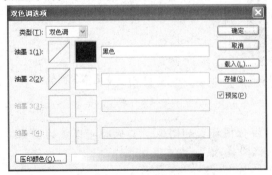
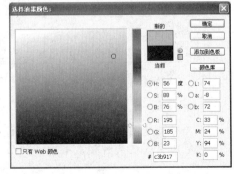

图 11-24　【双色调选项】对话框 1　　　　　　图 11-25　【选择油墨颜色】对话框

技术看板　双色调的图像可由彩色模式图像直接转换而来？

答：否。因为双色调图像是先由【图像】>【模式】>【灰度】命令转化为灰度图像，再由【图像】>【模式】>【双色调】命令得到。

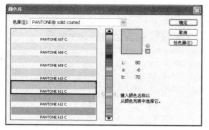

图 11-26　【颜色库】对话框 1

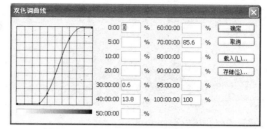

图 11-27　【双色调曲线】对话框 1

05　再单击【油墨 2】后边的颜色块，打开【选择油墨颜色】对话框，单击【颜色库】按钮，打开预设【颜色库】对话框，选择一种颜色，如图 11-28 所示，单击【确定】按钮。单击【油墨 2】右侧的曲线框，打开【双色调曲线】对话框，设置参数如图 11-29 所示，单击【确定】按钮。

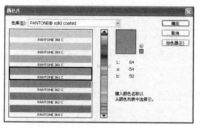

图 11-28　【颜色库】对话框 2

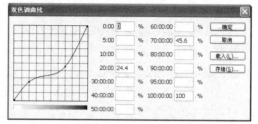

图 11-29　【双色调曲线】对话框 2

06　【双色调选项】对话框如图 11-30 所示，单击【确定】按钮，得到双色调图像效果如图 11-31 所示。

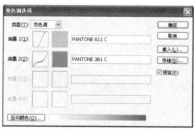

图 11-30　【双色调选项】对话框 2

图 11-31　双色调图像效果

11.1.5　索引颜色

网页中使用索引颜色模式，文件小，便于网上传输。除灰度模式外，其他颜色模式必须先转化为 RGB 颜色模式，再转换为索引颜色模式，转换为索引颜色会将图像中的颜色数目减少到最多 256 种。这是 GIF 和 PNG-8 格式以及许多多媒体应用程序支持的标准颜色数目。该转换通过删除图像中的颜色信息来减小文件大小，转换后 Photoshop 中只留下一个色彩通道。

上机操作 5　**制作索引颜色图像**

01　打开【素材】\【Ch11 素材】\【索引颜色 1.psd】文件，如图 11-32 所示。

在双色调图像中最多可加几种油墨？
答：可加四种油墨。

技术看板

02 选择【图像】>【模式】>【索引颜色】命令，打开【索引颜色】对话框，如图 11-33 所示。

图 11-32 【索引颜色 1】图像

图 11-33 【索引颜色】对话框 1

【索引颜色】对话框中的参数设置：

- 调板：许多面板类型可用于将图像转换为索引颜色。对于【局部（可感知）】、【局部（可选择）】和【局部（随样性）】选项，可以使用基于当前图像颜色进行选取。

- 颜色：通过输入颜色值指定要显示的实际颜色数目，图像中的颜色数目最多有 256 种。

- 强制：此选项将某些颜色强制包括在颜色表中的选项。【黑白】将纯黑色和纯白色添加到颜色表中；【三原色】添加红色、绿色、蓝色、青色、洋红、黄色、黑色和白色；【Web】添加 216 种 Web 安全色；【自定】允许定义要添加的自定义颜色。

- 透明度：指定在转换期间是否保留图像的透明区域。选择该选项将在颜色表中为透明色添加一条特殊的索引项。不选择该选项将用杂边颜色填充透明区域，或者用白色填充。

- 杂边：指定用于填充与图像的透明区域相邻的消除锯齿边缘的背景色。如果选择了【透明度】选项，则对边缘区域应用杂边，以帮助混合边缘与具有同一颜色的 Web 背景色。如果取消选择【透明度】选项，则对透明区域应用杂边。如果在已选择【透明度】选项的情况下，【杂边】选项设置为【无】，则将产生硬边的透明度，否则将用 100% 白色填充所有透明区域。图像必须具有透明度，才能使用【杂边】选项。

- 仿色：除非正在使用"实际"颜色表选项，否则颜色表可能不会包含图像中使用的所有颜色。若要模拟颜色表中没有的颜色，可以采用仿色。仿色混合现有颜色的像素，以模拟缺少的颜色。选取菜单中的【仿色】选项，并输入仿色数量的百分比值。该值越高，所仿颜色越多，但是可能会增加文件大小。可以从【仿色】下拉列表框中选取，当选择【无】选项时，不仿色，而是使用最接近缺少的颜色的颜色。这往往会导致图像中颜色阴影之间的突然转换，并造成色调分离的效果；当选择【扩散】选项时，使用误差扩散方法，产生比【图案】选项结构更松散的仿色。若要防止图像中包含颜色表项目的颜色被仿色，应选择【保留实际颜色】选项。这对存储 Web 图像的精细线条和文本很有用；当选择【图案】选项时，使用类似半调的方形图案模拟颜色表中没有的任何颜色；当选择【杂色】选项时，有助于减少图像切片边缘的接缝图案。

03 设置【索引颜色】对话框中的参数如图 11-34 所示，不选择【透明度】选项，图像透明部分以背景色填充的效果如图 11-35 所示，单击【确定】按钮，RGB 颜色模式图像转换为索引颜色图像。设置【索引颜色】对话框中的参数如图 11-36 所示，选择【透明度】选项，【杂边】选项设置为 50%灰色，图像透明区域保持透明，在图像边缘产生 50%灰色的杂边，图像效果如图 11-37 所示。【通道】面板只存在一个颜色通道，如图 11-38 所示。

技术看板 索引色是怎样转换的？

答：除灰度模式外其他颜色模式必须先转化为 RGB 颜色模式，再转换为索引颜色模式。转换通过删除图像中的颜色信息来减小文件大小，转换后 Photoshop 只留下一个色彩通道。

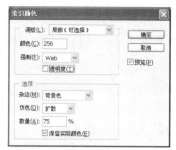

图 11-34　设置【索引颜色】对话框 2

图 11-35　图像效果 1

图 11-36　设置【索引颜色】对话框 3

图 11-37　图像效果 2

图 11-38　【通道】面板 6

11.1.6　CMYK 颜色

375

CMYK 颜色模式由青、洋红、黄、黑四个色彩通道和一个不含有任何颜色信息的 CMYK 复合通道组成。它是输出及印刷专用的颜色模式。即使在 Photoshop 中的 CMYK 模式下工作，Photoshop 也会将 CMYK 模式暂时转变为 RGB 模式，因为显示器的显示方式是 RGB 颜色模式。一般先用 RGB 模式编辑，再转换为 CMYK 颜色模式打印，或是到印刷前再转换 CMYK 模式，然后加以必要的校色、锐化、修饰。

图 11-39 所示为 CMYK 颜色模式图像【CMYK 颜色 1.jpg】，【通道】面板如图 11-40 所示。

图 11-39　【CMYK 颜色 1】图像

图 11-40　【通道】面板 7

11.1.7　Lab 颜色

Lab 颜色模式是以调整图像亮度为主，此种颜色模式把图像分离成明度通道、a 通道和 b 通道三部分，还有一个不含有任何信息的复合通道 Lab 通道。在制作 CD 时，Lab 是最常用的颜色模式。如果只想修改图像的亮度而不想影响其色彩时，选用 Lab 颜色模式，然后只去修

在制作印刷品时，为什么不直接在 CMYK 模式下工作？

答：即使在 CMYK 模式下工作，Photoshop 也会将 CMYK 模式暂时转变为 RGB 模式，因为显示器的显示方式是 RGB 颜色模式，而且 CMYK 模式下一些命令不可用。

技术看板

改明度通道即可。例如，图像明亮的色彩因执行 USM 锐化命令而产生过度的现象时，可以先将图像转换成 Lab 颜色模式，然后在明度通道中执行 USM 锐化命令，这样不但可以达到图像清晰的目的，也可以避免对色彩产生影响。

上机操作 6   锐化 Lab 颜色模式图像

01 打开【素材】\【Ch11 素材】\【Lab 颜色图 1.jpg】文件，如图 11-41 所示。

02 选择【图像】>【模式】>【Lab 颜色】命令，将 RGB 颜色模式图像转换为 Lab 颜色模式图像，【通道】面板如图 11-42 所示。

图 11-41　【Lab 颜色图 1】图像　　　　　图 11-42　【通道】面板 8

03 选择【明度】通道，选择【滤镜】>【锐化】>【USM 锐化】命令，设置【USM 锐化】对话框，如图 11-43 所示，图像效果如图 11-44 所示。

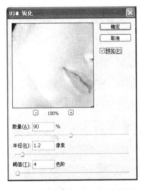

图 11-43　设置【USM 锐化】对话框　　　　图 11-44　锐化效果

11.1.8　多通道

多通道模式包含多种灰度通道，每一通道均由 256 色灰度组成。此模式图像常用来处理特殊打印需求，当 RGB 颜色、CMYK 颜色或 Lab 颜色模式图像中任何一个通道被删除时，即会变成多通道模式。多通道模式图像可以存储为 Photoshop、Photoshop Raw 或 PNG 等格式。

上机操作 7   制作多通道模式图像

01 打开【素材】\【Ch11 素材】\【多通道 1.jpg】文件，如图 11-45 所示，【通道】面板如图 11-46 所示。

技术看板　*最好在什么颜色模式下调整图像，才能只调整亮度而不改变色相及饱和度？*

答：使用以调整图像亮度为主的 Lab 颜色模式，此种颜色模式把图像分离成明度通道、a 通道和 b 通道三部分，还有一个不含有任何信息的复合通道 Lab 通道，只去调整明度通道。

图 11-45　【多通道 1】图像

图 11-46　【通道】面板 9

02 在【通道】面板中拖动红通道到面板底部的 🗑 删除图标上，删除红通道，图像效果如图 11-47 所示，图像模式变为多通道模式，【通道】面板如图 11-48 所示。

图 11-47　多通道图像效果

图 11-48　【通道】面板 10

以上介绍了图像的颜色模式，每一种颜色模式都有自己的适用范围，并且各个模式之间可以进行转换。但是在转换时，有的可能会丢失一些颜色信息，所以在转换前备份。要想熟悉这些颜色模式，必须多加练习。

377

11.2　了解通道

通道是存储不同类型信息的灰度图像，颜色信息通道是在打开新图像时自动创建的。图像的颜色模式决定了所创建的颜色通道的数目。例如，RGB 颜色图像的每种颜色（红色、绿色和蓝色）都有一个通道，并且还有一个用于编辑图像的复合通道。Alpha 通道将选区存储为灰度图像。可以添加 Alpha 通道来创建和存储蒙版，存储的蒙版用于处理或保护图像的某些部分。

11.2.1　通道分类

Photoshop 根据通道的功能不同分为不同的通道类型，大体分为复合通道、颜色通道、Alpha 通道、专色通道和临时通道等五种，下面简单介绍这些通道类型。

1．复合通道

不同模式的图像其通道的数量也不一样。在默认情况下，位图、灰度和索引模式的图像有一个通道，RGB 和 Lab 模式的图像有三个通道和一个复合通道，CMYK 模式的图像有四个通道和一个复合通道。

2．颜色通道

在【通道】面板中颜色通道都显示为灰色，它通过 0～255 灰色级来表示颜色。在通道中很难控制图像的颜色效果，所以一般不采取直接修改颜色通道的方法改变图像的颜色。

将选取区域存储是怎么回事？

答：使用【选择】>【存储选区】命令存储选区，实际上是把选区存储成 Alpha 通道，一个灰度图像。

技术看板

3. Alpha 通道

Alpha 通道是用于存储选择区域的。对于存储的选择区域可以多次调入使用，并且还可以重新进行编辑，创建异形选区。

4. 专色通道

在进行颜色比较多的特殊印刷时，除了默认的颜色通道，还可以在图像中创建专色通道。如印刷中常见的烫金、烫银或企业专有色等都需要在图像处理时，进行通道专有色的设定。在图像中添加专色通道后，必须将图像转换为多通道模式才能进行印刷输出。

5. 临时通道

在处理图像时，当处于图层蒙版或快速蒙版工作状态时，在【通道】面板中会出现一个以【图层 X 蒙版】或【快速蒙版】命名的通道，当脱离蒙版状态时，临时通道就不存在了。

11.2.2 认识【通道】面板

【通道】面板可用于创建和管理通道。该面板列出图像中的所有通道，最先列出复合通道（RGB、CMYK 和 Lab 图像）。通道内容的缩览图显示在通道名称的左侧，在编辑通道时会自动更新缩览图。

1.【窗口】>【通道】命令

使用【窗口】>【通道】命令，可显示/隐藏【通道】面板。

上机操作 8　　显示【通道】面板

01　打开【素材】\【Ch11 素材】\【通道面板 1.psd】文件，如图 11-49 所示。

02　选择【窗口】>【通道】命令或单击界面右侧的 通道面板图标，打开【通道】面板，如图 11-50 所示，在面板中列出了图像中的五种通道类型，包括 RGB 复合通道、颜色通道（红、绿、蓝）、专色通道、Alpha 通道和临时通道。

图 11-49　【通道面板 1】图像

图 11-50　【通道】面板

2. 显示/隐藏通道

单击通道左边的 眼睛图标可控制通道的显示或隐藏。

3.【通道】面板底部图标

● 将通道作为选区载入图标：用于将存储于通道中的选择区域调出。

技术看板　　**怎样快速切换通道？**
答：当图像模式为 RGB 时，按快捷键 Ctrl+～，可快速切换到 RGB 通道；按快捷键 Ctrl+1，可快速切换到红通道；按快捷键 Ctrl+2，可快速切换到绿通道；按快捷键 Ctrl+3，可快速切换到蓝通道；按快捷键 Ctrl+4，可快速切换到 Alpha 通道。

- 　将选区存储为通道图标：用于将选择区域存入通道，供以后制作一些特殊效果时使用。
- 　创建新通道图标：用于创建或复制一个新的通道，此时建立的通道就是前面所说的 Alpha 通道。单击此图标即可创建一个新的 Alpha 通道，用鼠标将预复制的通道拖动到此图标上即可复制出一个新的通道。
- 　删除通道图标：用于删除图像中的通道。使用鼠标将要删除的通道直接拖到该图标上即可删除。

4.【通道】面板的菜单

单击【通道】面板右上角的　菜单按钮，弹出【通道】面板菜单，如图 11-51 所示。面板菜单命令在下面的通道菜单命令中都会涉及，在此不再赘述。

- 面板选项：用于设置【通道】面板中缩览图的大小。可以在弹出的【通道调板选项】对话框中设定，如图 11-52 所示。
- 关闭：选择此选项，可关闭此面板。
- 关闭选项卡组：选择此选项，可关闭包括此面板在内的面板组。

图 11-51　【通道】面板菜单　　　　图 11-52　【通道调板选项】对话框

在此只对【通道】面板进行简单的介绍，对面板的功能及其具体操作在后面章节将做详细的介绍。

11.2.3　通道与图层间的关系

颜色通道中所记录的信息，从严格意义上说不是整个图像文件的，而是来自于当前图像中的可见图层。

上机操作 9　通道与图层

01　打开【素材】\【Ch11 素材】\【通道与图层 1.psd】文件，如图 11-53 所示，是由两个图层合成的图像效果，【图层】面板如图 11-54 所示。

图 11-53　【通道与图层 1】图像　　　图 11-54　【图层】面板

通道与图层的关系是什么？
颜色通道中所记录的信息，严格来说并不是整个图像文件，而是当前图像中的可见图层。

技术看板

02 设置两个图层同时显示，【通道】面板中的颜色通道显示的是这两个图层合成图像的通道信息，如图 11-55 所示。

03 隐藏【图层 1】，【通道】面板中的颜色通道显示的只是当前显示的【背景】图层的通道信息，如图 11-56 所示。

04 当隐藏【背景】图层，显示【图层 1】时，【通道】面板中的颜色通道显示的只是当前显示的【图层 1】的通道信息，如图 11-57 所示。

图 11-55　合成图像　　　　图 11-56　【背景】图层　　　　图 11-57　【图层 1】图层
　的通道信息　　　　　　　　的通道信息　　　　　　　　的通道信息

由上面的操作得知，【通道】面板显示的信息是由当前可见图层决定。

11.2.4　通道的显示

在默认情况下，颜色通道是以灰度图像显示的，这样可以更清楚地观察通道所包含的信息。如果想要颜色通道以彩色方式显示，选择【编辑】>【首选项】>【界面】命令，打开【首选项】对话框，如图 11-58 所示（关于对话框中的其他参数，在此不做介绍），选中【用彩色显示通道】选项，这样图像将显示成与之相对应的通道颜色。尽管此时图像以通道颜色显示，使得你可以认识到当前使用的通道，但对于你来说并不意味着是件好事，由于在单色通道中图像显示的比较模糊，很难看清楚图像中的信息，不能准确判断滤镜的影响和色调的损失。另外，强烈刺激的颜色会伤害眼睛。如果关闭此选项，将有助于缓解屏幕色彩对眼睛的刺激，同时还有益于编辑图像。不以通道颜色显示的【蓝】通道状态如图 11-59 所示，以通道颜色显示的【蓝】通道状态，如图 11-60 所示。

图 11-58　【首选项】对话框

技术看板　通道记录的颜色信息是依据什么显示的？
　　　　　答：通道记录的颜色信息是图像可见图层的信息，而不是整个图像文件的颜色信息。

图 11-59　不以通道颜色显示的【蓝】通道状态　　　图 11-60　以通道颜色显示的【蓝】通道状态

11.3　通道的基础操作

常用通道操作命令是一些对通道基础操作的命令，不外乎就是创建通道、复制通道、删除通道、通道的显示或隐藏、通道的分离与合并以及通道选项设置等一些基础的操作。下面详细介绍有关通道基础操作的命令。

11.3.1　【复制通道】命令

复制通道的方法有两种，一种是直接拖动要复制的通道到【通道】面板底部的  创建新通道图标上，另一种是先选中所要复制的通道，然后选择【复制通道】命令，即可复制。

1. 【复制通道】命令

使用【复制通道】命令可复制通道。

　　【复制通道】命令

01　打开【素材】\【Ch11 素材】\【复制通道 1.jpg】文件，如图 11-61 所示，【通道】面板如图 11-62 所示。

图 11-61　【复制通道 1】图像　　　　　图 11-62　【通道】面板 1

02　在【通道】面板中选择【蓝】通道，单击面板右上角的 菜单按钮，在弹出的面板菜单中选择【复制通道】命令，在弹出的【复制通道】对话框中设置的参数如图 11-63 所示。

【复制通道】对话框中的参数设置：

- 复制：其右侧显示所要复制通道的名称。
- 为：在此文本框中输入复制通道的名称，默认为【X 副本】。
- 文档：在此下拉列表框中选择复制通道所存放的位置。选择【新建】选项时，复制的通道会生成一个新的多通道模式的图像文件。
- 反相：选择此选项复制的通道会被反相。

03　单击【确定】按钮，得到复制通道【蓝副本】，如图 11-64 所示。

在默认情况下，颜色通道是以什么图像显示的？
答：在默认情况下，颜色通道是以灰度图像显示的。

技术看板

图 11-63 【复制通道】对话框

图 11-64 复制通道

2. 拖动复制通道

直接拖动所要复制的通道到面板底部的 [ ] 创建新通道图标上，可快速复制通道。当按住 Alt 键，拖动所要复制的通道到面板底部的 [ ] 创建新通道图标上时，会弹出【复制通道】对话框，可以进行参数的设置，用户可以尝试一下，在此不再赘述。

11.3.2 【删除通道】命令

删除通道的方法有两种，一种是直接拖动要复制的通道到【通道】面板底部的 [ ] 删除图标上，另一种是先选中所要删除的通道，然后选择【删除通道】命令，即可删除。

1. 【删除通道】命令

使用【删除通道】此命令可删除通道。

| 上机操作 11 | 【删除通道】命令 |

01 打开【素材】\【Ch11 素材】\【删除通道 1.jpg】文件，如图 11-65 所示，【通道】面板如图 11-66 所示。

图 11-65 【删除通道 1】图像

图 11-66 【通道】面板 2

02 在【通道】面板中选择【红】通道，单击面板右上角的 菜单按钮，在弹出的面板菜单中选择【删除通道】命令，删除【红】通道，得到一个多通道图像效果如图 11-67 所示，【通道】面板如图 11-68 所示。

图 11-67 多通道图像效果

图 11-68 【通道】面板 3

技术看板 | 可以将通道复制为一个新的灰度文件吗？

答：可以。选择【通道】面板菜单中的【复制通道】命令，打开【复制通道】对话框，在【文档】选项的下拉列表框中选择【新建】，单击【确定】按钮。

2．拖动删除通道

直接拖动所要删除的通道到面板底部的 删除通道图标上，可快速删除通道。

11.3.3　【分离通道】命令

拼合图像后，使用【分离通道】命令可以分离图像的通道，将每个通道分离为独立的灰度文件，并关闭源文件。

上机操作 12　【分离通道】命令

01　打开【素材】\【Ch11 素材】\【分离通道 1.jpg】文件，如图 11-69 所示。

02　单击【通道】面板右上角的▾三菜单按钮，在弹出的面板菜单中选择【分离通道】命令，将 RGB 颜色图像的通道分别分离为以【分离通道 1._R】、【分离通道 1._G】和【分离通道 1._B】命名的三个灰度图像，如图 11-70～图 11-72 所示。

图 11-69　　【分离通道 1】图像

图 11-70　　【分离通道 1._R】

图 11-71　　【分离通道 1._G】

图 11-72　　【分离通道 1._B】

> **注　意**
>
> 要分离的图像中如果包含有 Alpha 通道或专色通道，同样被分离成为一个单独的灰度图像。

11.3.4　【合并通道】命令

通道不但可以分离而且还可以随意地合并。使用【合并通道】命令可以将当前打开的多个大小相同的且具有相同的分辨率的灰度图像合并成一个彩色图像。

在分离通道时，只能分离颜色通道？

答：否。分离的图像中如果包含有 Alpha 通道或专色通道，同样被分离成为一个单独的灰度图像。

技术看板

上机操作 13　【合并通道】命令

01　分别打开【素材】\【Ch11 素材】\【合并通道 1.jpg】、【合并通道 2.jpg】和【合并通道 3.jpg】三幅图像，如图 11-73～图 11-75 所示，它们是大小及分辨率完全相同的灰度图像。

图 11-73　合并通道 1　　　　　图 11-74　合并通道 2　　　　　图 11-75　合并通道 3

02　选择【通道】面板菜单中的【合并通道】命令，设置打开的【合并通道】对话框中的参数如图 11-76 所示。

【合并通道】对话框中的参数设置：

- 模式：在此下拉列表框中选择要创建图像的颜色模式。共包括 RGB 颜色、CMYK 颜色、Lab 颜色及多通道模式的图像。

图 11-76　【合并通道】对话框

- 通道：设置创建的颜色模式后，在此文本框中显示出通道的数量。

03　单击【确定】按钮，在弹出的【合并 RGB 通道】对话框中为每一个通道指定合并的灰度图像，如图 11-77 所示。如果在此为通道指定的灰度图像不同，合并后的图像效果也不相同。

04　单击【确定】按钮，合并通道的效果如图 11-78 所示。

图 11-77　【合并 RGB 通道】对话框　　　　图 11-78　合并通道后的图像效果

提　示

如果图像大小不相同，可用　裁剪工具将其裁剪成相同的图像大小。

11.3.5　编辑颜色通道

利用通道可以调整图像的色彩，甚至可以调整图像某一区域的色彩。另外，还可以对某一通道施加滤镜效果。

1．同时编辑多个通道

当使用【色阶】和【曲线】命令调整图像时，可以选择所要编辑的通道，这时只能选择一个通道。利用【通道】面板，可以使用【色阶】和【曲线】命令同时调整多个通道。

技术看板　当前打开的多个图像，使用【合并通道】命令合并条件是什么？

答：当前打开的多个图像的大小必须相同且具有相同的分辨率，才能合并成一个彩色图像。如果大小不同，可使用裁剪工具将其裁剪成相同的大小。

上机操作 14 同时编辑多个通道

01 打开【素材】\【Ch11 素材】\【编辑多个通道.jpg】文件，如图 11-79 所示，在其【通道】面板中选中要调整的【红】通道，然后按住 Shift 键，单击【绿】通道，同时选中【红】和【绿】两个颜色通道，如图 11-80 所示。

图 11-79 【编辑多个通道】图像

图 11-80 选择多个通道

02 按快捷键 Ctrl+L，在打开的【色阶】对话框中调整参数，如图 11-81 所示，在【通道】选项中同时调整 RG 两个通道的色阶值，单击【确定】按钮，调整图像效果如图 11-82 所示。这个方法调整图像可以使图像形成一种特别的颜色效果，这也是常用的一种手段。

图 11-81 设置【色阶】对话框中的参数

图 11-82 图像效果 1

2．对单个通道施行滤镜效果

借助于【通道】面板，可以对单一的通道施行滤镜效果。像去除由照数码相机拍摄的数码相片中的杂质。

上机操作 15 对单个通道施行滤镜

01 打开【素材】\【Ch11 素材】\【对单个通道施行滤镜.jpg】，如图 11-83 所示，观察每个通道如图 11-84～图 11-86 所示，分别为【红】、【绿】、【蓝】通道的显示状态，通过观察可发现，相片中的杂质几乎都集中在蓝色通道中。

图 11-83 【对单个通道施行滤镜】图像

图 11-84 【红】通道显示状态

图 11-85　【绿】通道显示状态

图 11-86　【蓝】通道显示状态

02　在【通道】面板中只选择【蓝】通道，选择【滤镜】>【高斯模糊】命令，设置【高斯模糊】对话框中的参数如图 11-87 所示，单击【确定】按钮，数码照片如图 11-88 所示。使用这种方法可以去除图像中的杂质，不会失掉很多图像细节。

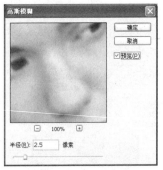

图 11-87　设置【高斯模糊】对话框中的参数

图 11-88　图像效果 2

03　为了提高相片的质量，还可以对有很少杂质的【红】和【绿】通道施行锐化效果。用前面介绍过的方法，同时选中 RG 两个颜色通道，选择【滤镜】>【锐化】>【USM 锐化】命令，设置【USM 锐化】对话框中的参数如图 11-89 所示，锐化后的数码照片如图 11-90 所示。

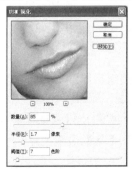

图 11-89　设置【USM 锐化】对话框中的参数

图 11-90　图像效果 3

有关颜色通道方面的知识就介绍这些，有些经验是靠平常积累的。

11.4　Alpha 通道

Alpha 通道的可编辑性非常灵活，使用更加频繁，尤其是利用 Alpha 通道存储或编辑选区方面较为常用，下面对 Alpha 通道进行详细的介绍。

技术看板　在去除数码照片中的杂质时，一般怎样处理？

答：一般数码照片的杂质几乎都集中在蓝色通道中，选中蓝色通道，对其执行【高斯模糊】和【USM 锐化】滤镜命令。

11.4.1　创建 Alpha 通道命令

创建 Alpha 通道的方法有多种，在实际操作中要根据工作的需要选择快捷适合的方法。可以使用【新建通道】命令直接创建新通道，也可以将选择区域存储为通道等。在通道中的黑色区域对应非选区，而白色区域对应选择区。下面对创建 Alpha 通道的方法分别进行详细的介绍。

1. 【新建通道】命令

使用【新建通道】命令可创建空白的 Alpha 通道，并在【新建通道】对话框中对通道进行参数的设置。

上机操作 16　　新建 Alpha 通道

01　任意打开一幅图像文件，如图 11-91 所示。选择【窗口】>【通道】命令或单击界面右侧的 通道面板图标，显示【通道】面板，如图 11-92 所示。

图 11-91　原图像

图 11-92　【通道】面板 1

02　单击【通道】面板底部的 创建新通道图标，可创建一个空白的 Alpha 通道。要对新创建的 Alpha 通道进行参数设置可以按住 Alt 键，单击 创建新通道图标，或选择【通道】面板菜单中的【新建通道】命令，打开【新建通道】对话框，如图 11-93 所示设置参数，单击【确定】按钮，即可新建 Alpha 通道。

图 11-93　【新建通道】对话框

【新建通道】对话框中的参数设置：

- 名称：设置新建通道的名称。
- 被蒙版区域：选择此选项新建的 Alpha 通道显示为黑色，白色区域为选区区域。
- 所选区域：选择此选项新建的 Alpha 通道显示为白色，黑色区域为选区区域。
- 蒙版颜色：单击颜色块，在弹出的【选择通道颜色】对话框中设置填充蒙版所使用的颜色。
- 不透明度：此选项设置蒙版的不透明度。

2. 使用 将选区存储为通道图标

当图像中存在选择区域时，单击【通道】面板底部的 将选区存储为通道图标，则可以将选择区域存储成一个新的 Alpha 通道。

上机操作 17　　被选区存储为 Alpha 通道

01　打开【素材】\【Ch11 素材】\【选区存储为通道 1.jpg】文件，使用 快选工具选取天空部分，选择【选择】>【反向】命令反选选区，如图 11-94 所示。

387

载入通道为选区时，变为选区的部分是通道中的黑色区域还是白色区域？
答：载入选区的是白色像素的区域。

技术看板

02 单击【通道】面板底部的 将选区存储为通道图标，则可以将选择区域存储成一个新的 Alpha 通道，【通道】面板如图 11-95 所示，存储选区后的通道状态如图 11-96 所示。

图 11-94 　【选区存储为通道 1】图像 　　图 11-95 　【通道】面板 2 　　图 11-96 　存储选区后的通道状态

3.【存储选区】命令

当图像中存在选择区域时，使用此命令可将选区存储为 Alpha 通道。此命令比直接单击 将选区存储为通道图标多了【操作】选项，可使选区与面板中存在的 Alpha 通道间进行运算，得到异形的 Alpha 通道。

上机操作 18　存储选区命令

01 打开【素材】\【Ch11 素材】\【存储选区 1.psd】文件，如图 11-97 所示，【通道】面板如图 11-98 所示，存在一个 Alpha 通道，其通道状态如图 11-99 所示。

图 11-97 　【存储选区】图像 　　图 11-98 　【通道】面板 3 　　图 11-99 　通道状态

02 按 Ctrl 键，单击【图层 2】的缩览图载入【图层 2】的选区，如图 11-100 所示。

03 选择【选择】>【存储选区】命令，打开【存储选区】对话框，如图 11-101 所示。

【存储选区】对话框中的参数设置：

- 文档：此选项设定选择区域所要存储的目标文件。可以将选择区域转换的 Alpha 新通道存储在当前的文件中，或是与其相同大小的打开的其他图像中，还可以将选择区域存储在一个全新的文件中。

- 通道：此选项的下拉列表框中列出了当前文件已存在 Alpha 通道的名称及新建选项，如图 11-102 所示。

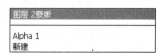

图 11-100 　载入【图层 2】选区 　　图 11-101 　【存储选区】对话框 　　图 11-102 　【通道】选项

技术看板　当图像中存在选择区域时，可否与 Alpha 通道间进行运算？

答：可以。当图像中存在一个选区时，选择【选择】>【存储选区】命令，在打开的【存储选区】对话框中的【通道】选项中选择 Alpha 通道，然后在下方的【操作】选项区域中选择一种运算方式。

- 名称：此选项设置将选择区域存储成 Alpha 通道时的名称。
- 替换通道：此选项可以将选择区域存储成 Alpha 通道，或者将新存储的 Alpha 通道替换现有的 Alpha 通道。
- 添加到通道：此选项可以将选择区域存储成的 Alpha 通道添加到现有的 Alpha 通道。
- 从通道中减去：此选项可以从现有的 Alpha 通道中减去将选择区域存储成的 Alpha 通道。
- 与通道交叉：此选项可以将现有的 Alpha 通道与选择区域存储成的 Alpha 通道相交的部分存储成新的 Alpha 通道。

04 当在【图层】面板创建图层蒙版，在【通道】选项中选择【图层 2】蒙版时，如图 11-103 所示，在【通道】面板中创建以【图层 2 蒙版】命名的临时通道，如图 11-104 所示。

05 当在【通道】选项中选择【新建】选项时，选择区域会存储成一个新的 Alpha2 通道，如图 11-105 所示。

图 11-103　创建图层蒙版　　　图 11-104　创建新通道　　　图 11-105　创建 Alpha2 通道

06 当选择【通道】面板中已存在的【Alpha1】选项时，在【操作】选项区域中有四种情况可供选择。当选择【替换通道】选项时，【图层 2】选区存储为新通道并替换掉原来已存在的 Alpha1 通道，通道状态如图 11-106 所示；当选择【添加到通道】选项时，通道状态如图 11-107 所示；当选择【从通道中减去】选项时，通道状态如图 11-108 所示；当选择【与通道交叉】选项时，通道状态如图 11-109 所示。

图 11-106　替换通道

图 11-107　添加到通道

图 11-108　从通道中减去

图 11-109　与通道交叉

使用存储选区时，当前选区与存在的 Alpha 通道间有几种运算方式？
答：有四种。替换通道、添加到通道、从通道中减去、与通道交叉四种。

技术看板

4．羽化的选区存储为 Alpha 通道

羽化的选择区域也可以存储为 Alpha 通道。

01　打开【素材】\【Ch11 素材】\【羽化选区存储 Alpha 通道.psd】文件，如图 11-110 所示。

02　按住 Ctrl 键，单击【图层 1】缩览图，载入【图层 1】的选区，选择【选择】>【存储选区】命令，将选择区域存储为一个新通道，未被羽化时效果如图 11-111 所示。

03　再选择【选择】>【修改】>【羽化】命令，设置【羽化】半径为 20 像素，再次存储为新通道，选区羽化后，存储为通道的效果如图 11-112 所示。可以看到，被羽化的选择范围具有模糊的边缘，这是因为通道是用灰度级来显示选择范围的。

图 11-110　【羽化选区存储 Alpha　　　　图 11-111　未羽化的　　　　图 11-112　羽化的
通道】图像　　　　　　　　选区通道状态　　　　　　选区通道状态

由上述操作可知，在 Alpha 通道中白色区域对应选择区域，黑色区域对应非选择区域，而灰度区域则代表具有羽化边缘的选择区域。

5．由图层蒙版创建 Alpha 通道

当图层中存在图层蒙版时，【通道】面板中会有以【图层 X 蒙版】命名的临时通道，拖动此通道到　创建新通道图标上，即可将其保存为 Alpha 通道。

01　打开【素材】\【Ch11 素材】\【由蒙版创建通道 1.psd】文件，如图 11-113 所示，其【通道】面板如图 11-114 所示，存在临时通道【图层 1 蒙版】。

02　拖动临时通道【图层 1 蒙版】到　创建新通道图标上，即可将其保存为【图层 1 蒙版副本】通道，如图 11-115 所示。

图 11-113　【由蒙版创建通道】图像　　　图 11-114　临时通道 1　　　图 11-115　存储为 Alpha 通道

技术看板　在 Alpha 通道中，白色区域、黑色区域和灰色区域各表示什么？
答：在 Alpha 通道中白色区域对应选择区域，黑色区域对应非选择区域，而灰度区域则代表具有羽化边缘的选择区域。

6．由快速蒙版创建 Alpha 通道

当图像处于快速蒙版状态时，【通道】面板中会有以【快速蒙版】命名的临时通道，拖动此通道到 ⬜ 创建新通道图标上，即可将其保存为 Alpha 通道。

上机操作 21   由快速蒙版创建 Alpha 通道

01   打开【素材】\【Ch11 素材】\【由快速蒙版创建通道 1.psd】文件，如图 11-116 所示，【通道】面板如图 11-117 所示，存在临时通道【快速蒙版】。

02   拖动临时通道【快速蒙版】到 ⬜ 创建新通道图标上，即可将其保存【快速蒙版副本】通道，如图 11-118 所示。

图 11-116   【由快速蒙版创建通道 1】图像　　图 11-117   临时通道 2　　图 11-118   存储为 Alpha 通道

11.4.2   将 Alpha 通道作为选区载入

将选区可以存储为 Alpha 通道，Alpha 通道也可以转换成选区，两者之间是可以相互转换的。通过以下三种方式可以将 Alpha 通道转换成选区。

1．使用 ⭕ 将通道作为选区载入图标

当【通道】面板存在 Alpha 通道时，拖动此通道到 ⭕ 将通道作为选区载入图标上，即可将通道作为选区载入。

上机操作 22   将通道作为选区载入

01   打开【素材】\【Ch11 素材】\【将通道作为选区载入 1.psd】文件，如图 11-119 所示，【通道】面板如图 11-120 所示。

02   拖动 Alpha1 通道到【通道】面板底部的 ⭕ 将通道作为选区载入图标上，则可以将 Alpha1 通道作为选区载入，如图 11-121 所示。

图 11-119   【将通道作为选区载入 1】图像　　图 11-120   【通道】面板 4　　图 11-121   将 Alpha1 通道作为选区载入

391

什么是临时通道，临时通道怎样转换为 Alpha 通道？

答：当图像处于快速蒙版状态时，【通道】面板中会有以【快速蒙版】命名的临时通道，拖动此通道到 ⬜ 创建新通道图标上，即可将其保存为 Alpha 通道。

技术看板

2．按住 Ctrl 键，单击想要载入选择区域的 Alpha 通道即可载入选区

此方法可直接调用通道存储的选区。

> **提 示**
>
> 在选区已存在的情况下，按住快捷键 Ctrl+Shift 单击通道，则可在当前选区中增加该通道所保存的选区；按住快捷键 Ctrl+Alt 单击通道，则可在当前选区中减去该通道所存储的选区；按住快捷键 Ctrl+Alt+Shift 单击通道，则可得到当前选区与该通道所存储的选区重叠的选区。

3．【载入选区】命令

使用【载入选区】命令可将 Alpha 通道作为选区载入。此命令比直接单击 ⭕ 将通道作为选区载入图标载入选区多了【操作】选项，可使当前存在的选区与将通道作为选区载入的选区间进行运算，得到异形的选区。此命令与【存储选区】命令的操作基本相似，不同的是通过选区与 Alpha 通道间的运算，得到的是选区。用户可以尝试一下，在此不再赘述。

11.4.3　编辑 Alpha 通道

前面我们学会怎样把选择区域直接存储为 Alpha 通道，还可以利用 Alpha 通道来创建选择区域，而且这个选择区域还可以是一个被羽化的选择区域。对 Alpha 通道可以使用多种图像编辑工具（如画笔、渐变、选取工具）或执行菜单命令（如【调整】或【滤镜】命令），灵活地对 Alpha 通道进行编辑，制作一些奇特形状的选择区域。

1．制作选择区域

上机操作 23　使用 Alpha 通道制作选择区域

01　打开【素材】\【Ch11 素材】\【Alpha 通道制作选区.jpg】文件，如图 11-122 所示。

02　单击【通道】面板底部的 🔲 创建新通道图标，创建一个空白的 Alpha 通道，【通道】面板如图 11-123 所示。

图 11-122　【Alpha 通道制作选区】图像

图 11-123　【通道】面板 5

03　设置前景色为白色，选择 ▢ 矩形选框工具制作矩形选区并填充白色，得到黑色边框，如图 11-124 所示。

04　选择 ✏ 画笔工具，设置选项栏中的参数如图 11-125 所示，交替使用黑白色，在黑色的边框上涂抹，效果如图 11-126 所示。

技术看板　对 Alpha 通道可进行哪些编辑？

答：对 Alpha 通道可以使用多种图像编辑工具（如画笔、渐变、选取工具）或执行菜单命令（如【调整】或【滤镜】命令）等。

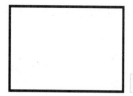

图 11-124 边框效果 1　　　　图 11-125 设置画笔选项栏　　　　图 11-126 绘制边框效果

图 11-127 设置【绘图笔】对话框中的参数

图 11-128 边框效果 2

图 11-129 添加边框效果

05 选择【滤镜】>【素描】>【绘图笔】命令，设置【绘图笔】对话框中的参数如图 11-127 所示，单击【确定】按钮，边框效果如图 11-128 所示。

06 拖动 Alpha1 通道到【通道】面板底部的 将通道作为选区载入图标上，将通道作为选区载入，选择【选择】>【反向】命令，将选择区域反向。

07 单击【图层】面板底部的 创建新图层图标，新建【图层 1】并填充黑色，图像添加边框效果如图 11-129 所示。

2．利用通道抠图

使用通道抠图，可将一些使用选取工具不能选取的细节部分，像毛发、枝叶等轻松地抠取出来。通道抠图是抠图常用的一种方法，希望用户能够掌握这种技巧。

上机操作 24　利用通道抠图

此例介绍怎样利用通道抠图，向用户演示由通道作为选区载入，通过选区又可以添加图层蒙版的抠图过程。

01 打开【素材】\【Ch11 素材】\【通道抠图 1.jpg】文件，如图 11-130 所示。

02 显示【通道】面板，复制细节比较多且对比强烈的【红】通道为【红副本】通道，通道显示状态如图 11-131 所示。

393

使用通道抠图，有什么好处？

答：可将一些使用选取工具不能选取的细节部分，像毛发、枝叶等轻松地抠取出来。

技术看板

03 选择【图像】>【调整】>【色阶】命令，在打开的【色阶】对话框中选择 ✎ 在图像中取样设置白场吸管，在灰色的天空单击，得到效果如图 11-132 所示。

  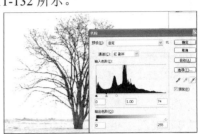

图 11-130 【通道抠图 1】图像　图 11-131　红副本通道显示状态　图 11-132　在灰色的天空单击

04 然后设置【色阶】对话框中的参数如图 11-133 所示，单击【确定】按钮，图像效果如图 11-134 所示。

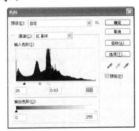 

图 11-133　设置【色阶】对话框中的参数　　　图 11-134　红副本通道显示状态

05 设置前景色为白色，使用 ✎ 画笔工具，在天空灰色的部分涂抹，按快捷键 Ctrl+I 反相，图像效果如图 11-135 所示。

06 拖动【红副本】通道到 ○ 将通道作为选区载入图标上或按 Ctrl 键单击【红副本】通道缩览图载入选区，在【图层】面板中单击 ◙ 添加图层蒙版图标，添加图层蒙版完成抠图操作，图像效果如图 11-136 所示。

图 11-135　反相效果　　　　　　图 11-136　添加图层蒙版效果

3．用滤镜与通道制作凹凸效果

上机操作 25　利用凹凸效果

使用凹凸效果制作图像的立体效果，在 Photoshop 中也是惯用的一种方法，效果也比较真实，希望用户能够掌握这种制作技巧。

使用【滤镜】>【渲染】>【光照效果】命令与 Alpha 通道相结合，在【光照效果】对话

技术看板
怎样反转通道中的黑白区域？
答：按快捷键 Ctrl+I，可反转通道中的黑白区域。

框中设置不同的光照类型和纹理通道，可以制作不同的凹凸效果。

01 打开【素材】\【Ch11 素材】\【凹凸效果 1.psd】文件，如图 11-137 所示，【通道】面板如图 11-138 所示，存在四个 Alpha 通道。

02 拖动【Alpha4】通道到【通道】面板底部的 ⬭ 将通道作为选区载入图标上，将通道作为选区载入，回到【图层】面板，单击底部的 ◙ 添加图层蒙版图标，图像效果如图 11-139 所示。

图 11-137　【凹凸效果 1】图像　　　图 11-138　【通道】面板 6　　　图 11-139　添加蒙版效果

03 选择【滤镜】>【渲染】>【光照效果】命令，设置【光照效果】对话框中的参数如图 11-140 所示，效果如图 11-141 所示。

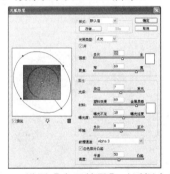

图 11-140　设置【光照效果】对话框中的参数 1　　　　图 11-141　图像效果 1

04 选择【滤镜】>【渲染】>【光照效果】命令，设置【光照效果】对话框中的参数如图 11-142 所示，效果如图 11-143 所示。

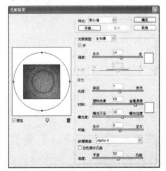

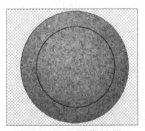

图 11-142　设置【光照效果】对话框中的参数 2　　　　图 11-143　图像效果 2

395

05 选择【滤镜】>【渲染】>【光照效果】命令，设置【光照效果】对话框中的参数如图 11-144 所示，效果如图 11-145 所示。

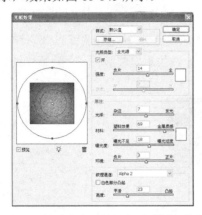 

图 11-144 设置【光照效果】对话框中的参数 3　　　　图 11-145 图像效果 3

06 选择【滤镜】>【渲染】>【光照效果】命令，设置【光照效果】对话框中的参数如图 11-146 所示，效果如图 11-147 所示。

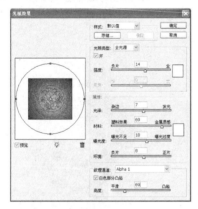 

图 11-146 设置【光照效果】对话框中的参数 4　　　　图 11-147 图像效果 4

4．应用滤镜命令制作放射光线效果

上机操作 26　制作放射光线效果

放射光线效果也是利用通道的特性制作的图像效果。

本例制作放射光线特效，使用了滤镜命令、画笔工具及 Alpha 通道，是制作放射光线时常用的方法。

01 打开【素材】\【Ch11 素材】\【放射光线效果 1.jpg】文件，如图 11-148 所示。

02 单击【通道】面板底部的　创建新通道图标，新建【Alpha1】通道。使用画笔工具，设置不同的笔刷大小，使用白色在图像中绘制不规则的线条，如图 11-149 所示。

技术看板　使用通道制作立体效果时，使用滤镜中的【光照效果】命令中的哪个选项才能实现？
答：首先在【光照效果】对话框中的【纹理通道】选项中选择要用到的通道名称，然后在其下面的【高度】选项中将其滑块向右拖动，数值越大凸起效果越明显。当选中【白色部分凸起】选项时，会产生凹陷效果，数值越大凹陷效果越明显。

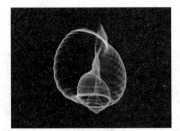

图 11-148 【放射光线效果 1】图像

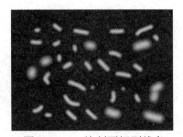

图 11-149 绘制不规则线条

03 选择【滤镜】>【扭曲】>【海洋波纹】命令，设置【海洋波纹】对话框中的参数如图 11-150 所示，图像效果如图 11-151 所示。

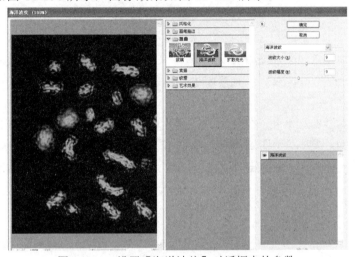

图 11-150 设置【海洋波纹】对话框中的参数

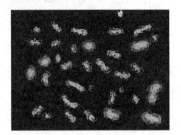

图 11-151 图像效果 5

04 选择【滤镜】>【模糊】>【径向模糊】命令，设置【径向模糊】对话框中的参数如图 11-152 所示，图像效果如图 11-153 所示，按快捷键 Ctrl+F 多次，增强放射效果，如图 11-154 所示。

图 11-152 设置【径向模糊】
对话框中的参数

图 11-153 图像效果 6

图 11-154 增加放射效果

05 拖动 Alpha1 通道到面板底部的 将通道作为选区载入图标上，将通道作为选区载入，回到【图层】面板，单击 创建新图层图标新建【图层 1】。

06 使用 渐变工具，单击选项栏中的 径向渐变图标，设置渐变色，如图 11-155 所示，然后在图像中做渐变，效果如图 11-156 所示。

在通道中制作异形选区最常用的方法是什么？

答：在通道中制作异形选区最常用的方法是对 Alpha 通道执行滤镜命令。

技术看板

07 复制【背景】图层为【背景副本】图层，设置图层【混合模式】为【滤色】，图像效果如图 11-157 所示。

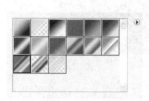

图 11-155　设置渐变色

图 11-156　渐变效果

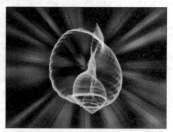

图 11-157　最终效果

11.5　快速蒙版

在快速蒙版状态下，使用▨画笔工具对快速蒙版进行编辑来增加或减少选区。快速蒙版状态的优势就是，可以使用几乎所有的工具或滤镜对蒙版进行编辑，甚至可以使用选择工具。

11.5.1　创建快速蒙版

当使用选择工具添加一个选择区域时，单击工具箱底部的 ▣ 以快速蒙版模式编辑图标，选区被透明色覆盖，此时为快速蒙版模式。在快速蒙版状态下，除了将【通道】面板中的临时【快速蒙版】通道转换为 Alpha 通道，再对通道进行编辑创建异形选区外，还可以直接编辑快速蒙版来创建选区。

上机操作 27　快速蒙版模式

01 打开【素材】\【Ch11 素材】\【快速蒙版.jpg】文件，如图 11-158 所示。

02 使用▨磁性套索工具选取烟斗，如图 11-159 所示，单击 ▣ 以快速蒙版模式图标或按 Q 键进入快速蒙版模式，如图 11-160 所示，在快速蒙版模式下，选择区域看起来很正常，没有选择的区域被半透明的红色覆盖。

图 11-158　【快速蒙版】图像

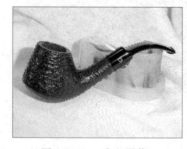

图 11-159　选取图像

图 11-160　进入快速蒙版状态

03 在快速蒙版模式下，使用▨画笔工具用白色修改的选择范围效果，如图 11-161 所示，单击 ▣ 标准模式图标或按 Q 键，回到标准模式选取状态，效果如图 11-162 所示，选择区域范围增加了。

技术看板　编辑快速蒙版也是制作异形选区的一种有效的方法？

答：是。当添加一个选择区域时，单击 ▣ 以快速蒙版模式编辑图标或按 Q 键进入快速蒙版状态，使用画笔工具，用白色或黑色进行涂抹，编辑选择区域。

图 11-161　使用白色修改蒙版区域

图 11-162　选择区域增加

由上述操作可知，在快速蒙版模式里，使用◢画笔工具，用黑色涂抹，可增加蒙版的区域，用白色涂抹可减小蒙版的区域。

11.5.2　编辑快速蒙版

在快速蒙版模式下，Photoshop 对待选择区域好像对待灰度图一样，可以改变快速蒙版的颜色，还可以执行一些命令修改快速蒙版，创建异形选择区域。

1．快速蒙版选项

Photoshop 允许用户改变快速蒙版的显示颜色及位置。双击 ◙ 以快速蒙版模式图标，打开【快速蒙版选项】对话框，如图 11-163 所示。

图 11-163　【快速蒙版选项】对话框

【快速蒙版选项】对话框中的参数设置：

- 色彩指示：用于设置是否显示选择或不选择的区域。选择【被蒙版区域】选项，快速蒙版遮盖不被选择的区域；选择【所选区域】选项，快速蒙版遮盖选择区域。
- 颜色：通过单击颜色块，设置快速蒙版的颜色。默认为红色。
- 不透明度：设置快速蒙版的不透明度，数值越大，透过快速蒙版看到的内容越不清晰。

2．编辑快速蒙版

使用◢画笔工具对快速蒙版进行编辑修改，更换图像背景。

上机操作 28　编辑快速蒙版

01　打开【素材】\【Ch11 素材】\【编辑快速蒙版.psd】文件，如图 11-164 所示。

02　使用◣魔棒工具选择图像中的蓝色天空，单击 ◙ 以快速蒙版模式编辑图标或按 Q 键进入快速蒙版模式，如图 11-165 所示。

03　使用◔缩放工具放大图像，再使用◢画笔工具，用黑色的虚边笔刷，在建筑物的边缘及未选中的天空的细小部分进行涂抹，如图 11-166 所示。

快速蒙版的颜色为红色吗？

答：快速蒙版的默认颜色为红色。还可通过【快速蒙版选项】对话框，重新设置其颜色。

技术看板

  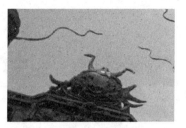

图 11-164　【编辑快速蒙版】图像　图 11-165　进入快速蒙版模式　图 11-166　使用黑色涂抹快速蒙版

04 单击 以标准模式图标或按 Q 键进入标准模式，进入选择状态，观察选取的是否准确，如果不满意可再次进入快速蒙版模式进行编辑，按 Delete 键删除选区部分图像，得到的效果如图 11-167 所示。

05 单击【图层】面板底部的 创建新的填充或调整图层图标，在弹出的菜单中选择【照片滤镜】命令，设置【照片滤镜】对话框中的参数如图 11-168 所示，统一图像色调，效果如图 11-169 所示。

图 11-167　删除选择区域　图 11-168　设置【照片滤镜】对话框参数　图 11-169　图像效果 1

3. 移去快速蒙版的模糊边缘

利用【图像】>【调整】>【阈值】命令，可将快速蒙版的模糊边缘变得非常清晰。

上机操作 29　移去快速蒙版模糊边缘

01 打开【素材】\【Ch11 素材】\【编辑快速蒙版 1.jpg】文件，如图 11-170 所示。

02 设置前景色为黑色，使用 画笔工具，设置虚边笔刷在图像中涂抹，制作具有模糊边缘的快速蒙版，如图 11-171 所示。

图 11-170　【编辑快速蒙版 1】图像　　　图 11-171　制作模糊边缘的蒙版

03 选择【图像】>【调整】>【阈值】命令，设置【阈值】对话框中的参数，如图 11-172 所示，就可以得到一个非常清晰边缘的快速蒙版，如图 11-173 所示。

技术看板　快速蒙版的边缘可以由清晰变模糊或由模糊变清晰吗？
答：可以。当快速蒙版的边缘是模糊的，使用【图像】>【调整】>【阈值】命令，调整为清晰的边缘。其边缘为清晰时，使用【滤镜】>【模糊】>【高斯模糊】命令，调整为模糊边缘。

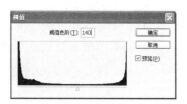

图 11-172　设置【阈值】对话框中的参数　　　　图 11-173　快速蒙版效果

4．制作渐变快速蒙版

在快速蒙版模式下，可以创建一个只有一边羽化的选择区域。

上机操作 30　制作渐变快速蒙版

01　打开【素材】\【Ch11 素材】\【编辑快速蒙版 2.jpg】文件，如图 11-174 所示。

02　单击 ◎ 以快速蒙版模式编辑图标或按 Q 键进入快速蒙版模式。使用 □矩形选框工具选择矩形区域，按 D 键设置前景色与背景色为默认色，选择 □线性渐变工具，在选择区域创建一个渐变，如图 11-175 所示。

图 11-174　【编辑快速蒙版 2】图像　　　　　图 11-175　渐变效果

03　单击 ◎ 以标准模式图标或按 Q 键进入标准模式，选择【图像】>【调整】>【色阶】命令提高选区部分的亮度，设置【色阶】对话框中的参数如图 11-176 所示，得到一边有羽化效果的图像，如图 11-177 所示。

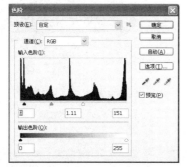

图 11-176　设置【色阶】对话框中的参数　　　　图 11-177　图像效果 2

401

11.6 图像混合运算

图像混合运算命令可以将一幅图像（源图像）的图层或通道与另一幅图像（目标图像）的图层或通道混合。【图像】菜单中的【应用图像】和【计算】两个命令就具有此功能，下面对它们进行详细的介绍。

11.6.1 【应用图像】命令

【应用图像】命令可将一个或两个图像的图层或通道重叠后，相应位置的像素使用不同的混合模式相互作用，合成新的图像效果。使用这个命令时，必须保证将要进行混合的两个图像具有相同的大小和色彩模式。

上机操作 31 【应用图像】命令

01 分别打开【素材】\【Ch11 素材】\【应用图像 1.psd】和【应用图像 2.jpg】文件，如图 11-178 和图 11-179 所示。

图 11-178 【应用图像 1】

图 11-179 【应用图像 2】

02 选择【图像】>【应用图像】命令，设置【应用图像】对话框中的参数如图 11-180 所示，效果如图 11-181 所示。

图 11-180 设置【应用图像】对话框中的参数 1

图 11-181 图像效果 1

【应用图像】对话框中的参数设置：

- 源：如果将要进行混合的两张图像大小相同，那么在【源】下拉列表框中可以选择将要与目标图像进行混合的源图像。
- 图层：选择源图像中进行混合的图层。
- 通道：选择源图像中进行混合的通道。
- 反相：将所有进行混合的通道的颜色反相。

技术看板　【应用图像】命令的工作原理是什么？

答：【应用图像】命令就是通过一个或两个图像的图层或通道重叠后，相应位置的像素使用不同的混合模式相互作用，合成新的图像效果。

- 混合：选择图像混合的模式。
- 不透明度：设置混合图像的透明程度。
- 保留透明区域：选择此选项，保留图层中的透明区域。如果选择背景图层，此项不可用。
- 蒙版：选择此选项，会在下方增加图层、通道和反相三个选项。

03　当选择【蒙版】选项，重新设置【应用图像】对话框中的参数如图 11-182 所示，效果如图 11-183 所示。

图 11-182　【应用图像】对话框　　　　　　图 11-183　图像效果 2

上机操作 32　【应用图像】命令

01　打开【素材】\【Ch11 素材】\【应用图像 2.psd】文件，如图 11-184 所示，【图层】面板如图 11-185 所示，【通道】面板如图 11-186 所示。

图 11-184　【应用图像 2】图像　　图 11-185　【图层】面板 1　图 11-186　【通道】面板

02　选择【图像】>【应用图像】命令，设置【应用图像】对话框中的参数如图 11-187 所示，图像效果如图 11-188 所示。

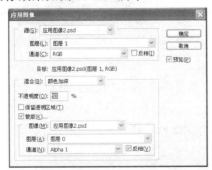

图 11-187　设置【应用图像】对话框中的参数 2　　　　　图 11-188　图像效果 3

能够执行【应用图像】命令的前提条件是什么？

答：必须保证要混合的两个图像具有相同的大小和色彩模式。

技术看板

由上述操作可知，【应用图像】命令功能十分强大，它能够用多种方式将一个或两个图像中的任意图层混合成新的图像效果，例如在混合时可以设置不同的图像源、混合模式、不透明度及利用蒙版来限制图像合成区域。

11.6.2 【计算】命令

应用【计算】命令，可以将一个或两个图像中的任意两个通道以各种方式进行混合，并将混合后的结果应用到一个新图像或新通道中，或者将混合后的结果转换为选区。

上机操作 33 【计算】命令

01 打开【素材】\【Ch11 素材】\【计算 1.psd】文件，如图 11-189 所示，【图层】面板如图 11-190 所示。

　　　　图 11-189　【计算 1】图像　　　　　　　　图 11-190　【图层】面板 2

02 选择【图像】>【计算】命令，设置【计算】对话框中的参数如图 11-191 所示，计算后生成一个新图像，如图 11-192 所示。

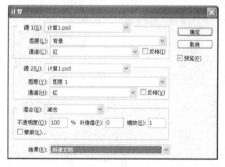 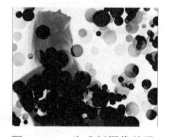

　　图 11-191　设置【计算】对话框中的参数 1　　　　图 11-192　生成新图像效果

【计算】对话框中的参数设置：

- 源：选择需要进行混合的图像。如果参加计算的是两个不同的图像，分别在【源 1】和【源 2】选项中指定图像的名称。
- 图层：选择参加计算的图像的图层，选择的图层不同，计算后的结果也不同。
- 通道：选择源图像中进行混合的通道。
- 反相：对所选择的通道进行反相处理。
- 结果：将混合后的结果存储到一个新建的文件中。

技术看板 【计算】命令的工作原理是什么？

答：【计算】命令是将一个或两个图像中的任意两个通道以各种方式进行混合，并将混合后的结果应用到一个新图像或新通道中，或者将混合后的结果转换为选区。

> ➤ 新建通道：将混合后的结果存储为新的 Alpha 通道。
> ➤ 选区：将混合后的结果转化为选区。

03 重新设置【计算】对话框中的参数如图 11-193 所示，计算结果生成新通道，【通道】面板如图 11-194 所示。

图 11-193　设置【计算】对话框中的参数 2　　　　图 11-194　生成新通道 Alpha1

04 重新设置【计算】对话框中的参数如图 11-195 所示，计算结果生成选区，如图 11-196 所示。

图 11-195　设置【计算】对话框中的参数 3　　　　图 11-196　生成选区

由上述操作可知，【计算】命令功能十分强大，它能够用多种方式将一个或两个图像中的任意图层的通道混合生成新的通道、新的文档及选区。

通过计算后生成计算结果不是真正的目的，而是为了通过计算创建新的图像效果。一是把生成的通道转换为选区应用到实际工作中，或再次对生成的通道进行【计算】命令生成新通道，直到得到所需的通道为止，再转换为选区应用到工作中。二是把通过计算得到的 Alpha 通道复制至图层中，将其作为一个图层中的图像与其他图层中的图像进行混合、叠加或进行其他命令的调整。下面通过具体操作介绍【计算】命令在实际工作中的应用。

上机操作 34　调整皮肤通透效果

01 打开【素材】\【Ch11 素材】\【计算 2.jpg】文件，如图 11-197 所示，图像看起来有些暗淡。

如果两个图像应用【计算】命令，应怎样设置？

答：两个不同的图像，分别在【源 1】和【源 2】选项中指定图像的名称。

技术看板

02 选择【图像】>【计算】命令，设置【计算】对话框中的参数如图 11-198 所示，单击【确定】按钮，得到新【Alpha1】通道。

图 11-197 【计算 2】图像

图 11-198 设置【计算】对话框中的参数 4

03 设置【Alpha1】通道为当前状态，选择【图像】>【计算】命令，设置【计算】对话框中的参数如图 11-199 所示，单击【确定】按钮，由【Alpha1】通道进行计算得到【Alpha2】通道。

04 拖动【Alpha2】通道到面板底部的 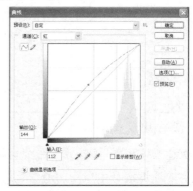 将通道作为选区载入图标上，将【Alpha2】通道作为选区载入，回到【图层】面板，单击 创建新的填充或调整图层图标，在弹出的菜单中选择【曲线】命令，新建曲线调整图层，在【曲线】对话框中首先设置【红】通道的参数如图 11-200 所示，适当使皮肤更加红润，然后设置【RGB】通道的参数如图 11-201 所示，单击【确定】按钮，提高图像的亮度效果如图 11-202 所示。

图 11-199 设置【计算】对话框中的参数 5

图 11-200 设置【红】通道的参数

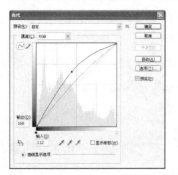

图 11-201 设置【RGB】通道的参数

图 11-202 图像效果 4

技术看板

应用【计算】命令的目的是为了得到选区？

答：否，是为了创建新的图像效果。一是将选区应用到实际操作中，二是将得到的 Alpha 通道复制至图层中，作为图层中的图像与其他图层进行混合、叠加或进行其他命令的调整。

01　打开【素材】\【Ch11 素材】\【计算 3.jpg】文件，如图 11-203 所示，复制【背景】图层为【背景副本】图层。

02　选择【图像】>【计算】命令，设置【计算】对话框中的参数如图 11-204 所示，单击【确定】按钮，得到新通道【Alpha1】，通道显示状态如图 11-205 所示。

图 11-203　【计算 3】图像　　　　图 11-204　设置【计算】　　　图 11-205　【Alpha1】通道状态
　　　　　　　　　　　　　　　　　对话框中的参数 6

03　按快捷键 Ctrl+I 反相通道显示，如图 11-206 所示。再按快捷键 Ctrl+L，打开【色阶】对话框，设置参数如图 11-207 所示，加强通道对比度效果，如图 11-208 所示。按快捷键 Ctrl+A，全选【Alpha1】通道，按快捷键 Ctrl+C 复制选区中的图像。

图 11-206　反相图像效果　　　图 11-207　设置【色阶】对话框中的参数　　图 11-208　加强通道的对比度

04　打开【素材】\【Ch11 素材】\【计算 4.psd】文件，如图 11-209 所示，按快捷键 Ctrl+V 粘贴做好的图像到【计算 4.jpg】文件中，并放置到适当的位置，如图 11-210 所示。

图 11-209　【计算 4】图像　　　　　　　图 11-210　放置到适当的位置

05　设置【图层 1】的【混合模式】为【变暗】，图像效果如图 11-211 所示。单击【图层】

407

如果想直接将 Alpha 通道中的选区载入，怎样操作？

　答：按住 Alt 键的同时单击 Alpha 通道，可将 Alpha 通道中的选区载入。

技术看板

面板底部的 添加图层蒙版图标，添加图层蒙版，使用 画笔工具，用黑色在不需要显示的图像上涂抹将其隐藏，最终图像效果如图 11-212 所示。

图 11-211　设置【图层 1】混合模式

图 11-212　最终图像效果

学习链接

豆豆网 技术应用 Photoshop 处理，提供了 Photoshop 应用通道的教程：

http://www/.pconline.com.cn/pcedu/specialtopic/0907td/

11.7 综合实例——徽章效果

视频教学

光盘路径：【视频】文件夹中【Ch11】文件夹中的【徽章 1.psd】和【徽章 2.psd】文件

1. 实例分析

本实例制作一个徽章，主要运用选取工具制作异形选区及通过 Alpha 通道执行滤镜命令制作纹理等操作技巧，本实例能够教会用户制作不规则图形，像常见的日用品效果图、界面以及工具造型等。

2. 制作过程

利用滤镜命令制作木纹背景，再利用选取工具制作徽章的外形，利用滤镜命令制作徽章的金属质感，最后利用滤镜命令及图层样式添加一些效果加以缀饰。

（1）制作木纹背景

01 选择【文件】>【新建】命令，打开【新建】对话框，设置的参数如图 11-213 所示，新建文件。设置前景色为 R＝209、G＝106、B＝23，在新建的文件中填充前景色。

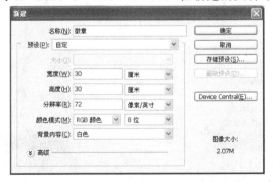

图 11-213　设置【新建】对话框中的参数

哪种图像颜色模式中色域最广？

技术看板 答：RGB 颜色模式，它可提供 1670 万种颜色，即所谓的"真彩色"。

408

02 选择【滤镜】>【杂色】>【添加杂色】命令，制作纹理背景效果，设置【添加杂色】对话框中的参数如图 11-214 所示，在新建文件中添加了杂色，效果如图 11-215 所示。

图 11-214 设置【添加杂色】对话框中的参数　　　　图 11-215 添加杂色效果

03 选择【滤镜】>【模糊】>【动感模糊】命令，设置【动感模糊】对话框中的参数如图 11-216 所示，制作动感模糊效果，如图 11-217 所示。

图 11-216 设置【动感模糊】对话框中的参数　　　　图 11-217 动感模糊效果

04 复制【背景】图层为【背景副本】图层，隐藏【背景副本】图层，选择【背景】图层，选择【滤镜】>【渲染】>【光照效果】命令，设置【光照效果】对话框中的参数如图 11-218 所示，使用裁剪工具，将上下较亮的图像部分裁剪掉，效果如图 11-219 所示。

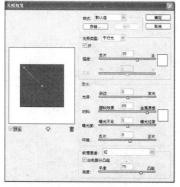

图 11-218 设置【光照效果】对话框中的参数　　　　图 11-219 添加光照效果

409

涂抹工具不能在以下哪些颜色模式的图像上使用？
答：不能在位图模式和索引色模式的图像上使用。

技术看板

05 选择【背景副本】图层，选择【图像】>【调整】>【曲线】命令，设置【曲线】对话框中的参数如图 11-220 所示，降低图像的亮度，效果如图 11-221 所示。

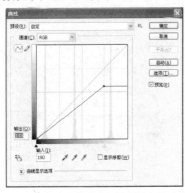

图 11-220　设置【曲线】对话框中的参数 1　　　　　图 11-221　图像效果 1

（2）制作外框图形

01 设置前景色为 R＝G＝B＝100，单击【图层】面板底部的 创建新图层图标，新建【图层 1】，使用 椭圆选框工具，制作椭圆形选区，单击选项栏中的 从选区减去图标，减选选区，填充前景色效果如图 11-222 所示。

02 继续减选图形的形状。使用 椭圆选框工具，制作一个较大的椭圆形选区，从中减选一个较小的椭圆形选区，效果如图 11-223 所示。

图 11-222　填充效果　　　　　　　　　　图 11-223　减选图形 1

03 按键盘上的↓键，向下移动选区，按 Delete 键，删除选区中的图像部分，效果如图 11-224 所示，重复此操作，得到图形效果如图 11-225 所示。

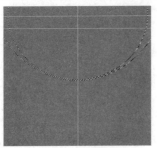

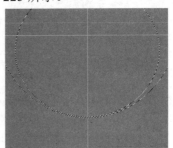

图 11-224　减选图形 2　　　　　　　　　　图 11-225　减选图形 3

技术看板　什么是专色通道？
　　　答：专色通道主要是用来表现 CMYK 四色油墨以外的其他印刷颜色。

04 使用前面介绍的方法，继续减选选区，制作如图 11-226 和图 11-227 所示的图形效果，按快捷键 Ctrl+D，取消选区。

图 11-226　减选图形 4

图 11-227　减选图形 5

05 按住 Shift 键，再使用 ⬭ 椭圆选框工具，制作一个较大的正圆选区，填充前景色，效果如图 11-228 所示，按快捷键 Ctrl+D，取消选区。再制作正圆选区，按 Delete 键，删除选区部分的图像，制作出外框图形，效果如图 11-229 所示。

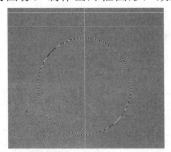

图 11-228　填充选区

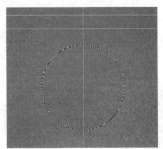

图 11-229　删除选区图像

（3）制作金属外框

01 单击【图层】面板底部的 ◌ 创建新图层图标，新建【图层 2】，按住 Ctrl 键，单击【图层 1】的缩览图，载入【图层 1】的选区，填充白色。选择【滤镜】>【模糊】>【高斯模糊】命令，设置【高斯模糊】对话框中的参数如图 11-230 所示。设置第二次高斯模糊参数为 9 像素，第三次为 4.5 像素，然后设置图层【混合模式】为【滤色】，得到的效果如图 11-231 所示。高斯模糊次数越多，得到的外框越圆滑，厚度感越强。

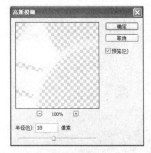

图 11-230　设置【高斯模糊】对话框中的参数 1

图 11-231　模糊效果 1

411

02 保留选区，单击【通道】面板底部的 ▣ 创建新通道图标，新建通道【Alpha1】，填充白色，选择【滤镜】>【模糊】>【高斯模糊】命令，在打开的【高斯模糊】对话框设置的参数如图 11-232 所示，效果如图 11-233 所示。

图 11-232 设置【高斯模糊】对话框中的参数 1　　　　图 11-233 模糊效果 2

03 新建【图层 3】，填充黑色，设置图层【混合模式】为【滤色】，效果如图 11-234 所示。按快捷键 Ctrl+D，取消选区，选择【滤镜】>【渲染】>【光照效果】命令，设置【光照效果】对话框中的参数如图 11-235 所示，图像产生凸起效果，如图 11-236 所示。

412

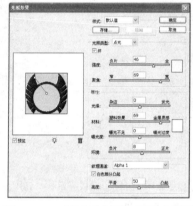

图 11-234 混合图像效果　　　图 11-235 设置【光照效果】对话框　　　图 11-236 凸起效果

04 选择【滤镜】>【模糊】>【高斯模糊】命令，设置【高斯模糊】对话框中的参数如图 11-237 所示，效果如图 11-238 所示。选择【图像】>【调整】>【曲线】命令，设置【曲线】对话框中的参数如图 11-239 所示，将图像调暗，效果如图 11-240 所示。

图 11-237 设置【高斯模糊】对话框中的参数 3　　　　图 11-238 图像模糊效果

技术看板　若想增加一个图层，但在【图层】面板的最下面创建新图层按钮是灰色不可选，原因是什么？
答：图像是索引颜色模式或位图模式。

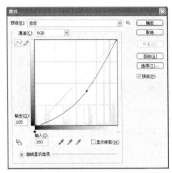

图 11-239　设置【曲线】对话框中的参数 2

图 11-240　降低图像亮度

05　新建【图层 4】，设置前景色为 R＝G＝B＝125，按 Ctrl 键，单击【图层 1】的缩览图，载入【图层 1】的选区，填充 50%灰色。选择【滤镜】>【素描】>【铬黄】命令，设置【铬黄渐变】对话框中的参数如图 11-241 所示，制作液态金属效果，如图 11-242 所示。

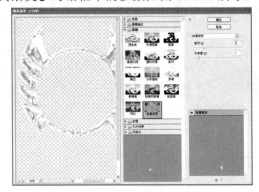

图 11-241　设置【铬黄渐变】对话框中的参数

图 11-242　产生液态金属效果

06　选择【图像】>【调整】>【曲线】命令，设置【曲线】对话框中的参数如图 11-243 所示，单击【确定】按钮，然后设置图层【混合模式】为【叠加】，效果如图 11-244 所示，加强图像的明暗对比及层次效果。

07　复制【图层 3】为【图层 3 副本】，并拖动到最顶层，设置【混合模式】为【叠加】，金属外框效果制作完成，效果如图 11-245 所示。

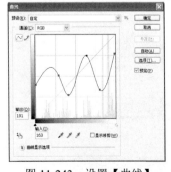

图 11-243　设置【曲线】
对话框中的参数 3

图 11-244　增加层次效果

图 11-245　金属外框效果

413

图像的通道数量是由什么决定的？
答：图像的通道数量是由图像的颜色模式决定的。

技术看板

（4）制作圆形外框

01 在金属外框的下面，再制作圆形的木质框效果。选择【背景副本】图层，使用 ⬭ 椭圆工具，单击选项栏中的 ⬚ 路径图标，画出一个正圆路径，再使用 ✎ 钢笔工具，单击选项栏中的 ⬚ 添加到路径区域图标，勾画出如图 11-246 所示的路径，使用 ▸ 路径选择工具，选取勾画出的路径，按住快捷键 Ctrl+Alt，复制勾画出的路径，选择【编辑】>【变换路径】>【水平翻转】命令，水平翻转复制的路径，按住 Shift 键，水平移动到圆形路径的左边，效果如图 11-247 所示。有关路径的操作请参看第 10 章。

02 使用 ▸ 路径选择工具，框选这三条路径，单击选项栏中的 ▭ 组合 ▭ 按钮合并路径，效果如图 11-248 所示。按快捷键 Ctrl+Enter，转换路径为选区，按快捷键 Ctrl+J，复制选区中的图像到新建【图层 5】。

图 11-246　创建路径

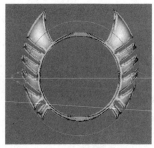
图 11-247　复制路径

图 11-248　组合路径

03 选择【图层 5】并隐藏【背景副本】图层，单击【图层】面板底部的 ⬚ 添加图层样式图标，在弹出的下拉菜单中选择【投影】命令，设置的参数如图 11-249 所示，再选择【内发光】命令，设置的参数如图 11-250 所示，再选择【斜面和浮雕】命令，设置参数如图 11-251 所示，最后选择【描边】命令，设置参数如图 11-252 所示，效果如图 11-253 所示。

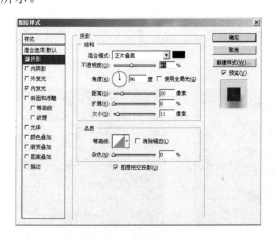
图 11-249　设置【投影】参数

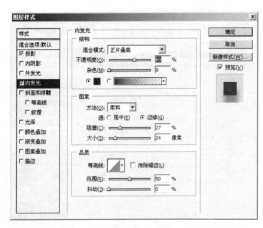
图 11-250　设置【内发光】参数 1

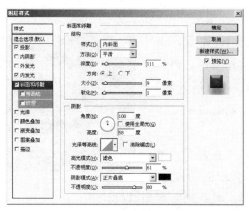

图 11-251　设置【斜面和浮雕】参数 1

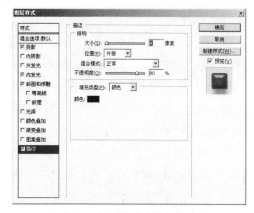

图 11-252　设置【描边】参数

04　下面在木框两边制作两个螺丝。选择【图层 1】，按住 Shift 键，单击【图层 3 副本】，按快捷键 Ctrl+E，合并链接图层为【图层 3 副本】，使用○椭圆选框工具，按住 Shift 键，在【图层 3 副本】上制作一个小正圆选区，按快捷键 Ctrl+J，复制选区中的图像到新建【图层 6】，并拖动到木框的左边，复制【图层 6】为【图层 6 副本】，拖放到木框的右边，木框两边的螺丝效果如图 11-254 所示。

图 11-253　图像效果 2

图 11-254　制作螺丝

05　单击【图层】面板底部的 *fx.* 添加图层样式图标，在弹出的下拉菜单中，选择【斜面和浮雕】命令，设置的参数如图 11-255 所示，效果如图 11-256 所示，制作螺丝凹陷在木框中的效果。

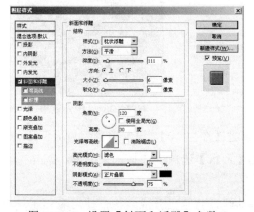

图 11-255　设置【斜面和浮雕】参数 2

图 11-256　螺丝凹陷效果

在 Alpha 通道中应用【模糊】滤镜命令，主要能得到什么样的效果？
答：可以得到锐化或者虚化边缘的选区，当对选区进行填充时可得到圆滑外框，且有厚度感。

技术看板

（5）制作水晶效果

01 在【图层 3 副本】的下方，新建【图层 7】，使用▢椭圆选框工具，按住 Shift 键选取正圆形选区，并填充黑色。再新建【图层 8】填充黑色，选择【滤镜】>【渲染】>【分层云彩】命令，重复按快捷键 Ctrl+F 数次，直到得到满意效果如图 11-257所示，按快捷键 Ctrl+D，取消选区。

02 单击【图层】面板底部的 ⬤ 添加图层样式图标，在弹出的下拉菜单中选择【内发光】命令，设置的参数如图 11-258所示，效果如图 11-259 所示。

图 11-257　云彩效果

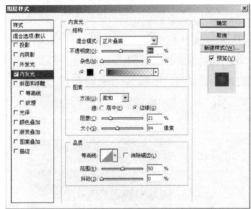

图 11-258　设置【内发光】参数 2

图 11-259　添加内发光效果

03 再来添加高光效果。新建【图层 9】，使用▢椭圆选框工具，利用选区相减，制作选区并填充白色，选择【滤镜】>【模糊】>【高斯模糊】命令，设置【高斯模糊】对话框中的参数如图 11-260 所示，【不透明度】设置为 80%，效果如图 11-261 所示。

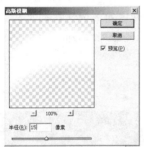

图 11-260　设置【高斯模糊】对话框中的参数 4

图 11-261　模糊效果 3

04 在圆形图形上制作一个苹果标志。新建【图层 10】，设置前景色为 R＝82、G＝184、B＝70，使用▢自定形状工具，在选项栏中的【形状】选项中选择苹果图形，单击▢填充像素图标，画出苹果标志，如图 11-262 所示。

05 按快捷键 Ctrl+R 显示标尺，拖出辅助线，将苹果分成六份，使用▢矩形选框工具，

技术看板　怎样使用【色阶】或【曲线】命令调整通道？

答：在打开的【色阶】或【曲线】对话框上有【通道】选项，选择要调整的通道。如果希望同时调整两个或多个通道时，在【通道】面板中按住 Shift 键，选择要调整的通道，在打开的【调整】对话框中可同时调整多个通道。

选取一份，填充 R＝245、G＝237、B＝3，效果如图 11-263 所示。按键盘上的↓键，向下移动选区到下一份，填充 R＝245、G＝157、B＝56，效果如图 11-264 所示，再按方向键移动选区，依次填充 R＝240、G＝21、B＝29；R＝150、G＝74、B＝162；R＝9、G＝77、B＝148，效果如图 11-265 所示。

图 11-262　绘制图形

图 11-263　填充颜色

图 11-264　下移选区填充颜色

图 11-265　填充颜色效果

417

06　给苹果标志添加图层样式效果。单击【图层】面板底部的 ⊘ 添加图层样式图标，在弹出的下拉菜单中选择【斜面和浮雕】命令，设置的参数如图 11-266 所示，再选择【内发光】命令，设置的参数如图 11-267 所示，选择【颜色叠加】命令，设置的参数如图 11-268 所示，选择【渐变叠加】命令，设置的参数如图 11-269 所示，最后添加【投影】效果，设置的参数如图 11-270 所示，水晶苹果效果制作完成，效果如图 11-271 所示。

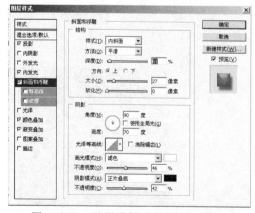

图 11-266　设置【斜面和浮雕】参数 3

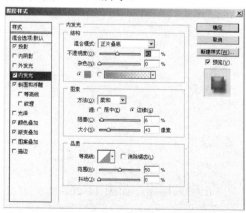

图 11-267　设置【内发光】参数 3

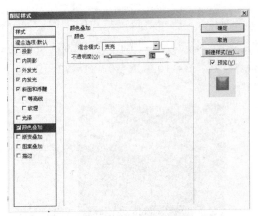

图 11-268　设置【颜色叠加】参数

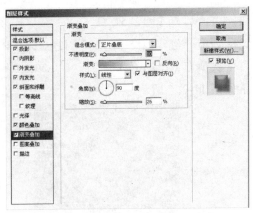

图 11-269　设置【渐变叠加】参数 3

418

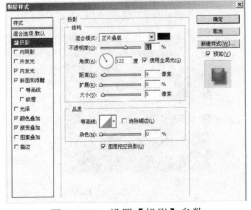

图 11-270　设置【投影】参数

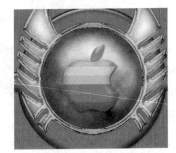

图 11-271　图像效果 3

07　在苹果图像的上方，制作数条黑色的金属条，新建【图层 11】。使用 画笔工具，前景色设置为黑色，使用 5 像素的实边笔刷，按 Shift 键，画出数条直线，单击【图层】面板底部的 添加图层样式图标，在弹出的下拉菜单中选择【斜面和浮雕】命令，设置的参数如图 11-272 所示，效果如图 11-273 所示。

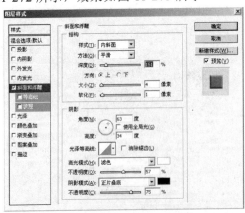

图 11-272　设置【斜面和浮雕】参数 4

图 11-273　金属条效果

技术看板　【通道】面板上的通道是怎样显示的？
答：当在【通道】面板上单击一个通道，对它进行预览的时候，将显示一幅灰度图像，可以清楚地看到通道中的信息，但如果同时打开多个通道，那么通道将以彩色显示。

08　在金属条的下方新建【图层 12】，使用 画笔工具，选用 7 像素的实边笔刷，在金属条的两端分别添加两个孔，然后单击【图层】面板底部的 添加图层样式图标，在弹出的下拉菜单中选择【斜面和浮雕】命令，设置的参数如图 11-274 所示，两端的孔呈现凹陷效果，如图 11-275 所示，徽章效果制作完成。下面添加文字效果。

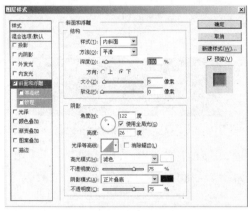

图 11-274　设置【斜面和浮雕】参数 5

图 11-275　徽章效果

（6）添加文字

01　使用 圆角矩形工具，单击选项栏中的 形状图层图标，在徽章的底部画一个圆角矩形，单击选项栏中的 从形状区域减去图标，在圆角矩形的基础上减去一个圆角矩形，得到一个矩形框，如图 11-276 所示。选择【图层】>【栅格化】>【图层】命令，转换图形图层为普通图层。

02　使用 横排文字工具，输入文字，并调整到适当的大小，如图 11-277 所示。选择【图层】>【栅格化】>【文字】命令，转换文字图层为普通图层。按快捷键 Ctrl+E，合并文字图层与【形状 1】图层为【形状 1】。

图 11-276　创建矩形框

图 11-277　输入文字

03　按 Ctrl 键，单击【形状 1】图层的缩览图，载入【形状 1】的选区，选择【背景副本】图层，按快捷键 Ctrl+J，复制选取中的图像到新的【图层 13】，按快捷键 Ctrl+D 取消选区。

04　隐藏【形状 1】和【背景副本】图层，选择【图层 13】，选择【图像】>【调整】>【曲线】

怎样创建一个只有一边有羽化的选区？

答：先在 Alpha 通道中创建一个选区，再使用渐变工具拖动一个由黑到白的线性渐变，然后载入选区，便得到一边有羽化的选区。

技术看板

命令，设置【曲线】对话框中的参数如图 11-278 所示，降低图像的亮度，效果如图 11-279 所示。

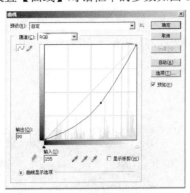

图 11-278　设置【曲线】对话框中的参数 4　　　　图 11-279　降低图像亮度

05 单击【图层】面板底部的 ￼.添加图层样式图标，添加图层样式效果，在弹出的下拉菜单中选择【斜面和浮雕】命令，设置的参数如图 11-280 所示，效果如图 11-281 所示。

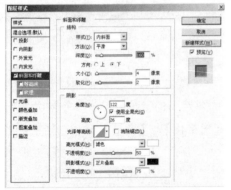

图 11-280　设置【斜面和浮雕】参数 5　　　　图 11-281　图像效果 4

06 载入【图层 13】的选区，在【图层 13】的下方新建【图层 14】，选择【选择】>【修改】>【扩展】命令，设置【扩展】对话框中的参数如图 11-282 所示，填充黑色，效果如图 11-283 所示。按快捷键 Ctrl+D 取消选区。再次载入【形状 1】图层的选区，应用【扩展】命令，在【扩展选区】对话框中设置【扩展量】为 2 像素，按 Delete 键删除选区中的黑色，得到边框效果，如图 11-284 所示。

图 11-282　设置【扩展选区】参数

图 11-283　填充黑色　　　　　　　　　图 11-284　边框效果

07 按快捷键 Ctrl+D 取消选区。下面给黑色的外部边框添加图层样式效果。单击【图层】面板底部的 ￼.添加图层样式图标，在弹出的下拉菜单中选择【斜面和浮雕】命令，设置的参数如图 11-285 所示，效果如图 11-286 所示，图像的下部效果制作完成。

技术看板　**通道与选区之间的转换关系？**
答：选区转换为通道的方法为使用【选择】>【存储选区】命令或单击【通道】面板底部的 ￼ 将选区存储为通道按钮，都可将选区转换为通道。

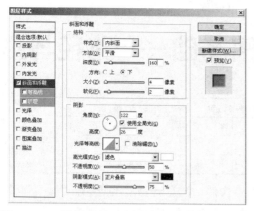

图 11-285 设置【斜面和浮雕】对话框中的参数

图 11-286 图像效果 5

08 选择【图层 3 副本】，单击【图层】面板底部的 ●.添加图层样式图标，在弹出的下拉菜单中选择【投影】命令，设置【投影】对话框中的参数如图 11-287 所示，效果如图 11-288 所示，形成金属框在圆形木框上的投影效果。添加文字效果后的徽章效果如图 11-289 所示。最终文件参看【素材】\【Ch11 素材】\【徽章】\【徽章.psd】文件。

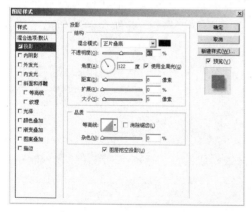

图 11-287 设置【投影】对话框中的参数

图 11-288 添加投影效果

图 11-289 最终徽章效果

 学习链接

艺术中国网软件教程 Photoshop，提供了通道应用教程：

http://www.artcn.cn/online/YYRJ/photoshop/index.html

421

通道与选区之间的转换关系？

答：将 Alpha 通道转换为选区可使用【选择】>【载入选区】命令或单击通道面板底部的 ◯ 将通道作为选区载入按钮或按 Ctrl 键单击 Alpha 通道的缩览图三种方法。 **技术看板**

第12章 绘图基础——路径与形状

学 习 内 容	分 配 时 间	重 点 级 别	难 度 系 数
路径	15 分钟	★★★	★★★
形状	15 分钟	★★★	★★★
实例——游戏道具血蝠剑	20 分钟	★★★★	★★★★

Photoshop 虽然是以处理点阵图像而擅长的软件，但是随着它不断的升级，逐渐地引进了一些矢量工具，由原来的路径工具到形状工具，使点阵图形与矢量图形有机地结合起来，使得 Photoshop 的功能更加强大，特别是在特殊图像的选取和各种特殊效果与图案的绘制方面，具有较强的灵活性。本章我们详细地介绍路径工具和形状工具。

12.1 路径

使用路径和形状工具可创建和编辑矢量形状。在形状图层中可以将形状作为路径处理，也可以创建用绘画工具进行编辑的栅格化形状。绘图工具为创建按钮、导航栏和其他用于 Web 页的内容提供了方便的途径。

路径与形状两者之间具有本质上的区别，但又存在着非常密切的联系，下面我们来认识两者的基本概念。

12.1.1 了解路径

图 12-1 所示为路径构成示意图，路径是由贝塞尔曲线构成的，包括锚点、路径线和控制柄三大元素。路径分为闭合路径和开放路径两种类型。在开始创建路径前，首先要了解这些基本的概念，才能绘制正确的路径形状，下面对它们进行详细的介绍。

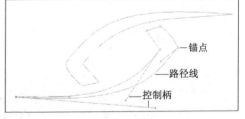

图 12-1 路径构成

1. 锚点

锚点是路径组成元素之一，锚点与锚点之间会以一条路径线连接。由路径工具创建的点，称之为锚点。根据连接锚点线段不同，可以将锚点分为直线锚点、对称曲线锚点、平滑曲线锚点、角点等四种。

（1）直线锚点

使用 钢笔工具在绘图窗口直接单击，即可创建直线锚点，直线锚点之间的线段称为直线段，如图 12-2 所示。按住 Shift 键可以让所绘制的锚点与上一个锚点保持 45°整倍数夹角（如 0°、45°、90°…）。

技术看板　什么是路径？
答：路径是由贝塞尔曲线构成的，包括锚点、路径线和控制柄三大元素。路径分为闭合路径和开放路径两种类型。

（2）对称锚点

使用 钢笔工具在绘图窗口单击并拖动，即可创建对称锚点，同时还产生一对呈 180°附着在锚点两端等长的控制柄，在控制柄的顶端还有一个控制点，如图 12-3 所示。

（3）平滑锚点

先使用 钢笔工具在绘图窗口单击并拖动，创建对称锚点，然后再使用 直接选取工具调整控制点的方向及位置，改变曲线路径的曲度，对称锚点就变成平滑锚点，同时控制柄也变得不等长了，如图 12-4 所示。

图 12-2　直线锚点

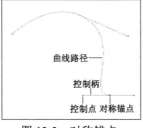

图 12-3　对称锚点

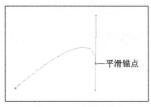

图 12-4　平滑锚点

（4）角点

使用 钢笔工具在绘图窗口单击并拖动，创建曲线路径，然后按住 Alt 键，调整控制柄的方向及位置，此时的控制柄被断成两个互相独立的控制柄，互不影响，创建的锚点称角点，如图 12-5 所示。

2．路径线

路径线也是路径组成元素之一。当使用 钢笔工具绘制锚点

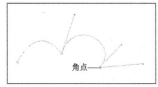

图 12-5　角点 1

时，前一个锚点会自动产生一条线段来连接两个锚点。我们把连接两个锚点之间的路径线分为两种，一种是直线路径，另一种是曲线路径。

（1）直线路径

使用 钢笔工具在绘图窗口单击创建起点，然后移动鼠标到另一位置单击，在两个锚点间生成直线路径，使用同样的方法在其他位置单击，继续创建直线路径，如图 12-6 所示。

（2）曲线路径

使用 钢笔工具在绘图窗口单击不要松开鼠标，并向曲线要延伸的方向拖动到适当的位置松开鼠标，创建第一个锚点，然后移动鼠标到另一位置单击并拖动鼠标，在两个锚点间生成曲线路径，并出现控制柄，如图 12-7 所示，通过调整控制柄，可以改变一条曲线路径的曲度，指向线的角度越大，曲线的弧度越大。

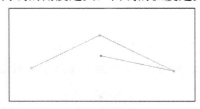

图 12-6　直线路径

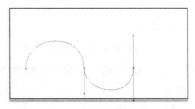

图 12-7　曲线路径

什么是锚点，锚点是怎样分类的？

答：锚点是路径组成元素之一，由路径工具创建的点，称之为锚点。根据连接锚点线段不同，可以将锚点分为直线锚点、对称曲线锚点、平滑曲线锚点、角点等四种。

技术看板

> **提 示**
>
> 　　要想更好地控制曲线的方向，可以在某个锚点创建完成后，松开鼠标，然后按住 Alt 键并单击创建的锚点，这样会去掉锚点一侧的控制柄，有利于对曲线路径方向的调整。

3. 路径类型

（1）闭合路径

要创建闭合路径，将鼠标指针移到路径上第一个锚点处，鼠标指针右下角将出现一个圆圈，单击即可创建闭合路径，如图 12-8 所示。

（2）开放路径

要创建开放路径，按住 Ctrl 键的同时，在路径外单击即可创建开放路径，如图 12-9 所示。

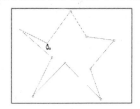 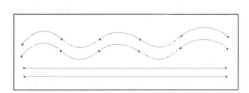

　　图 12-8　闭合路径　　　　　　　　　图 12-9　开放路径

12.1.2　绘图模式

　　使用形状工具，在选项栏中可设置不同的绘图模式，其中包括绘制形状图层、路径及填充像素三种绘图模式，如图 12-10 所示。而使用路径工具只能采用形状图层和路径两种绘图模式，不能绘制填充像素图像。

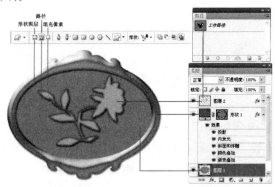

图 12-10　形状工具不同绘制模式

1. 形状图层

使用形状或路径工具，在单独的图层中创建形状图层。这种图层方便移动、对齐、分布及调整其大小，非常适于创建 Web 页图形。形状轮廓是路径，它出现在【路径】面板中。

2. 路径

使用形状或路径工具，在当前图层中创建一个路径，可随后使用它来创建选区、创建矢

技术看板　什么是路径线，路径线是怎样分类的？

答：路径线也是路径组成元素之一。当使用钢笔工具绘制两个锚点时，前一个锚点会自动产生一条线段来连接两个锚点。我们把连接两个锚点之间的路径线分为两种，一种是直线路径，另一种是曲线路径。

量蒙版，或者使用颜色填充和描边以创建栅格图形（与使用绘画工具非常类似）。

3．填充像素

在填充像素模式下工作时，只能使用形状工具创建栅格化图像，而不是矢量图形，可以像处理任何栅格图像一样来处理绘制的图形。

在 Photoshop 中，路径与形状都属于矢量图形，但两者之间有着本质的区别。无论使用路径工具，还是形状工具都可以用来绘制路径和形状。在本章的讲解过程中，将以路径类工具为例讲解路径的创建及编辑方法，以形状类工具为例讲解创建形状与自定义形状的方法及编辑操作。

12.1.3　创建路径工具

Photoshop 提供的路径工具，包括用于创建路径的 ⬧ 钢笔工具和 ⬧ 自由钢笔工具，以及用于编辑路径的 ⬧ 添加锚点工具、⬧ 删除锚点工具和 ⬧ 转换点工具。下面对这些工具进行详细的介绍。

1．钢笔工具

使用 ⬧ 钢笔工具可以创建直线或曲线路径，选项栏如图 12-11 所示。

图 12-11 【钢笔工具】选项栏

- 绘图模式：当选中 ⬚ 路径图标时，使用钢笔工具可创建路径。当选中 ⬚ 形状图层图标时，可创建形状图层。
- ⬧⬧⬚⬚○○＼⬧ 选择工具：单击此处的其他工具图标，可快速切换绘制路径。
- ⬧ 几何选项：单击此图标，可弹出【钢笔选项】选项，选择【橡皮带】选项时，拖动鼠标时，从上一个鼠标单击点到当前鼠标所在位置之间会出现一条路径，这样有利于确定下一个锚点的位置。
- 自动添加/删除：选择此选项，钢笔工具在绘制路径的同时就具有了增加或删除锚点的功能。将鼠标光标移动到绘制的路径上，当鼠标光标的右下角出现一个小加号时 ⬧ 单击，将在单击的位置添加一个锚点，将鼠标光标移动到绘制路径的锚点上，当鼠标光标的右下角出现一个小减号时 ⬧ 单击，即会将此锚点删除。
- ⬚⬚⬚⬚⬚ 路径运算：当存在多个路径时，利用不同的运算关系，可以创建新路径。其操作方法同选区运算一样。

上机操作 1　**创建路径**

01　打开【素材】\【Ch12 素材】\【创建路径 1.jpg】文件，如图 12-12 所示，使用 ⬧ 钢笔工具沿调色板的边缘创建路径。

---

02 单击选项栏中🔲路径图标，在调色板的边缘任意一处单击，创建一个锚点，如图 12-13 所示。

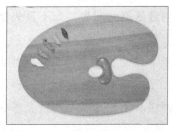

图 12-12　【创建路径 1】图像

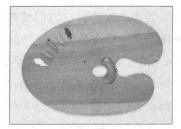

图 12-13　创建路径起点

03 使用🖋钢笔工具在调色板的边缘的另一位置单击并拖动，将在这两个锚点之间创建一条曲线路径，并且在锚点上生成两条控制柄，如图 12-14 所示。

04 移动鼠标到第三个位置再次单击并拖动，得到另外一段曲线路径，如图 12-15 所示。

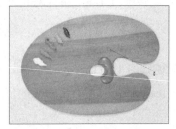

图 12-14　创建路径线

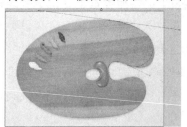

图 12-15　继续创建路径

05 按住 Ctrl 键，直接拖动指向点，调整曲线段的曲度，如图 12-16 所示。

06 使用上述同样的方法继续沿调色板的边缘创建锚点，最后在开始创建的锚点上单击，形成一个闭合的路径，如图 12-17 所示。

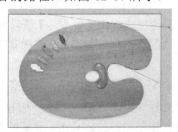

图 12-16　调整曲线段的曲度

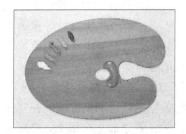

图 12-17　创建闭合路径

2．自由钢笔工具

使用🖋自由钢笔工具它将以一种自由手绘的方式在图像中创建路径，就像⌐套索工具一样，当在图像中创建第一个锚点后，就可以任意地拖动鼠标来创建形状极不规则的路径了，当释放鼠标时，路径的创建过程就完成了。系统会根据鼠标移动的位置，自动创建锚点和路径线。其选项栏如图 12-18 所示，与钢笔工具的基本相同，在此只介绍不同的选项，其他将不再重述。

技术看板　使用钢笔工具绘制路径时，怎样做才能更好地控制路径的方向？
答：要想更好地控制曲线的方向，可以在某个锚点创建完成后，松开鼠标，然后按住 Alt 键并单击创建的锚点，这样会去掉锚点一侧的控制柄，有利于对曲线路径方向的调整。

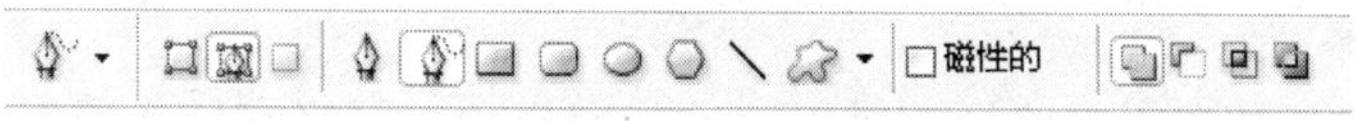

图 12-18 【自由钢笔工具】选项栏

- 几何选项：单击此图标，可弹出【自由钢笔选项】设置菜单，如图 12-19 所示。
- 曲线拟合：选择此选项，可控制鼠标移动的敏感性，输入的数值越大，创建路径时的锚点越少，路径越平滑。

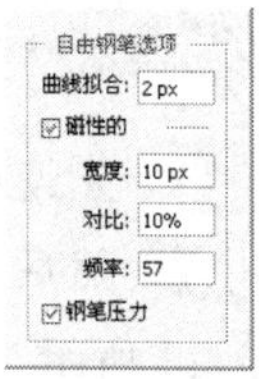

图 12-19 【自由钢笔选项】参数设置

- 磁性的：选择此选项时，自由钢笔工具切换为磁性钢笔工具，依据当前图像边缘的对比度沿图像边缘自动生成一条路径。在【宽度】选项后面的文本框中输入一个数值限制磁性钢笔工具探测的宽度，当图像边缘对比度较低时，数值应该设小一些，生成的路径更精确些。在【对比】选项后面的文本框中输入一个百分比数值，可指定像素之间被看做边缘所需的对比度，数值越大，对比度越小。在【频率】选项后面的文本框中输入数值，可定义创建路径时生成锚点的多少，数值越大，在路径上产生的锚点越多。
- 钢笔压力：安装数位板后，选择此选项可控制钢笔的压力。

使用自由钢笔工具，在选项栏中选择【磁性的】选项，沿图像边缘创建出精确的路径如图 12-20 所示，未选择【磁性的】选项，创建的路径如图 12-21 所示。

图 12-20 选中【磁性的】选项创建路径

图 12-21 未选中【磁性的】选项创建路径

提 示

使用磁性钢笔工具创建路径时，在未闭合路径前按 Enter 键结束，创建开放路径；如果双击创建磁性线段的闭合路径；如果按住 Alt 键并双击，创建包含直线段的路径。

3．添加锚点工具

使用添加锚点工具，可在当前路径上添加锚点。在路径上单击，即可在路径上增加一个锚点，并同时产生控制柄，通过调整控制柄来改变路径曲线段的形状。

4．删除锚点工具

使用删除锚点工具，可删除当前路径上的锚点。使用此工具在欲要删除的锚点上单击即可删除，其余的锚点将组成新的路径。

使用自由钢笔工具绘制路径时，选择【磁性的】选项有什么好处？

答：选择此选项时，自由钢笔工具切换为磁性钢笔工具，依据当前图像边缘的对比度沿图像边缘自动生成一条路径。

技术看板

5.转换点工具

使用 ⌐ 转换点工具在当前路径的锚点上单击或拖动，可将它转换成对称锚点或平滑锚点或角点，调整控制点可以改变曲线路径的曲度。

| 上机操作 2 | 应用转换点工具 |

01 先使用 ✍ 钢笔工具创建路径，如图 12-22 所示。

02 然后切换到 ⌐ 转换点工具，单击并水平向左拖动下面的锚点，得到对称锚点，如图 12-23 所示，可同时调整锚点两侧曲线路径的曲度。

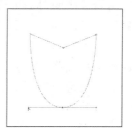

图 12-22　创建基本路径　　　　　　　图 12-23　对称锚点

03 单击并拖动左边的控制点，对称锚点就变成平滑锚点，同时指向线也变得不等长了，如图 12-24 所示，这时只能调整与平滑锚点同侧曲线路径的曲度。

04 单击并拖动出控制柄后松开鼠标，原来的控制柄被断成两个独立的控制柄，它们互不影响，这样就可以分别调整出各种角度及斜度的曲线来，如图 12-25 所示。

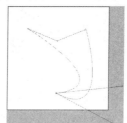

图 12-24　平滑锚点　　　　　　　　　图 12-25　角点 2

6.路径选择工具

使用 ▶ 路径选择工具可以直接选取路径，并可以移动路径。如果要一次选取多个路径，可以按住 Shift 键依次单击每一条路径，或者用拖拉的方式将要选取的路径一起框选。其选项栏如图 12-26 所示。

图 12-26　【路径选择工具】选项栏

- 显示定界框：选中此选项时，在选择的路径四周将出现定界框，并对选取的路径可进行旋转变形。图 12-27 所示为显示边界框，对选取的路径变形移动如图 12-28 所示。

技术看板　使用哪个工具可转换路径的锚点？

答：使用转换点工具在当前路径的锚点上单击或拖动，可将它转换成对称锚点或平滑锚点或角点，调整控制点可以改变曲线路径的曲度。

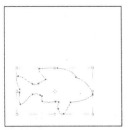

图 12-27 选择路径

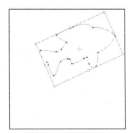

图 12-28 变换路径

- [组合] 按钮：单击此按钮可以将多个选中的路径组合成一个路径。未组合前的路径如图 12-29 所示，组合后的路径如图 12-30 所示。

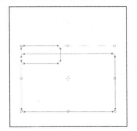

图 12-29 选中多个路径 1

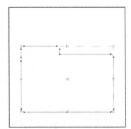

图 12-30 组合路径

- ▀▄▙ ▙▟▟ 对齐：此选项用于对多个选中的路径排列对齐。未排列对齐前的路径如图 12-31 所示，垂直居中对齐后的路径如图 12-32 所示。

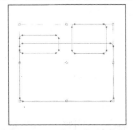

图 12-31 选中多个路径 2

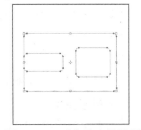

图 12-32 对齐选中的路径

- ▜▟▙ ▙▟▟ 分布：此选项用于对多个选中的路径分布对齐。未分布对齐前的路径如图 12-33 所示，分布对齐后的路径如图 12-34 所示。

图 12-33 选中多个路径 3

图 12-34 分布对齐选中的路径

7. 直接选择工具

使用 ▐ 直接选择工具，可以选择并移动锚点，路径线段或是控制柄来改变路径的形状，还可以框选路径。此工具没有选项栏设置。原路径如图 12-35 所示，调整锚点后的效果如图 12-36 所示。

创建的路径能进行复制移动等操作吗？

答：能，使用路径选择工具可以直接选取路径，并可以移动路径。如果要一次选取多个路径，可以按住 Shift 键依次单击每一条路径，或者用拖拉的方式将要选取的路径一起框选。

技术看板

图 12-35　选择锚点

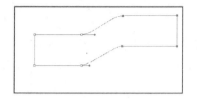

图 12-36　移动选择的锚点

介绍完路径工具，接下来介绍的是路径的"休息室"——【路径】面板。

12.2　【路径】面板

默认情况下，在图像窗口创建的每一条路径都会显示在【路径】面板中，除了使用路径选择工具对路径进行调整外，使用【路径】面板可对路径进行填充、描边、转换为选区，或将选区转换为路径，还可以将路径进行存储以备再次调入使用等操作。下面详细介绍【路径】面板。

12.2.1　【路径】面板的组成

在图像窗口创建路径后，选择【窗口】>【路径】命令，或单击界面右侧的 路径图标，即可显示【路径】面板，如图 12-37 所示，利用【路径】面板可对路径进行复制、删除、描边、填充等操作。

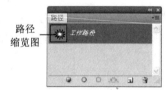

路径缩览图

图 12-37　【路径】面板

1. 路径缩览图

通过缩览图可以预览路径的形状，双击缩览图可重新命名路径。

2.【路径】面板底部图标

- 用前景色填充路径：用于对当前路径进行填充。填充后的路径仍然是一个单独的目标，可以将它拖动并再次进行填充，不会影响已填充的对象。

- 用画笔描边路径：用于对当前路径进行描边。

- 将路径作为选区载入：用于将当前路径所圈选的范围转换成选择区域。

- 从选区生成工作路径：用于将当前的选择区域转换成路径。

- 创建新路径：用于创建一个新的路径或拖动路径缩览图到此图标上复制路径。

- 删除当前路径：用于删除路径。直接拖动路径缩览图到此图标上即可删除。

3.【路径】面板菜单

单击【路径】面板右上角的 按钮，可以弹出【路径】面板的菜单，如图 12-38 所示。面板菜单命令与【路径】面板底部图标的功能基本相同，请参看下面介绍。

图 12-38　【路径】面板菜单

技术看板　路径选择工具与直接选择工具有什么区别？

答：路径选择工具只能选择并移动路径，而直接选择工具，不但能框选路径，还可以选择并移动锚点，路径线段或是控制柄来改变路径的形状。

12.2.2　常用路径命令

路径菜单命令包括简单的新建路径、复制路径、删除路径等命令，以及一些较复杂的填充、描边等命令。下面我们就详细介绍有关路径的操作命令。

1.【新建路径】命令

使用【新建路径】命令可以建立空白路径。

上机操作 3　创建新路径

01　新建白色背景文件，选择【窗口】>【路径】命令，或单击界面右侧的路径图标显示【路径】面板。

02　按住 Alt 键，单击【路径】面板底部的创建新路径图标，或选择【路径】面板的菜单命令【新建路径】，打开【新建路径】对话框，如图 12-39 所示。

03　在【新建路径】对话框中的【名称】文本框中输入路径名称，在此我们使用默认设置，单击【确定】按钮，在【路径】面板中就会出现一个空白的新路径，如图 12-40 所示。

图 12-39　【新建路径】对话框

图 12-40　【路径】面板状态 1

04　选择钢笔工具，单击选项栏中路径图标，然后在新建白色背景文件中创建新路径如图 12-41 所示，在【路径】面板中即可出现所创建路径的缩览图，如图 12-42 所示。

图 12-41　创建路径

图 12-42　【路径】面板状态 2

2.【复制路径】命令

使用【复制路径】命令可复制当前路径，对于同样的路径无须重复操作，大大提高了工作效率。复制路径可使用下列操作之一：

- 选中【路径】面板中要复制的路径，选择面板菜单中的【复制路径】命令，可复制选中的路径。
- 在【路径】面板中直接拖动要复制的路径到面板底部的创建新路径图标上，即可复制路径。
- 使用直接选择工具或路径选择工具，按住 Alt 键单击并拖动路径，可复制路径。
- 使用钢笔工具，按住快捷键 Alt+Ctrl 并单击拖动路径，可复制路径。

431

使用【路径】面板可对路径进行哪些操作？
答：使用【路径】面板可对路径进行填充、描边、转换为选区，或将选区转换为路径，还可以将路径进行存储以备再次调入使用等操作。

技术看板

- 选中要复制的路径，选择【编辑】>【拷贝】命令，再选择【编辑】>【粘贴】命令，也可复制路径，且粘贴后得到的路径位置与原路径一致。

3.【删除路径】命令

使用【删除路径】命令可以删除当前选中的路径。删除路径可使用下列操作之一：

- 选中【路径】面板中要删除的路径，选择面板菜单中的【删除路径】命令，可删除选中的路径。
- 在【路径】面板中直接拖动要删除的路径到面板底部的删除路径图标上，即可删除路径。
- 使用直接选择工具或路径选择工具选中要删除的路径，按 Delete 键，即可删除路径。

4.【建立工作路径】命令

当图像中存在选择区域时，使用【建立工作路径】命令可以将选区转换为路径。此命令可以快速地将图像边缘的选取轮廓转换为路径。将选区转换为路径可使用下列操作之一：

- 选择面板菜单中的【建立工作路径】命令，将选区转换为路径。
- 单击【路径】面板底部的从选区生成工作路径图标，即可将选区转换为路径。如果按住 Alt 键单击此图标，也可在打开的【建立工作路径】对话框中进行参数设置，生成更精确的工作路径。

上机操作 4　应用【建立工作路径】命令

01 打开【素材】\【Ch12 素材】\【建立工作路径 1.jpg】文件，使用椭圆选框工具，制作圆形选区如图 12-43 所示。

02 选择【路径】面板菜单中的【建立工作路径】命令，打开【建立工作路径】对话框，如图 12-44 所示。

【建立工作路径】对话框中的参数设置：

- 【容差】：此选项是一个误差设置选项，设定范围在 0.5～10 像素之间，设定的数值越小，精确度越高，但路径上的锚点也越多。

03 在此使用默认参数，单击【确定】按钮，由选区建立工作路径，如图 12-45 所示。

图 12-43　制作选区

图 12-44　【建立工作路径】对话框

图 12-45　建立工作路径

技术看板

怎样新建路径？

答：按住 Alt 键，单击【路径】面板底部的创建新路径图标，或选择【路径】面板菜单中的【新建路径】命令，打开【新建路径】对话框，命名路径，然后使用路径工具在图像窗口绘制创建新路径。

注意

由选区创建新路径时，Photoshop 会自动创建一个【工作路径】，它属于一个临时的路径，只有使用【存储路径】命令存储后才可以永久地保留下来。

5.【建立选区】命令

当图像中存在路径时，使用【建立选区】命令可以将路径转换为选区，也就是说可以利用路径来选取图像，在选取图像上又多了一种方法。转换路径为选区时可使用下列操作之一：

- 选择【路径】面板菜单中的【建立选区】命令，将路径转换为选区。
- 单击【路径】面板底部的 ○ 将路径作为选区载入图标，即可将路径转换为选区。如果按住 Alt 键单击此图标，也可在打开的【建立选区】对话框中进行参数设置，生成更精确的工作选区。
- 可以按住 Ctrl 键，单击【路径】面板中的路径名称。
- 按快捷键 Ctrl+Enter 直接将当前路径转换为选区。

上机操作 5　建立选区

01　打开【素材】\【Ch12 素材】\【建立选区 1.psd】文件，按 Ctrl 键并单击【图层 1】缩览图载入选区，隐藏【图层 1】，然后显示【路径】面板中的【路径 1】，选区与路径并存，如图 12-46 所示。

02　选择【路径】面板菜单中的【建立选区】命令，打开【建立选区】对话框，如图 12-47 所示。或者按 Alt 键单击【路径】面板底部的 ○ 将路径作为选区载入图标，也会打开【建立选区】对话框。

图 12-46　隐藏【图层 1】后图像

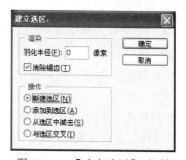

图 12-47　【建立选区】对话框

【建立选区】对话框中的参数设置：

- 羽化半径：用于设置羽化边缘的数值。
- 消除锯齿：用于去除生成选区边缘的锯齿。
- 新建选区：仅由路径创建一个新选择区域，如图 12-48 所示。
- 添加到选区：当前图像中已经存在一个选区时，选中此选项，则将由路径创建的选区添加到当前选区中，如果两者有相交的部分，则自动地融合成一个选择区域，如图 12-49 所示。

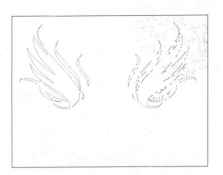

图 12-48　新建选区效果

图 12-49　添加到选区效果

- 从选区中减去：当前图像中已经存在一个选择区域时，选中此选项，则从已有的选择区域中减去由路径创建的选择区域，如果两者没有相交的部分，则路径无法在这种状态下转换为选择区域，两者相交的部分被减去，如图 12-50 所示。
- 与选区交叉：当前图像中已经存在一个选择区域时，选中此选项，当前存在的选择区域与路径转换为选择区域相交的部分会保留下来，如图 12-51 所示。

图 12-50　从选区中减去效果

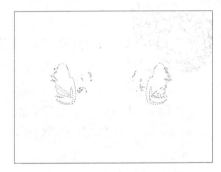

图 12-51　与选区交叉效果

03　设置完参数，单击【确定】按钮，完成操作。

6.【填充路径】命令

当图像中存在工作路径时，使用此命令可对路径进行填充。填充路径时可使用下列操作之一：

- 选择面板菜单中的【填充路径】命令，填充路径。
- 单击【路径】面板底部的 ⬤ 用前景色填充路径图标，即可用前景色填充路径。如果按住 Alt 键单击此图标，打开【填充路径】对话框，对填充内容进行更多的参数设置。

上机操作 6　填充路径

01　打开【素材】\【Ch12 素材】\【填充路径 1.jpg】文件，如图 12-52 所示。

02　选中图像中的路径，右击【路径】面板菜单中的路径，在弹出的快捷菜单中选择【填充路径】命令，或者按 Alt 键同时单击【路径】面板底部的 ⬤ 用前景色填充路径图标，打开【填充路径】对话框，如图 12-53 所示。

技术看板

路径怎样转换为选区？

答：当图像中存在路径时，使用【建立选区】命令可以将路径转换为选区，或单击【路径】面板底部的将路径作为选区载入图标，即可将路径转换为选区。

434

图 12-52 【填充路径 1】图像

图 12-53 【填充路径】对话框

【填充路径】对话框中的参数设置：

- 使用：此选项可以设置填充的方式，共有前景色、背景色、颜色、图案、历史记录、黑色、50%灰色、白色等八种填充方式。
- 模式：设置填充内容的混合模式。
- 不透明度：用于设定填充的不透明度。
- 保留透明区域：用于保护图像中的透明区域。
- 羽化半径：设置柔化边缘数值，范围从 0～255 像素。
- 消除锯齿：选择此选项可去除锯齿状边缘。

03 设置完参数，单击【确定】按钮，完成填充路径操作。使用当前的前景色填充，效果如图 12-54 所示。使用图案填充，效果如图 12-55 所示。

435

图 12-54 使用前景色填充路径效果

图 12-55 使用图案填充路径效果

7.【描边路径】命令

图像中存在工作路径时，使用【描边路径】命令可对路径进行描边。描边路径时可使用下列操作之一：

- 选择面板菜单中的【描边路径】命令，描边路径。
- 单击【路径】面板底部的 ○ 用画笔描边路径图标，即可用画笔描边路径。如果按住 Alt 键单击此图标，打开【描边路径】对话框，设置描边工具。

路径怎样转换为精确选区？

答：如果当前图像中即存在选区又存在路径时，按住 Alt 键单击【路径】面板底部的将路径作为选区载入图标，可打开【建立选区】对话框，从中设置生成选区的羽化值及与已存在选区的运算方式，生成新选区。

技术看板

上机操作 7　描边路径

01　打开【素材】\【Ch12 素材】\【描边路径 1.jpg】文件，如图 12-56 所示。

02　选中图像中的路径，选择【路径】面板菜单中的【描边路径】命令，或者按 Alt 键同时单击【路径】面板底部的　◎　用画笔描边路径图标，打开【描边路径】对话框，如图 12-57 所示，在对话框中选择描边工具，当选中【模拟压力】选项，描出的路径会产生不同的效果。

图 12-56　【描边路径 1】图像　　　　　　　图 12-57　【描边路径】对话框

03　未选中【模拟压力】用画笔描边效果如图 12-58 所示，选中【模拟压力】用画笔描边效果如图 12-59 所示。

图 12-58　未选中【模拟压力】选项描边效果　　　图 12-59　选中【模拟压力】选项描边效果

04　设置完参数，单击【确定】按钮，完成描边操作。

8.【剪贴路径】命令

当图像中存在路径时，选择【剪贴路径】命令可将路径存储成剪贴路径。剪贴路径将限制图像何处可见，剪贴路径以外的图像是透明的。当图像中定义了一个剪贴路径后，需要将其存储为 TIFF 或者 EPS 格式，以便它可以被一个页面版面程序所识别。

上机操作 8　剪贴路径

01　打开【素材】\【Ch12 素材】\【剪贴路径 1.jpg】文件，显示路径如图 12-60 所示。

02　选择【路径】面板菜单中的【剪贴路径】命令，打开【剪贴路径】对话框，如图 12-61 所示。

技术看板　**怎样填充路径？**
答：当图像中存在工作路径时，选择菜单命令【填充路径】，在弹出的【填充路径】对话框中，可设置填充方式为前景色、背景色、颜色、图案、历史记录、黑色、50%灰色、白色等 8 种。

图 12-60 【剪贴路径 1】图像

图 12-61 【剪贴路径】对话框

【剪贴路径】对话框中的参数设置：

- 路径：命名剪贴路径的名称。
- 展平度：此选项用于设置图像被打印时，它会被转换成由相同长度的直线构成的多边形，展平度设置将决定线的长度，低的设置创建出较短的线，但是输出时会需要较多的内存和较长的时间，如果设置得过低，那么在输出时打印机就有可能占用全部内存。路径越复杂（有很多锚点和指向线手柄），就越需要一个较高的展平度值来避免这些问题。根据复杂程度一般设置在 3～10 之间。

03 选择【文件】>【存储为】命令，存储文件为【剪贴路径 1.TIFF】。

04 打开一个能识别剪贴路径的软件程序，本例使用 PageMaker 程序，并置入【剪贴路径 1.TIFF】文件，图像效果如图 12-62 所示，置入未使用剪贴路径图像文件，效果如图 12-63 所示。

图 12-62 置入剪贴路径文件效果

图 12-63 置入未使用剪贴路径图像效果

9.【面板选项】命令

【面板选项】命令用于设定【路径】面板中的路径显示缩览图的大小。

选择【路径】面板菜单中的【面板选项】命令，打开【路径面板选项】对话框，如图 12-64 所示，直接设置选项即可。

图 12-64 【路径面板选项】对话框

12.3 实例——科技之花

路径工具（钢笔工具）在 PhotoShop 中运用非常广泛，去背、勾取图像轮廓等都少不了它。下面运用路径制作图像效果。

什么是【剪贴路径】，它有什么用处？

答：剪贴路径限制图像何处可见，剪贴路径以外的图像将是透明的，一般用在排版软件中，当图像中定义了一个剪贴路径后，需将其存储为 TIFF 或 EPS 格式，以便被其他排版程序所识别。

技术看板

视频教学

光盘路径:【视频】文件夹中【Ch12】文件夹中的【科技之花 1.psd】和【科技之花 2.psd】文件

1. 实例分析

科技之花图像效果是路径的一个综合运用,通过这个实例相信读者能够了解如何使用路径工具。

2. 制作过程

本实例应用 钢笔工具勾出图像轮廓路径,应用【填充路径】命令并填充基本色,再使用 加深工具和 减淡工具,制作立体效果。然后使用【路径转换选区】命令将路径转换为选区,再将线路板图像粘贴入选区,并添加【斜面和浮雕】效果,制作花瓣及叶子线路纹理的立体效果。最后使用【描边路径】命令制作电源线。

(1)制作科技之花的雏形及上色

01 打开【素材】\【Ch12 素材】\【科技之花】\【科技之花 1.jpg】文件,如图 12-65 所示。

02 复制图层【背景】为图层【背景副本】。选择【编辑】>【旋转】命令,在选项栏中设置旋转角度为-20°,将花的角度调正,效果如图 12-66 所示。

图 12-65 【科技之花 1】图像

图 12-66 旋转复制图层

03 设置前景色为 R=239、G=86、B=50,单击【图层】面板底部的 创建新图层图标,新建【图层 1】。选择 钢笔工具,勾出左下角花瓣的路径,如图 12-67 所示,放大选区单击【路径】面板底部的 用前景色填充路径图标,前景色为 R=239、G=86、B=50,得到效果如图 12-68 所示。然后单击路径面板底部的 删除路径图标,删除路径。

图 12-67 创建路径 1

图 12-68 填充前景色

技术看板 怎样控制路径的显示/隐藏?

答:在【路径】面板中,按住 Shift 键在路径面板的路径栏上单击可切换路径的显示。

04　用同样的方法分别勾出另外几个花瓣的路径，使用填充前景色，放置在不同的图层，分别命名为【左 1】、【左 2】、【中】、【右 2】、【右 1】，【图层】面板如图 12-69 所示，效果如图 12-70 所示。

图 12-69　【图层】面板状态 1

图 12-70　填充后的花瓣效果

05　隐藏所有花瓣图层。选择图层【右 1】，单击【图层】面板底部的 回 创建新图层图标，新建图层【托】。设置前景色为 R＝38、G＝58、B＝25，使用 ⚑ 钢笔工具，勾出花托的路径，单击【路径】面板底部的 ● 用前景色填充路径图标，填充前景色，效果如图 12-71 所示。

06　重新调整各图层的位置，如图 12-72 所示。

图 12-71　填充花托

图 12-72　【图层】面板状态 2

07　选择【图像】>【画布大小】命令，调整画布大小，在打开的【画布大小】对话框中设置的参数如图 12-73 所示，单击【确定】按钮。选择图层【背景】，填充黑色，删除图层【背景副本】。

08　设置前景色为 R＝64、G＝89、B＝32。单击【图层】面板底部的 回 创建新图层图标，新建图层【茎】。选择 ▣ 矩形选框工具，创建矩形选区并填充前景色，如图 12-74 所示。

439

怎样快速路径转选区？

答：选择当前路径，按快捷键 Ctrl+Enter，路径即作为选区载入。

技术看板

图 12-73 设置【画布大小】对话框中的参数

图 12-74 填充茎

09 单击【图层】面板底部的 创建新图层图标，新建【图层 1】，选择 渐变工具，单击选项栏中的 线性渐变图标，设置渐变色为灰—白—灰，在选区中由右向左做渐变，设置图层的【合成模式】为【叠加】，【不透明度】为 80%，效果如图 12-75 所示。

10 按快捷键 Ctrl+D，取消选区。按快捷键 Ctrl+E，向下合并【图层 1】与【茎】为图层【茎】。科技之花的雏形制作完成，效果如图 12-76 所示。

图 12-75 制作茎效果

图 12-76 科技之花雏形效果

（2）制作科技之花的立体效果

01 选择图层【左 1】，选择 加深工具，设置选项栏中的参数如图 12-77 所示，在花瓣上涂抹，效果如图 12-78 所示，将花瓣边缘部分及花心加暗。

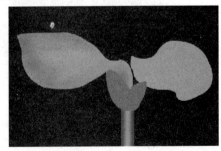

画笔: 46 范围: 中间调 曝光度: 10%

图 12-77 设置选项栏中的参数

图 12-78 涂抹花瓣效果 1

02 选择 减淡工具，在选项栏中设置的参数如图 12-79 所示，在花瓣上涂抹出花瓣的亮面，效果如图 12-80 所示。

技术看板

怎样快速删除路径？

答：按住 Alt 键，单击【路径】面板底部的删除图标，可以直接删除路径。

图 12-79 设置【减淡工具】选项中的参数

03 用同样的方法，涂抹其他花瓣及花托，制作明暗面，效果如图 12-81 所示。科技之花的立体效果制作出来了。下面为花瓣添加线路纹理。

图 12-80 涂抹花瓣效果 2

图 12-81 涂抹其他花瓣效果

（3）添加花瓣线路纹理

01 打开【素材】\【Ch12 素材】\【科技之花】\【科技之花 2.jpg】文件，如图 12-82 所示，按快捷键 Ctrl+A 全选，按快捷键 Ctrl+C 复制图像。

02 单击【图层】面板底部的 创建新图层图标，新建【图层 1】。按 Ctrl 键单击图层【左 1】的缩览图，载入【图层 1】的选区，单击【通道】面板底部的创建新通道图标，新建通道【Alpha1】，按快捷键 Shift+Ctrl+V，将复制的线路图像粘贴入选区中。按快捷键 Ctrl+T，自由变换图像大小及位置，效果如图 12-83 所示。

441

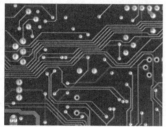

图 12-82 【科技之花 2】图像

图 12-83 粘贴图像

03 按快捷键 Ctrl+L，打开【色阶】对话框，设置的参数如图 12-84 所示，分别调整黑白色滑块，增强黑白对比度，效果如图 12-85 所示。

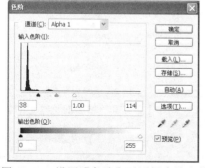

图 12-84 设置【色阶】对话框中的参数

图 12-85 图像效果 1

怎样变换路径？

答：如果我们需要移动整条或是多条路径，使用选择路径工具选择它们，然后使用快捷键 Ctrl+T，就可以拖动路径至任何位置或进行缩放变形等操作了。

技术看板

04 设置前景色为 R=239、G=201、B=22。拖动 Alpha1 通道到【通道】面板底部的  将通道作为选区载入图标上，载入【Alpha1】通道的选区，选择【图层 1】，填充前景色，效果如图 12-86 所示。

05 按 D 键，设置前景色为黑色。单击【图层】面板底部的 添加图层蒙板图标，在【图层 1】上添加图层蒙版，选择画笔工具，设置选项栏中的参数如图 12-87 所示，在花瓣的周围涂抹，隐藏部分线路纹理，效果如图 12-88 所示。

图 12-86 添加纹理效果

图 12-87 设置选项栏中的参数

图 12-88 隐藏部分纹理效果

06 使用同样的方法，添加其他花瓣线路纹理，效果如图 12-89 所示。

07 下面添加线路纹理的立体效果。选择图层【左 1】上方的线路纹理【图层 1】，单击【图层】面板底部的 *fx*.添加图层样式图标，在弹出的菜单中选择【斜面和浮雕】命令，设置【斜面和浮雕】对话框中的参数如图 12-90 所示，效果如图 12-91 所示，得到线路纹理在花瓣上突起的立体效果。

图 12-89 添加其他花瓣线路纹理

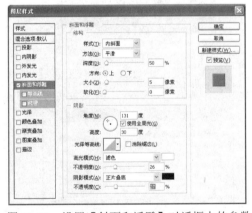

图 12-90 设置【斜面和浮雕】对话框中的参数

08 同样给其他花瓣上的线路纹理添加图层样式，制作线路纹理在花瓣上突起的立体效果，效果如图 12-92 所示。

技术看板 怎样巧用钢笔工具绘制路径？

答：使用钢笔工具制作路径时，按住 Shift 键可以强制路径或方向线成水平、垂直或 45°角，按住 Ctrl 键可暂时切换到路径选取工具，按住 Alt 键，在锚点上单击可以改变控制柄的方向，使路径线能够转折。

图 12-91　添加花瓣线路的立体效果

图 12-92　添加其他花瓣线路立体效果

09 整理图层，选择图层【左 1】上方的线路纹理【图层 1】，在【图层 1】的图层蒙版缩览图上右击，在弹出的快捷菜单中选择【应用图层蒙版】命令，在【图层 1】的下方新建图层，选择【图层 1】，按快捷键 Ctrl+E，向下合并图层，再次按快捷键 Ctrl+E，向下与图层【左 1】合并为图层【左 1】。

10 使用同样的方法，将其他花瓣与其上方的线路纹理合并在一起。选择图层【左 1】，单击图层面板底部的 _fx_. 添加图层样式图标，在弹出的下拉菜单中选择【投影】命令，设置【投影】对话框中的参数如图 12-93 所示，效果如图 12-94 所示。

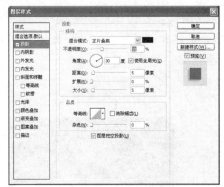

图 12-93　设置【投影】对话框中的参数

图 12-94　添加花瓣阴影效果

443

11 同样给其他花瓣添加投影效果，得到花瓣相互层叠的效果，如图 12-95 所示。下面给科技之花添加花蕊和缠绕的电源线。

图 12-95　添加其他花瓣阴影效果

使用钢笔工具绘制路径一次很难完成，怎样调整？

答：使用钢笔工具制作路径时，当绘制完路径时，按 Ctrl 键，钢笔工具转变为直接选择工具，可对路径上的锚点及控制柄进行拖动调整。　　　　　　　**技术看板**

（4）添加花蕊及缠绕的电源线

01 设置前景色为 R＝245、G＝193、B＝2，在图层【右1】的下方，新建图层【花蕊】。使用 🖊 钢笔工具，单击选项栏中的 路径图标，在茎的旁边勾出一段路径，然后设置画笔大小为 7 像素，单击【路径】面板底部的 ○ 用画笔描边路径图标，描边路径，效果如图 12-96 所示。

02 用同样的方法，制作另外几根花蕊，按快捷键 Ctrl+E，合并所有花蕊图层，效果如图 12-97 所示。

图 12-96　制作花蕊

图 12-97　制作其他花蕊

03 单击【图层】面板底部的 *fx.* 添加图层样式图标，在弹出的下拉菜单中选择【斜面和浮雕】命令，设置【斜面和浮雕】对话框中的参数如图 12-98 所示，效果如图 12-99 所示，得到花蕊的立体效果。

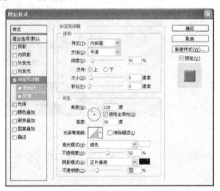

图 12-98　设置【斜面和浮雕】对话框中的参数

图 12-99　制作花蕊立体效果

04 选择 橡皮擦工具，将花蕊的末稍擦细，如图 12-100 所示。

05 打开【素材】\【Ch12 素材】\【科技之花】\【科技之花 3.jpg】文件，选择 🖊 钢笔工具，勾出线路板上一个电子元件的路径，如图 12-101 所示，按快捷键 Ctrl+Enter，转换路径为选区，选择 移动工具，将其移动到花蕊的上方，并调整其大小及位置，如图 12-102 所示。

图 12-100　将花蕊末稍擦细

技术看板　怎样添加删除锚点？

答：使用钢笔工具绘制完路径后，有时需要对路径的形状做进一步的调整，要添加或删除锚点，使用添加锚点工具可以在原路径上添加锚点，使用删除锚点工具可以在原路径上删除锚点。

图 12-101 【科技之花 3】图像

图 12-102 添加一个电子元件

06 按住快捷键 Ctrl+Alt，复制几个电子元件到其他的几个花蕊的顶部，如图 12-103 所示。合并所有电子元件及花蕊图层为【花蕊】。

07 选择图层【茎】，选择【滤镜】>【扭曲】>【切变】命令，设置【切变】对话框中的参数如图 12-104 所示，得到弯曲的茎如图 12-105 所示。

图 12-103 复制几个电子元件

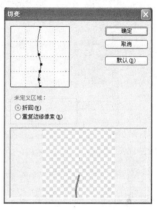

图 12-104 设置【切变】对话框中的参数

445

08 设置前景色为 R＝240、G＝121、B＝32，新建图层【电源线 1】。选择钢笔工具，单击选项栏中的路径图标，在茎的旁边勾出一段路径，设置画笔大小为 9 像素，然后单击【路径】面板底部的用画笔描边路径图标，得到橙黄色的电源线，效果如图 12-106 所示。

图 12-105 弯曲图像效果

图 12-106 得到橙色电源线

09 新建图层，按住 Ctrl 键，单击图层【电源线 1】的缩览图，载入图层【电源线 1】的选区，选择【选择】>【修改】>【收缩】命令，设置【收缩】对话框中的参数如图 12-107 所示，再填充白色，得到电源线的高光，效果如图 12-108 所示。

怎样快速填充？

答：按快捷键 Alt+Backspace 时填充前景色；按快捷键 Ctrl+Backspace 时填充背景色。如果只想填充像素区域，按快捷键 Alt+Shift+Backspace 时填充前景；按快捷键 Ctrl+Shift+Backspace 时填充背景色。

技术看板

图 12-107　设置【收缩】对话框中的参数

图 12-108　用白色填充

10　选择【滤镜】>【模糊】>【高斯模糊】命令，设置【高斯模糊】对话框中的参数如图 12-109 所示，单击【确定】按钮。在【图层】面板中设置【不透明度】为 55%，按快捷键 Ctrl+E，向下合并图层为【电源线 1】，效果如图 12-110 所示。

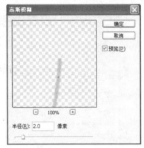

图 12-109　设置【高斯模糊】对话框中的参数

图 12-110　得到电源线立体效果

11　用同样的方法制作另外两根不同颜色的电源线，如图 12-111 所示。

12　制作电源线缠绕的效果。选择图层【电源线 3】，按住 Ctrl 键，单击图层【电源线 1】的缩略图，载入【电源线 1】的选区，按 Delete 键，删除选区中的图像部分，制作出电源线互相缠绕的效果，如图 12-112 所示。

图 12-111　制作其他电源线

图 12-112　电源线缠绕效果

（5）制作叶子及背景效果

01　按快捷键 Ctrl＋A，全选【科技之花 3.jpg】文件，按快捷键 Ctrl＋C，复制文件。新建图层【叶子】，使用钢笔工具，描出叶子的路径，如图 12-113 所示，按快捷键 Ctrl+Enter，转换路径为选区，按快捷键 Shift+Ctrl+V，粘贴复制图像到选区中，然后按快捷键 Ctrl+T，自由变换图像，效果如图 12-114 所示。在【叶子】图层蒙版缩览图上右击，在弹出的快捷菜单中选择【应用图层蒙版】命令，应用图层蒙版。

技术看板

工作路径怎样转换为路径？

答：工作路径是一个临时路径，在【路径】面板中，拖动工作路径直接到面板底部的新建路径图标上即可转换为路径。

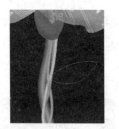

图 12-113 创建叶子路径 图 12-114 粘贴复制图像叶子

02 用同样的方法制作出另一片叶子，调整叶子到适当的位置，合并两个叶子图层，如图 12-115 所示。

03 分别选择 ⬤ 加深工具和 🔍 减淡工具，涂抹出叶子明暗效果，如图 12-116 所示。

图 12-115 调整叶子位置 图 12-116 制作叶子明暗效果

04 打开【素材】\【Ch12 素材】\【科技之花】\【科技之花 4.jpg】文件，使用 🖋 钢笔工具，沿蝴蝶边缘创建路径如图 12-117 所示，按快捷键 Ctrl+Enter，转换路径为选区，拖动选区图像到主图像中，并调整到适当位置，如图 12-118 所示，命名图层【蝴蝶】。

图 12-117 创建路径 2 图 12-118 移动图像到主图像中

05 选择【图像】>【调整】>【色相/饱和度】命令，设置【色相/饱和度】对话框中的参数如图 12-119 所示，效果如图 12-120 所示。

图 12-119 设置【色相/饱和度】对话框中的参数 图 12-120 图像效果 2

447

怎样快速复制路径？
答：使用直接选择工具或路径选择工具，按住 Alt 键单击并拖动路径，可复制路径。使用钢笔工具，按住快捷键
Alt+Ctrl 并单击拖动路径，可复制路径。 **技术看板**

06 单击【图层】面板底部的 _fx._ 添加图层样式图标，在弹出的下拉菜单中选择【投影】命令，设置【投影】对话框中的参数如图 12-121 所示，效果如图 12-122 所示。

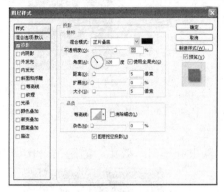

图 12-121　设置【投影】对话框中的参数

图 12-122　图像效果 3

07 设置前景色为 R＝G＝B＝100，在【背景】图层的上方，新建【图层 1】，填充前景色。选择【滤镜】>【渲染】>【光照效果】命令，设置【光照效果】对话框中的参数如图 12-123 所示，得到最终效果如图 12-124 所示。最终文件请参看【素材】\【Ch12 素材】\【科技之花】\【科技之花.psd】文件。

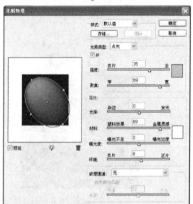

图 12-123　设置【光照效果】对话框中的参数

图 12-124　添加光照效果

至此有关路径的基础知识就介绍完了，要完全掌握路径，并能使用路径来非常轻松地完成一些工作确实比较难。只要多加练习，一定能够掌握它。下面介绍与路径有关密切关系的形状工具。

12.4　形状

形状工具是 Photoshop 绘制矢量图形的另一项有力武器，使用形状工具，可以非常方便地创建各种规则的几何形状或路径。下面将以绘制形状为例，分别讲解各种形状工具的使用方法及参数设置。

技术看板　什么是形状工具？

答：形状工具是 Photoshop 绘制矢量图形的另一项有力武器，使用形状工具，可以非常方便地创建各种规则的几何形状或路径。

12.4.1　了解形状

在 Photoshop 中，形状是使用形状工具或钢笔工具在单独的图层中创建的图形，包含定义形状颜色的填充图层以及定义形状轮廓的矢量蒙版。图 12-125 所示为使用自定形状绘制的形状图形效果（【素材】\【Ch12 素材】\【形状图层 1.psd】文件），【图层】面板状态如图 12-126 所示，可观察到形状图形是由填充图层及矢量蒙版组成。形状在输出时不受图像分辨率的影响，它可以随着图像一起打印输出，可以任意放大或缩小而不会出现图像失真现象。

图 12-125　形状图层效果　　　　　　图 12-126　【图层】面板状态

12.4.2　形状工具

Photoshop 提供了若干种用于绘制形状的工具，包括▢矩形工具、▢圆角矩形工具、◯椭圆工具、╲直线工具和✍自定形状工具。下面详细介绍这些工具的用法。

1．矩形工具

选择▢矩形工具，在选项栏中可以设置绘制模式，可创建矩形形状图层、路径或使用颜色填充的像素图像。使用▢矩形工具创建路径时，选项栏中的参数设置同钢笔工具的基本相同，请参看钢笔工具的介绍，在此不再重述。下面详细地讲解使用▢矩形工具创建形状图层和像素填充图像。

使用矩形工具创建形状图层时，选项栏如图 12-127 所示。

图 12-127　创建形状图层时选项栏状态

- 绘制模式：选中▢形状图层图标，使用▢矩形工具可以快速地创建一个矩形的形状图层。

- ▨▨◯◯◯╲✍选择工具：单击此处的其他工具图标，可快速切换。

- ▾几何选项：单击此按钮，弹出【矩形选项】面板如图 12-128 所示。当选中【不受约束】选项时，可以任意地绘制矩形，其长宽比不受限制。当选中【方形】选项时，绘制的所有形状都是方形。当选中【固定大小】选项时，便可在其后的 W 和 H 数

图 12-128　【矩形选项】面板

什么是形状工具？

答：形状工具是 Photoshop 绘制矢量图形的另一项有力武器，使用形状工具，可以非常方便地创建各种规则的几何形状或路径。

技术看板

值框中输入数值，以精确定义矩形的宽度与高度。当选中【比例】选项时，便可在其后的 W 和 H 数值框中输入数值，以精确定义矩形的宽度与高度的比值。当选中【从中心】选项时，不管以上方的述的何种状况绘制形状时，都是从中心向外扩展开始绘制。当选中【对齐像素】选项时，绘制的矩形边缘与像素对齐，没有模糊的像素，如果不选择此选项，则图形放大后会出现边缘模糊的情况。

- 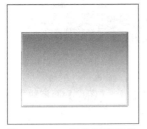图形运算：当某图层中存在多个图形形状时，利用不同的运算关系，可以创建新的图形形状。从左至右依次为 创建新的形状图层、添加到形状区域、从形状区域减去、交叉形状区域、重叠形状区域除外等运算方式。图 12-129 所示为矩形形状图层，从形状区域减去的效果如图 12-130 所示，重叠形状区域除外效果如图 12-131 所示。

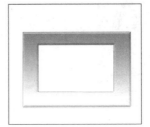

图 12-129　创建矩形形状　　　图 12-130　从形状区域减去　　　图 12-131　重叠形状区域除外

- 设置图层属性：选中此按钮，可以更改目标图层属性图标，可以更改形状图层上已应用的样式，如果未选中此按钮，目标图层的样式不可更改。
- 设置样式：单击此按钮，打开【样式】对话框，为形状图层添加样式效果。
- 颜色：如果形状图层不添加任何样式效果，单击此选项的颜色块，打开【拾色器】对话框，设置形状图层的颜色。

添加样式效果的形状图层，如图 12-132 所示，没有添加样式效果的颜色形状图层，如图 12-133 所示。它们都是建立在新的图层中，通常用这种方法制作网页按钮。

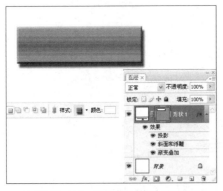

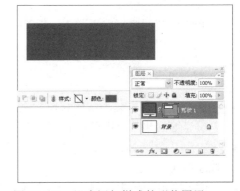

图 12-132　添加样式的形状图层　　　　　　　图 12-133　没有添加样式的形状图层

上机操作 9　创建形图层

01　打开【素材】\【Ch12 素材】\【创建形状图层 1.jpg】文件，按快捷键 Ctrl+R，显示

技术看板　绘制形状时，有几种绘制方式？

答：选择形状工具，单击选项栏中的【几何选项】按钮，从中可设置绘制形状的方式。其中有【不受约束】、【方形】、【固定大小】、【比例】及【从中心】五种方式。

标尺，并拖出如图 12-134 所示辅助线。

02 选择■矩形工具，设置选项栏中的参数如图 12-135 所示。

图 12-134　拖出辅助线

图 12-135　设置选项栏中的参数

03 按住 Shift 键，对齐辅助线拖出正方形，如图 12-136 所示，然后单击选项栏中的■添加到形状区域的图标，继续拖出正方形，在【图层】面板中生成单独的形状图层【形状 1】，设置【不透明度】为 50%，如图 12-137 所示，图像效果如图 12-138 所示。

图 12-136　绘制正方形图形　　图 12-137　设置【图层】面板状态　　图 12-138　图像效果 1

提 示

在使用矩形工具绘制形状图形时，按住 Shift 键可以直接绘制正方形，而不用在【矩形选项】面板中选择【方形】选项。如果按住快捷键 Shift+Alt，可以直接从中心绘制出正方形，而不用在【矩形选项】面板中选择【从中心】选项。

提 示

在绘制形状图形时，在未松开鼠标的情况下，按住空格键可随意移动图形的位置。

使用■矩形工具创建填充像素图像，可以创建一个以当前前景色为填充色的矩形图像，选项栏如图 12-139 所示。

怎样才能更改目标图层属性？

答：在选项栏中单击目标图层属性图标，当其被选中时可以更改形状图层上已应用的样式，如果未选中此按钮，目标图层的样式不可更改。

技术看板

图 12-139 创建填充像素时选项栏状态

- ⌐几何选项：单击此按钮，弹出【矩形选项】面板，其参数设置同绘制形状图层时相同，在此不再重述。
- 模式：设置填充色的混合模式。
- 不透明度：设置填充色的不透明度。
- 消除锯齿：去除绘制图像边缘的锯齿。

上机操作 10　创建像素填充图像

01　打开【素材】\【Ch12 素材】\【像素填充 1.jpg】文件，如图 12-140 所示。

02　选择▢矩形工具，设置选项栏中的参数如图 12-141所示。

03　在图像的下方按住鼠标左键拖动，创建如图 12-142所示的像素图像，【图层】面板如图 12-143 所示，创建的像素图像在背景图层上，没有创建新的图层，属于像素图像，不属于矢量图形。

图 12-140　【像素填充 1】图像

图 12-141　设置选项栏中的参数

图 12-142　添加像素填充图像效果

图 12-143　【图层】面板

2. 圆角矩形工具

使用▢圆角矩形工具，可以绘制圆角矩形，其选项栏与▢矩形工具基本一样，只多了【半径】选项，如图 12-144 所示。▢圆角矩形工具的使用方法与▢矩形工具相同，在此不再重述。

图 12-144【圆角矩形工具】选项栏

技术看板　怎样绘制正方形图形？

答：使用矩形工具绘制形状图形时，按住 Shift 键可以直接绘制正方形；如果按住快捷键 Shift+Alt，可以直接从中心绘制出正方形。

- 半径：用来设置圆角的半径，可直接输入数值，数值越大角度越圆滑，当半径为 0px，可创建矩形。

图 12-145 所示为使用圆角矩形工具创建的图像效果。

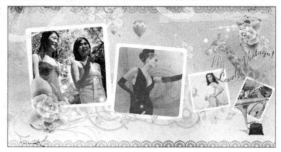

图 12-145　绘制图像效果 1

3．椭圆工具

使用椭圆工具，可以绘制出椭圆，其选项栏与矩形工具一样，如图 12-146 所示。椭圆工具的使用方法与矩形工具相同，在此不再重述。

使用椭圆工具所创建的图像效果如图 12-147 所示。

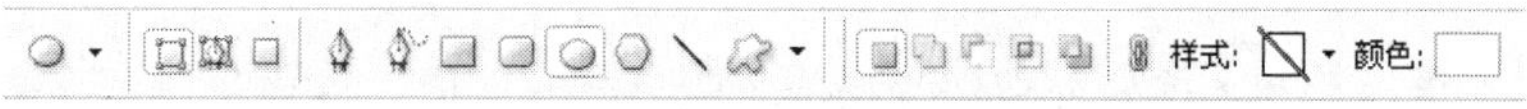

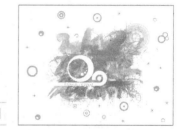

图 12-146　【椭圆工具】选项栏

图 12-147　绘制图像效果 2

4．多边形工具

使用多边形工具，可绘制不同边数的多边形或星形，其选项栏与矩形工具基本一样，只多了【边数】选项，从中设定多边形的边数，如图 12-148 所示。多边形工具的使用方法与矩形工具相同，在此不再重述。

图 12-148　【多边形工具】选项栏

- 边：此选项用于设置多边形或星形的边数。
- 几何选项：单击此按钮，弹出【多边形选项】面板，如图 12-149 所示。【半径】选项用于设置多边形或星形的半径值。选择【平滑拐角】选项时，绘制的多边形或星形的拐角是平滑的。选择【星形】选项时，使用多边形工具可绘制出星形效果，此时【缩进边依据】和【平滑缩进】两个选项被同时激活，进行相应的参数设置。当选择【缩进

图 12-149　【多边形选项】面板

使用什么工具可绘制不同边数的多边形或星形？

答：使用多边形工具，可绘制不同边数的多边形或星形。通过选项栏中的【几何选项】可以设置绘制星形的半径及拐角的平滑度等。

技术看板

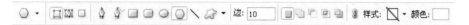

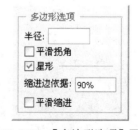

【边依据】选项时，可设置星形的缩进量，数值越大，星形的内缩效果越明显。当选择【平滑缩进】选项时，绘制的星形平滑缩进。

使用多边行工具所创建的图像效果如图 12-150、图 12-151 所示。

图 12-150　绘制多边形效果

图 12-151　绘制星形效果

5．直线工具

使用 \ 直线工具，可绘制不同形状的直线，其选项栏与 ▢ 矩形工具基本一样，只多了【粗细】选项，从中设定线的粗细，如图 12-152 所示。直线工具的使用方法同 ▢ 矩形工具相同，在此不再重述。

图 12-152　【直线工具】选项栏

- 精细：此选项用于设置绘制直线的粗细。可直接输入数值确定直线的宽度。
- ⌄ 几何选项：单击此按钮，弹出【箭头】面板，如图 12-153 所示。设置不同的参数，可绘制带箭头的直线。选择【起点】或【终点】选项时，在绘制直线时，指定直线的箭头是在起点还是在终点。【宽度】选项用于设置绘制的箭头的宽度百分比。【长度】选项用于设置绘制箭头长度的百分比。【凹度】选项用于设置箭头最宽度处的尖锐程度，正值向内凹陷，负值向外凸起。使用直线工具绘制的图形效果，如图 12-154 所示。

图 12-153　【箭头】选项

图 12-154　绘制箭头效果

6．自定形状工具

使用 ✎ 自定形状工具，可以使用系统中预设的图形，快速地绘制相应的图形，也可以重新定义，以及载入其他形状。使用自定形状工具，可以提高工作效率。其选项栏与 ▢ 矩形工具选项栏参数设置基本上一样，如图 12-155 所示，只多了【形状】选项，在用法上也没有太

技术看板　怎样使用直线工具绘制 5px 带有箭头直线？

答：选择直线工具，在选项栏中设置【精细】选项的值为 5px，单击样式按钮打开【样式】对话框，为形状图层添加样式效果，再单击几何选项按钮，在弹出的【箭头】面板中设置相关的参数，便可绘制出 5px 带有箭头的直线。

大区别，在此就不再重复，只介绍自定形状工具的特殊用法。

图 12-155　【自定形状工具】选项栏

- 形状：单击此选项右边向下的 ▼ 按钮，弹出【自定形状】面板，如图 12-156 所示，从中选择一种预设形状，即可在图像窗口绘制相应的形状图形，如果单击面板右上侧的 ▶ 三角形按钮，在弹出的菜单命令中可载入其他形状。

- ▼ 几何选项：单击此按钮，弹出【自定形状选项】面板，如图 12-157 所示。选择【定义的比例】选项时，可创建与原图形相同比例的形状。选择【定义的大小】选项时，创建与原定义图形相同大小的形状。

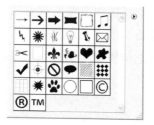

图 12-156　【自定形状】面板

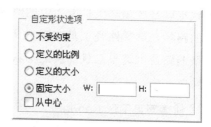

图 12-157　【自定形状选项】面板

使用自定形状工具绘制的图形效果，如图 12-158、图 12-159 所示。

图 12-158　自定形状效果

图 12-159　图像效果 2

12.4.3　编辑形状

使用形状工具创建基本几何形状时，都会随之在【图层】面板自动生成一个对应的形状图层，它是由填充图层和矢量蒙版两大部分构成，具有矢量特性，通过编辑矢量蒙版来改变形状图层，如果要想对形状图层使用对像素图像进行处理的各种工具及命令，必须去除形状图层的矢量蒙版使其栅格化变为普通图层。下面详细地讲解形状图层的编辑操作方法。

1. 栅格化形状图层

要去除形状图层的矢量特性以使其像素化，选择【图层】>【栅格化】>【形状】命令，可将形状图层转换为普通的图层。

使用自定形状工具可绘制什么形状？

答：使用自定形状工具，可使用系统中预设的图形，快速地绘制相应的图形，也可以重新定义，以及载入其他形状。

技术看板

2．更改形状图层内容

要更改形状图层的颜色，可使用下列操作方法之一：

- 使用【图层】>【图层内容选项】命令，可重新定义形状的颜色，并且可将纯色改变为渐变或图案填充。
- 双击【图层】面板中形状图层的缩览图，在打开的【拾色器】对话框中选择一种需要的颜色，然后单击【确定】按钮，即可更改形状的颜色。
- 在【图层】面板中的矢量蒙版缩览图上右击，在弹出的快捷菜单中选择【栅格化矢量蒙版】命令，矢量蒙版转换为图层蒙版，这样对蒙版可进行更多的操作。

有关以上方法的具体操作请参看第 8 章。

3．调整形状图层形状

调整形状也就是要编辑矢量蒙版中的路径。单击形状图层的矢量蒙版缩览图，便可显示矢量蒙版中的路径，选择路径工具并在工具选项栏中设置适当的路径运算方式，通过运算产生新的更复杂的路径来调整形状图层的形状。下面用两个上机操作实例详细地讲解编辑形状图层形状的操作方法。

上机操作 11　创建网页图形 Banner

　　Banner 也叫网幅图像广告，是以 GIF、JPG 等格式建立的图像文件，定位在网页中大多用来表现广告内容，同时还可使用 Java 等语言使其产生交互性，用 Shockwave 等插件工具增强表现力。在网络营销术语中，Banner 是一种网络广告形式。Banner 广告一般是放置在网页上的不同位置，在用户浏览网页信息的同时，吸引用户对于广告信息的关注，从而获得网络营销的效果。Banner 广告有多种表现规格和形式，其中最常用的是 486×600 像素的标准标志广告，通常采用图片、动画、Flash 等方式来制作 Banner 广告。为了便于操作，本例制作的 Banner 将不按标准尺寸来设计。

　　本例将以圆角矩形工具和矩形工具为主，同时结合图形运算功能，绘制一个网页图形。此外，还利用添加锚点工具在路径上添加锚点，调整网页图形形状。

01　选择【文件】>【新建】命令，设置【新建】对话框中的参数如图 12-160 所示，新建文件。

02　设置前景色为 R=212、G=210、B=243，选择圆角矩形工具，设置选项栏中的参数如图 12-161 所示，绘制圆角矩形图形如图 12-162 所示，得到形状图层【形状 1】。

图 12-160　设置【新建】对话框

图 12-161　设置选项栏中的参数

03　使用圆角矩形工具绘制一个大的圆角矩形图形，如图 12-163 所示，宽度要以能覆盖住下面圆角矩形为准，创建形状图层【形状 2】。

技术看板　**怎样编辑形状图层？**
答：选择【图层】>【栅格化】>【形状】命令，将形状图层转换为普通图层。使用【图层】>【图层内容选项】命令，重新定义颜色。单击形状图层的矢量蒙版缩览图，显示矢量蒙版路径，调整路径的形状，重新定义形状图层的形状。

456

图 12-162　创建形状 1

图 12-163　创建形状 2

04　选择▢矩形工具，单击选项栏中的▣从形状区域减去图标，在圆角矩形区域中减去部分，然后选择▮添加锚点工具添加两个锚点，如图 12-164 所示。调整形状图层【形状 2】的形状，如图 12-165 所示。复制形状图层【形状 2】为图层【形状 2 副本】，并隐藏图层【形状 2 副本】。

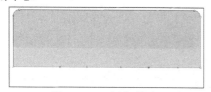

图 12-164　添加锚点

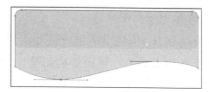

图 12-165　调整锚点

05　选择形状图层【形状 2】，单击【图层】面板底部的 ⌀.添加图层样式图标，在弹出的菜单中选择【渐变叠加】命令，设置渐变颜色为由深红到红，如图 12-166 所示，单击【确定】按钮，得到的渐变效果如图 12-167 所示。

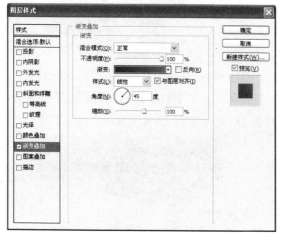

图 12-166　设置【渐变填充】对话框

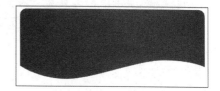

图 12-167　渐变填充效果

06　显示形状图层【形状 2 副本】，使用▢矩形工具，单击选项栏中的▣从形状区域减去图标，减去【形状 2 副本】图形的上半部分，再选择▮添加锚点工具，添加锚点，调整其形状如图 12-168 所示。

07　选择【图层】>【图层内容选项】命令，在打开的【拾色器】对话框中设置填充颜色为 R=G=B=245，并设置图层【形状 2 副本】的【不透明度】为 55%，得到一个飘带效果的图形，如图 12-169 所示。

457

怎样制作飘带效果？
答：使用矩形工具绘制矩形形状图层，再选择添加锚点工具，分别在矩形形状的底边上单击添加两个锚点，然后在一个锚点处按住鼠标左键向下拖动，另一个锚点上按住鼠标左键向上拖动。　　**技术看板**

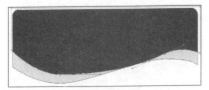

图 12-168　调整形状 2 副本

图 12-169　降低形状 2 副本的不透明度

08　拖动形状图层【形状 1】到图层的最上方，选择▣矩形工具，单击选项栏中的▣从形状区域减去图标，从【形状 1】中减去部分，使用步骤 7 的方法，重新调整颜色为 R=165、G=161、B=245，效果如图 12-170 所示。

09　打开【素材】\【Ch12 素材】\【网页图形 1.jpg】文件，选择▨魔棒工具，选取人物如图 12-171 所示，再使用▨移动工具，将其移动【形状 2】的上方创建【图层 1】，按 Ctrl 键，单击图层【形状 2】的蒙版缩览图载入选区，然后单击【图层】面板底部的 ▣ 添加图层蒙版图标，添加图层蒙版，图像效果如图 12-172 所示。

图 12-171　选取人物

图 12-170　从形状 1 减去部分

10　选择 T 横排文字工具，输入文字，添加图层样式【描边】，效果如图 12-173 所示，网页图像效果制作完成。最终文件参看【素材】\【Ch12 素材】\【网页图形.psd】文件。

图 12-172　添加蒙版后效果

图 12-173　最终效果

上机操作 12　Logo 标志设计

本例以▣椭圆工具和▣矩形工具结合图形运算功能、分布功能和组合功能，绘制一个房产 Logo 标志。标志中使用了大片的绿色及明亮的橙黄色，绿色标示着小区的绿化面积广，明亮的橙黄色标示着高层的建筑物撒满了金色阳光。

01　选择【文件】>【新建】命令，设置【新建】对话框中的参数如图 12-174 所示，新建白色背景文件。

技术看板　怎样在形状图层上添加效果？

答：使用形状工具绘制形状图层后，可通过【样式】面板添加样式，还可以通过单击【图层】面板底部的添加图层样式按钮，在打开的【图层样式】对话框中自定义样式效果。

02 按快捷键 Ctrl+R 显示标尺，拖出辅助线，标出文件的中心点。选择 ◯ 椭圆工具，单击选项栏中的 ▢ 形状图层图标，按住 Alt 键，由文件的中心位置拖动鼠标，创建椭圆图形，如图 12-175 所示，图层自动命名为【形状 1】。

图 12-174　设置【新建】对话框

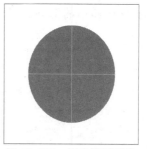

图 12-175　创建椭圆形状

03 单击【图层】面板底部的 ⨍. 添加图层样式图标，在弹出的菜单中选择【渐变叠加】命令，设置【渐变叠加】对话框中的参数如图 12-176 所示，设置渐变色由黄到橙，分别为 R=253/241、G=226/241、B=0/0，渐变填充效果如图 12-177 所示。

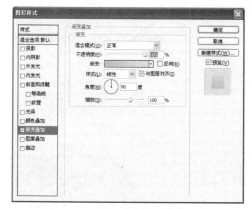

图 12-176　设置【渐变填充】对话框中的参数

图 12-177　渐变填充形状

459

04 选择 ▢ 矩形工具，单击选项栏中的 ▢ 从形状区域减去图标，在椭圆区域中减去图形，如图 12-178 所示，再选择 ⑳ 添加锚点工具，添加两个锚点并分别向上拖动，调整矩形形状如图 12-179 所示。

图 12-178　从形状区域减去效果

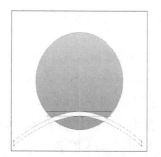

图 12-179　调整路径形状

怎样同时移动多个锚点？

答：首先使用直接选择工具框选要移动的锚点，然后在选中的锚点所在的任意路径上按下鼠标移动即可。

技术看板

05 按快捷键 Ctrl+Alt，复制数个变形的矩形图形并向上拖动，选择 路径选择工具，按住 Shift 键选择复制的图形，单击选项栏中的 垂直居中分布按钮，均匀分隔椭圆图形，如图 12-180 所示，然后再单击选项栏中的 组合 按钮，组合路径组件。再选择 直接选择工具，选择椭圆图形的上下两部分，按 Delete 键删除，得到形状如图 12-181 所示。

图 12-180 复制路径

图 12-181 组合形状

06 单击选项栏中的 创建新形状图层图标，选择 椭圆工具，再次拖出椭圆图形，图层自动命名为【形状 2】。单击【图层】面板底部的 添加图层样式图标，在弹出的菜单中选择【渐变叠加】命令，设置【渐变叠加】对话框中的参数如图 12-182 所示，更改椭圆图形的颜色，设置渐变色由白到黄到橙，分别为 R=241/209/4、G=255/223/155、B=241/104/66，并设置图层的【不透明度】为 70%，如图 12-183 所示。

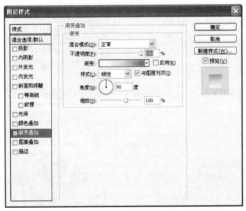

图 12-182 设置【渐变叠加】对话框

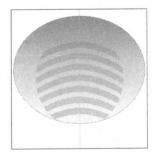

图 12-183 渐变填充效果

提 示

在此为了能够观察下面的图形，暂时降低图层的不透明度。

07 再拖出几条辅助线，单击选项栏中的 从形状区域减去图标，在椭圆区域中减去部分图形，使用 直接选择工具，调整椭圆路径上的锚点如图 12-184 所示，然后复制椭圆图形到右侧，如图 12-185 所示。

技术看板 怎样排列对齐路径？
答：首先选择路径选择工具，然后按住 Shift 键选中欲要排列对齐的路径，然后在选项栏中单击对齐或排列图标，对选中的路径进行对齐排列等操作。

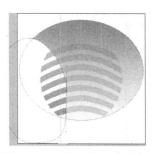

图 12-184 从形状区域减去

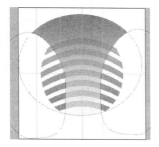

图 12-185 复制椭圆图形到右侧

08 使用 ⬚ 矩形工具，继续分隔椭圆图形，如图 12-186 所示。使用（步骤 5）的方法组合路径，分隔图形效果如图 12-187 所示。

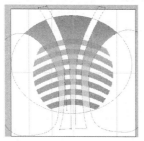

图 12-186 继续减选图形

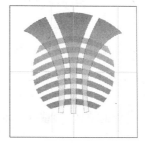

图 12-187 组合图像

09 选择【图层】>【栅格化】>【图层】命令，分别转换形状图层【形状 1】、【形状 2】为普通的图层。按 Ctrl 键，单击图层【形状 1】的缩览图，载入选区，再使用 ⬚ 多边形套索工具，同时按住 Alt 键，减去部分选区，如图 12-188 所示，然后选择图层【形状 2】，按 Delete 键删除选区部分的图像，如图 12-189 所示。

461

10 选择 Ⓣ 横排文字工具输入文字，使用 ⬚ 矩形工具绘制一条横线，恢复图层【形状 2】的【不透明度】为 100%，最终效果如图 12-190 所示，一个简单的房产 Logo 制作完成。最终文件参看【素材】\【Ch12 素材】\【创建形状图层.psd】文件。

图 12-188 创建选区

图 12-189 删除选区内图像

图 12-190 最终效果图

> **注 意**
>
> 形状图层总是显示路径，为了便于工作，选择【视图】>【显示】>【目标路径】命令，可以将其隐藏。

怎样制作图形缠绕或叠加效果？

答：在图形互相叠加的部分制作选区，按不同的顺序删除任意一个图形的区域。

技术看板

　　通过上面的操作，用户对形状图层应该有了更深地理解，在编辑形状图层时不只是用到形状工具，还会用到路径工具，这两种类型的工具有很多功能相同，即可创建路径，又可创建形状，在实际的工作中并没有单独创建路径的路径工具或创建形状的形状工具，下面通过一个实例来帮助用户进一步理解和掌握路径工具和形状工具，使它们成为你创作道路上的得力助手。

12.4.4　新建自定形状

　　在 Photoshop 的【形状】面板中，虽然预设了许多自定形状，但是有时也不能满足用户的需求，这时可根据需要创建新的自定义形状。下面详细地介绍创建自定义形状的操作方法。

上机操作 13　绘制路径定义为自定形状

　　使用 ✏️钢笔工具，绘制路径，使用【定义自定形状】命令，新建自定形状。

　　01　选择【文件】>【新建】命令，打开【新建】对话框，设置的参数如图 12-191 所示，新建文件。使用 ✏️钢笔工具，单击选项栏中的 📐路径图标，在新建的文件中绘制路径形状，如图 12-192 所示。

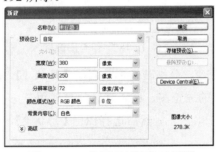

图 12-191　设置【新建】对话框

图 12-192　绘制路径

　　02　选择【编辑】>【定义自定形状】命令，在打开的【形状名称】对话框中命名定义的形状如图 12-193 所示，单击【确定】按钮。

　　03　选择 🔲自定形状工具，在选项栏中的【形状】选项中可以找到自定的形状如图 12-194 所示。

图 12-193　设置【形状名称】对话框

图 12-194　自定义新形状

上机操作 14　利用图像定义自定形状

　　将图像变成简单的黑白图像后，利用选区能够转换为路径的功能，将路径定义为自定形状。

　　01　打开【素材】\【Ch12 素材】\【定义自定形状 1.jpg】文件，如图 12-195 所示。

技术看板　怎样定义自定形状？
答：选择【编辑】>【定义自定形状】命令，可将当前路径定义为自定形状。

02 选择【图像】>【调整】>【阈值】命令，设置【阈值】对话框中的参数如图 12-196 所示，图像变成黑白图像，边界线更加鲜明如图 12-197 所示。

图 12-195 【定义自定形状 1】图像

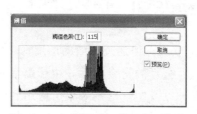

图 12-196 设置【阈值】对话框中的参数

图 12-197 得到黑白图像

03 选择【选择】>【色彩范围】命令，设置【色彩范围】对话框中的参数如图 12-198 所示，选中黑色的像素，单击【确定】按钮，得到如图 12-199 所示选区。按住 Alt 键，单击【路径】面板底部的 从选区生成工作路径图标，打开【建立工作路径】对话框，设置的参数如图 12-200 所示，选区转换成路径如图 12-201 所示。

图 12-198 设置【色彩范围】对话框中的参数

图 12-199 得到选区

图 12-200 设置【建立工作路径】对话框中的参数

图 12-201 选区转换为路径

04 选择【编辑】>【定义自定形状】命令，在打开的【形状名称】对话框中命名自定形状，如图 12-202 所示，然后在选项栏中的【形状】选项中可以找到自定的形状，如图 12-203 所示。

图 12-202 设置【形状名称】对话框

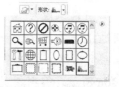

图 12-203 自定义新形状

能将图像定义为自定形状吗？

答：能，首先将图像转换为黑白图像，再使用相应的选取命令得到图像的选区，然后将选区转换为路径，最后使用选择【编辑】>【定义自定形状】命令，定义自定形状。

技术看板

12.5 综合实例——游戏道具血蝠剑

视频教学

光盘路径:【视频】文件夹中【Ch12】文件夹中的【血蝠剑1.psd】和【血蝠剑2.psd】文件

1. 实例分析

Photoshop 虽是二维设计软件,但通过特效的运用,同样可以模拟制作出三维物体。模拟实物不等于拍照,并不要求百分百的符合实际。由于篇幅有限,在此利用路径与形状介绍制作三维物体的一些常见效果,以及实现这些效果所应用到的命令,更多的效果读者可以在今后的实践中进行发掘,练习多了,就会做出更复杂的效果。

2. 制作过程

随着网游的发展,游戏中的道具也是越来越精美。利用 Photoshop 的路径与形状工具创建复杂图形的形状,制作一些具有棱角外形的图形。再利用图层样式功能给这些形状添加立体效果并赋予纹理图案,便可轻松制作这样的游戏道具。下面我们以制作血蝠剑为例,详细讲解其制作步骤,掌握了其制作方法,便可以设计其他形状、赋有不同材质的游戏道具了。

(1)制作血蝠剑的左翼

01 按快捷键 Ctrl+N,打开【新建】对话框,设置的参数如图 12-204 所示。设置前景色为 R=19、G=79、B=107,填充新建文件。

02 由于制作本例需要的图层比较多,为了便于管理,首先创建组。单击【图层】面板底部的 □ 创建新组图标,新建组【左】。按快捷键 Ctrl+R,显示标尺并拖出辅助线,如图 12-205 所示。

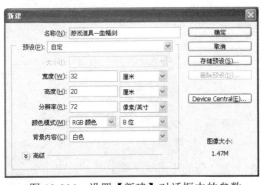

图 12-204 设置【新建】对话框中的参数

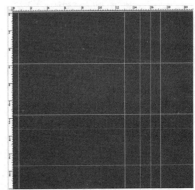

图 12-205 设置辅助线

03 设置前景色为 R=133、G=133、B=135,选择 ○ 椭圆工具,单击选项栏中的 形状图层图标,在文件中画一个椭圆图形,单击选项栏中的 从形状区域减去按钮,利用图形相减制作图形,然后选择 直接选择工具,单击选项栏中的 组合 按钮,合并图形,效果如图 12-206 所示,得到图层【形状 1】。

技术看板 | 利用形状工具只能绘制一些简单的图形吗?
答:否,形状工具虽然都是些简单的形状,但通过形状之间的运算可创建复杂形状的图形。

04　使用○椭圆工具，单击选项栏中的▣添加到形状区域按钮，在图形的右边添加两个小圆形，做出图形的弧形，效果如图 12-207 所示。

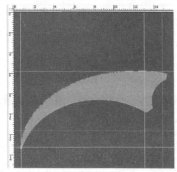

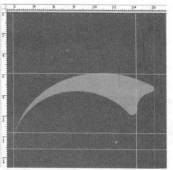

图 12-206　从椭圆形状区域减去效果　　　　　图 12-207　制作图形弧形效果

05　单击【图层】面板底部的 ⊘.添加图层样式图标，在弹出的下拉菜单中选择【斜面和浮雕】命令，设置的参数如图 12-208 所示，单击【确定】按钮，图层【形状 1】得到立体效果，如图 12-209 所示。

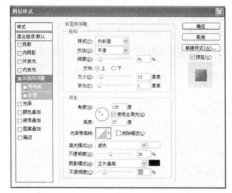

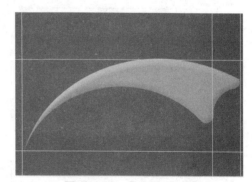

图 12-208　设置【斜面和浮雕】对话框 1　　　　　图 12-209　【形状 1】效果

06　复制图层【形状 1】为图层【形状 1 副本】，并重命名为【形状 2】，重新设定图层【形状 2】的颜色为 R＝213、G＝210、B＝210。按快捷键 Ctrl+T，自由变换图像，缩放 102%，效果如图 12-210 所示。继续调整图层【形状 2】的形状，选择○椭圆工具，单击选项栏中的▣从形状区域减去按钮，减选图形做出如图 12-211 所示四个弧形。

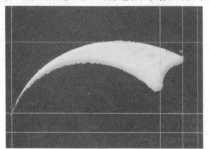

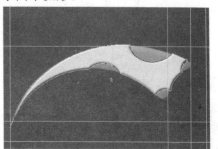

图 12-210　【形状 2】效果　　　　　图 12-211　减选图形制作弧形效果

怎样使复杂形状的图形具有立体效果？

答：在复杂形状的图形图层上添加【投影】、【内发光】和【斜面和浮雕】等样式。

技术看板

07 删除图层【形状 2】的图层样式效果，重新设置样式效果。单击【图层】面板底部的 ，添加图层样式图标，在弹出的下拉菜单中选择【投影】命令，设置【投影】对话框中的参数如图 12-212 所示，图层【形状 2】得到阴影效果。选择【内发光】命令，设置对话框中的参数如图 12-213 所示，选择【斜面和浮雕】命令，设置对话框中的参数如图 12-214 所示，选择【图案叠加】命令，设置对话框中的参数如图 12-215 所示，选择【描边】命令，设置参数如图 12-216 所示，图层【形状 2】得到立体效果，如图 12-217 所示。

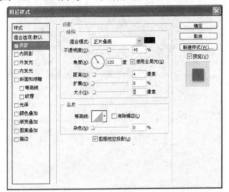

图 12-212 设置【投影】对话框

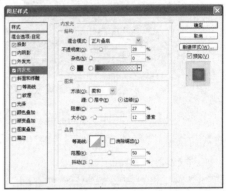

图 12-213 设置【内发光】对话框 1

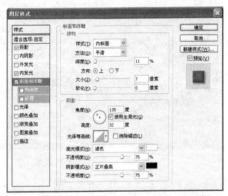

图 12-214 设置【斜面和浮雕】对话框 2

图 12-215 设置【图案叠加】对话框 1

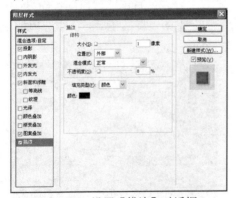

图 12-216 设置【描边】对话框 1

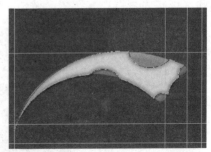

图 12-217 添加【形状 2】效果

技术看板

利用形状区域加减运算操作后，怎样才能合并图形？
答：在完成形状区域加减运算操作后，选择 直接选择工具，单击选项栏中的 组合 按钮，合并图形。

08 制作游戏道具另一部分的形状。设置前景色为 R＝133、G＝133、B＝135。使用 椭圆工具，单击选项栏中的 创建新的形状图层图标，在文件中画出椭圆图形，产生图层【形状 3】，再单击 从形状区域减去图标，减去一个大椭圆图形，形成一个大弧形，继续在弧形上减去几个等大的小椭圆，然后使用 钢笔工具，减去图形中其他不需要的部分，再选择 路径选择工具，单击选项栏中的 组合 组合按钮合并图形，并调整到适当的位置，效果如图 12-218 所示。

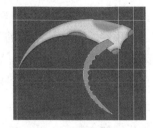

图 12-218　制作【形状 3】

09 单击【图层】面板底部的 添加图层样式图标，在弹出的下拉菜单中，选择【内发光】命令，设置对话框中的参数如图 12-219 所示，选择【斜面和浮雕】命令，设置对话框中的参数如图 12-220 所示，选择【图案叠加】命令，设置对话框中的参数如图 12-221 所示，选择【描边】命令，设置对话框中的参数如图 12-222 所示，图形【形状 3】得到立体效果，如图 12-223 所示。

467

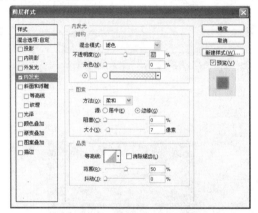

图 12-219　设置【内发光】对话框 2

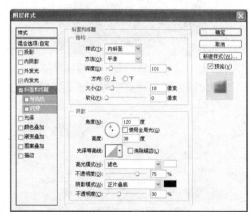

图 12-220　设置【斜面和浮雕】对话框 3

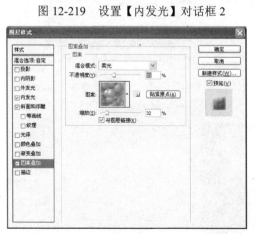

图 12-221　设置【图案叠加】对话框 2

图 12-222　设置【描边】对话框 2

只能使用路径工具勾画路径吗？

答：否，可以利用一些图像、字体等得到多种多样的形状。先将图像、文字转换为路径，再将其定义为形状即可。

技术看板

10 设置前景色为 R＝G＝B＝197，选择 ✍ 钢笔工具，单击选项栏中的 ▣ 创建新的形状图层图标，勾出如图 12-224 所示图形，产生图层【形状 4】。添加图层样式，单击【图层】面板底部的 ✍.添加图层样式图标，在弹出的下拉菜单中选择【内发光】命令，设置对话框中的参数如图 12-225 所示，选择【斜面和浮雕】命令，设置对话框中的参数如图 12-226 所示，效果如图 12-227 所示。

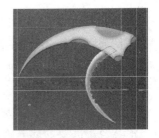

图 12-223　添加【形状 3】效果

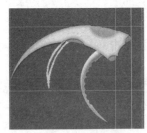

图 12-224　制作【形状 4】

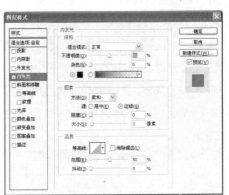

图 12-225　设置【内发光】对话框 3

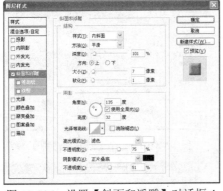

图 12-226　设置【斜面和浮雕】对话框 4

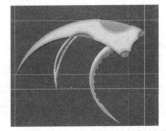

图 12-227　添加【形状 4】效果

11 复制图层【形状 4】为图层【形状 4 副本】。按快捷键 Ctrl+T，自由变换图形，缩小并放置到适当的位置，效果如图 12-228 所示，血蝠剑左翼的大体效果制作完成。

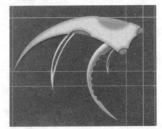

图 12-228　血蝠剑的左翼效果

技术看板　怎样使用路径选择工具复制路径？

答：在使用路径选择工具的情况下，按住 Alt 键拖动任意一条路径都可以得到该路径的副本。

（2）添加零部件

01 设置前景色为 R＝208、G＝204、B＝204。使用 ◎钢笔工具绘制图形，使用 ◎添加锚点工具添加锚点，并调整成弧状，效果如图 12-229 所示。再使用 ◎椭圆工具，单击选项栏中的 ◎添加到形状区域图标，在原有图形上添加椭圆图形做出弧形，然后组合图形，得到图层【形状 5】，如图 12-230 所示。

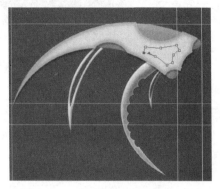

图 12-229　绘制【形状 5】基本形状

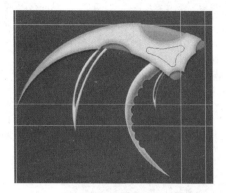

图 12-230　添加弧形

02 为图层【形状 5】添加图层样式。单击【图层】面板底部的 ◎添加图层样式图标，在弹出的下拉菜单中选择【内发光】命令，设置对话框中的参数如图 12-231 所示，选择【描边】命令，设置对话框中的参数如图 12-232 所示，得到图层【形状 5】的立体效果，如图 12-233 所示。

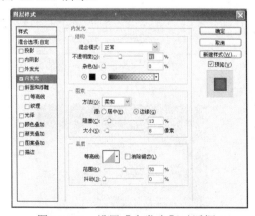

图 12-231　设置【内发光】对话框 4

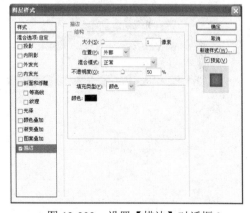

图 12-232　设置【描边】对话框 3

03 设置前景色为 R＝153、G＝148、B＝148。使用 ◎钢笔工具绘制图形，如图 12-234 所示，产生图层【形状 6】，复制图层【形状 6】为图层【形状 6 副本】。按快捷键 Ctrl+T，自由变换图形，缩放 80%，拖动图层【形状 5】到图层【形状 6 副本】的上方，图层【形状 6】效果如图 12-235 所示。

怎样使用路径选择工具和直接选择工具？

　　答：如果当前使用的是直接选择工具，按住 Alt 键单击路径，即可将整条路径选中；如果当前使用的是直接选择工具或路径选择工具，只要按住 Ctrl 键单击即可在这两个工具之间进行切换。

技术看板

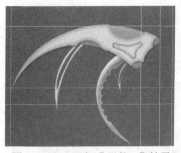

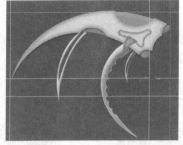

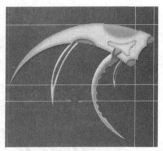

图 12-233　添加【形状 5】效果　　　图 12-234　绘制【形状 6】　　图 12-235　缩放复制【形状 6 副本】

04 再添加一些小的零部件。设置前景色为 R＝208、G＝204、B＝204，使用 椭圆工具，单击选项栏中的 创建新形状图层图标，绘制圆形如图 12-236 所示，产生新图层【形状7】。添加图层样式，单击【图层】面板底部的 添加图层样式图标，在弹出的下拉菜单中选择【斜面和浮雕】命令，设置对话框中的参数如图 12-237 所示，选择【描边】命令，设置对话框中的参数如图 12-238 所示，【形状】得到的立体效果如图 12-239 所示。

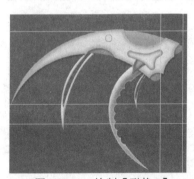

图 12-236　绘制【形状 7】

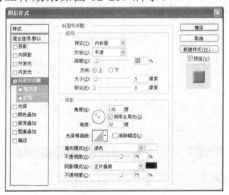

图 12-237　设置【斜面和浮雕】对话框 5

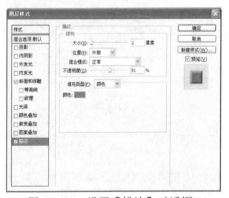

图 12-238　设置【描边】对话框 4

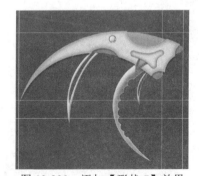

图 12-239　添加【形状 7】效果

05 使用 椭圆工具，设置选项栏【样式】选项为默认为无，绘制圆形，在图层【形状5】的上方产生新图层【形状8】，单击【图层】面板底部的 添加图层样式图标，在弹出的下拉菜单中选择【内发光】命令，设置对话框中的参数如图 12-240 所示，选择【描边】命令，

技术看板　在进行形状运算时，为什么有时运算按钮不能使用？
答：在进行形状之间的运算时，必须在选择形状图层矢量蒙版的情况下才可以执行。

设置对话框中的参数如图 12-241 所示,【形状 8】得到立体效果如图 12-242 所示。

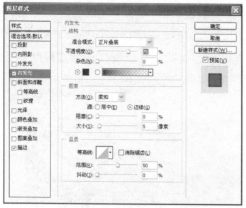

图 12-240 设置【内发光】对话框 5

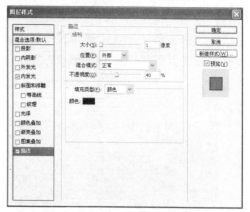

图 12-241 设置【描边】对话框 5

06 新建图层【图层 1】,使用 椭圆选框工具,在图层【形状 8】的上方制作一个正圆选区,使用 渐变工具,单击选项栏中的 径向渐变图标,在选区中做一个由白到黑的渐变,效果如图 12-243 所示。

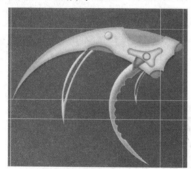

图 12-242 添加【形状 8】效果

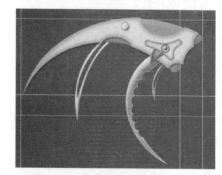

图 12-243 【形状 8】立体效果

07 新建【图层 2】,使用 矩形选框工具,制作矩形选区,单击选项栏中的 线性渐变按钮,由上到下做灰−白−灰的线性渐变。选择【编辑】>【描边】命令,设置【描边】对话框中的参数,如图 12-244 所示,得到另外一种零件的效果,如图 12-245 所示。

图 12-244 设置【描边】对话框中的参数

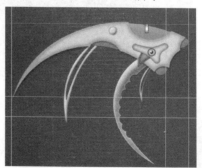

图 12-245 【图层 2】效果

471

是不是所有的图像轮廓都需要使用钢笔工具勾出?

答:从理论上讲,使用钢笔工具可绘制出任意形状的路径,但在某些情况下使用钢笔工具绘制路径过于烦琐,在可能的情况下,先将图像轮廓选中,然后再将选区转换为路径即可。

技术看板

08 复制【图层2】为【图层2副本】，并移动到适当的位置，如图12-246所示。

09 新建【图层3】，使用 椭圆选框工具，画出正圆形选区，填充黑色，按快捷键Ctrl+D，取消选区。添加图层样式，单击【图层】面板底部的 添加图层样式图标，在弹出的下拉菜单中选择【斜面和浮雕】命令，设置方向为向下，其他为默认。复制【图层3】为【图层3副本】，并移动到另一个位置，得到凹陷效果，如图12-247所示，游戏道具的左半部分制作完成。

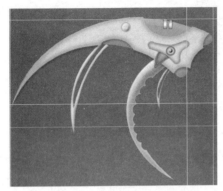 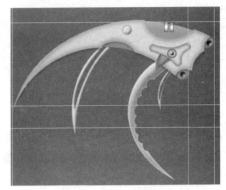

图 12-246　复制【图层2】效果　　　　图 12-247　制作凹陷零件效果

10 复制图层组【左】为图层组【左副本】，选择【编辑】>【变换】>【水平翻转】命令，水平翻转图像，按住Shift键，拖动图像到文件的右边，效果如图12-248所示，形成血蝠剑的右半部分。

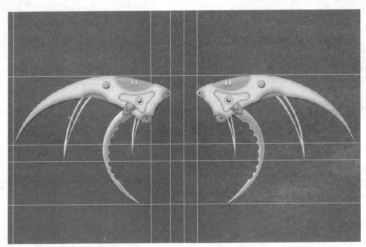

图 12-248　制作血蝠剑右部效果

（3）制作游戏道具中间部分箭

01 单击【图层】面板底部的 创建新组图标，新建图层组，命名为【中】，拖出几条参考线，如图12-249所示。

技术看板　在运行Photoshop时，Photoshop默认的将在哪里建立默认的暂存磁盘？

答：暂存磁盘在系统的启动盘中建立。

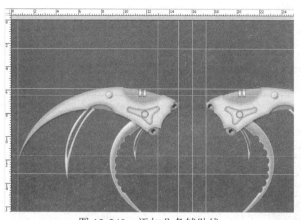

图 12-249　添加几条辅助线

02　设置前景色为 R＝G＝B＝232，使用▢矩形工具，单击选项栏中的▢创建新形状图层图标，画出矩形图形，使用✎添加锚点工具添加锚点，并调整出箭头的形状，效果如图 12-250 所示。使用◯椭圆工具，单击选项栏中的▣添加到形状区域按钮，在图形的上方再添加一个圆形，如图 12-251 所示，再单击▣从形状区域去按钮，减选图形，效果如图 12-252、图 12-253 所示，使用▶路径选择工具，单击选项栏中的 组合 按钮组合图形，效果如图 12-254 所示，得到图层【形状 9】。

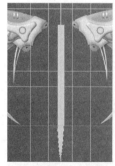
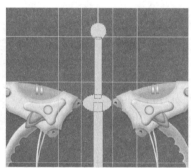
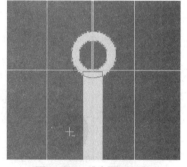

图 12-250　绘制箭上半部分效果　　图 12-251　绘制箭柄形状　　图 12-252 减去图形形状 1

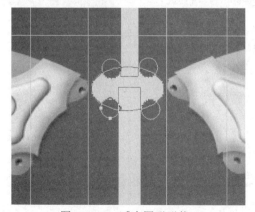
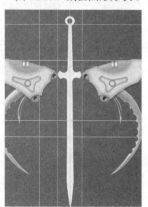

图 12-253　减去图形形状 2　　　　　図 12-254　制作箭的基本形状

怎样关闭所有路径的显示？

答：单击【路径】面板上的空白区域可关闭所有路径的显示。

技术看板

03 使用 添加锚点工具在箭头部位添加锚点，进一步调整箭的形状，如图 12-255 所示。给箭添加图层样式。单击【图层】面板底部的 添加图层样式图标，在弹出的下拉菜单中选择【斜面和浮雕】命令，设置对话框中的参数如图 12-256 所示，选择【描边】命令，设置对话框中的参数如图 12-257 所示，得到效果如图 12-258 所示。

图 12-255　调整箭的形状

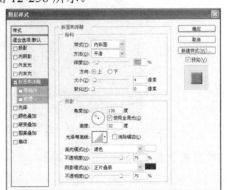

图 12-256　设置【斜面和浮雕】对话框 6

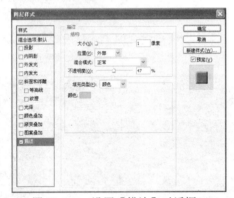

图 12-257　设置【描边】对话框 6

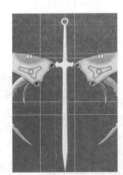

图 12-258　添加图层样式效果

04 复制图层【形状 9】为图层【形状 9 副本】，制作箭内部的图形，删除图层样式。设置前景色为 R＝G＝B＝112，填充前景色。按快捷键 Ctrl+T，自由变换图像，缩放为 80%，选择【图层】>【栅格化】>【图层】命令，转化图形图层为普通的图层，重新调整【形状 9】图形的大小，使用 套索工具，选取不需要的图像部分并按 Delete 删除，效果如图 12-259 所示。

05 选择 直排文字工具，输入字母，单击【图层】面板底部的 添加图层样式图标，在弹出的下拉菜单中选择【斜面和浮雕】命令，设置对话框中的参数如图 12-260 所示，制作凹陷的文字效果，如图 12-261 所示。

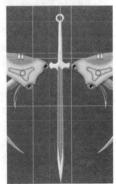

图 12-259　制作箭内部的图形

技术看板　【路径】面板下方的功能图标有相应的参数设置吗？

答：按住 Alt 键单击【路径】面板下方的每个图标时，都可弹出与之相关的对话框，在对话框中可以进行相应的参数设置。

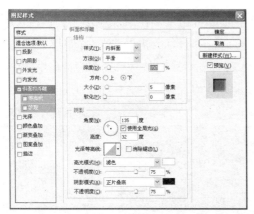

图 12-260　设置【斜面和浮雕】对话框 7　　　　　图 12-261　文字效果

06　设置前景色为 R＝G＝B＝204。使用 ◎椭圆工具，单击选项栏中的 ■创建新形状图层图标，画出椭圆图形，如图 12-262 所示，生成图层【形状 10】。单击【图层】面板底部的 ●，添加图层样式图标，在弹出的下拉菜单中选择【内发光】命令，设置对话框中的参数如图 12-263所示，图层【形状 10】产生立体效果，如图 12-264 所示。复制图层【形状 10】为图层【形状10 副本】，按快捷键 Ctrl+T，旋转 90°并缩放图像，调整到适当的位置，如图 12-265 所示。

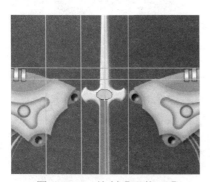

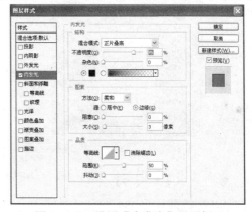

图 12-262　绘制【形状 10】　　　　　图 12-263　设置【内发光】对话框 6

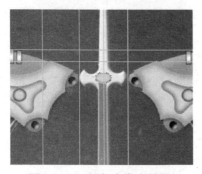

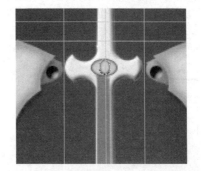

图 12-264　添加内发光效果　　　　　图 12-265　复制【形状 10】并旋转效果

07　单击【图层】面板底部的 ■创建新图层图标，新建【图层 4】。使用 ◎钢笔工具，单击选项栏中的■路径按钮，画一段路径，如图 12-266 所示，使用▱画笔工具，在选项栏中设置笔刷大小为 4 像素，描边路径，再删除路径，效果如图 12-267 所示。单击【图层】面板底部的 ▱.添加图层样式图标，在弹出的下拉菜单中选择【斜面与浮雕】命令，设置对话框中的参数为默认，单击【确定】按钮，制作出一个黑色的图形，将左、中、右三个部分连接起来。拖动图层组【中】到图层组【左】的下方，拖动【图层 4】到图层【形状 10】的下方，效果如图 12-268 所示。

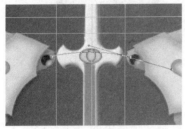

图 12-266　绘制路径

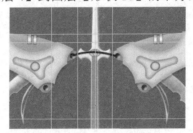

图 12-267　描边路径

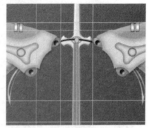

图 12-268　【形状 10】效果

08 制作游戏道具中部箭的效果。设置前景色为 R＝G＝B＝207，使用▱圆角矩形工具，单击选项栏中的▱创建新形状图层图标，画出圆角矩形，如图 12-269 所示，产生图层【形状 11】。单击选项栏中的▱从形状区域减去按钮，减去图形的效果如图 12-270 所示。

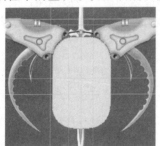

图 12-269　绘制【形状 11】

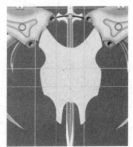

图 12-270　减去图形形状

09 单击【图层】面板底部的 ▱.添加图层样式图标，在打开的下拉菜单中选择【斜面和浮雕】命令，设置对话框中的参数如图 12-271 所示，选择【描边】命令，设置对话框中的参数如图 12-272 所示，得到的效果如图 12-273 所示。

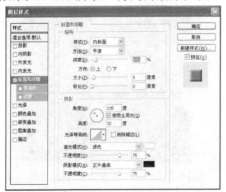

图 12-271　设置【斜面和浮雕】对话框 8

图 12-272　设置【描边】对话框 7

技术看板　将存储的路径转换为剪贴路径时，其中有一项【展平度】的设定，它的用途是什么？
答：【展平度】是定义曲线路径由多少个直线片段组成的。

10 复制图层【形状 11】为图层【形状 11 副本】，按快捷键 Ctrl+T，自由变换图像，缩放图像为 88%。设置前景色为 R＝16、G＝71、B＝113，并填充前景色，效果如图 12-274 所示。

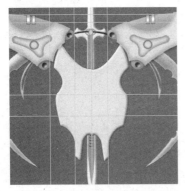

图 12-273 添加图层样式效果

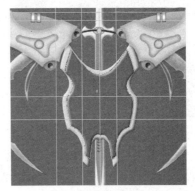

图 12-274 复制缩放图像效果 1

11 复制图层【形状 11 副本】为图层【形状 11 副本 2】，按快捷键 Ctrl+T，自由变换图像，缩放 88%。设置前景色为 R＝211、G＝207、B＝207，填充前景色，效果如图 12-275 所示。

12 复制图层【形状 11 副本 2】为图层【形状 11 副本 3】，按快捷键 Ctrl+T，自由变换图像，缩放 88%，删除斜面和浮雕图层样式效果，重新添加描边效果，设置描边颜色为 R＝66、G＝95、B＝139，得到效果如图 12-276 所示。

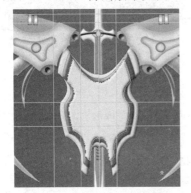

图 12-275 复制缩放图像效果 2

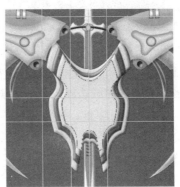

图 12-276 复制缩放图像并描边

（4）添加背景

01 设置前景色为 R＝87、G＝127、B＝158，选择【背景】图层，单击【图层】面板底部的 🔲 创建新图层图标，新建【图层 5】。使用 ◢ 钢笔工具，单击选项栏中的 路径图标，勾出路径，按快捷键 Ctrl+Enter，转换路径为选区，填充前景色，效果如图 12-277 所示。单击【图层】面板底部的 ⏿ 添加图层样式图标，在弹出的下拉菜单中选择【内发光】命令，设置内部光的颜色为 R＝123、G＝205、B＝208，其他参数设置如图 12-278 所示，在【图层】面板中设置【不透明度】为 70%，效果如图 12-279 所示。

路径工具或魔术棒选取的图像的外轮廓有毛边怎么办？

答：使用路径工具或魔术棒勾出图像的外轮廓后，使用【选择】>【羽化】命令，然后反选再删除，会好一点。

技术看板

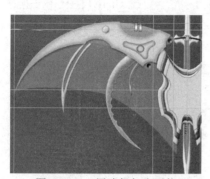

图 12-277 用路径勾出形状

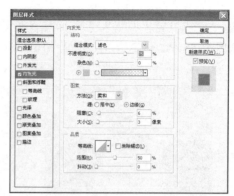

图 12-278 设置【内发光】对话框 7

02 复制【图层 5】为【图层 5 副本】，选择【编辑】>【变换】>【水平翻转】命令，水平翻转图像，按住 Shift 键，拖动复制的图像到文件的右部，得到对称的图像效果，效果如图 12-280 所示。

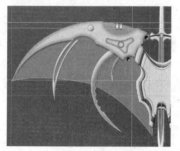

图 12-279 添加内发光效果 1

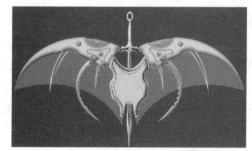

图 12-280 复制图像效果

03 在【图层 5】的下方新建【图层 6】，设置前景色为 R＝59、G＝99、B＝159，填充前景色。分别使用◯椭圆选框工具和▢矩形选框工具，利用选区相减和相加，制作如图 12-281 所示的选区，按 Delete 键，删除选区中的图像。单击【图层】面板底部的 *fx* 添加图层样式图标，在弹出的下拉菜单中选择【内发光】命令，设置内部光的颜色为 R＝110、G＝205、B＝236，其他参数设置如图 12-282 所示，效果如图 12-283 所示，

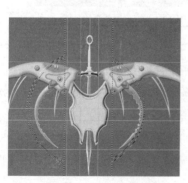

图 12-281 制作选区

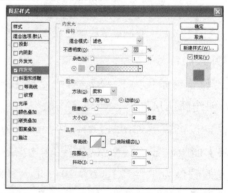

图 12-282 设置【内发光】对话框 8

技术看板

怎样快速复制图像？

答：不管使用何种工具，只须将图像选择后，同时按住 Alt 和 Ctrl 键，用鼠标左键按住图像拖动即可。如果图像在拖动前未被选择，则将复制出相同的图层。

04　利用前面学过的制作零部件和制作电源线的方法，添加一些零部件和电源线，效果如图 12-284 所示。最终文件请参看【素材】\【Ch12 素材】\【游戏道具—血蝠剑】\【游戏道具—血蝠剑.psd】文件。

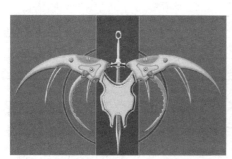

图 12-283　添加内发光效果 2

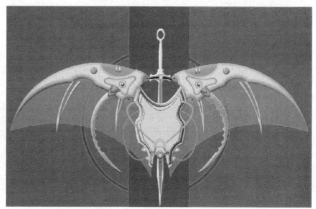

图 12-284　游戏道具—血蝠剑最终效果

怎样快速填充图像？

答：打开要填充的图像，执行 Ctrl＋A，选择全部图像，执行【编辑】>【定义图案】，将图像定义为图案再执行【编辑】>【填充】。

技术看板

第 **13** 章　不可缺少的文字

学 习 内 容	分 配 时 间	重 点 级 别	难 度 系 数
文字工具	15 分钟	★★★	★
实例——飞流	10 分钟	★★	★★
实例——回归自然	20 分钟	★★★	★★★
实例——文字特效	20 分钟	★★★★	★★★

　　如今的文字不仅用于传递信息，而且用在图像创作中有多种多样的变化形式，起到美化图像，增强视觉感染力等作用，吸引读者阅读。如图 13-1 所示，使用文字做为蒙版的图像效果。图 13-2 所示为将文字变形后的效果。

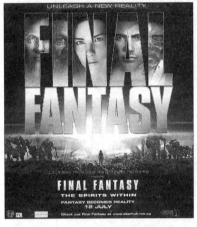

图 13-1　使用文字做蒙版图像效果

图 13-2　变形文字效果

13.1　文字工具组

　　Photoshop 提供了四种文字工具，包括用于创建实体文字的 ☐横排文字工具、☐直排文字工具和用于输入文字选区的 ☐横排文字蒙版工具、☐直排文字蒙版工具。根据需要选择相应的文字工具来输入文字，本节将详细地介绍文字的输入方法。

13.1.1　横排与直排文字工具

　　横排与直排文字工具是常用的，输入文字之前，可以在文字工具对应的选项栏中进行相关的参数设置。下面详细地介绍这两种文字工具的使用方法。

1. 横排文字工具

　　☐横排文字工具用于向图像中添加横排格式的文本，选项栏如图 13-3 所示。

技术看板　Photoshop 提供了几种文字输入工具？

答：有四种文字工具，包括横排文字工具、直排文字工具和用于输入文字选区的横排文字蒙版工具、直排文字蒙版工具。

图 13-3　【文字工具】选项栏

- 改变文字方向按钮：单击此按钮，可使文字在横排与直排之间进行切换。
- 设置字体：在此下拉菜单中可以选择文字的字体。
- 设置字形：在此下拉菜单中可以选择文字的特殊样式，像斜体，加粗等。
- 设置字号：在此下拉菜单中可以选择文字的大小。
- 设置消除锯齿方法：在此下拉菜单中可以选择文字的消除锯齿方法，以设置文字的边缘光滑程度，通常情况下选择【平滑】选项。
- 设置文字对齐：单击不同的对齐图标，可以以不同的方式对齐文字。
- 设置文字颜色：单击此颜色块，弹出【拾色器】对话框，设置不同的颜色。
- 设置文字变形按钮：单击此按钮，弹出【变形文字】对话框，从中设置适当的参数，设置变形文字效果。
- 切换字符调板按钮：单击此按钮，可控制【字符】面板及【段落】面板的显示或隐藏。
- 取消按钮：单击此按钮，取消对当前文字的所有编辑。
- 提交按钮：单击此按钮，确认对当前文字的所有编辑。

上机操作 1　输入文字

01　任意打开一个文件（【素材】\【Ch13 素材】\【直排文字.jpg】文件），选择 T 横排文字工具，然后在其选项栏中设置参数。

02　将鼠标指针移到图像窗口中，在想要输入文字的地方单击，然后在光标的后面就可以输入文字，在图像中即可显示文本，效果如图 13-4 所示。

03　按住鼠标左键选中文字，可重新设置选项栏参数，设置文字属性。图 13-5 所示为居中对齐文字效果。

图 13-4　输入文字效果

图 13-5　居中对齐文字的效果

2．直排文字工具

T 直排文字工具用于向图像中添加垂直格式的文本。创建直排文本的方法与创建横排文本的方法相同，只是得到的文本呈竖向排列。如图 13-6、图 13-7 所示，应用垂直文本效果的图像。

对输入的文字可进行哪些设置？

答：对输入的文字可设置其大小、字体、字形、字间距、平滑度、颜色等、还可单击选项栏中的【创建文字变形】图标，打开【变形文字】对话框，设置文字按不同形状排列。　　　　　　　　　　**技术看板**

图 13-6　应用垂直文本效果 1　　　　　　　　　　图 13-7　应用垂直文本效果 2

13.1.2　横排与直排文字蒙版工具

　　使用 横排／ 直排文字蒙版工具在图像中单击，输入文字后，然后取消此工具的选择状态，即可得到文字形状的选区。文字选区与普通选区一样，可进行填充、羽化、描边、变换选区等操作。

1. 横排文字蒙版工具

　　使用 横排文字蒙版工具，可得到横排文字形状的选区。

上机操作 2　应用文字蒙版工具

　　01　打开【素材】\【Ch13 素材】\【文字蒙版.jpg】文件，使用 横排文字蒙版工具在图像中单击，输入文字后，取消此工具的选择状态，得到文字的选区如图 13-8 所示。

　　02　设置前景色为 R=244、G=217、B=20，选择【编辑】>【描边】命令，【宽度】设置为 2 像素，描边效果如图 13-9 所示。

　　03　如果选择【选择】>【修改】>【羽化】命令，羽化文字选区，再使用前景色填充，效果如图 13-10 所示。

图 13-8　横排文字选区状态　　　　　图 13-9　描边文字选区　　　　　图 13-10　羽化文字选区并填充效果

2. 直排文字蒙版工具

　　使用 直排文字蒙版工具，可得到直排文字形状的选区。创建直排文本选区的方法与创建横排文本选区的方法相同，只是得到的文本选区呈竖向排列。

技术看板　横排文字与直排文字之间可转换吗？

答：可以转换，首先使用文字工具选择输入的文字，单击选项栏中的改变文字方向按钮，或选择【图层】>【文字】>【水平】或>【垂直】命令，可转换文字的排列方向。

图 13-11 所示为直排文字选区状态，描边及填充文字选区效果如图 13-12 所示。

图 13-11　直排文字选区状态

图 13-12　描边及填充效果

13.2　文字面板

Photoshop 提供了非常丰富的文字格式化功能，这些功能都集中在【字符】面板和【段落】面板中。利用这两个面板，可快速地调整出变化多样、美观的文字排列效果。要做到文字运用得当，就必须掌握设置字符属性的【字符】面板和设置段落属性的【段落】面板的相关操作方法，下面详细地介绍这两个调板。

13.2.1　【字符】面板

使用文字工具输入文字后，使用【字符】面板可重新设置字符的属性，如字体、字号、行距、字间距等字符属性，【字符】面板如图 13-13 所示，其中的一些参数与文字选项栏中的相同，在此不再重述，下面只介绍不同的参数。

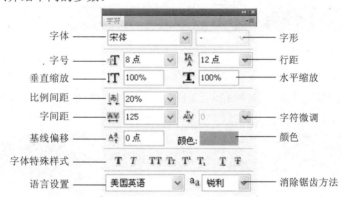

图 13-13　【字符】面板

【字符】面板中的参数设置：

- 行距：用于设置两行文字之间的距离，数值越大行间距越大。可直接输入数值或在下拉列表中选择一个数值。
- 垂直缩放：在此文本框中输入百分比，可调整字体垂直方向上的比例。
- 水平缩放：在此文本框中输入百分比，可调整字体水平方向上的比例。

怎样制作文字选区？
答：使用横排或直排文字蒙版工具在图像中单击，输入文字后，然后取消此工具的选择状态，即可得到文字形状的选区。

技术看板

483

- 比例间距：此选项按指定的百分比数值减少字符周围的空间。当向字符添加比例间距时，字符两侧的间距按相同的百分比减小。
- 字间距：只有选中文字时此选项才可用，用来控制所有选中文字的间距，数值越大间距越大。
- 字符微调：只有文字光标插入文字中此选项才可用。在数值框中输入数值，或者在下拉列表中选择一个数值，可以设置光标距前一个字符的距离。
- 基线偏移：此选项用于设置选中文字的基线值，当设置为正值时文字向上移，负值时向下移。
- 字体特殊样式：选中要改变字体样式的文字，单击其中的图标，即可添加特殊字体样式。

上机操作 3　应用【字符】面板

01 打开【素材】\【Ch13 素材】\【应用字符调板.jpg】文件，如图 13-14 所示。选择【窗口】>【字符】命令，或单击界面右侧的 字符调板图标，显示【字符】面板。

02 使用 横排文字工具输入文字，如图 13-15 所示，【字符】面板如图 13-16 所示。

图 13-14　【应用字符调板】图像　　　图 13-15　输入文字　　　图 13-16　【字符】面板

03 使用 横排文字工具选中要设置的字符如图 13-17 所示，在【字符】面板中设置垂直缩放和水平缩放都为 115%，并设置字体的颜色为白色，如图 13-18 所示，文字效果如图 13-19 所示。

图 13-17　选中字符　　　图 13-18　设置【字符】面板　　　图 13-19　设置字符效果

技术看板　【字符】面板与文字工具选项栏的功能一样吗？
答：它们都是对文字的属性进行设置的，但【字符】面板的功能比文字工具选项栏的功能要多，不可设置字符的垂直或水平缩放、字间距、字符微调等很多有关文字属性的设置。

484

13.2.2 【段落】面板

使用【段落】面板设置段落对齐及缩进方式，或设置段前段后的间距，能够增强文字的可读性与美观性，【段落】面板如图 13-20 所示。

图 13-20 【段落】面板

- 对齐方式：段落文字的排列共有左对齐文本、居中对齐文本、右对齐文本、最后一行左对齐、最后一行居中对齐、最后一行右对齐、全部对齐等七种对齐方式。
- 左缩进：用于设置当前段落的左侧相对于左定界框的缩进值。
- 右缩进：用于设置当前段落的左侧相对于右定界框的缩进值。
- 首行缩进：用于设置选中段落的首行相对其他行的缩进值。
- 段前添加空格：用于设置当前段落与上一段落之间的垂直间距。
- 段后添加空格：用于设置当前段落与下一段落之间的垂直间距。
- 避头尾法则设置：设置换行的方式。不能出现在一行的开头或结尾的字符称为避头尾字符。
- 间距组合设置：确定日语文字中标点、符号、数字以及其他字符类别之间的间距。
- 连字：设置手动或自动断字，仅适用于 Roman 字符。

上机操作 4　应用【段落】面板

01　打开【素材】\【Ch13 素材】\【应用段落调板.jpg】文件，如图 13-21 所示。选择【窗口】>【段落】命令，或单击界面右侧的 ¶【段落】面板图标，显示【段落】面板。使用 T 横排文字工具输入文字如图 13-22 所示。

〔 新生活的主流 〕

在事业和健康之间找到平衡

图 13-21 【应用段落调板】图像

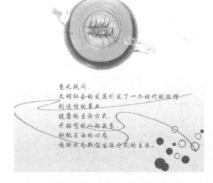

图 13-22 输入文字效果

怎样调整段落文字？

答：对段落文字使用【段落】面板来调整，通过它可设置段落对齐方式、段落及首行缩进量、段前及段后的距离等，通过对段落的调整能够增强文字的可读性与美观性。

技术看板

02 选中要设置的段落如图 13-23 所示，在【段落】面板中设置左对齐文本，效果如图 13-24 所示。

03 然后使用【字符】面板设置其他段落中的各别字符属性，效果如图 13-25 所示。最终文件参看【素材】\【Ch13 素材】\【应用段落调板.psd】文件。

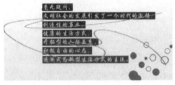

图 13-23　选中段落文本　　　　图 13-24　文本居中对齐效果　　　　图 13-25　设置字符属性效果

486

13.3 编辑文字

使用文字工具输入文字后，除了使用【字符】面板和【段落】面板对文本进行编辑外，还有很多种编辑方法，下面对其进行详细的介绍。

13.3.1 横排与直排文字的转换

虽然使用不同的文字工具可创建水平或垂直排列的文字，有时为了需要，要改变文字的排列方向，这时可执行下列操作。

1. 应用 更改文本方向按钮

要更改文本的方向，首先要选中文字或文字所在的图层，单击选项栏中的 更改文本方向按钮即可。

2.【图层】>【文字】>【垂直】命令

要将水平排列的文本更改为垂直排列的文本，首先选中文字或文字所在的图层，选择【图层】>【文字】>【垂直】命令即可。

3.【图层】>【文字】>【水平】命令

要将垂直排列的文本更改为水平排列的文本，首先选中文字或文字所在的图层，选择【图层】>【文字】>【水平】命令即可。

图 13-26 所示为应用横排文字效果的文本（【素材】\【Ch13 素材】\【横排文字效果.psd】文件），转换为直排文字效果的文本的效果如图 13-27 所示。

技术看板　怎样设置段落之间的距离？
答：使用文字工具选中输入的文字，在【段落】面板中的设置段前空格或设置段后空格后面的文本框中输入相应的数值，设置段落间的距离。

图 13-26　横排文字效果

图 13-27　直排文字效果

13.3.2　点文字

　　使用文字工具，在图像中单击插入光标点后，输入的文字叫点文字，此类文字的特点是无法自动换行，适用于少量文字的输入。

13.3.3　段落文字

　　使用文字工具在图像窗口中拖动创建一个段落文本框，松开鼠标后文字光标显示在文本框内，然后输入文字，称为段落文字。此类文字的特点是以段落文字定界框来确定文字的位置与换行，比较容易控制。

上机操作 5　输入段落文字

　01　打开【素材】\【Ch13 素材】\【段落文字.jpg】文件，如图 13-28 所示。

　02　使用 T 横排文字工具在图像窗口中按住鼠标左键拖出文本框，如图 13-29 所示，文字光标显示在文本框左上角。

图 13-28　【段落文字】图像

图 13-29　拖出文本框

什么是点文字，它有什么特点？

答：使用文字工具，在图像中单击插入光标点后，输入的文字叫点文字，此类文字的特点是无法自动换行，适用于少量文字的输入。

技术看板

03 设置好字符属性，输入段落文字效果如图 13-30 所示。

04 单击选项栏中的 √ 提交按钮，完成段落文字的输入，如图 13-31 所示。最终文件参看【素材】\【Ch13 素材】\【段落文字.psd】文件。

图 13-30　输入段落文字

图 13-31　段落文字效果

13.3.4　路径文字

首先绘制好开放路径或闭合路径，再使用文字工具在路径上或路径区域内输入文字，文字就会按预先的路径方向排列，完成以后还可以继续调整路径，文字会自动适应变化。使用路径绕排文字可以在图像中制作出更丰富的文字排列效果，使文字的排列形式不再是单调的水平或垂直方向，可以是曲线型的，还可以将文字纳入一个规则或不规则的路径形状内。下面详细介绍沿路径排文的方法。

488

━━━ 上机操作 6　沿路径排文 ━━━

01 打开【素材】\【Ch13 素材】\【沿路径绕排文字 1.jpg】文件，如图 13-32 所示。

02 使用 ⬩ 钢笔工具，单击选项栏中的 ▣ 路径图标，创建路径如图 13-33 所示。

图 13-32　【沿路径绕排文字 1】图像

图 13-33　创建路径 1

03 按 D 键，设置前景色为黑色。使用 T 横排文字工具移动到路径上，当鼠标指针变 时单击，输入如图 13-34 所示的文字，在【图层】面板中生成文字图层，如图 13-35 所示。

04 在文字图层上添加图层样式。单击【图层】面板底部的 ⨍. 添加图层样式图标，在弹出的菜单中选择【投影】命令，设置【投影】对话框中的参数如图 13-36 所示，选择【描边】命令并设置对话框中的参数如图 13-37 所示，添加样式后的文字效果如图 13-38 所示。

技术看板

什么是段落文字，它有什么特点？

答：使用文字工具在图像窗口中拖动创建一个段落文本框，松开鼠标后在文本框内输入的文字，称为段落文字。此类文字是以段落文字定界框来确定文字的位置与换行，比较容易控制。

图 13-34 沿路径输入文字

图 13-35 【图层】面板状态

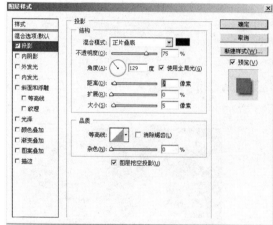

图 13-36 设置【投影】对话框

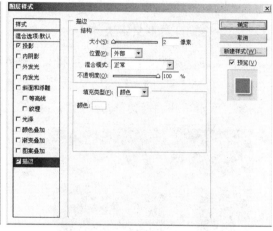

图 13-37 设置【描边】对话框

489

05 要想改变绕排路径文字的属性，可对其像普通的文字一样进行修改。使用【字符】面板修改文字的属性，如图 13-39 所示，修改字符的颜色为黄色。

图 13-38 添加样式效果

图 13-39 改变文字的颜色

06 要想改变绕排路径上的文字，可改变路径的形状。使用 直接选择工具，选择路径上的锚点，调整锚点两侧的控制柄，修改路径的形状，如图 13-40 所示，修改路径后文字的绕排效果。

07 要想改变文字在路径上的位置，使用 路径选择工具，按住鼠标左键向需要调整的方向拖动，如果拖动到路径线的另一侧，文字会反向绕排在路径的另一侧，如图 13-41 所示。

什么是沿路径排文，它有什么特点？

答：沿路径排文是使用文字工具在路径上或路径区域内输入的文字，文字按路径方向排列。若继续调整路径，文字自动适应变化。使用路径绕排文字可以在图像中制作出更丰富的文字排列效果。

技术看板

图 13-40　修改路径后文字绕排效果

图 13-41　文字反向绕排在路径另一侧效果

上机操作 7　创建异形文字块

应用沿路径绕排文字的功能，可将文字纳入一个路径形状内，形成异形文字块。

01　打开【素材】\【Ch13 素材】\【创建异形文字块.jpg】文件，如图 13-42 所示。使用
钢笔工具沿着啤酒瓶的外形绘制路径如图 13-43 所示。

图 13-42　【创建异形文字块】图像

图 13-43　创建路径 2

02　使用横排文字工具，将鼠标指针放于创建的路径内，当鼠标指针变为状时，在
路径中单击一下，在光标点后面随便输入几个英文字母如图 13-44 所示，输入完成后单击选项
栏中的提交按钮，完成文字的操作，效果如图 13-45 所示。

图 13-44　在路径内输入文字

图 13-45　异形文字块效果

技术看板　要得到文字路径，必须使用路径工具绘制吗？
答：否，使用文字工具输入文字后，选择【图层】>【文字】>【创建工作路径】命令，可将文字直接转换为工作路径。

13.3.5　由文字创建工作路径

使用【创建工作路径】命令，可将文字直接转换为工作路径，工作路径是出现在【路径】调板中并定义形状轮廓的一种临时路径，拖动临时路径到【路径】面板底部的　创建新路径图标上转换为工具路径。基于文字图层创建的工作路径，可以像处理任何其他路径一样存储或描边、填充或添加图层样式操作。原文字图层不会发生任何变化，还可以使用【字符】面板或【段落】面板进行编辑调整。

01　打开【素材】\【Ch13 素材】\【由文字创建工作路径.jpg】文件，如图 13-46 所示。使用 T 横排文字工具输入文字，如图 13-47 所示。

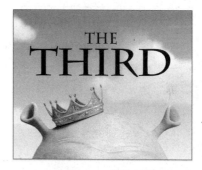

图 13-46　【由文字创建工作路径】图像　　　　图 13-47　输入文字 1

02　选择【图层】>【文字】>【创建工作路径】命令，创建工作路径如图 13-48 所示。

03　单击【图层】面板底部的　创建新图层图标，新建【图层 1】，使用　画笔工具描边路径，效果如图 13-49 所示。

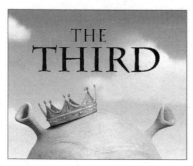

图 13-48　创建工作路径　　　　　　　　图 13-49　描边路径效果

04　创建路径后的文字不会发生任何变化，不会影响文字的可编辑性。隐藏描边文字路径效果图层，对文字图层添加样式效果。单击【图层】面板底部的　添加图层样式图标，在弹出的菜单中选择【渐变叠加】命令，设置对话框中的参数如图 13-50 所示，然后再设置【描边】对话框中的参数如图 13-51 所示，效果如图 13-52 所示。

491

文字转换为路径有什么用处，文字会有什么特点？
答：由文字转换的路径，可以像处理任何其他路径一样存储或描边、填充或添加图层样式操作。原文字图层不会发生任何变化，还可以使用【字符】面板或【段落】面板进行编辑调整。

技术看板

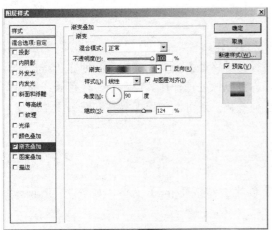

图 13-50 设置【渐变叠加】对话框

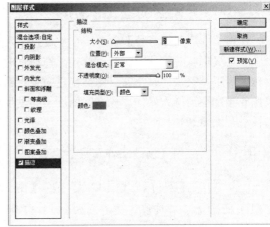

图 13-51 设置【描边】对话框 1

05 重新设置文字的字体，效果如图 13-53 所示。最终文件参看【素材】\【Ch13 素材】\【由文字创建工作路径.psd】文件。

图 13-52 添加图层样式效果

图 13-53 改变文字字体效果

13.3.6 将文字转换为形状

在将文字转换为形状时，文字图层被转换为具有矢量蒙版的图层。可以编辑矢量蒙版并对图层应用图层样式，但是无法再在图层中对文字进行编辑。下面以制作促销广告为例，介绍文字转化为形状在实际中的应用。

上机操作 9 产品促销广告

01 打开【素材】\【Ch13 素材】\【促销广告】\【产品促销广告.jpg】文件，如图 13-54所示。

02 使用 T 横排文字工具输入文字，在选项栏中设置适当的字体，输入文字如图 13-55所示，在【图层】面板中生成文字图层，如图 13-56 所示。

03 选择【图层】>【文字】>【转换为形状】命令，或在文字图层上右击，在弹出的快捷菜单中选择【转换为形状】命令，将文字图层转换为形状图层，如图 13-57 所示，【图层】面板如图 13-58 所示，原来的文字图层已经不存在，取而代之的是一个形状图层。

技术看板
文字图层怎样转换为形状图层？
答：输入文字后，选择【图层】>【文字】>【转换为形状】命令，或在文字图层上右击，在弹出的快捷菜单中选择【转换为形状】命令，将文字图层转换为形状图层。

图 13-54　【产品促销广告】图像

图 13-55　输入文字 2

图 13-56　【图层】面板状态 1

图 13-57　转换为形状效果

图 13-58　【图层】面板状态 2

04 使用 路径选择工具，分别选择字母 C 和 T，调整到如图 13-59 所示大小。再使用 钢笔工具及 直接选择工具将文字的形状调整到如图 13-60 所示的形状。

05 复制形状图层【cat】为图层【cat 副本】，将图层【cat】内容更改为用 R=224、G=88、B=3 颜色填充，并稍微向右下角移动，效果如图 13-61 所示。

图 13-59　调整个别文字

图 13-60　编辑形状效果

图 13-61　复制形状图层

06 单击【图层】面板底部的 添加图层样式图标，在弹出的菜单中选择【投影】命令，设置文本框中的参数如图 13-62 所示，效果如图 13-63 所示。

493

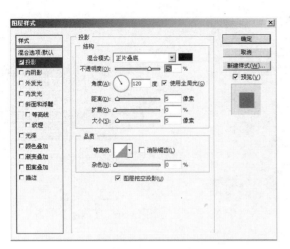

图 13-62 设置【投影】对话框中的参数　　　　　　　图 13-63 图像效果

07 　新建【图层 1】，按住 Ctrl 键，单击图层【cat】，载入图层【cat】选区，然后按住快捷键 Ctrl+Shift，单击图层【cat 副本】，添加选区区域。再选择【编辑】>【描边】命令，设置【描边】对话框中的参数如图 13-64 所示，单击【确定】按钮，缩放【图层 1】并调整到如图 13-65 所示的位置，得到一个更有创意的变形文字效果。最终文件参看【素材】\【Ch13 素材】\【促销广告】\【产品促销广告.psd】文件。

图 13-64 设置【描边】对话框 2　　　　　　　　图 13-65 变形文字效果

13.3.7 文字变形

选择【图层】>【文字】>【文字变形】命令，可以把文字调整成各种形状，或者单击文字选项栏中的 创建文字变形按钮，对文字变形。

上机操作 10 应用变形文字

01 　打开【素材】\【Ch13 素材】\【变形文字.jpg】文件，如图 13-66 所示，使用 T 横排文字工具输入文字，如图 13-67 所示。

技术看板　单个的字符可处理成艺术字，对多个或多行文字怎样变形处理？

答：使用文字工具输入一行或多行文字后，选择【图层】>【文字】>【文字变形】命令，可以把文字调整成各种形状，或者单击文字选项栏中的创建文字变形按钮，对文字变形。

图 13-66　【变形文字】图像

图 13-67　输入文字

02 　单击【图层】面板底部的 添加图层样式图标，在弹出的菜单中选择【描边】命令，设置对话框中的参数如图 13-68 所示，效果如图 13-69 所示。

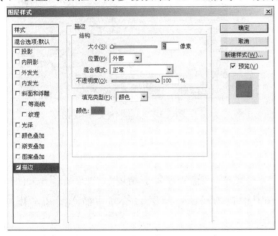

图 13-68　设置【描边】对话框 3

图 13-69　文字效果

495

03 　选择【图层】>【文字】>【文字变形】命令，或单击选项栏中的 创建文字变形按钮，打开【变形文字】对话框，在样式选项中选择一种文字排列方式，如图 13-70 所示，变形后的文字效果，如图 13-71 所示。

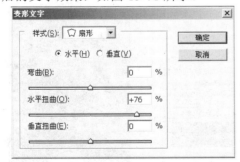

图 13-70　设置【变形文字】对话框

图 13-71　文字变形效果

【变形文字】对话框中的参数设置：

● 样式：在此选项中选择文字变形的样式。

怎样使用【变形文字】对话框？

答：使用文字工具选中欲要变形的文字，打开【变形文字】对话框，可以设置以垂直方向或水平方向变形，还可用数值设置弯曲、扭曲的程度。

技术看板

- 水平：此选项设定文字以水平方向变形。
- 垂直：此选项设定文字以垂直方向变形。
- 弯曲：此选项设定文字的变形程度，变形范围为-100%～100%。正值向上弯曲，负值时向下弯曲。
- 水平扭曲：此选项设定文字在水平方向上产生透视效果。
- 垂直扭曲：此选项设定文字在垂直方向上产生透视效果。

04 复制数个文字图层，并调整到如图 13-72 所示位置，添加图层蒙版淡化文字效果，如图 13-73 所示。最终文件参看【素材】\【Ch13 素材】\【变形文字.psd】文件。

图 13-72　复制文字　　　　　　　　　　　　　　图 13-73　淡化文字效果

13.3.8　将文字转换为图像

前面已经介绍了在图像中可以以不同的方式输入文字，输入的文字是以一个文字图层的形式存在，称为文字图层。输入的文字在【图层】面板中很容易辨认，图层的名称与输入的文字相同，原图像如图 13-74 所示，【图层】面板如图 13-75 所示。

文字图层与普通的图层的操作方式不同，利用【字符】面板只能改变字符的属性，如对字体大小、颜色、字间距，基线偏移等进行设置，使用【段落】面板也只是对段落进行对齐等操作，无法使用绘画类工具和滤镜命令进行编辑，要对文字使用此类工具编辑时，须执行【图层】>【栅格化】>【图层】命令，将文字层转化为普通层才行。图 13-76 所示为文字转换为图像后编辑的效果。

图 13-74　输入文字的原图像　　　图 13-75　【图层】面板状态　　　图 13-76　文字图像效果

技术看板　　文字图层与普通图层一样可执行各种菜单命令吗？

答：文字图层无法使用绘画类工具和滤镜命令进行编辑，要对文字使用此类工具编辑时，须执行【图层】>【栅格化】>【图层】命令，将文字层转化为普通层才行。

13.4　综合实例——文字特效

在图像中文字具有传递信息、美化图像的作用，尤其是文字多种多样的变化形式增强了视觉感染力，更能吸引读者。图 13-77～图 13-79 所示为文字在图像中的运用示例。下面通过实例讲解文字在实际中的应用。

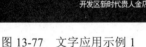
图 13-77　文字应用示例 1

图 13-78　文字应用示例 2

图 13-79　文字应用示例 3

视频教学

光盘路径：【视频】文件夹中【Ch13】文件夹中的【文字特效.psd】文件

1．实例分析

在网上常会看到各种各样的文字特效，利用 Photoshop CS4 的强大功能也可以制作自己想要的字体效果。

2．制作过程

本实例利用文字的选区，在通道中使用【高斯模糊】滤镜，生成圆角效果，并结合图层样式，制作文字的立体效果。学会这种文字效果的制作方法，可极大提高用户字体效果的处理能力，创造出千奇百变的字体效果。

（1）制作金属背景

01　选择【文件】>【新建】命令，设置打开的【新建】对话框中的参数如图 13-80 所示，新建文件。

02　设置前景色为 R＝G＝B＝161，填充前景色。选择【滤镜】>【杂色】>【添加杂色】命令，设置打开的【添加杂色】对话框中的参数如图 13-81 所示，效果如图 13-82 所示。

怎样制作银白色的金属效果？

答：首先建立灰色背景的文件，使用【添加杂色】命令，在灰色背景上添加杂色，再使用【动态模糊】命令制作动感模糊，最后叠加灰－白－灰的线性渐变图层。

技术看板

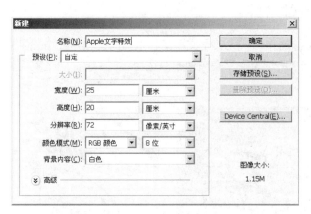

图 13-80　设置【新建】对话框

图 13-81　设置【添加杂色】对话框

03 选择【滤镜】>【模糊】>【动态模糊】命令，设置打开的【动态模糊】对话框中的参数如图 13-83 所示，效果如图 13-84 所示。

图 13-82　图像效果 1

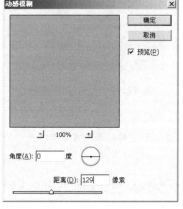

图 13-83　设置【动态模糊】对话框

图 13-84　模糊效果 1

04 单击【图层】面板底部的 创建新图层图标，新建【图层 1】，使用 渐变工具，单击选项栏中的 线性渐变图标，设置渐变颜色为灰－白－灰，在新建文件中由左向右做线性渐变，设置【图层】面板中的参数如图 13-85 所示，效果如图 13-86 所示。按快捷键 Ctrl+E，向下合并图层为【背景】图层，完成金属背景的制作。

图 13-85　设置【图层】面板

图 13-86　金属背景效果

技术看板 | **怎样制作一组间距相等的直线组?**
答：先使用直线工具画出一条直线，然后复制直线图层，并移动一段距离，重复复制直线图层并移动相同的距离即可得到间距相等的直线组。

（2）制作文字特效

01　使用 ⊤横排文字工具，在选项栏中设置适当的字体，输入文字并调整适当文字的大小及位置，如图 13-87 所示。

02　新建【图层 2】，使用 ↘直线工具，单击选项栏中的 ▫填充像素图标，设置【精细】选项为 13 像素，画出间隔为 1 像素的 12 条直线，如图 13-88 所示，合并所有直线图层为【图层 1 副本 11】。

图 13-87　输入文字

图 13-88　直线图像

03　选择 ↖魔棒工具，选取两条直线，设置前景色为 R＝40、G＝182、B＝77，填充前景色，取消选区。然后依次选取下面两条直线，分别填充颜色为 R＝251、G＝217、B＝26；R＝250、G＝146、B＝43；R＝239、G＝43、B＝38；R＝128、G＝79、B＝163；R＝47、G＝117、B＝194，最后效果如图 13-89 所示。

04　按住 Ctrl 键，单击图层【APPLE】的缩览图，载入文字选区，然后选择彩色的线条图层，按快捷键 Ctrl+J，复制选区中的线条为新【图层 1】，隐藏【图层 1 副本 11】和文字图层【APPLE】，效果如图 13-90 所示。

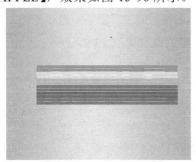

图 13-89　设置直线颜色

图 13-90　新【图层 1】效果

05　载入【图层 1】的选区，在【通道】调板中新建通道【Alpha1】，填充为白色。选择【滤镜】>【模糊】>【高斯模糊】命令，设置打开的【高斯模糊】对话框中的参数如图 13-91 所示，效果如图 13-92 所示。

06　按快捷键 Ctrl+D，取消选区。按快捷键 Ctrl+L，打开【色阶】对话框，设置对话框中的参数如图 13-93 所示，增强黑白对比度，这样得到的图像边缘比较平滑，效果如图 13-94 所示。

怎样制作圆角图像？

答：载入图像选区，建立新的 Alpha 通道，使用【高斯模糊】命令模糊 Alpha 通道，再用【色阶】命令，增强黑白对比度，这样 Alpha 通道的图像边缘变得比较平滑，重新载入 Alpha 通道选区，回到图层，按快捷键 Ctrl+J 复制图层图像到新图层，便得到圆角图像效果。

技术看板

图 13-91　设置【高斯模糊】对话框

图 13-92　模糊效果 2

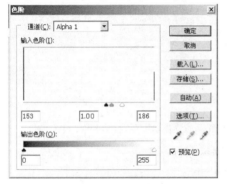

图 13-93　设置【色阶】对话框

图 13-94　得到平滑效果

07 载入【Alpha1】的选区，选择【图层 1 副本 11】，按快捷键 Ctrl+J，复制选区中的图像到新【图层 2】，拖动【图层 2】到最顶层，添加图层样式。隐藏【图层 1】、【图层 1 副本 11】和文字图层【Apple】。单击【图层】面板底部的 按钮添加图层样式图标，在弹出的下拉菜单中选择【斜面和浮雕】命令，设置【斜面和浮雕】对话框中的参数如图 13-95 所示，再设置【内发光】对话框中的参数如图 13-96 所示，最后设置【投影】对话框中的参数如图 13-97 所示，得到效果如图 13-98 所示。

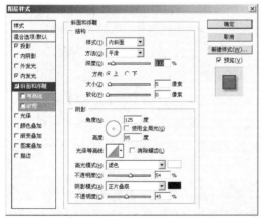

图 13-95　设置【斜面和浮雕】对话框 1

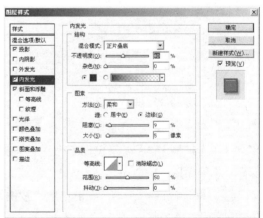

图 13-96　设置【内发光】对话框 1

技术看板　**怎样制作不同形状的图像？**
答：首先根据要制作的图形形状，使用选区工具，利用选区运算制作图形形状的选区，然后使用 Ctrl+J 键，复制图像到新的图层，得到要制作的形状的图形。

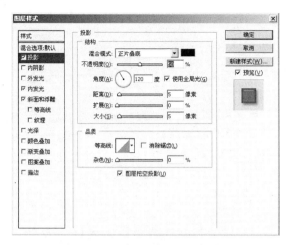

图 13-97　设置【投影】对话框 1

图 13-98　添加样式效果

08　复制【图层 2】为【图层 2 副本】，设置图层【混合模式】为【强光】，【填充】为 63%，得到比较亮的字体效果，如图 13-99 所示。

09　复制图层【背景】为图层【背景副本】，制作一个图形效果。使用⬭椭圆选框工具，按住 Shift 键，在图像中选取一个正圆选区，单击选项栏中的🔲从选区减去按钮，减去一个正圆选区，如图 13-100 所示。

图 13-99　设置【强光】混合模式

图 13-100　创建选区

10　按快捷键 Ctrl+R，显示标尺，拖出辅助线，使用☑多边形套索工具，减选选区，效果如图 13-101 所示。按快捷键 Ctrl+J，复制选区中的图像到新【图层 3】，添加图层样式效果。删除图层【背景】，单击【图层】面板底部的　🔲.添加图层样式图标，在弹出的下拉菜单中选择【内阴影】命令，设置对话框中的参数如图 13-102 所示，设置【内发光】对话框中的参数如图 13-103 所示，再设置【描边】对话框中的参数如图 13-104 所示，效果如图 13-105 所示。

图 13-101　制作选区

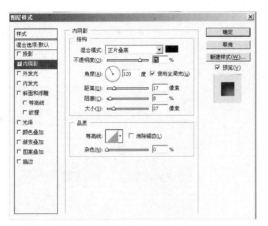

图 13-102　设置【内阴影】对话框

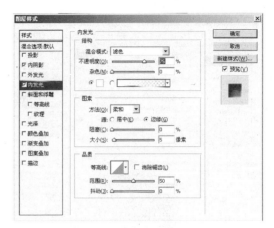

图 13-103　设置【内发光】对话框 2

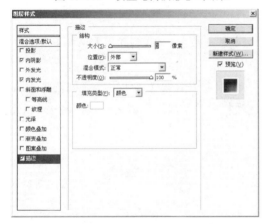

图 13-104　设置【描边】对话框

图 13-105　图像效果 2

（3）制作水晶苹果标志

01　新建【图层 4】，设置前景色为 R＝57、G＝183、B＝87，选择 自定形状工具，在选项栏中的【形状】选项中选择苹果图形，单击 填充像素图标，画出苹果图形，效果如图 13-106 所示。

02　给苹果图形添加图层样式。单击【图层】面板底部的 添加图层样式图标，在弹出的下拉菜单中选择【投影】命令，设置对话框中的参数如图 13-107 所示，设置【内发光】对话框中的参数如图 13-108 所示，设置【斜面和浮雕】对话框中的参数如图 13-109 所示，设置【颜色叠加】对话框中的

图 13-106　图形效果

参数如图 13-110 所示，最后设置【渐变叠加】对话框中的参数如图 13-111 所示，效果如图 13-112 所示，Apple 文字特效制作完成。最终文件参看【素材】\【Ch13 素材】\【文字特效】\【Apple 文字特效.psd】文件。

技术看板　如果在 Photoshop 中输入大量的文字，怎样进行文字的描写检查？

答：拼写检查操作非常简单，首先选择需要检查的文字所在图层，然后选择【编辑】>【拼写检查】命令，设置弹出的【拼写检查】对话框即可。

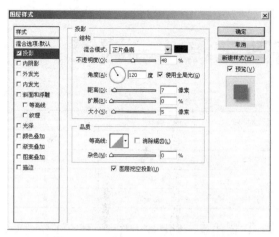

图 13-107　设置【投影】对话框 2

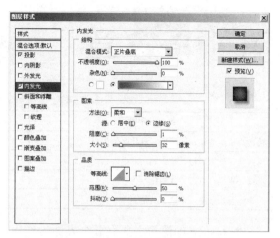

图 13-108　设置【内发光】对话框 3

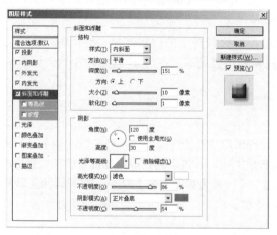

图 13-109　设置【斜面和浮雕】对话框 2

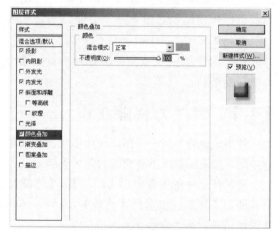

图 13-110　设置【颜色叠加】对话框

503

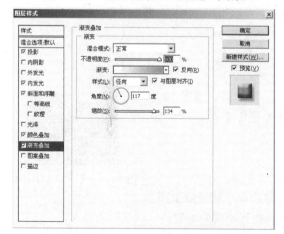

图 13-111　设置【渐变叠加】对话框

图 13-112　最终效果

如果在 Photoshop 中输入大量的文字，如果需要更改其中的一个或多个文字怎样处理？

答：首先选择替换文字所在图层，然后选择【编辑】>【查找和替换文本】命令，设置弹出的【查找和替换文本】对话框即可。

技术看板

第 **14** 章　　特效之源——滤镜

学 习 内 容	分 配 时 间	重 点 级 别	难 度 系 数
转换为智能滤镜、滤镜库、液化、消失点	10 分钟	★★	★
风格化、画笔描边、模糊、扭曲、	15 分钟	★★★	★★
视频、素描、纹理、像素化	15 分钟	★★★	★★
渲染、艺术效果、杂色、其他	15 分钟	★★	★★

　　Photoshop 的滤镜主要有五个方面的作用：优化印刷图像、优化 Web 图像、提高工作效率、提供创意滤镜和创建三维效果。滤镜的出现，极大地增强了 Photoshop 的功能，有了滤镜，我们就可以轻易地创造出十分"专业"的艺术效果。

　　滤镜也是 Photoshop CS4 的利器之一，它不但拥有数量众多的内置滤镜，而且还有第三方开发的许多优秀的滤镜。限于篇幅有限，我们只介绍内置滤镜，关于其他的外挂滤镜请参看其他厂商资料。

14.1　转换为智能滤镜

　　使用此命令可对一个图层使用多个滤镜效果，允许用户像管理图层效果一样来管理这个层的滤镜效果，如果感觉应用某滤镜的效果不满意，可以暂时关闭，或者退回到应用滤镜前的初始状态。

　　要对图层中的图像应用【图层】>【智能对象】>【转换为智能对象】命令，把普通图层转换成智能对象图层。或选择【滤镜】>【转换成智能滤镜】命令，选中的图层转换成智能对象。具体操作请参看第 8 章介绍。

14.2　滤镜库

　　使用滤镜库可以对图像实行多重滤镜效果，减少操作步骤。

上机操作 1　滤镜库

　　01　打开【素材】\【Ch14 素材】\【滤镜库.jpg】文件，如图 14-1 所示，选择【滤镜】>【滤镜库】命令，打开【滤镜库】对话框，如图 14-2 所示。

　　【滤镜库】对话框中的参数设置：

- 滤镜缩览图：此选项可以预览滤镜效果。
- 显示/隐藏滤镜缩览图：单击此按钮可以隐藏或显示滤镜缩览图。
- 滤镜下拉式菜单：在此下拉菜单中可以选择执行不同的滤镜。
- 滤镜参数：选择好将要应用的滤镜后，在此可以设置参数，从而达到满意的效果。
- 显示应用滤镜效果：此时滤镜效果应用到当前打开的图像中。
- 隐藏应用滤镜效果：此时滤镜效果没有应用到当前打开的图像中。

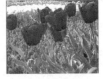

图 14-1　【滤镜库】图像

技术看板　使用滤镜的快捷键：
答：Ctrl+F——再次使用刚用过的滤镜；Ctrl+Alt+F——用新的选项使用刚用过的滤镜；Ctrl+Shift+F——退回上次用过的滤镜或调整的效果或改变合成的模式。

- 删除：单击此图标可以删除应用到图像中的滤镜效果。
- 新建：单击此图标可以在当前打开的图像中新建一种滤镜效果。
- 选择滤镜：在此可以选择不同滤镜效果。
- 预览：在此可以预览当前打开的图像执行不同滤镜后的效果。
- 缩放预览比例：单击"+"符号，扩大预览图，单击"-"符号，缩小预览图。当预览图太大而不能全面预览时，可以拖动其右边的滑块来预览。

02 使用【滤镜库】>【画笔描边】>【成角线条】命令后的效果如图 14-3 所示，再追加【艺术效果】>【调色刀】命令，设置的参数如图 14-4 所示，单击【确定】按钮，效果如图 14-5 所示。用同样的方法还可以继续添加其他一些滤镜效果。

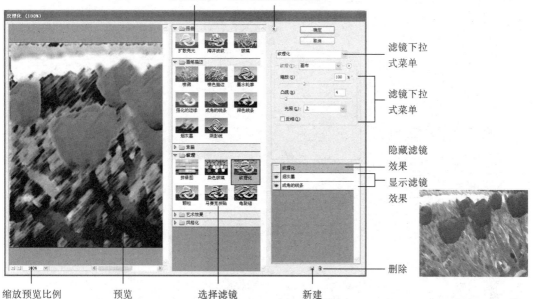

图 14-2 【滤镜库】对话框

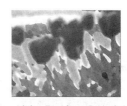

图 14-3 【成角线条】命令效果

505

图 14-4 设置【滤镜库】参数

图 14-5 追加【调色刀】命令效果

使用滤镜对话框时的快捷键：

答：在打开的相应对话框中，按 Alt 键，Cancel 按钮会变成 Reset 按钮，可恢复初始状况；按住 Ctrl 键，单击对话框中图像预览即可放大；反之按住 Alt 键则预览区内的图像便迅速变小。

技术看板

14.3 液化

【液化】滤镜可以将图像进行比较自然的变形。

打开【素材】\【Ch14 素材】\【液化 1.jpg】文件，如图 14-6 所示。选择【滤镜】>【液化】命令，打开【液化】对话框，如图 14-7 所示。

图 14-6 【液化 1】图像

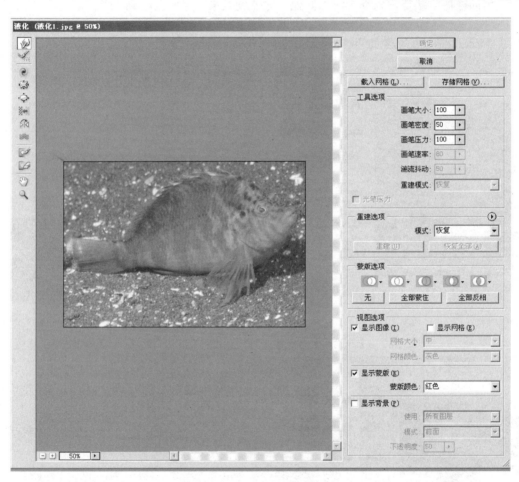

图 14-7 设置【液化】对话框

1. 液化工具

液化工具如图 14-8 所示。（素材文件为【素材】文件夹中【Ch14】文件夹中的【液化 2】～【液化 8】文件）

- 向前变形工具：用于在图像上拖拉，可以使图像按照鼠标拖拉的方向进行变形。原图像如图 14-9 所示，变形后的图像如图 14-10 所示。

技术看板　使用智能滤镜有什么好处？

答：在图层的面板上可对已执行滤镜后的效果重新做调整。

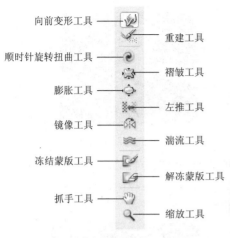

向前变形工具
重建工具
顺时针旋转扭曲工具
褶皱工具
膨胀工具
左推工具
镜像工具
湍流工具
冻结蒙版工具
解冻蒙版工具
抓手工具
缩放工具

图 14-8　液化工具

图 14-9　【液化 2】图像

图 14-10　向前变形效果

- ● 　重建工具：用于在图像经过液化变形后，使用此工具可以将变形的图像还原。原图像如图 14-11 所示，重建变形后的图像如图 14-12 所示，还原局部图像如图 14-13 所示。

图 14-11　【液化 3】图像

图 14-12　重建变形效果

图 14-13　还原局部图像效果

- ● 　顺时针旋转扭曲工具：用于在图像上拖拉，图像会产生顺时针旋转变形。原图像如图 14-14 所示，顺时针旋转变形效果如图 14-15 所示。

- ● 　褶皱工具：可以将图像向内收缩，形成一种图像收缩的效果，如图 14-16 所示。

图 14-14　【液化 4】图像

图 14-15　顺时针旋转变形效果

图 14-16　用褶皱工具变形效果

- ● 　膨胀工具：可以将图像向外推挤，形成一种图像膨胀的效果。原图像如图 14-17 所示，膨胀变形如图 14-18 所示。

507

图 14-17 【液化 5】图像

图 14-18 膨胀变形

- 左推工具：在图像上拖拉时，图像将以与拖拉的方向垂直的方向移动，造成图像推挤的效果。向左拖拉图像向下推挤，向右拖拉图像向上推挤，向上拖拉图像向左推挤，向下拖拉图像向右推挤。原图像如图 14-19 所示，像素位移变形后的效果如图 14-20 所示。

图 14-19 【液化 6】图像

图 14-20 用左推工具变形效果

508

- 镜像工具：在图像上拖拉图像时，图像将复制并推挤垂直方向的图像。向左拖拉图像时，将复制上方的图像，向右拖拉图像时，将复制下方的图像，向上拖拉图像时，将复制右方的图像，向下拖拉图像时，将复制左方的图像。原图像如图 14-21 所示，镜射后的图像如图 14-22 所示。

图 14-21 【液化 7】图像

图 14-22 镜像变形图像效果

- 湍流工具：用于在图像上拖拉，图像会产生波纹变形。原图像如图 14-23 所示，波纹变形后的效果如图 14-24 所示。

图 14-23 【液化 8】图像

图 14-24 用湍流工具变形图像效果

技术看板　【液化】命令包括哪些工具？

答：像素变形工具有向前变形工具、重建工具、顺时针旋转扭曲工具、褶皱工具、膨胀工具、左推工具、镜像工具和湍流工具。变形辅助工具有冻结蒙版工具、解冻蒙版工具、抓手工具和缩放工具。

- 冻结蒙版工具：可将不需要作液化变化的部分用冻结工具涂抹起来，在其他图像部分变形时不会被修改掉。
- 解冻蒙版工具：可以将被冻结的区域擦除。
- 抓手工具：图像不能完全显示时，使用此工具可观察图像的每一部分。
- 缩放工具：通过对图像的缩放可进行精确的变形。

2.【液化】对话框中的参数

液化工具参数设置如图 14-25 所示。

- 画笔大小：设置变形工具的笔刷大小。
- 画笔密度：控制笔刷边缘羽化多少。
- 画笔压力：设置变形工具的变形程度，设置数值越大，变形程度越强。
- 画笔速率：设置图像在应用变形时的速度，数值越大图像变形越快。
- 湍流抖动：设置变形工具的笔刷具有溅射效果。
- 重建模式：此选项适用于重建工具，可以选择一种模式，来重建预览图像的区域。
- 光笔压力：此选项用于设置数字板的属性。

3．重建选项

- 模式：设置重新变形模式。
- 重建：在设置图像重新变形的模式后，单击此按钮，可以使图像执行不同效果的重建变形。
- 恢复全部：在图像变形后，单击此按钮可以使图像恢复到原始状态。

4．蒙版选项

当一个图像存在一个选区或蒙版时，在进行液化变形时，可以选择下面一个选项。

图 14-25 液化工具参数设置

替换选区、添加到选区、从选区中减去、与选区交差、反相选区。

使用下列按钮可快速冻结或移去冻结区域。当图像中存在冻结区域，单击 无 无按钮，移去冻结区域；单击 全部蒙住 全部蒙住按钮，冻结整个图像；单击 全部反相 反相全部按钮，反相所有冻结区域。

5．视图选项

- 显示图像：选中此选项，将显示变形的图像。
- 显示网格：选中此选项，变形图像时显示变形网格。
- 网格大小：设置变形网格的大小。
- 网格颜色：设置变形网格的颜色。
- 显示蒙版：选中此选项可显示蒙版。
- 蒙版颜色：设置蒙版的颜色。

使用什么命令可修饰人物？

答：使用液化命令，修改人物偏胖、腰部、手臂偏粗，或者胸部偏小，婚纱的裙摆不够宽等，使用冻结蒙版工具将不需要变形的图像冻结，在其他图像部分变形时不会被修改掉。

技术看板

- 显示背景：选中此选项可显示变形预览图像的背景图。
- 使用：液化变形的图像中含有不同的图层时，从中可选择需要作为背景图的图层。
- 模式：设置变形预览图像的背景图的模式。
- 不透明度：设置变形预览图像的背景图的不透明度。数值越大，载入图层的图像越清晰。

在处理人像时，人物偏胖，腰部、手臂偏粗，或者胸部偏小，婚纱的裙摆不够宽等，都可以用【液化】滤镜处理。

14.4 消失点

在处理图像时，【消失点】命令能自动按透视进行调整。在一些情况下，使用 图章工具要将图像中的对象移除或许会非常困难，因为它不能很好的处理透视。【消失点】命令支持多图层的操作。

打开【素材】\\【Ch14 素材】\\【消失点.jpg】文件，如图 14-26 所示。选择【滤镜】>【消失点】命令，打开【消失点】对话框，如图 14-27 所示。

图 14-26　【消失点】图像 1　　　　　　　　　图 14-27　【消失点】对话框

【消失点】对话框中的工具选项如图 14-28 所示。

- 编辑平面工具：此工具可以创建或编辑修改已创建的网格，如果网格的边框以红色或黄色显示，说明透视不正确；以蓝色显示，说明透视正确。如图 14-29 所示，对创建的网格进行参数设置，【网格大小】选项用于设置网格的大小，可以输入数值或拖动滑块来控制。【角度】选项用于设置选中的平面与主平面角的角度。单击左侧的 按钮，在弹出的菜单中可选择消失点的相关参数设置及命令。
- 创建平面工具：此工具用来创建网格。
- 选框工具：选择此工具，根据修改位置的大小在创建的网格内制作选区，这个选区自动符合创建的网格的透视。对选框工具可进行如图 14-30 所示的设置，【羽化】选项用于设置选框边缘的模糊程度。【不透明度】选项用于设置拷贝图像的不透明度。【修复】选项用于设置拷贝图像的边缘与源图像的边缘的融合方式，如果选择【关】，拷贝图像不做任何处理，直接覆盖底图；选择【明亮度】，拷贝的图像与底图做亮度修理；选择【开】，拷贝图像的边缘融合及亮度同时被作用于底图。在【移动模式】选项中，如果选择【源】，则拖动选框区域可将区域复制到新图像中。

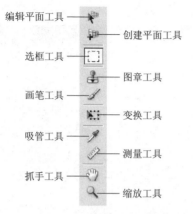

图 14-28 【消失点】对话框中的工具

图 14-29 编辑平面工具选项设置

图 14-30 选框工具选项设置

- 图章工具：此工具可以定义一个源图像，对图像进行修改。图章工具可进行如图 14-31 所示的设置，其中一些参数与选框工具一样，以下不再重述，另外【直径】选项是设置笔刷的大小，【对齐】选项是设置在复制时是否以取样点为对齐点进行复制。

图 14-31 图章工具选项设置

- 画笔工具：用此工具使用不同颜色对修改的图像部分进行叠加，修改图像的明暗程度，可进行如图 14-32 所示的设置，其中【画笔颜色】选项用于设置叠加的颜色。
- 变换工具：对修改的图像部分进行大小变换及翻转，可进行如图 14-33 所示的设置。

图 14-32 画笔工具选项设置　　　　　　　图 14-33 变换工具选项设置

- 吸管工具：用此工具可以定义不同的颜色。
- 抓手工具：图像不能完全显示时，使用此工具可观察图像的每一部分。
- 缩放工具：通过对图像的缩放可进行精确的操作。

上机操作 2　消失点的应用

01　打开【素材】\【Ch14 素材】\【消失点.jpg】文件，如图 14-34 所示，利用【消失点】滤镜，将图像中的刷子去掉。

创建平面工具有什么用处？

答：在使用【消失点】滤镜时必须先使用此工具根据要修改的区域创建透视网格，再使用编辑平面工具调整网格，当网格以蓝色显示，说明透视正确；以红色或黄色显示，说明透视不正确。

技术看板

511

02 单击【图层】调板底部的  创建新图层图标，新建【图层 1】，选择【滤镜】>【消失点】命令，在打开【消失点】对话框中自动形成蓝色的平面透视网格，如图 14-35 所示。

图 14-34 【消失点】图像 2

图 14-35 自动创建网格

03 选择 选框工具，设置的参数如图 14-36 所示，根据修改图像的大小，绘制一个矩形选框，如图 14-37 所示。

图 14-36 设置矩形选框工具的参数

图 14-37 绘制矩形选框

04 按住 Ctrl 键的同时，在框选区域的中心点按鼠标左键，如图 14-38 所示，然后向上拖动，复制掉图像中的刷子，如图 14-39 所示，松开鼠标左键。

技术看板 在【消失点】对话框中怎样使用画笔工具？

答：用此工具使用不同颜色对修改的图像部分进行叠加，修改图像的明暗程度。还可以设置画笔的大小、硬度及不透明。

图 14-38　在框选区域的中心点按鼠标左键　　　　图 14-39　松开鼠标复制图像效果

05　选择 变换工具，调整框选区域的边缘如图 14-40 所示，使复制的木板图像与原木板接缝相吻合，单击【确定】按钮，效果如图 14-41 所示。

06　单击【图层】调板底部的 添加图层蒙版图标，在【图层 1】中添加图层蒙版，选择工具箱中的 画笔工具，使用黑色在复制的地板图像边缘涂抹，隐藏边缘部分，使木板的接缝处吻合的更好，如图 14-42 所示，用同样的方法可以将电源线处理掉。

图 14-40　调整选区边缘　　　　图 14-41　复制图像效果　　　　图 14-42　应用消失点效果

14.5　风格化

风格化滤镜产生印象派及其他风格化的画派作品效果。可完全模拟真实艺术手法进行创作，让人难辨真假。打开【素材】\【Ch14 素材】\【风格化.jpg】文件，如图 14-43 所示，对其执行不同的滤镜。

图 14-43　【风格化】图像

513

使用【消失点】命令修复图像能否放置在新图层中？

答：在使用【消失点】命令修复图像前，先在【图层】面板中新建一个图层，修复的图像放在新图层中，最后添加图层蒙版修整图像，使图像与原图像纹理融合。

技术看板

14.5.1 查找边缘

查找边缘滤镜无对话框，搜寻主要颜色的变化区域后，强化其过渡像素，使效果看起来像是被铅笔勾描过轮廓一样，效果如图 14-44 所示。

图 14-44 查找边缘效果

14.5.2 等高线

等高线滤镜围绕边缘均匀画出一条较细的线，以使用户确定过渡区域的色泽水平。

选择【滤镜】>【风格化】>【等高线】命令，设置打开的【等高线】对话框中的参数，如图 14-45 所示，效果如图 14-46 所示。

图 14-45 【等高线】对话框

图 14-46 等高线效果

【等高线】对话框中的参数设置：

● 色阶：此项确认边缘对应的是较暗像素还是较亮像素，参数的设置范围为 0～255。
● 边缘：设置边缘的特性。有两个选项，【较低】选项是低于色阶值的像素；【较高】选项是高于色阶值的像素。

技术看板　怎样制作一幅图像的黑色线条稿？
答：打开图像后，选择【图像】>【调整】>【去色】命令，去掉图像的颜色，再选择【滤镜】>【风格化】>【查找边缘】命令，得到黑色线条图像。

14.5.3　风

风滤镜是通过在图像中增加一些小的水平线以生成风的效果。

选择【滤镜】>【风格化】>【风】命令，设置打开的【风】对话框中的参数，如图 14-47 所示，效果如图 14-48 所示。

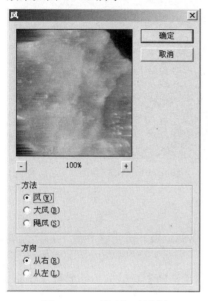

图 14-47　【风】对话框

图 14-48　风效果

【风】对话框中的参数设置：

- 方法：选择生成风的样式。有三种样式，【风】选项可以生成一般风的效果；【大风】选项生成强风效果；【飓风】选项会使风的线条逐个移位。
- 方向：控制风的方向。有两种选项，【从右】选项使风向从右到左；【从左】选项使风向从左到右。

14.5.4　浮雕效果

浮雕效果滤镜通过勾画图像或所选择区域的轮廓和降低周围色值来生成浮凸的效果。

选择【滤镜】>【风格化】>【浮雕效果】命令，设置打开的【浮雕效果】对话框中的参数，如图 14-49 所示，效果如图 14-50 所示。

【浮雕效果】对话框中的参数设置：

- 角度：此项用来调节效果光源的方向。参数的设定范围为-180～180。
- 高度：控制浮雕凸起的高度，参数的设定范围为 1～100。
- 数量：此项用来控制浮出图像的色值，值越大则色值越高。参数的设定范围为 1～500%。

怎样制作风效果？

答：选择【滤镜】>【风格化】>【风】命令，可制作风效果，像火焰字、冰凌字都是使用此命令制作的。

技术看板

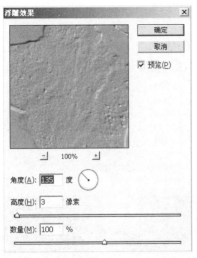

图 14-49 【浮雕效果】对话框

图 14-50 浮雕效果

14.5.5 扩散

扩散滤镜创建一种看似透过磨砂玻璃观察一样的分离模糊效果，产生这种效果是通过随机移动像素，或明暗互换造成的。

选择【滤镜】>【风格化】>【扩散】命令，设置打开的【扩散】对话框中的参数，如图 14-51 所示，效果如图 14-52 所示。

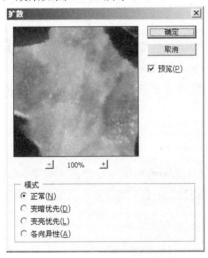

图 14-51 【扩散】对话框

图 14-52 图像扩散效果

【扩散】对话框中的参数设置：

- 正常：是通过移动像素点来实现扩散效果。
- 变暗优先：是通过用暗色像素代替明亮像素造成的。
- 变亮优先：是通过用亮色像素代替暗色像素造成的。
- 各向异性：在颜色变化最小的方向上来推移像素。

技术看板 使用滤镜制作的浮雕效果是怎样的？

答：【滤镜】>【风格化】>【浮雕效果】命令是通过勾画图像或所选择区域的轮廓和降低周围色值来生成浮凸的效果。

14.5.6 拼贴

拼贴滤镜将图像分成瓷砖方块，每个方块上都有部分图像。

选择【滤镜】>【风格化】>【拼贴】命令，设置打开的【拼贴】对话框中的参数，如图 14-53 所示，效果图如图 14-54 所示。

图 14-53　【拼贴】对话框

图 14-54　拼贴图像效果

【拼贴】对话框中的参数设置：

- 拼贴数：此项用来控制图像中每行瓷砖的数目，参数的设置范围为 1～99。
- 最大位移：此项用来控制瓷砖原始位置移位的最大的距离，参数的设定范围为 1%～99%。
- 填充空白区域：此项用来控制填充空区域的方式。填充空白区域的方式有四种，【背景色】选项以背景色填充空白区域；【前景颜色】选项以前景色填充空白区域；【反向图像】选项从瓷砖间显出原来图像的反转色；【未改变的图像】选项瓷砖出现在原始图片之上。

14.5.7 曝光过度

曝光过度滤镜产生图像正片和负片混合的效果，相当于摄影中增加光线强度产生的过度曝光效果，效果如图 14-55 所示。

图 14-55　曝光过度图像效果

14.5.8 凸出

凸出滤镜可将图像转化为一系列的三维立方体或锥体，可以改变图像或者生成特殊的三维背景。

选择【滤镜】>【风格化】>【凸出】命令，设置打开的【凸出】对话框中的参数，如图 14-56 所示，效果如图 14-57 所示。

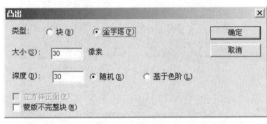

图 14-56　设置【凸出】对话框

图 14-57　图像效果

【凸出】对话框中的参数设置：

- 类型：选择设置凸出的类型。
- 大小：用来设置立方体或锥体的底面大小。参数设定范围为 2～255 像素。
- 深度：用来控制图像从屏幕突起的深度。参数设定范围为 1～255 像素。有【随机】和【基于色阶】两种选项。
- 立方体正面：选择此项，则在立方体的表面涂上物体的平均色。
- 蒙版不完整块：选择此项，则保证所有的突起都在筛选处理的部分之内。

14.5.9　照亮边缘

照亮边缘滤镜搜寻主要颜色的变化区域后，加强其过渡像素，从而在图像上产生轮廓发光的效果。

选择【滤镜】>【风格化】>【照亮边缘】命令，在打开的【照亮边缘】对话框中设置参数，如图 14-58 所示，图像效果如图 14-59 所示。

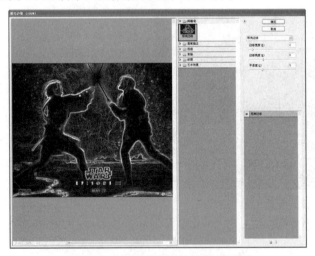

图 14-58　设置【照亮边缘】对话框

图 14-59　照亮边缘效果

技术看板　怎样模拟制作图像三维背景？
答：【滤镜】>【风格化】>【凸出】命令，可将图像转化为一系列的三维立方体或锥体，可以此来改变图像或生成特殊的三维背景。

【照亮边缘】对话框中的参数设置：
- 边缘宽度：用来控制发光轮廓线的宽度，参数设定范围为 1～14。
- 边缘亮度：用来控制发光轮廓线的亮度，参数设定范围为 0～20。
- 平滑度：用来控制发光轮廓线的光滑度，参数设定范围为 1～15。

14.6　画笔描边

画笔描边滤镜包含八种不同类型的特技效果。这些滤镜对 CMYK、多通道 和 Lab 颜色模式的图像不起作用。打开【素材】\【Ch14 素材】\【画笔描边.jpg】文件，如图 14-60 所示，对其执行不同的笔触效果滤镜。

图 14-60　【画笔描边】图像

14.6.1　成角的线条

成角线条滤镜产生倾斜笔画的效果，所有的设置都能够产生出较好的效果。

选择【滤镜】>【画笔描边】>【成角的线条】命令，在打开的【成角线条】对话框中设置参数，如图 14-61 所示，图像效果如图 14-62 所示。

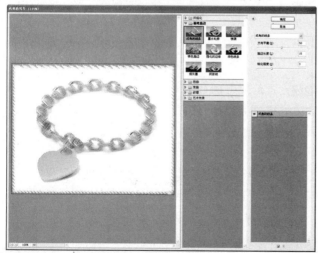

图 14-61　【成角线条】对话框

图 14-62　成角线条效果

【画笔描边】滤镜不能应用于哪些颜色模式的图像？
答：【画笔描边】命令不能应用于 CMYK 、多通道和 Lab 颜色模式的图像。

技术看板

【成角的线条】对话框中的参数设置：

- 方向平衡：控制线条倾斜的方向，参数设置范围为 0～100。当设定为 0 时，线条方向从右上方向左下方倾斜；当设定为 100 吋，则笔画从左上方和右下方倾斜。
- 描边长度：控制笔画的长度，参数设置范围为 3～50。
- 锐化程度：控制笔风的尖锐程度，参数设置范围为 0～10。

14.6.2 墨水轮廓

墨水轮廓滤镜将在处理颜色边界产生黑色轮廓。

选择【滤镜】>【画笔描边】>【墨水轮廓】命令，设置打开的【墨水轮廓】对话框中的参数，如图 14-63 所示，图像效果如图 14-64 所示。

图 14-63 【墨水轮廓】对话框

图 14-64 墨水轮廓效果

【墨水轮廓】对话框中的参数设置：

- 描边长度：调节笔画长度，参数设置范围为 1～50。无论是长笔画还是短笔画的线条，看上去都是那么好。
- 深色强度：调节黑色轮廓强度，参数设置范围为 0～50。
- 光照强度：调节白色区域强度，参数设置范围为 0～50。

14.6.3 喷溅

喷溅滤镜类似使用喷枪在画面上喷出的许多小彩点。它适用于制作水中镜像的效果。

选择【滤镜】>【画笔描边】>【喷溅】命令，设置打开的【喷溅】对话框中的参数如图 14-65 所示，图像效果如图 14-66 所示。

【喷溅】对话框中的参数设置：

- 溅射半径：用来调整喷溅浪花的辐射范围，参数设置范围为 0～25。
- 平滑度：调整喷溅浪花的光滑程度，参数设置范围为 1～15。

技术看板　【喷溅】滤镜命令与【喷色描边】命令有什么不同？

答：使用【滤镜】>【画笔描边】>【喷溅】命令，产生类似使用喷枪在画面上喷出的许多小彩点，而使用【喷色描边】命令，产生斜纹的飞溅效果。

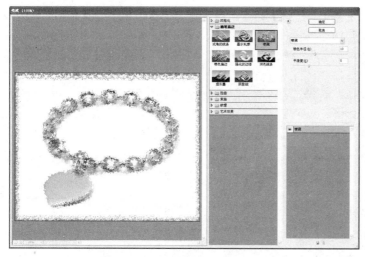

图 14-65　【喷溅】对话框 　　　　　　　　　　　　　　图 14-66　喷溅效果

14.6.4　喷色描边

喷色描边滤镜与喷溅效果相似，不同的是产生斜纹的飞溅效果。

选择【滤镜】>【画笔描边】>【喷色描边】命令，设置打开的【喷色描边】对话框中的参数，如图 14-67 所示，图像效果如图 14-68 所示。

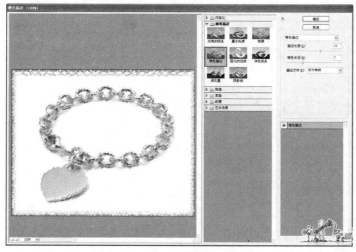

图 14-67　【喷溅描边】对话框 　　　　　　　　　　　图 14-68　喷色描边效果

【喷色描边】对话框中的参数设置：
- 描边长度：用来调节笔画长度的明暗度，参数设置范围为 0～20。
- 喷色半径：控制溅射浪花的范围大小，参数设置范围为 0～25。
- 描边方向：用来控制笔画的方向。

14.6.5　强化的边缘

强化的边缘滤镜是强化颜色之间的边界处。

【强化的边缘】命令有什么特点？

答：此命令通过对描边线条的边缘宽度、边缘亮度及平滑数值的设置，强化颜色之间的边界处的线条变化情况。　　技术看板选择【滤镜】>【画笔描边】>【强化的边缘】命令，设置打开的【强化的边缘】对话框中的参数如图 14-69 所示。图像效果如图 14-70 所示。

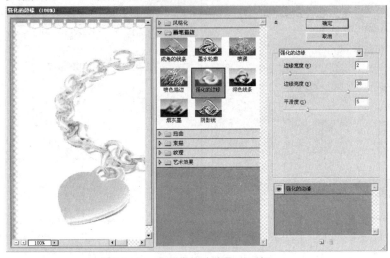

图 14-69　【强化的边缘】对话框

图 14-70　强化的边缘效果

【强化的边缘】对话框中的参数设置：

- 边缘宽度：调整处理的边界宽度，参数设置范围为 1～14。
- 边缘亮度：调整处理的边界亮度，参数设置范围为 0～50。
- 平滑度：调整边界的平滑程度，参数设置范围为 1～15。

14.6.6　深色线条

深色线条滤镜产生一种强烈的黑色阴影，与成角线条相似。

选择【滤镜】>【画笔描边】>【深色线条】命令，设置打开的【深色线条】对话框中的参数如图 14-71 所示，图像效果如图 14-72 所示。

图 14-71　【深色线条】对话框

图 14-72　深色线条效果

技术看板

【强化的边缘】命令有什么特点？

答：此命令通过对描边线条的边缘宽度、边缘亮度及平滑数值的设置，强化颜色之间的边界处的线条变化情况。

【深色线条】对话框中的参数设置：

- 平衡：调节平衡笔触着笔方向，参数设置范围为 0～10。当设定为 10 时，笔画从右下角到左上角；设定为 0 时，笔画方向从左上角到右下角；设定为 5 时，则两条线条各占一半。
- 黑色强度：调节黑色阴影强度，参数设置范围为 0～10。数值越大图像中的色调越暗；当设定为 10 时，图像中的颜色将变成黑色。
- 白色强度：调节白色区域强度，参数设置范围为 0～10。数值越大图像中的色调越亮；当设定为 10 时，图像中的所有浅颜色区域将变得更亮。

14.6.7　烟灰墨

通过计算图像像素的色值分布，产生色值概括描绘的效果，处理带文字的图像后能产生独特的效果。

选择【滤镜】>【画笔描边】>【烟灰墨】命令，设置打开的【烟灰墨】对话框中的参数如图 14-73 所示，图像效果如图 14-74 所示。

【烟灰墨】对话框中的参数设置：

- 描边宽度：控制笔画的宽度，参数设置范围为 3～15。
- 描边压力：用来控制图像中产生黑色的多少，参数设置范围为 0～15。
- 对比度：控制图像的对比度，参数设置范围为 0～40。

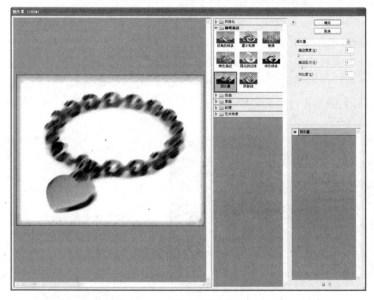

图 14-73　【烟灰墨】对话框

图 14-74　烟灰墨效果

14.6.8　阴影线

阴影线滤镜产生的效果与成角线条相似，产生交叉网状的线条。

选择【滤镜】>【画笔描边】>【阴影线】命令，设置打开的【阴影线】对话框中的参数如图 14-75 所示，图像效果如图 14-76 所示。

【烟灰墨】命令有什么特点？

答：此命令通过对描边压力的设置，控制图像中产生黑色笔触的多少，使图像产生独特的效果。

技术看板

图 14-75 【阴影线】对话框   图 14-76 阴影线图像效果

【阴影线】对话框中的参数设置：

- 描边长度：调节交叉网线笔刷长度，参数设置范围为 3～50。
- 锐化程度：调节交叉网线的锐化程度，参数设置范围为 0～20。
- 强度：调节交叉网线的力度感，参数设置范围为 1～3。

14.7 模糊

模糊滤镜用来光滑边缘过于清晰或对比度过于强烈的区域，产生晕开模糊效果模糊边缘。另外，也可以制作柔和阴影。这些主要是针对相邻区间的颜色进行处理，使被处理图像产生一种模糊效果。打开【素材】\【Ch14 素材】\【模糊.jpg】文件，如图 14-77 所示，对其执行不同模糊滤镜效果。

图 14-77 【模糊】图像

14.7.1 表面模糊

表面模糊滤镜可在保留图像边缘的情况下，对图像内部进行模糊，从而去除一些杂色。

选择【滤镜】>【模糊】>【表面模糊】命令，设置打开的【表面模糊】对话框中的参数如图 14-78 所示，效果如图 14-79 所示。

技术看板 | 【表面模糊】命令有什么特点？
答：此命令可在保留图像边缘的情况下，对图像内部进行模糊，从而去除一些杂色，阈值参数设置不亦过大，否则图像边缘会模糊。

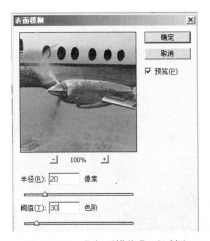

图 14-78 【表面模糊】对话框

图 14-79 表面模糊图像效果

【表面模糊】对话框中的参数设置：

- 半径：决定要搜索像素的范围，参数设置范围为 0～100 像素。
- 阈值：设置模糊像素的范围，参数设置范围为 2～255 色阶，数值越小，便可保留尖锐的图像边缘效果。

14.7.2 动感模糊

动感模糊滤镜产生动感模糊的效果，模仿物体运动时曝光的摄影手法。

选择【滤镜】>【模糊】>【动感模糊】命令，设置打开的【动感模糊】对话框中的参数如图 14-80 所示，效果如图 14-81 所示。

图 14-80 【动感模糊】对话框

图 14-81 动感模糊效果

【动感模糊】对话框中的参数设置：

- 角度：用来设置动感模糊的方向，参数设置范围为-90～90。
- 距离：用来调整处理图像的模糊强度，参数设置范围为 1～999 像素。此项控制模糊距离的长短，数值越大，模糊距离越长。

【动感模糊】命令有什么特点？

答：此命令产生动感模糊的效果，可任意设置动感的方向及模糊距离的大小。

技术看板

14.7.3 方框模糊

方框模糊滤镜产生的模糊形式是根据相邻像素的计算，达到模糊的效果。

选择【滤镜】>【模糊】>【方框模糊】命令，设置打开的【方框模糊】对话框中的参数如图 14-82 所示，效果如图 14-83 所示。

图 14-82 【方框模糊】对话框   图 14-83 方框模糊效果

【方框模糊】对话框中的参数设置：

半径：用于设置模糊范围大小，参数设置范围为 1~999 像素。

14.7.4 高斯模糊

高斯模糊滤镜是最有使用价值的模糊滤镜之一。在很大程度上对处理图像进行高斯模糊，给用户造成难以辨认的浓厚的图像模糊效果。

选择【滤镜】>【模糊】>【高斯模糊】命令，设置打开的【高斯模糊】对话框中的参数如图 14-84 所示，效果如图 14-85 所示。

图 14-84 【高斯模糊】对话框   图 14-85 高斯模糊图像效果

【高斯模糊】对话框中的参数设置：

● 半径：此选项可以调节和控制选择区域或当前处理图像的模糊程度。参数设置范围为 0.1~250.0 像素。数值越大，则产生的模糊效果越强烈。

技术看板 | 【高斯模糊】命令有什么特点？
答：此命令对图像进行高斯模糊，若模糊半径数值设置过大可造成难以辨认的浓厚的图像模糊效果。

14.7.5　进一步模糊

　　进一步模糊滤镜对图像进行模糊，其模糊效果比模糊的效果要强 4～5 倍。若是对分辨率高的图像执行此效果，除非多次执行，否则看不出效果来。它没有对话框参数设置，进一步模糊的效果如图 14-86 所示。

图 14-86　进一步模糊效果

14.7.6　径向模糊

　　径向模糊滤镜产生的模糊形式是圆形的也可以是升腾的。

　　选择【滤镜】>【模糊】>【径向模糊】命令，设置打开的【径向模糊】对话框中的参数如图 14-87 所示，效果如图 14-88 所示。图 14-89 所示为缩放模糊效果。

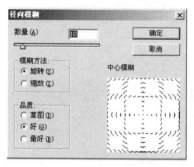
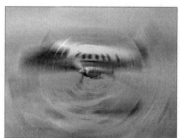

图 14-87　【径向模糊】对话框　　图 14-88　【旋转】方式模糊效果　图 14-89　【缩放】方式模糊效果

　　【径向模糊】对话框中的参数设置：

- 数量：控制当前的处理图像产生模糊效果的强度，参数设置范围为 1～100。
- 中心模糊：在此项下面的预览框中单击，可以设定模糊中心点位置。
- 模糊方式：有旋转和缩放两种方式。其中【旋转】方式是从图像的中心向外模糊，【缩放】方式是从图像中心放大。
- 质量：设置模糊效果的程度。选择【草图】时产生模糊效果最快，质量最差；选择【好】时产生的模糊质量好一些；选择【最好】产生的模糊效果最好。

【径向模糊】命令有什么特点？

　　答：此命令对图像可产生两种模糊，一种是以图像中心向外模糊，另一种是从图像的中心放大的模糊，这个中心可任意设定，数量的数值设置越大模糊效果越强。

技术看板

14.7.7 镜头模糊

镜头模糊滤镜可使一个图像增加一个狭窄而深的模糊效果。

选择【滤镜】>【模糊】>【镜头模糊】命令，在打开的【镜头模糊】对话框中设置参数，如图 14-90 所示，效果如图 14-91 所示。

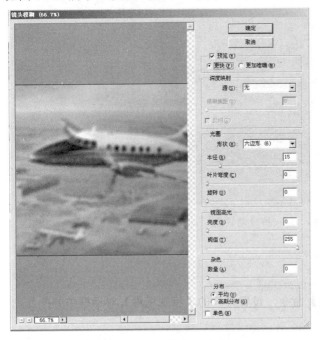

图 14-90　【镜头模糊】对话框

图 14-91　镜头模糊图像效果

【镜头模糊】对话框中的参数设置：

（1）预览

- 更快：选择此选项，可以快速预览镜头模糊效果。
- 更加准确：选择此选项，预览更精确的镜头模糊效果，但需要更新的时间比较长。

（2）深度映射

- 源：在源的下拉列表框中有无、透明度和图层蒙版三个选项。
- 模糊焦距：用来设置图像像素模糊焦距的深度。
- 反相：选择此选项，反选选择区域或 alpha 通道，使用源深度图。

（3）光圈

- 形状：在形状下拉列表框中选择一个光圈形状。
- 半径：设置半径的大小。
- 叶片弯度：拖动此滑块来光滑出光圈的边缘。
- 旋转：拖动此滑块来旋转光圈。

（4）镜面高光

- 亮度：拖动鼠标来选择一个明亮的区域致使所有的像素点都比以前处理过的更加明亮，为了增加着色区的亮度，可以拖动亮度滑块。

技术看板　　【镜头模糊】命令有什么特点？

答：此命令可通过多个参数设置，使图像增加一个狭窄而深的模糊效果。

- 阈值：设置哪一个色阶的像素变得更亮。

（5）杂色

- 数量：用来控制增加到每一个像素中杂色的数量。

（6）分布

- 平均：增加统一均匀杂色。
- 高斯模糊：增加高斯模糊杂色。
- 单色：控制是否为单色杂色的色素。

14.7.8　模糊

模糊滤镜没有对话框，模糊程度很小。

14.7.9　平均

平均滤镜可以模糊图像中的选区部分或整幅图像中所有颜色的平均处理，常用来润饰图像，效果如图 14-92 所示。

图 14-92　平均效果

14.7.10　特殊模糊

特殊模糊滤镜产生一种清晰边界的模糊效果，该滤镜能够找出边缘并只模糊图像边界以内的区域。参数设置决定 Photoshop 所找到的边缘位置。

选择【滤镜】>【模糊】>【特殊模糊】命令，设置打开的【特殊模糊】对话框中的参数如图 14-93 所示，效果如图 14-94 所示。

图 14-93　【特殊模糊】对话框

图 14-94　特殊模糊图像效果

【特殊模糊】对话框中的参数设置：

- 半径：用来设置调整辐射范围的大小，参数设置范围为 0.1～100。控制细节保留的多少，当数值设定越大，图像细节保留越多。
- 阈值：调节入口模糊，参数设置范围为 0.1～100。

【特殊模糊】命令有什么特点？

答：此命令能够找出边缘并只模糊图像边界以内的区域，产生一种清晰边界的模糊效果。半径数值设定越大，图像细节保留越多，但阈值不亦设置过大。

技术看板

- 品质：当设定为高时会有最多的色彩层次被消除，而设定为低时则会有最多色彩层次被保留下来。
- 模式：用来选择模糊后产生的效果模式。

14.7.11 形状模糊

形状模糊滤镜可以以某种形状对图像进行模糊，模糊后的图像将带有这些形状的因素。

选择【滤镜】>【模糊】>【形状模糊】命令，设置打开的【形状模糊】对话框中的参数如图 14-95 所示，效果如图 14-96 所示。

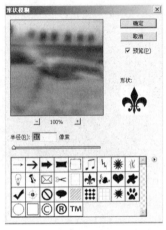

图 14-95 【形状模糊】对话框

图 14-96 形状模糊图像效果

【形状模糊】对话框中的参数设置：

- 半径：用于设置模糊范围大小，参数设置范围为 5～1000 像素。在下面的形状缩览图中可以选择预设的形状，并可以载入或预设其他一些形状作为模糊因素。

14.8 扭曲

扭曲滤镜效果共包括 13 个特技，生成一组从波纹到扭曲的图像变形。非常有助于用户激发创意灵感，生成不同寻常的创新艺术作品。打开【素材】\【Ch14 素材】\【扭曲.jpg】文件，如图 14-97 所示，对其执行不同的滤镜。

图 14-97 【扭曲】图像

技术看板

【形状模糊】命令有什么特点？

答：此命令以某种形状对图像进行模糊，模糊后的图像将带有这些形状的因素，这个形状可使用预设的也可自定义。

14.8.1 波浪

波浪滤镜是 Photoshop 中比较复杂的一个滤镜，它能够帮助用户选择不同的波长以产生出不同的波动效果。

选择【滤镜】>【扭曲】>【波浪】命令，设置打开的【波浪】对话框中的参数如图 14-98 所示，效果如图 14-99 所示。

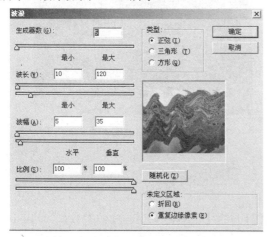

图 14-98 【波浪】对话框

图 14-99 波浪图像效果

531

【波浪】对话框中的参数设置：

- 生成器数：此项用于控制产生波的总数，数值越高，则图像越模糊。参数设置范围为 1~999。
- 波长：此参数用来控制波峰间距，此参数有两个选项，【最小】选项的设置将受到【最大】选项设置的影响，即【最大】的设置值为【最小】选项的设置范围。最大的取值范围为 999。
- 波幅：与上一个参数的设定相同。
- 比例：决定水平与垂直方向的变形。
- 类型：设置波浪的类型。有正弦、三角形和方形三种类型可供选择。
- 折回：此选项会使图像中弯曲出去的部分在相反的位置显示。
- 重复边缘像素：此选项会使图像中弯曲出去的部分不会在相反的位置显示。

14.8.2 波纹

波纹滤镜能够产生水纹效果，它能够模仿大理石的效果。

选择【滤镜】>【扭曲】>【波纹】命令，设置打开的【波纹】对话框中的参数如图 14-100 所示，效果如图 14-101 所示。

【波纹】对话框中的参数设置：

- 数量：用来调节产生涟漪的数量，参数设置范围为-999~999，正负值的折曲方向不同。当此数值设定过高或过低时，图像将会严重变化，只有此参数设定在-300~300 之间时，才会产生出好的效果图。
- 大小：设定波纹大小，有三种选项，分别为小、中和大。

【波纹】命令有什么特点？

答：此命令根据不同的参数设置生成不同的波动效果。可通过生成器数、波长、波幅及类型等参数设置生成波纹的形状。

技术看板

图 14-100 【波纹】对话框

图 14-101 波纹图像效果

14.8.3 玻璃

玻璃滤镜将产生一种图像浸在水中的效果。

选择【滤镜】>【扭曲】>【玻璃】命令，设置打开的【玻璃】对话框中的参数如图 14-102 所示，效果如图 14-103 所示。

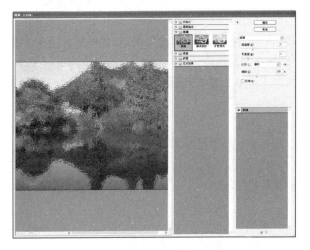

图 14-102 【玻璃】对话框

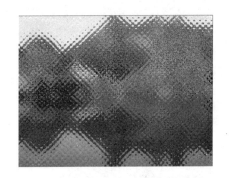

图 14-103 玻璃图像效果

【玻璃】对话框中的参数设置：

- 扭曲度：用来调整变形的程度，参数设置范围为 0～20。
- 平滑度：用来调整玻璃的光滑程度，参数设置范围为 1～15。
- 纹理：选择表面纹理即变形类型。有块状、画布、磨砂和小镜头四种纹理类型。
- 缩放：用来调节纹理的缩放参数，参数设置范围为 50%～200%。
- 反相：选取此选项将使纹理图进行反转。

技术看板

【波纹】命令有什么特点？

答：此命令根据不同的参数设置生成不同的波动效果。可通过生成器数、波长、波幅及类型等参数设置生成波纹的形状。

14.8.4　海洋波纹

海洋波纹滤镜将产生一种图像浸在水中的效果，与【玻璃】滤镜有许多相似之处。

选择【滤镜】>【扭曲】>【海洋波纹】命令，设置打开的【海洋波纹】对话框中的参数如图 14-104 所示。效果如图 14-105 所示。

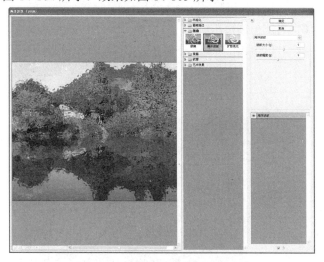

图 14-104　【海洋波纹】对话框

图 14-105　海洋波纹图像效果

【海洋波纹】对话框中的参数设置：

- 波纹大小：用来调整波纹的大小，参数设置范围为 1～15。数值越大组成水波的单位越大，图像越接近原貌。
- 波纹幅度：设置波纹的数量，参数设置范围为 0～20。数值越大，图像越扭曲。

14.8.5　极坐标

极坐标滤镜将图像从直角坐标转为极坐标或从极坐标转换为直角坐标产生的效果。

选择【滤镜】>【扭曲】>【极坐标】命令，设置打开的【极坐标】对话框中的参数如图 14-106 所示，平面坐标至极坐标效果如图 14-107 所示，极坐标到平面坐标效果如图 14-108 所示。

图 14-106　【极坐标】对话框

图 14-107　平面坐标至极坐标效果

图 14-108　极坐标到平面坐标效果

【海洋波纹】命令有什么特点？

答：此命令通过波纹大小和波纹幅度参数设置生成一种图像浸在水中的效果，波纹大小数值越大图像效果越不明显。

技术看板

【极坐标】对话框中的参数设置：

- 平面坐标至极坐标：此选项将把平面坐标改为极坐标。
- 极坐标至平面坐标：此选项将把极坐标改为平面坐标。

14.8.6 挤压

挤压滤镜将一个图像的全部或选择区域向内或向外挤压。

选择【滤镜】>【扭曲】>【挤压】命令，设置打开的【挤压】对话框中的参数如图 14-109 所示，效果如图 14-110 所示。

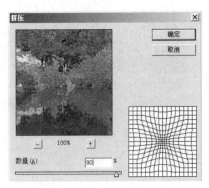

图 14-109 【挤压】对话框

图 14-110 挤压图像效果

【挤压】对话框中的参数设置：

- 数量：用来调整挤压的程度是向内还是向外，参数设置范围为-100%～100%。负值使图像向外膨胀，正值使图像向内压缩。

14.8.7 镜头校正

镜头校正滤镜的用法，请参看第 6 章校正图像扭曲的介绍。

14.8.8 扩散亮光

扩散亮光滤镜产生一种弥漫着的光热效果，使图像中较亮的区域产生一种光照的效果。

选择【滤镜】>【扭曲】>【扩散亮光】命令，设置打开的【扩散亮光】对话框中的参数如图 14-111 所示，效果如图 14-112 所示。

【扩散亮光】对话框中的参数设置：

- 粒度：用来调整噪声颗粒数量，参数设置范围为 0～10。数值越大，画面上的颗粒越明显。
- 发光量：用来控制显示背景色的数量，参数设置范围为 0～20。数值越大，画面上的辉光越亮。
- 清除数量：用来控制清除图像中较暗区域的多少，参数设置范围为 0～20。控制不受效果影响的区域多少，数值越大滤镜效果越不明显。

技术看板　【极坐标】命令有什么特点？

答：此命令将图像从直角坐标转为极坐标或从极坐标转换为直角坐标产生的效果。常用来制作环形或辐射状的图形效果。

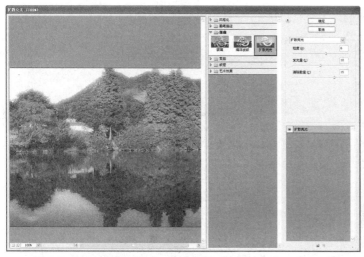

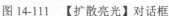

图 14-111 【扩散亮光】对话框   图 14-112 扩散亮光图像效果

14.8.9 切变

切变滤镜可在竖直方向上将图像弯曲。弯曲的程度可由用户自行定义。

选择【滤镜】>【扭曲】>【切变】命令，设置打开的【切变】对话框中的参数如图 14-113 所示，效果如图 14-114 所示。

【切变】对话框中的参数设置：

- 折回：此选项会使图像中弯曲出去的部分在相反的位置显示。
- 重复边缘像素：此项会使图像中弯曲出去的部分不会在相反的位置显示。

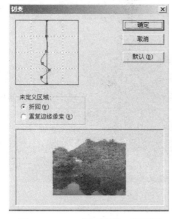

图 14-113 【切变】对话框   图 14-114 切变图像效果

14.8.10 球面化

图像模式为标准时，产生类似极坐标的效果，但它还可以在水平方向或垂直方向上球化。

选择【滤镜】>【扭曲】>【球面化】命令，设置打开的【球面化】对话框中的参数如图 14-115 所示，效果如图 14-116 所示。

【切变】命令有什么特点？

答：此命令可在竖直方向上将图像弯曲，图像中弯曲出去的部分可根据用户的需要设置为在相反的位置显示或弯曲出去的部分不会在相反的位置显示，这些都由用户自行定义。

技术看板

图 14-115 【球面化】对话框 　　　　　　图 14-116 球面化图像效果

【球面化】对话框中的参数设置：

- 数量：用来调整球化的缩放数值，参数设置范围为-100%～100%。数值设定为 100 时图像向外放大。数值设定为-100 时，则图像向里缩小。
- 模式：球化方向模式。有正常、水平优先和垂直优先三种模式可选择。

14.8.11 水波

水波滤镜产生池塘波纹和旋转效果，适合于制作同心圆类的波纹等效果。

选择【滤镜】>【扭曲】>【水波】命令，设置打开的【水波】对话框中的参数如图 14-117 所示，效果如图 14-118 所示。

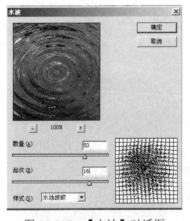

图 14-117 【水波】对话框

图 14-118 水波图像效果

【水波】对话框中的参数设置：

- 数量：用来设置波纹总数，参数设置范围为-100～100。参数为正值时图像向外凸起，相反参数为负值时图像向内凹进。
- 起伏：用来设置产生纹理的多少，参数设置范围为 0～20。参数为 20 时将产生出最多的纹理图案。
- 样式：设置水波的类型。有围绕中心、从中心向外和水池波纹三种样式可供选择。

技术看板　　【球面化】命令有什么特点？

答：此命令可在水平方向或垂直方向上球化。常用来制作球面字或球形的图像效果。

14.8.12 旋转扭曲

旋转扭曲滤镜产生一种旋转的风轮效果，旋转的中心为物体中心。

选择【滤镜】>【扭曲】>【旋转扭曲】命令，设置打开的【旋转扭曲】对话框中的参数如图 14-119 所示，效果如图 14-120 所示。

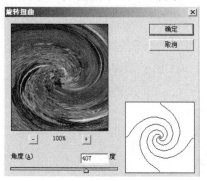

图 14-119 【旋转扭曲】对话框

图 14-120 旋转扭曲效果

【旋转扭曲】对话框中的参数设置：

- 角度：用来调整旋转扭曲的角度。参数设置范围为-999°～999°。数值越大，旋转越激烈，正值为顺时针，负值为逆时针。

14.8.13 置换

置换滤镜是最为不同的一个特技，一般很难预测它产生的效果。它执行后效果移动方向不定，筛选不仅依赖于对话框中的参数设置，还依赖于置换图。

选择【滤镜】>【扭曲】>【置换】命令，设置打开的【置换】对话框中的参数如图 14-121 所示，单击【确定】按钮，在相继打开的【选择一个置换图】对话框中选择 PSD 格式的灰度置换图，如图 14-122 所示，通过置换后的效果如图 14-123 所示。

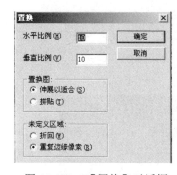

图 14-121 【置换】对话框

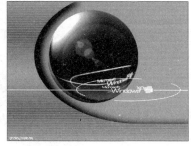

图 14-122 置换图

图 14-123 置换效果

【置换】对话框中的参数设置：

- 水平比例：控制水平方向缩放设定，参数的取值为-999～999 之间。
- 垂直比例：控制垂直方向缩放设定，参数的取值为-999～999 之间。
- 置换图：设置置换图的属性。一种是当置换图像小于原图时，选择延展以适合选项将会把

覆盖图像放大，以适合原图的大小。拼贴选项将会把置换图像来粘贴到当前被处理图像的相同大小的尺寸处。

- 未定义区域：此选项也分两种方式。一种折回选项将图像四周进行延伸，另一种是重复边缘像素选项用图像边缘处不完整的图像来覆盖图像像素以修补。

14.9　视频

视频滤镜组属于 Photoshop CS4 的外部接口程序，用来从摄像机输入图像或将图像输入录像带上，这是一组控制视频工具的滤镜。打开【素材】\【Ch14 素材】\【视频.jpg】文件，如图 14-124 所示。了解一下视频效果的参数设置。

图 14-124　【视频】图像

14.9.1　NTSC 颜色

NTSC 颜色滤镜匹配图像色域适合 NTSC 视频标准色域，以使图像可被电视接受。

14.9.2　逐行

逐行滤镜可以删除图像中的异常交错线来光滑影视图像。在影像出现在一个奇偶场之间，模糊扫描线能被观察时，此滤镜很有用处。可以在【逐行】对话框中选择复制或插入法来清除线条。

选择【滤镜】>【视频】>【逐行】命令，设置打开的【逐行】对话框中的参数如图 14-125 所示，效果如图 14-126 所示。

图 14-125　【逐行】对话框

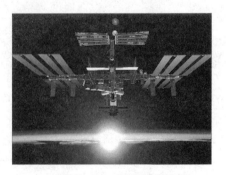

图 14-126　逐行图像效果

技术看板　【素描】滤镜只能应用哪些颜色模式的图像？

答：【素描】滤镜只对 RGB 颜色或灰度模式的图像起作用，与前景色、背景色的设置有关。

【逐行】对话框中的参数设置：

- 清除：用来选择奇偶区域。有【奇数场】和【偶数场】两个选项可供选择。
- 创建新场方式：清除线条的方式。有【复制】和【插值】两种方式供选择。

14.10　素描

素描滤镜只对 RGB 颜色或灰度模式的图像起作用，与前景色、背景色的设置有关。打开【素材】\【Ch14 素材】\【素描.jpg】文件一幅图像，如图 14-127 所示，对其执行不同的效果滤镜。

图 14-127　【素描】图像

14.10.1　半调图案

半调图案滤镜将使用前景色和背景色在当前图像中产生网板图案的效果。

选择【滤镜】>【素描】>【半调图案】命令，设置打开的【半调图案】对话框中的参数如图 14-128 所示，效果如图 14-129 所示。

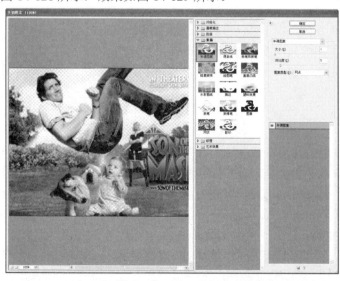

图 14-128　【半调图案】对话框

图 14-129　半调图案图像效果

539

【半调图案】命令有什么特点？

答：此命令使用前景色和背景色在当前图像中产生网板图案的效果。图案类型有圆点、网点和直线三种，可设置网格间距的大小。

技术看板

【半调图案】对话框中的参数设置：

- 大小：调节网格间距的大小，参数设定范围为 1～12。数值越大则产生的网格间距也越大。
- 对比度：调节前景色的颜色对比度，参数设定范围为 0～50。
- 图案类型：选择图案类型。有圆点、网点和直线三种类型。

14.10.2 便条纸

便条纸滤镜产生类似浮雕效果的凹陷压印图案。

选择【滤镜】>【素描】>【便条纸】命令，设置打开的【便条纸】对话框中的参数如图 14-130 所示，效果如图 14-131 所示。

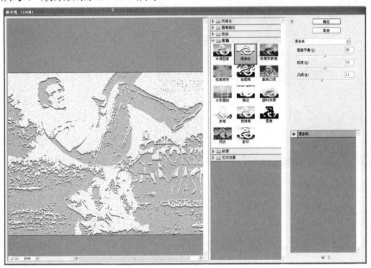
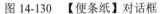

图 14-130 【便条纸】对话框　　　　　　　　　　图 14-131 便条纸图像效果

【便条纸】对话框中的参数设置：

- 图像平衡：调节前景色与背景色在效果中平衡。参数设定范围为 0～50。
- 粒度：调节图案颗粒，来控制画面的光滑度，参数设定范围为 0～20。
- 凸现：调节浮雕程度，参数设定范围为 0～25。设置较低时，没有浮雕效果，相反则有明显的效果。

14.10.3 粉笔和炭笔

粉笔和炭笔滤镜产生一种粉笔和炭精涂抹的草图效果。

选择【滤镜】>【素描】>【粉笔和炭笔】命令，设置打开的【粉笔和炭笔】对话框中的参数如图 14-132 所示，效果如图 14-133 所示。

【粉笔和炭笔】对话框中的参数设置：

- 炭笔区：控制炭笔区域面积，参数设定范围为 0～20。
- 粉笔区：控制粉笔的深浅程度，参数设定范围为 0～20。数值设置小时，画面中会有极少的粉笔笔迹。
- 描边压力：参数设定范围为 0～5。

技术看板　　【粉笔和炭笔效果】命令有什么特点？

答：此命令可使图像生成使用粉笔和炭精涂抹的草图效果，通过炭笔区和粉笔区参数设置可控制炭笔、粉笔笔触的多少。

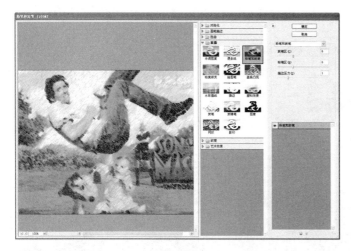

图 14-132　【粉笔和炭笔效果】对话框　　　　　　图 14-133　粉笔和炭笔效果

14.10.4　铬黄

铬黄滤镜产生一种液态金属的效果。

选择【滤镜】>【素描】>【铬黄】命令，设置打开的【铬黄】对话框中的参数如图 14-134 所示，效果如图 14-135 所示。

【铬黄】对话框中的参数设置：

- 细节：用来调节图像精细度，参数设定范围为 0～10。
- 平滑度：用来调节效果的光滑程度，数值设置较高会减少边缘的数量。参数设定范围为 0～10。

541

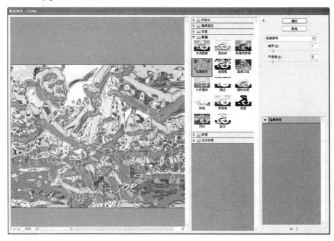

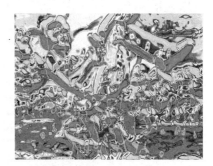

图 14-134　【铬黄】对话框　　　　　　　　　　　图 14-135　铬黄效果

14.10.5　绘图笔

绘图笔滤镜产生一种素描效果，对含有文字的图像能够处理出比较好的效果。

【铬黄】命令有什么特点？

答：此命令可使图像产生一种液态金属的效果，还可通过【色彩平衡】命令调整液态金属效果的图像为其他颜色，达到不同的效果。

技术看板

选择【滤镜】>【素描】>【绘图笔】命令，设置打开的【绘图笔】对话框中的参数如图 14-136 所示，效果如图 14-137 所示。

图 14-136　【绘图笔】对话框　　　　　　　　　　　　　图 14-137　绘图笔效果

【绘图笔】对话框中的参数设置：

- 描边长度：调节笔画的长度，参数设定范围为 1~15。当参数设置为最小时，笔画将变为点。
- 明/暗调节：用来控制亮度与暗度的对比，此参数设置过大或过小时，都将使图像变为一种颜色。
- 描边方向：选择笔画的方向。

14.10.6　基底凸现

基底凸现滤镜产生一种粗糙的浮雕效果。

选择【滤镜】>【素描】>【基底凸现】命令，设置打开的【基底凸现】对话框中的参数如图 14-138 所示，效果如图 14-139 所示。

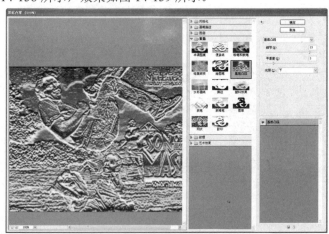 

图 14-138　【基底凸现】对话框　　　　　　　　　　　　图 14-139　基底凸现效果

技术看板　　【基底凸现】命令有什么特点？
答：此命令可使图像生成一种粗糙的浮雕效果，浮雕效果会根据光照选项设置的不同而不同。

【基底凸现】对话框中的参数设置：

- 细节：参数设定范围为 1～5。此参数与其他参数设置有所不同的是无论取最小值还是最大值都能得到很好的效果。
- 平滑度：参数设定范围为1～15。参数为 1 时，图像最平滑，产生的效果也最好。
- 光照：选择灯光照射方向。

14.10.7 水彩画纸

水彩画纸滤镜产生画面浸湿，纸张扩散的效果。

选择【滤镜】>【素描】>【水彩画纸】命令，设置打开的【水彩画纸】对话框中的参数如图 14-140 所示，效果如图 14-141 所示。

图 14-140 【水彩画纸】对话框

图 14-141 水彩画纸效果

【水彩画纸】对话框中的参数设置：

- 纤维长度：此项用来控制湿润的程度以及笔画的长度，参数的设定范围为 3～50。
- 亮度：调节亮度，参数的设定范围为 0～100。
- 对比度：调节对比度，参数的范围为 0～100。

14.10.8 撕边

撕边滤镜在前景与背景色的交界处制作喷溅的分裂效果，执行后在图像的亮调与暗调的交界处，会出现很多的毛边。

选择【滤镜】>【素描】>【撕边】命令，设置打开的【撕边】对话框中的参数如图 14-142 所示，效果如图 14-143 所示。

【撕边】对话框中的参数设置：

- 图像平衡：即用来调整前景色与背景色的平衡度，参数设定范围为 0～50。
- 平滑度：产生边界的平滑度，参数设定范围为 1～15。当数值为 1 时，图像的黑白交界处有些模糊。

【基底凸现】命令有什么特点？

答：此命令可使图像生成一种粗糙的浮雕效果，浮雕效果会根据光照选项设置的不同而不同。

技术看板

- 对比度：用来调节前景色与背景色的对比度，参数设定范围为 1～25。当数值为 1 时，前景色与背景色柔和地溶合在一起。

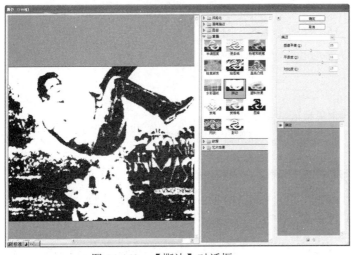

图 14-142　【撕边】对话框　　　　　　　　　　　　图 14-143　撕边效果

14.10.9　塑料效果

颜料效果滤镜产生石膏粉喷刷覆盖的效果。

选择【滤镜】>【素描】>【塑料效果】命令，设置打开的【塑料效果】对话框中的参数如图 14-144 所示，效果如图 14-145 所示。

图 14-144　【塑料效果】对话框　　　　　　　　　　图 14-145　塑料效果

【塑料效果】对话框中的参数设置：

- 图像平衡：即用来调整前景色与背景色的平衡度，参数设定范围为 0～50。
- 平滑度：调整喷刷面的平滑程度，参数设定范围为 1～15。数值越大越平滑。
- 光照：选择灯光照射方向。

技术看板　　【塑料效果】命令有什么特点？

答：此命令生成石膏粉喷刷覆盖的效果，通过图像平衡参数设置来调整前景色与背景色的平衡度，数值越大，前景色覆盖的面越广，效果越不清晰。

14.10.10 炭笔

炭笔滤镜产生炭精画的效果。

选择【滤镜】>【素描】>【炭笔】命令，设置打开的【炭笔】对话框参数，如图 14-146 所示，效果如图 14-147 所示。

图 14-146 【炭笔】对话框

图 14-147 炭笔效果

【炭笔】对话框中的参数设置：

- 炭笔粗细：控制炭精的厚度，参数设定范围为 1～7。
- 细节：用来调节炭精效果的细节，参数设定范围为 0～5。
- 明/暗平衡：用来调整明暗平衡度，即用来调整前景色与背景色的比例。参数设定范围为 0～100。

14.10.11 炭精笔

炭精笔滤镜用来模仿蜡笔涂抹的效果，用它来处理灰阶图像最好，若是彩色图像，该滤镜将彩色全部变为中调的灰色，以设定的前景色为蜡笔颜色，背景色为底纸颜色，可做出在粗糙材质上绘画的效果。

选择【滤镜】>【素描】>【炭精笔】命令，设置打开的【炭精笔】对话框中的参数如图 14-148 所示，效果如图 14-149 所示。

【炭精笔】对话框中的参数设置：

- 前景色阶：调整前景色层次，参数设定范围为 1～15。
- 背景色阶：调整背景色层次，参数设定范围为 1～15。
- 纹理：选择纹理类型。
- 缩放：调整纹理的缩放值，参数设定范围为 50%～200%。
- 凸现：调节起伏效果，参数设定范围为 0～50。
- 光照：灯光的方向选择。
- 反相：切换反转。

【炭精笔】命令有什么特点？

答：此命令模仿蜡笔涂抹的效果，用它来处理灰阶图像最好，若是彩色图像，彩色全部变为中调的灰色，以设定的前景色为蜡笔颜色，背景色为底纸颜色，可做出在粗糙材质上绘画的效果。

技术看板

图 14-148 【炭精笔】对话框　　　　　　　　图 14-149 炭精笔效果

14.10.12 图章

图章滤镜产生的效果类似影印，但没有影印清晰，是图章效果。

选择【滤镜】>【素描】>【图章】命令，设置打开的【图章】对话框中的参数如图 14-150 所示，效果如图 14-151 所示。

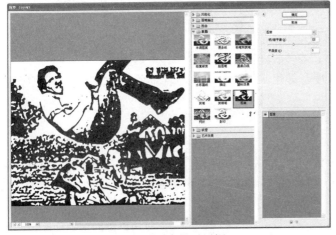

图 14-150 【图章】对话框　　　　　　　　图 14-151 图章效果

【图章】对话框中的参数设置：

- 明暗平衡：用来调整前景色与背景色的比例平衡，参数设定范围为 0～50。数值为 0 时，整个图像被背景色所覆盖；数值为 50 时，则整个图像被前景色所覆盖。
- 平滑度：控制图像连绵的锯齿的多少，参数设定范围为 1～50。当数值设为 1 时。图像边缘没有锯齿。

14.10.13 网状

网状滤镜产生一种网眼覆盖效果。

技术看板　【图章】命令有什么特点？
答：此命令生成类似影印，但没有影印清晰，是图章效果。通过明暗平衡调整前景色与背景色的比例平衡，当数值为 0 时，整个图像被背景色覆盖；数值为 50 时，则整个图像被前景色覆盖。

选择【滤镜】>【素描】>【网状】命令，设置打开的【网状】对话框中的参数如图 14-152 所示，效果如图 14-153 所示。

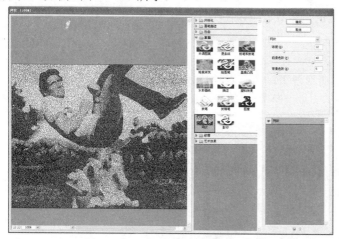

图 14-152 【网状】对话框

图 14-153 网状效果

【网状】对话框中的参数设置：

- 浓度：用来调整网眼的密度，参数设定范围为 0~50。
- 前景色阶：用来调整背景色的层次，参数设定范围为 0~50。数值设置越小时，图像层次较丰富。
- 背景色阶：用来调整前景色的层次，参数设定范围为 0~50。数值设置越大图像的灰阶层次越小，实色块越多。

547

14.10.14 影印

影印滤镜产生一种影印效果，没有【便条纸】滤镜那种立体感。

选择【滤镜】>【素描】>【影印】命令，设置打开的【影印】对话框中的参数如图 14-154 所示，效果如图 14-155 所示。

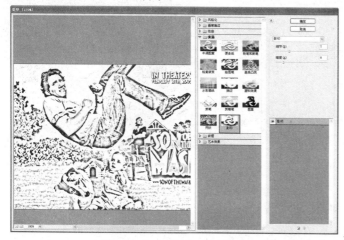

图 14-154 【影印】对话框

图 14-155 影印效果

【图章】命令有什么特点？

答：此命令生成类似影印，但没有影印清晰，是图章效果。通过明暗平衡调整前景色与背景色的比例平衡，当数值为 0 时，整个图像被背景色覆盖；数值为 50 时，则整个图像被前景色覆盖。

技术看板

【影印】对话框中的参数设置：
- 细节：用来控制图片效果的细微层次数，参数设定范围为 1～24。
- 暗度：用来调节图片效果的暗色值。参数设定范围为 1～50。

14.11　纹理

纹理滤镜组可产生在各颜色间过渡变形效果，共有六种特效。打开【素材】\【Ch14 素材】\【纹理.jpg】文件，如图 14-156 所示，对其执行不同的滤镜效果。

图 14-156　　【纹理】图像

14.11.1　龟裂缝

龟裂缝滤镜将产生凹凸不平裂纹效果，它也可以直接在空白的画面上直接生成各种材质裂纹。

选择【滤镜】>【纹理】>【龟裂缝】命令，设置打开的【龟裂缝】对话框中的参数如图 14-157 所示，效果如图 14-158 所示。

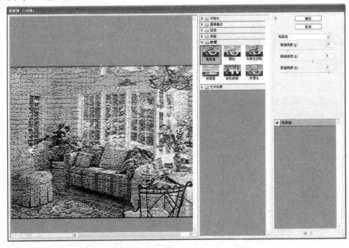

图 14-157　　【龟裂缝】对话框

图 14-158　　龟裂缝效果

【龟裂缝】对话框中的参数设置：
- 裂缝间距：调整裂痕纹理间的间距，参数设置范围为 2～100。
- 裂缝深度：用来控制裂痕深度，参数设置范围为 0～10。
- 裂缝亮度：用来调节裂痕的亮度，参数设置范围为 0～10。

技术看板　　【纹理】滤镜有什么特点？
　　　　　　答：此类滤镜通过图像中各颜色间过渡变形生成不同的纹理效果。

14.11.2　颗粒

颗粒滤镜可使用多种方法为图像增添很多种噪声，使其产生一种纹理的效果。

选择【滤镜】>【纹理】>【颗粒】命令，设置打开的【颗粒】对话框中的参数如图 14-159 所示，效果如图 14-160 所示。

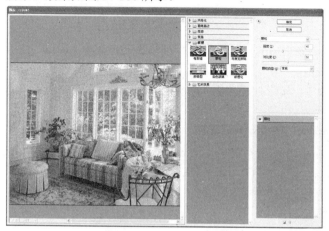

图 14-159　【颗粒】对话框

图 14-160　颗粒效果

【颗粒】对话框中的参数设置：

- 强度：参数设置范围 0～100。当数值设的过大或过小时有些颗粒类型将不起作用。
- 对比度：参数设置范围为 0～100。当取值为 50 时，则表示明与暗处于平衡状态。
- 颗粒类型：选择不同种颗粒类型。

14.11.3　马赛克拼贴

马赛克拼贴滤镜产生马赛克的效果，处理后马赛克的位置均匀分布但形状不规则。

选择【滤镜】>【纹理】>【马赛克拼贴】命令，设置打开的【马赛克拼贴】对话框中的参数，如图 14-161 所示，效果如图 14-162 所示。

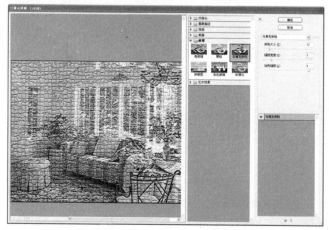

图 14-161　【马赛克拼贴】对话框

图 14-162　马赛克拼贴效果

549

【纹理】命令有什么特点？

答：此命令通过选择不同种颗粒类型，图像增添很多种噪声，产生纹理的效果。

技术看板

【马赛克拼贴】对话框中的参数设置：

- 拼贴大小：用来调节马赛克的大小，参数设置范围为2～100。
- 缝隙宽度：用来调节泥浆宽度，参数设置范围为1～15。
- 加亮缝隙：用来调节泥浆的亮度，参数设置范围为0～10。

14.11.4 拼缀图

拼缀图滤镜产生建筑拼贴瓷片的效果，处理后的位置均匀分布在马赛克的基础上增加了一些立体效果。

选择【滤镜】>【纹理】>【拼缀图】命令，设置打开的【拼缀图】对话框中的参数如图 14-163 所示，效果如图 14-164 所示。

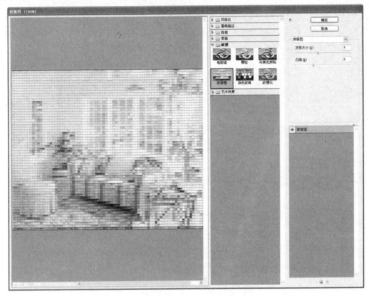

图 14-163 【拼缀图】对话框

图 14-164 拼缀图效果

【拼缀图】对话框中的参数设置：

- 方形大小：用来调整方块的大小，参数设置范围为0～10。
- 凸现：用来调整浮雕效果程度，参数设置范围为0～25。

14.11.5 染色玻璃

染色玻璃滤镜产生不规则分离的彩色玻璃格子分布与图片中颜色有关。

选择【滤镜】>【纹理】>【染色玻璃】命令，设置打开的【染色玻璃】对话框中的参数如图 14-165 所示，效果如图 14-166 所示。

【染色玻璃】对话框中的参数设置：

- 单元格大小：控制产生格子的大小，参数设置范围为2～50。
- 边框粗细：用来控制边线宽度，参数设置范围为1～20。
- 光照强度：控制灯光强度，参数设置范围为0～10。

技术看板　【拼缀图】命令有什么特点？
答：此命令生成建筑拼贴瓷片的效果，处理后的位置均匀分布在马赛克的基础上增加了一些立体效果。可调整方块的大小和浮雕凸现程度。

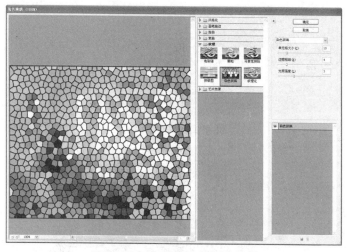

图 14-165 【染色玻璃】对话框

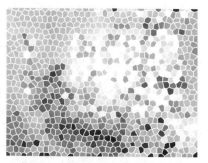

图 14-166 染色玻璃效果

14.11.6 纹理化

纹理化滤镜可以产生多种画布纹理压纹。

选择【滤镜】>【纹理】>【纹理化】命令，设置打开的【纹理化】对话框中的参数如图 14-167 所示，效果如图 14-168 所示。

【纹理化】对话框中的参数设置：

- 纹理：选择不同种纹理类型。
- 缩放：调整纹理大小，参数设置范围为 50%～200%。
- 凸现：调节压纹强度，参数设置范围为 0～50。
- 光照：调整灯光方向，选择不同的灯光可生成不同的纹理。
- 反转：是否反向进行，转换效果。

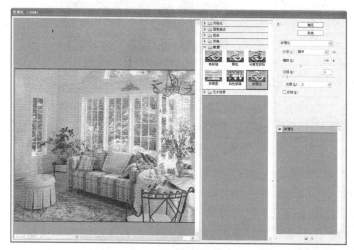

图 14-167 【纹理化】对话框

图 14-168 纹理化效果

【纹理化】命令有什么特点？

答：此命令生成多种画布纹理压纹，根据选择光照方向，生成的纹理不同。

技术看板

14.12 像素化

像素化滤镜共含有七种特技效果，主要用来将图像分块或将图像平面化。打开【素材】\【Ch14素材】\【像素化.jpg】文件，如图 14-169 所示，对其执行不同的滤镜效果。

14.12.1 彩块化

彩块化滤镜无对话框，它是将图像像素拷贝四次后，将它们平均和移位，形成一种不聚焦效果，效果如图 14-170 所示。

图 14-169 【像素化】图像   图 14-170 彩块化效果

14.12.2 彩色半调

彩色半调滤镜将图像分格，然后向网格内填充像素，模仿铜版刻印的效果。

选择【滤镜】>【像素化】>【彩色半调】命令，设置打开的【彩色半调】对话框中的参数如图 14-171 所示，效果如图 14-172 所示。

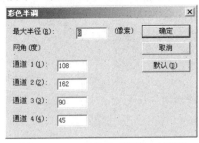

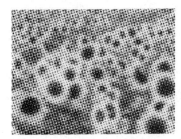

图 14-171 【彩色半调】对话框   图 14-172 彩色半调效果

【彩色半调】对话框中的参数设置：

- 最大半径：最大像素填充设置，参数设置范围为 4～127 像素。数值越大，网点半径越大。
- 网角（度）：网角参数设置范围为-360°～360°。设定网点排列的角度，不同的色彩模式运用通道的情况不同。

14.12.3 点状化

点状化滤镜将图像分为随机的点，使用当前背景色为背景，产生点画派作品的效果。

选择【滤镜】>【像素化】>【点状化】命令，设置打开的【点状化】对话框中的参数如图 14-173 所示，效果如图 14-174 所示。

技术看板　【像素化】滤镜有什么特点？
答：此类滤镜主要用来将图像分块或将图像平面化。如点状的、晶格状的、马赛克或碎片装的图像效果。

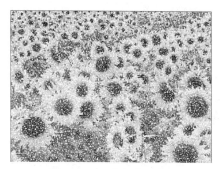

图 14-173　【点状化】对话框　　　　　　　　　图 14-174　点状化效果

【点状化】对话框中的参数设置：

- 单元格大小：控制效果中彩色点的大小，参数设置范围为 3～300 像素。

14.12.4　晶格化

晶格化滤镜使相近的像素集中到一个像素的多角网格中。

选择【滤镜】>【像素化】>【晶格化】命令，设置打开的【晶格化】对话框中的参数如图 14-175 所示，效果如图 14-176 所示。

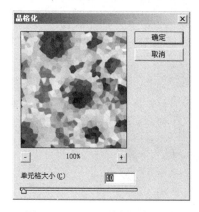

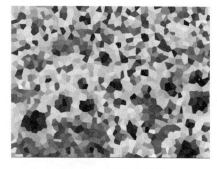

图 14-175　【晶格化】对话框　　　　　　　　　图 14-176　晶格化效果

【晶格化】对话框中的参数设置：

- 单元格大小：控制多边形网格大小，参数设置范围为 3～300 像素。

14.12.5　马赛克

马赛克滤镜是通过将一个单元内的所有像素统一颜色来产生马赛克的效果。

选择【滤镜】>【像素化】>【马赛克】命令，设置打开的【马赛克】对话框中的参数如图 14-177 所示，效果如图 14-178 所示。

【晶格化】命令有什么特点？

答：此命令使图像中相近的像素集中到一个像素的多角网格中，可设置多角网格的大小。

技术看板

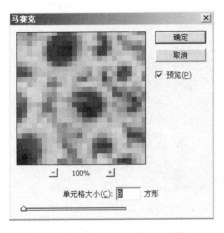

图 14-177 【马赛克】对话框

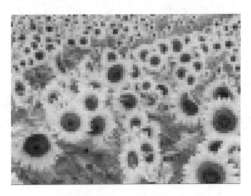

图 14-178 马赛克效果

【马赛克】对话框中的参数设置：

- 单元格大小：定义单元格大小。参数设置范围为 2～200 方形。数值设定越大，产生的格子越大。

14.12.6 碎片

碎片滤镜无对话框，通过分组和改变示例色素为相似的色素块，生成手绘效果，强调原色与相近颜色。将图像中颜色相近的区域，以平均色彩涂上组成一个面，用户无法设定面的大小，在分辨率高的图像中必须多次重复执行，才容易看出效果。效果如图 14-179 所示。

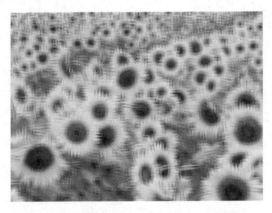

图 14-179 碎片效果

14.12.7 铜版雕刻

铜版雕刻滤镜用点、线和笔画重新生成图像，产生雕刻的版画效果，处理后的图像非常的粗糙。

选择【滤镜】>【像素化】>【铜版雕刻】命令，设置打开的【铜版雕刻】对话框中的参数如图 14-180 所示，效果如图 14-181 所示。

技术看板 【铜版雕刻】命令有什么特点？
答：此命令用点、线和笔画重新生成图像，产生雕刻的版画效果，处理后的图像非常的粗糙。

【铜版雕刻】对话框中的参数设置：
- 类型：在下拉式列表框中有 10 种质感可供选择。

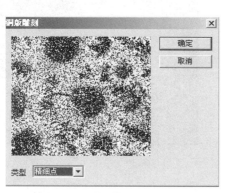

图 14-180 　【铜版雕刻】对话框

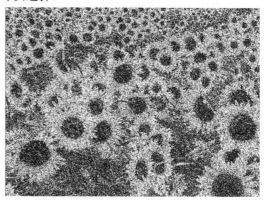

图 14-181 　铜版雕刻效果

14.13 渲染

渲染滤镜主要是在图像中产生照明效果，它可以产生出不同的光源、夜景等效果。它包括五种特技效果，打开【素材】\【Ch14 素材】\【渲染.jpg】文件，如图 14-182 所示，对其执行不同的滤镜效果。

14.13.1 分层云彩

分层云彩滤镜无对话框，将图像与背景混合来反白图像。先生成云状效果，然后利用图像像素值减去云彩像素值，效果如图 14-183 所示。

图 14-182 　【渲染】图像

图 14-183 　分层云彩效果

14.13.2 光照效果

光照效果滤镜可对图像使用不同的光源、光类型和特性，生成光照效果。

选择【滤镜】>【渲染】>【光照效果】命令，设置打开的【光照效果】对话框中的参数如图 14-184 所示，效果如图 14-185 所示。

【渲染】滤镜有什么特点？

答：此滤镜主要是在图像中产生照明效果，它可以产生出不同的光源、夜景等效果。

技术看板

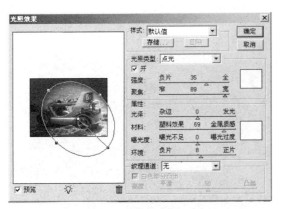

图 14-184 【光照效果】对话框

图 14-185 光照效果

【光照效果】对话框中的参数设置：

（1）样式

在下拉列表框中选择预设的光源样式。

（2）光照类型

在此区域设置不同的光照类型。

- 当选择【开】选项时，该类型可选。共有三种灯光光源：一是点光，投射长椭圆形光。用户可以在预视窗口中调节点光的范围大小。另一个是全光源，类似日光灯效果。可改变灯光距离、图像距离（是通过改变圆的大小）。还有一个是平行光，它投射一个直线方向的光线。只允许改变光线方向和光源高度。
- 强度：参数设置范围为-100～100。负值会将图像的整体亮度降低，正值才会有正常的照明效果。
- 聚焦：参数设置范围为-100～100。只有灯光类型为点光时才可设定，可控制聚光灯的焦聚宽度。

（3）属性

在此区域设置灯光的属性。

- 光泽：决定图像的反光效果。
- 材料：控制光源或光源所照射的物体是否产生更多的折射。滑块左侧塑料效果为反射光源颜色，右侧金属质感反射屏幕上图像的颜色。
- 曝光度：使照射光线变亮或变暗。
- 环境：可以产生光源与图像的室内混合效果。

（4）纹理通道

可以将一个灰度图当做纹理图使用。首先在纹理通道复选框中选择灰度级纹理。Photoshop将把与灰度级纹理对应的轮廓线的光线去掉，可以生成地形或浮雕效果。

14.13.3 镜头光晕

镜头光晕滤镜生成镜头光晕效果，可自动调节摄像机眩光位置。

选择【滤镜】>【渲染】>【镜头光晕】命令，设置打开的【镜头光晕】对话框中的参数如图 14-186 所示，效果如图 14-187 所示。

技术看板

【光照效果】命令有什么特点？

答：此命令可对图像使用不同的光源、光类型和特性，生成光照效果。若要在对话框内复制光源时，按住 Alt 键后再拖动光源即可实现复制。

图 14-186 【镜头光晕】对话框

图 14-187 镜头光晕效果

【镜头光晕】对话框中的参数设置：

- 光晕中心：拖动十字光标可设定光源位置。
- 亮度：参数设置范围为 10%～300 %。控制光源的亮度大小，参数过高时，整个画面会变成一片白色。
- 镜头类型：摄像机镜头类型，有四种镜头类型可选择。

557

14.13.4 纤维

纤维滤镜根据前景色与背景色随机抽取转化为纤维效果。

选择【滤镜】>【渲染】>【纤维】命令，设置打开的【纤维】对话框中的参数如图 14-188 所示，效果如图 14-189 所示。

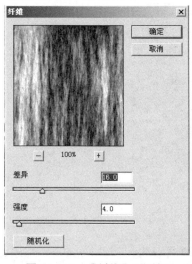

图 14-188 【纤维】对话框

图 14-189 纤维效果

如何巧用【云彩】命令？

答：使用云彩命令时，若要产生更多明显的云彩图案，可先按住 Alt 键后再执行该命令；若要生成低漫射云彩效果，可先按住 Shift 键后再执行命令。

技术看板

【纤维】对话框中的参数设置：

- 差异：此选项控制纤维的长短与稀疏，参数设置范围为 1.0～64.0。数值越大形成的纤维越短，越稠密。
- 强度：此选项控制纤维的长短稀疏程度，参数设置范围为 1.0～64.0。
- 随机化：单击此按钮可以随机产生纤维图案。可以连续单击，直到得到自己需要的图案为止。

14.13.5　云彩

云彩滤镜在前景色与背景色之间随机抽取并转化为柔和的云彩，效果如图 14-190 所示。

图 14-190　云彩效果

14.14　艺术效果

艺术效果滤镜组仅限于 RGB 颜色模式和多通道颜色模式。而不能在 CMYK 或 Lab 模式下工作。这些滤镜可以给你带来各种各样的艺术效果，可独立发挥作用，也可配合其他滤镜效果使用，以取得理想的效果。打开【素材】\【Ch14 素材】\【艺术效果.jpg】文件，如图 14-191 所示，对其执行不同艺术滤镜效果。

图 14-191　【艺术效果】图像

14.14.1　壁画

壁画滤镜产生一种古壁画的斑点效果。与【干画笔】滤镜产生的效果非常相似，与干画笔所不同的是它能够改变图像的对比度，使暗调区域的图像轮廓清晰。

技术看板　　【艺术】滤镜可用于哪些颜色模式？
答：此类滤镜仅限于 RGB 颜色模式和多通道颜色模式。而不能在 CMYK 或 Lab 颜色模式下工作。

选择【滤镜】>【艺术效果】>【壁画】命令,设置打开的【壁画】对话框中的参数如图 14-192
所示,效果如图 14-193 所示。

图 14-192 【壁画】对话框

图 14-193 壁画效果

【壁画】对话框中的参数设置:

- 画笔大小:设置模拟笔刷的大小,参数设置范围为 0~10。
- 画笔细节:调节笔触的细腻程度,参数设置范围为 0~10。
- 纹理:调节壁画效果的颜色过渡变形值,参数设置范围为 1~3。

14.14.2 彩色铅笔

彩色铅笔滤镜可以制作彩笔或是蜡笔的绘图效果。

选择【滤镜】>【艺术效果】>【彩色铅笔】命令,设置打开的【彩色铅笔】对话框中的参数
如图 14-194 所示,效果如图 14-195 所示。

图 14-194 【彩色铅笔】对话框

图 14-195 彩色铅笔效果

【彩色铅笔】命令有什么特点?

答:此命令可以制作彩笔或是蜡笔的绘图效果。

技术看板

【彩色铅笔】对话框中的参数设置：

- 铅笔宽度：设置笔画的宽度和密度，参数设置范围为 1～24。数值越大，笔触越粗。
- 描边压力：它控制着图像中颜色的明暗度。参数设置范围为 0～15。当参数设置为 0 时，无论其他参数如何调整，图像都没有变化；当设置为 15 时，则保持图像原有的亮度。
- 纸张亮度：参数设置范围为 0～50。当参数设置为 0 时，纸色为黑色；当参数设置为 50 时，纸色为背景色；当参数设置为 25 时，则纸色为上述两种颜色的混合色。

14.14.3　粗糙蜡笔

粗糙蜡笔滤镜产生一种覆盖纹理的效果，它能够擦掉纹理的最暗部分，可有力地处理那些带文字的图像。

选择【滤镜】>【艺术效果】>【粗糙蜡笔】命令，在打开的【粗糙蜡笔】对话框中有许多控制参数，如图 14-196 所示，关键的是纹理参数设置，它对最后的处理结果起着很大的影响，效果如图 14-197 所示。

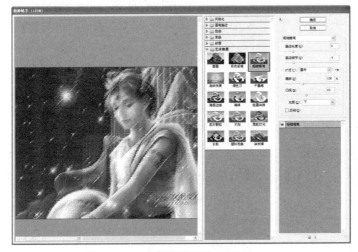

图 14-196　【粗糙蜡笔】对话框　　　　　　　图 14-197　粗糙蜡笔效果

【粗糙蜡笔】对话框中的设置参数：

- 描边长度：调整笔刷的长度，参数设置范围为 0～40。
- 描边细节：调整笔刷的细腻程度，参数设置范围为 1～20。
- 纹理：选择要覆盖纹理的图样。此选项可以有不同的纹理供选择，纹理的选项有砖形、粗麻布、画布、砂岩等几种，其中用户还可以选择载入纹理选项，选择纹理图，纹理图的扩展名是 Photoshop 所默认的扩展名.psd。
- 缩放：调整纹理覆盖的缩放比例。纹理的缩放比例为 50%～200%。
- 凸现：此选项用来调整覆盖纹理的深度，即立体感，参数设置范围为 0～50。
- 光照：此选项用来控制光源投射方向，方向不同，纹理凹凸的部位亦不同。
- 反向：此选项用来调整纹理是否以反向处理。

技术看板　　【粗糙蜡笔】命令有什么特点？
答：此命令生成一种覆盖纹理的效果，在纹理选项中有多种纹理供选择。

14.14.4 底纹效果

底纹效果滤镜产生一种图像，根据纹理类型的色值的纹理喷绘效果，得到的图像好像刚刚喷绘过似的，与颜料还款未干的样子相似。

选择【滤镜】>【艺术效果】>【底纹效果】命令，设置打开的【底纹效果】对话框中的参数如图 14-198 所示，效果如图 14-199 所示。

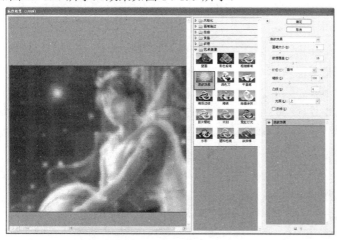

图 14-198　【底纹效果】对话框　　　　图 14-199　底纹效果

【底纹效果】对话框中的参数设置：

- 画笔大小：用来调整笔刷的大小，参数设置范围为 0～40。
- 纹理覆盖：用于控制纹理覆盖的范围，参数设置范围为 0～40。
- 纹理类型：此选项可以选择纹理的图样类型。此选项同粗糙蜡笔相同也有砖形、粗麻布、画布、砂岩，选择载入纹理选项，可以选择其他的纹理图。
- 缩放：用来控制纹理的缩放比例。缩放比例为 50%～200%。
- 凸现：用来控制纹理的起伏程度，即立体感。参数设置范围为 0～50。
- 光照：调整光线的照射方向。光线的照射方向有下、左下、左、左上、上、右上、右、右下等几种。
- 反向：控制纹理是否以反方向处理。

14.14.5 调色刀

调色刀滤镜可以使颜色相近融合，产生大写意的笔触效果，处理后的效果看上去像是把颜料涂抹在黑色的画布上一样，暗调区域将变成浓密的黑色，整个图像似乎增加了黑度一样，对于处理整幅图像，产生很好的效果产生。

选择【滤镜】>【艺术效果】>【调色刀】命令，设置打开的【调色刀】对话框中的参数如图 14-200 所示，效果如图 14-201 所示。

【调色刀】对话框中的参数设置：

- 描边大小：调节笔画范围大小，参数设置范围为 1～50。数值为 50 会失去处理图像的所有产色层次；当数值为 1，处理的图像没有任何变化；此参数的取值最好为 25。

- 描边细节 ：用来控制颜色细节的相近程度，参数设置范围为 1～3。此参数控制颜色的相近程度。
- 软化度：调节边缘的模糊度。参数设置范围为 0～10。

凡是以软化度、平滑度为名的参数，皆是控制模糊程度的参数，数值越大，画面整体感觉越柔和。

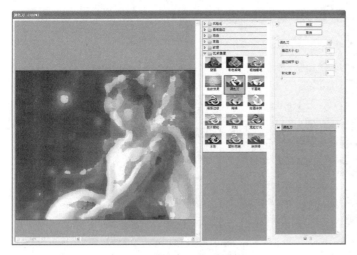

图 14-200 【调色刀】对话框   图 14-201 调色刀效果

14.14.6 干画笔

干画笔滤镜每一个参数设置都能产生出意想不到的效果。它将模仿用笔刷作画时，毛笔上的颜料快用完时的状态，画过后笔迹的边缘断断续续，若有若无的效果。

选择【滤镜】>【艺术效果】>【干画笔】命令，设置打开的【干画笔】对话框中的参数如图 14-202 所示，效果如图 14-203 所示。

图 14-202 【干画笔】对话框   图 14-203 干画笔效果

技术看板

【干画笔】命令有什么特点？

答：此命令模仿用笔刷作画时，毛笔上的颜料快用完时的状态，画过后笔迹的边缘断断续续，若有若无的效果。

【干画笔】对话框中的参数设置：

- 画笔大小：设置模拟笔刷的大小，参数设置范围为 0～10。
- 画笔细节：调节笔触的细腻程度，参数设置范围为 0～10。数值越大，图像描绘的越精细。此参数控制的是描绘效果的细腻程度。数值越大，图像描绘越精细，它随着不同的滤镜会有不同的名称。
- 纹理：调节效果颜色之间的过渡变形，参数设置范围为 1～3。控制明显程度，数值越大，则越明显。

14.14.7 海报边缘

海报边缘滤镜将图片转换成美观的招贴画效果。

选择【滤镜】>【艺术效果】>【海报边缘】命令，设置打开的【海报边缘】对话框中的参数如图 14-204 所示，效果如图 14-205 所示。

【海报边缘】对话框中的参数设置：

- 边缘厚度：调节边界的黑色数值宽度，参数设置范围为 0～10。
- 边缘强度：控制边界的可视程度，参数设置范围为 0～10。
- 海报化：控制颜色在图片上的渲染效果。参数设置范围为 0～6。数值越大，色彩保留越多，整体色彩表现越接近原图。

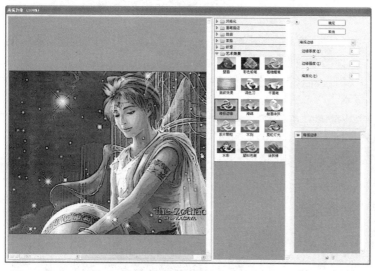

图 14-204 【海报边缘】对话框

图 14-205 海报边缘效果

14.14.8 海绵

海绵滤镜将产生画面浸湿的效果，合理地控制笔刷的大小和颜料的多少，可以处理出非常美丽的图像。适当地反复使用该滤镜，产生的效果会更佳。

选择【滤镜】>【艺术效果】>【海绵】命令，设置打开的【海绵】对话框中的参数如图 14-206 所示，效果如图 14-207 所示。

【海报边缘】命令有什么特点？

答：此命令将图片转换成美观的招贴画效果。

技术看板

图 14-206 【海绵】对话框 | 图 14-207 海绵效果

【海绵】对话框中的参数设置：

- 画笔大小：设置画笔笔刷大小，参数设置范围为 0～10。
- 清晰度：用来调整海绵所铺颜色的深浅，参数设置范围为 0～25。
- 平滑度：调整效果的光滑程度，参数设置范围为 1～15。

14.14.9 绘画涂抹

绘画涂抹滤镜能产生涂抹的模糊效果，它还能选择笔刷，以便对图像进行进一步的变换。它适用于对整幅图像进行处理，产生一种模糊效果。

选择【滤镜】>【艺术效果】>【绘画涂抹】命令，设置打开的【绘画涂抹】对话框中的参数如图 14-208 所示，效果如图 14-209 所示。

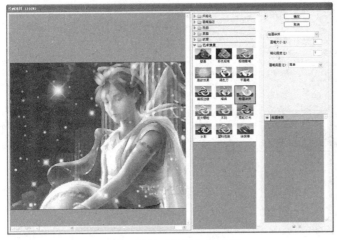

图 14-208 【绘画涂抹】对话框 | 图 14-209 绘画涂抹效果

【绘画涂抹】对话框中的参数设置：

- 画笔大小：控制笔刷范围大小，参数设置范围为 1～50。

技术看板 | 【海报边缘】命令有什么特点？
答：此命令将图片转换成美观的招贴画效果。

- 锐化程度：调节涂抹笔刷，参数设置范围 0~40。数值越大，图像越锐利。
- 画笔类型：有六种类型可供设定，可变化出多种不同的效果。简单、未处理光照、未处理深色、宽锐化、宽模糊和火花等六种类型。

14.14.10 胶片颗粒

胶片颗粒滤镜产生软片颗粒效果。

选择【滤镜】>【艺术效果】>【胶片颗粒】命令，设置打开的【胶片颗粒】对话框中的参数如图 14-210 所示，效果如图 14-211 所示。

图 14-210 【胶片颗粒】对话框

图 14-211 胶片颗粒效果

【胶片颗粒】对话框中的参数设置：

- 颗粒：调节颗粒纹理的密度，参数设置范围为 0~20。数值越大，颗粒数量越多。
- 高光区域：用于设置高光区域的范围大小，参数设置范围为 0~20。数值越大，高亮区域范围越大，亮调及中间调部位的颗粒越不明显。
- 强度：控制图像局部亮度的程度，参数设置范围为 0~10。数值越大，亮度越强，亮度越强的地方颗粒明显地减少。

14.14.11 木刻

木刻滤镜将改变整个图片，它平衡颜色的范围比任何一种滤镜都大，并依据图像中的颜色创建一个图形轮廓。

选择【滤镜】>【艺术效果】>【木刻】命令，设置打开的【木刻】对话框中的参数如图 14-212 所示，效果如图 14-213 所示。

【木刻】对话框中的参数设置：

- 色阶数：设置当前层纸面上的色度分多少层次，参数设置范围为 2~8。数值越大，色彩层数愈多，组成的色彩越接近原图。
- 边缘简化度：设置边缘减化量，参数设置范围为 0~10。数值越大，边缘轮廓越简洁越抽象。

【胶片颗粒】命令有什么特点？

答：此命令使图片生成软片颗粒效果。由【颗粒】选项可设置生成颗粒的数量，还可以设置高光区的范围及生成颗粒的多少。

技术看板

● 边缘逼真度：调节产生痕迹的精确程度，参数设置范围为 1~3。数值越大，边缘轮廓越精确，尽可能地捕捉实际边缘，清晰度更高。

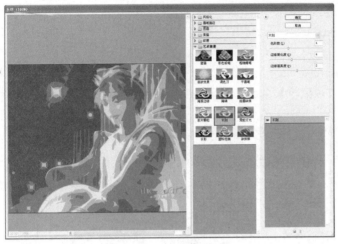

图 14-212 【木刻】对话框   图 14-213 木刻效果

14.14.12 霓虹灯光

霓虹灯光滤镜产生彩色氖光灯照的效果，这种滤镜非常奇特，它能从图像中产生奇妙的三色调或四色调模式图像。

选择【滤镜】>【艺术效果】>【霓虹灯光】命令，设置打开的【霓虹灯光】对话框中的参数如图 14-214 所示，效果如图 14-215 所示。

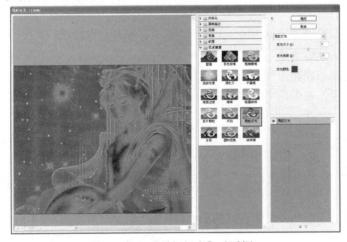

图 14-214 【霓虹灯光】对话框   图 14-215 霓虹灯光效果

【霓虹灯光】对话框中的参数设置：

● 发光大小：用来调节氖光的照射范围，参数设置范围为-24~24。正值参数会在暗调区域外部、亮调区域内部产生氖光，负值则完全相反，二者皆是数值越大，氖光范围越广。

技术看板 　【木刻】命令有什么特点？

答：此命令平衡颜色的范围比任何一种滤镜都大，并据图像中的颜色创建一个图形轮廓，形成木刻的效果。

- 发光亮度：调节氖光的亮度值，参数设置范围为 0～50。
- 发光颜色：在此色块上单击可设定不同的辉光颜色。

14.14.13 水彩

水彩滤镜产生一种水彩效果。

选择【滤镜】>【艺术效果】>【水彩】命令，设置打开的【水彩】对话框中的参数如图 14-216 所示，效果如图 14-217 所示。

【水彩】对话框中的参数设置：

- 画笔细节：用来设置水彩笔的细腻程度，参数设置范围为 1～14。
- 阴影强度：用来调整阴影的强度，参数设置范围为 0～10。设置为 10 时，图像几乎完全被设置为黑色；设置为 1 时，图像暗调的区域也将会变暗，不过变暗的区域没有较高的设置那么明显。
- 纹理：用来调整水彩的材质肌理，参数设置范围为 1～3。

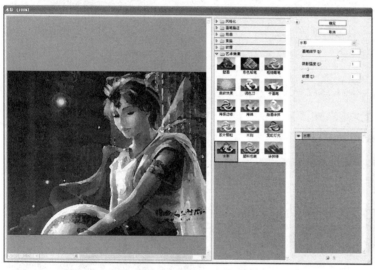

图 14-216 【水彩】对话框

图 14-217 水彩效果

14.14.14 塑料包装

塑料包装滤镜产生一种表面质感很强的塑包效果，使处理的图像变得非常出众，看上去整幅图像具有鲜明的立体感。重复使用此滤镜能产生非常有趣的塑料泡泡，从而得到有很多凸起的效果和用来替换的图案。

选择【滤镜】>【艺术效果】>【塑料包装】命令，设置打开的【塑料包装】对话框中的参数如图 14-218 所示，效果如图 14-219 所示。

【塑料包装】对话框中的参数设置：

- 高光强度 ：用来调节塑包效果中高亮点的亮度，参数设置范围为 0～20。控制胶质物质反光外的亮度，数值越大反光越强。

【塑料包装】命令有什么特点？

答：此命令产生一种表面质感很强的塑包效果，整幅图像具有鲜明的立体感。重复使用此滤镜能产生非常有趣的塑料泡泡。

技术看板

- 细节：调节效果的细节复杂程度，参数设置范围为 1～15。
- 平滑度：用来产生塑包效果的平滑度。参数设置范围为 1～15。

图 14-218　【塑料包装】对话框　　　　　　　　图 14-219　塑料包装效果

14.14.15　涂抹棒

　　涂抹棒滤镜拟用粉笔或蜡笔在纸上涂抹后所产生的效果。

　　选择【滤镜】>【艺术效果】>【涂抹棒】命令，设置打开的【涂抹棒】对话框中的参数如图 14-220 所示，效果如图 14-221 所示。

图 14-220　【涂抹棒】对话框　　　　　　　　图 14-221　涂抹棒效果

【涂抹棒】对话框中的参数设置：

- 描边长度：控制笔画的长度，参数设置范围为 0～10。
- 高光区域：调整高亮区域的面积，参数设置范围为 0～20。
- 强度：用来设置涂抹强度，参数设置范围为 0～10。

技术看板　　【涂抹棒】命令有什么特点？
　　　　　　答：此命令拟用粉笔或蜡笔在纸上涂抹后产生的效果。

14.15 杂色

杂色滤镜即发生在扫描过程中的随机色。这组滤镜可以混合干扰，制作着色像素图案的纹理。共有五个特技效果。打开【素材】\【Ch14 素材】\【杂色.jpg】文件，如图 14-222 所示，对其执行不同的效果。

图 14-222 【杂色】图像

14.15.1 减少杂色

减少杂色滤镜将在处理图像中减少一些细小的颗粒状像素。

选择【滤镜】>【杂色】>【减少杂色】命令，设置打开的【减少杂色】对话框中的参数如图 14-223 所示，效果如图 14-224 所示。

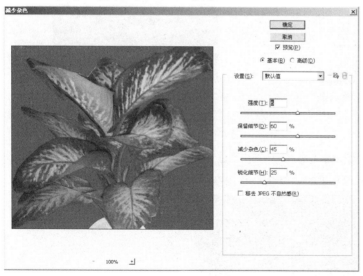

图 14-223 【减少杂色】对话框

图 14-224 减少杂色效果

【减少杂色】对话框中的参数设置：

- 强度：此选项设置减少亮度杂色，参数设置范围为 0~10。
- 保留细节：此选项设置保留细节的数值，参数设置范围为 0~100%。

- 减少杂色：此选项设置减少色差杂色的强度，参数设置范围为 0~100%。
- 锐化细节：此选项设置恢复微小细节而要应用的锐化的量，参数设置范围为 0~100%。
- 移去 JPEG 不自然感：选择此选项，可以移去在压缩 JPEG 图像时产生的不自然感。

在高级选项中还可以对每个通道的强度和细节进行调整。

14.15.2　蒙尘与划痕

蒙尘与划痕滤镜将搜索图片中的缺陷并将其融入周围像素中。

选择【滤镜】>【杂色】>【蒙尘与划痕】命令，设置打开的【蒙尘与划痕】对话框中的参数如图 14-225 所示，效果如图 14-226 所示。

【蒙尘与划痕】对话框中的参数设置：

- 半径：决定清除缺陷的范围，参数设置范围为 0~100 像素。
- 阈值：决定确定要分析的像素，参数设置范围为 0~255 色阶。输入值决定要分析的像素。值为 0 则分析所有区域内像素。它的取值越高，则参与分析的像素会越少。

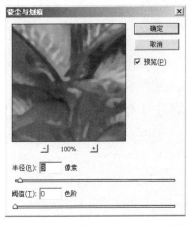

图 14-225　【蒙尘与划痕】对话框

图 14-226　蒙尘与划痕效果

14.15.3　去斑

去斑滤镜无对话框，它寻找图像中色彩变化最大的区域，然后模糊除去过渡边缘外的东西。可用来减少干扰或模糊过于清晰化的区域，并可以除去扫描图像中的波纹图案，效果如图 14-227 所示。

图 14-227　去斑效果

技术看板

【蒙尘与划痕】命令有什么特点？

答：此命令搜索图片中的缺陷并将其融入周围像素中，如修复有刮痕、杂点的图像。

14.15.4　添加杂色

添加杂色滤镜将在处理图像中增加一些细小的颗粒状像素，就像电视机上出现的雪花一样。

选择【滤镜】>【杂色】>【添加杂色】命令，设置打开的【添加杂色】对话框中的参数如图 14-228 所示，效果如图 14-229 所示。

【添加杂色】对话框中的参数设置：

- 数量：用来控制增加杂色的数量，参数设置范围为 0.10%～400%。
- 平均分布：选择干扰属性，有统一和高斯模糊两种选择方式。
- 单色：控制是否为单色杂色的像素。

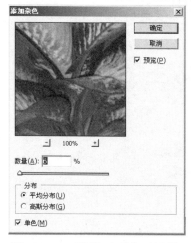

图 14-228　【添加杂色】对话框

图 14-229　添加杂色效果

14.15.5　中间值

中间值滤镜将用来减少所选择部分像素亮度混合时产生的噪声。利用一个区域内的平均亮度来取代区域中心亮度值。

选择【滤镜】>【杂色】>【中间值】命令，设置打开的【中间值】对话框中间值参数如图 14-230 所示，效果如图 14-231 所示。

图 14-230　【中间值】对话框

图 14-231　中间值效果

【添加杂色】命令有什么特点？

答：此命令将在处理图像中增加一些细小的颗粒状像素。

技术看板

【中间值】对话框中的参数设置：

半径：设定该滤镜自每个像素进行亮度分析的距离范围，参数设置范围为 1～100 像素。设定的数值越大，画面上消失的细节越多。

14.16 其他

其他滤镜组不同于其他任何的滤镜，使用它们用户可以创建自己的特殊效果滤镜。打开【素材】\【Ch14 素材】\【其它.jpg】文件，如图 14-232 所示，对其执行不同滤镜效果。

图 14-232　【其它】图像

14.16.1 高反差保留

高反差保留滤镜可以删除图像中亮度逐渐变化的部分，并保留色彩变化最大的部分。可使图像中的阴影部分消失而亮点部分则更加突出。

选择【滤镜】>【其它】>【高反差保留】命令，设置打开的【高反差保留】对话框中的参数如图 14-233 所示，效果如图 14-234 所示。

图 14-233　【高反差保留】对话框

图 14-234　高反差保留效果

【高反差保留】对话框中的参数设置：

- 半径：它控制滤镜选取周围像素的范围，以供分析处理。参数设置范围为 0.1%～250.0% 像素。

技术看板　【高反差保留】命令有什么特点？
答：此命令删除图像中亮度逐渐变化的部分，并保留色彩变化最大的部分。可使图像中的阴影部分消失而亮点部分则更加突出。

14.16.2 位移

位移滤镜将根据【位移】对话框中设置的参数进行位移。

选择【滤镜】>【其它】>【位移】命令，设置打开的【位移】对话框中的参数如图 14-235 所示，效果如图 14-236 所示。

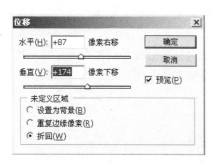

图 14-235 【位移】对话框

图 14-236 位移效果

【位移】对话框中的参数设置：

- 水平：用来控制图像的左右偏移量，参数设置范围为-1474～1474 像素。取值为正值时向右偏移，取值为负值时向左偏移。
- 垂直：用来控制图像的上下偏移量，参数设置范围为-1106～1106 像素。取值为正值时向下偏移，取值为负值时向上偏移。
- 未定义区域：此选项设置图像位移后的填充方式。有设置为背景、重复边缘像素和折回三个选项供选择。

573

14.16.3 自定义

自定义滤镜可以亲手创建过滤器，设计出清晰化、模糊化及浮雕效果的滤镜来。

选择【滤镜】>【其它】>【自定】命令，设置【自定】对话框中的参数如图 14-237 所示，效果如图 14-238 所示。

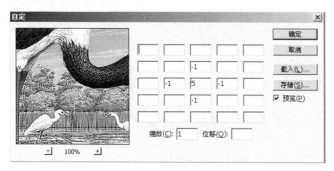

图 14-237 【自定】对话框

图 14-238 自定义效果

在对话框中，用户可控制所有要被筛选的像素的亮度值。每一个被计算的像素由对话框中文本段中心的字段来表示。在该对话框中输入的数字表示 Photoshop 将要把当前像素亮度增加的倍

【位移】命令有什么特点？

答：此命令可设置图像左右上下移量的数量，并可设置图像位移后的填充方式。

技术看板

数。值的范围是-999～999 之间。

在中心字段周围的字段中输入值，可以控制邻近的像素与中心字段的像素之间的亮度关系，Photoshop 将邻近像素的亮度值和该输入值相乘。此外，在自定义默认的对话框中，中心像素左邻近像素的亮度值为原值乘以-1。可以在缩放字段中，输入亮度总数值的除数数值，在位移字段中输入一个值，加到缩放计算结果上，作为抵消结果。在滤镜运行时，Photoshop 重新计算图像或选择区域中内的每一个像素值。与对话框矩阵内输入数据相乘结果的亮度相加，然后除以缩放的数值，再与位移的数值相加。

用户可以自己根据色差原理和经验自行创建属于自己风格的效果并可以存储起来调用,在【自定】对话框中,【存储】按钮用来存储滤镜,【载入】按钮用来载入用户自己设定的滤镜。

14.16.4 最大值

最大值滤镜将放大图像亮区，消除暗区，图像整体变亮。

选择【滤镜】>【其它】>【最大值】命令，设置打开的【最大值】对话框中的参数如图 14-239 所示，效果如图 14-240 所示。

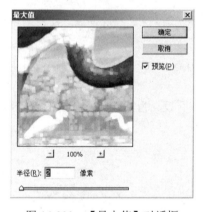

图 14-239　【最大值】对话框

图 14-240　最大值效果

【最大值】对话框中的参数设置：

● 半径：它控制滤镜选取较亮像素的范围。

14.16.5 最小值

最小值滤镜能够强调图像中较暗的像素，它可以用在通道内以缩小选区，也可以用于为某图像作补漏白时的收缩效果。

选择【滤镜】>【其它】>【最小值】命令，设置打开的【最小值】对话框中的参数如图 14-241 所示，效果如图 14-242 所示。

【最小值】对话框中的参数设置：

● 半径：它控制滤镜选取较暗像素的范围。

最大值/最小值这两种滤镜的原理相同，但效果相反，两者都是在设定的半径内，以矩形的方式将范围内的颜色统一填涂，最大值是以设定的范围内最亮的颜色填涂；最小值则是以设定的范

技术看板　【最大值】命令有什么特点？

答：此命令将放大图像亮区，消除暗区，图像整体变亮。

围内最暗的颜色填涂。参数设置范围为 1～100 像素。

　　至此，我们介绍完了 Photoshop CS4 的内置滤镜，这些滤镜在实际的工作中需要灵活运用，切不可盲目的在图像上罗列滤镜，这样做往往会产生画蛇添足的效果。在后面章节的实例中，常会用到滤镜命令，在此不做过多介绍。

图 14-241　【最小值】对话框

图 14-242　最小值效果

学习链接

it.com.cn 网站——滤镜专题，提供了应用滤镜的实例教程：

http://www.it.com.cn/edu/artdesign/photoshop/magic/

575

为什么有时相同的参数设置，得到的图像效果会不同？

　　答：滤镜的处理效果以像素为单位，就是说相同的参数处理不同分辨率的图像，效果会不同。

技术看板

第15章 图像的获取与输出

学 习 内 容	分 配 时 间	重 点 级 别	难 度 系 数
图像的获取	30 分钟	★★	★
图像输出	10 分钟	★★	★

掌握 Photoshop CS4 图像获取和输出的方法是处理图像和存储图像的基础，掌握这些基本的操作是完美地进行高级图像处理必不可少的步骤。本章学习图像获取和输出控制的相关知识。

15.1 图像的获取

获取图像的方法有多种，有的是通过扫描获取图像，有的是由图库获取图像，还有的是由数码照相机获取图像。由图库和数码照相机获取图像文件，一般使用 Photoshop CS4 的打开命令，便能打开这些图像文件。只有通过扫描获取图像文件时，需要设置参数，下面详细地介绍获取图像的相关知识。

15.1.1 获取图像文件

图像获取的方法有多种，主要有新建文件、打开文件、置入和导入文件以及使用扫描仪扫描文件。

1．新建文件

要在 Photoshop CS4 中新建文件，可以选择【文件】>【新建】命令或按快捷键 Ctrl+N，在打开的【新建】对话框中设置相应的参数。有关操作请参看第 2 章的介绍。

2．打开图像

如果需要按原有格式打开一个已经存在的 Photoshop 文件，可以选择【文件】>【打开】命令或按快捷键 Ctrl+O，打开【打开文件】对话框，文件名是目标文件，文件类型是 Photoshop 能打开的文件类型，可以选择。有关操作请参看第 2 章的介绍。

3．打开为（打开特定格式的文件）

在 Photoshop CS4 中，用户不仅可以按照原有格式打开一个图像文件，还可以按照其他格式打开该文件。选择【文件】>【打开为】命令或按是快捷键 Alt+Ctrl+O，打开【打开为】对话框，指定想要的文件格式，并从中选择需要开启的文件名，然后单击【打开】按钮即可。有关操作请参看第 2 章的介绍。

4．最近打开文件

选择【文件】>【最近】打开文件命令，可以弹出最近打开过的文件列表，直接选取需要的文件名即可打开。有关操作请参看第 2 章的介绍。

5．在 Bridge 中浏览

选择【文件】>【在 Bridge 中浏览】命令或按快捷键 Alt+Ctrl+O 或单击最上方标题栏中的　Bridge 启动按钮，打开 Bridge 窗口。在文件浏览器窗格中根据文件的存储路径，找到并选中某一文件后，双击则可以快速在 Photoshop CS4 中打开文件。有关操作请参看第 2 章的介绍。

6．使用置入命令

使用【文件】>【置入】命令可以将 EPS 和 PDF 等格式的图像导入到 Photoshop CS4 中的当前图像上。有关操作请参看第 2 章的介绍。

7．利用 Windows 剪贴板导入

可以利用 Windows 的剪贴板直接将其他应用程序中的图像粘贴到 Photoshop CS4 的窗口中来进行处理。例如，在 3ds max 中制作的规划图，通过【复制】或【剪切】命令将其复制到 Windows 剪贴板中，然后再通过 Photoshop 的【粘贴】命令粘贴到当前图像窗口中进行处理。

15.1.2　使用外设获取图像

如果在计算机上安装了扫描仪或者数码照相机等输入设备时，使用【文件】>【导入】命令在导入级联菜单中就会显示出输入设备的选项命令，执行相关命令，就可以直接通过图像输入设备得到图像文件了。

1．从相机获取数字图像

通过将相机或读卡器连接到计算机，可以将图像复制到计算机上。

在 Bridge CS4 中使用【从相机获取照片】命令可下载照片，并对这些照片进行组织、重命名和应用元数据等操作。

如果相机或读卡器在计算机上作为驱动器出现，可将图像直接拷贝到硬盘中。

2．扫描图像

彩色平台扫描仪目前已被广泛地应用在彩色桌面出版系统和专业广告设计等行业中，为彩色图像处理起到了积极的推动作用，但如何才能够得到真正高质量的扫描图像呢？影响图像扫描质量的因素很多，如分辨率设置、色彩校正、图像增强、文件格式、文件存储、系统资源等。下面通过具体的操作介绍扫描图像的方法。

上机操作 1　图像的扫描

01　首先将要扫描的图像放入扫描仪，然后选择【文件】>【导入】命令，如图 15-1 所示，打开【扫描】对话框，如图 15-2 所示。

【扫描】对话框中的参数设置：

不同的扫描仪提供不同的扫描功能，这里仅介绍扫描软件常用的几项功能：

● 预览：用户将图像样张放入扫描仪后，可以选择预扫描功能预览图像，用户可以在预览窗口中确定扫描的范围，如图 15-3 所示。

577

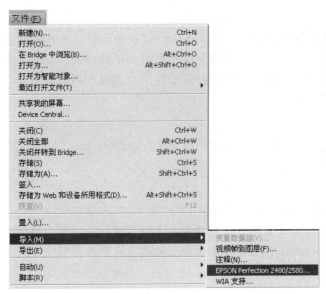

图 15-1 【导入】命令 1

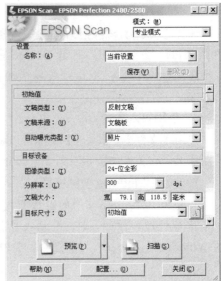

图 15-2 【扫描】对话框参数设置

- 颜色模式：一般允许用户用二值模式（黑白图）、灰阶图和彩色模式扫描图像。彩色模式又分为 RGB 和 CMYK 模式，建议用户最好用 RGB 模式扫描，然后在 Photoshop 中转换为 CMYK 模式。

- 分辨率：用于设定输出图像的分辨率，它将直接决定打印图像的质量。 表示单位长度中含有多少像素，像素越多，图像越清晰。有关分辨率的知识请参看第 6 章介绍。

- 缩放：在预览窗口中最大限度地放大用户指定的扫描区域，用户可以更加容易地观察扫描的范围及其内容。

- 比例：用户在设定扫描分辨率后，就已经决定了图像的放大倍数，有的扫描软件利用插值算法在扫描的同时进一步设定图像大小比例。

02 设置完参数，单击扫描按钮进行扫描，扫描得到的图像便在 Photoshop CS4 的界面中打开，如图 15-4 所示。

03 扫描得到的图像在 Photoshop CS4 中可进行图像处理操作了。

在获取扫描图像时，正确设置扫描分辨率是需要进行科学计算的，其公式如下：

扫描精度=输出尺寸/输入尺寸×输出精度

- 扫描精度：在扫描仪的界面上需要设置的分辨率。

- 输出尺寸：最终该图像所需的成品的单边尺寸。

- 输入尺寸：现在放在扫描仪中即将开始扫描的原始图像的同一单边尺寸。

- 输出精度：该图像最终需要输出的分辨率精度。

下面要将一张单边为 5 厘米的照片，用于打印输出为同一单边为 10 厘米的图像，打印输出的精度为 300 像素/英寸，扫描分辨率将如何设置呢？

由扫描计算公式可得：扫描精度=10÷5×300=600，这样就得到扫描界面中分辨率的值为 600Dpi，然后通过扫描仪，获取一个分辨率为 600Dpi 的图像即可。

技术看板 | 黑白图扫描成何种格式文件？
答：如果是图表用 GIF，如果是照片用 JPG。黑白图片建议先转换成灰度，然后保存为 GIF；如果颜色在 256 以下的，用 GIF 就最好，也不损失质量，文件最小；如果是真彩色，一定用 JPG。

图 15-3　【导入】命令 2

图 15-4　扫描的图像

15.2　图像的输出

经过 Photoshop CS4 处理后的图像，最终是要输出的。用于印刷、打印或输出为适合于网页上用的格式，输出时要根据图像最终使用目的，选择不同的输出方式。下面介绍几种常用的输出方法。

15.2.1　存储文件

1．存储

保存文件时可以选择【文件】>【存储】命令或按快捷键 Ctrl+S，该命令将会把编辑过的文件以原路径、原文件名、原文件格式存入磁盘中，并覆盖原始的文件。用户在使用存储命令时要特别小心，否则可能会丢掉原文件。如果是第一次保存则相当于执行【存储为】命令，会弹出【存储为】对话框，只要给出文件名即可。

2．存储为

选择【文件】>【存储】为命令或按快捷键 Shift+Ctrl+S，打开【存储为】对话框，在对话框中，可以将修改过的文件重新命名、改变路径、改换格式，然后再保存，这样不会覆盖原始文件。有关具体操作请参看第 2 章的介绍。

3．保存为 Web 所用格式

选择【文件】>【保存为 Web 所用格式】命令（对应的快捷键是 Alt+Shift+Ctrl+S），可以通过对选项的设置优化网页图像，将图像保存为适合于网页上用的格式。

4．使用导出命令

选择【文件】>【导出】命令可以将在 Photoshop CS4 中创建的图像保存为其他应用程序（例

579

怎样检查扫描仪输入的图像是否理想？

答：若要检查由扫描仪输入的图像是否理想，可打开【信息】面板观察图像的亮部及暗部数值达到 240，暗部数值达到 10 时，表明这个图像包含足够的细节。

技术看板

如 Illustrator）所使用的文件格式，也可以直接选择输出文件所保存的一个路径，将图像导出到 Illustrator 文件的对话框中。

5．利用 Windows 剪贴板导出

利用 Windows 剪贴板不但可以将其他应用程序中的图像导入到 Photoshop CS4 中，也可以将 Photoshop CS4 中的图像导出到其他应用程序中。不过，在使用复制和剪切命令之前必须将需要输出的那一部分选定。

6．存储出版物图像

在 Photoshop CS4 中处理图像一般都用 RGB 颜色模式的图像，完成编辑操作之后，在作为一个四色出版物来保存 Photoshop 文件之前，必须将图像使用【图像】>【模式】>【CMYK 颜色】命令，更改图像的颜色模式为 CMYK 颜色模式以便它能够用四色进程墨水正确打印。

上机操作 2　存储出版物图像

01　打开【素材】\【Ch14 素材】\【RGB 颜色.jpg】文件，如图 15-5 所示。

02　选择【图像】>【模式】>【CMYK 颜色】命令，转换图像模式为 CMYK 颜色模式。

03　选择【图像】>【图像大小】命令，设置打开的【图像大小】对话框中的参数如图 15-6 所示，原图像的分辨分为 72 像素/英寸，为保证彩色印刷出版物的高质量，将图像分辨率设为 300 像素/英寸，如图 15-7 所示。有关【图像大小】命令的相关知识请参看第 6 章介绍。

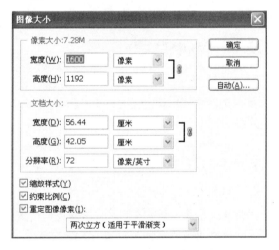

图 15-5　【RGB 颜色】图像　　　　　　　　　　图 15-6　【图像大小】对话框

04　选择【文件】>【存储为】命令，在打开的【存储为】对话框中设置出版物要求的正确格式 TIFF，因为 PageMaker 使用 Tagged-Image File Format（TIFF）标签图像文件格式来打印进程或 CMYK 颜色，我们将把图片保存为 TIFF 文件，如图 15-8 所示。

05　设置完成，单击【保存】按钮。

技术看板　打印图像时，怎样设置打印方向及位置？
答：选择【文件】>【打印】命令，在打开的【打印】对话框中，通过【位置】选项可设置打印图像的位置，【页面设置】选项可设置打印方向。

图 15-7　设置【图像大小】对话框参数　　　　　　图 15-8　【存储】对话框

15.2.2　打印输出图像

通常，在使用 Photoshop 中制作出数字图像作品后，大多数的图像作品都会被输出并打印出来，以印刷品的形式出现，或作为宣传画，或作为书刊的彩页、封面、插页等。通过浏览打印输出的图像，可以更好地查看图像的色彩、创意及颜色搭配等效果。大多数情况下，Photoshop CS 预设的打印设置是以产生最佳效果为标准的。为了能够将屏幕上显示的彩色图像如实地反映到印刷的结果上，需要对基本颜色管理、打印配置及印刷技术有更深的认识。

上机操作 3　打印图像

01　打开【素材】\【Ch14 素材】\【打印.jpg】文件，如图 15-9 所示。

02　选择【文件】>【打印】命令，打开【打印】对话框，如图 15-10 所示。

图 15-9　【打印】图像

对话框中参数的设置：

- 位置：此选项参数设置打印图像的位置。选择【图像居中】选项时，表示要打印的图像文件将会打印在纸张的中央；【顶】选项设置数值设定打印的图像距离页面顶端的距离；【左】选项设置数值设定打印的图像距离页面左边的距离。
- 缩放后的打印尺寸：此选项设置图像缩放打印的尺寸。选择【缩放以适合介质】选项，表示 Photoshop 会自动将要打印的图像缩放到适当的大小。
- 定界框：设定围绕图像四周的外框宽度。因此，在打印时即可将图像加上外框。

只能原大打印图像吗？

答：在【打印】对话框中，通过【缩放后的打印尺寸】选项可设置图像缩放打印的尺寸。　　　　　　　**技术看板**

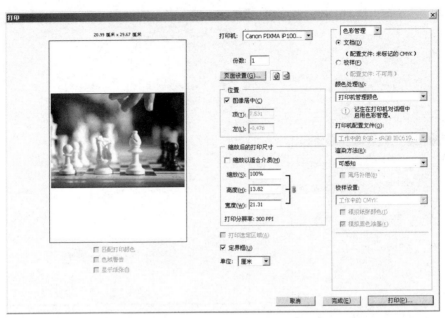

图 15-10 【打印】对话框

03 单击【确定】按钮，进行打印输出。

> **注 意**
>
> 在未设定之前 Photoshop 永远会把图像打印在页面的中间。

技术看板　　为什么打印图像？

答：通过浏览打印输出的图像，可以更好地查看图像的色彩、创意及颜色搭配效果。

第16章 综合实例

通过学习前面的 15 章内容，我们对 Photoshop 的各种工具及其应用有了比较全面系统的认识，这一章将以 Photoshop 在各个行业的典型应用的几个实例来更深入地掌握 Photoshop 的各种命令和工具的使用方法和技巧。

16.1 水晶饰品形象海报

本实例制作饰品广告，产品使用了红、绿、蓝三色，背景使用了径向渐变由白到黑带出饰品，在视觉上造成反差，加大了饰品在视觉上的冲击力。

使用椭圆工具绘制水晶饰品的基本形状，通过添加图层样式制作晶莹剔透效果，使用颜色填充路径制作饰品的反光效果，使用【色相/饱和度】命令调整色相，得到不同颜色的饰品。

视频教学

光盘路径：【视频】文件夹中【Ch16】文件夹中的【水晶饰品海报.psd】文件

1. 制作水晶饰品的基本形状

01 选择【文件】>【新建】命令，设置打开的【新建】对话框中的参数如图 16-1 所示，新建文件后，设置前景色为 R＝G＝B＝168，填充前景色。

02 新建【图层 1】，设置前景色为 R＝128、G＝13、B＝20，使用椭圆工具，单击选项栏中的填充像素图标，在新建的文件中画一个椭圆。

03 复制【图层 1】为【图层 1 副本】，按快捷键 Ctrl+T 调出变换控制框，按快捷键 Shift+Alt 缩放复制图像为 72%。按 Ctrl 键，单击【图层 1 副本】的缩览图，载入【图层 1 副本】的选区，选择【图层 1】，按 Delete 键，删除选区中的图像，再删除【图层 1 副本】，得到水晶饰品的基本形状，如图 16-2 所示，命名图层【水晶饰品】。

04 按快捷键 Ctrl+T 调出变换控制框，调整水晶饰品的透视效果如图 16-3 所示。

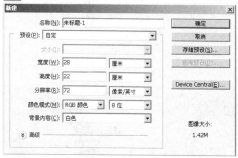

图 16-1　设置【新建】对话框中的参数　　　图 16-2　基本形状　　　图 16-3　透视效果

2. 制作水晶饰品的立体效果

01 首先添加内部辉光效果。单击【图层】面板底部的 *fx* 添加图层样式图标，在弹出

怎样绘制圆环、扇形、弯月等形状？

答：使用椭圆工具，利用图形相减能够很方便地绘制这些特殊的形状。

技术看板

的下拉菜单中选择【内发光】命令，设置内发光颜色 R＝239、G＝47、B＝42，其他参数设置如图 16-4 所示，效果如图 16-5 所示。

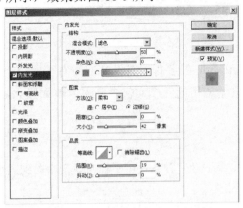

图 16-4　设置【内发光】对话框

图 16-5　添加内发光效果

02　新建图层【高光】，选择钢笔工具，单击选项栏中的路径图标，创建如图 16-6 所示的路径，设置 4 像素虚边画笔，设置画笔颜色为"白色"；单击【路径】面板底部的用画笔描边路径图标描边路径，然后删除路径，描边效果如图 16-7 所示。

图 16-6　创建路径 1

图 16-7　描边路径 1

03　选择【滤镜】>【模糊】>【高斯模糊】命令，设置打开的【高斯模糊】对话框中的参数如图 16-8 所示，模糊描边得到高光边缘渐淡效果，复制一个高光图层，描边效果更明显，合并两个高光图层，如图 16-9 所示。使用橡皮擦工具，在白色描边的两端擦涂成渐淡效果，如图 16-10 所示。

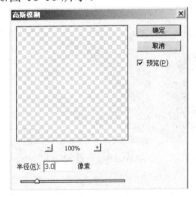

图 16-8　设置【高斯模糊】对话框 1

图 16-9　模糊效果

图 16-10　擦出渐淡效果

技术看板　Photoshop 能制作出立体感的图像效果吗？
答：Photoshop 主要是针对平面图像处理软件，根据透视与明暗关系的变化，也同样可以制作出优秀的三维效果或是立体感的图像。

04 新建图层【阴影 1】，设置前景色为 R＝118、G＝88、B＝91，制作水晶饰品上部的阴影，使用 🖊 钢笔工具，在水晶饰品的左上部的内外两侧勾出路径，如图 16-11 所示，按快捷键 Ctrl+Enter，转化路径为选区，再按快捷键 Shift+F6，打开【羽化选区】对话框，设置【羽化选区】参数如图 16-12 所示，填充前景色，按快捷键 Ctrl+D，取消选区。

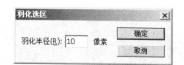

图 16-11　创建路径 2　　　　　　图 16-12　设置【羽化】对话框中的参数

05 设置【图层】面板如图 16-13 所示，按住 Ctrl 键，单击【水晶饰品】的缩览图载入选区，选择【选择】>【反向】命令，反选选区，按 Delete 键，删除选区中的图像，制作出水晶饰品上部的阴影效果，如图 16-14 所示。

图 16-13　设置【图层】面板状态　　　　图 16-14　添加上部阴影效果

06 新建图层【阴影 2】，使用上述同样的方法，制作水晶饰品右下部分的阴影。使用 🖊 钢笔工具，勾出如图 16-15 所示路径，转化路径为选区后羽化 10 像素，填充前景色，删除不需要的图像部分，制作出水晶饰品下部的阴影效果，如图 16-16 所示。

图 16-15　创建路径 3　　　　　　图 16-16　添加下部阴影效果

07 新建图层【高光 1】，制作水晶饰品上部的高光效果。使用 🖊 钢笔工具，勾出如图 16-17 所示路径，使用画笔为 2 像素的虚边笔刷描边路径，删除路径后效果如图 16-18 所示。选择【滤

585

镜】>【模糊】>【高斯模糊】命令，设置打开的【高斯模糊】对话框中的参数如图 16-19 所示，模糊图像效果如图 16-20 所示。使用 橡皮擦工具，在描边线的两端擦涂成渐淡效果，如图 16-21 所示。

图 16-17　创建路径 4

图 16-18　描边路径 2

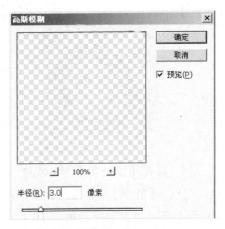
图 16-19　设置【高斯模糊】对话框 2

图 16-20　高斯模糊效果

图 16-21　擦出渐淡效果

08　隐藏图层【背景】，合并可见图层为【高光】。使用 加深工具，在水晶饰品的暗面涂抹，加暗水晶饰品效果如图 16-22 所示。使用 减淡工具，在水晶饰品的亮面涂抹，加亮水晶饰品效果如图 16-23 所示。

图 16-22　加暗暗部

图 16-23　加亮亮部

09　再添加几处反光效果，充分体现水晶的剔透感。新建图层【反光 1】，使用 钢笔工具在水晶饰品的左部的内外两侧勾出如图 16-24 所示路径，转化路径为选区，羽化 3 像素，填

技术看板　怎样制作暗面效果？
答：制作羽化的选区填充比图像基色深的颜色，再使用【高斯模糊】命令进行处理，最后使用橡皮擦工具及加深工具做细化处理。

充白色，然后设置【图层】面板中的【不透明度】为 40%，效果如图 16-25 所示。

图 16-24　创建路径 5　　　　　　　　　　　图 16-25　填充白色 1

10　在水晶饰品下部的内侧，用上述同样的方法添加反光效果，如图 16-26 所示。

11　新建图层【反光 2】，设置前景色为 R＝238、G＝62、B＝58，使用钢笔工具在水晶饰品右侧的内部勾出如图 16-27 所示路径，转化路径为选区，设置羽化参数为 2 像素，填充前景色，设置图层【不透明度】为 40%，形成反光效果，如图 16-28 所示。再次隐藏【背景】图层，合并可见图层为【水晶饰品】。

图 16-26　添加反光效果　　　　图 16-27　创建路径 6　　　　图 16-28　填充前景色效果

12　再添加几处高反光效果。使用 减淡工具，在水晶饰品下部内侧部分涂抹出高光，效果如图 16-29 所示。新建图层【高光】，使用 椭圆选框工具，制作羽化为 3 像素的椭圆形选区，如图 16-30 所示，填充白色，设置图层【不透明度】为 69%，效果如图 16-31 所示。

图 16-29　加亮图像　　　　　　图 16-30　创建选区　　　　　图 16-31　反光效果

13　新建图层【高光 1】，设置前景色为 R＝238、G＝62、B＝58，添加水晶饰品上部的高反光效果。使用 钢笔工具，勾出如图 16-32 所示路径，转换路径为选区，羽化选区 2 像素，填充前景色，效果如图 16-33 所示。

怎样制作高亮区？

答：有一些反光介质具有强烈的反光性能会产生高反光区，使用 Photoshop 功能制作高亮区，可使用选取工具制作一个羽化的选区，填充白色即可。

技术看板

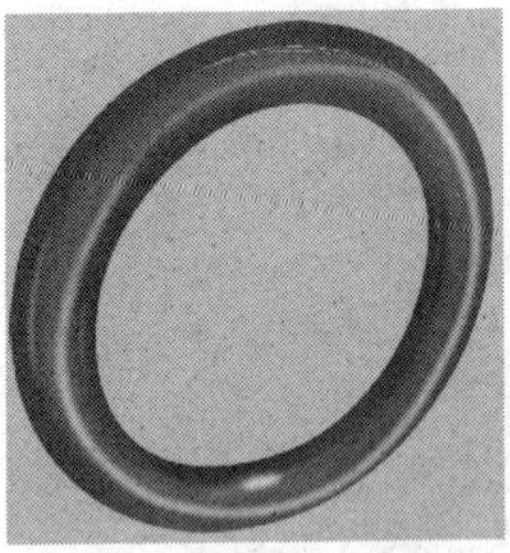

图 16-32 创建路径 7

图 16-33 填充前景色

14 选择【选择】>【修改】>【收缩】命令，设置打开的【收缩】对话框中的参数如图 16-34 所示，填充白色，效果如图 16-35 所示。隐藏【背景】图层，合并可见图层为【水晶饰品】。

图 16-34 设置【收缩】对话框中的参数

图 16-35 填充白色 2

15 复制图层【水晶饰品】为图层【水晶饰品副本】，设置【图层】面板如图 16-36 所示，按快捷键 Ctrl+E 向下合并图层，命名图层【水晶饰品】，水晶饰品效果如图 16-37 所示，按快捷键 Ctrl+E，合并两个图层为【水晶饰品】图层。

图 16-36 设置【图层】面板状态

图 16-37 水晶饰品效果 1

3. 制作不同颜色的水晶饰品

01 复制图层【水晶饰品】为图层【水晶饰品副本】和【水晶饰品副本 1】，分别调整三个水晶饰品的大小。选择图层【水晶饰品副本 1】，按快捷键 Ctrl+T，调出变换控制框，将其缩小到 70%，选择图层【水晶饰品副本】，将其放大到 140%，最后调整到如图 16-38 所示的位置。

怎样使图像具有通透效果？

技术看板   答：复制图层，设置图层【混合模式】为【颜色减淡】。

02 使用【色相/饱和度】命令，重新调整最小水晶饰品的颜色。选择图层【水晶饰品副本 1】，选择【图像】>【调整】>【去色】命令，将小水晶饰品去色，效果如图 16-39 所示。再选择【图像】>【调整】>【色相/饱和度】命令，设置打开的【色相/饱和度】对话框中的参数如图 16-40 所示，效果如图 16-41 所示。

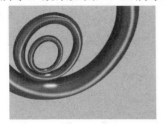

图 16-38 调整水晶饰品的位置

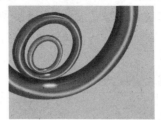

图 16-39 去色效果

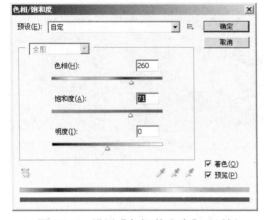

图 16-40 设置【色相/饱和度】对话框

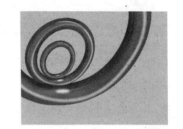

图 16-41 调整为蓝色

03 选择【图像】>【调整】>【曲线】命令，设置打开的【曲线】对话框中的参数如图 16-42 所示，提高图像的亮度，效果如图 16-43 所示。

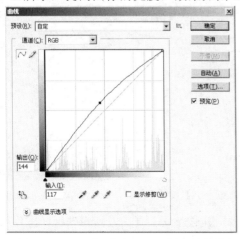

图 16-42 设置【曲线】对话框中的参数

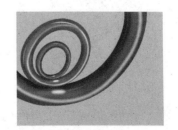

图 16-43 提高亮度

589

怎样快速调整图像为不同颜色？

答：可复制图层，使用【色相/饱和度】命令，拖动【色相/饱和度】对话框中的【色相】下面的滑块设置图像的颜色，拖【饱和度】下面的滑块设置饱和度。

技术看板

04 选择图层【水晶饰品】，使用【去色】命令将中间的水晶饰品去色，再选择【图像】>【调整】>【色相/饱和度】命令，设置打开的【色相/饱和度】对话框中的参数如图 16-44 所示，效果如图 16-45 所示，大的水晶饰品调整为绿色。

05 最后制作水晶饰品的倒影。复制图层【水晶饰品副本 1】为【水晶饰品副本 2】，并选择复制图层，选择【编辑】>【变换】>【垂直翻转】命令将其翻转，并调整到适当的位置，设置图层的【不透明度】为 20%，效果如图 16-46 所示，一组不同颜色水晶饰品制作完成。

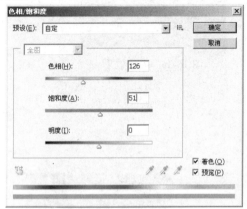

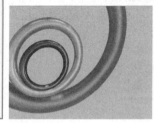

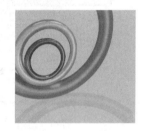

图 16-44　设置【色相/饱和度】对话框中的参数　　图 16-45　调整为绿色　　图 16-46　水晶饰品效果 2

4．添加文字效果

01 使用 ⊞ 裁剪工具，裁剪图像如图 16-47 所示。按 D 键设置背景色为黑色，选择【图像】>【画布大小】命令，设置【画布大小】对话框中的参数如图 16-48 所示，增加画布效果如图 16-49 所示。

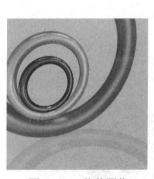

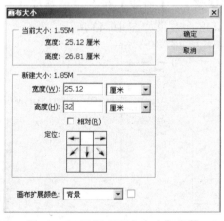

图 16-47　裁剪图像　　　图 16-48　设置【画布大小】参数　　　图 16-49　扩展画布效果

02 在背景图层的上方新建【图层 1】，使用 ▢ 矩形选框工具选取矩形选区，再使用 ▢ 线性渐变工具，在选项栏中单击 ▢ 径向渐变图标，在选区内做径向渐变，效果如图 16-50 所示。

技术看板　怎样制作倒影？
答：复制图层，选择【编辑】>【变换】>【垂直翻转】命令将其翻转，使用移动工具将其移动到适当的位置，然后降低其不透明度。

在最上方新建【图层 2】，使用 ✎ 画笔工具，用黑色在图像的左上角与右上角涂抹，加暗图像，如图 16-51 所示。

图 16-50 径向渐变效果   图 16-51 加暗图像

03 使用 Ⓣ 横排文字工具，输入文字如图 16-52 所示。选择【图层】>【文字】>【转换为形状】命令，将文字图层转换为具有矢量蒙版的图层，使用 ✐ 钢笔工具和 ▷ 直接选择工具调整个别文字形状如图 16-53 所示，最后再添加文字"2008 春季魅力系列水晶饰品"，水晶饰品—手镯形象海报制作完成，效果如图 16-54 所示。最终文件请参看【素材】\【Ch16 素材】\【水晶饰品海报】\【水晶饰品.psd】文件。

图 16-52 输入文字   图 16-53 调整文字形状   图 16-54 最终效果

16.2 润肤露广告

　　润肤露广告运用了陪衬的表现手法，把润肤露商品置于一定的环境中，根据消费对象选择与商品有内在联系的女人做主图像，以烘托主题，并有助于商品功能的说明和气氛的描写，更容易引发读者的注意，达到广告的宣传作用。以蓝色调为主，给人一种安全现代的感觉。促销产品放置在版面的右侧，适用产品的对象放置在版面的左侧，这种构图方式给人一种魅力均衡的效果，用图像作为视觉语言传达促销内容，形象、简洁、一目了然。

除了对文字进行变形外，还可怎样编辑？

答：选择【图层】>【文字】>【转换为形状】命令，将文字图层转换为具有矢量蒙版的图层，对文字形状进行调整。

技术看板

本例在制作粗糙皮肤效果时，在通道中应用了【浮雕】滤镜及【应用图像】命令。

视频教学

光盘路径：【视频】文件夹中【Ch16】文件夹中的【润肤露广告.psd】文件

1 粗糙的皮肤效果

01 选择【文件】>【新建】命令，设置打开【新建】对话框中的参数如图 16-55 所示，新建文件。

02 打开【素材】\【Ch16 素材】\【润肤露广告】\【01.jpg】文件，如图 16-56 所示。使用 ▶✛ 移动工具，拖动素材文件到新建的文件中，并放置在如图 16-57 所示位置。

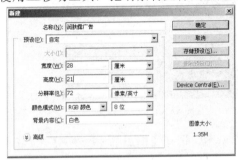

图 16-55 设置【新建】对话框参数　　图 16-56 【01】图像　　图 16-57 拖入新建文件

03 单击【图层】面板底部的 ◻ 添加图层蒙版图标，添加图层蒙版，按 D 键设置前景色为黑色，使用 ✎ 画笔工具，在选项栏中设置适当的参数，在素材文件的上部及左部涂抹，隐藏图像产生渐淡效果，如图 16-58 所示。

04 打开【素材】\【Ch16 素材】\【润肤露广告】\【02.jpg】文件，如图 16-59 所示，使用 ◥ 魔棒工具，选取图像中的白色的背景，选择【选择】>【反向】命令，反选图像，使用 ▶✛ 移动工具，拖动选区中的图像到新建文件中，放置在如图 16-60 所示位置，选择仿图章工具修复图像。

图 16-58 添加蒙版效果　　图 16-59 【02】图像　　图 16-60 拖入新建文件

05 单击【图层】面板底部的 ◻ 添加图层蒙版图标，添加图层蒙版，选择 ◻ 线性渐变工具，单击选项栏中的 ◻ 线性渐变图标，由人物的右侧向左做黑白线性渐变，效果如图 16-61 所示。在【图层 2】的图层蒙版缩览图上右击，在弹出的快捷菜单中选择【应用图层蒙版】命令，如图 16-62 所示，应用图层蒙版效果。

技术看板　　在合成图像时，怎样使图像边缘以渐隐的方式显示？

答：先在图像所在的图层添加图层蒙版，然后使用画笔工具，选择一个虚边笔刷用黑色在图像边缘涂抹即可。

图 16-61　渐变效果

图 16-62　【应用图层蒙版】命令

06 使用<u>户</u>套索工具，选取人物脸的部，按快捷键 Shift+F6，打开【羽化选区】对话框，设置【羽化选区】对话框中的参数如图 16-63 所示，按快捷键 Ctrl+J，复制选区中的图像到新【图层 3】。

07 隐藏【图层 2】，使用<u>┛</u>橡皮擦工具，擦除眼睛及嘴巴部位，如图 16-64 所示。

图 16-63　设置【羽化选区】对话框中的参数

图 16-64　擦除效果

593

08 下面将脸部皮肤处理成粗糙效果。选择【滤镜】>【杂色】>【添加杂色】命令，设置打开的【添加杂色】对话框中的参数如图 16-65 所示，效果如图 16-66 所示。

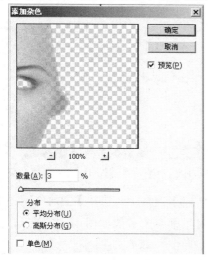

图 16-65　设置【添加杂色】对话框中的参数 1

图 16-66　添加杂色效果 1

在合成图像时，怎样使图像以渐淡的方式显示？

答：先在图像所在的图层添加图层蒙版，然后选中图层蒙版，使用渐变工具做由黑到白的线性渐变。蒙版的黑色部分隐藏图像，蒙版的白色部分显示图像，灰色部分图像将以渐淡方式显示。

技术看板

09 按快捷键 Ctrl+L，打开【色阶】对话框，设置中的参数如图 16-67 所示，效果如图 16-68 所示，调暗脸部皮肤。

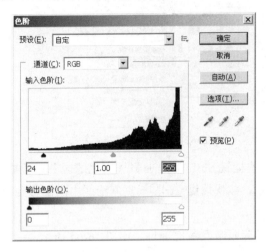

图 16-67　设置【色阶】对话框中的参数 1　　　　　　　　　　　图 16-68　调暗脸部皮肤效果

10 单击【通道】面板底部的 ■ 创建新通道图标，新建 Alpha1 通道，打开【素材】\【Ch16 素材】\【润肤露广告】\【03.jpg】文件，如图 16-69 所示，复制粘贴到 Alpha1 通道中，选择【滤镜】>【风格化】>【浮雕效果】命令，在打开的【浮雕效果】对话框中设置的参数如图 16-70 所示，效果如图 16-71 所示，图案上添加了浮雕效果。

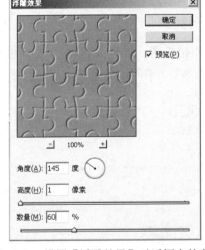

图 16-69　【03】图像　图 16-70　设置【浮雕效果】对话框中的参数　　　图 16-71　浮雕效果

11 将通道【Alpha1】中的浮雕效果应用到【图层 3】图像上。选择【图层 3】，选择【图像】>【应用图像】命令，设置打开的【应用图像】对话框中的参数如图 16-72 所示，效果如图 16-73 所示。

技术看板　在通道中能制作浮雕效果吗？
答：在通道中可选择【滤镜】>【风格化】>【浮雕效果】命令，可制作灰色的浮雕图像效果。

图 16-72 设置【应用图像】对话框中的参数 1

图 16-73 应用图像效果 1

12 选择【图层 2】，使用 套索工具，选取人物的颈部，按快捷键 Shift+F6，打开【羽化选区】对话框，设置【羽化选区】参数如图 16-74 所示，按快捷键 Ctrl+J，复制选区中图像到新【图层 4】。

13 选择【滤镜】>【杂色】>【添加杂色】命令，设置打开的【添加杂色】对话框中的参数如图 16-75 所示，效果如图 16-76 所示，皮肤处理成粗糙效果。

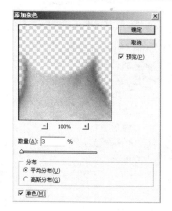

图 16-74 设置【羽化选区】参数　图 16-75 设置【添加杂色】对话框
中的参数 2

图 16-76 添加杂色效果 2

595

14 复制通道【Alpha1】为【Alpha1 副本】，选择 移动工具，分别按键盘上的 ↓ 和 ← 键几下，将通道【Alpha1 副本】中的图像向左下角移动几个像素。选择【图层 4】，选择【图像】>【应用图像】命令，设置打开的【应用图像】对话框中的参数如图 16-77 所示，效果如图 16-78 所示，脸部图像产生拼贴效果。

图 16-77 设置【应用图像】对话框中的参数 2

图 16-78 应用图像效果 2

在图像上怎样应用通道中的效果？
答：选择【图像】>【应用图像】命令，可将任意通道与图像中的任意图层使用不同的混合模式进行叠加，生成新的图像效果。

技术看板

15 使用 加深工具，在选项栏中设置适当参数，加暗人物颈部，效果如图 16-79 所示。

16 制作皮肤脱落的效果。选择【图层 3】，使用 套索工具，按照拼图的形状勾出选区，如图 16-80 所示，按快捷键 Ctrl+Shift+J，将选取中的图像剪切并复制到新【图层 5】，按快捷键 Ctrl+J，复制【图层 5】四个，按快捷键 Ctrl+T，自由变换图像，进一步调整脱落皮肤图像的形状，合并复制图层为【图层 5】，效果如图 16-81 所示。

图 16-79　加暗颈部效果

图 16-80　创建选区

图 16-81　调整复制图像

17 合并脱落的皮肤图层，按快捷键 Ctrl+L，打开【色阶】对话框，设置参数如图 16-82 所示，效果如图 16-83 所示，再次调暗脱落的皮肤。

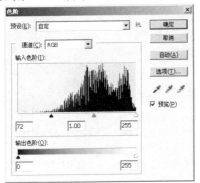
图 16-82　设置【色阶】对话框中的参数 2

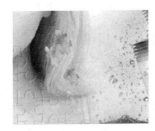
图 16-83　加暗脱落皮肤

18 再使用 加深工具，在选项栏中设置适当的参数，加暗脱落皮肤，效果如图 16-84 所示，做出脱落皮肤的暗面。

19 选择【图层 3】，使用 橡皮擦工具，在选项栏中设置适当的参数，擦掉脸部粗糙皮肤露出下面洁白皮肤，效果如图 16-85 所示，皮肤效果制作完成。

图 16-84　进一步加暗皮肤效果

图 16-85　擦除脸部皮肤效果

技术看板　怎样制作散落的图像？
答：先复制多个图像，使用【编辑】>【变换】命令，将其调整为不同大小，不同角度，再使用加深工具和减淡工具根据角度加亮、加深图像即可。

2．添加文字

01 单击【图层】面板底部的 ⬚ 创建新图层图标，新建【图层 6】，设置前景色为 R＝54、G＝91、B＝174，使用 ⬚ 矩形选框工具，在图像文件中画两个矩形选区并填充前景色，效果如图 16-86 所示，这两条矩形条主要起到凝聚读者视线的作用。

02 使用 ⬚ 横排文字工具，输入文字，润肤露广告整体效果如图 16-87 所示。最终文件参看【素材】\【Ch16 素材】\【润肤露广告】\【润肤露广告.psd】文件。

图 16-86 添加边框

图 16-87 润肤露广告最终效果

16.3 星际飞行物

本实例继续使用路径工具和形状工具制作多棱角的复杂图形——星际飞行物。在制作过程中，首先使用路径和形状的加减运算制作星际飞行物的基本形状，然后利用对选取的图像的复制与移动制作飞行物立体效果，还用到【描边】命令，制作飞行物棱角边缘的反光效果，使用【添加杂色】、【动感模糊】等命令，制作飞行物的纹理效果，在制作光芒效果时，还用到了其他一些滤镜特效及图层样式效果。

 视频教学

光盘路径：【视频】文件夹中【Ch16】文件夹中的【星际飞行物 1.psd】和【星际飞行物 2.psd】文件

1．星际飞行物的雏形

01 按快捷键 Ctrl+N，打开【新建】对话框，设置的参数如图 16-88 所示。按快捷键 Ctrl+R，显示标尺并拖出辅助线，定位文件的中心位置。

02 首先制作一个齿轮形状的图形。设置前景色为 R＝87、G＝89、B＝88，使用 ⬚ 矩形工具，单击选项栏中的 ⬚ 创建新形状图层图标，绘制一个小矩形，选择【编辑】>【变换路径】>【透视变形】命令，将小矩形透视变形如图 16-89 所示，得到图层【形状 1】。

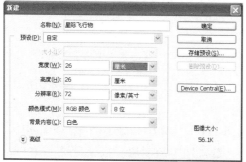

图 16-88 设置【新建】对话框中的参数

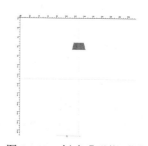

图 16-89 创建【形状 1】图形

597

有选取工具为什么有时还用通道抠图？

答：使用选取工具只能抠取一些背景较单一或图像边缘较清晰的图像，像头发、透明物体等边缘复杂的图像一般使用通道抠取比较方便。

技术看板

03 录制一个新动作，选择【窗口】>【动作】命令，单击打开的【动作】面板底部的 ⬛ 创建新动作图标，打开【新建动作】对话框，如图 16-90 所示，命名新建动作为【动作 1】，单击 ⚫ 开始记录图标，开始录制动作。

04 复制图层【形状 1】为图层【形状 1 副本】，按快捷键 Ctrl+T，自由变换图形，向下拖动中心基准点到文件的中心位置，在选项栏上设定旋转角度为 45°，按 Enter 键确定，变换图像效果如图 16-91 所示，单击【动作】面板底部的 ⬛ 停止播放/录制图标，完成【动作 1】的录制。单击【动作】面板底部的 ▶ 播放图标数次，执行刚才录制的【动作 1】，得到图形效果如图 16-92 所示。

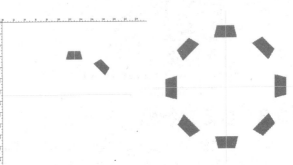

图 16-90 【新建动作】对话框　　图 16-91 录制动作　　图 16-92 执行录制动作效果

05 制作图形形状，使用 ⬭ 椭圆工具，单击选项栏中的 ⬛ 添加到形状区域图标，由文件的中心位置画一个正圆，选择 ▸ 路径选择工具，单击选项栏中的 组合 按钮，合并图形。合并除背景图层外的所有图层，命名为图层【形状 1】，效果如图 16-93 所示。

06 复制图层【形状 1】为图层【形状 1 副本】，为了便于识别，填充 R＝87、G＝121、B＝99 颜色。按快捷键 Ctrl+T，缩放图像为 85%，效果如图 16-94 所示。

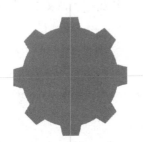 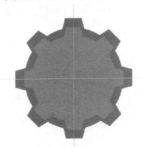

图 16-93 【形状 1】效果　　　　图 16-94 【形状 1 副本】效果

07 使用前面录制的【动作 1】，制作一个不同颜色的小齿轮图形，命名图层为【形状 2】，效果如图 16-95 所示。

08 调整齿轮图像的大小及位置。选择图层【形状 2】，按住 Ctrl 键，单击图层【形状 1】，单击【图层】面板底部的 🔗 链接图层图标，链接选中的图层。按快捷键 Ctrl+T，缩放图像并调整到适当位置，效果如图 16-96 所示。

技术看板　当遇到一个重复性较高，且需要若干操作步骤才可以完成的工作怎么办？
答：为了提高工作效率，养成良好地操作习惯，应该录制一个新动作，以便在下一次操作时，直接使用动作来完成同类操作。

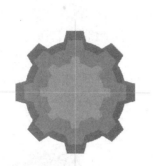

图 16-95 【形状 2】效果

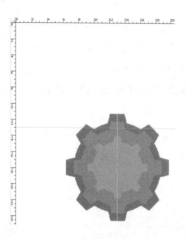

图 16-96 调整图像的位置

09 使用 钢笔工具，单击选项栏中的 创建新形状图层图标，绘制一个三角图形，得到【形状 3】。使用 添加锚点工具，在三角图形上添加锚点，并调整图形形状，如图 16-97 所示。选择【图层】>【栅格化】>【图层】命令，转化形状图层为普通图层。选择下面图层【形状 2】，使用 多边形套索工具，选取小齿轮图像的上半部分，按 Delete 键，删除选区中的图像，合并图层【形状 3】、图层【形状 2】为图层【形状 2】。

10 制作飞行物的两个侧翼。选择图层【形状 1 副本】，任意设置前景色，使用 钢笔工具，单击选项栏中的 创建新形状图层图标，画出飞行物的侧翼，如图 16-98 所示，得到图层【形状 3】，选择【图层】>【栅格化】>【图层】命令，转化图形图层为普通图层【形状 3】。

599

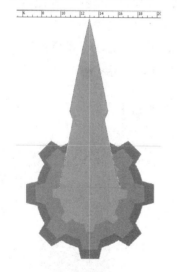

图 16-97 改变【形状 2】的形状

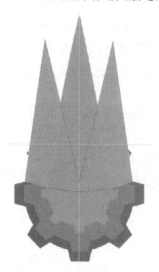

图 16-98 创建【形状 3】效果

11 选择图层【形状 1】，使用 多边形套索工具，选取图像形状上方露出的图像部分，按 Delete 键删除，效果如图 16-99 所示。

怎样制作多棱角的复杂图形？

答：可根据情况使用形状工具直接绘制或使用多边形套索工具创建选区填充或使用路径工具绘制路径。

技术看板

12 选择图层【形状 2】，使用 ⬭ 椭圆工具，单击选项栏中的 ▣ 创建新形状图层图标，绘制一个正圆形，再使用 ✎ 钢笔工具，单击选项栏中的 ▣ 添加到形状区域图标，绘制一个三角形图形，效果如图 16-100 所示。选择 ▶ 路径选择工具，单击选项栏中的 ▭组合 按钮，合并图形，得到新图层【形状 4】。选择【图层】>【栅格化】>【图层】命令，转化形状图层为普通图层【形状 4】。

13 链接除背景层之外的所有图层，按快捷键 Ctrl+T，自由变换链接图像，调整到一定的透视角度，背景填充为黑色，效果如图 16-101 所示，飞行物的雏形制作完成。

图 16-99　删除多余图像效果　　图 16-100　创建【形状 4】效果　　图 16-101　　飞行物的雏形

2．制作飞行物的立体效果

01 复制图层【形状 1】为图层【形状 1 副本 2】，添加纹理。按 Ctrl 键，单击图层【形状 1 副本 2】的缩览图，载入选区，选择【滤镜】>【杂色】>【添加杂色】命令，设置打开的【添加杂色】对话框中的参数如图 16-102 所示，再选择【滤镜】>【模糊】>【动感模糊】命令，设置打开的【动感模糊】对话框中的参数如图 16-103 所示，得到纹理效果如图 16-104 所示。

 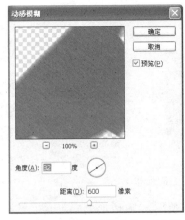 

图 16-102　【添加杂色】对话框 1　图 16-103　【动感模糊】对话框 1　　图 16-104　图像效果 1

技术看板　怎样调整图像具有透视效果？

答：创建图像雏形后，选择【编辑】>【变换】命令，或按 Ctrl+T 键，调出变换框对其进行调整。

02 选择图层【形状 1】，载入图层【形状 1】的选区，按快捷键 Ctrl+Alt+↓，向下复制移动选区中的图像，得到【形状 1】图像的厚度效果，如图 16-105 所示，按快捷键 Ctrl+M，打开【曲线】对话框，设置的参数如图 16-106 所示，降低图像的亮度，底部厚度效果更加明显，效果如图 16-107 所示。

图 16-105　添加【形状 1】
图像厚度

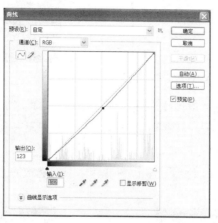

图 16-106　设置【曲线】对话框

图 16-107　图像效果 2

03 重新载入图层【形状 1】的选区，选择【滤镜】>【杂色】>【添加杂色】命令，设置打开的【添加杂色】对话框中的参数如图 16-108 所示，再选择【滤镜】>【模糊】>【动感模糊】命令，在打开的【动感模糊】对话框中设置的参数如图 16-109 所示，得到【形状 1】图像纹理效果，效果如图 16-110 所示，按快捷键 Ctrl+D，取消选区。

601

图 16-108　【添加杂色】对话框 2

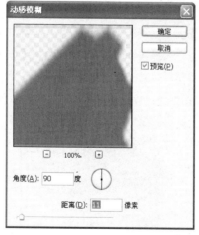

图 16-109　【动感模糊】对话框 2

图 16-110　得到纹理效果

04 载入图层【形状 1 副本 2】的选区，单击【图层】面板底部的 □ 创建新图层图标，新建【图层 1】制作反光效果。选择【编辑】>【描边】命令，设置【描边】对话框中的参数如图 16-111 所示，得到飞行物棱角的反光效果，如图 16-112 所示。

怎样添加图像纹理？

答：选中当前图像图层，选择【滤镜】>【杂色】>【添加杂色】命令，在图像上添加杂色，再选择【滤镜】>【模糊】>【动感模糊】命令，添加动感模糊效果，得到图像纹理效果。

技术看板

图 16-111　设置【描边】对话框中的参数 1

图 16-112　图像效果 3

05 设置前景色为黑色，单击【图层】面板底部的 添加图层蒙版图标，在【图层 1】上添加蒙版，使用 画笔工具，设置适当的虚边笔刷，在没有反光的地方涂抹，隐藏反光效果，效果如图 16-113 所示。

06 选择图层【形状 1】，使用 多边形套索工具，选取左上角多余的部分，如图 16-114所示，按 Delete 键删除。

图 16-113　涂抹后效果

图 16-114　选取多余图像

07 选择图层【形状 1 副本】，载入图层【形状 1 副本】的选区，设置前景色为 R＝136、G＝138、B＝143，填充前景色。选择【滤镜】>【杂色】>【添加杂色】命令，设置【添加杂色】对话框中的参数如图 16-115 所示，再选择【滤镜】>【模糊】>【动感模糊】命令，设置【动感模糊】对话框中的参数如图 16-116 所示，得到【形状 1 副本】图像的纹理效果，如图 16-117 所示。

图 16-115　【添加杂色】对话框 3　　图 16-116　【动感模糊】对话框 3　　　　图 16-117　图像效果 4

技术看板

怎样制作棱角的反光效果？

答：载入棱角的选区后，使用白色描边。然后添加图层蒙版，使用画笔工具，设置适当的虚边笔刷，在没有反光的地方涂抹，隐藏反光效果。

08　按快捷键 Ctrl+M，打开【曲线】对话框，设置的参数如图 16-118 所示，效果如图 16-119 所示。

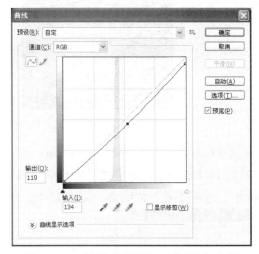

图 16-118　设置【曲线】对话框中的参数 1　　　　　　　　图 16-119　图像效果 5

09　按快捷键 Ctrl+Alt+↑，向上复制移动选区中的图像，得到图像的厚度效果，如图 16-120 所示，单击【图层】面板底部的 ⬛ 创建新图层图标，新建【图层 2】，选择【编辑】>【描边】命令，设置【描边】对话框中的参数如图 16-121 所示，得到反光效果如图 16-122 所示，按快捷键 Ctrl+D，取消选区。

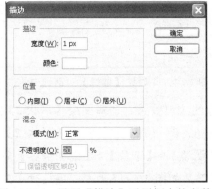

图 16-120　图像效果 6　　　图 16-121　设置【描边】对话框中的参数 2　　　图 16-122　图像效果 7

10　选择图层【形状 3】，载入图层【形状 3】的选区，前景色设置为 R＝136、G＝138、B＝143 填充，选择【滤镜】>【杂色】>【添加杂色】命令，在对话框中设置的参数如图 16-115 所示，再选择【滤镜】>【模糊】>【动感模糊】命令，在对话框中设置的参数如图 16-116 所示，得到【形状 3】图像的纹理效果如图 16-123 所示。

11　复制图层【形状 3】为【形状 3 副本】，选择图层【形状 3 副本】，并载入图层选区，单击【图层】面板底部的 ⬛ 创建新图层图标，新建【图层 3】，选择【编辑】>【描边】命令，在对话框中的参数如图 16-121 所示，得到【形状 3】棱角的反光效果如图 16-124 所示。

怎样移动复制图像？

答：选择当前图像图层并载入选区，Ctrl+Alt+↑ 键，向上复制移动选区中的图像。根据所按方向键的不同，图像会按不同的方向移动复制。

技术看板

图 16-123　纹理效果

图 16-124　棱角反光效果

12　选择图层【形状 3】，载入图层【形状 3】的选区，按快捷键 Ctrl+Alt+↓，向下复制移动选区中的图像，得到图像的厚度效果，如图 16-125 所示，按快捷键 Ctrl+M，打开【曲线】对话框，设置对话框中的参数如图 16-126 所示，厚度效果更加明显，如图 16-127 所示。

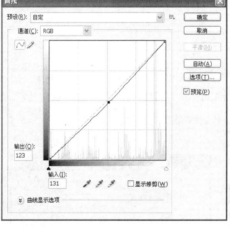

图 16-125　【形状 3】产生厚度　图 16-126　设置【曲线】对话框中的参数 2　图 16-127　得到图像暗面

13　制作【形状 2】图像的纹理效果。选择图层【形状 2】，设置前景色为 R＝129、G＝136、B＝143，载入图层【形状 2】的选区，填充前景色。选择【滤镜】>【杂色】>【添加杂色】命令，设置【添加杂色】对话框参数如图 16-115 所示，再选择【滤镜】>【模糊】>【动感模糊】命令，设置【动感模糊】对话框中的参数如图 16-116 所示，得到纹理效果如图 16-128 所示。

14　制作【形状 2】图像的厚度效果。复制图层【形状 2】为图层【形状 2 副本】，隐藏图层【形状 2 副本】，载入图层【形状 2】的选区，选择线性渐变工具，单击选项栏中的线性渐变按钮，设置【渐变编辑器】

图 16-128　图像纹理效果

中的参数如图 16-129 所示，在选区中由右上方向左下方做线性渐变，效果如图 16-130 所示，显示图层【形状 2 副本】，按快捷键 Ctrl+Alt+↓，向下复制移动选区中的图像，得到透明晶体效果的图像，效果如图 16-131 所示。

技术看板　怎样调整图像明暗面？
答：载入图像亮面的选区，使用【曲线】命令加亮图像，载入暗面的选区，再使用【曲线】命令调暗图像即可得到图像的明暗面效果。

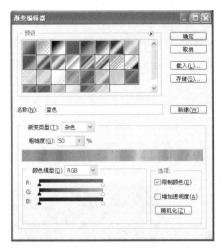

图 16-129 设置【渐变编辑器】对话框   图 16-130 渐变效果   图 16-131 图像得到透明晶
中的参数   体效果

15 单击【图层】面板底部的  创建新图层图标，新建【图层 4】，选择【编辑】>【描边】
命令，设置【描边】对话框中的参数如图 16-132 所示，效果如图 16-133 所示，突出图像边缘效果。

图 16-132 设置【描边】对话框中的参数 3   图 16-133 突出图像边缘效果

16 制作【形状 2】的反光效果。选择图层【形状 2 副本】，载入图层【形状 2 副本】的
选区，单击【图层】面板底部的 创建新图层图标，新建【图层 5】，选择【编辑】>【描边】
命令，设置【描边】对话框中的参数如图 16-134 所示，效果如图 16-135 所示，得到【形状 2】
的反光效果。选择 橡皮擦工具，将各图层中没有反光的地方擦除掉，效果如图 16-136 所示。

图 16-134 设置【描边】对话框中的参数 4   图 16-135 描边效果   图 16-136 反光效果

怎样制作透明晶体图像效果？
答：选择渐变工具，在【渐变编辑器】中设置蓝色系的杂色渐变，在选区中做线性渐变，再按快捷键 Ctrl+Alt+↓，
向下复制移动选区中的图像，得到透明晶体效果的图像。

技术看板

17 选择图层【形状 4】，载入图层【形状 4】的选区，按快捷键 Ctrl+J，复制选区中的图像到新的【图层 6】，并拖动到最顶层。单击【图层】面板底部的 图标，添加图层样式图标，在弹出的下拉菜单中选择【斜面和浮雕】命令，设置对话框中的参数如图 16-137 所示，效果如图 16-138 所示。

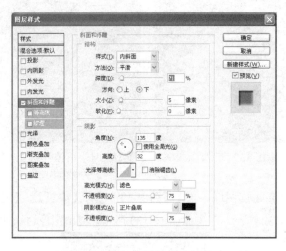

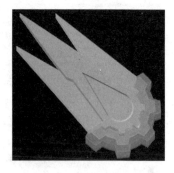

图 16-137　设置【斜面和浮雕】对话框　　　　　　　图 16-138　得到凹陷效果

18 单击【图层】面板底部的 图标创建新图层图标，新建【图层 7】，制作蓝色晶体效果的图像。选择矩形选框工具，制作正方形的选区，设置前景色为 R＝G＝10、B＝234，设置背景色为 R＝10、G＝11、B＝127，选择【滤镜】>【渲染】>【云彩】命令，按快捷键 Ctrl+F，重复执行云彩效果，直到得到满意的效果，如图 16-139 所示。

19 选择【滤镜】>【扭曲】>【旋转扭曲】命令，设置【旋转扭曲】对话框中的参数如图 16-140 所示，效果如图 16-141 所示，扭曲云彩图像效果。载入【图层 6】的选区，选择【选择】>【反向】命令，按 Delete 键，删除多余的图像部分，效果如图 16-142 所示。

图 16-139　添加云彩效果

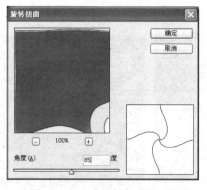

图 16-140　【旋转扭曲】对话框　　　图 16-141　扭曲云彩图像效果　　　图 16-142　图像效果 8

技术看板　怎样制作晶体映射图像效果？

答：选择【滤镜】>【渲染】>【云彩】命令，制作云彩效果，再选择【滤镜】>【扭曲】>【旋转扭曲】命令，扭曲云彩效果，得到风云变幻效果，最后添加高光与阴影即可。

20 单击【图层】面板底部的 添加图层样式图标，在弹出的下拉菜单中选择【斜面和浮雕】命令添加立体效果，设置的参数如图 16-143 所示，效果如图 16-144 所示。

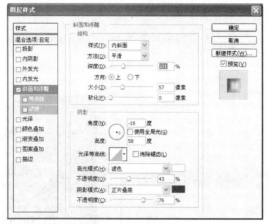

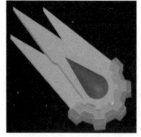

图 16-143　设置【斜面和浮雕】对话框中的参数　　图 16-144　得到斜面效果

21 按快捷键 Ctrl+T，缩放【图层 7】图像为 95%，使用 加深工具，设置选项栏中的参数如图 16-145 所示，加暗图像的后半部分，再使用 减淡工具，设置选项栏中的参数如图 16-146 所示，加亮图像的前半部分，并设置一个较小的笔刷制作出高光，效果如图 16-147所示。

图 16-145　设置加深工具选项　　　　　　　　图 16-146　设置加亮工具选项

22 单击【图层】面板底部的 添加图层样式图标，在弹出的下拉菜单中选择【内发光】命令，设置对话框中的参数如图 16-148 所示，效果如图 16-149 所示，重命名图层为【形状 7】。

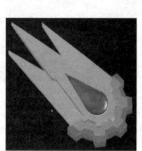

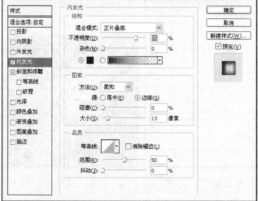

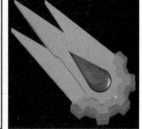

图 16-147　涂抹后效果　　　图 16-148　设置【内发光】对话框　　　图 16-149　图像效果 9

23 设置前景色为 R＝136、G＝138、B＝143，单击【图层】面板底部的 创建新图层图标，新建【图层 7】，添加螺丝效果。使用 椭圆选框工具，制作一个椭圆形选区，填充前景色，保留选

怎样制作螺丝效果？

答：使用椭圆选框工具，制作一个椭圆形选区，填充前景色，然后复制移动图像，最后添加径向渐变。

技术看板

区，按快捷键 Ctrl+Alt+↑，向上复制移动选区中的图像，得到螺母的厚度，再选择【编辑】>【描边】命令，设置【描边】对话框中的参数如图 16-150 所示，再选择【选择】>【修改】>【收缩】命令收缩选区，设置【收缩】对话框中的参数如图 16-151 所示，最后使用▇线性渐变工具，单击选项栏中的▇径向渐变图标，设置渐变色为白到黑，在选区中由内向外做渐变，效果如图 16-152 所示。

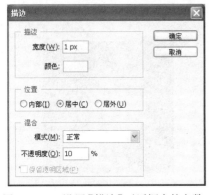

图 16-150　设置【描边】对话框中的参数 5　　图 16-151　设置【收缩】对话框　　图 16-152　添加螺丝效果
　　　　　　　　　　　　　　　　　　　　　　　　　中的参数

24 单击【图层】面板底部的 ▇. 添加图层样式图标，在弹出的下拉菜单中选择【投影】命令，设置的参数如图 16-153 所示，效果如图 16-154 所示。

25 选择图层【形状 7】，单击【图层】面板底部的 ▇ 创建新图层图标，新建【图层 8】，选择【图层 7】，按快捷键 Ctrl+E，向下合并图层，命名图层为【图层 7】。

26 按快捷键 Ctrl+Alt，复制数个螺母，拖放到不同的位置，如图 16-155 所示，飞行物的立体效果制作完成，下面制作飞行物前面光芒效果。

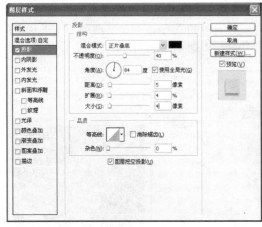
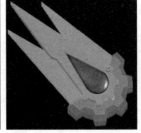

图 16-153　设置【投影】对话框中的参数　　图 16-154　螺丝投影效果　图 16-155　飞行物的立体效果

3．制作飞行物前面的光芒效果

01 单击【图层】面板底部的 ▇ 创建新图层图标，新建【图层 8】，使用▇多边形工具，设置选项栏中的【边】选项为 20，设置【多边形选项】面板如图 16-156 所示，按快捷键 Ctrl+R

技术看板　怎样控制多边形的缩进量？

答：选择多边形工具，在选项栏中设置多边形的边数，在多边形选项面板中的【缩进边依据】可设置多边形的缩进量。

显示标尺,拖出辅助线,找到文件的中心点,以中心点为中心,画出白色的 20 边形,如图 16-157 所示。

图 16-156 设置【多边形选项】面板

图 16-157 绘制多边形形状

02 为图像添加颗粒效果,选择【滤镜】>【杂色】>【添加】杂色命令,设置【添加杂色】对话框中的参数如图 16-158 所示,效果如图 16-159 所示。再选择【滤镜】>【像素化】>【晶格化】命令,设置【晶格化】对话框参数如图 16-160 所示,图像产生不规则颗粒效果,如图 16-161 所示。

图 16-158 设置【添加杂色】对话框中的参数

图 16-159 添加杂色效果

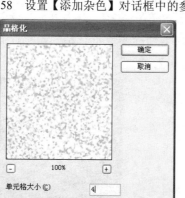

图 16-160 设置【晶格化】对话框中的参数

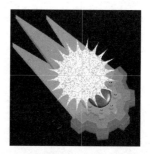

图 16-161 图像产生不规则颗粒效果

怎样制作光芒辐射效果?

答:在添加杂色的基础上使用【滤镜】>【模糊】>【径向模糊】命令,在【径向模糊】对话框中的模糊方法选项中选择缩放选项即可。

技术看板

03 选择【滤镜】>【模糊】>【径向模糊】命令，在打开的【径向模糊】对话框中设置参数如图 16-162 所示，效果如图 16-133 所示，制作光芒辐射效果。调整图像的明暗对比度，按快捷键 Ctrl+L，打开【色阶】对话框，设置【色阶】对话框中的参数如图 16-164 所示，将黑色的滑块向右拖动，图像中暗的部分完全变成黑色，效果如图 16-165 所示。

图 16-162　设置【径向模糊】对话框中的参数

图 16-163　径向模糊效果

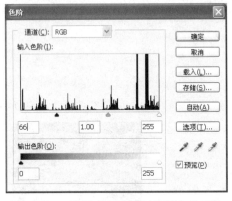

图 16-164　设置【色阶】对话框中的参数

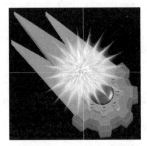

图 16-165　调暗图像效果

04 使用 ✐ 画笔工具，设置一个较大的白色虚边笔刷，在图像的中间部分单击，制作光芒的中间部分，效果如图 16-166 所示。使用 ◯ 椭圆选框工具，选取光芒的部分图像，按快捷键 Ctrl+J，复制选区中的图像到新的【图层 9】，隐藏【图层 8】，载入【图层 9】的选区，按快捷键 Ctrl+X，剪切图像，再按快捷键 Ctrl+V，将剪切的图像重新粘贴到文件的中心位置，如图 16-167 所示，得到新【图层 10】，删除【图层 9】。

图 16-166　将光芒中间涂白

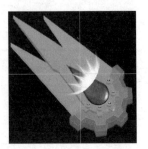

图 16-167　放置图像位置

技术看板　制作光芒凸起效果时为什么将剪切的图像重新粘贴到文件的中心位置？
答：因为图像在执行【滤镜】>【扭曲】>【球面化】命令时，是以图像文件的中心为基准产生凸起效果。

05 选择【滤镜】>【扭曲】>【球面化】命令，设置【球面化】对话框中的参数如图 16-168 所示。按快捷键 Ctrl+F 数次，得到效果如图 16-169 所示，光芒中心产生凸起效果。

06 按快捷键 Ctrl+T，自由变换光芒图像，并拖放到适当的位置，效果如图 16-170 所示。删除【图层 8】，重命名【图层 10】为【图层 8】。

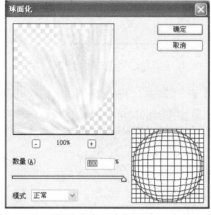

图 16-168　设置【球面化】对话框中的参数　图 16-169　图像凸起效果　图 16-170　放置到适当位置

07 调整光芒的颜色。单击【图层】面板底部的 添加图层样式图标，在弹出的下拉菜单中选择【外发光】命令，设置对话框中的参数如图 16-171 所示，效果如图 16-172 所示。复制【图层 8】为【图层 8 副本】，设置图层【合成模式】为【正片叠底】，【填充】为 75%，效果如图 16-173 所示，加深光芒的颜色。

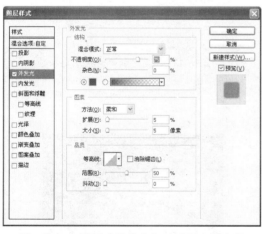

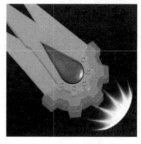

图 16-171　设置【外发光】对话框中的参数　图 16-172　添加蓝色的发光 图 16-173　加深光芒的颜色效果

4．制作飞行物后部的光芒效果

01 单击【图层】面板底部的 创建新图层图标，新建【图层 9】，使用 多边形套索工具，在飞行物的后部制作一个选区，如图 16-174 所示，选择【选择】>【羽化】命令，设置【羽化选区】对话框中的参数如图 16-175 所示。

怎样添加发光效果？

　　答：选中光芒所在图层，添加【外发光】图层样式。

技术看板

图 16-174　制作选区 1　　　　　图 16-175　设置【羽化选区】对话框中的参数 1

02　使用▨画笔工具，选择一种预设笔刷，设置【画笔】面板中的参数如图 16-176、图 16-177、图 16-178 所示，在选区中拖动鼠标，绘制效果如图 16-179 所示。

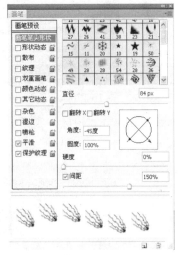

图 16-176　设置画笔笔尖形状

图 16-177　设置画笔形状动态参数

图 16-178　设置画笔散布参数

图 16-179　绘制图像效果

技术看板　定义画笔时，怎样才能保证画笔笔刷的方向是一致的？

答：在【画笔】面板中首先选择【形状动态】，然后在【角度抖动】选项中的【控制】选项下拉列表框中选择【关】即可。

03 单击【图层】面板底部的 ❁.添加图层样式图标，在弹出的下拉菜单中选择【外发光】命令，添加后部光芒的颜色，设置的参数如图 16-180 所示，再选择【内发光】命令，设置辉光颜色为蓝－白的渐变色，其他参数设置如图 16-181 所示，效果如图 16-182 所示。

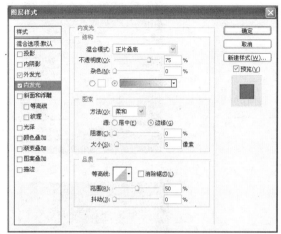
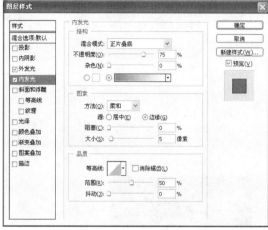

图 16-180　设置【外发光】对话框　　　　　图 16-181　设置【内发光】对话框

04 按快捷键【Ctrl+B】键，打开【色彩平衡】对话框，设置的参数如图 16-183 所示，效果如图 16-184 所示，加深蓝色光芒效果。

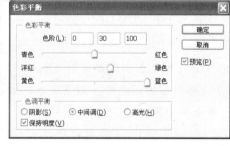

图 16-182　图像效果 10　　图 16-183　设置【色彩平衡】对话框中的参数　图 16-184　加深蓝色光芒效果

05 制作后部光芒的动感效果。选择【滤镜】>【模糊】>【动感模糊】命令，设置【动感模糊】对话框中的参数如图 16-185 所示，效果如图 16-186 所示，尾部的光芒产生动感效果。

06 再次修改光芒的外部形状。使用 ❤多边形套索工具，制作一个选区，如图 16-187 所示，选择【选择】>【羽化】命令，设置【羽化选区】对话框中的参数如图 16-188 所示，再选择【选择】>【反向】命令反选选区，按 Delete 键删除，如图 16-189 所示，得到后部光芒边缘的渐淡效果。

怎样给灰白色图像添加颜色？
答：选择【图像】>【色彩平衡】命令，在打开的【色彩平衡】对话框中，分别选择阴影、中间调、高光三个选项，设置各自要添加的颜色。

技术看板

图 16-185　设置【动感模糊】对话框中的参数

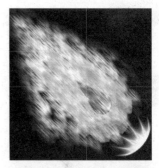

图 16-186　制作动感效果

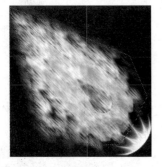

图 16-187　制作选区 2

图 16-188　设置【羽化选区】对话框中的参数 2

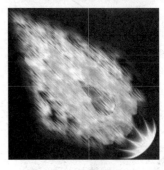

图 16-189　光芒边缘效果

07　设置前景色为黑色，单击【图层】面板底部的 ◻ 添加图层蒙版图标，在【图层 9】上添加蒙版，使用 ✐ 画笔工具，设置适当的画笔大小，在飞行物上部没有光芒的地方涂抹，效果如图 16-190 所示，星际飞行物的效果制作完成。最终文件参考【素材】\【Ch16 素材】\【星际飞行物.psd】文件

图 16-190　星际飞行物最终效果